Une si brève éternité

Sarah Frydman

Une si brève éternité

ROMAN

Albin Michel

Pour Edgar

Le présent, comme une note de musique,
n'est rien que par sa dépendance
avec ce qui précède
et avec ce qui suit.

PREMIÈRE PARTIE

1945-1954

Les d'Aubreuil

Novembre 1945

Plongé dans un demi-sommeil, Paul d'Aubreuil se réveilla, avec l'impression d'une présence étrangère dans sa chambre. Un instant, il crut qu'il était encore dans sa cellule de la prison de la Santé et qu'on venait le chercher pour le fusiller. La tête bourdonnante, les membres paralysés par la terreur, il ouvrit péniblement les yeux, constata qu'il était chez lui, dans sa chambre et, enfin, reprit ses esprits. Son infirmière venait lui faire sa piqûre quotidienne. Soulagé, il referma les yeux, se retourna précautionneusement sur le côté, afin de ne pas réveiller la douleur encore endormie, et présenta ses fesses flasques à la praticienne. Il eut un soupir de bien-être. Il allait se rendormir dans ses draps parfumés de lavande. Se réfugier dans le sommeil et l'oubli bienfaisants que la morphine lui promettait, c'était là, maintenant, sa certitude quotidienne. Fini les interrogatoires sans fin, les nuits sans sommeil dans une cellule glaciale. Fini !

Il était de retour chez lui, dans sa chambre, avenue des Peupliers, Villa Montmorency. Bientôt, son valet de chambre, Victor, après avoir frappé légèrement à la porte, franchirait le seuil et poserait sur la table basse le plateau du petit déjeuner.

Contrairement à son attente, le sommeil le fuyait. Des pensées disparates, angoissantes se bousculaient dans son esprit.

Soixante-quinze ans, un cancer du foie et une condamnation à perpétuité en suspens, pour collaboration active avec l'occupant allemand... « Ça fait beaucoup de mauvaises choses pour un seul homme ! » pensait-il avec cette ironie dont il ne se départait jamais, même aux heures les plus graves.

Il s'empara d'un miroir posé en évidence sur la table de nuit et constata avec un âpre regret ce que l'âge et la maladie avaient fait du beau, du séduisant Paul d'Aubreuil... En observant attentivement son visage, livide, il dut admettre qu'il n'avait que peu de temps à vivre...

Hier encore, il était un jeune homme audacieux, arrogant, hier, il était Paul d'Aubreuil, président de la société d'Aubreuil connue dans l'Europe entière. Hier, il collectionnait les femmes les plus séduisantes.

Il soupira en reposant le miroir. « Bientôt, tout sera fini... », soupira-t-il.

Un soleil de fin novembre brillait au-dehors. Bien que les rideaux fussent encore tirés, la lumière s'infiltrait, joyeuse, insistante, presque provocante. Dehors était le froid vif d'un beau jour d'automne. Dehors était la vie. Pour la première fois, le malade acceptait sans révolte l'idée de ne plus exister. La mort n'était plus une perspective affolante, ignominieuse, mais le repos, « l'éternel repos... », pensait-il, étonné de ne pas éprouver la moindre crainte.

Deux ans auparavant, il n'avait prêté qu'une attention superficielle aux douleurs abdominales qui, parfois, le pliaient en deux, lui coupant le souffle. Et puis, juste avant le débarquement allié, comme ces spasmes allaient se répétant, avec plus de violence, il avait consulté un médecin allemand de ses amis qui ne lui avait pas caché son état : « Cancer du foie... Assez avancé. Rien à faire... » Le *Doktor* Hans Hubermann avait été très net : « Quelques mois, au mieux... » Mourir à soixante-quinze ans n'avait rien de dramatique. C'était regrettable, très ennuyeux mais, dans l'état actuel des choses, sans doute préférable. La vieillesse, la sienne et celle des autres, lui faisait horreur... Constater, jour après jour, le délabrement de son corps n'avait rien de particulièrement réjouissant, aussi quittait-il la vie sans trop de regret.

Il se souvenait pourtant avec nostalgie des magnifiques réceptions qu'il organisait. Ambassadeurs, ministres, académiciens, actrices célèbres y rencontraient sans regimber, outre les officiers de la Wehrmacht, Goering, Goebbels, Bousquet, Céline, Morand... La fine fleur de l'Europe allemande, culturelle et politique, côtoyait l'« élite » française, se pressait autour des buffets somptueusement garnis, buvait du champagne, trinquait, riait, avec l'espoir que le conflit finirait très vite, sans combat véritable, et que la France et l'Allemagne qui avaient, l'une comme l'autre, beaucoup d'intérêts communs, se réconcilieraient sur le dos des bolcheviques et des Américains. Ainsi Nina d'Aubreuil (avant qu'elle ne fût déportée), Marguerite Long, Alfred Cortot, Jacques Thibault, assurèrent-ils pendant plus de deux ans, entre 1940 et 1942, plusieurs concerts, particulièrement bien accueillis...

Paul d'Aubreuil avait tellement aimé la vie ! Ses voyages, ses maîtresses, sa gourmandise raffinée, son élégance... Rien n'était trop beau ni bon pour satisfaire ses sens. Et bientôt il serait un mort. Juste un mort. Comme des millions d'êtres humains avant lui et des millions après lui... « Quelle injustice ! » pensa-t-il, regrettant aussitôt la stupidité de cette pensée.

Quand ? Le temps n'avait plus aucune signification. Il s'élargissait, se rétrécissait, s'évanouissait sans qu'il puisse garder son rythme habituel... « On est là, encore vivant, allongé dans un lit... et puis, pfuitt... en une seconde, terminé. »

Il n'avait jamais été homme à s'apitoyer sur lui-même. Bien qu'il eût toujours su apprécier à leur juste valeur toutes les formes de la culture et de l'art, il manifestait un profond mépris pour l'introspection. Homme de plaisir et d'action avant tout réaliste, rien ni personne ne devait lui barrer la route, l'empêcher d'atteindre les buts qu'il s'était fixés. Il avait été l'un des plus grands séducteurs des années vingt.

De son mariage, en 1910, avec une très jolie petite sotte, d'excellente famille, Caroline Courcelles de Bossey, fille cadette d'une fratrie de sept personnes, il eut deux fils, Antoine, en 1911, et François, en 1915. S'il n'avait jamais aimé sa femme, morte récemment d'une tuberculose foudroyante, il ne s'était jamais départi, à son égard, d'une amicale courtoisie. Mère avant tout, elle avait parfaitement élevé et aimé ses fils. Et Paul d'Aubreuil avait toujours été attentif à ce qu'aucun scandale ne vienne troubler sa femme pendant l'Occupation.

Puis, contre toute attente, les Soviétiques mirent les nazis en déroute et les Américains débarquèrent victorieusement le 6 juin 1944... En mai 1945, la France célébra, joyeusement et fièrement, une victoire à laquelle elle avait si peu participé. Paul d'Aubreuil savait qu'il allait être arrêté. Dans l'enthousiasme général et le principe de la réconciliation nationale, François Mitterrand, récemment nommé Secrétaire d'État, lui avait bien proposé, comme à tant d'autres, d'authentiques certificats de résistance. Mais il répugnait à cette supercherie... Il se félicitait de ne s'être jamais caché la vérité. Il avait collaboré parce que cela lui rapportait de l'argent. Beaucoup d'argent.

Son esprit s'attarda un instant sur son beau-frère, Robert Desgroult, qui venait d'être assassiné par d'anciens maquisards dont la justice était plutôt expéditive. Or cet ex-cagoulard avait à son actif, si l'on peut dire, non seulement la dénonciation des juifs et des communistes, mais plusieurs assassinats de résistants. De plus, il s'enorgueillissait d'avoir été l'un des efficaces indicateurs de la Gestapo... Il aurait pu être sauvé, car il détenait de quoi envoyer à l'échafaud la fine fleur des membres du gouvernement provisoire. Mais le jugement sommaire des FTP avait devancé celui, plus conciliant, des magistrats qui, pour la plupart, avaient prêté serment sous Vichy. Robert Desgroult fut exécuté sans plus de formalités.

Marie-Louise, sa sœur aînée, se retrouvait victime d'un déshonorant veuvage et mère de deux fils, Bernard et Philippe. Ces deux jeunes gens, également en attente de guillotine, avaient appartenu à la Milice. Paul d'Aubreuil n'aimait pas ses neveux mais ils faisaient partie de la famille, il leur devait donc protection. Il avait donc engagé maître Isorni pour assurer leur défense. Vu l'état des lieux, il y avait de fortes chances pour que les deux jeunes gens ne soient condamnés qu'à des peines de principe, assorties de sursis. Maître Isorni connaissait son affaire.

Paul d'Aubreuil soupira : « Nous apprenons à vivre et à comprendre quand il est trop tard. » Était-ce l'effet de la morphine ? Il se sentait particulièrement bien. Heureux, détendu. Il laissait à son fils cadet, François, une jolie fortune que celui-ci saurait rapidement décupler car il ne manquait pas de réalisme. Même son mariage était réaliste !... On pouvait dire qu'il avait bien choisi ! La fille d'un vrai de vrai. Après Marie-Claire, née en 1942, un autre enfant était sur le point de naître.

« Pourvu que ce soit un garçon, pensait le malade, j'espère le voir. L'avenir sera magnifique pour lui. Un grand-père fondateur d'une grande fortune et l'autre héros de la Résistance, de telles armes peuvent vous faire monter très haut... » Il y avait tant d'atouts dans la corbeille du futur nouveau-né ! Des aristocrates, des socialistes, des financiers... L'esprit un peu embrumé par la morphine, Paul d'Aubreuil s'impatientait. Il voulait voir son fils François pour savoir où en était l'accouchement. Il s'agrippa à la sonnette qu'il agita avec force. Affolée, l'infirmière parut.

– Vous avez sonné, monsieur d'Aubreuil ?... Quelque chose ne va pas ?

– Si, si... tout va bien. Je veux voir mon fils. Dites-lui de venir tout de suite.

– Je vais le chercher.

Quelques instants plus tard, la porte s'ouvrit doucement et François d'Aubreuil entra dans la chambre remplie d'odeurs de médicaments.

Né en 1915, admis au barreau à l'âge de vingt-quatre ans, esprit précis, intelligent, François s'était décidé, très jeune, à faire une carrière politique. À dix-neuf ans, il avait participé aux manifestations de février 1934. Et, dès 1936, avait adhéré à la Cagoule « pour lutter contre la juiverie internationale et contre Léon Blum ». François avait épousé Josette, en 1940, la fille de Raoul Dieudonné, authentique résistant de la première heure, radical-socialiste, propriétaire des *Nouvelles du Midi,* quotidien qui tirait à vingt mille exemplaires. En juillet 1942, Antoine, son frère aîné, et sa belle-sœur, Nina, avaient été déportés lors de la rafle du Vél' d'Hiv leur laissant une petite fille de sept ans, Amelia. Arrêté par la Milice deux ans plus tard Raoul Dieudonné avait été pendu par la Gestapo après avoir été torturé. Sur le moment, Paul d'Aubreuil avait eu quelques inquiétudes. Cette parenté aurait pu avoir de très graves conséquences pour toute la famille. Par miracle, ce ne fut pas le cas : les d'Aubreuil vivaient à Paris, à des années-lumière de Toulouse.

Grand, bien bâti, un peu lourd, François d'Aubreuil ne paraissait pas ses trente ans. Son tempérament jovial, bavard, son sourire étincelant, sa gaieté, ses manières élégantes, policées, son besoin d'accorder des faveurs lui attiraient des amis nombreux, fidèles, et, pour certains, sincères. Sa plus grande force résidait dans le jugement cynique qu'il portait sur la nature humaine... Si son visage offrait en ce matin de novembre une certaine gravité, voire une angoisse qu'il s'efforçait de dominer, la maladie de son père n'en était pas la cause essentielle... Sa seule crainte en cet instant était l'arrestation de l'ancien préfet de police René Bousquet. En effet, peu après l'obtention de son diplôme d'avocat, en 1937, il avait été un de ses proches. François d'Aubreuil avait encore en mémoire la phrase lancée par Bousquet lors de son arrestation : « Si je tombe, je ne tomberai pas seul ! » François en avait eu des sueurs froides.

Contrairement à son père il appréciait la nouvelle position de François Mitterrand. Bien qu'en son for intérieur, il le détestât, il espérait vivement qu'il aurait assez d'entregent pour mener à bien la libération de Bousquet.

Plongé dans ses réflexions, François d'Aubreuil s'aperçut tardivement que son père, réveillé, adossé contre les oreillers, le fixait. Ses mains, agitées d'un tremblement convulsif, reposaient sur le drap et paraissaient chercher quelque chose d'inaccessible.

– Où en est l'accouchement ? demanda Paul abruptement. Que dit le médecin ? Eh bien, réponds !

– Une heure ou deux, père..., dit François un peu décontenancé. Mais tout se passe bien... Le travail est déjà bien commencé...

– Tant mieux ! soupira Paul. J'aimerais qu'il naisse assez tôt pour que je puisse le connaître...

– Voyons, père ! protesta François. Vous le verrez sûrement demain !

– Allons ! Pas d'hypocrisie !... J'en aurai bientôt fini avec tout ça...

Il se tut, lança un regard empreint d'une ironie méchante à son fils, puis, sans préambule :

– Tu vas hériter de l'Affaire...

François fronça les sourcils.

– Pensez-vous que ce soit le moment de parler de ça ?

Paul eut un sourire presque joyeux.

– Quand veux-tu ?... Le jour de mon enterrement ? Il sera trop tard... Et moi, je veux protéger les intérêts d'Amelia...

François haussa les épaules, son visage prit une expression maussade.

– Légalement, elle n'a plus rien ! L'Affaire nous appartient en totalité. Il n'y avait pas moyen de faire autrement... La moitié des parts de la société appartenaient à Nina. Donc, c'était un bien juif qui aurait pu être réquisitionné. Si nous n'avions pas été là, la plus grande partie de la société aurait été la propriété de Neckermann. Vous le savez bien, d'ailleurs !...

– Je le sais, répliqua Paul sèchement... Rassure-toi, je ne veux pas revenir là-dessus.

Il reprit sa respiration et continua en scrutant avec intérêt le visage renfrogné de son fils :

– J'ai fait un testament en faveur d'Amelia. Rien de compromettant pour l'avenir de l'Affaire, bien sûr. Une dot confortable qui sera administrée par maître René Duprat et qui doit impérativement lui être remise le jour de ses vingt et un ans. Cela lui permettra de vivre dans l'aisance, sans avoir à gagner son pain, ni à se sentir ton obligée d'une quelconque manière. Encore une fois, je t'approuve. Tu as fait exactement ce qu'il fallait. Tu n'as rien à regretter. Nous ne pouvions pas nous opposer à la loi...

Tout avait commencé peu après l'armistice du 22 juin 1940. Plusieurs clauses déshonorantes avaient été convenues entre la France et l'Allemagne, au premier rang desquelles la livraison des ressortissants allemands juifs ou non juifs, antinazis, susceptibles d'être réclamés par le Reich.

Cet accord ne concernait pas les juifs français. Rien ni personne n'obligeait le gouvernement français à prendre les mesures contraignantes, humiliantes, qui pourtant furent prises à leur encontre.

Les décrets successifs du 22 juin 1940 concernant les naturalisations, et celui d'octobre 1940 sonnèrent le glas dans la Maison des Peupliers. Nina d'Aubreuil, dont le nom commençait à fleurir dans toutes les salles de concerts, était directement menacée. À cette époque, personne ne connaissait ses véritables origines.

Sauf François, fou amoureux de sa belle-sœur.

Une scène très ancienne lui revint soudain en mémoire. Une scène oubliée. Morte. Définitivement morte. Septembre 1933. Il faisait beau, si beau. Son frère, Antoine, gravissait les marches du perron de la maison. Avec lui, une délicieuse jeune femme blonde et bouclée.

« François, mon vieux, je te présente ma femme, Nina... Où est papa ?

– Dans le salon... »

Le rire de Nina. Comment oublier le rire de Nina, alors ?

« Bonjour, gentil beau-frère... J'espère que nous nous entendrons bien. Il paraît que nous avons le même âge... »

D'abord interdit, muet de stupeur, il était parvenu à éructer péniblement : « Bonjour, jolie belle-sœur. »

Plus tard, il avait entendu Antoine dire à son père : « Pour tout le monde, famille et amis, Nina est née protestante et nous nous marierons religieusement à la Madeleine. Ainsi, la famille n'aura plus rien à dire !... »

Dix-huit ans. Ils avaient l'un et l'autre dix-huit ans ! Cet âge béni des dieux où tout devient possible parce qu'on le veut ! Douze ans s'étaient écoulés depuis ce moment éblouissant où lui, François, s'était senti devenir un homme, un adulte... Où, dans le même moment, il s'était passionnément épris d'une femme qui ne serait jamais la sienne. Bonheur et malheur mêlés dans un inextricable écheveau. Bonheur de la voir rire et de rire avec elle, douleur de voir une porte se refermer sur Antoine et Nina, mari et femme...

« Il ne faut pas que je pense à tout cela. C'est mort. C'est fini. Tout le monde est mort. Antoine, Nina... Il ne reste plus rien qu'Amelia et moi... Amelia, ma filleule, fille de Nina. Je dois m'occuper d'elle... »

Concernant la société d'Aubreuil, François avait eu raison. Sur tout. Alors qu'ils étaient encore à Drancy, Antoine et Nina avaient signé sous sa pression une renonciation complète à toutes leurs parts. « Lisez, Nina ! Lisez ce décret qui date d'octobre 1940. « Est définie comme juive toute entreprise dont un *associé* est juif. » Vous êtes associée à notre affaire à cinquante pour cent... Si vous ne renoncez pas à vos droits, tous vos biens seront confisqués... », avait insisté maître René Duprat, son avocat, avant d'ajouter : « Faites-moi confiance, tout vous sera restitué dès que j'obtiendrai votre libération qui ne saurait tarder. »

François rougit.

– Pourquoi maître Duprat ? C'est un filou.

Paul l'observa longuement puis lâcha, presque amusé :

– Peut-être sauras-tu, mieux que personne, faire comprendre à Amelia qu'elle a tout intérêt à laisser sa dot dans l'affaire, moyennant une petite pension que tu lui verserais chaque mois... N'est-ce pas ce que tu avais derrière la tête ?

De nouveau, François rougit. Son père avait vu juste. Il n'imaginait pas, sans en avoir le cœur brisé, se dessaisir d'une importante somme d'argent sans espoir de retour.

– Pensez-vous que vous avez le droit de me dire cela ? Maintenant ? demanda-t-il cependant.

– Quand pourrai-je te le dire ? Je te le répète. Tu aimes l'argent, plus encore que le pouvoir. Et moi, je veux protéger cette enfant. Si Antoine et Nina étaient revenus de déportation, je leur aurais restitué intégralement leurs biens, y compris les bénéfices que nous avons faits durant toutes ces années. Mais ils ne sont pas revenus.

Paul ferma les yeux.

– Tient-on pour certain qu'ils soient morts ?

– Écoutez, père, je vais tous les jours me renseigner à la préfecture de police. Mais, pour le moment, aucune nouvelle.

Paul d'Aubreuil s'arrêta pour reprendre son souffle...

– Amelia n'a que dix ans... Comment lui annoncer que ses parents ne reviendront jamais ? Peut-être le sait-elle déjà, après tout ? Dans ses dernières lettres, elle ne demande plus de leurs nouvelles...

Il regarda son fils fixement.

– ... Jure-moi que tu ne feras rien contre Amelia, que tu lui laisseras l'entière jouissance de la somme que je vais lui assurer... Peux-tu me le jurer ?

François haussa les épaules.

– Sur quoi, sur qui jurer, père ? Je ne crois en rien. Mais je vous le promets, je ne ferai rien contre cette petite. Je l'aime comme ma propre fille... Dès son retour de Suisse, elle vivra ici avec Josette et moi. Comment pouvez-vous supposer que je lui veuille du mal ? Il s'agit de ma nièce, la fille de mon frère !

– Très bien, à présent va voir si personne n'écoute derrière la porte...

Très surpris, François s'exécuta et, après avoir optempéré, retourna au chevet de son père.

– Écoute-moi bien. Tu sais comme moi que la Cagoule, maintenant, c'est fini. Tu ne trouveras plus personne qui reconnaîtra honnêtement avoir fait partie de cette organisation. Pour ma part, et je vais être franc avec toi, je n'ai jamais rien éprouvé ni pour ni contre les Allemands. Grâce à eux, l'Affaire a été décuplée. Ils étaient mes seuls clients pendant la guerre. Je n'allais pas cracher sur cette aubaine.

Le moribond ferma les yeux, sa respiration devenait de plus en plus haletante et difficile. Péniblement, il reprit :

– ... Je ne regrette rien de ce que j'ai fait car le regret n'est jamais qu'une perte de temps. Nos amis sont tous au gouvernement provisoire et, grâce à eux, je peux mourir dans mon lit. Ils sauveront de la guillotine bon nombre d'anciens camarades qui, pour l'instant, se cachent, mais qui reviendront et reprendront leurs affaires. Tu dois les aider, toi aussi. Sans l'ombre d'une hésitation...

Paul d'Aubreuil haletait ; sa voix devenait inaudible. Alarmé, François s'écria :

– Vous me direz cela plus tard, père... Il faut vous reposer.

– Tais-toi ! Je n'ai plus beaucoup de forces, alors ne m'interromps pas ! Je disais donc...

Il hésita longtemps. Ses yeux erraient dans la pièce.

– Crois-tu qu'elle soit déjà là ?

– Qui donc, père ? De qui parlez-vous ?

Inquiet, le regard de Paul allait de son fils à la fenêtre, puis scrutait la chambre comme s'il voyait quelque chose d'impalpable, d'invisible aux yeux des autres.

Alors, d'une voix claire et nette, il précisa :

– ... Pas trop de simagrées le jour de mon enterrement. Juste ce qu'il faut pour l'honneur de la famille... Quand iras-tu chercher la petite Amelia ?

– Je pensais la laisser passer l'hiver à Villars-sur-Ollon et la ramener parmi nous en mai prochain...

– Non. Ne la laisse plus en pension. La guerre est finie. Il n'y a aucune raison... Va la chercher tout de suite après l'enterrement. Est-ce promis ?

– Bien entendu, père.

Haletant, incapable de prononcer un mot, Paul d'Aubreuil ferma les yeux, les mains crispées sur son ventre. Son visage se tordait de souffrance. Réveillée, la douleur lui broyait les entrailles.

– Appelle l'infirmière ! Vite... Il... faut... piqûre !... Vite...

Affolé, François appuya sur la sonnette. La porte s'ouvrit sur l'infirmière qui, avec des gestes précis et sûrs, fit la piqûre... puis, un doigt sur le pouls, elle attendit que la morphine fasse son effet... Les gémissements du malade s'atténuèrent, jusqu'à devenir une sorte de souffle rauque...

Quelques minutes plus tard, Paul d'Aubreuil arborait une physionomie détendue, presque souriante.

– Bien. Bien..., soupira-t-il, laissez-nous, mon petit.

Dès que l'infirmière eut quitté la chambre, Paul d'Aubreuil fit signe à son fils de s'approcher.

– Tu es sûr, père, que tu n'auras pas besoin d'elle ?

Paul d'Aubreuil secoua la tête en signe de dénégation.

– Non ! Je vais dormir. Va, maintenant. Embrasse ton père et laisse-moi... Je veux rester seul...

Un instant, François hésita. Il savait qu'il ne reverrait plus son père vivant. Une émotion inattendue envahit son visage.

– Papa ! s'écria-t-il impulsivement. Papa ! Je ne veux pas que tu meures !

Visiblement surpris, Paul d'Aubreuil le fixa. Quelque chose de bouleversé dans le visage de François le désarçonna. Lui-même se sentit gagné par cette émotion contagieuse, inhabituelle.

– Ne sois pas sentimental, mon garçon, dit-il enfin d'une voix troublée. Je t'ai aimé comme je l'ai pu. C'est-à-dire mal, comme je l'ai toujours fait. Mal aimé ta mère, mal aimé mes fils... Je n'ai jamais appris. Mais je t'ai aimé... À ma façon.

Puis, plus doucement, presque affectueusement, il ajouta :

– ...Va, mon garçon... Va voir si ton fils est né... Si cela est, amène-le-moi.

Il se tut, épuisé. « L'un part, l'autre arrive... la seule certitude que nous puissions avoir le jour où nous naissons... Nous sommes destinés à mourir. »

Il entendit la porte se refermer sur son fils et réprima un soupir de soulagement. Être seul. C'était ce dont il avait envie. Être seul face à la mort. Il n'avait plus peur, il n'avait plus mal.

Juillet 1942. Une si belle journée. Deux jours auparavant, Nina avait joué salle Gaveau. Sa jeune gloire avait attiré un monde fou... Otto Abetz s'était déclaré enchanté. Il parlait même d'organiser un concert pour le Führer. Comment comprendre ce qui était arrivé ensuite ? Nina entraînée par la police française. Antoine, derrière elle. Il crie : « Nina ! Nina ! Vous n'avez pas le droit ! Ma femme est française ! Elle est française et catholique ! » Maître René Duprat et son sourire sardonique : « Voyons Antoine, nous allons arranger cela ! Calmez-vous ! C'est certainement une erreur ! Il s'agit d'une dénonciation ! »

Le malade faisait un effort démesuré pour se souvenir. Comment tout cela avait-il commencé ? Que s'était-il donc passé ? Pourquoi n'avait-il pas su protéger Nina et Antoine ? Il avait eu des relations, pourtant... D'importantes relations... « Une dénonciation ? Qui donc a dénoncé Nina ? Qui ? »

Pour lui, il n'y aurait plus jamais de réponse à cette question.

Dans une autre chambre de la maison, au milieu de dentelles, de linge fin, de surexcitation, d'agitation, d'odeurs d'eau de Cologne qui se mêlaient à celle de l'eau de Dakin, un nouveau-né hurlait son droit de vivre... C'était un garçon.

– Je l'appellerai Paul-Henri ! murmura, épuisée, Josette d'Aubreuil. Paul-Henri d'Aubreuil, c'est joli, n'est-ce pas ?

Médecin, sage-femme, infirmière, femmes de chambre échangèrent des sourires entendus et s'extasièrent sur la beauté de l'enfant, la perfection de ses petits doigts, sa jolie toison toute dorée. Il dormait paisiblement, insouciant du reste du monde. Non loin de là, son grand-père, Paul d'Aubreuil, reposait lui aussi. Pour l'éternité...

Malgré le froid et la neige fondue qui tombait, malgré les difficultés de transport, malgré l'attente qui n'en finissait pas, une foule de curieux, d'amis, de journalistes, s'était massée à l'entrée du cimetière de Passy.

Les voitures arrivaient, déversant l'une après l'autre les d'Aubreuil, les Courcelles de Bossey, récemment libérés pour services rendus à la Résistance, les fils Desgroult, condamnés à quinze ans de prison mais en liberté conditionnelle, et les Dieudonné qui se tenaient soigneusement à l'écart des condamnés.

En une longue colonne funèbre, la famille s'assembla devant le caveau familial. Des ministres en exercice s'avancèrent avec componction ; l'un d'eux lut, d'une voix chevrotante d'émotion (à moins que ce ne fût de froid) un message du général de Gaulle, tout juste réélu à la tête du gouvernement provisoire. Ce message saluait en Paul d'Aubreuil une personnalité qui, malgré les multiples dangers encourus, avait su sauver son entreprise de la botte allemande, ce qui en faisait un résistant comme la majorité du peuple français. Ce panégyrique, qui eût bien surpris le défunt s'il avait pu l'entendre, fit ricaner plus d'un spectateur.

Le grand reporter, Joseph Kessel, qui se tenait un peu à l'écart, suivi d'un jeune homme portant un lourd appareil photo, chuchota à l'oreille du photographe :

– On l'enterre le jour de l'ouverture du procès de Nuremberg. Tu ne crois pas que s'il y avait eu une justice, une vraie, ce défunt-là aurait dû y rendre quelque compte ? D'Aubreuil résistant ? Alors moi, je suis danseuse étoile ! Résistant de la dernière heure, oui ! Comme tous ces jean-foutre qui pleurent des larmes de crocodile. Résistant ! Vraiment, on aura tout entendu...

Kessel avait une belle voix de basse chantante et sonore. Des têtes se retournèrent et des regards malveillants le dévisagèrent.

– Chut..., répliqua son compagnon. On va t'entendre ! Tu exagères. D'Aubreuil a collaboré, certes, mais il n'a pas de sang sur les mains.

– Qu'est-ce que tu en sais ? Qui te dit qu'il n'a pas dénoncé quelques bons amis juifs pour s'emparer de leur clientèle ? Cela s'est vu...

– D'Aubreuil n'avait pas la réputation d'être une canaille. Juste un opportuniste, et puis, le père de sa belle-fille était un authentique résistant. Raoul Dieudonné est mort en héros.

– Tu en es sûr ?

– Vrai de vrai. Il a été pendu par la Gestapo en 42, à Montauban. Ce citoyen-là n'avait pas besoin de certificats de résistance comme ces messieurs. Bon, fais gaffe. Je prends les photos du fils François d'Aubreuil. Parole, on dirait vraiment qu'il pleure son père. Pourtant, on chuchote partout que le père et le fils ne s'entendaient pas.

En effet, François pleurait vraiment son père. Ce qu'il pleurait aussi, mais nul ne pouvait s'en douter, c'était son enfance, sa jeunesse, son insouciance qu'il enterrait en ce jour glacial de novembre... Il pleurait Nina... Il se souvenait de ses mains sur le piano... Et cette musique... Lui qui n'était ni mélomane ni musicien, ni rien de tout cela, était troublé, séduit, ému au-delà de toute expression. C'est à ce moment qu'il avait commencé à haïr Antoine. À rêver de le voir mort... Parce qu'Antoine avait le droit, le soir après le dîner, de monter dans cette chambre conjugale, le bras autour des épaules de Nina...

« Nina n'a pas eu de sépulture, pensait-il. Nul n'a pu me renseigner... Comme j'ai souffert à cause d'elle ! Comme un damné ! Quand on a dix-huit ans, il n'est pas de fin au début de l'amour. Même devant l'impossible, il y a encore de l'espoir... À trente ans, on connaît le sens du mot impossible... Et on croit que l'on oublie. Mais non. On n'oublie jamais. Le souvenir s'endort dans un coin de la mémoire, et il revient à la surface au moindre appel. Avec lui, la souffrance et les regrets. Regrets de ce qui aurait pu être et qui n'a pas été. Pourtant, tôt ou tard, tout passe, tout lasse. On croit son amour immortel, éternel, mais tout ne se termine pas aussi mal, aussi dramatiquement que mon amour pour Nina... »

Il la suivait partout comme un chien adorant, respirant *Chantilly* de Houbigant, son parfum favori, tournant les pages de ses partitions, à l'affût de ses moindre désirs.

Elle disait avec son délicieux accent allemand : « Gentil beau-frère, faites-moi découvrir Paris... » Alors, il prenait la Bugatti découverte et l'emmenait à travers les rues de la capitale... Il aurait aimé l'emmener au bout du monde.

La cérémonie des condoléances, ce défilé ininterrompu d'amis, de parents, d'alliés, de curieux, d'ennemis intimes, de serrements de main, de regards apitoyés, de paroles de compassion – « Toutes mes condoléances... », « Je partage votre peine... », « J'ai bien connu votre père... » – n'en finissait pas... Bientôt, ce fut au tour des employés du journal *Les Nouvelles du Midi* de venir saluer le défunt. D'abord le rédacteur en chef, puis les journalistes, enfin les linotypistes. Le contremaître, Raymond Maury, s'approcha de François d'Aubreuil... Il était accompagné de deux très jeunes garçons, d'environ treize et onze ans.

– Toutes mes condoléances, monsieur. Votre père était un bon patron. Nous l'aimions bien.

– Merci. Merci d'être venu... Raymond. Votre présence et celle de vos compagnons me sont d'un grand réconfort... Ce sont vos fils ? poursuivit-il en désignant les deux enfants.

– Oui, patron. Frédéric l'aîné et Christian le cadet... Ma femme n'a pu venir à cause du bébé, vous savez...

– Oui. Je sais.

– Mais elle est désolée pour vous et votre famille...

– Merci, Raymond. Merci d'être venu...

Raymond Maury s'éloigna.

La cérémonie des adieux touchait à sa fin. Il l'avait promis à son père, le lendemain il irait chercher la petite Amelia à Genève.

– Voilà, monsieur. Votre compartiment est prêt.

Avec des gestes précis et rapides, le contrôleur des wagons-lits avait préparé la couchette, rabattu le drap, prévu une couverture supplémentaire.

– Il va faire froid, cette nuit. Monsieur n'aura besoin de rien d'autre ?

– Non. Non, merci.

François d'Aubreuil glissa un billet dans la main discrètement tendue.

– À quelle heure arrive-t-on à Genève ?

– À sept heures trente... Si Monsieur veut me confier son passeport ?

En silence, François obtempéra. Brusquement, il se vit dans le même train, en wagon-lit de première classe, en compagnie d'une Amelia de sept ans, sanglotante et qui réclamait ses parents : « J'veux ma maman... J'veux mon papa... » Que pouvait-elle comprendre du monde des grandes personnes ? Que pouvait-on lui expliquer alors ? Le Vél' d'Hiv, la déportation de Nina et d'Antoine ?... Une petite fille de sept ans ne pouvait pas comprendre ces choses-là...

– Monsieur n'a plus besoin de moi ?

La voix du contrôleur arracha François à ses souvenirs.

– Non. Non merci, se hâta-t-il de répondre.

Tout habillé, François s'allongea sur la couchette et se laissa aller à la plus violente crise de larmes qu'il eût jamais connue. Il n'était plus ce bel homme à qui tout réussissait. Il était un petit garçon qui venait de perdre un père qu'il admirait ; il était l'adolescent de dix-huit ans qui avait perdu une femme qu'il avait adorée, mariée à un frère férocement jalousé.

Il avait dix-huit ans... C'était lui qui tournait les pages des partitions de Nina, toujours vêtue de blanc, elle lui souriait.

« Je serais la plus grande pianiste du monde... Vous verrez ! Vous verrez ! »

Et elle riait. Le rire de Nina...

Mai 1933

C'est en mai 1933, à Leipzig, qu'Antoine d'Aubreuil, frais diplômé de Polytechnique, s'éprit de Nina Lieberfreund.

Un banal accident de ski, une jambe cassée, plâtrée, obligea Paul d'Aubreuil à envoyer son fils traiter à sa place une affaire commerciale avec le professeur Leopold Lieberfreund. Président d'une petite usine de produits chimiques, ce dernier venait de déposer des brevets censés « rendre une jeunesse durable à la peau des dames d'un certain âge ». En outre, le professeur Lieberfreund était l'heureux possesseur de brevets japonais concernant des crèmes miraculeuses. Paul d'Aubreuil souhaitait obtenir le droit d'exploiter ces brevets. « Nous pourrions fabriquer une crème miracle, une crème rajeunissante qui retarderait l'apparition des rides..., avait dit son père. Je te confie là une mission très importante. Ce Lieberfreund est un chimiste fort connu et il peut vendre ses brevets à prix d'or à Helena Rubinstein ou Elizabeth Arden. Ces deux sociétés ont déjà fait des offres. Nous devons les devancer... et mettre le prix qu'il faudra, en particulier pour six de ces brevets... »

Paul d'Aubreuil engagea son fils en mai. Cet aimable polytechnicien, sorti bon dernier de sa promotion, dut assimiler en moins de trois semaines la teneur précise des brevets d'invention concernant les crèmes rajeunissantes ou adoucissantes déposés depuis 1930. Après avoir appris ces brevets par cœur, Antoine avait demandé, amusé, si ces cosmétiques étaient vraiment efficaces.

« Ils seront parfaits pour quadrupler notre chiffre d'affaires. Surtout le brevet de Tokushibo Hashimoto, une crème de toilette que beaucoup de fabricants américains souhaiteraient posséder. Tu ne peux imaginer l'essor que les cosmétiques vont prendre. Les femmes sont de plus en plus soucieuses de beauté et d'hygiène. Le progrès passe par là... et crois-moi, c'est un progrès susceptible de générer des fortunes pour qui saura saisir au vol toutes les opportunités. »

Son père lui décrivit en détail l'homme qu'il allait rencontrer.

– Le professeur Lieberfreund est juif. Veuf depuis fort longtemps, il vit avec sa fille qu'il adore. On le tient pour un futur prix Nobel de chimie. Peut-être cette année. Il a fait faire une avancée considérable dans certaines maladies de peau. Avec la crise, son laboratoire perd de l'argent, il a décidé d'exploiter certaines de ses découvertes. Il travaille pour les plus grands. Helena Rubinstein, Elizabeth Arden, Lanvin, Coty... Bref, tous nos rivaux ! J'aimerais que nous obtenions l'exclusivité de ses nouveaux brevets... C'est un homme sérieux. On ne s'amuse pas avec lui, mais on peut lui faire confiance. Sa parole vaut de l'or. Reste à savoir ce qu'il va devenir maintenant qu'Hitler est au pouvoir. Même les juifs appartenant à la bourgeoisie aisée sont menacés... Lieberfreund est protégé par la communauté scientifique internationale. Hitler ne fera rien contre lui jusqu'à l'attribution des prix. Un Nobel allemand, même juif, est toujours honorifique...

– Comment le professeur vit-il l'ascension de Hitler ?

– Je l'ignore. Comment veux-tu que je le sache ? Mais tu sais, Hitler n'est ni meilleur ni pire que nos politiques actuels... Les choses ne vont pas si mal en Allemagne, et depuis qu'il est au pouvoir. La France et l'Angleterre l'aident à redresser l'économie du pays.

Un peu étonné par le discours de son père, Antoine qui, malgré son insouciance, suivait de près la politique internationale, l'interrompit :

– Père, je pense que vous faites erreur... Je crains que cela ne soit beaucoup plus sérieux... Peut-on laisser l'Europe devenir fasciste ? Le fascisme est tout de même très inquiétant.

– Certainement. Mais le socialisme l'est tout autant ! Quelle différence entre eux ? Une question d'appellation ! National-socialisme et socialisme, c'est bonnet blanc et blanc bonnet... Juste un mot à effacer ou à ajouter. Dans les deux cas, nous avons affaire à une dictature.

– Mais, père, le fascisme, c'est la dictature d'extrême droite !

– Et le communisme, c'est une dictature d'extrême gauche ! Où est la différence ? Allons, mon garçon, cela ne nous concerne absolument pas. Seul importe aujourd'hui de ne pas se laisser prendre de vitesse par Neckermann ! C'est cela l'important ! Cette société achète à bas prix tous les brevets déposés par des scientifiques juifs. Dans tous les domaines ! Lieberfreund est obligé de vendre les siens le plus rapidement possible. Note bien qu'il n'est pas nécessaire de lui mettre le couteau sous la gorge, ce que fera sans nul doute Neckermann ! Qu'il nous donne la priorité au prix qui lui conviendra.

La matinée était déjà très avancée quand le train s'arrêta à la gare du nord de Leipzig. Des hommes en uniformes de SA circulaient, dévisageant sans vergogne les voyageurs, arrêtant qui bon leur semblait, demandant les papiers, fouillant les valises.

Quelques instants plus tard, un taxi emmenait Antoine d'Aubreuil à travers les avenues de la ville vers l'hôtel où il avait réservé une chambre. Il ne connaissait pas l'Allemagne et sa première impression fut plutôt déprimante.

Le taxi passa dans une rue dont la plupart des boutiques s'ornaient d'étoiles de David, soulignées du mot JUIF, peint en blanc... Certaines vitrines étaient brisées. Beaucoup arboraient des écriteaux : BOUTIQUE ARYENNE, L'ANCIEN PROPRIÉTAIRE EST DÉJÀ À DACHAU. Les rues étaient désertes. Totalement désertes.

– Que se passe-t-il ? demanda Antoine au chauffeur. Pourquoi n'y a-t-il personne dans cette rue ?

– Bah ! Nous sommes dans le quartier juif... Ils ont peur... Ils se cachent comme des rats ! Les lâches...

– Peur... De quoi donc ?

– De recevoir des coups, pardi ! Ce sont des lâches, je vous dis ! Ils ne veulent pas se battre contre les jeunes Hitlériens ! Ça, ce sont des bagarreurs ! Il faut les voir quand ils se mettent à tabasser un youpin !... Parfois, je me joins à eux.

C'était dit sur un ton qui attendait une réponse... Dans le rétroviseur, le regard du chauffeur de taxi se fit soupçonneux.

– Moi, j'aime pas les youpins, répéta-t-il, menaçant. Et je ne transporte pas de youpins...

Cette fois-ci, il n'y avait pas à se méprendre, Antoine « devait » répondre, ou descendre de voiture.

– Déposez-moi à l'adresse que je vous ai indiquée, dit-il sèchement, et dispensez-moi de vos réflexions.

Dompté, le chauffeur inclina la tête en signe d'assentiment. Le ton, l'allure, les vêtements luxueux de son passager l'impressionnaient. Il sentait qu'il avait affaire à une personne importante.

Soudain, la voiture s'arrêta devant l'Hôtel de Ville.

– Qu'y a-t-il ? s'informa Antoine.

– Une manifestation contre les communistes et les juifs, jubila le chauffeur.

Les manifestants, portant des bannières frappées de la croix gammée, défilaient bruyamment, au pas cadencé, hurlant à intervalles réguliers : *« Heil... heil... heil Hitler... »* De nombreux agents de police les escortaient. Tous avaient l'air joyeux. Soudain, un coup de feu partit d'une fenêtre de l'Hôtel de Ville. Cris et hurlements retentirent : « Mort aux juifs ! Mort aux cocos ! À mort ! » Le chauffeur de taxi remit le moteur en route.

– Ça va barder dans le ghetto, dit-il simplement.

« Eh bien ! Ça commence plutôt mal ! » pensa Antoine. Puis, il se ressaisit et mit sa lassitude sur le compte de son très long voyage. Il se dit qu'après quelques jours, il verrait tout ce qui l'entourait d'un autre œil. Son hôtel, situé juste en face du nouvel Hôtel de Ville qui s'ornait avec orgueil d'une tour de plus de cent mètres, était le meilleur de Leipzig.

Beaucoup de monde allait et venait dans le hall.

Tandis qu'un peu hébété, Antoine attendait sa clef, il observa autour de lui et son regard accrocha un énorme portrait d'Hitler, soigneusement retouché, qui trônait au-dessus de la cheminée.

C'était le portrait officiel qui désormais ornait les lieux publics. Le portraitiste avait bien fait son travail. L'expression habituelle de demeuré caractériel, propre à Hitler, avait fait place à une expression virile, guerrière, pleine d'une flamme visionnaire. Tous les employés portaient au revers de leur veste l'insigne du parti nazi. De toute manière, ils n'avaient guère le choix, s'inscrire au parti ou prendre la porte. Le personnel dans son ensemble paraissait plutôt joyeux et, de temps à autre, répondait gaiement aux sonores *Heil Hitler* qui se faisaient entendre. Le regard d'Antoine s'attarda sur un homme, vêtu d'un complet sombre qui le fixait avec une attention soutenue. Il était assis dans un fauteuil et buvait une bière. Malgré son élégance vestimentaire, ses cheveux blonds, coupés très court, soigneusement séparés par une raie sur le côté, ses yeux gris très clairs, froids, durs, trop rapprochés, il se dégageait de lui une certaine vulgarité. De la force aussi. Une force brutale qui ne devait reculer devant rien. Son regard croisa celui du Français. Un regard malveillant et soupçonneux qui mit Antoine fort mal à son aise.

« On dirait un souteneur..., pensa-il. Il doit y avoir des prostituées de luxe qui travaillent pour lui dans cet hôtel... »

Antoine détourna les yeux. Un tout jeune homme blond, en costume de chasseur, s'approcha de lui, s'empara de ses valises et prit la direction de l'ascenseur.

– J'ai votre clef, Monsieur. Si vous voulez bien me suivre...

Intrigué, Antoine demanda :

– Qui est ce monsieur ? Il me regardait d'un air bizarre. Est-ce le détective de l'hôtel ?

Le jeune garçon hésita un peu avant de répondre. Puis, il lâcha entre ses dents :

– Gestapo... C'type appartient à la Gestapo. Mais que Monsieur n'ait aucune crainte, c'type-là recherche surtout des juifs et des communistes. Nous n'avons plus de cette denrée-là à l'hôtel. C'est un hôtel honorable. Le plus grand et le plus honorable de Leipzig...

Nul n'aurait su dire avec une certitude absolue si le jeune valet ne se moquait pas.

Antoine n'avait jamais entendu parler de la Gestapo, cette hydre à mille têtes qui, depuis quelques semaines, s'étendait sur l'Allemagne. Le décret promulgué par Hermann Goering, créant une police secrète d'État, *Geheime Staatspolizei*, faisait déjà des siennes.

– ... Monsieur est étranger, continua le chasseur tandis que l'ascenseur montait vers les étages. La Gestapo a pour mission de surveiller tous les étrangers... Mais comme je l'ai déjà dit à Monsieur, c'est surtout la chasse aux juifs et aux communistes qui les occupe...

Cette fois-ci, le chasseur parlait avec un accent indéfinissable de colère, de mépris et de peur.

– Je vois, répondit Antoine.

L'ascenseur s'arrêta et l'employé eut un petit ricanement.

– Si Monsieur veut bien me suivre. Nous sommes arrivés... Voilà, chambre 147...

Le chasseur précéda Antoine.

– Si Monsieur veut bien faire attention à lui, et s'il veut éviter d'être suivi, je peux m'arranger avec un taxi. Un de mes amis.

Antoine acquiesça, et lui donna un pourboire...

– Comment vous appelle-t-on ? Je peux avoir besoin de vos services...

– Franz... Monsieur. Demandez Franz. Et monsieur...

– Oui ?

– Ceux dont vous devez vous méfier le plus, ce sont les SA et les SS... Ils n'aiment pas les Français et peuvent chercher querelle à Monsieur pour un oui, pour un non... C'est déjà arrivé.

– Je ferai attention, Franz. Merci du renseignement.

La chambre était banale, élégante, voire un peu mélancolique avec ses gros meubles en acajou, ses confortables fauteuils et ses larges baies qui donnaient sur l'avenue. Une coupe de fruits, des biscuits et une petite bouteille de champagne, dans un seau plein de glace, attendaient le visiteur. Mal à l'aise, Antoine s'approcha de la fenêtre, l'ouvrit et respira les odeurs des tilleuls qui avaient donné leur nom à la ville [1]. Il observa avec étonnement les jeunes gens qui encombraient les rues, marchaient en rangs au pas cadencé et chantaient des chants violents, impétueux, sur un tempo de marche militaire. Ce spectacle donnait une impression de brutalité primitive, barbare, qui accentua son malaise. Antoine renonça à sortir pour le déjeuner et décida de se faire monter un plateau. L'après-midi passa en rangements divers. Antoine téléphona à son père, à sa « presque fiancée », dormit un peu. Puis se prépara pour le dîner.

Bien qu'il n'eût aucune envie de se retrouver dans la vaste salle à manger, sous les lustres de cristal étincelants de lumière,

1. Leipzig. Au cours du XIe siècle, les Slaves émigrèrent dans cette ville et lui donnèrent le nom de « Lipsk » qui signifie « population des tilleuls ».

il décida cependant d'y descendre. Au bar, il commanda un cocktail. Son regard croisa Franz. Le jeune chasseur lui fit un petit clin d'œil et s'approcha de lui sans précipitation exagérée.

– Monsieur désire-t-il dîner ?

– Oui. Vous pouvez me trouver une table au calme ?

– Que Monsieur veuille bien me suivre. Je vais installer Monsieur à côté d'un couple de vrais *gentlemen*. Il y en a encore, en Allemagne, malgré les apparences.

L'homme était âgé d'une cinquantaine d'années et sa femme paraissait un peu plus jeune. « Quarante-cinq ans », apprécia mentalement Antoine qui se présenta. Un courant de sympathie passa d'emblée entre eux. Antoine se présenta comme « chargé d'affaires » au bénéfice de la société d'Aubreuil.

Frau Müller était professeur de piano au Conservatoire de Leipzig. C'était une femme de type nordique, qui avait dû être fort belle. Très grande, très blonde, il y avait dans sa stature quelque chose de majestueux et, tout de suite, Antoine l'imagina devant un piano, donnant un concert. Elle précisa en souriant un peu tristement :

– Autrefois, j'étais une concertiste connue. Maintenant, je suis professeur de piano au conservatoire de Leipzig... Encore pour quelque temps, je l'espère..., précisa-t-elle à mi-voix.

Elle échangea un regard avec son époux, le conseiller de justice Müller, qui déclara en rougissant :

– Je suis désormais en disponibilité... Ma santé laisse à désirer.

Puis, très vite, il orienta la conversation sur la France, les derniers livres parus, les concerts qui se donnaient à Leipzig, et s'amusa avec indulgence de l'ignorance que manifestait Antoine sur ces sujets. À un moment donné, alors que le dîner s'achevait très agréablement, Frau Müller parla des difficultés qu'elle rencontrait dans son métier.

– Certains notables nazis ont demandé à ce que le Conservatoire soit expurgé de ses élèves juifs. Cela me fait beaucoup de peine pour certains d'entre eux, surtout pour Nina Lieberfreund, la meilleure élève de ma classe. Je pense, d'ailleurs, de tout le Conservatoire.

Antoine eut de la peine à retenir un sursaut de surprise.

– Comment avez-vous dit ? Lieberfreund ?... Quelle coïncidence. Demain, justement, j'ai rendez-vous avec le professeur Lieberfreund. Un chimiste fort connu.

– C'est le père de Nina... Comme c'est étrange, s'exclama Frau Müller.

– Pas si étrange que cela, interrompit son époux. Leipzig est une petite ville. Tout le monde connaît tout le monde. Si nous voulons rencontrer quelqu'un, il n'y a qu'à se rendre soit ici, dans le restaurant de l'hôtel, soit dans une brasserie, non loin de l'église Saint-Thomas. Et le dimanche, mieux vaut se rendre au temple ou à l'église, sinon toute la ville le sait et cela fait l'objet des conversations du dimanche soir au dimanche suivant. Dans ce cas, si vous vous obstinez à ne pas vous rendre au temple ou à l'église, mieux vaut quitter la ville au plus tôt. Vous êtes communiste, vous êtes anarchiste, ou pire encore, vous êtes un juif !

Il soupira et porta les mains à ses tempes.

– Si vous saviez comme cela est dur, parfois, d'être allemand ! Et comme c'est dur de voir la racaille s'emparer du pouvoir !

Cette dernière phrase fut prononcée à voix si basse qu'Antoine ne saisit pas la moitié des mots.

– Karl ! reprocha doucement Frau Müller avec inquiétude. On peut t'entendre !

– Tu as raison, répliqua Karl Müller. On peut m'entendre... Voyez-vous, mon jeune ami, quelquefois je me demande quelle affreuse malédiction pèse sur le peuple allemand. Une malédiction qui le pousse à se détruire...

Il en aurait dit davantage, mais à ce moment, la porte s'ouvrit sur une horde de très jeunes gens, dont la plupart étaient visiblement ivres.

– Ce sont des SA, chuchota le conseiller de justice. Röhm est avec eux...

Le chef de la bande, ivre au dernier degré, s'appuyait sur un très jeune homme blond, au beau visage encore presque enfantin. Röhm hurla quelque chose, puis le couple traversa la salle de restaurant, suivi de leurs amis, et tous s'installèrent à une table ronde... Le maître d'hôtel apporta des chopes de bière, et c'est alors que Röhm se pencha vers son jeune compagnon et l'embrassa sur la bouche.

Très pâle, Frau Müller se leva et dit :

– Je crois que nous ferions mieux d'aller nous coucher...

– Mais, protesta Antoine, j'aimerais beaucoup vous revoir ! Donnez-moi une adresse, un numéro de téléphone...

Le conseiller de justice secoua la tête.

– Peut-être vaut-il mieux, dans votre propre intérêt, que vous ignoriez notre existence. Ni ma femme ni moi-même ne sommes persona grata en ce moment. Et ceux qui nous côtoient risquent beaucoup. Si vous dînez ici, quelquefois, nous nous y retrouverons avec plaisir.

Le professeur Lieberfreund habitait un peu en dehors du centre-ville dans une maison du XVIIIe siècle non loin des bois qui cernaient Leipzig.

Antoine traversa un vaste jardin où foisonnaient arbres et fleurs en désordre. Tout de suite, il aima ce lieu. C'était l'endroit rêvé pour y mener une vie discrète, voire secrète. Il espéra que le chimiste l'inviterait à s'installer chez lui.

La bonne le fit attendre dans un petit salon. Quelqu'un jouait du piano dans une pièce contiguë dont une porte, par inadvertance, avait été laissée entrouverte. Antoine d'Aubreuil n'était pas musicien. À peine identifiait-il quelques concertos ou symphonies, ce que tout homme de sa condition sociale devait connaître pour ne point passer pour un sot. Pourtant, là, la qualité du musicien s'imposait... Quand le piano se tut, le jeune homme entendit nettement une voix féminine qu'il reconnut aussitôt comme celle de Frau Müller : « Je n'ai plus rien à vous apprendre, mon enfant... Je dois reconnaître que désormais vous devez suivre des cours avec un maître. Il faut absolument que vous donniez suite à la proposition d'Alfred Cortot. Lui seul peut vous préparer à devenir une grande concertiste. » Sans bruit, Antoine d'Aubreuil s'approcha de la porte et tendit l'oreille... Il y eut un silence, puis une voix très jeune dit :

– J'en ai tellement envie ! Mais je n'ai que dix-huit ans. Jamais papa ne me permettra de quitter Leipzig.

– Peut-être pourrais-je intervenir ?..., reprit Frau Müller. Alfred Cortot vous a entendue. Il ne parle pas en l'air. Il croit en vous...

Très intrigué, et fort désireux de mettre un visage sur la jeune voix, Antoine s'approcha davantage. À cet instant précis, un petit toussotement le fit sursauter. C'était la femme de chambre qui l'avait introduit : « Si Monsieur veut bien me suivre... Monsieur Lieberfreund va venir rejoindre Monsieur dans le petit salon de musique... Par ici, Monsieur », acheva-t-elle en ouvrant largement la porte...

Antoine, un peu gêné d'avoir été pris en flagrant délit d'indiscrétion, quitta son poste d'observation et suivit la domestique sans mot dire.

Assise devant un piano à queue, une jeune fille, plutôt frêle, lui tournait le dos, les mains posées, immobiles, sur le clavier. Près d'elle, Frau Müller tourna la tête vers Antoine et la domestique.

– Oui ? demanda-t-elle un peu surprise, puis lorsqu'elle reconnut Antoine : Oh ! monsieur d'Aubreuil ! Comme je suis contente de vous revoir ici ! Nina ! Voici le jeune Français dont je vous ai parlé !

Nina Lieberfreund quitta son piano et tendit la main.

– Je suis ravie de vous connaître... Frau Müller m'a raconté votre rencontre d'hier soir..., dit-elle souriante. Ainsi, vous venez de Paris ?... Ah, Paris !

Elle restait penchée vers Antoine qui, immobile, la regardait fixement sans penser qu'il devait prendre sa jolie main tendue ostensiblement vers lui. Elle était ravissante. Ses cheveux blonds, coupés court, frisaient autour d'un visage délicat, aux traits fins. Pourtant rodé au monde parisien depuis sa plus tendre enfance, Antoine, la gorge serrée par une émotion nouvelle, incompréhensible, les joues rouges, se taisait résolument. Déconcertée, Nina laissa retomber sa main. Alors Antoine, soudain conscient de sa grossièreté, s'en empara vivement, la secoua et la serra avec une telle vigueur que Nina ne put s'empêcher de laisser échapper un petit cri.

Tandis qu'il se confondait en excuses, Antoine sentit se glisser en lui, plus exactement prendre possession de lui, ce qu'il convient d'appeler un « coup de foudre ».

« C'est une femme ! » pensa-t-il.

Il était en effet difficile de ne pas se rendre à l'évidence ! Nina était une femme. Mais dans l'esprit d'Antoine, en proie à la confusion la plus totale, cette pensée « c'est une femme ! » avait un tout autre sens et, s'il l'avait osé, il aurait simplement dit : « C'est ma femme. »

Jusqu'à cet instant précis, Antoine d'Aubreuil, vingt-deux ans, joignant une humeur placide à un naturel joyeux, sans véritable passion, n'avait été qu'un jeune homme d'excellente famille dont l'existence, déjà tracée d'avance, ne pouvait être que tout à fait semblable à celle des jeunes gens de son milieu social. Il s'était vaguement fiancé avec une toute jeune fille rencontrée au cours du bal annuel de Polytechnique.

C'est en dansant – mal – qu'Antoine d'Aubreuil avait rencontré Claire de Chambrun, plus ou moins apparentée à la famille de Pierre Laval. Les deux jeunes gens avaient sympathisé, dansé quelques valses ensemble. Il n'en avait pas fallu davantage pour que les deux pères, le baron Paul d'Aubreuil et le comte de Chambrun, se rencontrent et parlent avec gravité de l'« avenir de nos enfants ». La demande en mariage officielle devait se faire dès le retour d'Antoine. Cet Antoine qui, maintenant, restait bouche bée, cramoisi, en proie à des sensations tout à fait inconnues de lui. La passion, la folie n'avaient pas cours dans sa famille.

Puis à brûle-pourpoint, il dit :

– Vous jouez très bien du piano. J'ai entendu... là... tout à l'heure...

Nina leva fièrement la tête.

– Je sais ! dit-elle sans fausse modestie. Tout le monde me prédit une grande carrière de pianiste ! Oh, j'ai conscience d'avoir encore beaucoup à apprendre ! Mais c'est cela que je veux de toutes mes forces ! Mon professeur, madame Müller, pense que je dois aller à Paris me perfectionner auprès du maître Alfred Cortot. Il m'a entendue et m'a proposé de préparer mon répertoire avec lui, à Paris. J'aimerais beaucoup y aller.

Frau Müller opina vivement de la tête.

– Maître Alfred Cortot était membre du jury pour le concours de fin d'année au Conservatoire. Il a beaucoup apprécié le talent de mon élève... Il l'a écoutée une seconde fois et savez-vous ce qu'il a dit ?

– Euh... non !

– Oui, bien sûr ! Vous ne pouvez pas le savoir ! Eh bien, le maître a dit : « Cela arrive parfois, un tel talent. Dans une petite ville provinciale, loin de tout, et le miracle a lieu... » Vous vous rendez compte ?

Durant tout le petit discours de Frau Müller, Antoine n'avait pas quitté Nina des yeux. Elle souriait, ravie d'entendre, peut-être pour la centième fois, ce témoignage admiratif de son jeune talent. Lorsque Frau Müller eut achevé, Nina dit avec gravité :

– Je donnerais n'importe quoi pour aller à Paris.

Une joie subite inonda Antoine d'Aubreuil. Sa timidité s'envola et il répliqua joyeusement :

– Alors, il faudra nous revoir à Paris ! C'est là évidemment que vous devez venir vous perfectionner ! Quant à Alfred Cortot, j'en fais mon affaire ; c'est un ami de ma famille... Nous le voyons très souvent... La baronne de R... est une parente, elle est connue pour les concerts privés qu'elle organise et très souvent Alfred Cortot y prête gracieusement son concours.

Il mentait sans vergogne. Il n'avait entendu puis rencontré le grand pianiste qu'une seule fois dans sa vie et s'était ennuyé à mourir. Mais il aurait continué à mentir durant des heures, pour voir les yeux de Nina s'écarquiller de plaisir, l'entendre rire. La jeune fille se tourna vers Frau Müller et s'écria :

– Vous entendez ? Je vais aller à Paris et je travaillerai avec Alfred Cortot...

À cet instant, une voix sévère se fit entendre :

– Qui va travailler avec Alfred Cortot ?

Tout à leur entretien, personne n'avait entendu la porte s'ouvrir sur Leopold Lieberfreund. C'était un homme d'une quarantaine d'années, grand, maigre, au visage triste, émacié, orné d'une courte barbe noire. Outre la tristesse, il émanait du personnage une sorte de désespoir secret. « On dirait un homme brisé... », pensa immédiatement Antoine. Un *Keppelé*[1] noir était fixé sur une abondante chevelure grisonnante. Son costume sombre, strict, aurait pu le faire paraître froid et sévère, mais le regard pensif qu'il posa sur Antoine était bon, et doux son sourire. S'exprimant dans un français parfait avec une infime pointe d'accent allemand, il salua le jeune homme avec chaleur :

– Si vous souhaitez vous reposer... ou prendre une collation avec nous ?... Ensuite, nous parlerons affaires.

– Oh ! une collation, avec plaisir, s'empressa Antoine qui, désormais, n'avait qu'un seul désir, rester le plus longtemps possible aux côtés de Nina.

Étonnée, Nina le dévisagea. « Il n'y a pas cinq minutes, pensa-t-elle, il refusait tout ce que je lui proposais, et maintenant... » Hochant la tête, elle se tourna vers son père :

---

1. Petite calotte que tout juif religieux garde en permanence afin de ne pas se découvrir la tête devant Dieu.

– Alors, papa chéri… Qu'en dis-tu ?

– Quoi donc ? De quoi parles-tu ?

– Mais enfin ! Paris ! Alfred Cortot !

– Nous verrons cela.

– Papa ! s'écria Nina. Frau Müller pense qu'elle ne peut plus rien m'apprendre et que je dois aller me perfectionner à Paris avec le maître Alfred Cortot… Lui-même me l'a proposé ! Il pense que j'ai du génie ! Oui ! Oui ! C'est ce qu'il a dit !

– Petite prétentieuse, dit affectueusement le professeur Lieberfreund, Frau Müller, vous gâtez trop votre élève !

Le visage triste du professeur Lieberfreund s'assombrit encore.

– Tu es encore bien jeune pour vivre seule… Mais il est vrai aussi que beaucoup de choses ont changé au cours de ces derniers mois. Peut-être faudra-t-il envisager ton départ. N'est-ce pas, Frau Müller ?

Frau Müller inclina la tête sans sourire. Elle échangea un regard entendu avec Leopold Lieberfreund. L'un et l'autre se regardèrent longuement. La même tristesse, la même angoisse, les habitait.

– Oui, monsieur, dit-elle enfin. Sans doute ! Beaucoup de choses ont changé ces derniers temps !

Soudain, Antoine se rendit compte que le professeur et Frau Müller menaient exprès la conversation sur un mode léger, assez surprenant de la part de ces deux personnes. Peut-être avaient-ils l'impression qu'ainsi ils maintenaient dans la maison comme un îlot de sécurité plaisant, loin de tout, dans lequel rien de grave ne pourrait les atteindre. Évoquer ce qui se passait risquait de briser le charme de cette fin d'après-midi.

Les odeurs de seringas se mêlaient à celles des iris et des roses. Nina riait d'une plaisanterie de son père… et Antoine pensa : « C'est la plus jolie jeune fille que je connaisse… »

– Si seulement…, commença-t-il.

– Oui ? demanda Nina.

– J'aimerais que le printemps ne s'achève jamais.

Mais il pensait : « J'aimerais que cet instant ne s'achève jamais... »

Les regards des deux jeunes gens se croisèrent. Nina avait parfaitement compris le sens de la phrase prononcée par Antoine.

Le crépuscule commençait à poindre quand le professeur Lieberfreund proposa : « Si nous allions jeter un coup d'œil sur mes brevets ? »

À contrecœur, Antoine le suivit dans son bureau.

– Nous allons avoir beaucoup de travail pour étudier tout cela, dit le professeur Lieberfreund. Pourquoi ne pas vous installer ici ? J'ai plusieurs chambres d'amis. Il vous suffira de choisir celle qui vous convient. Leipzig n'est pas très agréable en ce moment... Mais si vous le désirez, Nina pourrait vous emmener au théâtre, au cinéma ; nous avons un excellent opéra et un orchestre de premier ordre... Vraiment, vous avoir chez moi me ferait plaisir...

Il ajouta en riant :

– Comme cela, je pourrai vous avoir sous la main et nous pourrons étudier tranquillement toutes les propositions de votre père. Bien que j'aie eu des propositions fort alléchantes, notamment d'Helena Rubinstein, je dois vous dire que votre firme a ma préférence. Je souhaite travailler avec les Français... Cependant, ne vous méprenez pas. Neckermann veut ces brevets. Et ce que Neckermann veut... Il est très bien vu des nazis. Les choses risquent de ne pas être aussi faciles que prévu... Certains de mes brevets ont déjà été réquisitionnés par eux...

Fou de joie, Antoine accepta l'invitation. Il allait voir Nina tous les jours... Il pensa que c'était fou, trop rapide, mais que le bonheur, pour lui, serait d'avoir toujours à ses côtés cette jolie tête blonde, d'entendre son rire, sa voix. « Mais, se dit-il raisonnablement, il est peut-être un peu trop tôt pour demander sa main à son père. »

Il se précipita au Grand Hôtel, demanda sa note, se retint à temps pour ne pas tirer la langue, comme un gamin malappris, à l'agent de la Gestapo, toujours à son poste, qui le fixait de ses yeux froids et durs. L'homme se leva et s'approcha du comptoir de la réception.

– Karl Schreiber, se présenta-t-il en claquant des talons. *Heil Hitler !* Vous partez déjà, monsieur d'Aubreuil ?

Il s'exprimait dans un excellent français, presque sans accent.

– Oui, fut la réponse laconique d'Antoine.

– Et pour aller où ?

Antoine sentit la moutarde lui monter au nez, jointe à une violente envie de cogner sans ménagement. Un dernier réflexe de prudence le retint. Il répliqua vivement :

– Je crains, monsieur, que cela ne vous regarde pas...

L'homme de la Gestapo se raidit. Mais un sourire éclaira, un bref instant, son visage.

– Excusez-moi, monsieur d'Aubreuil. J'espérais seulement que vous resteriez plus longtemps ici. Quelque chose vous y a-t-il déplu ? Peut-être avez-vous trouvé un meilleur hôtel ?... Ne voyez dans ma curiosité que le désir de comprendre pourquoi vous nous quittez déjà...

Déconcerté par cette soudaine volte-face, Antoine, envahi par une angoisse diffuse, dévisagea son interlocuteur et répondit prudemment :

– Je préfère loger chez des particuliers. Je trouve cela plus sympathique... Cela me donne l'occasion de mieux connaître ce pays...

– Je vois. Je comprend très bien. Vous n'ignorez pas que vos futurs hôtes sont juifs, n'est-ce pas ?

Stupéfait, Antoine réprima un sursaut. « Comment le sait-il, cet enfant de salaud ? Qui le lui a dit ? »

– Non. Je ne l'ignore pas, dit-il prudemment. Quelle importance ?

– Pour le Führer, cela a de l'importance. Beaucoup d'importance. Mais vous êtes français, catholique et vous me paraissez un jeune homme tout à fait estimable. Alors, je me permets de vous donner un bon conseil. Ne vous égarez pas dans des amitiés douteuses... *Heil Hitler !*

Et, sans attendre la réponse d'Antoine, Karl Schreiber lui tourna le dos et reprit son poste d'observation dans le hall de l'hôtel...

Antoine régla sa note et fit signe à Franz, le chasseur, qui rôdait autour de lui, de venir le rejoindre.

– J'ai besoin d'un taxi, dit-il à voix haute. Puis il ajouta à mi-voix : Franz, qui a bien pu renseigner ce type, là-bas ?

D'un mouvement discret de la tête, il désignait Karl Schreiber.

– Vous êtes suivi, Monsieur. Depuis votre arrivée. Deux SS ne vous lâchent pas d'une semelle. Faites attention, répondit Franz sur le même ton.

Puis, d'une voix forte :

– Un taxi pour monsieur d'Aubreuil ! Je vais faire le nécessaire tout de suite !

Puis à voix basse, il chuchota familièrement :

– Je vais vous confier à un pote à moi. N'ayez crainte. Vous ne serez pas embêté...

Quelques instants plus tard, dans le taxi, Antoine se retourna et regarda par la fenêtre arrière. Il vit deux hommes s'engouffrer dans une voiture noire.

– Vous êtes suivi, constata le chauffeur placidement. Vous êtes étranger ?

– Français.

– Je suis un ami de Franz. Ne vous inquiétez pas. Ça vous ennuie d'être suivi par ces fils de pute ?

– Oui. Plutôt.

– Alors, laissez-moi faire...

Brusquement, le taxi prit de la vitesse, tourna à gauche, à droite, fit demi-tour.

Antoine se retourna. La voiture noire avait disparu de son champ de vision... Mais lorsqu'il arriva devant la maison des Lieberfreund, elle était garée devant.

– Ces enfants de salaud savaient où vous alliez... Bienvenue et bon séjour en Allemagne, Monsieur. Mais ne vous y attardez pas trop. On ne sait jamais ce qui peut arriver.

Il aida Antoine à porter ses valises jusque sur le perron où attendaient le majordome et une servante au tablier blanc empesé.

– Écoutez, dit rapidement le chauffeur à voix basse. Si vous avez besoin d'un taxi, contactez-moi. Je suis un ami de Franz, je vous l'ai dit... Et si vous vous sentez menacé, faites appel à moi.

– Mais pourquoi serais-je menacé ?

– Vous habitez chez des juifs. Mauvais, ça ! Très mauvais !

Bizarrement, ce voyage qui ne devait durer qu'une huitaine de jours s'éternisait. Antoine d'Aubreuil téléphonait quotidiennement à son père et lui parlait des lenteurs de l'administration allemande.

– Ce sera un peu plus long que prévu, voilà tout ! disait-il.

– Mais au moins, le professeur Lieberfreund est-il d'accord pour nous vendre ces brevets ?

– Oh, tout à fait d'accord ! Et beaucoup plus facilement que je ne l'aurais imaginé. Les retards ne viennent pas de lui...

– D'où viennent-ils alors ?

– Neckermann. Il se pose comme acquéreur... Mais rassurez-vous, père. Le professeur est un homme d'honneur. Vous aviez raison, sa parole vaut de l'or... Dès que ses avocats auront préparé les dossiers et que nous obtiendrons l'autorisation de l'administration, je pourrai revenir... Le professeur demande que le paiement des brevets se fasse rapidement. En Suisse, pour plus de sûreté. Puis-je m'engager sur ce terrain ?

– Sans hésiter.

– Vous comprenez, père, Neckermann semble avoir un certain pouvoir. Il a déjà une demi-douzaine de brevets réquisitionnés par les nazis.

– Tiens donc... Neckermann... Je me doutais bien que ce bandit serait sur le coup ! Il rachète à bas prix les entreprises juives...

– Il a fait une offre au professeur... dérisoire ! dit Antoine. C'est du vol. L'administration allemande nous met des bâtons dans les roues, mais le professeur se défend sacrément bien. Tant qu'il reste en lice pour le prix Nobel, il ne risque rien ! Croyez-moi, père, je suis sûr que nous ferons l'affaire... Mais cela prendra bien encore une quinzaine de jours...

Malgré lui, le ton d'Antoine était si joyeux que Paul d'Aubreuil dit :

– Cela a l'air de te plaire. Tu as l'air de te trouver fort bien en Allemagne. Est-ce aussi terrible qu'on le prétend ?

Antoine marqua une légère hésitation avant de répondre :

– Vous savez, père, je passe mes journées à étudier ces brevets et à discuter de notre collaboration avec la manufacture de produits chimiques du professeur Lieberfreund. Je vous assure que je n'ai guère le temps de penser à autre chose.

À l'autre bout du fil, Paul d'Aubreuil comprit ce qu'insinuait son fils. Il dit en riant :

– Voyons, dis-moi... tes soirées, que fais-tu donc de tes soirées ?

Un léger rire fut la réponse, suivi de :

– Je vais au concert ou à l'Opéra. Parfois, au cinéma. Je sors tous les soirs.

– Quoi ?! s'étrangla Paul d'Aubreuil. Toi... à l'Opéra ? Tous les soirs ? Tu te moques de moi ?

– Oh, non ! Comment oserais-je ? Je vous quitte, père. Je vais être en retard. Ce soir, on joue *Le Vaisseau Fantôme* de Wagner et je ne veux pas rater l'ouverture. Je vous embrasse, à demain.

Et il raccrocha, laissant Paul d'Aubreuil complètement ahuri.
« Antoine à l'Opéra ? »

S'il avait pu voir son fils à ce moment, il eût tout compris.

Jamais il n'avait été aussi souvent au concert ou à l'Opéra, car c'étaient là les principales distractions de Nina. Ensuite, ils allaient prendre une bière au café Zimmerman où se réunissait toute la gent mélomane de Leipzig, et les conversations duraient parfois jusqu'à l'aube... Nina n'était pas la moins enragée du groupe et ne pardonnait pas la plus petite faute de mesure.

Dans ce café, situé au milieu de la rue Sainte-Catherine, dans une très vieille maison étroite, si l'on parlait en général de musique, parfois, rarement, cela dégénérait en discussions politiques et finissait en une bagarre généralisée. Presque tous les soirs, Antoine et Nina y retrouvaient un groupe de jeunes élèves du Conservatoire et un chef d'orchestre qui venait d'être démis de ses fonctions, non seulement du Symphonique de Leipzig, mais également de son poste de professeur au Conservatoire. Le maître, Joseph Bernheim, continuait à donner des conseils dans ce café. Il y passait ses journées, lisait les journaux, buvait de la bière. Jusqu'à l'avènement de Hitler, il avait été plutôt socialiste. Depuis ce qu'il appelait « la trahison de la gauche », il était devenu un sioniste virulent et s'apprêtait à partir en Palestine. Parfois, son regard s'attardait sur Nina avec insistance. Un soir, il demanda à brûle-pourpoint :

– Alors, quand partez-vous pour Paris ? N'est-ce pas à l'ordre du jour ? Il ne faut pas rester ici ! Bientôt, nous serons tous morts...

Nina ne répondit pas. À la table du professeur, la discussion devint de plus en plus animée. Fallait-il quitter l'Allemagne ? Rester et lutter contre les nazis ?

– Nous ne gagnerons jamais contre eux, dit quelqu'un. Ils ont non seulement le soutien des Allemands, mais aussi celui de l'Europe… Les trois quarts de l'Europe sont en voie de nazification…

– Vous exagérez comme toujours !

– Vous verrez ! Le fascisme exerce une véritable fascination sur de nombreux intellectuels européens, déçus par la médiocrité du régime démocratique… La Hongrie, la Pologne, la Roumanie, l'Autriche, etc. Tous sont fascinés par le fascisme… Même la France est gagnée par ce virus…

– Très peu ! se défendit Antoine qui se sentait attaqué.

– Peut-être, dit le jeune homme. Mais cela se développera. Vous verrez !

Des jeunes SA firent une entrée tonitruante. Le jeune homme qui avait quelque peu pris Antoine à partie dit à mi-voix :

– Mieux vaut s'en aller, les amis… Mais pas tous ensemble… À vous l'honneur, professeur ! Auparavant, finissons nos bières ! Dieu seul sait quand nous pourrons en boire encore !

Le professeur Bernheim sortit le premier… Deux ou trois jeunes gens, probablement ses élèves, le suivirent. Puis, Antoine et Nina. Machinalement, Antoine avait passé son bras autour des épaules de sa compagne comme pour la protéger.

– Ne les regardez pas ! chuchota Nina au jeune homme. Ils pourraient prendre ça pour une provocation et cela peut très mal se terminer !

Il était près de minuit quand ils arrivèrent aux abords de la maison. Antoine se sentait lourd de bière, mal à son aise. Il aurait aimé dire des choses drôles, légères, aériennes, il aurait aimé arracher un sourire, voire un rire joyeux à cette jeune fille qui le regardait avec une irrésistible petite moue.

La date du départ d'Antoine se rapprochait, et les jours se précipitèrent. Un soir, Nina l'emmena à l'Opéra. L'on y jouait *Aïda*. Antoine était un peu déçu, il devait partir trois jours plus tard, et il aurait aimé avoir Nina pour lui tout seul. L'emmener dîner au bord de l'Elster, dans l'une de ces agréables auberges ouvertes tard dans la nuit, dans la forêt, où l'on servait d'épaisses saucisses munichoises, grillées à point, il se retrouva aux côtés de Nina dans la salle de l'Opéra comble, bruyante, excitée. Dans la fosse d'orchestre, les instruments s'accordaient tandis que le *la* du hautbois flottait au-dessus des sons divers. La main de Nina se glissa dans celle d'Antoine et la serra. Elle dit à mi-voix :

– J'ai décidé que ce soir serait la soirée la plus importante de ma vie.

Les lumières baissèrent...

– Lorsque j'entends les instruments, et au moment où les lumières s'éteignent, mon cœur commence à battre fort et j'ai l'impression que ma vie peut s'arrêter là, à ce moment précis... C'est comme une ivresse à laquelle je m'abandonne tout entière. Je ne sais comment expliquer cela...

Antoine lui pressa la main à son tour.

– N'expliquez pas, ma chérie, dit-il très bas. N'expliquez rien. Je crois que j'ai tout compris.

Il avait dit ces mots, « ma chérie », si bas que Nina crut avoir mal entendu... Le silence succéda aux accords, un silence compact. On attendait... Enfin, le jeune chef d'orchestre Herbert von Karajan parut en habit noir.

Jusqu'à la fin du premier acte, Antoine garda la main de Nina dans la sienne. Pendant l'entracte, dans le foyer où se pressaient les spectateurs assoiffés, les deux jeunes gens se parlèrent peu. Leurs regards se cherchaient, s'interrogeaient, se quittaient puis se reprenaient en un dialogue silencieux.

Enfin, le calvaire d'Antoine se terminerait bientôt. Dans un duo vertigineux, Aïda et Radamès, séparés et condamnés par la bêtise humaine, allaient mourir ensemble, et chantaient *« O terra addio ! »* Frémissement des violons, à peine audible, plainte d'Amnèris sur le tombeau des deux amants, et le rideau tomba.

Les applaudissements crépitèrent. « Magnifique ! Superbe ! »

Soudain, il y eut des sifflets. Des jeunes nazis hurlaient

leur dégoût : « Comment un Blanc peut-il aimer une Noire ? C'est immoral ! » Des lazzis éclatèrent de tous côtés... « Mort aux juifs », « Mort aux nègres » se mêlaient aux chants nazis.

– Venez, dit Antoine. Mieux vaut quitter cet endroit au plus vite !... Non ! Pas de café Zimmerman ce soir ! Là aussi, cela peut dégénérer...

Quelques instants plus tard, Antoine et Nina marchaient côte à côte. Leurs pas résonnaient dans le silence de la nuit. Tout était calme et paisible alentour. Parmi les branches enchevêtrées des arbres, les réverbères lançaient des lumières et des ombres agitées.

Nina restait silencieuse... Le vent s'accentua. Le grondement sourd du tonnerre accompagna quelques gouttes de pluie, suivies d'une succession d'éclairs.

– L'orage..., dit Antoine, la voix contractée par une émotion qu'il avait peine à dominer...

Nina répondit :

– J'aime l'orage, j'aime sentir le vent dans mes cheveux, la pluie cingler mon visage... J'aime marcher la nuit dans la ville déserte. C'est comme si, enfin, elle m'appartenait, dit-elle en respirant à grandes goulées l'air frais. On a l'impression que rien de mal ne peut vous arriver la nuit... C'est terrible de penser que tout peut se terminer maintenant, continua Nina en s'exaltant. J'ai dix-huit ans, Antoine ! Seulement dix-huit ans. Faut-il vraiment croire que plus rien n'est possible pour moi ?

– Tout est encore possible, Nina ! Il faut quitter cette ville, ce pays !

– Antoine... Vous ne pouvez pas comprendre... Vous ne pouvez pas savoir. Mais moi, je sais ! Ils sont nombreux, vous savez ! Nombreux et dangereux. Et pas seulement en Allemagne. Ils sont partout. En Autriche, en Pologne, en France, en Hongrie. Partout !

– Nina ! Nina ! Vous ne croyez pas que vous exagérez ?

Elle le regarda avec cette compassion venue du fond des âges, à travers des siècles et des siècles de souffrances, d'iniquités et de cruauté subies.

Pour la rassurer, la consoler, Antoine la prit dans ses bras et l'embrassa.

Il se faisait violence pour ne pas la brusquer, puis comme les bras de Nina se nouaient autour de son cou, il perdit la tête et fit sienne cette bouche dont il rêvait depuis le premier jour...

Lorsqu'elle ouvrit les yeux, elle vit les feuilles d'un marronnier s'agiter faiblement sous la clarté lunaire. Alors qu'il desserrait son étreinte, Nina regagna la terre ferme.

– Je le savais que ce serait ainsi... Je le savais..., soupira-t-elle.

– Quoi donc, ma douce ?

– Un baiser... Je n'ai jamais embrassé un homme. Mais je me disais que ce serait ainsi...

– Je vous aime, Nina, murmura-t-il.

Elle le regarda. De nouveau, ce regard angoissé, interrogateur.

– Oui. Moi aussi, je vous aime... Mais cela ne nous mènera à rien. Vous allez retourner dans votre famille, et moi, juive allemande, je vais rester ici, à la merci d'un fou furieux, d'un Hitler dont personne ne veut se débarrasser... Si Hitler mourait ! Oh, s'il pouvait mourir tout de suite ! Croyez-vous que cela va durer longtemps ?

– Je ne sais pas. Hitler paraît avoir un pouvoir insensé...

– Insensé. C'est le mot.

Nina se tut et baissa la tête. Antoine aurait aimé lui dire : Demain, le cauchemar sera fini ! Mais il ne le pouvait pas... « Trop de gens ont intérêt à ce qu'Hitler demeure en place ! » pensa-t-il. Il murmura :

– Pensez à votre carrière... à votre piano. Pensez à ce que vous aimez.

Elle secoua la tête.

– Non. Cela ne sert à rien.

– Et si je vous épousais ?

Les mots étaient sortis d'eux-mêmes de la bouche d'Antoine.

Nina ne répondit pas. Elle tremblait de tous ses membres. Elle releva la tête et regarda Antoine...

– Est-ce possible ? balbutia-t-elle.

– Tout à fait possible... Il y a un consulat français à Leipzig.

– Mais il faut le consentement de mon père. Il faut aussi l'autorisation des nazis...

– Si vous épousiez un Allemand. Mais moi, je suis français et majeur. Je n'ai besoin de l'autorisation de personne.

– Mon Dieu ! Alors, il faut m'épouser. Tout de suite. Il faut m'épouser...

Quelle que fût l'intensité de ses sentiments, probablement sincères, ce qui apparaissait soudain à Nina, c'était l'aube de la liberté. Fuir. Fuir !

– Nous voici arrivés, dit-elle. Embrassez-moi encore.

Il la prit dans ses bras et sentit son cœur qui battait, battait... Puis, ils rentrèrent dans la maison plongée dans l'obscurité.

Tout naturellement, Nina l'entraîna par la main dans sa chambre. Une vaste pièce dont les fenêtres ouvertes laissaient entrer les odeurs de la nuit... Elle chuchotait d'une voix à peine audible. Et ce qu'elle disait était si étrange, si bouleversant, et si totalement inconvenant de la part d'une jeune fille innocente, qu'Antoine, stupéfait, ahuri, ne bronchait pas.

– Je ne veux pas que vous partiez sans que vous fassiez de moi une femme. Je n'épouserai personne d'autre que vous. Je ne sais pas si nous parviendrons à nous marier, mais si notre union est impossible devant les hommes, je veux être à vous. Maintenant. Tout de suite...

Toujours cette voix basse, haletante... Visiblement, elle avait peur de ce qu'elle allait faire. C'était aussi cela, Nina. Elle pouvait être terrifiée par ce qu'elle allait entreprendre mais, jugulant sa peur, elle fonçait vers le but qu'elle s'était fixé... Incapable de résister, Antoine oublia que Nina était la fille de son hôte, il oublia ce pour quoi il se trouvait dans cette maison... Il sentit son amour pour elle s'embraser si fort qu'il s'effraya de la violence de sa passion. Il l'étreignit et l'entraîna vers le lit. « Il faut m'aimer, Antoine ! Il faut m'aimer... J'ai besoin d'être aimée... » Mais lorsqu'il pesa sur elle, elle chuchota : « J'ai peur. J'ai si peur. »

Antoine fut doux, amoureux, caressant, puis triomphant. Avec un cri étouffé, elle accueillit la douleur de la déchirure... Lorsque ce fut fini, ils restèrent allongés sans bouger, haletants... Nina, immobile, respirait doucement. Ses cheveux faisaient une tache dorée sur l'oreiller blanc.

– Maintenant, je suis ta femme, dit-elle. Je me demande pourquoi j'avais si peur...

– Toutes les jeunes filles ont peur la première fois, chuchota Antoine. Elles ont peur d'avoir mal. Tu as eu mal ?

– Un peu, admit-elle. Maintenant, je suis à toi, et tu es à moi.

Elle alluma le petit poste de radio posé sur la table de chevet. « On va écouter un peu de musique », dit-elle.

« Bulletin spécial », hurla une voix en allemand. Puis, gutturale, obscure, la voix d'Hitler s'éleva : *« ... Le pouvoir nazi a mis fin à l'arrogance de la juiverie internationale. Tous les livres dont les auteurs ne sont pas de vrais, de purs Allemands, ont été brûlés cette nuit... »*

– Mon Dieu ! brûler des livres !... Brûler des livres ! s'écria Nina.

Le charme était rompu. « Va. Va dans ta chambre, dit-elle alors. Le jour va bientôt se lever... Regarde... il va faire beau aujourd'hui. »

En effet, l'aube se levait et déjà, on distinguait le jardin, les arbres, les fleurs... La nuit s'achevait dans une multiplicité d'odeurs, de chants d'oiseaux... Elle demanda :

– Quel jour sommes-nous ?

– Le jour le plus beau de l'année, le 10 mai.

– 10 mai... Je me souviendrai de ce jour jusqu'à ma mort.

C'est le jour où tu m'as prise. Où je suis devenue femme... Embrasse-moi encore.

Il l'embrassa.

– À tout à l'heure, mon amour, dit-il.

– À tout à l'heure.

Elle s'allongea sur le lit défait. « J'épouserai Antoine et je serai une grande pianiste française ! » pensa-t-elle. Puis, le cœur serré : « Je quitterai ce pays. »

Le professeur Lieberfreund avait convoqué avocats, comptables et dactylos, et toute la journée fut consacrée aux contrats. Un avocat nazi, dépêché par Neckermann, tentait de faire opposition aux signatures. À plusieurs reprises, Antoine éprouva le besoin d'appeler son père pour lui demander quelques précisions et, surtout, l'aide des avocats de la famille... Le consul de France fut convoqué... Mais rien, légalement, ne s'opposait à ce qu'un citoyen allemand, même juif, vende ses brevets à un Français.

– La France est en bons termes avec le nouveau gouvernement allemand..., dit le Consul.

Enfin, au grand soulagement d'Antoine, les contrats furent signés, homologués, catalogués. Alors que Leopold Lieberfreund et Antoine fumaient un cigare en buvant un cognac, le professeur dit brusquement :

– Savez-vous, mon jeune ami, que cet Hitler de malheur ne se contentera pas de l'Allemagne ? Il est soutenu par une bande d'aventuriers, de soudards, de sadiques et de criminels et... par les grandes puissances occidentales. L'Angleterre, la France, les États-Unis...

– J'espère que vous vous trompez, dit Antoine. J'espère que tout le monde se trompe...

Le professeur haussa les épaules.

– Non. Malheureusement, je ne me trompe pas. L'Europe soutient Hitler. À fond. Discrètement, naturellement. Hitler est un merveilleux instrument contre le bolchevisme. Il promet aussi l'extermination des juifs, ce qui n'est pas pour déplaire aux gouvernements en place qui ne se soucient pas de juguler l'antisémitisme pandémique de leur pays. L'Angleterre aimerait bien mettre ses juifs sionistes au pas, la France est, depuis l'affaire Dreyfus, résolument antisémite, autant par conviction profonde que pour plaire aux pays arabes... Quant à Roosevelt, son antisémitisme viscéral n'est un secret pour personne. Hitler a très bien compris ce qu'il en est. Il trouvera toute l'aide nécessaire, et sans se forcer. Quoi qu'il fasse contre les juifs, les grandes puissances occidentales n'interviendront pas.

– Pensez-vous que ce soit aussi grave que cela ? Les gens ne sont pas tous des imbéciles bornés ! Certains réfléchissent !

Le professeur étouffa un ricanement :

– Oh, croyez-vous ? Il n'y a pas d'absurdités qu'on ne puisse implanter dans les cervelles humaines. Il suffit de les répéter quotidiennement avec beaucoup de force et de solennité. Les gens sont naturellement moutonniers. Je n'ai pas beaucoup d'espoir à ce sujet. Nous avons, en Allemagne, à l'heure actuelle, sept millions de chômeurs et sept millions d'ouvriers ne travaillant que trois jours par semaine. Si vous ajoutez à ces chiffres, les femmes, les enfants, les vieillards, c'est plus de la moitié de la population allemande qui vit dans la misère et le désespoir... Le premier qui proposera une solution à la crise économique et au chômage sera considéré comme un dieu.

– Et vous pensez qu'Hitler a trouvé la solution ?

– C'est bien possible. Je veux dire qu'il est possible qu'il règle la situation économique. Mais à quel prix ? Il a maintenant les pleins pouvoirs. Cela nous conduira vers quoi ? Nous autres, juifs, nous savons déjà ce qui nous attend.

– Que craignez-vous ?

– La guerre. Hitler le veut et les puissances occidentales ne sont pas contre.

– Mais c'est absurde ! s'écria Antoine. Pourquoi y aurait-il une guerre ? Que faites-vous de l'élite allemande ? Des intellectuels, des artistes, des savants...

– Ils vont partir. Ils partent. Ils sont déjà partis... Il ne restera dans ce pays que la lie... et les quelques juifs qui se font encore des illusions sur le sort qui les attend.

Il fit une pause puis :

– Mais voici la raison de cet entretien. J'ai quelque chose à vous proposer.

– Je vous écoute, dit Antoine, soudain très attentif.

Leopold Lieberfreund fixa son interlocuteur.

– Je vais aller droit au but. J'ai cru comprendre que ma fille vous plaisait... Me trompé-je ?

Rouge de confusion, le jeune homme protesta :

– Je voulais justement... si vous le permettez...

– Me demander la main de ma fille ? Est-ce cela ?

– Oui... mais je suis catholique et...

– Cela poserait-il un problème pour votre famille ?

– Peut-être. Certainement, même. Mais, ajouta Antoine vivement en voyant le visage du professeur Lieberfreund se durcir, cela n'en pose aucun pour moi. Nina pourra exercer sa religion comme elle l'entend. Nina importe plus à mes yeux que n'importe qui au monde... Je l'aime, comprenez-vous ?

– Je ne veux pas que ma fille soit considérée comme une paria dans sa belle-famille. Et... si elle se convertissait ?

Stupéfait, Antoine dévisagea son interlocuteur.

– Se convertir ? Nina ?

– Ma fille n'a qu'une religion. La musique. Le reste, tout le reste, vient en deuxième, voire en troisième position... Épousez ma fille, mon garçon, le plus vite possible. Plus tôt elle quittera l'Allemagne, plus tranquille je serai. Vous pouvez vous marier au consulat français. Elle deviendra française par son mariage, n'est-ce pas ?

– Oui, bien sûr.

– Mariez-vous ici et emmenez-la avec vous. Elle aura comme

dot tous les brevets dont j'ai pu disposer, et qui sont maintenant en votre possession. Croyez-moi, cela représente une jolie fortune. Plus ceux que j'ai achetés, ceux que j'ai déposés et dont je conserve les droits d'exploitation. Tout ceci est en sécurité en Suisse, dans un coffre dont je vous donnerai le numéro... Cela appartiendra à Nina...

– Vous croyez que... j'épouserais..., protesta Antoine.

– Je sais... je sais ! l'interrompit son futur beau-père. Promettez-moi seulement une chose. Quoi qu'il arrive, quoi que l'on vous dise, n'importe quoi – vous m'entendez ? – ne permettez jamais à ma fille de remettre les pieds en Allemagne, même si elle apprenait que je suis à la dernière extrémité... Vous me le promettez ?

– Bien sûr, mais...

Lieberfreund s'épongea le front, il était au bord des larmes.

– Je n'ai pas le droit de quitter ce pays... Et si je le faisais, malgré tout, reprit-il enfin, le reste de ma famille serait retenu en otage. J'ai ici, en Allemagne, mes vieux parents, des frères, des sœurs, des neveux, des nièces... Certains vivent à Munich, d'autres à Berlin...

– En otage ? Que voulez-vous dire ?

– Heinrich Himmler vient d'inaugurer le premier camp disciplinaire de concentration, à Dachau...

– Un camp de concentration ? Destiné à qui ?

– Aux adversaires du national-socialisme... Dans « adversaires », vous pouvez mettre tout ce qui déplaît au nouveau régime. Les communistes, les juifs, les démocrates... les homosexuels, les libres-penseurs, les francs-maçons...

– Mon Dieu... Mais pourquoi ?

– Vous vous souvenez de l'incendie du Reichstag, il y a trois mois ? « Un signe de Dieu » pour le Führer. Le parlementarisme a disparu dans le brasier. Et avec lui, la Constitution de Weimar. C'en est fini de la République. Fini la liberté individuelle, la liberté de la presse. Hitler a les pleins pouvoirs ! Lisez *Mein Kampf...*

Le professeur ferma les yeux. Il paraissait épuisé. Antoine le regardait, ne sachant trop que dire. Il se trouvait dans une situation affolante, partagé entre la joie et l'appréhension. La voix du professeur Lieberfreund le fit sursauter :

– Avertissez votre père que vous retardez votre retour à Paris, et dites-lui la vérité. Vous allez épouser ma fille. Mais pour l'amour du ciel, pas un mot sur ce que je vous ai dit. Toutes nos conversations téléphoniques sont écoutées. Je vous fais confiance...

Il s'interrompit, avala sa salive et laissa échapper un profond soupir :

– Je vous confie ma fille. Elle est ce que j'ai de plus précieux en ce monde. Les Allemands sont devenus fous. Et je ne veux pas que ma fille ait à subir leur folie. Mais je ne veux pas qu'elle quitte l'Allemagne sans être mariée...

– Je ferai ce que vous voudrez, dit Antoine, et ce que souhaite Nina.

Le 30 juin 1933, il faisait lourd et chaud à Leipzig... Des rafales de vent, annonciatrices d'orage, faisaient claquer les immenses drapeaux rouges à croix gammée qui éclairaient d'une lumière pourpre la façade de l'Hôtel de Ville, laquelle n'avait certainement aucun besoin de cette insolite parure pour embellir ses vieux murs datant de la Renaissance allemande. Dans la salle des mariages, le professeur Lieberfreund, ses frères, ses sœurs, et leurs époux respectifs, Herr et Frau Müller, une vingtaine de personnes en tout, attendaient le maire. Tous étaient graves, silencieux.

Le maire entra, maigre, sec, un sourire crispé sur les lèvres.

Visiblement, le mariage qu'il allait célébrer lui déplaisait. Une juive et un chrétien ! « S'il n'était pas français, je me serais opposé à ce mariage, pensait-il avec rage, la loi du Führer sur les mariages mixtes devrait s'appliquer à toute l'Europe ! »

La cérémonie se déroula rapidement. Le « oui » d'Antoine sonna joyeusement, celui de Nina fut à peine audible. Les jeunes époux signèrent le registre des mariages et, comme tous les jeunes mariés du IIIe Reich, ils reçurent un exemplaire de *Mein Kampf* relié de cuir noir et orné de feuilles d'or.

– Lisez ce livre, recommanda le maire, il est plein d'enseignements ! De très précieux enseignements ! insista-t-il.

Une heure plus tard, la même cérémonie se déroulait devant le consul de France, à peine plus poli que son prédécesseur. « Un grand nom français et cette petite juive allemande, pensait-il, si ce n'est pas honteux ! » Mais, obligé de faire contre mauvaise fortune bon cœur, il procéda aux interrogations d'usage : « Antoine d'Aubreuil, acceptez-vous... »

Le surlendemain, les jeunes mariés prenaient le train pour Venise. Sur le quai de la gare, le professeur Lieberfreund qui les avait accompagnés, dit à Nina :

– Ma chérie, ta belle-famille va vouloir une grande cérémonie religieuse. Je te donne l'autorisation de te convertir...

– Me convertir, papa ?

– Non, tais-toi ! Tu ne sais pas ce qui attend les juifs. Si tu aimes ton père, tu dois te conserver en bonne santé pour lui. Tu me le promets ?

– Je te promets tout ce que tu veux, mais...

– Voyons, ma petite fille, tu t'es toujours moquée de la religion... Alors, que t'importe ?

– Antoine et moi, nous sommes convenus de dire que je suis née protestante. Ainsi, il n'y aura pas de conversion, papa.

– Protestante ? Pourquoi pas ? Je pense pourtant que te convertir à la religion de ton mari est préférable... Fais-le, ma chérie, et écris-moi. Écris-moi souvent.

Sur le quai, personne ne faisait attention à un homme vêtu d'un imperméable clair, qui ne quittait pas le groupe des yeux.

Karl Schreiber attendit que le train ait quitté la gare pour s'approcher du professeur Lieberfreund.

– Herr Lieberfreund ? lui demanda-t-il... Suivez-moi, je vous prie. Vous êtes en état d'arrestation.

– Puis-je savoir pourquoi ?

– Vente à l'étranger de brevets scientifiques...

– Ce sont « mes » brevets...

– Non. Plus rien n'appartient aux juifs. Vous devez le savoir. Vous n'aviez pas le droit de les vendre à un étranger. Neckermann voulait les acheter...

– À un prix dérisoire.

– Vous autres, juifs, ne pensez qu'à l'argent ! Suivez-moi... Mettez-lui les menottes.

Deux hommes surgirent de l'ombre. Le professeur observa silencieusement le visage glabre, les yeux durs de Karl Schreiber. Celui-ci soutint le regard du professeur. Puis, il ordonna sèchement :

– ... Allez, en avant ! Vous vous retrouverez en bonne compagnie à Dachau. C'est un joli camp tout neuf, très confortable. Le conseiller de justice Müller s'y trouve déjà avec d'autres traîtres à la patrie... Le prix Nobel de chimie vient d'être décerné.

– À qui ?

– À personne... par votre faute ! Vous avez refusé que l'on vous y présente. Nous avons la lettre que vous avez envoyée au Comité. *« Si je reçois le prix Nobel, je le refuserai aussitôt... »* Vous ne pouvez nier cela, n'est-ce pas ?

– Je ne le nie pas.

– Les savants allemands appartiennent à l'Allemagne, qu'ils soient juifs ou non. Toutes vos découvertes nous appartiennent, mettez-vous bien ça dans la tête... Maintenant, en avant..

– Est-ce pour cela que vous m'arrêtez ?

L'autre haussa les épaules et grimaça :

– Il n'y a aucune raison particulière pour arrêter un juif. Il suffit qu'il soit juif... Allons, dépêchez-vous.

Paris

Été 1935

Il faisait beau et chaud en ce premier jour de l'été 1935. Nina s'apprêtait à la bataille que livrent toutes les futures mères... Ce fut long et difficile, mais dans la nuit du 21 au 22 juin 1935, une petite Amelia vint au monde.

Elle écrivit une longue lettre à son père, en choisissant ses mots. Elle espérait qu'elle atteindrait son destinataire... Parfois, d'après la Croix-Rouge, lettres et colis arrivaient à bon port...

Papa chéri, te voici grand-père d'une petite fille et j'aurais tant voulu que tu puisses la voir, la serrer dans tes bras... Je suis sûre qu'elle te ressemble... Elle est née avec une forêt de cheveux noirs, tout bouclés. Papa ! Papa, quand pourrons-nous enfin nous voir ? Crois-tu que lorsque tu seras libéré, ils te laisseront quitter l'Allemagne ? Depuis que tu as été condamné à quatre ans de camp de concentration disciplinaire à Dachau, je n'ai eu droit qu'à cinq lettres de la Croix-Rouge... Mais je n'ai plus de nouvelles depuis presque six mois... C'est long. Six mois sans nouvelles. C'est si long.

À peine née, Amelia fut l'objet d'une bataille rangée.

– Pas de baptême ! avait décrété Nina.

– Une d'Aubreuil non baptisée, cela ne se peut ! hurla l'arrière-grand-mère Courcelles de Bossey.

Plus calmement, Paul d'Aubreuil prêcha pour sa paroisse.

– Ma chère enfant, dit-il à Nina, l'avenir s'annonce plutôt difficile… Mieux vaut baptiser Amelia. Pour elle, dans le monde de demain, cela peut être une sauvegarde…

Nina céda.

– Si ma petite fille doit être baptisée, dit-elle, encore épuisée par son accouchement, j'aimerais que cela se fasse à Montastruc-la-Gaillarde. Je n'ai pas envie de réception ni de simagrées.

Malgré elle, elle éprouvait un curieux sentiment de gêne, voire de honte… Elle avait cédé sans combattre.

Soulagé par ce rapide renoncement, Antoine s'écria :

– Tout ce que tu voudras, ma chérie… Je vais télégraphier à ton père. Il recevra ce télégramme avant ta lettre.

Rapidement remise de son accouchement, Nina reprit avec passion ses études sous la férule de maître Alfred Cortot. Elle ne vivait plus qu'en fonction de son hypothétique carrière. Elle s'était complètement dégagée de sa gangue de petite provinciale un peu gourmée. Elle avait maintenant une allure, une distinction, qui tenait beaucoup à son superbe port de tête. Le long cou mince, flexible, la grâce des mouvements, tout indiquait une fierté de race, venue de la nuit des temps… Antoine l'avait emmenée chez Lanvin et chez Grès choisir sa garde-robe. Le résultat était parfait. De l'avis général, « madame d'Aubreuil rayonnait de beauté ». Il ne lui manquait qu'une touche d'excentricité, ou d'insouciance et de gaieté, pour que l'on puisse dire : « Voilà une belle jeune femme heureuse. » Si Antoine aspirait à une tendresse plus démonstrative que celle témoignée par Nina, il n'en laissait rien paraître… Les seuls moments de bonheur véritable que pouvait vivre Nina, c'étaient les heures passées avec Alfred Cortot, il le savait. C'était lui qui avait choisi son répertoire, et c'était de lui qu'elle attendait la seule chose qui comptât dans sa vie : un piano de concert sur une scène... et, en face, le public.

Un soir d'automne 1935, François qui, pour rien au monde, n'aurait quitté le petit salon où les deux époux s'étaient isolés du reste de la famille, écoutait avec une attention concentrée sa belle-sœur occupée à jouer un nocturne de Chopin...

– Superbe, dit-il lorsque Nina eut fini.

Antoine, surpris, se retourna et regarda son frère.

– Tu aimes la musique, toi ? Depuis quand ? demanda-t-il.

– Quand c'est Nina qui joue, répondit l'intéressé en lui lançant un regard noir de défi.

Antoine eut un mouvement d'épaule agacé et le dévisagea avec hostilité. Puis, lui tournant délibérément le dos, il s'approcha de sa femme :

– J'ai une bonne nouvelle pour toi, ma chérie...

– Une bonne nouvelle ?

– Oui. Tu vas enfin jouer en public... Oh ! Ce n'est pas exactement un grand concert... Mais ce sera devant un public choisi... Très mélomane. La baronne de R... organise tous les ans une soirée pour la Croix-Rouge... Cette année, c'est ton professeur, Alfred Cortot, qui devait assurer ce concert, mais comme tu le sais mieux que personne, la grippe le cloue au lit. La baronne de R... est dans tous ses états. Il a parlé de toi et t'a recommandée chaleureusement pour le remplacer. La baronne m'a téléphoné cet après-midi, et j'ai attendu que nous soyons seuls pour t'annoncer la nouvelle... Mais il semble que ce soit difficile d'avoir un peu d'intimité dans cette maison ! ajouta-t-il en regardant fixement François.

Ce dernier fit mine de ne pas comprendre.

– Un concert chez la baronne de R... peut lancer une carrière, dit-il en s'approchant du couple. Il y aura le Tout-Paris, à coup sûr. Enfin, tous ceux qui comptent !

Folle de joie, Nina s'écria :

– Est-ce vrai ? Est-ce bien vrai ? Tu es bien sûr ?

Nina s'était levée et tournait sur elle-même. Elle riait, allait de son mari à son beau-frère.

– Un jour, je serai une grande, une très grande pianiste ! La plus grande pianiste du monde !

Antoine l'enlaça.

– Peut-être. Sûrement, même... Oui, j'en suis sûr !

Ils dansaient maintenant un fox-trot endiablé... François les regardait, le cœur déchiré par la jalousie.

– La plus grande musicienne de la planète ! haleta Antoine. Et moi, je suis le mari de Nina d'Aubreuil.

François sortit brusquement.

Antoine s'arrêta de danser, serra Nina contre lui comme s'il croyait qu'en la tenant ainsi rien ne pouvait lui arriver.

– Qu'as-tu ? demanda Nina.

Par moments, l'adoration qu'il lui portait l'effrayait.

– J'ai peur, si peur de te perdre, dit-il enfin. Si je te perdais, il ne me resterait rien... Absolument rien...

Nina, surprise, répondit :

– Mais tu ne me perdras jamais... Même si je deviens célèbre...

– Ce n'est pas de cela que j'ai peur...

– Mais alors ? De quoi ?

Il s'efforça de rire.

– Qui sait... un autre homme ?

– Oh, cela ! Jamais ! Jamais...

Elle porta les mains d'Antoine à ses lèvres. C'était la première fois depuis leur mariage qu'elle se laissait aller spontanément à une attitude aussi passionnée. Ce geste, par sa soudaineté même, désarma Antoine et le délivra de sa peur diffuse. Il l'embrassa.

– J'ai peur de ce qui se passe là-bas, dit-elle. Bien sûr, cela ne peut pas nous toucher. Pas ici, à Paris. Mais c'est la seule chose qui me fait peur...

Puis, elle revint à sa principale préoccupation : sa première apparition publique.

Elle reprit place devant le piano et laissa ses doigts courir en arpèges sur le clavier. « Un jour, je serai une très grande et très célèbre musicienne... Rien n'empêchera cela. Rien. Ni personne. Hitler peut aussi bien aller au diable... »

Peu de jours avant la date fixée pour le concert, Antoine reçut un courrier de son beau-père, en provenance du Luxembourg.

Un ami sûr fera en sorte que cette lettre franchisse la frontière. Le courrier, maintenant, est surveillé, voire confisqué. Je ne peux pas me mettre librement en rapport avec vous. Désormais, je suis retenu prisonnier chez moi. Le téléphone est toujours occupé, n'est-il pas vrai ? C'est pour cela que vous ne pouvez pas me joindre... Rassurez-vous : je ne vis pas dans la misère. Et je mange à ma faim. Depuis que j'ai été libéré du camp disciplinaire de Dachau, tous mes biens ont été confisqués. On a brûlé ma bibliothèque ! Quatre mille livres ! Et l'on m'a forcé à regarder ces livres brûler... Il y avait là des ouvrages que mes parents, mes grands-parents, et mes arrière-grands-parents avaient réunis avec amour... Alors, j'ai pleuré. Oui, mon cher Antoine, j'ai pleuré... Vous me proposez, mon cher enfant, de venir vivre chez vous, mais il m'est impossible de quitter l'Allemagne. Je suis malheureusement assigné à résidence parce que l'on a encore besoin de mon travail, de mon savoir. Je cède à un horrible chantage. De nombreux membres de ma famille ont été déportés politiques à Dachau, et leur survie dépend de moi. Je ne peux donc partir... En outre, depuis le 15 septembre, je ne suis plus rien... Les juifs ont perdu leur nationalité. Nous sommes tous des parias !

Dieu sait combien je serais heureux de revoir ma petite Nina, et vous serrer sur mon cœur. Dieu sait combien j'aimerais connaître cette petite Amelia, qui est ma petite-fille... Non, je ne vous en veux pas de l'avoir fait baptiser. Le monde dans lequel nous allons vivre n'est pas bon pour les juifs. Sera-t-il meilleur pour les chrétiens ? J'en doute. Beaucoup de mes amis, juifs ou non-juifs, ont émigré à temps en Amérique où j'ai des intérêts. Le conseiller de justice Müller est mort. Sa femme est partie en Suisse. Elle va enseigner dans un pensionnat pour jeunes filles, près de Genève. Voilà pour les nouvelles concernant nos amis. Je voudrais vous entretenir de ceux-ci. Et de certains de mes amis juifs allemands. Depuis le 15 septembre, ils errent à la dérive, sans papiers, sans nationalité, sans argent. Certains d'entre eux ont votre adresse. S'ils parviennent à gagner la France, je vous en conjure, ne leur fermez pas votre porte. Aidez-les... Ce serait pour moi la plus grande preuve d'affection que vous pourriez me porter. Car l'Allemagne tout entière est prise de démence. Quand je pense que ce sont les démocraties occidentales, la France, les États-Unis, l'Angleterre qui ont favorisé le réarmement allemand ! Et les pacifistes, ces imbéciles heureux, qui ne voient pas qu'ils dansent sur une poudrière ! Hitler tient la mèche allumée !

Lorsque vous me répondrez, ne mentionnez pas cette lettre. Elle me reconduirait tout droit à Dachau. Toutes celles que nous recevons sont ouvertes. Donnez-moi juste des nouvelles de ma Nina, de la petite Amelia, c'est tout. Quant aux amis que je vous recommande, écrivez simplement « Tout va bien pour tous », je comprendrai.

Souvent, Antoine et son père évoquaient Ribbentrop, Otto Abetz ou l'ambassadeur von Rath, « des gens charmants, très bien élevés... rien à voir avec Hitler... ».

– Pensez-vous vraiment qu'il soit nécessaire que nous les recevions ? s'inquiétait Antoine.

– Des marchés importants sont en cours de discussion. Désormais, nous allons travailler avec Neckermann. Il détient l'essentiel des brevets que Lieberfreund n'avait pu nous céder. Il faut savoir être aimable. D'ailleurs, la plupart des diplomates du Quai d'Orsay sont ravis d'être reçus à l'ambassade d'Allemagne.

– Mais, père... Hitler est un dictateur ! Un personnage ignoble et dangereux...

– Peut-être. Mais Staline n'a rien à lui envier. Et la différence entre le fascisme et le communisme, c'est que si l'on peut se débarrasser du premier, il en va autrement du second.

Il est clair que la baronne de R..., qui manifestait un zèle inhumain pour les œuvres caritatives, regrettait vivement l'indisposition de maître Alfred Cortot pour son concert privé. « C'est vraiment emmerdant ! » décréta-t-elle. Comme beaucoup de femmes du monde, elle affectait un parler volontiers argotique et se plaisait à choquer ceux qui ne la connaissaient pas très bien.

Mais maintenant que l'heure du concert, donné en l'honneur de la Mission allemande, approchait elle s'affolait sérieusement. « Après tout, je ne la connais pas, moi, cette petite Allemande ! Alfred Cortot ne jure que par elle. Mais peut-être est-il simplement amoureux... Dans le fond, il a cinquante, cinquante-sept ans, l'âge où les hommes que je connais tentent sans espoir de retrouver leur première jeunesse dans les bras d'un tendron... Et cette petite Nina est très jeune, vingt ans ? vingt-deux ans ? D'où sort-elle ? Conservatoire de Leipzig... C'est quoi, Leipzig ? deux cent mille habitants... La province allemande ! Leipzig n'est pas Berlin... Le Conservatoire de Berlin, j'aurais préféré ! Ça, c'est une référence... ou mieux encore, Vienne ! Ah, Vienne ! Mais Leipzig ! Mon Dieu ! Dans quels draps me suis-je encore fourrée ! »

Le grand salon bruissait de conversations, de rires. Les invités attendaient, confiants, certains de passer une excellente soirée. À ce sujet, la réputation de la baronne de R... était sans tache.

On était assuré d'un buffet délicieux, de vins fins, de champagne... et aussi d'un excellent concert.

Dans le petit salon attenant au grand salon, et transformé en loge pour Nina, c'était l'attente. Affolante...

Après un petit laïus pour obtenir le silence, la baronne annonça :

– Et maintenant, nous allons entendre la *très* jeune (elle appuya sur « très ») élève de notre cher Alfred Cortot... Ce seront là les débuts d'une très longue carrière...

Nina apparut dans une robe blanche de chez Lanvin... Longue, mince, blonde et fragile. Elle semblait très calme, marchait avec fierté, très droite. Seuls, Antoine et François qui ne l'avaient pas quittée jusqu'au dernier moment connaissaient la terreur accablante qui avait amené la jeune femme au bord de l'évanouissement. De faibles bravos saluèrent son entrée. Après un vague plongeon en guise de révérence, elle s'installa comme un automate devant le Steinway de concert, posa les mains sur le clavier... Le silence régnait désormais. Total. Compact. Oppressant.

– Comme elle est pâle ! dit quelqu'un à voix basse.

– Comme elle est belle, dit un autre.

– Chut ! Chut ! Elle va commencer.

Elle débuta par le *Nocturne en* ut *mineur*... Dès les premières notes, la baronne de R... sourit, soulagée. Elle savait désormais qu'il y avait là, chez elle, une future grande pianiste... Quelque chose d'indéfinissable, d'insaisissable, passait dans l'atmosphère. La musique s'élevait, laissant croître dans son intensité un grand, un total désespoir... Enfin, elle s'engageait dans le trait final, suivi comme une inexorable conclusion des trois derniers accords. Alfred Cortot lui avait appris davantage que la technique et la sonorité. Il lui avait apporté ce « plus » qui différencie les simples « virtuoses » des authentiques musiciens... Sans aucun doute, Nina fit sensation.

La réception s'achevait, arrosée d'excellent champagne, dans une atmosphère de bonne volonté réciproque. On évitait soigneusement les sujets fâcheux.

Les toasts s'étaient succédé, et chacun avait été accompagné d'un discours à mourir d'ennui, comme la plupart des discours. Tous célébraient, avec une belle unanimité, la collaboration commerciale et industrielle entre la France, l'Angleterre et l'Allemagne, de sérieux gages d'amitié furent donnés, avec chaleur, de part et d'autre.

On s'empressait autour de Nina... Il y avait là des actrices célèbres, des hommes d'affaires puissants, des millionnaires, des diplomates. Tout ce public disparate se pressait autour de la « révélation ».

Tout à son succès, Nina n'entendit rien d'autre que le bruissement flatteur qui parvenait jusqu'à ses oreilles. Elle savait qu'elle l'avait « eu », ce public, si difficile, blasé, cynique. Elle l'avait possédé ! Elle ferma les yeux. « J'ai bien joué ! Je sais que j'ai bien joué !... » Elle sentait encore la musique couler sous ses doigts... Elle écoutait d'une oreille distraite et ravie. « Vous êtes digne d'Alfred Cortot... Vraiment, vous entendre, c'est entendre ce cher Cortot... »

Quelques diplomates allemands se tenaient un peu à l'écart.

L'un d'entre eux, jeune, plutôt séduisant, en habit de soirée, se détacha du groupe et s'avança vers Nina.

– Otto Abetz, dit-il en s'inclinant. Tous mes compliments ! J'admire votre talent, madame, vous êtes une grande... une très grande musicienne... Et l'on me dit que vous êtes allemande ! Quelle fierté pour le Reich !

Interdite, Nina le dévisageait.

– Otto Abetz ? questionna-t-elle d'une voix blanche.

– Pour vous servir, reprit le diplomate. Je serais très heureux, très fier aussi, d'organiser pour vous un concert à Berlin, devant le Chancelier Hitler.

Et comme elle le regardait, silencieuse, il reprit :

– Je ne vous promets rien, bien sûr. Les décisions ne viennent pas de moi... Pourtant, en ce moment, je sais que nos gouvernements respectifs souhaitent un rapprochement franco-allemand... Le peuple allemand est très mélomane...

– Je sais...

Autour d'eux, on se bousculait. Des mots, des phrases volaient de bouche en bouche...

– Nina d'Aubreuil ? Une petite provinciale allemande protestante, n'est-ce pas ? Ravissante ! Voyez, elle parle avec ce cher Otto Abetz !

– Protestante ? En êtes-vous sûre ?

– Certaine. Mais convertie, mon cher, convertie ! Ceci explique cela. Vous pensez bien que jamais le vieux Paul d'Aubreuil n'aurait accepté... Une assez grosse fortune d'ailleurs. Mais un mariage d'amour. Le jeune d'Aubreuil est fou de sa femme.

Les deux femmes qui venaient de parler s'approchèrent de Nina et de l'Allemand.

– Vraiment chère, très chère, un triomphe ! Vous entendra-t-on Salle Pleyel ?

– Je l'espère, dit Nina.

– Bien sûr, s'écria Otto Abetz. Madame d'Aubreuil est digne des plus grandes salles de concerts du monde !

Nina buvait ces compliments avec ravissement, son regard restait fixé sur le jeune diplomate. « Peut-être pourra-t-il faire quelque chose pour papa ? Même si pour cela, je dois jouer devant le Chancelier Hitler. Pourquoi pas ? »

Un peu plus tard, dans la chambre conjugale, Nina demanda à Antoine :

– Antoine, dis-moi, toi qui connais bien ces gens-là, cet Otto Abetz, qui est-ce ?

– Il appartient au service de propagande de l'ambassade d'Allemagne. Il travaille beaucoup à la réconciliation franco-allemande... Il est, paraît-il, très cultivé, fort bien élevé... Tu l'as conquis... J'aurais pu être jaloux...

Nina laissa échapper dans un petit rire :

– Il semble bien jeune.

– Jeune ? Le Chancelier Hitler se méfie de lui. Enfin, c'est ce qui se dit.

– Ah ? Pourquoi ?

– Il a commencé par être plutôt à gauche. Il ne s'est inscrit au parti nazi qu'assez récemment. On le soupçonne d'être au service de l'Abwehr...

– Qu'est-ce que c'est ?

– Un service d'espionnage. Pour moi, il ne fait aucun doute qu'Otto Abetz travaille pour eux... Je le connais assez bien.

Nina s'écria :

– Mais alors... peut-être pourrait-il... Antoine ! Penses-tu qu'il aiderait mon père à sortir d'Allemagne ?

Dubitatif, Antoine s'accorda quelques minutes de réflexion.

– On peut toujours essayer... Dès demain, je vais me renseigner...

Bien qu'elle s'efforçât de le dissimuler, le sort de son père inquiétait de plus en plus Nina. Comme tout le monde, elle venait de prendre connaissance des lois de Nuremberg qui privaient son père, ses oncles, ses tantes de la citoyenneté allemande. Et désormais, elle connaissait assez bien les Français pour savoir qu'ils ne feraient rien pour protéger les réfugiés juifs allemands. Le même antisémitisme violent, haineux, qui fleurissait en Allemagne, s'étalait maintenant sans vergogne dans la presse française.

– Otto Abetz m'a proposé un concert à Berlin, dit brusquement Nina.

Antoine eut un sursaut de surprise.

– Je ne crois pas que ce soit une très bonne idée. Non, je ne le crois pas... mais il est horriblement tard. Viens te coucher ma chérie, nous parlerons de tout cela demain. Viens dans mes bras. Oublions tout...

En l'espace de quelques mois le nom de Nina d'Aubreuil, « jeune pianiste allemande d'un très grand talent » s'étalait dans toutes les pages musicales des grands quotidiens, ou des hebdomadaires. *L'Illustration* lui consacra trois pages accompagnées d'un superbe portrait... En moins de deux ans, Nina atteignit la célébrité. La Salle Gaveau, la Salle Pleyel affichaient complet lorsque son nom était sur l'affiche...

Doté d'un sens aigu de la mise en scène, Antoine lui choisissait ses toilettes, toujours blanches, si bien que les critiques parlaient toujours de « la Dame en blanc ». Les choses se précipitèrent en septembre 1938, de retour d'une tournée aux États-Unis.

On pressentait déjà que rien n'arrêterait Hitler dans sa réalisation du Grand Reich allemand. Le pacifisme était devenu le mot d'ordre de la presse d'extrême droite et d'extrême gauche. « On ne va pas mourir pour les Tchèques... On ne va pas mourir pour les juifs. On ne va pas mourir pour les nègres... On va vivre pour la France... » Tels étaient les leitmotivs de Xavier Vallat, de Jacques Doriot ou de Maurice Thorez. Souvent, François d'Aubreuil assistait aux débats (houleux) de l'Assemblée nationale. Il était présent lorsque Léon Blum fut rappelé par le président de la République pour former un nouveau gouvernement. La levée de boucliers ne se fit pas attendre. Xavier Vallat ouvrit le feu. « Il est inconvenant que l'Union des Français se fasse autour de l'homme qui représente si intensément le peuple que la malédiction divine a condamné à ne plus avoir de patrie. » Déclaration saluée par des applaudissements nourris de la droite parlementaire et des communistes.

À cette époque, François d'Aubreuil faisait un stage chez le plus jeune sous-préfet de police de France, René Bousquet, nommé depuis peu chef du fichier central des étrangers au ministère de l'Intérieur. François l'admirait. L'homme passait pour un héros... Mais Paul d'Aubreuil n'était pas de cet avis. « Il s'agit d'un arriviste prêt à tout pour obtenir le pouvoir... » La journée avait été agitée. La scission entre Maurice Thorez et Jacques Doriot, deux communistes purs et durs, était consommée. Doriot venait de fonder le Parti populaire français. Du communisme au fascisme, Doriot avait franchi le petit pas qui séparait les deux extrêmes. La politique d'agression de Hitler avait porté ses fruits, et l'Autriche, à son grand contentement, s'était trouvée rattachée à l'Allemagne au nom de l'« Anschluss ». Et sans tirer un coup de feu, sans que la Grande-Bretagne, la France et la Russie dont les forces militaires auraient pu, sinon l'écraser, du moins s'opposer, Hitler avait ajouté au Reich plus de sept millions de sujets fanatisés et s'assurait au cœur de l'Europe une position stratégique pour ses projets futurs. Plus personne, à la Maison des Peupliers, ne doutait de l'issue de la crise imminente.

La tournure prise par les événements enchantait Paul d'Aubreuil.

– L'Allemagne représente un marché énorme, et si nous la laissons tomber, elle deviendra bolchevique et nous aurons tout à perdre ! Or les plus grands financiers et les plus grandes industries du monde se trouvent en Allemagne ! Il faut travailler avec eux !

– Mais père ! Que faites-vous des exactions contre les juifs et les communistes ? Le monde entier s'indigne...

– Pas vraiment, rétorqua Paul. Hitler a maintenant la certitude que ni la France ni l'Angleterre ne lèveront le petit doigt pour l'empêcher de mettre à exécution son plan d'expansion. La guerre est à nos portes.

Nina écoutait avec avidité... Paul d'Aubreuil s'en prenait désormais aux pacifistes :

– Munich ! Pourquoi voir en Munich une honte pour l'Europe ? « La Paix quand nous la voudrons ! » Quelle belle et noble phrase ! Je ne doute pas de sa valeur...

D'Aubreuil sourit à sa belle-fille, devinant ses pensées...

– Vous êtes adorable ma petite fille, mais ces phrases ne sont que de belles envolées lyriques pour apaiser l'opinion publique... Du vent ! Du vent pour satisfaire notre lâcheté... Chamberlain affiche des sympathies pro-hitlériennes vraiment évidentes, Daladier est à la merci de la vox populi pacifiste. « Pas de guerre, pas de guerre ! » Les imbéciles ! Ils auront la guerre et le déshonneur, selon l'expression de Churchill...

Il y eut un silence gêné.

– La guerre ! répéta Paul. Voilà ce qui nous attend. Il va falloir prendre nos précautions.

– Quelles précautions, père ? demanda François.

– La matière première pour fabriquer nos crèmes risque de manquer. François, tu iras aux États-Unis acheter ce dont nous pouvons avoir besoin. L'*Île-de-France* part dans quinze jours, sois prêt, mon garçon.

– Pourquoi pas Antoine ? grogna François entre ses dents.

– Parce qu'il est bon pour toi de t'éloigner un peu de la maison, répliqua Paul.

Père et fils se dévisagèrent sans aménité. François baissa les yeux.

– Maintenant, passons au salon prendre le café. Nina, ma chère, vous êtes splendide..., dit Paul sur un ton redevenu léger.

La jeune femme sourit sans répondre...

– Chérie, dit Antoine, si tu nous jouais quelque chose pour nous faire oublier cette menace qui pèse sur notre tête ?

Silencieuse, Nina s'installa devant son piano. Avec une sorte d'avidité passionnée, Antoine écoutait le *Prélude en* ut *# mineur* de Chopin. Tout ce que sa femme ne parvenait pas à dire avec des mots, elle l'exprimait avec sa musique. Et il la comprenait... Il n'avait plus besoin d'un autre langage.

Décembre 1945

Le train arrivait en gare de Genève. Debout, François regardait par la vitre ruisselante de buée. Plongé dans ses pensées, il sursauta lorsque le contrôleur vint lui rendre son passeport et prendre ses bagages.

– Monsieur, désirez-vous un porteur ?

– Oui.

– Bien, Monsieur.

François ouvrit la fenêtre. Un froid humide pénétra dans le compartiment, et avec lui des gerbes de pluie, mêlée de neige. Il remonta la vitre précipitamment.

Ces instants d'arrivée l'exaspéraient toujours. Suivre les voyageurs qui descendaient en même temps que lui, suivre le porteur, attendre un taxi, se faire conduire directement au Grand Hôtel du Parc.

« Amelia... Me reconnaîtra-t-elle seulement ? »

Le vent glacé de décembre soufflait en rafales lorsque François arriva à Villars-sur-Ollon, jolie petite station de sports d'hiver, connue surtout pour ses pensionnats chic. La neige recouvrait tout. François n'était pas revenu à Villars depuis ce jour de juillet 1942 où il y avait amené Amelia.

La religieuse qui l'accueillit s'empressait, bavarde :

– Ah, nous ne vous attendions que demain ! Mais notre petite Amelia est prête... Sa valise, le croiriez-vous, était faite dès que vous nous avez fait part de votre désir de venir la chercher...

– S'est-elle étonnée que ce soit moi qui vienne, et non ses parents ?

– Non, monsieur. Pas un mot.

– Sait-elle ?

– Non. Nous avons suivi vos instructions à la lettre. Voulez-vous voir Frau Müller, son professeur de piano ? Elle adore votre nièce. Il paraît qu'elle a connu la mère d'Amelia avant la guerre...

– Cette dame... qu'a-t-elle dit au sujet de ma belle-sœur ?

– Qu'un jour elle serait une grande pianiste.

– Rien d'autre ?

– Non. Rien d'autre.

François scruta le visage de la religieuse. Mais celui-ci reflétait une benoîte honnêteté foncière.

Un instant plus tard, une autre religieuse entra, tenant par la main une petite fille, extrêmement gracieuse, aux cheveux noirs tressés, vêtue de l'uniforme du pensionnat. Elle regarda François droit dans les yeux, sans sourire.

– Êtes-vous mon oncle François ?

– Oui, ma petite Amelia. Je suis venu te chercher, ma chérie. Je vais te ramener à la maison...

– Et mon papa ? Et ma maman ?...

L'enfant le regardait fixement. Devant ce regard, il comprit qu'il lui devait la vérité. Sans tergiverser. Tout de suite.

– Ils sont morts, dit-il. C'étaient des résistants. Ils sont morts en héros.

Amelia, qui venait d'avoir dix ans, n'éprouva aucune fierté particulière à savoir ses parents morts en héros. Elle ressentait seulement un chagrin atroce, une perte incommensurable. D'un seul coup, tous ses rêves s'effondraient. Plus jamais, elle ne serait l'« oiseau bleu » ni la « princesse jolie » de personne. Elle n'eut pas une larme. Elle ne paraissait pas comprendre ce qu'il lui disait.

– Est-ce que tu m'as compris ? demanda enfin François d'Aubreuil, étonné par la réaction de l'enfant.

Amelia inclina la tête en signe d'assentiment. Visiblement, elle ne pouvait prononcer un mot. Elle resta silencieuse durant tout le voyage du retour.

– Si tu veux devenir une grande pianiste comme l'aurait été ta mère, tu dois travailler et, souvent, accepter l'humiliation, les échecs, les remarques désagréables, et ne jamais être en retard. Jamais ! N'oublie pas ça..., scandait Frau Müller, l'ancien professeur de Nina.

À la fin du mois de juillet 1942, Amelia avait été amenée en catastrophe par François d'Aubreuil à Villars-sur-Ollon. Pour les d'Aubreuil, aller et venir en Suisse, même en 1942, ne présentait pas de difficulté particulière. Protéger l'enfant s'imposait depuis qu'en haut lieu, on avait décrété « qu'il ne fallait pas séparer les petits de leur mère... ». Les enfants devaient donc, comme leurs parents, être déportés.

Amelia s'en souvenait comme si c'était hier. Et pourtant, six années s'étaient écoulées depuis le jour où elle s'était retrouvée, devant Frau Müller.

Dès 1938, Frau Müller avait fui l'Allemagne et, grâce aux recommandations de Leopold Lieberfreund, elle avait trouvé un poste de professeur de musique dans cet élégant pensionnat pour jeunes filles.

Émue par cette rencontre avec Amelia Frau Müller avait dit :

– Ta mère était ma meilleure élève ! Tu lui ressembles beaucoup. J'espère pour toi que tu as hérité de son talent.

– C'est maman qui m'a donné mes premières leçons, bredouilla Amelia, très intimidée.

– Bien, joue-moi quelque chose, que je puisse voir où tu en es.

Amelia s'était installée, tant bien que mal, devant le grand piano droit de la salle de musique, et s'était lancée dans l'*Impromptu hongrois* de Franz Schubert.

Frau Müller l'écouta avec attention. Lorsque Amelia eut fini de jouer, elle l'observa longtemps, en silence. Puis elle demanda :

– Ainsi, tu veux devenir une grande pianiste comme l'aurait été ta mère ?

– Je veux jouer comme maman, avait répliqué l'enfant.

– Peut-être, en effet, le pourras-tu. Mais sais-tu bien ce qui t'attend ? Sais-tu bien ce que cela signifie ? Ta mère avait accepté de n'être pas une petite fille comme les autres pour se consacrer à la musique. Une seule et unique fois elle s'est détournée de la musique, lorsqu'elle a rencontré ton père. Alors, c'est cela que tu veux ?

Amelia avait hoché la tête en signe d'assentiment. À cet instant précis, elle cessa d'être une petite fille rêveuse pour devenir un embryon d'artiste acharné au travail. À sept ans et demi.

Durant les trois années qu'elle passa à Villars-sur-Ollon, Amelia avait vécu dans le seul espoir de revoir ses parents. Parfois, elle imaginait son retour « quand la guerre serait finie ». Elle arriverait sans prévenir dans la Maison des Peupliers, villa Montmorency. Ses parents seraient fous de joie. Sa mère la serrerait contre elle et dirait : « Mon oiseau bleu, ma princesse jolie... tu es enfin revenue... » Alors Amelia s'installerait devant le piano de concert de Nina et elle jouerait cette étude de Chopin, si difficile, devant ses parents ébaubis, admiratifs... Parfois assez souvent même, Amelia, à demi endormie, se souvenait de sa mère. Ou peut-être ce souvenir était-il encore un rêve ? Pourtant, il lui semblait sentir son parfum, entendre sa voix, son rire, son souffle chaud sur sa joue. *« Mein liebe Maïdèlè... »* Quand elle se réveillerait, se disait-elle alors, Nina serait assise sur son lit...

Paris, en liesse, célébrait le premier Noël de la « victoire » remportée par les Américains, les Anglais et les Russes, et la France oubliait dans l'ivresse de la « réconciliation nationale » le rôle peu reluisant qu'elle avait joué.

À peine arrivée, Amelia s'installa devant le grand Bosendörfer de Nina, et joua l'étude de Chopin qu'elle avait mis tant de mois à étudier. Elle jouait pour ses parents disparus, pour ses rêves inachevés, et pour tout ce qui ne reviendrait plus jamais... C'était sa manière à elle de pleurer.

Dépassés par quelque chose qu'ils ne comprenaient pas, François et Josette écoutèrent l'enfant sans mot dire, bouleversés par cette douleur qui ne pouvait s'exprimer que par des notes de musique... La gorge nouée, tante Josette prit la fillette dans ses bras...

– Tu seras une grande pianiste, lui dit-elle, tout comme l'a été ta mère... Elle aurait été très fière de toi ! Je te promets que je ferai tout pour que tu continues à étudier... Ma petite chérie... Ma pauvre petite chérie.

Alors, seulement, Amelia éclata en sanglots.

Vaguement inquiet, François d'Aubreuil se demandait s'il ne fallait pas appeler un médecin. « Sait-on jamais ce qui peut se passer dans la tête d'une petite fille ? » Mais il s'en tint à ce qui avait été décidé. Personne ne devait dire la vérité. « Plus tard, lorsque Amelia sera en âge de comprendre, je lui dirai pourquoi et comment ses parents sont morts... »

Tant bien que mal, Amelia s'accoutumait à sa nouvelle vie. Pour célébrer le retour d'Amelia au sein de sa famille et Noël, François et Josette d'Aubreuil organisèrent un grand dîner qui allait tous les réunir.

Son arrière-grand-mère Courcelles de Bossey, ses oncles, ses tantes Desgroult, ses cousins, tous l'accueillirent avec une aménité débordante dont elle ne pouvait encore déceler l'hypocrisie. Émue, ravie, l'enfant s'apprêtait à aimer de tout son cœur cette famille dont elle ne se souvenait plus et qui était la sienne...

– Tu verras, ma chérie, dit tante Josette, tu feras la connaissance de tes cousines, Sylvia et Julia Courcelles de Bossey, elles ont ton âge ; de tes cousins Dieudonné, eux sont un peu plus âgés ; il y aura aussi des neveux de ton grand-père. Te souviens-tu de ton grand-père ? Il t'aimait beaucoup, tu sais... Nous serons une bonne vingtaine de grandes personnes et une bonne dizaine d'enfants... Et puis, il y aura les Desgroult. Nous sommes obligés de les recevoir ; ils font partie de la famille, mais je dois t'avouer que je ne les aime pas.

Amelia écoutait avec attention. Soudain, après un petit moment de réflexion, elle demanda :

– Et du côté de ma maman ? Il n'y aura personne ?

Sans bien comprendre le sens de cette dernière phrase, Josette murmura, déconcertée :

– Ta maman était fille unique... Il n'y a plus personne de son côté.

Elle hésitait à prononcer les mots interdits. « Ils sont tous morts en déportation... » Mais elle se tut. Il était encore trop tôt pour parler.

– Mais, insista Amelia, s'il y avait eu quelqu'un, est-ce qu'on l'aurait invité ?

Josette secoua négativement la tête. À quoi bon mentir ?

– C'est parce que maman était allemande ?

– C'est cela ! dit vivement Josette. On ne peut pas inviter d'Allemands aujourd'hui. Plus tard, peut-être... Tu comprends, la guerre vient tout juste de s'achever...

Une expression de soulagement intense éclairait son visage. Elle souriait à l'enfant qui la regardait, étonnée.

– Mais alors, moi aussi, je suis un peu allemande puisque maman l'était ? dit-elle.

– Non, ma chérie !... Grâce à Dieu, ta maman est devenue française le jour de son mariage, et tu es née en France ! Cela fait de toi une Française à cent pour cent... Tu es née catholique et française comme nous tous, mets-toi bien ça dans la tête ! Personne ne peut dire le contraire.

Pleine de fierté, soulagée, Amelia sourit. « Bien sûr, pensa-t-elle, je n'ai pas demandé à naître française et catholique, mais je suis bien contente que cela soit. » Être catholique et française était certainement un privilège. Cela vous mettait automatiquement au-dessus des autres. Amelia avait parfaitement saisi l'accent de fierté triomphante de tante Josette : « Catholique et française... »

Cependant, au cours des mois suivants, l'enfant eut des cauchemars. Elle rêvait qu'elle montait un escalier très haut, sans fin, et qu'en haut de cet escalier, son père et sa mère l'attendaient en souriant et lui tendaient les bras. Mais, juste au moment où elle allait enfin les rejoindre, elle perdait pied et tombait dans un gouffre noir sans fond. Ses hurlements de terreur attiraient la gouvernante, chargée de son éducation. Cela dura quelques mois, puis ses cauchemars cessèrent. Alors, brutalement, elle oublia tout cet épisode de sa vie. Parfois, elle s'efforçait de se souvenir, elle évoquait le visage de ses parents, mais sa mémoire défaillante ne lui restituait que des images floues.

Durant les deux années qui suivirent, elle étudia son piano, suivit des cours particuliers dans une école religieuse, sans plus jamais parler de son enfance. En mai 1947, elle fit sa communion solennelle, et ce fut un grand jour. Elle était très fière de sa robe blanche et de son voile en organdi. Elle posa pour une superbe photographie, il y eut une grande fête familiale, avec une multitude de cadeaux, de baisers, de fleurs blanches...

Elle pratiquait avec assiduité. Elle s'adressait surtout à la Vierge Marie. Chaque soir, quand elle recitait sa prière « Je vous salue Marie, pleine de grâces, le Seigneur est avec vous », le visage de sa mère lui apparaissait d'une manière fugitive. Parfois, elle s'efforçait d'accrocher ces traits à sa mémoire mais elle n'y parvenait pas.

Elle aimait étudier son catéchisme et croyait dur comme fer tout ce que les religieuses lui apprenaient. Y compris que les juifs étaient les assassins de Dieu et qu'ils avaient mérité le châtiment que ce dernier leur avait réservé. Même le plus récent, la déportation, l'extermination. « Les juifs sont damnés... », disaient-elles. Amelia acquiesçait. Sinon pourquoi étaient-ils punis ? Aussi, comme tous ceux de son milieu, était-elle vaguement antisémite. Mais grâce à sa bonne éducation, elle ne manifestait aucune hostilité visible lorsqu'elle croisait dans le salon de la maison, des « israélites français ».

Amelia les observait avec étonnement. Ils n'avaient aucun signe susceptible de les différencier des autres personnes qui fréquentaient la Maison des Peupliers. Ils étaient aussi bien élevés, parlaient sans accent et buvaient et mangeaient du porc comme tout le monde. Ils étaient journalistes, hommes d'affaires. Seule une chose pouvait intriguer : la plupart d'entre eux avaient des noms bizarres et se passionnaient pour la politique.

Ce qu'elle redoutait le plus, c'étaient les réunions familiales. Les anniversaires, les fiançailles, les naissances, les mariages, les deuils réunissaient les d'Aubreuil, les Courcelles de Bossey, les Desgroult et leur progéniture... Pas un repas sans que des propos virulents, stigmatisant les juifs, ne se glissent dans la conversation.

Son arrière-grand-mère Courcelles de Bossey, une vieille dame de quatre-vingts ans, bon pied, bon œil, bonne langue de vipère disait souvent : « Hitler, on a beau dire, n'avait pas tous les torts ! Les juifs faisaient la pluie et le beau temps en Allemagne. Il fallait bien les remettre à leur place ! » Elle fixait méchamment son arrière-petite-fille et lui lançait alors :

« Tu comprends cela, petite ?... Dis-moi que tu comprends ?

– Oui, répondait invariablement l'enfant qui s'ennuyait.

– Alors, ne l'oublie jamais ! Ce crime est éternel. Il n'y aura jamais de pardon... Ils ont assassiné Dieu ! »

Et, tout aussi invariablement, l'oncle François l'interrompait et disait sèchement :

« Voyons, grand-mère, vous savez bien que ce ne sont que des sornettes ! Qu'est-ce que vous allez mettre dans la tête d'Amelia ! »

Tandis que l'aïeule et son petit-fils se disputaient, l'esprit d'Amelia s'envolait au-dessus de la discussion, dans ses rêves. La voix criarde de la vieille dame la faisait sursauter :

« Si j'avais su avant ce que ton frère nous réservait comme belle surprise, jamais je n'aurais accepté que ma famille s'unisse à la tienne et cela, tu le sais bien.

– Vous dites des sottises, grand-mère... Allons, venez. Je vais vous reconduire chez vous. Il se fait tard. Vous devez être fatiguée... »

Pas dupe, la duchesse répliquait, mi-rieuse, mi-furieuse :

« Si je comprends bien, François, tu me mets dehors ?

– Mais non, grand-mère ! Jamais je ne me permettrais une chose pareille. Mais voyez, Amelia est toute blanche de fatigue. Il faut qu'elle aille se coucher. Tu peux quitter la table, ma chérie. Dis bonsoir à ton arrière-grand-mère... »

Amelia, heureuse de s'en aller, présentait son front à la duchesse qui y déposait un petit baiser sec et dégoûté.

Personne dans son entourage ne se rendait compte combien la fillette souffrait de l'absence de ses parents... Certes, son oncle François et sa tante Josette lui manifestaient beaucoup de tendresse et d'affection sincères. Elle-même leur était très attachée. Elle aimait sa cousine Marie-Claire et le bébé, Paul-Henri, qui l'adorait et lui tendait ses petits bras potelés dès qu'il la voyait. À tous, Amelia paraissait être une petite fille parfaitement équilibrée, gaie, insouciante, consacrant plusieurs heures par jour à étudier sa musique.

Mais tout ce fragile édifice craqua à la Noël 1947.

Amelia était dans sa treizième année et, depuis quelque temps, se doutait qu'on lui cachait quelque chose d'important, de honteux, de scandaleux, qui la concernait. Elle ne comprenait toujours pas l'attitude des membres de sa famille à son égard.

Elle ne s'expliquait pas ces chuchotements autour d'elle concernant ses parents, et surtout sa mère. Elle comprenait bien obscurément, à présent, que les membres de sa famille avaient été peu ou prou (plutôt prou, d'ailleurs) des collaborateurs, à l'instar de son oncle Desgroult, sauvé in extremis de la guillotine par le jeune secrétaire d'État François Mitterrand... et pour cela, elle les méprisait. En bloc.

Ce soir de Noël 1947, Amelia s'en souviendrait toute sa vie. Alors qu'elle jouait avec Paul-Henri dans les escaliers, elle entendit l'une de ses cousines dire d'une voix de tête, avec un joli rire perlé : « On ne peut pas dire qu'Amelia soit très marquée par son hérédité. Si l'on tient, évidemment, que ces gens-là transmettent leur race par la mère... Bien sûr, elle est un peu fantasque, imprévisible, une artiste quoi ! Mais ce ne sont là que des défauts mineurs, facilement corrigibles ! »

Interdite, Amelia s'immobilisa. De qui parlait-on ? D'elle ? C'était impossible, inconcevable. Elle sentit son cœur battre follement ; une moiteur glacée l'envelopper. Elle tendit l'oreille. La rampe épaisse, en acajou, la cachait. Ainsi dissimulée, elle pouvait tout entendre. Elle fit signe à Paul-Henri de se taire.

« Espérons que son physique ingrat s'améliorera quand elle prendra quelques kilos et quelques années..., dit une autre voix qu'elle eut du mal à identifier, ... le moins que l'on puisse dire, c'est que la pauvre petite n'est guère attirante... heureusement qu'elle touche agréablement du piano. Son petit talent fera oublier son physique. » Amelia se pencha par-dessus la rampe pour voir la jeune personne qui venait de dire ces horreurs, c'était Julia, sa cousine, celle qui lui avait juré une amitié éternelle quelques instants plus tôt.

En proie à une vive humiliation, Amelia remonta les escaliers en tenant Paul-Henri par la main. Ce ne fut que lorsqu'elle fut en sécurité dans sa chambre qu'elle se laissa aller à la colère et à la haine. Comment pouvait-on être à ce point fourbe et hypocrite ? « Hérédité », « race », les mots dansaient dans sa tête et s'appliquaient sans nul doute à sa mère qui était allemande. Elle ne se consolait pas du « physique ingrat » qui sifflait douloureusement à ses oreilles. Prétextant un violent mal de tête, elle refusa de participer au réveillon familial et connut une joie amère en privant la famille du concert qu'elle devait assurer après le repas.

Jusqu'à ce qu'elle surprenne cette conversation, Amelia avait été, somme toute, une petite fille heureuse, accrochée à son rêve, devenir comme sa mère « la plus grande pianiste du monde », elle faisait la joie de son entourage. Mais ce soir-là, tout bascula.

Songeant à cette soirée des années plus tard, elle constaterait non sans stupéfaction que cette scène médiocre, insignifiante, l'avait entraînée vers un destin très particulier. « Il suffit d'un rien pour que tout change », se dit-elle alors.

Les semaines suivantes, Amelia s'efforça d'oublier ce qu'elle avait entendu. Mais le mal qui la rongeait, cette douloureuse, inexplicable humiliation, devait trouver un exutoire. Durant toutes les fêtes de fin d'année, la maison fut pleine d'oncles, de tantes, de grands-oncles, de grands-tantes, de cousins, de cousines, y compris ceux qu'elle détestait particulièrement, Bernard et Philippe Desgroult qui avaient frôlé la guillotine comme leur père et justifiaient leurs choix politiques par la nécessité de débarrasser la France et l'Europe de toute leur encombrante juiverie.

– Maintenant qu'ils vont avoir un pays, vous devez être contents ? demandait tante Josette avec acrimonie.

Mais ils n'étaient pas satisfaits.

– On n'a pas achevé le travail..., disait l'un.

– À Auschwitz, on n'a gazé que des poux et des rats, répliquait alors l'autre.

Et tous deux riaient.

– Un an ! Il nous fallait un an de plus et nous en étions débarrassés ! Maintenant, on a Mendès France... Jules Moch... et...

Au lieu d'achever leur phrase, ils regardaient Amelia avec méchanceté.

Début 1948, peu après ses premières règles et son treizième anniversaire, Amelia maigrit affreusement, eut de la fièvre tous les soirs, et ne toucha plus son piano. Son refus de manger inquiétait Josette et François... Prostrée, Amelia restait allongée presque toute la journée. Josette fit appeler le médecin de famille, qui après une auscultation en bonne et due forme dit :

– Il doit s'agir d'une prétuberculose. Cette maladie fait des ravages en ce moment. Elle touche les enfants nés peu avant la guerre, particulièrement sous-alimentés pendant l'Occupation...

– Mais, l'interrompit Josette, Amelia a été élevée en Suisse et n'a jamais souffert de sous-alimentation !

– Et puis, continua le médecin, il y a la mort de ses parents. Bizarre qu'elle n'en parle jamais...

– Croyez-vous que leur décès influence à ce point sa santé ? demanda Josette. Je pense qu'elle a tout oublié... Elle était si jeune ! À peine sept ans !

– Possible. Dieu seul sait ce qui peut se passer dans l'inconscient d'une enfant, dit le médecin qui se targuait d'être fin psychologue. Mais à mon avis, cette jeune fille devrait passer quelque temps à la campagne. Le grand air, une bonne alimentation, et je suis sûr que tout rentrera dans l'ordre.

Josette insista :

– Docteur, je vous en prie. Ne me cachez rien... Y a-t-il une menace de tuberculose ? J'ai des enfants qui vivent ici. De très jeunes enfants...

– La menace n'est pas immédiate... Mais une adolescente anorexique, qui a de la fièvre tous les soirs, doit être suivie avec beaucoup d'attention. Puisqu'il y a ici d'autres enfants, mieux vaut éloigner Amelia. Je vous parle de prudence. Pas d'urgence. Dans quelques mois, cette jeune fille vous reviendra rayonnante de santé.

Ainsi il fut décidé qu'Amelia irait passer une année à Montastruc-la-Gaillarde, dans le château familial situé à une quinzaine de kilomètres de Toulouse, sous la garde de sa gouvernante-institutrice mademoiselle Mazière chargée de la faire travailler. « Tu pourras continuer tes études de piano. Pour tes études classiques, tu suivras des cours par correspondance sous la direction de ta gouvernante. Le Conservatoire de Toulouse a une excellente réputation ; un chauffeur t'y conduira chaque jour. Et quand tu nous reviendras, tu seras devenue une belle jeune fille, avec dix kilos de plus », lui expliqua oncle François.

Amelia accepta avec satisfaction. Depuis qu'elle avait surpris les désobligeantes réflexions de sa cousine, elle ne voulait plus la revoir. Chaque rencontre avec sa famille lui était un crève-cœur. Elle les haïssait, mais devait feindre une amitié qu'elle n'éprouvait plus. Et puis l'idée de devenir une belle et robuste jeune fille, pourvue de seins, de hanches, de fesses, était loin de lui déplaire. Elle prépara son départ avec soin et, avec l'aide de tante Josette, ravie de voir sa nièce s'intéresser à quelque chose, acheta un trousseau complet d'une taille au-dessus de la sienne. Elle flottait dans ces vêtements. « Mais vous verrez, tantine, dans un an, ils seront trop petits pour moi ! »

En septembre 1948 Amelia retrouva la vaste demeure de briques roses telle qu'elle était, figée pour l'éternité dans son souvenir. Elle l'avait quittée six ans plus tôt et il semblait que rien n'avait changé. Feuilles jaunes teintées de rouge et de brun, odeur douce et humide du proche automne, chemin qui serpentait à travers le parc... Elle y avait fait ses premiers pas ;

elle y était tombée souvent lorsqu'elle apprenait à faire de la bicyclette ; elle se souvenait de ses parents, jeunes, gais et rieurs. Si, soudain, sa mère, si jolie, si radieuse, s'était brusquement matérialisée sur le perron de la maison, Amelia n'en aurait pas été surprise. Son imagination l'entraîna ; il lui sembla entendre Nina travailler ce beau et difficile *Nocturne en* ut *mineur*... Toutes ses défenses s'écroulèrent et l'habituelle, l'intolérable souffrance de l'absence l'envahit. Mais maintenant, elle savait comment la supporter. D'abord, laisser couler ses larmes sans chercher à les retenir. Ensuite, respirer doucement, longuement. Alors, petit à petit, l'image de ses parents s'évanouissait dans une sorte de brume et la douleur desserrait son étreinte...

Outre le fait d'accompagner sa nièce à Montastruc-la-Gaillarde, de nombreuses raisons motivaient le voyage de François d'Aubreuil. Reprendre en mains *Les Nouvelles du Midi* dont l'orientation socialiste l'ennuyait, mais aussi, mais surtout, prendre contact avec son notaire, maître Ginesty. Des terrains que l'on disait pétrolifères étaient à vendre à proximité de Pau. D'autre part, une sourde inquiétude le tenaillait. Son ex-ami et protecteur, René Bousquet, allait bientôt passer en Haute Cour de justice... « Il ne faut pas le lâcher, pensait François d'Aubreuil, s'il parle, nous sommes tous foutus... Tous les radicaux, les MRP. » François se souvenait avec angoisse des photos publiées dans la presse, en 1942-1943... René Bousquet et lui riant aux éclats avec Reinhard Heydrich et des officiers nazis. « Impossible de détruire ces photos. Elles sont déposées aux Archives nationales... »

Le lendemain de leur arrivée, au cours du petit déjeuner, François d'Aubreuil, qui avait visiblement passé une très mauvaise nuit, dit : « Je vais rester avec toi une petite semaine. J'ai à faire à Toulouse. Je vais voir au journal ce qui se passe. Installe-toi, mon petit. Tu devrais prendre la chambre de tes parents, et laisser la tienne à ta gouvernante... Elles sont contiguës.

– Oh ! vous croyez, oncle François ?

– Bien sûr ! Tu es assez grande maintenant. Presque une jeune fille. Dans deux mois, nous viendrons pour les vacances de la Toussaint. Tu nous rejoindras à Noël à Saint-Moritz, et nous serons de nouveau ici à Pâques... L'année sera terminée et tu auras retrouvé la santé... Que penses-tu de cela ?

Sans attendre de réponse, François répéta à plusieurs reprises : « Je vais rester avec toi, quelques jours. » Surprise, Amelia le dévisagea en silence. Son oncle était pâle, les yeux cernés, la bouche amère. Nerveusement, il allumait une cigarette, l'éteignait, en allumait une autre...

Il regarda sa nièce, inquiet soudain.

– Es-tu bien sûre de vouloir vivre ici ?

Amelia resta interdite quelques secondes. Pourquoi cette question ? Pourquoi maintenant ? La réponse vint d'elle-même. Sans réfléchir :

– Oui, oncle François, oui ! Je me sentais très mal à Paris.

Dans sa chambre, François d'Aubreuil relisait la lettre qui lui avait été adressée. Anonyme, naturellement. « La France est le seul pays d'Europe où des juifs séjournant sur son territoire, non occupé par les Allemands, ont été livrés aux SS pour être conduits comme du bétail vers les camps d'extermination... Ni Franco ni Mussolini n'ont accepté cette ignominie. Les juifs italiens ont été déportés par les SS allemands... Les juifs espagnols étaient en sécurité en Espagne. Vous étiez un ami de René Bousquet, vous avez travaillé avec lui. Un jour, vous paierez pour cela... »

Qui donc le menaçait et pourquoi ? Il soupira, inquiet. Le procès de René Bousquet n'aurait lieu qu'en juin 1949. « Si je tombe, je ne tomberai pas seul ! »

« Soyez tranquille, lui avait dit son avocat, maître Isorni, René Bousquet sera acquitté et, même, décoré pour faits de résistance. Nos amis veillent... Ne vous tracassez donc pas.

– Bien sûr que si, je me tracasse ! Il y a trop de preuves contre Bousquet ! Trop de photos où on le voit avec Reinhard Heydrich... Trop de preuves de sa responsabilité en juillet 1942... »

Chaque fois que François d'Aubreuil pensait à cette date, il voyait Nina, emmenée par la police française, il entendait son frère Antoine hurler : « N'y touchez pas ! Ma femme est française ! Catholique et française... » Il soupira. « Encore dix mois à attendre. Ensuite, je serai tranquille... »

Demain, il inscrirait Amelia au Conservatoire de Toulouse. Demain, il rencontrerait maître Ginesty... « Demain... », murmura-t-il. Il jeta la lettre anonyme dans la corbeille à papier et ouvrit les fenêtres sur la campagne... Le parc était tranquille sous l'éclat de la lune...

Septembre 1948. Dans le hall d'entrée, toujours sombre, du Conservatoire, l'agitation fiévreuse d'après le concours d'admission régnait. Les élèves des classes d'instrument se mêlaient aux élèves des classes de chant, les nouveaux aux anciens, chacun cherchant des repères, des visages connus... Ceux qui avaient été admis arboraient un sourire triomphal. Ceux qui avaient été rejetés grinçaient entre leurs dents. « Ah, si j'avais eu du piston ! Sans piston, on ne peut pas être admis... » Ils avaient parfois raison, mais bien souvent ils n'avaient pas assez travaillé ou n'avaient pas assez de talent.

Amelia d'Aubreuil attendait un peu à l'écart, se demandant où elle devait se rendre et qui seraient ses professeurs. Déjà, elle imaginait les trois années d'études qui l'attendaient, avant la préparation des grands concours internationaux, ensuite... la gloire... Elle en rêvait jour et nuit. Elle serait la revanche de sa mère. Elle travaillait sur les partitions de Nina, annotées par Alfred Cortot en personne. Elle n'avait aucun doute sur elle-même, sur son avenir, sur son talent... Une force immense l'habitait.

De toutes les portes ouvertes sur le grand corridor dont les murs affichaient cette couleur verdâtre propre aux établissements publics, on entendait des bruits divers, musique, exercices vocaux, rires... Les élèves allaient, venaient, se pressaient, se bousculaient, bavardaient gaiement, se congratulaient ; visiblement, tous se connaissaient. Un peu ennuyée, Amelia regarda de nouveau la feuille qui affichait les noms des reçus, espérant voir dans un coin qui aurait échappé à sa vigilance le nom du professeur qui l'avait choisie. Mais il n'y avait rien. Rien d'autre que : « Amelia d'Aubreuil... 8/10. Reçue. Première nommée. » Elle savoura la petite sensation d'orgueil qui l'envahit, puis décida de se renseigner.

Elle s'approcha du surveillant, homme rubicond et revêche, et demanda :

– Pardon, monsieur... Pourriez-vous m'indiquer ma classe ? Je viens d'être admise. Mais j'ignore...

– Qui est votre professeur ? interrompit l'homme brutalement.

– Je... je ne sais pas...

– Comment cela, vous ne savez pas ! Qui vous a présentée au concours d'entrée ?

– Personne. Je me suis présentée toute seule... Amelia d'Aubreuil. Je viens d'arriver à Toulouse, répliqua-t-elle avec une petite suffisance dans la voix.

« Et, pensa-t-elle, j'ai été admise première, même si cela t'emmerde ! »

Le surveillant la fixait, furieux et soupçonneux comme s'il avait pu lire dans ses pensées.

– Vous êtes dans la classe de mademoiselle Daret. Au premier étage, porte A. Et vous êtes en retard de dix minutes. Un mauvais point, mademoiselle d'Aubreuil ! Il ne suffit pas d'être reçue première ! Il faut « aussi » être exacte ! Sinon, c'est un blâme ! Et au bout de cinq blâmes, c'est le renvoi. Aujourd'hui, vous devez aller vous inscrire à la classe d'orchestre et au cours de solfège, troisième division. Chez monsieur Lhomme. Dépêchez-vous, lui ordonna le surveillant.

La classe d'orchestre et de musique de chambre se tenait dans une grande salle mal entretenue, mais qui avait une scène et un semblant de fosse. Une trentaine d'élèves se trouvaient déjà là et déchiffraient les partitions... Une flûte faisait entendre ses trilles, un violon lui répondait aussitôt, suivi par une harpe... Le professeur n'était pas encore arrivé et, des yeux, Amelia chercha une place. C'est dans cette classe d'orchestre qu'elle devait rencontrer les deux garçons qui allaient décider de son destin. On ne sait jamais ce qu'une rencontre, à n'importe quel âge, peut apporter de bon ou de mauvais dans une vie. Amelia avait treize ans quand elle rencontra Jonathan Kohnberg et Christian Maury, respectivement âgés de quinze et treize ans.

Son regard fut attiré par les deux garçons qui discutaient un peu à l'écart avec animation.

Il était question d'un meurtre.

– Il n'a eu que ce qu'il méritait ! clamait l'un d'eux. Deux balles dans la peau !

Amelia s'approcha. Les deux garçons continuèrent leur discussion comme si la jeune fille avait toujours été là.

– Qu'est-ce qui s'est passé ?... demanda-t-elle. Qui donc a été assassiné ?

Pour la première fois de sa vie, elle s'adressait à des inconnus sans s'embarrasser de présentations.

Les deux garçons la dévisagèrent sans grande aménité.

– Qui êtes-vous ? demanda Jonathan.

Il était le plus grand des deux, et jamais Amelia n'avait rencontré quelqu'un, adulte ou adolescent, qui pût lui ressembler. Trop grand pour son âge, brun aux yeux bleus, maigre à l'excès, il y avait en lui quelque chose d'irréel, de sauvage, et même de brutal. Son compagnon, en revanche, paraissait encore un enfant. Très blond, mince, fragile, il avait une expression rêveuse et douce et dévisageait Amelia avec étonnement. « Vous êtes nouvelle, n'est-ce pas ? » Sa voix muait, ce qui visiblement le désespérait.

– Je viens d'être admise..., dit-elle. Première ! ajouta-t-elle avec insolence pour répondre au regard ironique de Jonathan.

– Alors, vous êtes Amelia d'Aubreuil. Tout le monde parle de vous..., dit-il avec un respect exagéré dans la voix. Je me présente. Jonathan Kohnberg, « premier » en violon (il insista sur le mot premier) et Christian Maury, « premier » en violoncelle ! termina-t-il sur le même ton.

– Je suis très heureuse de faire votre connaissance..., dit gravement Amelia... Que s'est-il donc passé ? Qui a été assassiné ?

– Le comte Folke Bernadotte ! Bien fait pour sa pomme ! Tu parles d'un médiateur ! Il était vendu aux Arabes. Oui ! Comme tout le monde, d'ailleurs...

La voix de Jonathan vibrait de colère. Il était pâle, le visage contracté de haine.

Amelia réfléchissait. Elle avait mis toute sa force, toute son intelligence à réussir son concours d'entrée. Aussi ce qui se passait dans le monde ne l'avait pas atteinte. Le nom de Folke Bernadotte ne lui disait rien, ou très vaguement. Peut-être avait-il été invité chez les d'Aubreuil à Paris ? On recevait tellement de diplomates, tant de politiques, de journalistes, de chargés d'affaires !

– Qui est-ce ? interrogea-t-elle.

Narquois, Jonathan l'observa.

– Qui « était-ce » ! clama-t-il, enchanté.

Puis, il ajouta :

– Eh bien, bravo ! Il vous arrive de lire les journaux ? Bernadotte était un diplomate envoyé par l'ONU pour soi-disant proposer un plan de paix aux juifs et aux Arabes.

– Un diplomate ? demanda Amelia.

– Oui. On appelle ce genre de coquin, un diplomate !

Déroutée, Amelia, qui avait été mise en présence de nombreux diplomates dont certains appartenaient à sa famille, n'avait jamais pensé qu'ils puissent être des coquins. Imbéciles oui, pour la plupart, mais des coquins ? Elle demanda :

– Mais pourquoi a-t-il été assassiné ? On n'assassine pas les diplomates. Comment faire la paix ensuite ?

Le visage fermé, Jonathan jeta avec brutalité, tutoyant Amelia :

– Tu ne peux pas comprendre ! Seul un juif peut comprendre... Et moi, je suis juif, tu saisis ? Mais peut-être ne connais-tu même pas le sens de ce mot... Ah, et puis, laisse-moi tranquille !

Tournant le dos à l'adolescente, il s'éloigna.

C'était si soudain, si violent, que pour un peu, elle en eût pleuré. Mais elle était orgueilleuse... Elle serra les dents et haussa les épaules.

– Il n'y a pas que Bernadotte qui se soit conduit comme un crétin..., marmonna-t-elle entre ses dents.

– Il ne faut pas lui en vouloir ! intervint Christian qui jusqu'alors n'avait rien dit. Jonathan n'aimait pas ce Bernadotte. Il le trouvait trop proche des Arabes. À cause du pétrole. Tu sais, personne ne va soutenir les juifs... Ils ont enfin un État. Mais ce sera difficile pour eux. Mais, vrai ? tu n'es pas au courant de ce qui se passe au Moyen-Orient ?

Et comme Amelia, encore sous le coup de la colère, le regardait sans répondre, Christian reprit :

– ... Jonathan est juif et ses parents sont morts en déportation. Lui aussi a été déporté... Regarde son bras. Tu verras son numéro. C'est pour cela que tout ce qui se passe là-bas le touche si fort ! Tu comprends ?

– Mais les miens aussi sont morts ! s'exclama Amelia, désolée d'avoir pu sans le vouloir blesser quelqu'un qui souffrait comme elle. Ils ont été déportés et ils sont morts !

– Pourquoi tes parents ont-ils été déportés ? demanda Christian avec curiosité.

– Résistance, répliqua Amelia. Ils sont morts en héros, ajouta-t-elle.

Elle eut pour ses parents morts une bouffée de fierté douloureuse.

– Ah ! dit Christian plein de respect. Mon père aussi est un héros de la résistance. Mais les parents de Jonathan ont été déportés parce qu'ils étaient juifs... Chut, il s'est calmé ; il revient vers nous...

Amelia se retourna. Elle dévisageait Jonathan et, soulagée, heureuse soudain, elle constata que sa mauvaise humeur avait disparu. Ils étaient tous les deux des orphelins de la guerre. Ce même malheur les rapprocha. Chacun d'eux connaissait la même détresse, le même désespoir.

L'amitié des trois adolescents naquit ce jour-là.

Pour Amelia, c'était un bonheur incroyable que d'être admise dans la vie des deux garçons... Et sans même s'en rendre compte, elle tomba amoureuse de Jonathan.

Elle apprit à connaître ce qu'avait été la vie de Jonathan. Recueilli par une organisation juive, il vivait avec d'autres orphelins dans une vaste demeure située allée François-Verdier pompeusement appelée Château des Martyrs parce que la Gestapo y torturait les maquisards. Réquisitionnée à la Libération, cette maison servait de refuge provisoire à une trentaine de filles et de garçons de tous âges, en partance pour Israël dès que les circonstances le permettraient. Apatrides, d'origine polonaise, roumaine, allemande, autrichienne, où auraient-ils pu aller ?... Cependant, très vite, le directeur de cette maison d'enfants de déportés, monsieur Keller, se rendit compte du talent de Jonathan et fit en sorte qu'il ne perdît pas de temps... Inscrit au Conservatoire, l'enfant fut considéré d'emblée comme l'un des grands espoirs de l'établissement. Mais son caractère entier, difficile, ses explosions de rage subites, sa haine des adultes ne le rendaient pas sympathique. Quinze ans est un âge difficile pour un garçon. Sa voix muait, il grandissait sans mesure, dégingandé avec un air de chat sauvage. Son nez trop long – « mon sale nez juif ! », disait-il en riant – défigurait son visage émacié... Le seul moment où ses traits s'adoucissaient, devenaient presque beaux, c'était lorsqu'il faisait voler son archet sur son violon d'étude, dont il parvenait à tirer des sons presque parfaits.

Mal habillé il avait une personnalité bien à lui, une élégance naturelle qui ne tenait pas aux vêtements qu'il portait, mais à une certaine fierté provocante dans son allure. Amelia en était folle. Elle se disait que nulle part au monde, il n'existait personne d'aussi bien que Jonathan.

Parfois, Jonathan lui confiait qu'il avait l'intention d'écrire un opéra. « Sur la mort... », disait-il. Elle le croyait sans peine. Les professeurs le considéraient comme très doué. Que Jonathan fût doué et même mieux que cela, Amelia n'en doutait pas... Souvent, Christian et elle assistaient à son cours de violon, juste pour l'entendre.

Jonathan choisissait ses morceaux d'étude et, souvent, le professeur n'intervenait pas. « Quel démon possède ce jeune garçon, pensait-il, d'où sort-il une telle violence, une telle passion ? Comment, où a-t-il appris à comprendre Paganini, à devenir ce sorcier impitoyable, démoniaque, implacable ? Il n'a que quinze ans... C'est incroyable ! On me dit qu'il a été déporté... Mais d'autres que lui ont été déportés, ont perdu leurs parents... Le talent... le génie, d'où cela peut-il venir ? »

Amelia avait beau se raisonner, elle ne pouvait détourner ses pensées de Jonathan. Très vite, elle décida, sans même savoir si ce qu'elle éprouvait était réciproque, que Jonathan était son homme.

Elle savait que jamais elle n'éprouverait pour quiconque cet amour total, absolu, capable de tout, du pire comme du meilleur, que l'on éprouve adolescent, le premier amour. Elle tenait de son père une nature passionnée, entière, possessive qui n'admettait aucun atermoiement.

Elle le trouvait beau, irrésistible, mais elle n'était pas sûre de lui. Inquiète, crispée, elle guettait la moindre de ses réactions. Était-il de bonne humeur ? Alors, elle riait, heureuse, gaie... Mais si par malheur, Jonathan traversait une de ses crises de neurasthénie, si violentes, elle se réfugiait auprès de Christian, fou amoureux de son amie.

Pour Amelia, la question ne se posait pas. Jonathan avait du génie. Point final. Parfois, avec un petit frémissement de jalousie, elle reconnaissait qu'il sortait ce qu'il voulait de son violon... Elle, elle était obligée de chercher. De chercher encore... Pourtant, elle possédait une excellente technique... « Ce n'est pas avec de la technique, aussi brillante soit-elle, que l'on devient une grande pianiste ! » lui avait lancé Jonathan, un jour qu'ils se disputaient. Elle le savait, la technique était essentielle, mais tout à fait insuffisante. « Vivement que je puisse travailler avec Cortot ! Lui m'apprendra ce qui me manque... », répliquait Amelia, véhémente.

Elle oubliait qu'il y a des choses qui ne s'apprennent pas.

Si son entente avec Jonathan connaissait des hauts et des bas, celle qu'elle entretenait avec Christian était parfaite. Les adolescents se comprenaient à demi-mot. Lui seul savait la consoler lorsqu'elle venait de se disputer avec Jonathan, parfois cruel, exaspérant, voire hostile, haïssant le monde entier. Soudain, il devenait le plus doux, le plus gai des amis. Christian connaissait le secret des changements d'humeur de Jonathan. Il avait juré sur l'honneur de n'en rien dire à personne... « Ça m'a soulagé de t'en parler. Maintenant, je ne veux plus jamais l'évoquer, ça suffit comme ça ! » avait dit Jonathan. Il fallait reconnaître que ses crises de fureur se raréfiaient depuis qu'il connaissait Amelia. Amelia et Christian étaient ses garde-fous, comme il disait.

Christian avait désormais trois passions dans sa vie. La musique, Amelia et Jonathan. Il n'aurait pu vivre sans eux.

Beaucoup trop innocent pour comprendre le sens même du mot amour, si l'on avait dit à Christian qu'il aimait Amelia, qu'il l'aimerait toujours en dépit des souffrances qu'elle lui infligerait, au-delà même de la mort, il n'aurait pas compris. Amelia était devenue l'air qu'il respirait, le soleil de sa vie... Son amitié violente pour Jonathan n'était en rien troublée par la jalousie. Il se rendait parfaitement compte combien Amelia était attirée par Jonathan, et cela lui paraissait tout naturel.

Les Maury

Hiver 1948

– Dieu sait ce qui est enseveli dans le secret des familles, et celle de François d'Aubreuil n'échappe pas à la règle ! s'exclama Simone Maury. Résistant ! Lui ? Grands dieux, qu'est-ce qu'il ne faut pas entendre de nos jours ! Un résistant de la vingt-cinquième heure, oui ! Voilà ce qu'il est !

D'indignation, sa voix montait vers l'aigu. Légèrement strié de rides précoces, encore à peine perceptibles, son visage était tout rose sous l'emprise de l'émotion et de la chaleur. Elle alluma une cigarette, au grand dam de son fils aîné, Frédéric, qui ne s'accoutumait pas à voir sa mère fumer.

– Que veux-tu dire, maman ? Que peut cacher François d'Aubreuil ? Il vient d'être élu député gaulliste ; sa fortune est de bon aloi... En plus, comme il a soutenu la candidature de De Gaulle, il sera nommé chef de cabinet de Jacques Soustelle. Et Jacques Soustelle est un vrai résistant. De la première heure. Alors ! hein ? Que veux-tu de plus ? D'ailleurs, c'est plutôt de ce côté-là que papa aurait dû se présenter ! Quelle idée d'être communiste !

Simone Maury observa son fils en silence et se demanda s'il convenait à une mère de dire ce qu'elle savait à un garçon de seize ans.

– Ton père a toujours été communiste. C'est son choix. C'est sa vie... Au moins, lui est honnête ! Ce n'est pas exactement le cas de François d'Aubreuil mais, après tout, peut-être que ce que l'on raconte n'est que mensonges et calomnies ? Pourtant, une chose est certaine. François d'Aubreuil et son père ont été des collabos !

On chuchotait que François d'Aubreuil avait dénoncé son frère, résistant, et sa belle-sœur, une juive allemande convertie, pour s'emparer de leurs biens. « Mais ce ne sont jamais que des rumeurs, et Dieu sait ce que l'on doit penser des rumeurs. Il n'y a aucune preuve de tout cela ! » pensa-t-elle. Profondément honnête avec elle-même, elle reconnaissait qu'il lui arrivait d'être émoustillée par les ragots qui circulaient aux *Nouvelles du Midi*, le quotidien de François d'Aubreuil. Elle regarda son fils et une bouffée de fierté l'envahit.

En juin dernier, Frédéric avait réussi brillamment la deuxième partie de son baccalauréat, avec mention très bien... « Si nous avions eu les moyens..., pensa-t-elle avec cette tristesse révoltée qui l'habitait depuis quelque temps, Frédéric aurait pu continuer des études... Avocat... Voilà qui aurait été bien... » Mais il n'en était pas question. Frédéric devait gagner sa vie, et le plus vite possible.

Le salaire de Raymond, son mari, était dérisoire pour faire vivre cinq personnes dont un bébé de deux ans et demi, la petite Victoria, ainsi appelée parce que née peu de jours après l'armistice du 8 mai 1945.

– Et puis, lança-t-elle à son fils, explique-moi comment cet ex-collabo, dont le père a été jugé et condamné à la Libération, peut se prétendre gaulliste et en plus être parachuté à Toulouse ? Ce n'est pas son château, à Montastruc-la-Gaillarde, qui va y changer quelque chose. Tout le monde sait qu'il a collaboré avec les Allemands ! Ça, ce n'est pas une rumeur... Je me demande pourquoi il n'a pas été arrêté avec René Bousquet ! Ils étaient comme cul et chemise, ces deux-là !

Frédéric Maury haussa les épaules. Il considérait que sa mère radotait. La Seconde Guerre mondiale et la Libération, c'était du passé. Un passé récent, certes, mais fini, oublié. La France allait vivre son troisième Noël de Paix dans la réconciliation générale, les amnisties en gros et en détails, et l'ensevelissement d'un passé ignominieux, dans l'oubli général. Tout le monde en rêvait, de cette amnistie générale !

Cependant, Frédéric s'intéressait surtout à François d'Aubreuil parce qu'il possédait le quotidien où travaillait son père. Et comme il recherchait un emploi, il comptait bien sur les recommandations de ses parents pour se présenter au grand patron. « Je saurai le convaincre ! Je vais gagner ma vie ! » pensait-il avec orgueil. Il avait seize ans, un baccalauréat en poche et la conviction que le monde lui appartenait.. Il se voyait déjà reporter célèbre, à l'instar de Joseph Kessel qu'il adulait. Mais, si Frédéric rêvait parfois, il était avant tout un réaliste et revenait sur terre très vite.

– Tu sais, maman, si *Les Nouvelles du Midi* pouvaient m'engager, j'accepterais n'importe quel salaire pour commencer ! Et François d'Aubreuil n'est ni pire ni meilleur que d'autres... Si lui n'était pas un résistant, son frère l'était, puisqu'il a été arrêté et déporté.

– C'est vrai, admit Simone. L'aîné des frères était un vrai de vrai, le cadet un collabo... l'aîné a été dénoncé, fusillé, sa femme déportée. Personne ne sait pourquoi ni comment cela a pu arriver !

– C'est pour cela que tu accuses François d'Aubreuil d'avoir dénoncé son frère ? Son propre frère ? Voyons, maman ! C'est impossible... Enfin, moi je m'en fiche ! Je veux le rencontrer !

Grommelant, Frédéric s'affaira dans la salle. C'était un grand garçon encore mal dégrossi. Son visage régulier, empreint de sérieux, promettait d'être beau plus tard, lorsque la maturité aurait rempli les creux, adouci les angles, corrigé ce que cette adolescence avait de chaotique. Son frère, Christian, lui ressemblait, en plus fin, plus doux, plus évanescent. « On dirait une fille ! » lâchait parfois Frédéric avec une exacte méchanceté, sachant pertinemment lancer sa pointe là où ça faisait mal.

Puis, Frédéric s'enferma dans le silence. Brusquement, il s'irrita de l'intérieur de la maison familiale. Trop chaud, trop de bruits, trop d'odeurs, trop de désordre. Pourtant, jamais il n'aurait fait, ou même simplement pensé, une réflexion désobligeante contre les siens. Mais d'un coup, tout lui parut difficile, inaccessible.

« Quand je serai riche », cette pensée revenait sans cesse dans son esprit. Elle faisait oublier la promiscuité, les vêtements taillés dans ceux de son père, ses deux chemises, ses chaussures qui avaient un besoin urgent d'être ressemelées, son manteau retourné, lustré...

Les Maury habitaient une maison ouvrière, construite d'après la loi Loucheur, dans cette brique rose qui avait donné le nom de « Ville rose » à la cité toulousaine. Une vingtaine de maisons, à peu près bâties sur le même modèle, bordaient la route qui montait vers Empalot et Pech David. Loin en bas des collines, se dressaient les cheminées de l'OMNIA. C'était un quartier paisible, dont tous les habitants se connaissaient. La proximité de Noël, la paix retrouvée rendaient les gens plus aimables et joyeux qu'à l'ordinaire.

Frédéric détestait son quartier... Il n'aimait pas qu'une voisine qui l'avait vu grandir continue à le tutoyer ; il détestait aller chercher le pain à la boulangerie. Et pourtant, il faisait toutes ces corvées, courses, vaisselles, etc. sans manifester de dégoût. Il trouvait normal d'aider sa mère. Parfois même, il prenait des initiatives. Chercher le charbon, encore chichement accordé, dans la cave, allumer la cuisinière, seule source de chaleur pour toute la maisonnée. Trois mois plus tôt, au début de l'automne, Frédéric avait adopté un style de vie, une « discipline » qu'il allait suivre toute sa vie. Il se levait très tôt, vers six heures environ, pour procéder à une toilette aussi soigneuse que possible, vu l'exiguïté du cabinet de toilette, l'eau froide et souvent le manque de savon toujours rationné. Et puis, le petit déjeuner avalé, il s'emparait d'un livre d'économie qu'il avait emprunté à la bibliothèque et se mettait à étudier comme s'il était l'étudiant en sciences politiques qu'il rêvait d'être.

– D'après toi, maman, que pouvait bien vouloir ce notaire... maître Ginesty ? demanda Frédéric, que la question turlupinait depuis le matin. En fait, depuis le moment précis où le télégramme était arrivé. « Votre oncle Jean Maury décédé. Vous êtes le seul héritier. Veuillez vous présenter à l'étude de maître Ginesty. »

– Je ne sais pas exactement. Il a parlé d'un oncle de ton père mort sans héritier à Pau.

– Papa serait l'héritier de l'oncle Jean..., soupira-t-il.

Simone haussa les épaules.

– Ne t'illusionne pas, mon garçon !! Cet oncle... personne n'avait jamais voulu le recevoir. Un collabo, tu comprends. L'un des pires que l'on puisse imaginer. C'était un milicien qui travaillait avec la Gestapo... Mais tout de même, ajouta-t-elle après réflexion, il doit s'agir de quelque chose de conséquent. On ne dérange pas comme cela les gens pour rien... Qu'en penses-tu ?

– Je pense que tu as raison, maman. Il me tarde que papa soit là. Oh, qu'il me tarde !

Silencieuse, la cigarette fichée entre ses lèvres, Simone retourna vers ses casseroles, tandis que Frédéric, impatient, marchait de long en large.

La porte s'ouvrit sur un courant d'air glacé.

- Ah, te voilà enfin, mon Christian ! dit Simone dont le visage s'éclaira d'un large sourire. Tu es en retard !

- Désolé, marmonna Christian, j'avais mon solfège à étudier.

Ce disant, il échangea un regard sans aménité avec son frère qui le dévisageait froidement.

– Quand vas-tu lâcher tout ce fatras de musique ? demanda-t-il. Le Conservatoire ne te mènera nulle part, c'est du temps perdu...

– Jamais ! répondit tranquillement Christian sans regarder son frère.

– Jamais ! railla Frédéric. Jamais ! Tu n'as aucune ambition ! Tu n'as même pas assez de talent pour devenir un grand concertiste ! Et même, si tu avais le talent, tu n'as pas l'argent, ni les relations !

Lorsqu'il se laissait emporter par la colère, Frédéric retrouvait, malgré lui, un accent du Midi très prononcé, accent qu'il s'efforçait de combattre. Aussi, sa fureur paraissait-elle comique bien qu'empreinte de passion.

Sa mère l'interrompit.

– Allons, Frédéric ! Laisse donc Christian tranquille ! Il est encore tout jeune ! Et pas costaud comme tu l'es, toi... S'il veut continuer ses études de musique, pourquoi l'en empêcher ? Ton père et moi sommes tout à fait d'accord pour l'aider si c'est ce qu'il veut !

Frédéric se rengorgea et lança un regard méprisant à son frère. Puis il dit avec une maturité bien au-dessus de son âge :

– Les études ne servent à rien. Ce qui compte, c'est ce qu'on a dans la tête, les gens que l'on rencontre et dont on peut se servir... S'en faire des amis. Papa est un homme instruit, et pourtant il n'est pas allé au-delà de contremaître depuis qu'il travaille aux *Nouvelles du Midi.* Il faut être ambitieux ! Sans ambition, on n'arrive à rien.

Simone fixait Frédéric avec incrédulité. Ce qu'elle pressentait chez son fils la décontenançait.

Elle observa ses enfants du coin de l'œil.

Christian s'occupait de Victoria et l'installait dans le fauteuil à bascule. Il adorait cette petite sœur qui gazouillait et souriait sans jamais pleurer ni réclamer. Simone Maury retint un sourire. Christian était son préféré, bien qu'elle refusât obstinément de l'admettre. « Bientôt Noël, pensa-t-elle, j'espère qu'ils arrêteront de se chamailler jusqu'aux fêtes... Seigneur, où donc Frédéric est-il allé chercher ses rêves de grandeur ? Je me le demande. »

Elle tendit l'oreille. Frédéric déclamait avec force afin d'obliger son frère à l'entendre malgré lui. Frédéric adorait s'écouter parler. Il était à cet âge où l'on s'égare dans de fumeuses perspectives, où l'on est convaincu d'avoir raison contre les « vieux ». La voix de Christian s'éleva :

– Avec le communisme, tous les hommes seront égaux.

– Foutaises, répondit sobrement Frédéric avec mépris. Tout n'est qu'inégalité en ce monde. Et ça, à la minute même de la naissance !

– Mais, dit Christian, il s'agit de l'égalité devant la loi...

– Tu parles !... Réfléchis un peu avant de parler, espèce de couillon ! Un criminel riche, ou bien né avec un nom à rallonge, tiens, comme les d'Aubreuil, sera bien mieux traité et défendu qu'un pauvre con qui aura volé une broutille...

Malgré elle, Simone eut un petit sourire de fierté. « Mon fils ! » pensait-elle avec admiration. « C'est mon fils, ce grand garçon intelligent, brillant, qui manie le verbe avec une telle facilité ! »

Née dans une famille modeste, père employé de mairie et mère au foyer, Simone, après avoir étudié le chant et le piano au Conservatoire de Toulouse, s'était mariée à dix-huit ans. Elle aimait la vie, adorait ses enfants et ne se plaignait jamais. Pour alléger le budget familial, elle donnait des cours de musique à des élèves qui préparaient le concours d'entrée du Conservatoire. Elle n'avait jamais songé à s'élever au-dessus de sa condition sociale.

Dégoûté de ne pouvoir convaincre son cadet, Frédéric haussa les épaules et s'adressa à sa mère :

– Tu comprends, maman ? Le seul vrai pouvoir, c'est la finance ! le capital... Tous les autres pouvoirs, y compris la presse, sont à sa botte... Il faut que Christian se mette ça dans la tête !

– Mais mon chéri, plaida Simone, ton père et moi luttons justement contre le capitalisme ! C'est notre combat !

– Combat perdu d'avance ! trancha Frédéric. Si tu t'imagines que le socialisme va endiguer le capitalisme, tu te trompes complètement. Communisme et socialisme ne peuvent exister sans argent, donc ils ont besoin du capitalisme ! C'est un paradoxe ! clama-t-il finement.

– Mais qu'est-ce que tu racontes...

– Il ne dit que des bêtises de sale facho ! Voilà ce qu'il dit ! s'exclama Christian.

– Toi, le morveux, la ferme ! rétorqua Frédéric.

Soudain, la porte s'ouvrit sur Raymond Maury et avec lui un flot d'air froid pénétra dans la maison. C'était un homme très grand, un peu lourd, dont le visage creusé de rides, soucieux, s'éclaira devant le tableau que lui offraient sa femme et ses trois enfants. Il embrassa Simone tout énamourée, visiblement encore très éprise, passa une main affectueuse et rapide dans les cheveux des garçons, prit dans ses bras robustes la petite Victoria. Un instant, toute la famille fut suspendue à ses désirs. Il s'installa dans un fauteuil, tandis que Frédéric, oubliant ses ambitions, lui enlevait ses chaussures. C'était là son privilège depuis sa plus tendre enfance. Chacun de ses gestes était tendre, attentif. Il frictionna les pieds de Raymond avant de lui présenter ses pantoufles. Frédéric adorait son père, buvait ses paroles, exigeait son attention.

Mais ce soir-là, le visage de Raymond arborait une expression bizarre. De la joie, de la ruse, de la gêne se succédaient sur ses traits fatigués. Il regardait autour de lui comme s'il lui était difficile de reconnaître les lieux... Machinalement, il caressa la tête de Frédéric, toujours agenouillé devant lui.

– J'ai une nouvelle à vous annoncer, dit-il enfin en allumant sa pipe.

Son visage, soudain grave, imposa le silence. Simone et Frédéric échangèrent un regard complice.

– Alors ? questionna Simone. Que voulait ce notaire ? Une mauvaise nouvelle ?

– Non... Non, et même dans un sens, il s'agit plutôt une bonne nouvelle. Euh... Eh bien, voilà. Voilà. J'ai hérité... J'ai fait un héritage... L'oncle Jean n'avait pas d'autre héritier que moi...

Toute la famille l'interrompit par des cris de surprise et de joie. La vie allait changer pour les Maury ! C'en était fini des difficultés financières, des privations, des frustrations... Un héritage ! Au cours des minutes suivantes, ce fut presque du délire. Pour chacun, le mot « héritage » renfermait un tel potentiel de bonheur, de réalisation des rêves qu'il y eut un moment de folie douce... Frédéric et Christian dansaient en poussant des cris de Sioux, et la petite Victoria, pourtant incapable de comprendre ce qui se passait, riait, confiante.

Mais petit à petit, les bruyantes exclamations s'éteignirent devant l'expression du visage de Raymond. Enfin, Simone demanda :

– Ça va, Raymond ? Tout va bien ?

– Que se passe-t-il, papa ? demanda Frédéric. De quelle sorte d'héritage s'agit-il ? On dirait que ça t'embête. Qu'est-ce que c'est exactement ?

Le visage soucieux, Raymond répondit :

– Une centaine d'hectares entre Pau et Mourenx, près de Lacq... Il paraît que c'est une très grande ferme. Avec tout le cheptel. Une vingtaine de vaches, des poules, tout quoi. Une jolie fortune en perspective, ma foi. Et puis... des pièces d'or. Des tableaux... Des fourrures, des bijoux. Beaucoup de bijoux...

– Des bijoux ? Des fourrures ? Des pièces d'or ? fit Simone, soudain méfiante. Mais comment l'oncle Jean a-t-il gagné une telle fortune ?

Raymond allait répondre, mais il fut interrompu par Christian, très excité :

– Près de Lacq ? criait-il. Près de Lacq, répéta-t-il à plusieurs reprises en s'étranglant presque.

– Qu'est-ce qui t'arrive, blanc-bec ? le réprimanda Frédéric. Tu deviens fou ou quoi ?

– Je ne suis pas fou ! protesta Christian. Je sais qu'une armée d'ingénieurs vont y commencer des recherches. Il paraît qu'il y a du gaz ou du pétrole dans la région... Tu vois que tu ne sais pas tout, espèce de prétentieux...

Devant l'importance de ce que venait de lui dire son frère, Frédéric demeura insensible à l'insulte, radieux, il se tourna vers son père, répétant à plusieurs reprises : « ... Papa ! tu te rends compte ? C'est peut-être la fortune... Nous avons peut-être du gaz ou du pétrole... »

Raymond haussa les épaules. Il arborait toujours cette expression de gêne qui ne cadrait pas avec la joie qu'il aurait dû éprouver.

– Oui. Il se pourrait qu'il y ait du gaz. Le notaire m'a déjà fait une offre de la part d'une compagnie qui veut faire des recherches... Mais il a bien précisé qu'il n'y a rien de certain. On suppose. C'est tout.

– On suppose ! ricana Frédéric. Pour moi, si une compagnie veut engager de l'argent pour faire des recherches, c'est qu'on fait plus que supposer !

Il s'adressa alors à Christian :

– Qu'a dit ton copain, exactement ?

– On fait des forages depuis plus de deux ans. Mais, pour le moment, ce n'est pas très concluant... Il faut creuser plus profond. Pourtant, ajouta-t-il intrigué, beaucoup de gens achètent des terrains par là-bas.

– Et nous, nous n'avons pas besoin d'acheter ! Cela nous tombe du ciel ! s'exclama Frédéric fou de joie.

– Frédéric, ordonna Simone, calme-toi. Les terrains, personne ne sait ce qu'il y a dessous. Mais il y a le reste : les tableaux, les bijoux, les fourrures... J'ignorais que ton oncle possédait un tel bien ! dit-elle en se tournant vers Raymond. Tu ne nous as toujours pas dit d'où il tient une telle fortune ?

Après une longue minute de silence, Raymond, hésitant, répliqua :

– Je l'ignorais, moi aussi, jusqu'à ce matin. Notre famille était pauvre. Honnête, mais pauvre... Mon oncle, je l'ai très peu connu. Je ne pense pas l'avoir rencontré plus de cinq ou six fois dans ma vie. Ma mère ne le voyait plus...

– Pourquoi ?

– Il était d'extrême droite. Il a fait le coup de main en février 1934. Depuis, ils ne se parlaient plus. Mon oncle était célibataire.

– Comment est-il mort ? demanda Frédéric.

– En prison, répondit son père. Mon oncle était condamné à trente ans de prison. Mais il a été assassiné.

Un silence pesant tomba sur ces mots. Après l'explosion de joie qui avait salué le mot « héritage », une impression de malaise régnait désormais dans la cuisine.

– En prison ? dit Simone. Qu'avait-il donc fait ? Plus que du marché noir ?

– Pire : collaboration, répondit brièvement Raymond. Marché noir, collaboration et dénonciation de juifs qu'il était censé faire passer en Espagne. Même pas par idéologie... pour de l'argent. Il s'est enrichi comme cela... Les juifs donnaient ce qu'ils avaient. Mon oncle les dénonçait et touchait une récompense pour chaque dénonciation. Plus de cinq cents dénonciations. Personne n'est revenu des camps... À la fin de la guerre, il a été arrêté et condamné à trente ans de prison. Mais il a été assassiné par un autre détenu. Pour l'empêcher de parler, sans doute... Il appartenait à la Cagoule avant la guerre... C'est pourquoi je me demande... Faut-il accepter cet héritage ? Le faut-il ? Ne serait-il pas honnête de refuser ?

Frédéric bondit sur ses pieds et hurla :

– Tu ne vas pas refuser, papa ! Tu ne peux pas faire ça ! C'est notre chance à tous, cet héritage ! Quelle importance, la manière dont ton oncle a gagné cet argent ! Pour nous, c'est une chance de nous en sortir... Notre seule chance !

L'émotion chez Frédéric était chose si rare que, stupéfaits, ses parents et Christian le fixaient comme s'ils le voyaient pour la première fois de leur vie. Il y avait quelque chose de formidable dans son jeune corps tendu, quelque chose d'implacable, de puissant, d'invincible.

– ... Si ces quelques hectares de terrain peuvent nous sortir de la pauvreté, alors on n'a pas le droit de les refuser... Au nom de quoi, hein ! De quelle morale ? Si tu veux, on peut rendre les bijoux, l'argent, les fourrures, si on retrouve les héritiers... Mais pas les terrains...

– Il ne faut pas trop s'illusionner, dit Raymond. Rien ne dit que ces terrains contiennent quelque chose d'intéressant. D'autre part, faire des recherches va nécessiter d'énormes capitaux. Et nous ne les avons pas !... Nous avons mon salaire pour vivre. C'est tout.

– Mais nous avons les terrains ! s'écria Frédéric.

– Oui. Nous « pouvons » garder ces terrains... Et toute la question est là. Avons-nous le « droit » de les garder ?

Le père et le fils, pour la première fois de leur vie en désaccord, échangèrent un regard agressif. Christian se taisait. Il avait honte pour son frère. « Papa a raison, pensait-il, nous ne pouvons accepter cet héritage... C'est du vol. »

Détournant son regard, Raymond dit sèchement :

– Et je te signale que nous ne sommes pas dans la misère, mon garçon... Je gagne mon pain et celui de ma famille, honnêtement. Je ne suis pas riche, d'accord, mais je n'ai jamais eu à rougir devant les miens... Je ne savais pas que tu avais honte de nous. Toi aussi, tu dois comprendre que je puisse répugner à accepter cet héritage. L'accepter, c'est accepter le comportement de l'oncle Jean... Nous allons profiter de ses crimes... Cela fait de nous des complices, que nous le voulions ou non !

– Il faut le refuser, papa ! s'écria alors Christian, incapable de se contenir davantage. C'est de l'argent ignoblement gagné... ! c'est... c'est... du fumier !

– Écoutez-moi ce morveux ! hurla Frédéric, blanc de rage et perdant toute mesure. Papa, ne l'écoute pas ! Ce n'est pas toi qui as fait ces choses dégueulasses, mais ton oncle. Et nous ne sommes pas complices ! Si tu refuses cet héritage, qui va s'en emparer, hein ? L'État ? L'État ne se posera pas de questions morales ! Et nous, nous resterons pauvres toute notre vie pour... une question de morale dont tout le monde se fout...

Frédéric se tut brusquement. Il sentait le piège de la misère se refermer sur lui après avoir entrevu la possibilité d'une autre vie...

Raymond soupira. Il était fatigué, il avait faim et il savait qu'il ne voulait pas de cet héritage. Pour lui, c'était impensable. Frédéric était trop jeune encore pour comprendre. Il n'avait ni vu ni entendu les camarades dénoncés, torturés, hurlant de douleur, énucléés, les mains brisées à coups de marteau. Lui, Raymond, avait vu. Entendu. Subi. Sa chair révoltée se souvenait encore. Comment Frédéric pourrait-il comprendre l'indicible ?

– Cet héritage, je n'en veux pas, dit-il enfin. Attends Frédéric ! Je n'ai pas fini, je ne veux pas de cet argent. Pour moi, c'est du fumier, comme dit Christian. Mais... écoute, si tu crois que cet héritage peut changer ta vie et celle de ton frère et de ta sœur, je t'en fais cadeau. Bien sûr, il faudra que tu attendes ta majorité... Je ne mets qu'une condition à tout ça...

– Laquelle ? demanda Frédéric partagé entre une joie folle, la crainte, le désespoir d'avoir blessé ses parents, l'ivresse d'un avenir qui se dessinait devant lui, selon ses vœux.

– Quelle que soit ta réussite future, tu partageras tes bénéfices avec Christian et Victoria. Ceci doit être entendu. Dès demain, nous irons chez maître Ginesty avant de voir monsieur d'Aubreuil.

– Pourquoi ? demanda Simone. Pourquoi monsieur d'Aubreuil ?

– Monsieur d'Aubreuil est intéressé par les terrains de Lacq. Il paraît qu'il va m'en offrir une bonne somme. C'est le notaire qui m'en a parlé. Et, si j'ai bien compris, monsieur d'Aubreuil est prêt à traiter cette affaire, séance tenante... Ce sont les mots du notaire. Si l'on vend, on peut placer cet argent sur un compte spécial que Frédéric touchera à sa majorité...

– Ne vends pas ! Surtout ne fais pas ça, papa ! intervint vivement Frédéric.

Raymond regarda son fils avec attention.

– Pourquoi ?

– L'argent ne vaudra plus rien dans les années à venir. Regarde, le franc a été dévalué de plus de vingt pour cent, cette année... L'année prochaine, ça sera pareil ! Les terrains, eux, vont conserver leur valeur... Papa... puisque tu es d'accord pour me laisser cet héritage, je t'en supplie, écoute-moi...

Raymond se mordillait les lèvres.

– Tu es sûr ?

– Oui papa... Je sais ! Je suis sûr. Tous les jours, on parle de dévaluation, d'inflation. Il faut attendre quelques années, attendre que la crise économique se stabilise... Ensuite, nous pourrons vendre... ou exploiter nous-mêmes nos terrains...

Il y eut un silence impressionnant. Raymond, stupéfait, échangeait avec Simone des regards incrédules, mais fiers. C'était leur fils qui parlait. Avec quel aplomb, quelle certitude ! Et il n'avait que seize ans !

– Je sais papa, tu me trouves sans doute présomptueux. Mais je lis tous les journaux, j'écoute la radio, je sais que la monnaie en France va être soumise à plusieurs dévaluations. Si tu vends ce que tu possèdes aujourd'hui, dans trois ans l'argent que tu auras reçu ne vaudra plus rien... Il faut me faire confiance.

Raymond secoua la tête.

– Tu te rends compte que nous vivons difficilement. Cet

argent pourrait te payer des études, permettre à Christian de continuer les siennes, améliorer la vie de ta mère. N'en as-tu pas envie ?

– Pas maintenant, papa ! Pas tout de suite. Dans deux ans, lorsque j'aurai l'âge d'être émancipé, on trouvera des solutions ! Deux ans, papa...

Il continua :

– Nous prendrons une hypothèque sur une partie de la ferme. Cela se fait, ces choses-là !

– Oui, dit Raymond, on pourrait prendre une hypothèque. Eh bien, d'accord ! Demain, j'irai voir le notaire pour lui dire que j'accepte cet héritage en ton nom. Et je ferai le nécessaire pour que tu sois émancipé le jour de tes dix-huit ans. Maintenant, passons à table ! Ces émotions m'ont creusé et je meurs de faim !

– Papa, demanda Christian, la gorge serrée, tu as bien dit monsieur d'Aubreuil ?

– Mais oui... Pourquoi ?

– J'ai une camarade en classe de solfège. Elle est peut-être de sa famille. Elle s'appelle Amelia. Amelia d'Aubreuil...

Depuis qu'il l'avait rencontrée sa vie avait changé. Un jour, en cachette, il avait pris le tramway qui, franchissant les coteaux de Pech David, l'avait amené à proximité du château de la Valade. Et, quand il avait vu la belle demeure qui abritait Amelia, le jardinier, le chauffeur, la gouvernante qui s'agitaient dans le parc, il avait soudain compris le raisonnement de Frédéric. Une barrière invisible, mais infranchissable, séparait le monde des nantis de ceux qui n'avaient rien. Ou si peu. Les goûts communs, une même passion pour la musique, pour changer le monde n'étaient rien face à cette barrière. Pourtant, cela ne le faisait pas souffrir comme en souffrait Frédéric. Jonathan, Amelia et lui s'étaient forgé un monde bien à eux, et la fameuse barrière invisible s'élevait autour d'eux pour les protéger du monde extérieur.

Quelques jours plus tard, Simone, Raymond et Frédéric se rendirent ensemble chez maître Ginesty. Après une semaine de redoux, le temps s'était remis au froid. Il gelait ferme, la chaussée recouverte de glace rendait difficile la marche à pied. Aussi décidèrent-ils d'un commun accord de prendre un taxi.

Le notaire habitait dans le vieux Toulouse chic, qui jouxtait le Jardin des Plantes et les allées François-Verdier, là où les plus anciennes familles se dissimulaient dans de superbes hôtels particuliers, entre cour et jardin. Les bureaux étaient au rez-de-chaussée et deux clercs sommeillaient vaguement sur leurs dossiers.

À l'entrée des Maury, l'un d'eux prit leur pardessus, leur chapeau et les invita à entrer. Il les précéda, frappa à la porte, l'ouvrit sans attendre de réponse et lança d'une voix forte : « Messieurs Maury, père et fils, et madame Maury ! » puis, s'effaçant, les laissa passer. Dans la pièce immense, tous les murs étaient recouverts de dossiers dont certains portaient la date 1763.

Assis derrière son bureau, maître Ginesty les invita à prendre place. L'homme, petit, au ventre proéminent, au regard incisif, était connu pour sa probité et son sens des affaires. Il sourit avec amabilité en voyant le trio pénétrer dans son bureau. Les vêtements usés des Maury, leurs chaussures éculées l'éclairèrent immédiatement sur l'état financier de ses visiteurs. « Ce sera plus facile que je ne le pensais... », songea le notaire, guilleret. Une bonne affaire se profilait à l'horizon et tout le monde serait content. Les Maury auraient une belle somme d'agent. Plus qu'ils ne l'auraient espéré, et le baron François d'Aubreuil aurait les terrains qu'il convoitait.

– Quel froid ! dit-il en esquissant un sourire. Désirez-vous un café ? Un thé ?

– Merci. Du café, s'il vous plaît, dit Raymond, un peu gêné.

– Pour moi aussi. Du café. Très chaud, dit Frédéric d'une voix nette. Et toi, maman ?

Tout intimidée, Simone dit d'une petite voix :

– Un peu de café... Merci.

– Heureusement que les restrictions de charbon sont terminées ! dit Raymond.

Maître Ginesty, qui n'avait jamais eu le moindre souci concernant le chauffage de son hôtel particulier, ni pendant ni après la guerre, opina vaguement du chef. Il jeta un coup d'œil vers Frédéric qui ne prononçait pas une parole et l'observait. « Un blanc-bec prétentieux ! » pensa le notaire, mortifié... Brusquement, il se demanda pourquoi les Maury avaient amené leur fils avec eux. Il aurait préféré les recevoir seuls.

Les heures suivantes furent consacrées à cet héritage tombé du ciel. Maître Ginesty protesta pour la forme devant le refus de Raymond Maury de vendre ses terrains.

– Dommage ! regretta-t-il. Monsieur d'Aubreuil était disposé à vous proposer une belle somme... Cinq millions.

Simone sursauta et ferma les yeux. Le salaire de Raymond atteignait péniblement les cinq cents francs par mois ! Avec cet argent, tous les rêves de la famille se seraient réalisés. Raymond aurait refusé les heures supplémentaires... Dieu, que ne pouvait-on faire avec cinq millions[1] !

Raymond hésita devant ce chiffre mirobolant. Mais Frédéric dit précipitamment :

– Pouvez-vous nous garantir que d'ici trois ans, cet argent aura gardé sa valeur ? Non, n'est-ce pas ? Nous savons tous que le franc va subir plusieurs dévaluations ! Et si nos terrains contiennent du gaz ou du pétrole, ils vaudront dix fois, cent fois plus dans trois ans...

Une joute verbale opposa alors le père, expérimenté, au jeune

1. Il s'agit là d'anciens francs, soit l'équivalent de 80 000 euros, environ, de nos jours.

homme encore imberbe, mais qui ne se laissait ni séduire ni abattre. Puis, soudain, Frédéric, s'adressant directement au notaire, frappa du plat de la main sur la table et proclama d'une voix forte :

– On ne vend rien ! Ces terrains, quoi qu'ils contiennent, prendront forcément de la valeur avec le temps. Voilà ce que nous vous proposons : nous allons demander un prêt hypothécaire. Cela nous facilitera l'existence jusqu'à ma majorité. Pouvons-nous compter sur vous, maître ?

– Bien sûr ! s'exclama le notaire, stupéfait. Mais que décidez-vous pour les bijoux, les fourrures, les pièces d'or ? Il n'y a pas de survivants.

– Vendez-les et donnez la somme que vous en retirerez à une association juive, intervint Simone avec fermeté.

Ce disant, elle regardait son fils presque sévèrement... Maître Ginesty paraissait attendre l'assentiment de Frédéric pour prendre acte de la demande de Simone.

– Faites ce que ma mère souhaite, dit le jeune homme. Je pense qu'elle a raison...

– Bien, je ferai le nécessaire dès que possible, conclut le notaire. Prenons rendez-vous pour le mois de février, le temps de faire préparer les actes.

Deux jours plus tard, maître Ginesty recevait François d'Aubreuil.

– Alors ? demanda ce dernier.

– J'ai assisté à une drôle de scène ! D'abord, un père qui refuse un héritage malhonnêtement gagné, puis finalement en fait don à son fils. L'intéressé n'entrera en sa possession que le jour de sa majorité anticipée...

– Ridicule..., trancha François d'Aubreuil. Est-ce légal ?

– Oui. Un père a le droit de se désister pour son fils. Cependant, nous avons encore deux ans devant nous. Monsieur Maury père peut encore signer, vendre ou ne pas vendre... Son fils ne pourra être émancipé qu'en 1950.

– Et lui avez-vous proposé la somme ? Ce sont de petites gens. Elle doit leur paraître une véritable fortune... Et d'ailleurs, il s'agit d'une véritable fortune ! Si ces terrains sont sans valeur, je perds beaucoup d'argent...

– Bien entendu, interrompit le notaire. Mais Raymond Maury est têtu ! Il ne veut rien vendre. Je pense que son fils, Frédéric, l'influence beaucoup. Remarquez, ce jeune godelureau n'a pas tout à fait tort. Le franc ne cesse de se dévaluer.

François d'Aubreuil haussa les épaules.

– Donc, il va nous falloir attendre ?

– J'en ai bien peur...

– Eh bien, nous attendrons ! Et c'est aussi bien ! Après tout, nous n'en sommes qu'aux recherches. Rien ne dit qu'au final il y aura quoi que ce soit d'intéressant dans ces terrains. Et maintenant, passons à autre chose... L'héritage de ma nièce, Amelia. Je suis son tuteur, vous le savez. Où en sommes-nous ? Mon père vous a-t-il laissé des instructions précises ?

– Oui, bien sûr. Eh bien, votre nièce doit toucher à sa majorité dix millions de francs [1], l'usufruit du domaine de Montastruc-la-Gaillarde, dont elle possède le quart qui lui est inaliénable, et une rente mensuelle de mille cinq cents francs jusqu'à la fin de ses jours... Plus ce que vous voudrez bien lui donner... C'est ce que votre père a mentionné dans son testament...

François retint un sourire de soulagement. Par son père, Amelia aurait dû en principe hériter de la moitié de la fortune des d'Aubreuil, plus celle venant directement de sa mère.

– Rien d'autre ? Je veux dire, il n'a parlé de rien d'autre ?

– Non... je ne vois pas... À quoi pensez-vous ?

– Mon père n'a jamais évoqué l'exploitation des brevets dont la propriété appartenait à ma belle-sœur, Nina Lieberfreund ?

1. L'équivalent de 150 000 euros.

– J'ignorais même l'existence de ces brevets... Mais je vais me renseigner. Avez-vous une idée de l'endroit où ils étaient déposés ?

– À Munich. Au Centre international des brevets. Cela date de 1933. D'après mon père, les copies de ces brevets avaient été mises en sécurité dans une banque à Genève.

– Vous connaissez la banque ?

– Non.

– Un compte sous numéro ?

– Peut-être. En fait, je n'en ai aucune idée.. Le père de ma belle-sœur était un savant en renom et, probablement, fortuné...

– Donc, sa petite-fille, Amelia, serait sa seule héritière ?

François d'Aubreuil hésita :

– En fait, non. Sa mère a été obligée par les lois de Vichy à faire donation de tous ses biens personnels avant sa déportation. Donc, c'est la société d'Aubreuil qui serait propriétaire de ces brevets... S'ils existent, évidemment.

1950

– Encore vingt minutes et nous serons en 1950, annonça Christian.

Il était assis à côté de Frédéric. Les restes du réveillon traînaient sur la table, dans la cuisine.

– Papa et maman ont demandé de les réveiller avant le premier coup de minuit, dit Frédéric, la bouche pleine...

– J'ai l'impression, poursuivit Christian, que 1950 sera la plus importante année de notre vie, plus importante que celles que nous avons vécues.

– Tiens donc, et pourquoi cela ? À cause de l'héritage dont je vais prendre possession en avril, lorsque j'aurai dix-huit ans ? Notre vie va changer, en effet...

– Pas seulement à cause de ça ! Nous venons de vivre un demi-siècle d'horreur. Deux guerres mondiales. Des millions de morts... de destructions, de crimes et, pour conclure, la bombe atomique ! Peut-être connaîtrons-nous enfin une ère de paix ?

– Mon pauvre Christian, tu rêves...

Mais pour une fois, Frédéric n'était ni agressif ni ironique. Il observa son frère avec une sorte d'affection apitoyée, puis déclara :

– Tu es un vrai idéaliste, toi ! Redescends sur terre, les hommes ne changeront jamais !... La seule chose importante vraiment que va nous apporter la nouvelle année, c'est l'héritage le jour de mes dix-huit ans !

– Sais-tu que tout cela me manquera quand nous serons riches ? poursuivit-il en jetant un regard circulaire à la pièce.

– Quoi ? Mais tu détestes notre maison ! Tu détestes la vie que nous menons !

– Tu te trompes, gamin...

Il se leva, ouvrit une fenêtre. Sous la lumière de la lune et de milliards d'étoiles scintillantes, la nuit était claire, glacée. Une paix immense recouvrait tout, une paix limpide, éternelle... Frédéric savait ce que cachait cette tranquille beauté : la férocité humaine.

Partout le silence. Et puis, soudain, une cloche se mit à sonner. Puis, une autre. Encore une... Des centaines de cloches résonnaient dans la nuit, saluant la nouvelle année 1950... La fin d'un demi-siècle.

À cet instant, la porte s'ouvrit sur Raymond et Simone.

– Vous deviez nous réveiller avant minuit !

– Mais il n'est pas encore minuit ! s'exclama Frédéric. Il s'en faut de cinq minutes !

– Je vais chercher Victoria ! dit Christian. Il faut qu'elle soit avec nous pour saluer la nouvelle année...

Quelques instants plus tard, il revint portant Victoria dans ses bras. L'enfant souriait, montrant ses petites dents de lait. Puis, sa tête retomba sur l'épaule de Christian et elle s'endormit.

– Bonne année, mes enfants ! dit Raymond. Je souhaite que toutes les années à venir voient notre famille toujours unie. Quoi qu'il arrive...

– Quoi qu'il arrive ! répéta fermement Frédéric.

– Quoi qu'il arrive, murmura Christian.

Simone avait sorti quatre verres du placard et les remplit du reste de champagne.

– À quoi buvons-nous ? demanda Frédéric.

– À l'espérance ! dit Christian. À l'espérance ! Papa a dit juste. Notre famille sera toujours unie comme elle l'est, ce soir !

Christian avait la tête qui tournait, mais jamais il n'avait été aussi heureux. Il pensait à Jonathan qu'il allait voir le lendemain, à Amelia en vacances à Saint-Moritz, dans sa famille... Quelques larmes perlèrent à ses paupières.

– Viens ! On va faire un tour ! dit Frédéric à son frère. Allons voir ce qui se passe.

– Couvrez-vous bien, ne prenez pas froid ! dit Simone.

Les deux frères marchaient d'un bon pas. L'air était immobile et glacial. La lune, dans son plein, brillait dans un ciel sans nuages... Frédéric se sentait curieusement oppressé. « J'ai besoin de quelqu'un... J'ai besoin de quelqu'un qui m'appartienne... J'ai besoin... J'ai besoin d'une femme... Il faut que je connaisse une femme... Mais avec qui parler de ça ? Papa ? Maman ? Qui peut me dire comment m'y prendre ? Une prostituée ? Non, jamais ! Je vais avoir dix-huit ans... Il est temps que je sache comment m'y prendre... Il est grand temps ! »

Le mois d'avril s'achevait lorsque Frédéric, fier de ses dix-huit ans, se rendit chez le notaire, entouré de toute la famille Maury, soigneusement endimanchée. Raymond, Simone, Christian et, même, la petite Victoria admiraient Frédéric qui signait les papiers faisant de lui un homme riche... peut-être. Peut-être, si tout allait dans le sens où il le désirait.

– Monsieur le baron François d'Aubreuil serait très heureux de vous recevoir le jour où vous le désirerez, dit le notaire en raccompagnant les Maury à la porte.

De retour à la maison, il y eut une petite fête, du champagne et des projets d'avenir. Des milliers de projets d'avenir...

– Papa, pourquoi ne pas te consacrer à la politique ? demanda Frédéric. Tes amis te le conseillent... Et puis, tu as toutes les chances d'être élu député... Avec l'argent de l'hypothèque, tu pourrais t'offrir une campagne électorale !

Inépuisable, l'héritage allait réaliser les rêves de chacun !

Le visage brusquement radieux de Raymond empêcha Frédéric de poursuivre. Il avait pensé suggérer à son père de militer avec l'Union des radicaux-socialistes, sous l'égide de François Mitterrand... Il y avait là toute une pléiade de jeunes hommes aux dents longues que n'embarrassaient pas, outre mesure, doutes et scrupules. Être élu député communiste n'était pas, loin de là, ce qu'il aurait souhaité pour son père, mais à tout prendre « un député est un député. Communiste ou RPF, c'est du pareil au même », pensait-il.

Raymond rayonnait. Se consacrer à plein temps au Parti, il en rêvait.

– ... Et nos dettes ? Cette hypothèque dont tu parles, il faudra bien que nous la remboursions. Et les traites de la maison ? Nous n'avons pas fini de les payer ! Avec quel argent ? Nous parvenons tout juste à finir le mois ! Et tu dis toi-même que nous ne disposerons pas, avant longtemps, de revenus conséquents...

– Papa ! dit simplement Frédéric. L'inflation épongera nos dettes à la banque. Pour le moment, nous garderons nos terrains. En ce qui te concerne, je suis sûr que le Parti a besoin de toi... Pour l'argent, ne te fais pas de souci. Maintenant, nous en trouverons sans peine... Avec un taux d'intérêt inférieur à l'inflation. Nous serons gagnants sur toute la ligne !

Une fois encore, Raymond eut une vague sensation d'humiliation face à son fils. Avait-il jamais songé jusque-là à l'inflation autrement que comme diminution de son pouvoir d'achat ? Des gens allaient s'appauvrir à cause d'elle. D'autres, dont son propre fils, allaient s'enrichir.

– Si nous obtenons une hypothèque, disons de un million sur cinq ans, dans cinq ans, nous aurons remboursé cette hypothèque avec de la monnaie de singe ! Et dans cinq ans, nos terrains aurons quintuplé de valeur... Allez papa, consacre-toi à la politique ! C'est ça que tu aimes !

– Les camarades me l'avaient déjà proposé, avoua Raymond. J'avais refusé... Mais tu as raison, je vais me présenter...

– Dès que j'obtiendrai mon doctorat en droit, dit Frédéric, c'est le diable si je ne me déniche pas quelque chose de valable. Christian et moi, nous pourrions nous présenter aux *Nouvelles du Midi*. Je suis sûr que François d'Aubreuil nous accueillera à bras ouverts !

Simone, qui jusqu'alors n'avait rien dit, prit la parole :

– Si je comprends bien, tu veux devenir journaliste ?

– Le journalisme ne mène nulle part. Pour le moment cependant, cela peut m'être utile. Côtoyer beaucoup de gens. Me faire connaître d'eux. Mais de toute manière, il s'agira d'un palliatif. D'ailleurs, je dois d'abord faire mon service.

– C'est vrai, dit Raymond en soupirant.

– J'ai encore cinq ou six ans devant moi ! Parlons plutôt de l'avenir immédiat. Je propose qu'avec l'argent de l'hypothèque, nous aménagions la maison pour la rendre plus confortable. Il nous faudrait une salle de bains, une cuisine bien équipée, une voiture, une quinze chevaux Citroën ! Oh, papa ! Est-ce que tu te rends compte que notre vie va changer ? Complètement changer...

Frédéric ne tenait pas en place. Allait et venait à travers la cuisine, s'arrêtait devant son père, devant la cuisinière sur laquelle mijotait le repas du soir, revenait vers son père...

Excédée, Simone, s'écria :

– Arrête un peu, Frédéric, tu me donnes le tournis à marcher comme ça ! Bon. Maintenant que tout a été décidé sans que personne ne songe à me demander mon avis, le voici. Un : je ne veux pas changer de quartier. Deux : je vous signale que je donnerai toujours des leçons de chant... c'est mon plaisir. M'occuper du ménage, des courses, de l'entretien m'ennuie prodigieusement !

– Mais qui nous empêche de prendre une femme de ménage ? suggéra Frédéric, s'attendant à une levée de boucliers et des hurlements indignés.

Ce ne fut pas le cas.

Raymond l'admit. Prendre quelqu'un pour une maison où s'agitaient cinq personnes ne serait peut-être pas un luxe superflu... Simone, elle, se déclara d'accord pour une femme de ménage qui viendrait tous les après-midi. « Pendant que je travaillerai avec mes élèves... » Cette perspective, visiblement, l'enchantait. Elle détestait faire la vaisselle, haïssait ses balais et ses chiffons à poussière, et pourtant, elle était une maniaque de la propreté.

Le visage de Frédéric s'éclaira. « Allons, tout va bien ! » pensa-t-il.

Mais au moment de se retirer dans sa chambre, Raymond dit en détachant distinctement ses mots :

– N'oublie pas ta promesse, Frédéric. Si tout se passe aussi bien que tu le souhaites, tu t'occuperas de ton frère et de ta sœur, et tu leur donneras à chacun la part à laquelle ils ont droit... J'ai ta promesse.

Frédéric eut un petit sourire contraint.

– Je ne l'oublie pas, papa. Une promesse est une promesse. Victoria aura la plus belle dot dont une jeune fille peut rêver. Quant à Christian...

Ce dernier s'écria avec véhémence :

– Je n'en veux pas de ce sale argent ! Je n'en veux pas un centime ! De l'argent volé, voilà ce que c'est ! Vous, vous ne pouvez pas savoir ce qui s'est vraiment passé dans les camps ! Moi, je sais...

– Alors ? On t'écoute, dit froidement Frédéric.

– Rien. J'ai promis de ne jamais en parler à qui que ce soit... Cet argent est maudit. Pourquoi ne pas le rendre aux familles de ceux qui ont été volés ? Pourquoi ? Hein, pourquoi ?

Frédéric haussa les épaules.

– Quel bougre d'imbécile ! Seigneur ! j'ai comme frère un bel idiot... Papa, dis-lui d'aller se coucher, sinon je ne sais pas ce que je lui ferai !

Simone s'interposa :

– Va te coucher, mon Christian... Va.

Dans la chambre conjugale, alors qu'ils allaient se mettre au lit, Raymond dit en soupirant :

– Christian a raison. Cet héritage... c'est de l'argent volé.

Mais Simone, telle une louve désireuse de protéger ses petits, ne voyait plus que l'avenir assuré de ses trois enfants.

– Nous avons très bien fait ! dit-elle d'une voix nette. Nous avons donné l'intégralité des sommes obtenues par la vente des bijoux, pièces d'or, tableaux et fourrures... Ne revenons pas là-dessus. Nous ne sommes pas coupables.

Frédéric n'arrêtait pas de grandir, il mesurait presque un mètre quatre-vingts. Il venait de fêter son dix-huitième anniversaire et il pensait sérieusement que, maintenant, il était temps pour lui de connaître, au sens biblique du terme, le corps d'une femme. Il ne pensait qu'à cela. Chaque fois qu'il croisait une jeune femme, son regard s'attardait sur les courbes qu'accentuaient les ceintures serrées au-delà du raisonnable, sur les chevilles fines et nerveuses, juchées sur des talons vertigineux, sur ce qu'il imaginait de secret sous les jupes qui dansaient sur les mollets. Au cours de cet été 1950, la famille Maury s'offrit une quinzaine de jours de camping à Argelès-les-Bains.

Sous la tente qu'il partageait avec son frère, Frédéric ne parvenait pas à s'endormir. Le pire survenait lorsqu'il était sur la plage. La vue de jeunes personnes en bikini, qui ne cachaient rien, le rendait fou de désir. Congestionné, affolé par une virilité qu'il estimait trop voyante, il courait plonger dans les vagues fraîches et salées... Il répugnait à l'idée d'aller voir une prostituée, et il ne voulait pas d'une aventure amoureuse qui aurait pu l'entraîner trop loin.

Un jour, Christian attira son attention sur une jeune femme de trente ans environ, allongée sur une serviette, non loin des deux garçons. Mince, jolie, elle portait de larges lunettes noires qui lui mangeaient la moitié du visage.

– Elle n'arrête pas de regarder par ici. Du moins on le dirait..., chuchota Christian. Tu la connais ?

Frédéric observa la jeune femme avec attention.

– Non, dit-il enfin, jamais vue...

Mais ses yeux restaient fixés sur l'inconnue qui lui souriait. Elle venait de se baigner et le maillot collait sur sa peau. Ses cheveux humides dégageaient son visage souriant, avenant. Elle avait ôté ses lunettes et maintenant le regardait franchement. Elle sortit une cigarette de son sac et fit à Frédéric un signe qui signifiait « Vous en voulez ? » Frédéric qui n'avait jamais fumé de sa vie, acquiesça. Brusquement, il sentit le désir l'empoigner. Son corps avait une vie propre qu'il ne dominait pas... Il réclamait cette femme à demi nue qui lui souriait. Ses sensations étaient si exigeantes, si violentes, si tumultueuses et voraces qu'il perdit toute raison, tout sang-froid. « Il me faut cette femme ! » se dit-il.

Il se leva, se drapa prudemment dans sa serviette, d'un pas qu'il espérait sûr et nonchalant, alla s'étendre près de la femme et, sans un mot, accepta la cigarette qu'elle alluma.

– Je m'appelle Agnès Goldberg, dit-elle d'une voix rauque et sensuelle. Et vous ?

– Frédéric. Frédéric Maury.

– Vous êtes en vacances ? Étudiant ?

– Je viens de terminer ma troisième année de droit...

Il mentait sans vergogne. Qu'aurait-il pu dire, d'ailleurs ? Qu'il venait d'avoir dix-huit ans ? Qu'il allait s'inscrire à la faculté de droit, puisque désormais il avait les moyens financiers de continuer ses études ? Son regard se fixait sur la bouche de la jeune femme. Elle ne souriait plus. Elle aussi le regardait intensément. Si intensément que Frédéric sentit son corps répondre à cet appel.

– Je vais me baigner, murmura-t-il, soucieux de dissimuler le désir qui l'assaillait.

– C'est une idée, répondit-elle sérieusement. Pourquoi ne pas venir prendre un verre avec moi, après votre bain ? J'habite à l'Hôtel des Pins. Vous voyez ? C'est à deux pas. Venez m'y rejoindre. Chambre 114...

Abasourdi, Frédéric la vit se lever, se draper dans un peignoir de bain, rassembler ses affaires, lui sourire, répéter : « Chambre 114... N'oubliez pas ! Vous me plaisez beaucoup. »

Quand elle fut partie, Frédéric courut se jeter à l'eau. Puis à peine rafraîchi, il se précipita sur son pantalon, sa chemise et jeta à Christian qui, allongé au soleil, lisait *L'Idiot* et ne prêta aucune attention à son frère : « Je vais faire un tour. Dis aux parents de ne pas s'inquiéter... Je rentrerai tard. »

« Chambre 114, chambre 114. » Il se répétait ces mots comme une litanie... À peine eut-il frappé à la porte qu'Agnès apparut, nue et souriante. Frédéric n'en croyait pas ses yeux. Il ouvrit la bouche pour dire quelque chose, mais elle le devança. Elle se colla à lui et l'embrassa... Il avait rêvé ce baiser des millions de fois. Mais cette fois-ci, c'était une vraie bouche qui se posait sur la sienne, une vraie langue qui cherchait la sienne. Son corps vibrait, l'homme nouveau qui venait de naître en lui exigeait la possession de cette femme qu'il étreignait à l'étouffer.

– Viens ! dit-elle d'une voix sourde. Tu es tout neuf, hein ?

Incapable de prononcer un mot, Frédéric se laissa dépouiller de ses vêtements. Agnès l'attira sur le lit que le soleil couchant baignait de lumière rouge... Allongés l'un contre l'autre, silencieux, ils s'observèrent un instant. Agnès, jeune femme libre, sans principes, avait connu le pire. Désireuse désormais de vivre sans contrainte, elle avait repéré ce magnifique jeune homme depuis le début des vacances. L'envie qu'elle avait de lui s'était faite dévorante au cours de ses nuits sans sommeil. Amoureuse, certainement pas. Elle ne pourrait plus jamais éprouver pour qui que ce soit un sentiment quelconque. Juste du désir. Un désir fou qui devait être satisfait à tout prix.

Haletant, Frédéric la regardait. Il fallait qu'il fasse quelque chose, mais quoi ? Il attendait que l'initiative vienne de sa compagne.

Le rire sourd d'Agnès, ce rire qui était comme un appel, fouailla les sens de Frédéric. Il s'allongea sur elle et, maladroitement, tenta de la pénétrer. Il avait le visage pourpre, et soufflait de désir inassouvi. Il sentit la main d'Agnès s'emparer de son sexe et le diriger là où il mourait d'envie d'aller. Cette première fois fut brève et décevante. Frédéric déchargea trop vite. Mais Agnès, sans trop de peine, sut raviver son désir et le faire patienter. Tout de suite, une longue plainte s'exhala de sa gorge... Ce n'était pas une feinte.

Sa première nuit d'homme fut, pour Frédéric, particulièrement satisfaisante. Agnès se révélait une maîtresse exigeante mais expérimentée. Elle n'accepta de le laisser partir qu'à l'aube.

Il faisait déjà bien jour quand Frédéric, flageolant sur ses jambes en coton, retourna au camping. Jusqu'à la fin des vacances, dès qu'Agnès Goldberg lui faisait signe, il se précipitait... Il ne la questionnait jamais sur les chiffres tatoués sur son bras, sur ce qu'elle avait vécu, sur ce qu'elle souhaitait. Dès qu'il entrait dans la chambre, il se précipitait sur elle.

Elle ne protestait pas et accueillait Frédéric avec des petits gloussements de plaisir. Elle lui apprenait à dominer sa fougue, à la caresser et attendre qu'elle fût prête à l'accueillir... Ensuite, elle lui parlait. Elle avait l'esprit vif, connaissait mille anecdotes concernant des hommes célèbres. Elle avait été la maîtresse de François d'Aubreuil et s'étonnait de l'attention particulière que Frédéric lui portait lorsqu'elle évoquait son ex-amant.

– Est-ce que tu connais d'Aubreuil ? lui demanda-t-elle un jour.

– Non. Pas encore. Mais je sais qu'un jour je le rencontrerai. Dis-moi, quel genre d'homme est-ce ?

– Un homme du monde. Parfaitement bien élevé. À mon avis, un tueur qui se cache derrière une parfaite urbanité... J'ai rompu quand j'ai appris qu'il avait eu des ennuis à la Libération... Je n'ai qu'un conseil à te donner. Méfie-toi de lui ! Il a l'art de faire chanter les gens sans en avoir l'air...

Christian découvrit la vérité. Un soir, alors qu'il se promenait sur la plage déserte balayée pas le vent et les vagues, il distingua deux corps qui se détachaient l'un de l'autre... Tout de suite il reconnut Frédéric qui se redressa et lança joyeusement :

– Je vais me baigner, tu viens avec moi ?

– Oui, si tu m'aides à me relever...

Frédéric s'empara des mains qu'Agnès lui tendait et l'attira contre lui un peu brusquement... Ils étaient nus l'un et l'autre.

Dissimulé par les pins, Christian les observait sans pouvoir bouger. Il attendit que le couple se précipite en riant dans les vagues pour faire demi-tour et partir en courant comme s'il avait le feu aux trousses...

De retour dans la tente, il sentit son cœur battre à grands coups, son corps trembler d'une manière incontrôlable... Il se prit à penser à Amelia avec frénésie... C'est donc ainsi que cela se passe ? pensait-il... On s'allonge sur la femme... Et... Et... Il n'osait aller plus loin dans ses pensées... Amelia l'occupait tout entier. Si intense, si puissant était son désir qu'il eut un spasme de jouissance...

Quelques instants plus tard, Frédéric ouvrit la fermeture Éclair de la tente et s'allongea sur son lit de camp... Christian feignait de dormir. Il entendait la respiration profonde, régulière de son frère. « Ainsi, il sait... Maintenant, il sait... Moi aussi, j'aimerais bien savoir comment m'y prendre. »

Jonathan et Amélia

Juin 1952

Quatre longues années, on est un zéro parmi d'autres élèves. On vous enseigne le solfège, l'harmonie, l'histoire de la musique, l'orchestration, les exercices de virtuosité, tout cela ponctué tous les trois mois par des examens. Si la moyenne de dix sur vingt n'est pas obtenue, c'est le renvoi... Amelia, Jonathan et Christian s'étaient pliés de bonne grâce à cette discipline de fer. Ils avaient la même foi, le même désir forcené d'être les meilleurs. Et puis, ils s'aimaient tous les trois... Il n'y avait rien de sexuel dans cet amour qui les unissait. Juste le plaisir d'être ensemble, de travailler ensemble... Ils avaient décidé de former un trio, le « Trio Bagatelle ». Et, d'un commun accord, ils choisirent le *Trio en* la *mineur* de Tchaïkovski pour le concours de fin d'année.

Amelia, Jonathan et Christian répétaient dans la chambre que Jonathan occupait dans la Maison des enfants orphelins. Cette chambre, minuscule, sous les toits, désordonnée, était leur refuge.

D'abord, ils travaillaient consciencieusement leurs partitions, ensuite repos ! Il y avait un vieux piano désaccordé sur lequel Amelia s'exerçait. Assis par terre ou sur le lit, à fumer, boire du cacao que Jonathan faisait cuire sur un réchaud électrique, et à manger des croissants que Christian ou Amelia apportait, ils discutaient passionnément. Tout y passait. Sociologie, amour, philosophie, amour... politique, carrière, et toujours et encore amour.

L'amour revenait sans cesse. Parfois, les regards se cherchaient, s'esquivaient, se cherchaient encore... Puis, soudain, Amelia brisait l'enchantement. Les joues rouges, les yeux étincelants, elle disait qu'elle devait partir, le chauffeur l'attendait. Son départ laissait les deux garçons désemparés. Ils essayaient de recréer la magie qui, un instant, les avait ensorcelés, mais n'y parvenant pas, ils se quittaient. « Demain », disait l'un. « Pour sûr ! » répliquait l'autre joyeusement. C'était là une certitude. Demain, tout recommencerait.

Amelia aimait la vie, se lever aux aurores, sentir l'air encore frais de la campagne remplir ses poumons, nager dans la Garonne ou dans l'Ariège, manger avec appétit, danser. Elle était avide de tout connaître, de tout comprendre... Amicale, généreuse, elle aimait s'entourer d'amis. Ses colères étaient comme les orages d'été, brèves, violentes, suivies d'un superbe ciel bleu. Elle était, aussi, égoïste, butée, orgueilleuse. Elle acceptait mal la contradiction et ne supportait pas qu'on s'oppose à sa volonté. Une ambition féroce se cachait sous un aspect aimable et léger. Mais elle était incapable de comprendre la personnalité tourmentée de Jonathan. Jonathan, fasciné par la mort ; Jonathan à qui tout paraissait tragique, pathétique, et parfois même terrifiant. Jonathan qui ne pouvait échapper à lui-même ni à ses démons... Mais, tout comme Amelia, il dissimulait son ambition sous une certaine désinvolture tout en travaillant avec acharnement.

Elle l'aimait aussi pour cela. Pour cette exigence. Cette volonté farouche de tirer de lui-même le meilleur, l'unique. Mais lui, l'aimait-il ? Il se moquait d'elle, la bousculait parfois, lui tirait les cheveux... Elle ne comprenait pas que ce harcèlement agressif était l'une des manifestations de l'amour. Aussi, chacune de leurs disputes si fréquentes, si passionnées, la laissait désolée...

Mais elle n'en continuait pas moins à espérer. Elle avait beau se raisonner, elle ne pouvait détourner ses pensées de Jonathan, l'homme de sa vie. Tous les autres amours qu'elle éprouverait plus tard, ses passions, les liaisons, toutes ces choses, importantes ou non, se référeraient à cet amour-là.

Elle avait grandi et pris quelques kilos. La maigre adolescente, osseuse, aux traits ingrats, avait fait place à une belle fille qui se regardait avec joie dans la glace. Elle avait l'impression que ce reflet n'était pas encore le sien. Elle aimait brosser sa chevelure noire, « cent coups de brosse quotidiens », jusqu'à ce que ses cheveux couvrent ses épaules en une belle vague sombre ; elle aimait voir ses yeux verts briller dans le miroir, et se comparait à Scarlett O'Hara [1] dont elle dévorait les aventures romanesques. Elle aimait sa peau blanche et fraîche. Elle pensait : « Oh, si Jonathan me voyait maintenant ! » Elle frissonnait. Une curieuse sensation de chaleur et de froid, de faiblesse et de force l'envahissait. « Jonathan, pensait-elle alors, si seulement tu me voyais ainsi ! »

Vint un temps où Jonathan s'éloigna d'elle. Elle ne pouvait, d'ailleurs, lui faire aucun reproche. Il se montrait amical, s'intéressant à ses partitions, lui donnant des conseils, mais plus jamais son regard ne s'attardait sur elle. En dehors des heures de travail commun, il lui parlait à peine, son esprit visiblement ailleurs. Certes, il plaisantait comme à l'accoutumée, mais ce n'était pas la même chose. Amelia, qui avait en mémoire les longs monologues passionnés de Jonathan sur Israël, sur la politique internationale et les politiciens sur l'attitude des communistes et de l'UJRE, le décevait.

« Tous des salauds ! Pas un ne vaut la corde pour le pendre... Pendant que les politiciens s'engraissent, le peuple meurt de faim ou de tuberculose. Il faudrait les fusiller, tous ! » Puis, il

1. *Autant en emporte le vent*, roman de M. Mitchell, venait d'être publié.

ajoutait à voix basse : « J'ai tout le temps envie de tuer... Parfois, je me demande si, un jour, je pourrai m'en empêcher... »

Très vite, revint l'été avec une profusion de fleurs, de fruits, de soleil, de jours interminables... Les concours de fin d'année approchaient. Jonathan paraissait indifférent à tout ce qui l'entourait. Il était de plus en plus pâle, de plus en plus maigre. Et son humeur de chien éloignait de lui même ses amis les plus chers, Amelia et Christian. Cependant, au cours des répétitions de ce fameux Trio, surtout quand le piano reprend le thème donné par le violoncelle, Amelia surprenait le regard de Jonathan fixé sur elle. C'était un regard implorant, étrangement doux...

À partir du mois d'avril, les élèves de quatrième année ne pensèrent qu'à une seule chose : le premier prix à l'unanimité. Celui-là seul ouvrait la porte du Conservatoire national supérieur de Paris et des grands concours internationaux. Alors, pendant des jours et des jours, il n'y eut plus rien dans la vie que le travail. Un savant emploi du temps diurne et nocturne, où chaque heure, chaque minute, chaque seconde était remplie par le travail. Répéter. Oublier. Répéter encore. S'endormir en répétant mentalement chaque mesure, manger en lisant et annotant ses partitions. Jonathan, Christian et Amelia se parlaient à peine.

Jonathan n'avait aucun proche dans la grande salle du Capitole en ce dernier jour de juin 1952. Certes, le théâtre était plein. Parents d'élèves, public attiré par la réputation de Jonathan. « Un jeune prodige du violon », avait écrit un journaliste dans *Les Nouvelles du Midi*. « Un jeune apatride, certainement promis à une très grande carrière... » Mais Jonathan faisait abstraction de tout. Pas de parents, pas d'amis... Isolé sur la scène, Jonathan interpréta le morceau imposé, difficile, inepte, d'une redoutable prétention, composé par le directeur du Conservatoire. Ce dernier, qui s'enorgueillissait d'être Grand Prix de Rome, ne doutait pas que son œuvre connaîtrait un succès éternel. Il connut un oubli éternel.

Et puis, Jonathan aborda le morceau de son choix. C'était les *Airs bohémiens* de Pablo von Sarasate... Déçus, les membres du jury firent la fine bouche. « Un élève si doué... Pourquoi avoir choisi un morceau aussi vulgaire ? C'est populaire, trop populaire. Tout juste de la virtuosité... »

Mais lorsque Jonathan eut achevé le morceau, le public se leva spontanément pour l'acclamer. Sans barguigner, les membres du jury lui accordèrent le prix à l'unanimité.

La semaine suivante, Amelia obtint son premier prix avec la *Quatrième Ballade* de Chopin, de même que trois jours plus tard, Christian, un premier prix de violoncelle avec la *Sonate en* mi de Schumann. Ni l'un ni l'autre ne réunirent cette fameuse « unanimité » jugée indispensable à leur future carrière... Les trois adolescents ne l'obtinrent qu'en musique de chambre. L'exécution du *Trio en* la *mineur* de Tchaïkovski fut littéralement ovationnée par la salle de théâtre du Capitole.

Le jour de la distribution des prix, pour la première fois en quatre ans et demi, Jonathan eut l'occasion de rencontrer l'oncle et la tante d'Amelia. Et ce fut le choc. Josette d'Aubreuil, habillée et chapeautée chez Dior, fut cependant charmante avec le jeune musicien en smoking de location, trop grand pour lui. François d'Aubreuil manifesta, avec une grande jovialité, toute sa paternelle sympathie et formula des souhaits de « brillante réussite » pour le condisciple de sa nièce. Mais ses mots, peut-être momentanément sincères, n'atteignirent pas Jonathan. Lui se focalisait sur la rutilante Buick décapotable qui attendait avec son chauffeur, lequel, casquette à la main, tenait respectueusement la porte de la voiture ouverte. Il ne voyait pas le regard admiratif et tendre d'Amelia. Il n'entendait pas les paroles pleines de sympathie de Raymond et Simone Maury, ni les mots pleins de chaleur et d'amitié que lui prodiguaient Christian et Amelia. Aveugle, sourd, l'esprit vide, muré dans une rage impuissante, il se sentait brûler sur place de haine et de désespoir.

Jusqu'à cet instant précis, la différence de classe sociale n'avait été pour lui qu'une abstraction. Brusquement, elle lui apparaissait réelle. Son regard allait de l'une à l'autre des personnes qui l'entouraient, et ce qu'il voyait l'insupportait. L'une de ces classes, représentée par Amelia, pouvait tout se permettre. L'autre, celle de Christian, pouvait espérer s'en sortir bien que très difficilement et avec beaucoup de chance. Mais lui, Jonathan Kohnberg, apatride sans argent, orphelin, n'avait que le rêve. Sans doute avait-il tort de penser cela. Mais, c'était « cela » qu'il pensait, « cela » qui devenait pour lui la seule vérité, la seule évidence. Et, dans un cruel éblouissement, ce fut la fin de ses rêves. La honte qu'il éprouvait de son costume de location, de ses cheveux mal coupés, mal coiffés, était intenable. À peine la distribution des prix terminée, il refusa sèchement de participer à la fête organisée par le Conservatoire et partit en courant.

Une semaine plus tard, Amelia, le cœur serré, s'apprêtait comme chaque année à partir pour Saint-Moritz. Depuis la remise des prix, elle n'avait pas revu Jonathan. Il était venu chercher son diplôme, l'avait à peine regardée sans desserrer les dents. Puis, aucune nouvelle... Elle était seule, Christian étant parti en vacances comme chaque année à Argelès.

Nerveusement, Amelia comptait les jours qui la séparaient de son départ. Encore une semaine, et toute la famille prendrait le train dans un grand désordre de valises, de *sleeping cars*, de wagons-restaurants... de changements de train.

Il n'était pas question pour Amelia de rester à Toulouse. À la rentrée, elle devait se rendre à Paris pour travailler avec Alfred Cortot, celui-là même qui avait parrainé les débuts de sa mère.

Et puis il y eut cet accident qu'Amelia allait chérir toute sa vie. Peut-être le provoqua-t-elle inconsciemment. Quelle idée, aussi, de vouloir descendre les escaliers en courant sur des talons vertigineux ! Elle tomba si mal qu'elle se cassa la jambe.

Ni François ni Josette d'Aubreuil ne comprirent jamais pourquoi leur nièce riait à travers ses larmes. « C'est le choc », diagnostiqua le médecin appelé en urgence. Il n'était plus question de Saint-Moritz, il était question d'hôpital Purpan, de plâtre et de rester tranquillement à Montastruc-la-Gaillarde durant toute sa convalescence. Ensuite, François et Josette viendraient la chercher pour l'installer à Paris. Eux, bien sûr, partiraient en Suisse comme chaque année.

– Cela ne t'ennuie pas, ma chérie, de rester seule ? demanda Josette, nerveuse à la perspective de passer les vacances d'été dans ce trou perdu.

Amélia la rassura bien vite.

– Je vais travailler mon piano, dit-elle simplement. Et, dès que je le pourrai, j'irai vous rejoindre à Saint-Moritz. Vous savez, ma tante, je ne m'ennuie jamais...

Elle écrivit à Jonathan et attendit une réponse. En vain. L'image du jeune homme flottait devant elle, si distincte, si tangible, qu'elle eût presque pu le toucher. De longs yeux bleu foncé en amande, légèrement relevés à l'angle extérieur sur de hautes pommettes. Un grand nez... qu'il tordait dans tous les sens. Une bouche sensuelle, des joues creuses... Bien sûr, sa famille pousserait les hauts cris. En aucun cas, Jonathan Kohnberg, apatride, juif, ne pouvait être considéré comme un parti présentable pour Amelia. Elle ignorait pourquoi il n'avait pas répondu à ses lettres ; elle ne comprenait pas son attitude des dernières semaines. Mais elle savait qu'il l'aimait. Elle avait surpris son regard posé sur elle. Ce regard désespéré, implorant.

Alors, pourquoi ne s'était-il jamais déclaré ? Et puis, brusquement, la décision s'imposa d'elle-même. Comme tous les adolescents de l'après-guerre, Amelia était convaincue que les femmes étaient pour le moins les égales des hommes, si ce n'est supérieures à eux. Rien ne devait s'opposer à ce qu'elles expriment leurs désirs sans détour. Amelia se grisait de cette pensée, lisait Simone de Beauvoir, Sartre et les autres...

Elle en aurait le cœur net. Elle irait au Château des Martyrs. Elle aurait une conversation avec Jonathan, elle lui demanderait de l'épouser. Elle imaginait la scène : elle lui dirait qu'elle l'aimait, qu'ils étaient sans doute encore très jeunes mais que rien ne s'opposerait à un mariage en bonne et due forme, d'ici quatre ans.

« Pourquoi quatre ans ? demanderait-il.

– Parce qu'alors, je serai majeure et libre de mes actes. »

Et s'il refusait ? Alors, elle se consacrerait à sa carrière musicale.

Un matin, elle constata qu'elle pouvait se tenir debout, avec sa jambe plâtrée, entre deux béquilles... Aussitôt, sa décision fut prise, elle irait voir Jonathan.

Il faisait si beau, en ce jour d'août 1952 ! Amelia n'avait de permission à demander à personne, en ce sens que mademoiselle Mazière avait reçu pour instructions de la part de François et de Josette d'Aubreuil de satisfaire tous les désirs de « cette pauvre chérie, condamnée à la chaise longue tout l'été ».

La matinée passa lentement. Il fallait d'abord recevoir le médecin, l'infirmière, téléphoner à Saint-Moritz pour donner de ses nouvelles, avertir mademoiselle Mazière. « Je vais à Toulouse et j'y passerai certainement la soirée... » Refuser la proposition de la gouvernante de l'accompagner. Au début de l'après-midi, enfin libérée de ses multiples corvées, elle soigna particulièrement sa toilette. La mode « new-look » l'avantageait agréablement. Taille fine bien serrée dans une ceinture-corselet noire, queue-de-cheval... Elle se regarda dans la glace et se trouva belle. Sa jambe plâtrée n'enlevait rien à son charme. Ce charme particulier des filles de dix-sept ans, amoureuses à en perdre la tête et le reste, dans les bras d'un beau garçon... Elle demanda à Jean, le chauffeur, de préparer la Buick et donna l'adresse du Château des Martyrs, allée François-Verdier.

Son cœur battait à se rompre. Elle imaginait toutes les situations possibles, y compris celle de la fuite ensemble. Sauf que Jonathan n'habitait plus au Château des Martyrs, allée François-Verdier. Stupéfaite, anéantie, Amelia regardait le concierge sans comprendre ce qu'il disait :

– Ils sont tous partis...

– Mon Dieu ! Où ça ?

– En Israël, m'a-t-on dit. Mais certains sont dans une ferme-école à Esqualquens.

Le concierge l'observait, amusé. Son regard, un peu méprisant, allait de la grosse Buick, du chauffeur à la jeune fille. Il était facile de deviner ce qu'il pensait. « Une gosse de riches qui veut s'amuser ! »

Amelia se fit expliquer l'itinéraire et demanda à Jean de la conduire à la ferme-école. « Il commence à se faire tard, Mademoiselle, répondit-il. Mademoiselle ne veut pas remettre à demain ? – Non ! répondit-elle. C'est l'affaire d'une heure... »

La grosse chaleur commençait à décliner quand la voiture s'engagea dans l'allée bordée de platanes centenaires de la ferme-école. À peine accorda-t-elle un regard à la vieille bâtisse Directoire, plus ou moins rafistolée, dans laquelle s'agitaient, s'interpellaient en riant une vingtaine d'adolescents, maigres et joyeux. Parmi eux, Jonathan. Jonathan à l'écart, seul, le visage fermé. Jonathan jetant un regard stupéfait vers la Buick qui avançait lentement, sans bruit. Jonathan qui reconnut Amelia.

Elle sortit non sans difficulté de la voiture, s'équilibra entre ses deux béquilles, rectifia sa tenue et tenta d'imposer à son visage une expression calme et souriante. Ils se regardèrent longuement. Un vague sourire éclaira la triste physionomie de Jonathan. Il l'embrassa, comme à l'accoutumée : un baiser sur chaque joue. Il la retint un instant contre lui, avant de la laisser aller, décontenancée. Puis, avec une violence contenue, il demanda :

– Que viens-tu faire ici ? Me voir, c'est ça ? Il fallait te décider plus tôt, ma fille ! Il y a trois semaines que je t'attends !

Amelia ne se laissa pas démonter par cet accueil abrupt. Toutes ses craintes, ses angoisses s'étaient dissipées. « Il y a trois semaines que je t'attends ! » Avec quelle passion, il avait lancé ces quelques mots ! Elle se sentit brusquement à la fois rassérénée et singulièrement peinée pour Jonathan. Il était si maigre, si désespéré ! Elle désigna sa jambe plâtrée :

– Je me suis cassé la jambe ! dit-elle calmement. Je t'ai écrit, il me semble... Moi aussi, j'attendais ta visite ! Tu n'es pas venu...

– Au temps pour moi ! répliqua sombrement Jonathan. Tu as eu mal ?

Amelia hocha affirmativement la tête.

– Alors, comme ça, tu es venue me dire adieu ? dit-il plus de calmement, tandis qu'Amelia reprenait ses esprits. Cinq jours plus tard et j'étais sur le bateau. Je pars en Israël. Je vais vivre dans un kibboutz. Tu sais ce que c'est ?

Amelia secoua négativement la tête. Elle était incapable de proférer un son. Les mots qu'elle entendait n'avaient aucun sens pour elle.

– C'est une ferme collective, reprit Jonathan sur le même ton, un peu sec. C'est là que l'on envoie les orphelins apatrides. Même avec un premier prix à *l'unanimité* de violon...

Amelia murmura :

– J'ignorais que tu quittais la France...

Brusquement, elle se rendit compte de la folie de sa démarche. En fait, durant leurs années d'études, Jonathan ne l'avait jamais traitée autrement qu'en camarade. Certes, il y avait les regards qu'il posait sur elle, mais peut-être les avait-elle tout simplement mal interprétés.

– Est-ce obligé ? Je veux dire... ton départ ?

Jonathan haussa les épaules.

– Bien sûr, c'est obligé ! Je ne suis pas français...

Des chants d'oiseaux s'envolaient d'arbre en arbre, saluant la fin du jour.

Amelia regardait Jonathan et, sans savoir pourquoi, elle sut que finalement elle avait eu raison de venir. Que cette escapade était la chose la plus raisonnable qu'elle ait jamais faite dans sa vie.

– Il va faire beau demain, dit lentement Jonathan croisant le regard de la jeune fille. On peut toujours prédire le temps d'après le coucher du soleil. Pourquoi es-tu venue ?

Alors Amelia se lança :

– Je suis venue te chercher, dit-elle simplement. J'ai besoin de toi, ajouta-t-elle.

Jonathan la dévisagea. Il ne semblait pas surpris. On aurait dit qu'il s'attendait à cette situation. Qu'il l'avait imaginée maintes et maintes fois. Il connaissait bien Amelia, sa détermination, le peu de cas qu'elle faisait du qu'en-dira-t-on. Il souriait vaguement, les yeux fixés au sol. Amelia guettait sur son visage quelque chose qui ne venait pas ; elle se sentait inondée de tendresse, de passion et de compassion. Elle tendit les mains, mais Jonathan ne la regardait pas.

– Où veux-tu m'emmener ? demanda-t-il enfin.

Son visage était plein de creux, d'ombres et de colère tourmentée.

– Chez moi.

– Et ton oncle, ta tante ? Tu en fais quoi ?

– Pour l'heure, ils sont à Saint-Moritz avec mes cousins, et ils rentreront en septembre directement à Paris, où je dois les rejoindre...

Elle s'interrompit. Elle n'aimait pas l'expression du visage de Jonathan. Cette expression froide et ironique. Celle qu'il arborait lorsqu'il était en proie à ses démons, et qu'il devenait moqueur, méchant, cruel.

– Pour étudier avec Alfred Cortot. Je sais, dit-il. Tu auras tout ce qu'il faut pour commencer. Les relations, l'argent pour les salles de concerts, la publicité, la presse. Que veux-tu de moi ?

– Viens avec moi à Paris, commença lentement Amelia. Tu te présenteras au Conservatoire national, tu obtiendras une bourse... Tu y arriveras, si tu le veux...

Jonathan haussa les épaules. Mais cette fois-ci son geste était dépourvu de rage et d'agressivité. C'était un geste las, découragé...

– On m'a repris mon violon, dit-il enfin, la voix enrouée.

– Comment cela ? s'écria Amelia avec indignation. On a osé !

– Il ne m'appartenait pas, reprit Jonathan. On me l'avait prêté. Et d'ailleurs, là où je vais, je n'ai pas besoin d'un violon. Il vaut mieux que je sache traire les vaches, élever les poules comme Golda Meir... Les kibboutzim n'ont pas besoin de violonistes. Ils ont besoin de fermiers, de défricheurs – que sais-je ?

Sa voix charriait des tonnes d'amertume et de désespoir. Il regarda ses mains aux ongles noirs de la terre qu'il venait de labourer, ses belles mains longues et fines, aux doigts légèrement spatulés...

– Regarde mes mains ! Elles se sont raidies, elles sont devenues calleuses en trois semaines ! Que sera-ce dans un an ou deux ? Je n'ai pas touché un violon depuis le concours...

Amelia s'empara des mains de Jonathan.

– Viens avec moi, je t'en prie, dit-elle dans un souffle. Ne reste pas ici. Nous aurons un mois pour réfléchir. Je t'en prie... Viens...

Elle répéta ces derniers mots comme une prière, une incantation.

Jonathan la regardait sans répondre. Il ne l'avait pas vue depuis presque trois semaines et il ne s'était pas passé une seule minute sans qu'il pense à elle. À plusieurs reprises, s'emparant de la bicyclette de la ferme-école, il avait fait le trajet jusqu'au château de la Valade. Devant la grille, il s'était arrêté, hésitant à sonner. C'est là qu'habitait Amelia. Là qu'elle travaillait son piano, rêvait, avec ses chiens. Là, dans ce lieu, plus inaccessible pour lui que les antipodes.

– Ainsi, tu veux que je vienne avec toi, dit-il à mi-voix, pour quelques semaines et puis, ensuite, nous verrons bien... C'est bien ça, n'est-ce pas ? Amelia...

Elle ferma les yeux... Son nom, prononcé à voix basse, la faisait frissonner. Les yeux clos, elle sentit les lèvres de Jonathan se poser sur son front.

– Ne recommence plus ce genre d'équipée ! As-tu, un instant, songé à ce qu'allait dire ton oncle ?

Amelia se mordit les lèvres.

– Pourquoi ne me prends-tu pas au sérieux ? Parce que je suis encore trop jeune ?

Elle hésita un peu, puis lança très vite et à voix basse :

– N'éprouves-tu donc rien pour moi ? Je pensais qu'il existait quelque chose entre nous...

– Écoute... Pourquoi m'obliger à parler ? Que veux-tu entendre de moi ? Que tu es belle ? Que je suis amoureux de toi ? C'est cette certitude-là que tu es venue chercher ? Non ? Allons, rentre chez toi ! Demain, je viendrai te voir, je te le promets. Je vais être en retard pour le shabbat. Tu ne sais pas ce que c'est ? On mange du bouillon de poule, avec des *Kneidelech*, des *Kreplech*, des *Lockchen*, de la *Halla*... on chante des chansons en yiddish. C'est ça, le shabbat. Je suis juif, ma petite ! Mets-toi bien ça dans la tête ! Même si je ne crois plus en Dieu.

– Je ne suis pas religieuse, dit-elle enfin. Je ne sais pas si je crois encore en Dieu, mais toutes les simagrées de l'Église m'ennuient.

Pour la première fois depuis le moment où Amelia avait débarqué à Esqualquens, Jonathan eut un vrai grand sourire, chaud et complice.

– Moi, il y a longtemps que je n'y crois plus. Allez, sauve-toi. Demain, je serai chez toi. Vers cinq heures ! Ce soir, je vais annoncer à mes amis que je vais me déplacer un jour de shabbat. Ça va faire un beau tollé !

– Oh, je ne savais pas que ce serait à ce point ! Tu t'entends bien avec eux ? Comment sont-ils ?

– Ils sont plutôt gentils. Ignorants, mais gentils.

– Ignorants ?

– Ils ne connaissent rien à la musique et confondent Robert Schumann, le musicien, avec Robert Schuman, l'homme politique. Tu sais, le ministre des Affaires étrangères, celui qui veut faire l'Europe. Ça commence par la CECA[1] et ça finira par l'Europe unie ! Mon œil ! Va, va...

Il l'enlaça et la mena, serrée contre lui, vers l'automobile.

– Embrasse-moi, dit-elle.

Il rit, puis cessa de rire. Elle sentit une bouche se poser un trop bref instant sur la sienne.

Peut-être, en effet, que tout avait déjà commencé...

Assise sur un banc, sous un tilleul contre Jonathan, Amelia se laissait aller à une joie totale. Mademoiselle Mazière avait haussé les sourcils devant ce jeune homme dégingandé, efflanqué comme un chat sauvage qui, d'un ton rogue, à peine poli, avait lancé en guise de bonjour :

– Je viens voir Amelia d'Aubreuil... Elle m'attend.

Mademoiselle Mazière avait répliqué avec aigreur :

– Bonjour monsieur, Amelia vous attend... Prendrez-vous un rafraîchissement ?

Pour toute réponse, Jonathan avait grommelé :

– Bonjour madame... Non, merci.

Et brusquement, Amelia fut là, devant lui.

– Viens, on va se promener dans le parc..., dit-elle, sans relever le « Ne vous attardez pas » de la gouvernante.

---

1. Communauté européenne du charbon et de l'acier.

Jonathan n'avait prêté qu'une médiocre attention au château de la Valade ; toute son attention était fixée sur Amelia. L'odeur des tilleuls en fleur, le vent léger qui soulevait ses cheveux. Ils se regardaient éblouis, persuadés l'un comme l'autre qu'ils vivaient une minute parfaite, que le temps s'était miraculeusement immobilisé dans ce calme, cette douceur silencieuse.

Jonathan prit la parole :

– J'ai réfléchi depuis hier. Je n'en ai pas dormi de la nuit, dit-il d'une voix ferme. Il y a des choses que tu dois comprendre. Des choses qui nous séparent. Nous sommes tous les deux d'une race différente. Je suis juif, tu es catholique. Je suis pauvre, tu es riche. C'est là une situation très difficile à vivre pour moi. Tu veux savoir si je t'aime ? Grands dieux ! Je t'aime comme un fou ! Mais cela nous avancera à quoi ? Je ne t'épouserai jamais. Sauf si tu attends que je devienne riche et célèbre. Et cela peut ne jamais être !

Amelia, aux anges, riait de bonheur.

– Je n'ai pas fini, insista-t-il, c'est plus grave que cela.

– Grave ? Qu'est-ce qui est grave ? Tu m'aimes, je t'aime... Le reste n'a aucune importance. Nous sommes jeunes, l'avenir nous appartient. Et tu as tellement de talent que ta réussite ne saurait tarder.

Jonathan eut un ricanement.

– Je n'ai plus de foyer, je ne peux rien t'offrir. Et je dois partir dans cinq jours. Je n'ai pas le choix. Il n'y a personne en France pour s'occuper de moi. J'ai un oncle en Israël qui vit dans un kibboutz et qui va se charger de moi. As-tu une petite idée de ce qui m'attend ? Oh, certes, je n'ai rien contre le kibboutz ! Et même, je devrais être reconnaissant que l'on veuille bien m'accepter là-bas... De plus, si tout va bien, le kibboutz va m'offrir des cours au Conservatoire de musique de Haïfa. Mais ce n'est pas de cela dont je rêvais. Ce n'est pas « ma » vie. Cela fait des semaines que je brûlais d'envie de te parler de tout ça, mais je n'osais pas... Oui, c'est vrai, Amelia, j'ai rêvé que nos vies se mélangeraient d'une manière inextricable.

– Mais tu dis des bêtises, Jonathan ! Depuis la fin de la guerre, les choses ont changé... Il n'y a plus de barrière entre les classes sociales... Tout cela c'est de l'histoire ancienne !

– Tu n'as rien compris de ce que je viens de te dire, n'est-ce pas ? Il ne faut pas te fier à moi, Amelia, continua-t-il à voix basse. Tu ne me vois pas tel que je suis. Il m'est arrivé des choses...

Il s'interrompit, la regarda avec inquiétude puis se pencha vers elle et, tout naturellement l'embrassa. Elle soupira de bonheur. Des mots. Des mots d'adolescent mal dans sa peau. Tout irait bien désormais. Elle se blottit contre la poitrine de Jonathan. Elle entendait sa respiration un peu haletante, son cœur qui battait un peu trop vite. Puis, elle entendit sa voix, une voix complètement changée. Une voix ardente, passionnée, une voix qui lui disait :

– Que le diable t'emporte... Tu fais de moi ce que tu veux...

Crépuscule d'été brûlant, tendre, inexorable. Jonathan lui retirait toutes ses forces, mais elle était accrochée à lui, ivre de vie, de jeunesse, d'éternité. Il respirait vite. Raison et bon sens l'avaient abandonné. Des sons inarticulés s'échappaient de ses lèvres. Confusion des haleines, des membres, des bouches qui se prennent et se reprennent, des langues qui se mêlent, étreinte d'abord hésitante, maladroite, puis furieuse, frénétique jusqu'à la ruade finale qui déchire l'hymen. Lorsque Amelia ouvrit les yeux, elle vit les arbres aux feuilles humides de rosée s'agiter devant elle, le soleil allait bientôt disparaître laissant derrière lui de longues traînées roses. Poids lourd, poids merveilleux du garçon encore sur elle qui reprenait sa respiration. Était-ce cela vivre ?

Un peu plus tard, lorsque le moment fut venu pour lui de se retirer, de la laisser encore palpitante sous lui, Jonathan eut peur qu'elle le déteste.

– Amelia... Amelia, chuchota-t-il. Qu'avons-nous fait ?

– Je suis si heureuse, balbutia-t-elle à voix basse. Tu es mon premier amour. Il n'y en aura jamais d'autre. Je t'aimerai toute ma vie.

Rassuré, il murmura en l'embrassant :

– Il va falloir que je retourne à Esqualquens.

– Reviendras-tu ?

– Tu crois que je vais te laisser maintenant. Je reviendrai. Je ne te quitterai plus jamais.

– Comment feras-tu ?

– Je ne sais pas. Mais je ne te laisserai jamais. Désormais, tu es à moi. Je reviendrai...

Puis, après un instant de réflexion, il dit :

– Du moins, je ferai tout mon possible pour revenir...

C'est dans la nuit seulement qu'elle pensa que Jonathan pourrait ne pas venir. Qu'il allait partir. En Israël. Dans un kibboutz. À des milliers de kilomètres d'elle. Elle comptait les jours qui restaient pour trouver une solution... En vain. Son cœur s'affolait... Que faire pour empêcher ce départ ? Fuir avec Jonathan ? Où ? Comment ? Avec quel argent ? « Vivre d'amour et d'eau fraîche » n'est possible que dans les romans. La réaliste petite Amelia n'aurait pu se satisfaire d'une chambre de bonne sous les toits et d'un Jonathan furieux, désespéré d'avoir été obligé de renoncer à ce qui lui importait le plus, sa musique... Il pouvait vivre sans Amelia, mais pas sans sa musique. La jeune fille en était tout à fait consciente. « Moi, je sacrifierais tout pour lui... », pensait-elle assise sur son lit. Réfléchir. Trouver une solution. Vite... avant que le bateau n'emporte Jonathan vers Haïfa.

Toute la journée du lendemain, elle attendit un coup de téléphone, une lettre. Rien. Le doute, la tristesse s'abattirent sur elle. Tout était-il donc déjà terminé ?

Au matin du quatrième jour, elle résolut d'aller voir à Esqualquens...

C'est alors que la sonnerie du téléphone la fit sursauter. Mademoiselle Mazière avait déjà décroché.

– ... Allô... Allô ? Qui est à l'appareil ?

Elle attendit un moment, puis raccrocha furieuse.

– Encore ce plaisantin !... La troisième fois depuis ce matin !

– Co... comment ? bégaya Amelia. Je n'ai rien entendu.

– Vous ne pouviez pas entendre ! Vous étiez dans votre salle de bains avec votre infirmière.

Amelia dévisageait sa gouvernante. « Je pourrais la tuer, pensa-t-elle. Je pourrai aussi bien la tuer ! Il m'a téléphoné ! » Fureur mêlée de joie. Espoir renaissant. Jonathan ne l'avait pas oubliée ! Et s'il allait lui demander de partir avec lui ? Tout de suite ? Pour toujours ? Elle le suivrait. Sans l'ombre d'une hésitation. Elle monta dans sa chambre et se prépara. Il allait venir. Demain ou après-demain, elle partirait avec lui. Rien ni personne ne l'en empêcherait.

Tard dans la soirée, elle vit arriver un Jonathan radieux, porteur d'une lettre, d'un chèque et d'un violon. Il bégayait de bonheur. Toujours aussi échevelé, toujours aussi efflanqué, mais rayonnant. Il expliqua ce qui s'était passé durant ces trois jours.

– Deux ans ! Mon oncle d'Israël a pu réunir l'argent nécessaire pour que je reste encore deux ans à Toulouse. Monsieur Keller sera mon tuteur. Qu'en dis-tu ? Deux ans ! Une bourse octroyée par le JOINT[1]. Je vais pouvoir préparer le concours Reine-Élisabeth-de-Belgique ! Oncle Meïr m'encourage à me perfectionner. Oncle Meïr est une merveille, un ange. C'est Dieu en personne ! Nous avons parlé presque une heure au téléphone...

---

1. Jewish Organisation International.

Je lui ai promis que mon premier concert serait pour son kibboutz ! Il est fier de moi !

Il parlait, parlait, en nage, haletant, fou de joie...

D'abord heureuse de cette nouvelle, Amelia s'écria, désolée :

– Mais... et moi qui dois aller vivre à Paris !

– Nous trouverons une solution ! trancha Jonathan qui ne se sentait pas de joie. Nous pourrons encore nous inscrire en classe d'orchestre, de composition, que sais-je ? Nous ne nous quitterons plus ! Deux ans, tu te rends compte ?

– Et Alfred Cortot ? protesta Amelia. Je dois commencer avec lui en octobre. C'est lui qui doit me préparer aux grands concours internationaux. Il est d'accord pour me faire travailler en souvenir de maman. Les dates de mes leçons sont fixées. Une fois par mois. Impossible de me dédire ! Tu penses...

– Tu pourrais te rendre à Paris tous les mois ? Les trains ne sont pas faits pour les chiens... Rien ne t'empêche de continuer à travailler avec mademoiselle Daret ? Écoute, j'ai peu de temps devant moi, il faut j'aille voir monsieur Keller. Il doit prendre des dispositions pour moi. Il va me louer une chambre en ville...

Ils allaient dans le parc, main dans la main. Éblouis par le bonheur qui venait de leur être octroyé. Sûrs d'eux, de leur avenir...

Les beaux jours d'été glissaient, l'un après l'autre. Jonathan avait déménagé et habitait maintenant un petit hôtel pour étudiants, rue de Rémusat, où Amelia venait le rejoindre presque tous les après-midi. Vers la fin du mois d'août, on enleva enfin le plâtre de la jambe d'Amelia. Une jambe désolante de maigreur.

Pour gagner quelques heures de liberté, elle donnait mille excuses à mademoiselle Mazière. Des partitions à acheter, des rendez-vous chez le dentiste, chez le médecin, chez le coiffeur, la couturière pour son trousseau d'hiver. Elle s'était même trouvé un prétexte irréfutable : le curé de la cathédrale Saint-Étienne !

Mademoiselle Mazière s'étonnait, ravie certes, mais s'étonnait tout de même, de cette recrudescence de piété... « Amelia va tous les jours à la messe de dix heures ! » confia-t-elle à François d'Aubreuil au téléphone.

Si elle avait connu la raison de tous ces rendez-vous ! Ils n'avaient qu'un but, rejoindre Jonathan dans cette petite chambre qu'éclairait une lampe rose, les mains chargées de croissants, de brioches, de café, de pâtés de campagne, de vins fins en provenance directe des caves du château de la Valade. La pension que recevait Jonathan lui permettait tout juste de payer sa chambre et de faire ses trois repas par jour. Aussi était-il ravi des visites d'Amelia et de tout ce qu'elle apportait. Il possédait un tourne-disque auquel il tenait comme à la prunelle de ses yeux. Dès l'arrivée de son amie, il mettait un disque de Mozart et, ensemble, ils oubliaient le monde... Les heures s'écoulaient tranquilles ou passionnées, mais toujours trop vite.

La collation précédait l'amour ou parfois le suivait. Après une douche fraîche, ils sortaient et se promenaient, interminablement, dans les vieilles rues ombreuses, les parcs ou le long de la Garonne.

Souvent, ils allaient nager dans l'immense piscine Albert-Nakache où ils passaient l'après-midi avec Christian, fou de joie de savoir que Jonathan et Amelia allaient rester deux ans de plus à Toulouse... Ensemble, ils allèrent voir *Un Américain à Paris*...

– Voilà la musique que j'aimerais composer ! dit Jonathan, rêveur. Gershwin... Ça c'est quelque chose ! Et c'est un juif, comme moi !

– Tu as du talent, dit Christian. Je suis sûr que tu y arriveras...

– Cette année, je vais m'inscrire en classe de composition.

– Tu n'y apprendras rien ! affirma Amelia. Juste ce que ce professeur de piètre qualité va exiger de ses élèves ! Les romances sirupeuses de la musique française du XIXe.

Jonathan protesta, et jeta Amelia à l'eau, Christian plongea, faisant mine de la protéger. Ils riaient, heureux, insouciants. Ils étaient tous les trois...

Un jour, à la piscine, alors que tous trois se reposaient sur l'herbe, Christian vit la haute silhouette de Frédéric se profiler à contre-jour. Fou d'inquiétude à l'idée qu'il allait devoir présenter Amelia et Jonathan à son frère, il se leva précipitamment pour courir à sa rencontre. Un peu étonné par l'expression agressive et furieuse de Christian, l'intéressé lui demanda avec ironie :

– Tiens, c'est toi ? Que t'arrive-t-il ? Tu es tout pâle...

Son regard se porta sur Amelia et Jonathan qui l'observaient avec intérêt.

– Ce sont tes amis ? La fameuse Amelia et le non moins fameux Jonathan ? Je suppose que tu ne veux pas me présenter ?

– Non ! répliqua vivement Christian. C'est à moi !

Étonné par le ton, Frédéric observa longuement son cadet. Pour une fois, l'ombre d'une affectueuse pitié se lisait sur son visage.

– Fais comme tu veux, dit-il simplement. Je vais rejoindre Agnès. Elle est près de la cascade.

Son regard se posa de nouveau sur Amelia et Jonathan.

– Pas mal, ton amie. Un peu enveloppée, mais pas mal.

Il s'en fut, en riant, rejoindre sa maîtresse.

Christian le regarda s'éloigner, avant de retrouver Jonathan et Amelia.

– Qui était-ce ? demanda la jeune fille.

– C'est mon frère, répondit-il brièvement. Allons nager !

Septembre arriva, et avec lui, François et Josette d'Aubreuil, très étonnés par les nouvelles décisions d'Amelia.

– Mais, ma chérie, que fais-tu d'Alfred Cortot ?

– Je pourrais me rendre tous les mois à Paris pour ma leçon et reprendre des cours d'orchestre, de composition et d'harmonie, ici à Toulouse, sans être obligée de repasser un concours d'entrée... J'ai mes habitudes, plaida-t-elle avec passion. J'aime vivre à Montastruc. Je m'y sens si bien...

François d'Aubreuil parut plutôt soulagé par la nouvelle lubie de sa nièce. Il appréhendait son retour à Paris, les sous-entendus aigres de la famille. L'angoisse permanente qu'Amelia apprenne brutalement la vérité sur ses origines le tenaillait. Elle paraissait guérie, équilibrée et devenait vraiment une superbe jeune fille. Aussi donna-t-il son accord avec une facilité qui ne laissa pas d'intriguer Amelia.

Au cours des années précédentes, plusieurs petits faits l'avaient déjà surprise. À chacun de ses séjours à Paris, les cousins, cousines, arrière-grand-mère et grand-tante étaient absents, occupés : « Désolé de ne pouvoir venir te voir. La prochaine fois, peut-être ? Donne-nous de tes nouvelles. » Il y avait aussi des fiançailles, des mariages, des naissances, dont elle ne recevait les faire-part que trop tard pour s'y rendre. Sur le moment, cela la blessait, mais elle oubliait aussitôt ce qu'elle se refusait encore à prendre pour un affront. Pourquoi sa famille lui en voudrait-elle ? En réalité, entièrement prise par sa passion pour Jonathan, cela ne la perturbait guère. « Je ne les aime pas plus qu'ils ne m'aiment, et je les emmerde ! Donc tout est bien ! »

Christian

À dix-sept ans, obsédé par la métaphysique, Christian voulait comprendre le « sens du monde et le sens de la vie ». Il venait de découvrir la « philosophie ». Réfugié dans sa chambre, il tirait les rideaux, s'allongeait sur son lit, fermait les yeux et se concentrait. Mais, il avait beau se concentrer, rien ne venait illuminer son esprit. Pour tout dire, il s'endormait, ce qui le vexait profondément. Depuis peu, il s'était avec Jonathan et Amelia, bien sûr, inscrit aux Jeunesses communistes, convaincu que là seulement se trouverait la solution miracle du bonheur universel. Les trois jeunes gens étaient, pour des raisons familiales, obligés de garder le secret de leur engagement, et ce secret renforçait encore leur amitié.

« Mais..., pensait-il, en incorrigible idéaliste, ai-je le droit de penser à moi quand le monde souffre ? N'est-ce pas là un profond égoïsme ? Comment être heureux quand il y a tant de misère autour de moi ? Suis-je responsable de cette misère ? Non, bien sûr... Mais dans la mesure où je connais cette misère, si je ne fais rien pour la soulager, alors je suis coupable d'indifférence et de non-assistance à personne en danger. Donc, j'ai une part de responsabilité... »

Christian, à dix-sept ans, se désolait de ne pouvoir porter sur ses épaules la misère du monde. Il ignorait encore ce que vivaient Jonathan et Amelia. Rien dans l'attitude de ses amis n'aurait pu le mettre sur la voie. Pourtant, malgré lui, il se surprit à plusieurs reprises à les épier, à prêter l'oreille lorsqu'ils bavardaient à voix basse, à intercepter des regards, des sourires entendus, à peine esquissés. Il savait, mais refusait de l'admettre, niait l'évidence.

Un jour, cependant, alors qu'il allait acheter des partitions chez le marchand de musique de la rue de Rémusat, il les vit dans la rue. Il pleuvait. Une de ces pluies violentes, fréquentes fin septembre, une pluie qui aveuglait. Ils marchaient vite. Très vite. Christian avait du mal à les suivre. Et, tandis qu'ils contournaient le théâtre du Capitole, qu'ils traversaient la place du même nom et qu'ils s'engageaient rue de Rémusat, Christian avait déjà compris... Il aurait aimé faire demi-tour, ignorer encore, ou mieux, les interpeller en riant, les empêcher de se rendre là où ils allaient... Mais il les suivait, labouré par une douleur affreuse. Espérant malgré tout que, devant l'hôtel meublé qu'habitait Jonathan, ils se sépareraient après un baiser amical, qu'Amelia rentrerait chez elle, qu'elle avait simplement accompagné Jonathan comme elle l'avait fait tant de fois.

Le couple marcha, s'arrêta devant la porte, pénétra à l'intérieur de l'hôtel.

Immobile, crucifié, Christian attendit.

Il attendait qu'Amelia sorte... Trempé, fatigué, malheureux comme on peut l'être lorsque l'on vient de découvrir la trahison, le mensonge, Christian rentra chez lui et se réfugia dans sa chambre. Pleurer. Pleurer en cachette. Amelia et Jonathan... Ces deux noms dansaient dans sa tête.

Cette année-là, l'été de la Saint-Martin se prolongea durant tout le mois d'octobre, et jusqu'après les vacances de la Toussaint. Il faisait si beau que l'on aurait pu se croire au cœur de l'été. Se promener dans les jardins était un ravissement sans égal. Roses d'automne, dahlias, tournesols mélangeaient leurs teintes en une farandole de couleurs qui parfois se heurtaient et parfois se complétaient... Nul besoin de vêtements d'hiver. Les élèves se promenaient en tenue estivale, et c'est à peine s'il fallait un lainage sur les épaules, le soir, quand montait la brume de la Garonne. Les professeurs du Conservatoire considéraient le trio Jonathan-Amelia-Christian comme ce qu'ils avaient produit de mieux. Du coup, les jeunes gens bénéficiaient d'une aura particulière dont ils profitaient sans vergogne. Ils étaient entourés, admirés, respectés... Tous trois avaient été admis en classe de composition. Cela ne leur servirait à rien, si ce n'est à prolonger de deux ans l'insouciance de l'adolescence.

Sous la direction de monsieur Isard, le théâtre du Capitole organisa un concert où les trois jeunes gens jouèrent le *Trio en* la *mineur* de Tchaïkovski, avec un très vif succès. Des articles élogieux s'étalèrent, avec leurs photos, dans *Les Nouvelles du Midi*, dans *La Dépêche du Midi*, dans *Le Patriote ;* bref, une petite célébrité régionale était en train de naître.

Chez les Maury, on commençait à prendre Christian au sérieux. Même Frédéric regardait son frère avec quelque chose qui ressemblait à de l'admiration, bien qu'il précisât chaque fois : « La musique, c'est bien joli, mais on ne fait pas fortune avec ça ! »

Peu après les vacances d'automne, Jonathan changea. Il devint irritable, s'emportant contre tous. Amelia, de retour du séjour à Paris où elle avait auditionné devant Alfred Cortot, mit sur le compte de son absence cette mauvaise agressivité qu'elle dut subir dès le moment où elle lui téléphona pour lui dire bonjour. « Trois semaines d'absence et je retrouve un fou furieux qui me parle comme il n'oserait pas parler à son chien... s'il en avait un ! »

Avant de se rendre rue de Rémusat elle demanda à Christian s'il s'était passé quelque chose de particulier durant ce laps de temps.

– Non... Je ne crois pas, répondit Christian, hésitant.

Il mentait si visiblement qu'inquiète, Amelia insista :

– Dis-moi la vérité ! Je t'en prie... Il faut que je sache ! Je t'expliquerai pourquoi...

– Très franchement, je ne sais pas... Il m'a rembarré, c'est à peine s'il me parle. Écoute, je le vois souvent avec Maurice Legrand... Tu sais.

– Legrand ? Celui qui vend des saloperies contre le trac ?

– Oui.

– Depuis combien de temps ?

– Depuis la rentrée.

Tous les élèves du Conservatoire avaient été mis en garde contre ces petites pilules qui circulaient sous le manteau... « Tiens, prends un Maxiton, c'est génial contre le trac et, pour la concentration, on n'a rien trouvé de mieux. » Malgré les avertissements des professeurs, tous les élèves en prenaient. Maurice Legrand, fils de médecin, neveu de pharmacien, fournissait ses condisciples moyennant finance.

– Crois-tu que Jonathan en prend ?

Au supplice, Christian se taisait. Il ne voulait pas trahir son ami et, dans le même instant, il voulait avertir Amelia. Mais il n'eut pas besoin de parler. Elle avait compris. Elle sentit la colère la gagner. Comment un garçon aussi supérieurement intelligent que Jonathan avait-il pu tomber dans le panneau ?

L'après-midi même, elle se rendit rue de Rémusat et, sans attendre, elle attaqua nettement :

– Que se passe-t-il, Jonathan ?

– À quel sujet... Tu pars trois semaines à Paris, c'est à peine si tu me téléphones...

Ahurie, elle l'interrompit :

– Es-tu devenu fou ? Je t'ai appelé tous les soirs...

Il parut réfléchir. Il était pâle, absent, les yeux ailleurs.

– Tous les soirs ? Tu es sûre ? Peut-être, après tout...

Amelia hésita, puis lança :

– Dis-moi la vérité, Jonathan. Tu prends des trucs ?

Il haussa les épaules.

– Et quand cela serait ? Avec un cachet de Maxiton, je peux travailler toute la nuit, sans fatigue... Ça, accompagné d'un café et d'un paquet de cigarettes, ça me tient lieu de dîner... C'est même étonnant comme le Maxiton coupe bien l'appétit ! Je n'ai plus jamais faim... Tu es choquée ? ajouta-t-il d'un ton revêche... Il n'y a pas de quoi ! Le Maxiton n'est pas une drogue.

Frémissante de colère, Amelia écoutait sans broncher.

– Félicitations, dit-elle, ironique. Et tu comptes aller jusqu'où comme cela ?

– Ça, ma vieille, si on te le demande, tu répondras que tu n'en sais rien !

Il la défiait du regard.

Amelia serrait les dents. Ne rien laisser paraître de sa rage, de sa colère, de son désespoir. Pourquoi se détruire ainsi ? Que lui cachait Jonathan ?

Jonathan explosa alors dans l'une de ses grandes scènes qu'Amelia, terrifiée, connaissait bien. Il s'en prenait à tous et à tout. Il revenait sans arrêt sur ses années noires, sur la mort de ses parents. Il couvrait les hommes politiques d'injures, les accusait d'avoir, par lâcheté, par opportunisme provoqué la guerre de 1939. Tous étaient d'accord avec Hitler, tous ! « Tous les Français sont coupables ! » hurlait-il comme un forcené... Il agressait Amelia, l'insultait parce qu'elle était à moitié allemande et que son autre moitié, française, avait été collaborationniste... « Que faisons-nous ensemble, toi et moi, hein ! Je n'ai plus de parents et c'est de la faute des tiens ! »

Ces grandes scènes, elle en avait pris l'habitude. Mais, bizarrement, son attachement passionné ne cédait point. Qu'aurait-elle pu dire ? Que ses parents étaient aussi des victimes ? Amelia demanda ce qui le tourmentait, pourquoi il se laissait aller à une telle fureur injuste. Il répondit, cinglant :

– Sais-tu combien coûte la préparation des grands concours

internationaux ? Le sais-tu seulement ? Non, tu ne peux pas t'en douter. Tu es riche, tu vas travailler avec Alfred Cortot sans te soucier d'un loyer, du gaz, de l'électricité, de la nourriture, des vêtements ; des heures de répétition avec un pianiste, des cours de perfectionnement. Tu es si loin de tout ça !

– Mais... Jonathan. Tu vas répéter avec moi ! Moi, je peux t'accompagner au piano ! J'en suis parfaitement capable...

– Attends ! Je n'ai pas fini ! Ensuite, il faut prévoir l'avance des frais de voyage et de l'hôtel qui ne seront remboursés que si l'on passe les éliminatoires...

Amelia l'écoutait, partagée entre plusieurs sentiments contradictoires. Finalement, un peu honteux, Jonathan demanda :

– Comment ça s'est passé avec Cortot ?

– Mal. Très mal.

Amelia s'efforçait de crâner, de sourire, mais en réalité, elle était triste, de mauvaise humeur, son audition devant Alfred Cortot ne s'était pas déroulée comme elle l'avait espéré. Comment parvenir à oublier cette audition ? Elle savait qu'Alfred Cortot avait raison. Le jugement du maestro avait été sans appel quand il l'avait écoutée. Alors âgé de soixante-quinze ans, il l'avait dévisagée sans aménité. Tant de futurs « grands » musiciens avaient auditionné devant lui. Tant de jeunes gens, de jeunes filles, persuadés d'être destinés à une « grande carrière » ! Il était las, désormais. Fatigué. Il avait accepté d'entendre Amelia d'Aubreuil parce qu'elle était la fille de Nina.

« Elle, d'accord, avait-il pensé. Ensuite, basta ! Je ne veux plus entendre ces jeunes prétentieux ! Mais la fille de Nina ! Aurait-elle hérité du talent de sa mère ? »

– Eh bien... Vous êtes la fille de Nina d'Aubreuil... Nina était une très grande pianiste. Quel âge avez-vous, mon enfant ?

– J'ai dix-sept ans, Maître.

– Et vos études musicales ?

– Je viens d'avoir un premier prix du Conservatoire de Toulouse, énonça-t-elle fièrement.

– De Toulouse ?

Il aurait dit « de Tombouctou » qu'il n'aurait pu paraître plus méprisant.

– ... Toulouse ? Tiens donc. Avec qui avez-vous travaillé ?

– Mademoiselle Daret...

– Ah oui, je la connais ! Je l'ai entendue. Excellent professeur ! Elle était l'élève préférée de Marguerite Long... Mais trop timide pour faire une grande carrière. La timidité dans ce métier est rédhibitoire... Vous le savez, n'est-ce pas ? Nina n'était pas timide...

Il ferma les yeux. Non. Nina n'était pas timide. Morte de trac avant d'entrer en scène, avant de poser les mains sur le clavier... Mais ensuite, elle dominait son public. Le possédait. Faisait ce que bon lui semblait. Et le public se pâmait devant elle...

– ... Ainsi, mademoiselle Daret a été votre professeur, répéta-t-il. C'est bien... Vous ne pouviez pas mieux tomber. Et elle enseigne au Conservatoire de Toulouse ? Bien, assez bavardé. Je vous écoute.

Les mains moites, le cœur battant la chamade, Amelia s'installa devant le piano, et se lança dans le *Nocturne en* ut *mineur* de Chopin. Le maestro, impassible, l'écouta sans l'interrompre jusqu'à l'accord final. Quand elle eut terminé, elle était en nage. Immobile, elle attendait le verdict.

« Premier prix du Conservatoire de Toulouse ? Et vous êtes la fille de Nina... Nina avait un vrai talent. Elle aurait dû faire une carrière prestigieuse... Ah ! la guerre... la guerre. Voyons... Jouez-moi autre chose.

Amelia interpréta la *Quatrième Ballade* de Chopin. Le dernier accord plaqué, elle se retourna et regarda le maestro. Il l'observait avec attention.

– Vous avez une excellente technique. On voit que votre

professeur était de premier ordre. Mais pourquoi jouer si vite ? Un train vous attend-il quelque part ? À Toulouse... peut-être ? Ah, Toulouse est une fort jolie ville ! Alors, nous allons avoir beaucoup de travail devant nous. Les grands concours internationaux ? Cette année ? Non... Bien sûr que non ! Pas avant trois ou quatre ans... Peut-être !

Ce « peut-être », ajouté après une seconde d'hésitation, s'abattit comme un couperet. Il signifiait qu'Amelia n'était pas au niveau des grands concours. Qu'elle n'y serait peut-être jamais. Et comme, décontenancée, elle restait la bouche ouverte, incapable de prononcer un mot, le maître ajouta, en la tutoyant amicalement pour faire passer la sévérité de son jugement :

– Tu as tout ce qu'il faut pour devenir une très bonne virtuose, ma petite fille, mais une virtuose comme tous les grands conservatoires du monde entier en offrent par dizaines tous les ans... D'excellents virtuoses qui vont jouer Liszt ou Rachmaninov brillamment... Leur carrière débute généralement sous d'excellents auspices. Les critiques les encensent, le public les admire et applaudit. Deux ans plus tard, on n'en entend plus parler... Sais-tu pourquoi ?

Anéantie, Amelia secoua la tête négativement.

– Ils sont incapables de se débarrasser de la virtuosité. Et pour Chopin, Schubert ou Mozart, il faut autre chose que de la virtuosité... Sans doute es-tu encore un peu jeune. Bien que ta mère, à ton âge, ait déjà eu la maturité du cœur que donne le génie. Il faut apprendre à vivre et à souffrir avant de s'attaquer à de tels musiciens !

Il hésita avant de poursuivre :

– Pourquoi veux-tu faire carrière ? Crois-tu vraiment que cela soit ton destin ? Ou bien veux-tu vivre le destin qu'aurait pu avoir ta mère si elle avait vécu ? Ce serait la plus mauvaise raison...

Amelia se sentait partir à la dérive. Elle se taisait, de crainte de ne pouvoir contenir ses sanglots. Mais le maître continuait, implacable :

– Tu es douée, certes. Nina, ta mère, avait peut-être une moins bonne technique que toi, mais quand elle jouait, elle ouvrait une porte et le public s'y engouffrait avec elle. Peu de gens sont capables d'ouvrir cette porte. Après tout, il est normal qu'il y ait des êtres plus doués que d'autres. Nina. Oui, Nina, elle était unique...

Amelia secoua la tête pour chasser ce souvenir et faire face à une réalité qu'elle fuyait depuis deux mois. Jamais elle n'aurait le talent de sa mère. Comment avait-elle pu imaginer cela ?

Oublier cette audition. L'oublier le plus vite possible. Elle y parviendrait, bien sûr. Elle serrait les dents. « J'essaierai ! J'essaierai quand même... » Mais elle savait qu'Alfred Cortot avait raison.

La grande « crise » de Jonathan était finie depuis presque un mois, Amelia n'osait pas dire ce qui la tourmentait depuis quelque temps. « Trois semaines de retard, ce n'est pas grave... » Les arbres agitaient leurs branches dorées par l'automne finissant et Toulouse s'offrait des journées paradisiaques. Et puis, un matin, il n'y eut plus un doute, mais une certitude. « Je suis cuite ! pensa-t-elle. Un mois de retard, il n'y a plus à tergiverser. » Elle avait peur. Comment fait-on un enfant ? « Il paraît que cela fait horriblement souffrir... qu'on en meurt parfois. »

Impuissante à exprimer la frayeur, la honte, Amelia ressentait aussi la joie s'emparer d'elle à l'aube de cette vie nouvelle qui germait dans son ventre. Pourtant, la tension nerveuse qui l'habitait ne pouvait passer inaperçue, même aux yeux de quelqu'un d'aussi égocentrique que Jonathan.

Un dimanche après-midi, elle se refusa un peu brutalement à lui et lui demanda du thé. D'abord blessé, boudeur, Jonathan quitta le lit, tout nu, provocant de jeunesse, et s'affaira autour du réchaud à gaz. Il l'étudiait à la dérobée, assise contre les oreillers, le visage pâle, les cheveux défaits. En fait, Jonathan ignorait beaucoup de choses ; il ignorait tout du fonctionnement physiologique des femmes. Il avait vaguement entendu parler de « mauvais jours » qui signifiaient pour lui l'abstinence amoureuse. Allongée, nue, à peine recouverte par le drap, les paupières gonflées, elle était pâle, bouffie... Innocemment, il demanda en rougissant :

– Ce sont... euh... tes mauvais jours ?

La réponse le stupéfia sans pour autant le mettre sur la voie.

– Oh ! s'écria Amelia avec désespoir. J'aimerais bien !

– Ah ? Pourquoi ? Amelia ? Voyons Amelia, que se passe-t-il ?

Elle était si émouvante ainsi qu'il ne put retenir une violente poussée de désir. S'approchant d'elle, il la renversa en arrière, mais elle s'écria :

– Attention ! Tu peux lui faire du mal !

Ahuri, il la dévisagea.

– « *Lui faire du mal* »... à qui ?

Elle le regardait, les yeux pleins de larmes, avec un drôle de petit sourire aux lèvres. Alors, il comprit.

– Oh !... oh !..., parvint-il à éructer. C'est... c'est ça ? Tu vas ?... tu es ?... un bébé ?

Elle acquiesça.

– Qu'allons-nous faire ? chuchota-t-elle. Je... j'ai bien réfléchi. Je ne veux pas avorter... Je ne sais pas pourquoi. Je n'ai pas beaucoup de religion, même pas du tout, mais cet enfant, je le veux.

Elle baissa la tête.

– Et toi ? questionna-t-elle.

Il ne répondit pas. Il était assommé. Anéanti. Une déferlante d'images se succédaient dans son esprit à une allure folle. Un bébé. Il avait dix-huit ans et demi et allait être père. La fin de sa carrière. L'obligation de trouver un emploi. Son esprit rejetait cet enfant avec férocité. Il avait envie de hurler : « Non ! Je n'en veux pas ! Je n'en veux pas ! Tu n'as pas le droit de me faire ça... » Au prix d'un effort terrible sur lui-même, il parvint à se taire.

Il aimait Amelia. N'aimerait jamais une autre femme. Mais en ce moment, il avait envie de les tuer, elle et l'enfant qu'elle portait.

– Bon, dit-il avec une désinvolture qu'il était loin d'éprouver. Eh bien, nous le garderons ensemble...

En fait, il était terrorisé. « Mon Dieu, pensa-t-il, nous sommes trop jeunes, beaucoup trop jeunes ! »

Peut-être Amelia comprit-elle les tourments de Jonathan ? Toujours est-il qu'elle décida, comme toujours sans réflexion :

– Quoi qu'il puisse advenir, désormais, je vis avec toi. Cette nuit, je reste ici. Je ne retourne pas chez moi...

François d'Aubreuil

Très tôt, ce matin-là, à quelques jours de Noël, François d'Aubreuil dépouillait son courrier, tout en écoutant distraitement les informations. Le speaker débitait, d'une voix monotone, les nouvelles du journal en une logorrhée uniforme. La voix morne et précise du journaliste s'anima soudain. Enfin, l'on passait aux choses sérieuses : le football, les courses automobiles, les courses cyclistes... *« Winston Churchill va former son nouveau gouvernement... »*

Si François d'Aubreuil était distrait, il était en revanche de fort bonne humeur. Depuis la veille, une nouvelle aventure amoureuse se profilait à l'horizon et cette excitante perspective l'empêchait de se concentrer sérieusement sur ce qu'il écoutait. En fait, il revoyait cette belle fille de dix-sept ans, chanteuse de variétés, qui allait, grâce à lui, faire ce soir même ses débuts à l'Alhambra en lever de rideau. C'était une fort jolie brune, mince, vive, joyeuse, et sans complexe. À l'idée de la soirée qui suivrait, il eut une vive excitation. Nicole Lavergne lui avait promis qu'après le spectacle il pourrait la raccompagner jusqu'à son hôtel.

On frappa à la porte.

– Entrez, dit-il, les yeux fixés sur ses lettres, l'esprit échauffé par ses pensées.

La porte s'ouvrit, puis se referma.

– Eh bien ? questionna-t-il sans lever les yeux.

Le silence qui lui répondit l'obligea à se redresser. Josette était devant lui, le visage décomposé.

– Mon Dieu, ma chérie, s'écria-t-il, alarmé. Que se passe-t-il ? Tu es malade ?

Rapidement, il se leva et prit sa femme dans ses bras. « Elle sait ! » pensa-t-il affolé. « Quel est le salaud qui l'a avertie ? »

– Tu es si pâle, dit-il.

Malgré lui, une inquiétude le tenaillait : « Que sait-elle ? » Il voulait bien coucher avec une Nicole Lavergne, mais en aucun cas ses fredaines ne devaient parvenir aux oreilles de Josette. Elle prononça péniblement :

– Non, je vais bien... c'est Amelia.

– Quoi, Amelia ?... Elle est malade ? Un accident ?

– Peut-être. Je ne sais pas. Sa gouvernante vient de me téléphoner. Amelia n'est pas rentrée de la nuit et n'a pas donné signe de vie depuis hier matin.

– Qu'est-ce que ça veut dire ? articula lentement François, à la fois stupéfait par ce qu'il venait d'entendre et soulagé. Pourquoi mademoiselle Mazière n'a-t-elle pas téléphoné, hier soir ? Elle aurait dû le faire !

– Elle a téléphoné. Vers vingt-trois heures. J'ai voulu t'avertir, mais tu n'étais pas encore là.

La voix de Josette était chargée de reproches. Puis, son angoisse reprit le dessus.

– Mon Dieu, soupira-t-elle, qu'a-t-il pu arriver à notre petite Amelia ?

Une minute ou deux, elle resta ainsi debout, silencieuse, immobile, oppressée. Ses yeux parcouraient le vaste bureau-bibliothèque si familier. Le jour commençait à poindre entre les rideaux encore tirés. Machinalement, elle s'approcha du feu et tendit les mains vers les flammes. La chaleur la réconforta.

François eut pitié de son désarroi.

– Écoute. Je vais prendre le premier train pour Toulouse. Ce soir, je serai à Montastruc. Amelia a sans doute passé la nuit chez une amie et a oublié d'avertir sa gouvernante. Si cela est, elle mérite une petite punition. Rassure-toi, je ne serai pas trop sévère. En attendant, sonne pour qu'on nous serve un bon petit déjeuner, ici, dans mon bureau.

Josette s'exécuta. Elle aimait bien déjeuner avec François dans cette pièce un peu sombre. Malgré l'anxiété qui la taraudait, elle espérait vaguement que son mari la culbuterait sur le Chesterfield, comme il le faisait souvent. Elle aimait faire l'amour avec François malgré sa brutalité.

Mais François d'Aubreuil était beaucoup plus troublé et inquiet qu'il ne l'avait laissé paraître, des idées d'enlèvement, de demande de rançon l'assaillaient sans relâche. Le monde ignorait qu'Amelia ne possédait plus rien hormis le legs de son grand-père. On pouvait donc supposer que la jeune personne était une héritière. Sa famille était très riche... d'Aubreuil était l'une des plus importantes fabriques de produits de beauté de France, la rivale directe de la célèbre L'Oréal-Monsavon et, tout comme cette dernière, d'Aubreuil vendait ses produits bruts aux plus grandes marques qui se contentaient de faire fabriquer les conditionnements.

Le train filait en grondant. Dans son compartiment de première classe, vide et surchauffé, François d'Aubreuil somnolait...

L'inquiétude le réveilla. « Pourvu qu'elle soit rentrée ! Pourvu que tout aille bien... Pourvu qu'il ne lui soit rien arrivé... Pas à elle, mon Dieu ! Pas à elle ! La fille d'Antoine et de Nina... J'ai juré de veiller sur elle... »

« Promets-moi une chose, François... une seule chose. Il faut veiller sur ma petite fille... Ma petite Amelia... Il faut que tu me le promettes. »

Il avait promis. Il croyait avoir tenu parole. Et maintenant,

Amelia avait disparu... « Nina, pensait-il, je te demande pardon, Nina. Je la retrouverai... »

Toute sa vie, François d'Aubreuil avait été profondément matérialiste. Les spéculations métaphysiques ne l'avaient jamais effleuré ! « Il ne faut rien attendre de Dieu... », disait-il avec ironie. « Il a d'autres chats à fouetter que s'occuper de ce qui se passe sur Terre... »

Un tel credo lui avait permis de collaborer avec les Allemands sans état d'âme particulier. Tous ceux qui travaillaient dans le luxe ou la haute couture, Lanvin, Nina Ricci, Madeleine Vionnet, Coty, Hermès, etc. avaient été plus ou moins obligés de faire de même pour survivre. Dans leur entourage immédiat, nul ne se doutait que Nina était juive. Tous leurs amis la croyaient allemande, catholique ; en somme, c'était aussi bien pour les d'Aubreuil qui se permettaient de recevoir le gratin allemand.

Quand le train entra en gare de Toulouse-Matabiau, il faisait nuit et il pleuvait. Sur le quai, François d'Aubreuil reconnut la lourde silhouette de son chauffeur.

– Ah, dit François, vous êtes là... Eh bien, alors ? Ma nièce a-t-elle donné signe de vie ?

Le visage désolé de Jean fut une réponse éloquente. François d'Aubreuil, préoccupé, monta dans la vieille Delahaye qui fonctionnait encore très bien, et ne prononça pas une parole jusqu'au château de la Valade...

Dans la pénombre du salon-bibliothèque-bureau, dont les murs recouverts de rayonnages surchargés de livres, les rideaux de velours vert, l'épaisse moquette gris clair, créaient une atmosphère tiède et rassurante, François d'Aubreuil se faisait expliquer, point par point, l'emploi du temps d'Amelia. Docile, mademoiselle Mazière, les yeux rougis de larmes, racontait, entre deux hoquets...

– Amelia n'avait jamais amené qui que ce soit au château. Le chauffeur la conduisait à ses cours, l'attendait et la ramenait.

Très régulièrement. Une ou deux fois par semaine, elle restait plus tard à Toulouse, mais elle rentrait toujours...

– Avec le chauffeur ?

– Oui. Jamais elle n'est sortie seule, jamais elle n'a parlé de quelqu'un en particulier. Sauf, peut-être, de ses professeurs, mademoiselle Daret, monsieur Lhomme... Et un autre qu'elle appelait le surveillant...

– Personne d'autre ?

– À ma connaissance, rien de sérieux. Elle me parlait parfois de ses camarades du Conservatoire, Jonathan Kohnberg, un étranger, Christian Maury. Ils ont joué ensemble, le mois dernier, au théâtre du Capitole. Avec beaucoup de succès.

– Maury ? Christian Maury ? Ce nom me dit quelque chose. Serait-il le fils de Raymond Maury, l'un de mes employés, un linotypiste, aux *Nouvelles du Midi* ?

– Je ne sais pas. C'est bien possible.

François d'Aubreuil réfléchissait. Raymond Maury. Le propriétaire des terrains de Lacq.

– Vous le connaissez ? demanda-t-il.

– C'est un gamin. À peine lui donnerait-on quatorze ans alors qu'il doit approcher de dix-sept. Il m'est arrivé de le rencontrer et d'échanger des banalités. Parfois, lorsque j'allais chercher Amelia en ville, je les rencontrais tous les trois dans un café près du Conservatoire. Vous comprenez, je tenais à connaître les fréquentations d'Amelia. Ils étaient toujours à discuter politique. Changer le monde... Voulez-vous que l'on vous prépare à dîner ?

– Non, je n'ai pas faim... ou plutôt si. Faites-moi préparer un sandwich et un café. Quelle heure est-il ?

– Presque huit heures.

Alors que François d'Aubreuil s'attardait devant la fenêtre, une exclamation le fit sursauter.

– Monsieur, c'est Mademoiselle ! C'est Mademoiselle qui est là..

François d'Aubreuil se précipita dans le hall. C'était bien Amelia, emmitouflée dans une pelisse trempée de neige fondue.

– Amelia ! s'écria-t-il. Où étais-tu donc passée ? Deux jours d'absence ! Est-ce que tu te rends compte de l'inquiétude dans laquelle tu nous as plongés ? Est-ce que tu imagines ? Où étais-tu ? Tu as une mine à faire peur...

– Mon oncle, il faut que je vous parle, gémit Amelia.

– Eh ! Je l'espère bien ! s'exclama François d'Aubreuil, à la limite de l'explosion.

– À vous seul, chuchota Amelia.

Debout devant la cheminée, quelques instants plus tard, François d'Aubreuil, retenant sa colère et son émotion, dit enfin :

– Ma petite fille, il faut avoir confiance en moi. Quoi que tu aies fait, quoi qu'il se passe, tu dois me dire ce qui te tourmente. Je ne suis pas ton ennemi. Je suis ton oncle. Le frère de ton père...

– Je ne suis plus une petite fille, oncle François, dit-elle. J'ai... J'ai mes soucis, vous le savez, comme beaucoup d'autres jeunes filles de mon âge...

– Je sais ce qu'il en est. Je pensais simplement t'aider. T'être de quelque réconfort...

Elle s'écria soudain avec une sorte de frénésie désespérée :

– Rien ni personne ne peut m'aider ! Oh, mon Dieu ! Je voudrais être morte !

Cet excès de passion arracha un sourire à François d'Aubreuil. « Allons, pensa-t-il amusé, un chagrin d'amour ! Normal à cet âge ! » Puis :

– Il faut me faire confiance. Dis-moi tout.

Après un long moment d'un silence oppressant, elle fit enfin d'une voix basse mais distincte :

– Oncle François... je... je suis enceinte.

François d'Aubreuil sursauta, la dévisagea, se demandant si sa nièce n'était pas subitement devenue folle.

– Eh bien ! marmonna-t-il. Eh bien, on peut dire que tu t'y entends pour faire des surprises. En es-tu sûre ?

– Oui.

– Depuis quand ?

– D'après le médecin, environ six à sept semaines.

– De qui ? Est-ce quelqu'un que nous connaissons ?

Dans la bouche de François d'Aubreuil, cette dernière question signifiait exactement : « Est-ce quelqu'un de notre milieu ? »

– Non ! Non, pas du tout ! Il veut m'épouser...

Un immense soulagement inonda François d'Aubreuil. Sa nièce ne serait pas fille-mère, il ne serait pas question d'avortement non plus.

– Ma foi, je préfère ça ! s'écria-t-il rondement. Alors, où est le problème ?

– Il m'est impossible de garder cet enfant ! dit Amelia avec résolution. Nous sommes trop jeunes ! Je n'ai que dix-sept ans ! Le père en a dix-huit !

– Pourquoi ? s'exclama François sans aménité. Tu es en bonne santé. Le père veut t'épouser... Pas d'avortement, n'est-ce pas ? Pas question de cette ignominie ! Tu vas mettre cet enfant au monde, tu l'aimeras...

– Et ma carrière ?

– Ta carrière ? Ta mère avait une carrière ! Cela ne l'a pas empêchée d'avoir la plus jolie petite fille du monde...

Amadouée, Amelia soupira :

– D'ailleurs, pour me marier, j'ai besoin de votre autorisation, oncle François ! Je ne suis pas majeure !

Infiniment soulagé de n'avoir pas à se battre contre sa nièce plus longtemps, il répondit :

– Oh, mais tu l'as, tu l'as ! Peut-on enfin connaître le nom de l'heureux père ?

Et, comme elle se taisait farouchement, brusquement inquiet, il répéta avec plus de force :

– Est-ce quelqu'un que nous connaissons ? Est-ce quelqu'un de convenable ? Qui fait partie de... de notre milieu ?

– Non, oncle François. Il ne fait pas partie de... Non. Pas du tout. Il s'appelle Jonathan Kohnberg...

Soudain très pâle, François d'Aubreuil fixa sa nièce.

– Un juif ? C'est un juif ? Un étranger et un juif, c'est ça ?

Un peu étonnée par la brutalité de la question, Amelia répondit :

– Oui, oncle François... Il ne se soucie absolument pas de religion.

François d'Aubreuil marchait de long en large pour calmer sa nervosité. Brutalement, il s'arrêta net, un souvenir surgit du fin fond de sa mémoire. « Nous débarrasserons l'Europe de ses juifs », avait promis Hitler. Si un jour cela devait recommencer, sa nièce, l'enfant de sa nièce, cet enfant qui n'existait encore qu'à l'état embryonnaire étaient l'un et l'autre condamnés. Comme Nina. Nina déportée comme juive. Nina dénoncée. Non, ils n'étaient pas tous morts. Ils renaissaient, ils revenaient pour se venger. Se venger de la mort de six millions des leurs.

Il se secoua. Ne plus penser au passé. Antoine et Nina avaient disparu. Rien ne les ferait revenir. Lui était vivant, et là, devant lui, la fille de Nina se dressait, désemparée, si jeune. « Tout juste dix-sept ans, pensa-t-il. Je lui avais promis que je veillerais sur elle... Qu'il ne lui arriverait rien de mal... Et maintenant... »

– Es-tu bien sûre de vouloir garder cet enfant ? demanda-t-il. Si tu ne veux pas, je pourrai toujours t'emmener à Genève, et...

Ce brusque changement d'avis alerta la jeune femme.

– Que dites-vous là ? Il y a une minute, l'idée même vous faisait horreur...

– Tu es si jeune... Et le père...

– Le père est juif... C'est pour cela que je dois avorter ?

– Non ! cria François d'Aubreuil. Ne me fais pas dire ça !

– Alors, pourquoi ? Je vous en prie, oncle François, ne me cachez rien ! J'ai souvent eu l'impression que, dans la famille, on me cachait quelque chose d'important que j'ai le droit de savoir.

Et, comme François d'Aubreuil restait silencieux, elle répéta :

– Vous devez me dire la vérité... Que se passe-t-il ? Que s'est-il passé ?

Elle ne le regardait pas. Son cœur battait à se rompre. Brusquement, malgré la peur qui l'étreignait, elle insista encore :

– Oncle François. Je crois que vous me devez la vérité. Souvent, je me suis posé la question sans trouver de réponse. Pourquoi avoir accepté si facilement que je vienne faire mes études à Toulouse ? Pourquoi m'avoir tenue éloignée de Paris pendant toutes ces années ? J'aimerais savoir pourquoi.

– Tu étais prétuberculeuse...

– Oncle François ! l'interrompit Amelia. Le médecin n'avait parlé que de quelques mois ! Vous le savez très bien. Ceci dit, je n'ai aucun regret. J'ai été très heureuse de vivre ici ! Mais j'ai réfléchi. J'ai compris que vous vouliez me cacher quelque chose. Peut-être pour me protéger ? Oui, c'est cela ! Tante Josette et vous désiriez me protéger en m'éloignant de la famille... Je me souviens de réflexions de la part de mes cousines, de l'arrière-grand-mère Courcelles de Bossey que je déteste.

– Ne parle pas ainsi. C'est une très vieille dame de quatre-vingt-quinze ans...

– Quatre-vingt-quinze ans de méchanceté.

– Tu lui dois le respect.

– Et elle, est-ce qu'elle me respecte ? Non... Pourquoi ? J'ai le droit de savoir ! Il s'agit de ma mère, n'est-ce pas ?

François, se décidant enfin, posa les mains sur les épaules de sa nièce et dit doucement, avec tristesse :

– Oui, il y a eu quelque chose.

Il se versa une rasade de cognac qu'il avala d'un trait, puis il lança brusquement :

– Ta mère était juive. Nina s'est convertie juste après son mariage. Nous pensions qu'elle était en sécurité. Qu'elle ne serait jamais inquiétée. Mais en 1942, les Allemands ont exigé la déportation de tous les juifs français de longue date ou récemment naturalisés... même convertis... C'était le cas de ta mère.

Immobile, silencieuse, abasourdie, Amelia ne réagissait pas. Ses yeux, fixés sur son oncle, ne reflétaient rien de son désarroi. Pourtant elle n'était pas vraiment surprise.

Inquiet de ce silence prolongé, François d'Aubreuil insista :

– Amelia ? As-tu compris ce que je viens de te dire ?

Amelia secoua la tête. Non, elle ne comprenait pas. Brusquement, elle ne comprenait plus rien. Elle tremblait comme une feuille. Elle n'osait aller plus loin dans ses pensées. François d'Aubreuil lui versa un verre de cognac et le lui tendit. Machinalement, elle l'avala d'un trait. Toussa. Cracha. S'étouffa. Mais cela l'aida à se ressaisir.

– Ainsi, maman était née juive... et on me l'a caché... Comme si c'était une honte. Une tare que l'on doit dissimuler à tout prix...

– Elle a été déportée en juillet 1942, en tant que juive. Elle a été dénoncée.

Amelia sursauta.

– Dénoncée ? Par qui ?

– On ne l'a jamais su.

– Et papa ? reprit Amelia. Papa n'était pas juif ! Pourquoi a-t-il été déporté ?

– Ce n'est pas la Gestapo qui a arrêté ton père. Ton père était un résistant. Dès 1940, il avait répondu à l'appel du général de Gaulle ; lui aussi a été dénoncé. Ne me demande pas par qui, je l'ignore même si j'ai toujours soupçonné Darquier de Pellepoix qui venait très souvent nous rendre visite. C'était une véritable ordure. Le simple fait d'avoir épousé une juive condamnait ton père. Deux ou trois jours après l'arrestation de ta mère, il a été arrêté et torturé. Il s'est suicidé en prison. Ou « on » l'a suicidé... Personne n'en a jamais eu de certitude...

– Il était très amoureux de maman n'est-ce pas ?!

– C'est un fait ! Ils s'adoraient tous les deux. Jamais je n'ai rencontré un couple aussi uni. Et toi, tu étais la merveille des merveilles... Oui, nous étions heureux avant la guerre...

François ferma les yeux. Si heureux ! Tout était si calme et harmonieux... La vie était si gaie, si insouciante. Jamais plus. Ces deux mots s'incrustaient dans son esprit. « Jamais plus », Nina. « Jamais plus », Antoine. Jamais plus, ce nocturne de Chopin qu'il aimait tant quand c'était Nina qui le jouait certains soirs d'été... Pour la première fois de sa vie, il eut une pensée sincère, spontanée, que n'entachait aucune réticence : « Seigneur, qu'avons-nous fait de nous ? »

Amelia retrouva ses esprits et dit, presque à voix basse, comme si elle avait honte des mots :

– Savez-vous, oncle François, qu'en 1920, en Russie, après la chute du gouvernement révolutionnaire, la foule arrachait les pantalons des gens soupçonnés d'être juifs et assassinait tous les hommes circoncis... Mon fils ne sera pas circoncis !

Stupéfait, François d'Aubreuil la dévisagea.

– Qu'est-ce que tu racontes ?... D'où tiens-tu ça ?

Amelia haussa les épaules.

– Jonathan m'a raconté ce qui se passait en Europe avant la guerre. Jonathan est le père de mon enfant. Si j'ai un fils... il ne sera pas circoncis. Pour le protéger...

François d'Aubreuil fronça les sourcils. Il était plus désolé que furieux de la tournure prise par la conversation. Il aurait, ô combien, préféré en rester à son rôle d'oncle justicier qui devait gronder, sévir devant une grave incartade de sa nièce. Mais brusquement, les rôles s'étaient inversés. De justicier, il devenait accusé.

– C'est fini tout cela ! dit-il d'une voix forte. Cela ne se reproduira jamais...

– En êtes-vous sûr ? Qui vous permet de l'affirmer ?

François d'Aubreuil détourna la tête.

– Personne, dit-il après un court silence. Je ne sais que te dire, bien que, même si cela devait recommencer, cela ne saurait plus te concerner. Je te le répète, tu es née catholique, tu portes un vieux nom bien français. Si tu renonces à épouser ce... ce garçon... Si tu renonces à cet enfant... Rien ne pourra t'atteindre...

– Je crois que vous vous trompez, oncle François... Cela me regarde... Il s'agit de mes origines, vous comprenez ? De ce que je suis et pourquoi je le suis. Qu'est-ce que c'est être juive ? Je l'ignore. Vous me dites que je suis née catholique. C'est vrai que, longtemps, j'ai été une catholique fervente, sincère. Je croyais en la Vierge Marie. Je l'imaginais sous les traits de maman ! C'est drôle, n'est-ce pas ? Et maintenant, voilà que je découvre qu'une partie de moi-même est juive ! Vous dites que c'est une source de malheur ? Pourquoi cela doit-il être nécessairement une source de malheur ? Être juif, est-ce forcément aboutir dans une chambre à gaz ?

François haussa les épaules.

– Pourquoi maman s'est-elle convertie ? Si papa l'aimait... elle aurait dû...

– Ton grand-père Lieberfreund avait lui-même demandé à mon frère qu'elle se convertisse, répliqua vivement François d'Aubreuil. Il disait que si le grand philosophe Moïse Mendelssohn avait accepté que ses fils le fassent, il ne voyait pas pourquoi sa fille ne ferait pas de même...

– Pourquoi Moïse Mendelssohn a-t-il accepté ça ?

– Ton grand-père a pensé que cela lui donnait peut-être une chance de survivre. Il ne se faisait pas d'illusions sur ce qui allait se passer...

Cependant, Amelia insistait :

– Mais la famille de maman, comment a-t-elle pris ça ? Ça se passait comment, lorsqu'ils rencontraient les d'Aubreuil ? Par exemple, le jour de ma naissance, de mon baptême, puisque je suis baptisée... Sont-ils venus en France ? Et, dans ce cas, pourquoi ne sont-ils pas restés ?

François d'Aubreuil détourna la tête.

– Personne de ta famille maternelle n'était présent.

Stupéfaite, Amelia dévisagea son oncle.

– Quoi ! dit-elle à mi-voix. Vous voulez dire...

– Attends ! Ce n'est pas ce que tu crois ! En 1935, ton grand-père fut déporté à Dachau. Antoine, ton père, voulait aller à Leipzig pour essayer de le sauver, mais c'était trop tard.

– Trop tard ? Pourquoi ?

– Il y avait ce décret qui privait les juifs de leurs droits civiques... Le Quai d'Orsay nous avait mis en garde. Cela pouvait se retourner contre nous...

Amelia avala sa salive.

– Mais, ma mère n'a pas cherché à revoir son père ? À essayer de le sauver ?

– C'est plus compliqué que ça... Nina voulait faire venir son père en France. De cela, je me souviens très bien. En 1938, je suis allé chercher ton grand-père. Antoine aurait couru trop de risques... Notre ami, Georges Bonnet, le ministre des Affaires étrangères, nous a fait comprendre très clairement qu'il était hors de question de se mettre l'Allemagne à dos au moment même où nous allions signer d'importants accords commerciaux.

– Je ne comprends pas bien, murmura Amelia. En quoi cela concernait-il mon grand-père ?

– Ton grand-père était un savant, un chimiste connu et, surtout, un industriel... Le recevoir chez nous aurait été considéré par le Quai d'Orsay comme un camouflet infligé à l'Allemagne... Nous recevions souvent à dîner Georges Bonnet, von Ribbentrop, son homologue allemand, et Otto Abetz... C'était une étrange période que ces années-là, de 1935 à 1939. Tout était en suspens. Nina commençait à se faire un nom comme pianiste... Il fallait faire attention, car l'antisémitisme en France, vers la fin des années trente, était au plus haut. Les journaux s'attaquaient à Léon Blum, « digne représentant de la juiverie internationale ».

– Pourquoi les Français étaient-ils antisémites ?

– Pourquoi ? Est-ce que je sais ? Ils le sont, c'est tout, depuis des générations ! Mais le pic de l'antisémitisme a été atteint dans ces années-là. Un antisémitisme soutenu par le populisme et le communisme.

– Et vous, oncle François ? Étiez-vous antisémite ?

– Je pense... Oui, sans doute. En réalité, je ne me suis jamais posé ce genre de question. Jusqu'à ce que je rencontre René Bousquet.

– Que s'est-il passé ?

– En 1937, je venais de passer ma licence en droit et l'on m'avait proposé de travailler avec lui, jeune sous-préfet, récent chef de cabinet du préfet de Montauban. René Bousquet était célèbre parce qu'il avait sauvé plusieurs personnes des grandes inondations de 1930. Il venait d'être nommé chef du Fichier central des étrangers et avait besoin de quelqu'un qu'il pourrait former. Il m'a choisi parce qu'il connaissait bien ma famille. Nous étions du même milieu social. Nos pères, nos grands-pères étaient depuis des générations tous des notables radicaux du Sud-Ouest. Ils se partageaient préfectures, sous-préfectures, mairies, députations à l'Assemblée nationale. Nos fiefs étaient Toulouse, Montauban, Agen, Albi, jusqu'à Tarbes. J'avais réussi brillamment mes examens, mais cela n'aurait pas suffi. Il fallait, pour obtenir ce poste, toute une lignée puissante derrière moi. Et je l'avais ! Comme je devais travailler avec lui, je pensais lui demander de l'aide pour sauver ton grand-père. Il était bien placé pour me faciliter la tâche.

François s'interrompit pour se verser un autre verre de cognac qu'il vida d'un trait, comme le précédent.

– Et alors ? lança Amelia après quelques secondes de silence.

– J'ai demandé à Bousquet comment procéder pour faire obtenir le droit d'asile à un savant juif allemand, sans mentionner son nom, bien entendu. Il m'a répondu : « Si vous voulez briser votre carrière, continuez sur ce terrain ! Nous sommes plusieurs à suivre la politique de Charles Maurras. Débarrasser la France de toute la juiverie qui l'étouffe. » Je n'ai pas aimé cette réponse. Aussi, j'ai renoncé à travailler avec lui et je suis entré au Quai d'Orsay. En 1942, j'ai appris qu'il s'était servi de son maudit fichier pour aller chercher les juifs là où ils habitaient. Quand je pense qu'il avait commencé à le constituer en 1937. Tu te rends compte ?

Les larmes aux yeux, Amelia secoua la tête.

– Et maman ? Elle était aussi dans ce fichier ?

– Je l'ignore... C'est bien possible. Pourtant je ne le crois pas...

– Comment maman a-t-elle été arrêtée ?

– Comment veux-tu que je me souvienne ? Il y a si longtemps. C'était en juillet 1942 ! Tu te rends compte ? Ta cousine Marie-Claire était sur le point de naître.

Amelia le regarda fixement.

– Je ne vous crois pas ! Je suis sûre que vous vous en souvenez très bien.

Il soupira et détourna la tête. Ces paroles réveillaient dans son esprit les échos de douleurs secrètes, de jalousie torturante. Nina ! Comment aurait-il pu oublier ne fût-ce qu'une parcelle de ce qui avait été la grande passion de ses dix-huit ans ? Il avait tant aimé Nina. Secrètement, jalousement, guettant chacun de ses gestes. Pensif, il murmura :

– Je peux seulement te dire une chose, ma chérie. Juillet 1942 a été l'époque la plus douloureuse de ma vie. À cause des événements, je sais ce que c'est que l'enfer. C'est de voir celle que l'on a aimée, de l'entendre crier, appeler au secours et de ne rien pouvoir faire pour la sauver. Si tu savais comme tu lui ressembles ! Bien sûr, tu es brune et elle était blonde, tu as les yeux verts et Nina avait les plus beaux yeux bleu foncé que l'on puisse imaginer, mais les traits du visage sont semblables, la manière de se mouvoir...

Amelia le regardait avec stupéfaction. Pour la première fois de sa vie, son oncle se laissait aller à des paroles sentimentales, des paroles qui trahissaient son secret. Elle se taisait pour écouter encore. Mais François d'Aubreuil, le visage fermé, ne parvenait plus à prononcer un mot.

Bien sûr qu'il se souvenait ! De tout, de chaque détail. Comme l'un de ces cauchemars qui débutent d'une manière innocente et qui, lentement, inexorablement, se transforment en une angoissante poursuite pour aboutir à l'anéantissement total.

Ce matin-là de la fin de juillet 1942. Paul et François d'Aubreuil prenaient leur petit déjeuner. La nuit avait été agitée car Josette était en train d'accoucher. La naissance était imminente. Soudain, le majordome parut affolé : « On demande Monsieur le Baron, dit-il, blême. C'est la police ! » Stupéfait, Paul d'Aubreuil quitta précipitamment sa chaise.

Dans le hall, il eut la surprise de voir deux individus en imperméable et chapeau... Le commissaire de police, Étienne Tubœuf, et deux agents en uniforme se tenaient près de la porte d'entrée.

– Commissaire... que se passe-t-il ? questionna Paul d'Aubreuil.

Le commissaire, visiblement, n'en menait pas large.

– Monsieur, il se passe quelque chose de très ennuyeux. Nous avons reçu une dénonciation anonyme. Il paraîtrait que votre belle-fille serait juive. Bien sûr, nous n'en croyons rien. Nous savons tous que votre famille est honorable et qu'il doit y avoir un horrible malentendu...

– C'est l'évidence même ! répliqua Paul d'Aubreuil qui avait pâli.

– Seulement, la Gestapo nous a demandé d'enquêter et nous sommes obligés de tenir compte de son ordre.

Il avait baissé la voix et, du regard, désignait ses deux hommes, un peu à l'écart, qui ne quittaient pas Paul d'Aubreuil des yeux.

– Alors ? murmura ce dernier... Que veulent-ils ?

– Que votre belle-fille, madame Nina d'Aubreuil, née Lieberfreund, se présente au commissariat et jure sur l'honneur qu'elle n'est pas juive...

– Quand doit-elle y aller ?

– Le plus tôt sera le mieux. Aujourd'hui même, si cela est possible. Demain matin à neuf heures, au plus tard.

– Et si elle refuse ?

– Alors, le pire peut arriver. Si, par malheur, votre belle-fille était née juive et ne s'était pas déclarée en 1940 comme la loi le lui ordonnait, elle courrait le risque d'être arrêtée et emprisonnée à Drancy ou à Beaune-la-Rolande.

Nina avait refusé d'aller jurer qu'elle n'était pas juive. Deux jours plus tard, elle était arrêtée.

– Avec ton grand-père et ton père, nous nous sommes agités, démenés, en pure perte... Ton père a été aussi arrêté par la Gestapo, c'est moi qui ai été chargé de faire les démarches. Je suis allé à Drancy examiner la situation. Après tout, j'étais un intime du chef de la police française, René Bousquet, et celui-ci était au mieux avec Heydrich, le principal dirigeant SS après Himmler. Bousquet n'a pas voulu me recevoir. Il m'a fait remettre un mot : « Ne mêlez pas un grand nom français à la juiverie internationale. Cela risquerait de mal se terminer pour vous. Mademoiselle Lieberfreund subira le sort des siens... » Il avait mis « mademoiselle Lieberfreund » et non madame d'Aubreuil. Cela voulait tout dire ! Cela m'a fait froid dans le dos.

Il s'était rendu à Drancy. Muni des recommandations, de tout ce qui était nécessaire pour adoucir la vie de son frère et de sa belle-sœur. Avec amertume, Nina lui avait confié combien certains israélites français s'étaient montrés désagréables, hautains, reprochant à leurs coreligionnaires, récemment naturalisés, ce qui leur arrivait à eux, français depuis des siècles.

– Ils sont odieux ! avait dit Nina. J'ai honte pour eux ! Un malheur commun aurait dû nous rassembler... Malheureusement, les israélites français n'aiment pas entendre parler yiddish, allemand ou polonais... Il y a les « bons » juifs, bien assimilés, et les « mauvais » juifs avec leur mauvais français, leur horrible accent ! Comme si, pour les Allemands ou même pour le gouvernement français, cela faisait une différence ! Nous sommes juifs, voilà tout. Tous destinés à un sort commun... Si vous saviez, François, combien je méprise ces gens... J'ai eu la surprise de rencontrer beaucoup de relations de la baronne de R... J'ignorais qu'ils étaient juifs. Il y a de tout ici... des médecins, des professeurs, des écrivains, des hauts fonctionnaires, des poètes, des grands maîtres du barreau... Et les entendre, c'est à vomir de dégoût ! Pourquoi nous ? disent-ils. Nous sommes français !

– J'ai apporté un certificat de non-appartenance à la race juive, et pour vous un certificat d'aryanité... Il suffit de prétendre que votre mère était chrétienne et qu'elle avait trompé son époux.

– Je ne veux pas de ça !

– Mais Nina...

– Non ! Laissez-moi. J'ai assez honte de tout ce que j'ai fait ! Abandonner mon père ! Me satisfaire des promesses d'un Otto Abetz ! Promettez-moi seulement une chose. Ma petite Amelia... Il y a des enfants ici... On les embarque tous les jours, mais nul ne sait pour quelle destination... Alors, j'ai peur pour Amelia, même baptisée, même portant un grand nom bien français. Tout cela ne la protégera pas... Il faut que vous me promettiez de toujours veiller sur elle. Pouvez-vous lui faire quitter la France ?

– Nous avons alors décidé de te mettre en pension, en Suisse. C'était relativement facile. Nous avions toutes les relations nécessaires pour nous faciliter cette entreprise... Tes parents ont été rassurés quand je leur ai annoncé que tu étais à Villars-sur-Ollon, en sécurité. Nous nous démenions comme des fous pour obtenir leur libération. Mais peu après, ta mère a été déportée à Auschwitz. Quant à ton père je t'ai déjà dit ce qui s'était passé. On nous a informés qu'il s'était suicidé quelques jours plus tard.

– Oh ! gémit Amelia. Non, ça... ça je ne peux pas l'accepter ! Mais je voudrais savoir une chose... La dernière, oncle François. Maman portait le nom de d'Aubreuil. Comment la Gestapo a-t-elle su qu'elle était d'origine juive ?

– Elle a été dénoncée... Je te l'ai déjà dit...

– Par qui ?

– On ne l'a jamais su... Et pourtant, ton grand-père a fait faire des recherches. Malgré ses excellentes relations avec Otto Abetz et von Ribbentrop, il n'a jamais rien pu savoir.

Abetz avait été formel :

– Nous avons reçu une lettre nous informant que Nina Lieberfreund était juive. C'est évidemment une lettre anonyme. Mais cette lettre est maintenant aux mains de la Gestapo ! Malgré les liens d'amitié qui nous unissent, nous ne pouvons rien faire pour votre belle-sœur. Et Dieu sait combien j'aurais aimé sauver une si merveilleuse artiste !

– Et si cette lettre était un faux grossier, tout droit sortie des pattes de la Gestapo ? Ma belle-sœur s'est convertie et elle s'est toujours conduite en bonne catholique. Sa fille a été baptisée.

– Même si cela était... Ce que dit la Gestapo doit être considéré comme exact. Nina Lieberfreund épouse d'Aubreuil est née juive.

Recroquevillée dans un fauteuil, Amelia était anéantie. Des images précises surgirent, disparurent, puis revinrent. Des faits oubliés reprenaient par degrés possession d'elle. Cette année-là, l'année de ses sept ans, avait pourtant si bien commencé ! D'abord, elle avait enfin sept ans ! « J'ai l'âge de raison ! » se disait-elle chaque matin avec force. Et elle attendait que la « raison », sans trop savoir d'ailleurs ce que c'était, fît son œuvre. « Aujourd'hui, j'ai sept ans... Maman dit que c'est l'âge de raison... Est-ce que demain, j'aurai dix ans ? » Cela avait fait rire son grand-père, Paul...

L'image de sa mère devant son piano s'imposa à elle. Nina était tout à la musique. Le regard étonné qu'elle posait sur elle lorsqu'elle la dérangeait dans son travail. Un regard qui signifiait clairement : « Mais qu'est-ce que c'est que ça ? Une enfant ? Et qui me dérange ? »

Et puis, Nina reprenait son Étude de Chopin. Oubliant l'enfant désemparée, désolée devant cette indifférence totale à sa présence. Nina jouait. Le salon s'emplissait des sons désespérés, passionnés, vibrants, mélancoliques, d'une musique inoubliable. Ce n'est que lorsque le morceau était achevé que Nina revenait à elle et regardait avec amour l'enfant au bord du désespoir.

« Mais, ma princesse en or, pourquoi pleures-tu ? »

L'enfant ne savait que répondre. Elle était de nouveau heureuse. Sa mère était là... Présente. Et l'embrassait.

Soudain, sa mémoire lui restitua ce jour funeste entre tous où ses parents avaient été emmenés. La voix charmante de Nina résonnait encore à ses oreilles : « Mon oiseau bleu, dès que tout sera arrangé, nous reviendrons. » C'est l'oncle François qui l'avait arrachée aux bras de ses parents. Toute la scène lui revenait. Comment avait-elle pu l'oublier ? Nina entraînée de force par la police. La pâleur d'oncle François, les larmes de tante Josette sur le point d'accoucher, la colère désespérée de grand-père Paul... « Vous entendrez parler de moi. Je vous le garantis ! J'ai des relations... j'irai voir Otto Abetz ! »

En fait, c'était comme si la scène s'était passée la veille.

L'aube du 16 juillet, un autobus s'arrête devant la maison des Peupliers, villa Montmorency. Des policiers français font irruption. « Madame d'Aubreuil née Lieberfreund ? » Elle respire encore l'odeur du parfum de Nina, elle voit son père si pâle, l'expression désespérée lorsqu'il la serre contre lui ; elle entend ses paroles : « Ne pleure pas, mon enfant chérie, ma petite princesse, cela ne sera pas long... » Tout revient en sa mémoire. Le jardin, les arbres, fleurs encore humides de rosée... Les rosiers rouges grimpaient jusqu'aux fenêtres de la maison, leurs odeurs, la chaleur du jour commençant, les mots. Et puis, le silence. Brutal.

Maintenant, elle savait ce qui s'était passé le 16 juillet 1942. Une gigantesque rafle, ordonnée par le préfet de police, René Bousquet, avait été rassemblée dans le Vélodrome d'Hiver. C'était la police française, les autobus de la R.A.T.P. française qui s'étaient chargés de cette spectaculaire opération. L'arrestation de tous les juifs d'origine étrangère. Peu importait qu'ils fussent naturalisés français, voire baptisés. Des milliers de personnes, de femmes enceintes, de nourrissons, plus de trois mille enfants. Des malades, des vieillards. La Croix-Rouge ferma stoïquement les yeux. Ce n'était, après tout, que des juifs... Et puis, par les temps qui couraient, il n'était pas bon de se faire mal voir par les Allemands ou les pétainistes...

Oui, maintenant, elle se souvenait. Comment cette scène si claire, si explicite, avait-elle pu disparaître de sa mémoire ? Pourquoi l'avait-elle complètement occultée ?

– Oncle François, dit-elle. Je vais épouser Jonathan Kohnberg...

François d'Aubreuil l'observa.

– C'est ce que tu veux ?

– C'est ce que je veux.

– Alors, j'irai voir maître Ginesty pour ton émancipation.

– Merci. Maintenant, je vais me coucher. Il est plus de minuit et... je suis fatiguée. Bonsoir.

– Bonsoir ma chérie.

Elle le regarda. Il était son oncle. Et il l'aimait. Elle savait que cette affection n'était pas feinte, mais elle n'éprouvait plus rien de l'ancienne tendresse qui l'avait attachée à François d'Aubreuil. Pour elle, désormais, il appartenait à ceux qui avaient décidé de la mort de sa mère. Indirectement, peut-être, mais sûrement.

Un conseil de famille

Le train ralentissait ; la gare d'Austerlitz, enfumée, triste, comme toutes les gares du monde en hiver lorsqu'il fait encore nuit, n'était plus qu'à cinq minutes. Debout près de la fenêtre embuée de givre, Amelia, emmitouflée dans une pelisse doublée de fourrure, encombrée d'un bagage à main, s'apprêtait à descendre. Il lui semblait qu'elle ne verrait jamais la fin de cet hiver qui, brusquement, dès le premiers jours de décembre, avait débuté avec une vigueur exceptionnelle.

Une nuit agitée, dans son wagon-lit, un sommeil qui la fuyait, et cette certitude lancinante : « Ils n'accepteront jamais Jonathan ! » Jamais, elle le savait. Même si l'oncle François et la tante Josette avaient arrangé les choses. Comme elle regrettait d'avoir refusé que Jonathan vienne avec elle ! À deux, ils auraient eu plus de courage, plus de force. « Encore trois semaines et nous serons mariés ! » Les bans avaient été publiés, avec l'autorisation de l'oncle François... Au fond, cela seul importait. Mais ces trois semaines, comme elles paraissaient longues, interminables !

Amelia aurait pu écrire, par avance, ce que son arrière-grand-mère lui dirait de sa voix haut perchée, trop bien posée, entrecoupée de toux : « Bien sûr, ma petite fille, je comprends bien qu'il faut céder à la nature. Mais on prend des précautions, que diable ! Et on ne fait pas ça avec n'importe qui ! »

La quinte de toux interromprait l'aïeule qui reprendrait, en s'étouffant : « L'amour ? Balivernes ! On ne salit pas l'honneur d'un nom avec ça comme tu le fais ! Jusqu'à nouvel ordre, tu portes le nom des d'Aubreuil et, que tu le veuilles ou non, ton père était mon petit-fils, un Courcelles de Bossey par sa mère ... »

Et puis, il allait falloir affronter le reste de la tribu... Pourquoi était-elle obligée de les subir ? Elle ne les avait jamais aimés, et eux la détestaient.

Ces Courcelles de Bossey, ces Beaulieu, ces Dollinger, ces Desgroult, tous ceux qui ne l'avaient jamais admise parce que sa mère était juive, seraient présents. Ils la jugeraient, la condamneraient. « Au bûcher ? » pensa Amelia. Elle imaginait la scène, le conseil de famille sous un angle comique, et cela la fit sourire. Elle se dit : « Mais de leurs opinions, je m'en fiche ! Que sont pour moi, ces gens-là ? Après tout, ils ont collaboré avec l'occupant ! L'oncle François ne me l'a pas caché ! Pour dix mille raisons, toutes moins valables les unes que les autres... Eux doivent avoir honte, eux doivent se sentir coupables ! Moi, j'attends un enfant de l'homme que j'aime ! »

Malgré tout, Amelia appréhendait l'instant où elle allait rencontrer sa parentèle. Pour se donner du courage, elle se disait qu'après le conseil de famille, Jonathan et elle seraient ensemble pour l'éternité. Cette perspective lui rendait le sourire.

Amelia cherchait du regard le chauffeur qui devait, comme à l'accoutumée, venir l'accueillir. Mais elle vit à sa place tante Josette, le visage pâle, les traits tirés, toujours parfaitement élégante, chapeautée, gantée, blottie dans un ample vison, qui lui faisait signe :

– Ma pauvre chérie, enfin te voilà ! Viens. Où sont tes bagages ? Clément va te les prendre...

– Je n'ai pris que ce sac. Je ne pense pas rester plus de huit jours à Paris. Et puis, j'ai des vêtements de rechange... dans ma chambre. Merci d'être venue, tatie. C'est...

– Veux-tu prendre quelque chose de chaud avant de rentrer à la maison ? Ils sont déjà là ! À huit heures du matin !

La voix de Josette était chargée de rancune.

– Qui ?

– Tous ! Ils sont tous là ! Viens prendre des forces, tu en auras besoin !

Étonnée, Amelia demanda :

– Qu'attendent-ils de moi ?

– Que tu renonces à ce mariage...

– Jamais de la vie ! Et mon enfant ? Ces vertueux catholiques veulent que j'avorte ?

– Non ! Bien sûr que non... Mais...

– Mais ?... Eh bien, achève !

– Le conseil de famille veut que tu abandonnes ton enfant.

– Ils sont fous ! Pensent-ils que je vais accepter ça ?

Josette baissa la tête :

– J'ai peur qu'ils puissent t'y obliger.

– Quoi ! hurla Amelia. Personne ne peut m'y obliger ! Oncle François et toi, vous êtes mes tuteurs... Vous n'allez pas revenir sur votre accord ?

– Mais non, voyons ! Quelle idée ! Ton oncle François et moi souscrivons tout à fait à ce que tu as décidé ! Mais la famille va tenter de t'avoir au chantage sentimental.

– Je vois... Je vais jeter la honte sur la famille ! Personne ne voudra épouser Sylvia, ou Marie-Élisabeth, ou Julia parce qu'une d'Aubreuil va épouser un petit étudiant juif sans le sou ? C'est ça, n'est-ce pas ?

– Un peu. Peut-être dit moins brutalement, mais le sens est le même... Viens ! Vraiment, une tasse de café nous ferait du bien avant d'affronter la meute...

– Merci tatie, tu es très gentille.

La rage lui donnait faim. Elle vida une corbeille de croissants et but deux tasses de café au lait. Elle se sentit réconfortée.

« Allons, tatie ! dit-elle presque gaiement. Je suis prête pour la fosse aux lions. »

Josette soupira et ne répondit pas. Elle avait encore dans l'oreille ce que l'arrière-grand-mère Courcelles de Bossey avait hurlé : « Avec un juif ! Et même pas converti ! »

Le conseil de famille siégeait dans le grand salon ouvert pour la circonstance. On avait allumé toutes les lumières, en raison du ciel bas, gris, annonciateur de neige. Il y avait là les Courcelles de Bossey, les Desgroult et les d'Aubreuil.

Une douzaine de personne, en comptant François et Josette, étaient assises dans les fauteuils, ou canapés. L'arrière-grand-mère Courcelles de Bossey occupait le centre de la pièce. Ses enfants, Agathe, Ludovic, Maxime, Éloïse, Henri, Roseliane, l'entouraient, par ordre d'âge. Les Desgroult, Marie-Louise et ses fils, Bernard et Philippe, étaient assis près de la cheminée.

Les frères et sœurs, nés Courcelles de Bossey (oncles et tantes de François d'Aubreuil), avaient entre cinquante et soixante-dix ans, tous maigres, élégants, bien campés sur leur quant-à-soi.

Les conjoints respectifs de chacun des membres de la famille avaient été priés de rester chacun chez soi, cette « affaire » concernant strictement le clan. L'arrière-grand-mère Julia Courcelles de Bossey était toute de noir vêtue, ses cheveux blancs ramassés en un épais chignon sur la nuque... Enfant, Amelia la trouvait terrifiante. Ce matin-là aussi, mais elle avait assez de courage pour dominer sa peur.

François, installé près de la cheminée, eut un mouvement pour accueillir Amelia. Mais l'arrière-grand-mère dit d'une voix sèche :

– Je t'en prie, François ! Un peu de tenue ! Pense à ton pauvre père ! Qu'aurait-il dit devant un tel drame ?

Puis, s'adressant à son arrière-petite-fille :

– Je tiens à préciser mon sentiment ! Devant un tel scandale, je préférerais te voir morte !

Alors, une brusque révolte souleva Amelia. Elle se redressa, leva le menton, puis s'adressa calmement à l'oncle François :

– Je ne veux pas discuter maintenant. Je vais prendre un bain et me reposer. Si vous êtes toujours là, je vous verrai tout à l'heure. D'ailleurs, je n'ai rien à vous dire... Ma vie m'appartient et j'en fais ce que je veux !

– Pas si vite, petite ! s'écria Philippe Desgroult. Tu ne vas pas t'en tirer comme ça ! Tu oublies que tu n'es pas majeure ! La loi nous autorise à te faire enfermer...

Amelia s'était ressaisie. Elle n'avait plus peur. Elle ne craignait plus la solitude, les nombreuses difficultés à venir. Elle regardait avec haine ce cousin qui avait échappé à la guillotine grâce à ses relations. Une joie orgueilleuse, vindicative l'animait. Elle répliqua :

– Personne ne m'enfermera... Ce que j'ai fait est certainement moins grave que ce pour quoi vous-même avez été enfermé. Et maintenant, j'en ai assez dit ! Je monte dans « ma » chambre, me reposer...

– Je t'accompagne ! s'écria Marie-Claire qui, du haut de ses dix ans, soutenait ardemment sa cousine, véritable héroïne de roman.

– Toi, tu files dans ta chambre ! Ce n'est pas la place d'une enfant ici, s'écria Roseliane.

– Et insolente avec cela... Ah, on voit bien d'où elle sort ! explosa Agathe, épouse Dollinger, l'aînée des Courcelles de Bossey.

– Je vous déteste tous, lâcha Amelia, tremblant de rage contenue. Lequel d'entre vous a dénoncé maman ? Aurez-vous le courage de me l'apprendre ?

– Tu n'as pas le droit de dire ça ! hurla la tante Marie-Louise Desgroult. Espèce de sale petite juive... Ta mère a apporté le scandale dans notre famille. Le scandale et la honte. Tout comme toi, maintenant.

Un silence de mort ponctua cette sentence.

François d'Aubreuil s'adressa à sa cousine d'une voix glaciale :

– Sors de chez moi, Marie-Louise. Et n'y remets jamais les pieds ! Je te l'interdis ! Amelia est ma nièce, la fille de mon frère, cette maison est la sienne et je n'admettrai jamais qu'elle y soit insultée ! Va-t'en...

– François ! s'écria la grand-mère Courcelles de Bossey. Tu ne peux pas chasser ainsi ta propre cousine ! Si elle part, je pars avec elle !

– Je vous en prie, grand-mère ! Voulez-vous que j'appelle votre chauffeur ?

– Alors, tu me chasses, moi aussi ?

– Je pense que cela vaut mieux pour quelque temps... Encore une fois, Amelia est ici, chez elle...

– Je monte avec toi, ma chérie, dit Josette.

Alors qu'Amelia s'engageait dans le vaste escalier, elle entendit nettement l'arrière-grand-mère dire d'une voix criarde :

– J'avais toujours dit qu'il ne pouvait rien sortir de bien de ce mariage ! Jamais Antoine, que Dieu ait son âme, n'aurait dû épouser cette métèque allemande ! Voilà où nous en sommes ! Paul a été bien coupable d'accepter cette union ! Si ta pauvre mère avait vécu...

– Calmez-vous, grand-mère ! tempéra François d'Aubreuil. Ni ma mère ni mon père ne partageaient vos opinions. Et vous le savez. Antoine a été heureux avec Nina.

Amelia n'entendait plus rien. « Ma chambre m'attend. Vite, un bon bain chaud et dormir. Dormir toute la journée. Ne plus les voir. Ne plus en entendre parler... » Elle ouvrit la porte. Elle avait grandi là. « Ma chambre... Mon lit... Dieu que j'ai sommeil... » Elle prit un bain chaud, puis s'étira dans les draps frais... Plus d'angoisse. Plus de tension. Demain...

Mais Amelia ne parvenait pas à s'endormir. Figées dans le silence, les choses familières lui semblaient nouvelles. Jonathan, le bébé qui poussait dans son ventre. « Aujourd'hui, je commence à vivre en étant autre... Autre... Juive... Une moitié de moi est juive. Et l'autre moitié est en train de disparaître... » Cette mémoire qui lui était rendue d'un coup n'en finissait plus de lui fournir des souvenirs qui se succédaient à une vitesse vertigineuse.

Énervée, elle sortit du lit, s'enveloppa dans un peignoir de bain et monta au grenier où étaient rangées, dans deux énormes malles de voyage, toutes les affaires de Nina.

Autrefois, de cela aussi, elle se souvenait très bien, comme tous les enfants, Amelia avait adoré les vieilleries. Quand elle montait au grenier avec Nina, c'était une merveilleuse aventure secrète... « Ne dis rien à personne ! disait sa mère en souriant. On va découvrir des secrets ! – Même pas à papa ? » Nina faisait mine de réfléchir sérieusement avant de répondre : « À papa, on ne doit rien cacher ! Mais à personne d'autre ! Tu me le promets ? – Je te le promets », répliquait gravement Amelia.

Alors, elles ouvraient les malles, se déguisaient avec des robes de soie, de dentelle, de velours, robes d'un autre âge qui avaient été portées par des jeunes filles ou des femmes plus âgées depuis longtemps oubliées. On ne jetait rien chez les d'Aubreuil... Certaines robes dataient du second Empire.

Malgré le froid, Amelia tout à ses souvenirs, ouvrit l'une des malles, celle qui portait les initiales de sa mère : NL. Des vêtements défraîchis, soigneusement pliés, une robe de mariée en satin blanc, des albums de photos, des partitions, c'était tout ce qui restait de Nina, morte à vingt-sept ans... « Je serai la plus grande pianiste au monde. » Amelia porta la robe blanche contre sa joue... Une faible, une indéfinissable odeur s'en dégageait. Machinalement, elle prit l'un des albums de photos, l'ouvrit... Nina et Antoine posaient, jeunes mariés un peu guindés, si beaux, lui en habit, elle dans cette robe blanche et voile de dentelle. Elle sortit d'un carton griffé Lanvin une autre robe de satin blanc, merveilleusement coupée... Puis, elle revint vers l'album. Nina tenant un bébé dans ses bras ; Nina, Antoine et la petite Amelia faisant ses premiers pas. Une autre encore... Nina en tenue du soir blanche, devant un grand Steinway de concert, portant cette robe de Lanvin qu'Amelia tenait entre ses mains. Un article de presse, au papier jauni, soigneusement plié, était accroché à cette photo. Janvier 1942.

> *Madame Nina d'Aubreuil est une jeune femme d'une éblouissante beauté. Elle aurait pu se contenter de cela, mais elle possède en outre un magnifique talent de pianiste. Élève de notre cher Alfred Cortot, elle joue comme elle respire. La musique est pour elle un élément et non pas un art élémentaire. Elle se donne sans réserve ; son être tout entier est engagé dans son interprétation. Elle est tout Cortot. Elle tient de lui son phrasé, la mélancolie, l'incomparable technique, mais aussi, mais surtout, elle « est » Nina d'Aubreuil, avec un jeu, une ardeur, un sens du tragique qui n'appartiennent qu'à elle [...]. Il semble bien que l'élève ait déjà dépassé le maître.*

Amelia ferma les yeux. Janvier 1942. Ainsi, sa mère donnait des concerts. Sa mère recevait applaudissements, congratulations, admiration. Qui était le public de la Salle Pleyel, en janvier 1942 ? Ce n'était pas difficile à imaginer... Un parterre d'officiers allemands, de collaborateurs. Ceux-là mêmes qui admiraient Nina et qui, sept mois plus tard, allaient l'envoyer dans une chambre à gaz... « Comment a-t-elle pu jouer devant eux ? »

Assise dans le grenier, les reliques sur les genoux, Amelia, pour la première fois de sa jeune vie, se demanda si elle voulait « vraiment » faire une carrière. Avait-elle ce qu'on appelait le « feu sacré » ? À l'évidence, Jonathan le possédait. Il ne vivait que pour cela. Elle le savait. Cette passion exaspérée pour autre chose qu'elle l'avait souvent mise en colère. Une colère jalouse qu'elle devait réfréner. Lorsque Jonathan jouait, elle n'existait plus pour lui. Elle retrouvait sur le visage de son amant la même indifférence étonnée qu'avait Nina devant sa petite fille aimante, joueuse, et si facilement blessée. « Moi, quand je joue, je pense aussi, surtout à Jonathan. Il existe pour moi. Alors que je n'existe plus pour lui quand il joue. Tout comme maman. Pourtant, il m'aime. Maman aussi m'aimait. Mais leur vraie passion était, est ailleurs. »

Alors, elle pleura. Elle pleurait sur une petite fille disparue qui écoutait jouer sa mère, elle pleurait sur cette morte dont elle ignorait tout et qui était devenue le centre de sa vie. Elle pleurait sur ses parents, sur ces photos où ils avaient l'air si jeunes et si heureux...

Elle frissonnait de froid. Mais elle n'avait pas envie de bouger. « Chacun de nous porte en soi plusieurs destins. Si je n'avais pas rencontré Jonathan, si je n'étais pas enceinte, tout serait encore possible ! » Elle pensa à l'enfant qui commençait à se former dans son ventre. À cet embryon de vie qui déjà avait un destin, une existence qui lui serait propre et qui, plus tard, beaucoup plus tard, donnerait la vie, participerait à cette chaîne ininterrompue depuis le commencement du monde. Elle n'était qu'un maillon de cette chaîne qui, un jour, s'arrêterait dans cinq milliards d'années avec la mort du Soleil. « Et tout cela pourquoi ? Pour qui ? Quel est le sens de tout ceci ? »

Amelia n'avait jamais mis les pieds chez un notaire. Cependant, son oncle et tuteur François d'Aubreuil, qui arborait un visage froid et compassé, lui avait fait comprendre qu'un contrat de séparation de biens devait impérativement être signé :

– Ton fiancé n'a aucune fortune, aucun revenu et tu es encore mineure. Il faut donc te protéger, avait-il argué.

– Contre qui ?

– Contre toi-même. Laisse-moi faire.

Puis il dit au notaire d'une voix précise :

– Aussi longtemps que ma nièce n'aura pas atteint ses vingt et un ans, je souhaiterais, avec son accord naturellement, m'occuper de sa fortune personnelle.

Le notaire n'eut que quelques secondes de réflexion comme s'il savait déjà ce qu'il devait répondre :

– Rien de plus simple, monsieur. Votre nièce va vous signer toutes les procurations nécessaires et vous continuerez, comme par le passé, à gérer ses biens... Mais je crois qu'il est nécessaire que mademoiselle d'Aubreuil connaisse très exactement ce qu'elle possède...

– Je ne m'en soucie pas le moins du monde ! s'écria Amelia avec toute l'inconscience et la stupidité de la jeunesse. Je signe où vous voulez et ce que vous voulez... J'ai une absolue confiance en mon oncle...

François d'Aubreuil retint un sourire.

– Très bien, ma chérie, et merci pour ta confiance... De toute manière, je vais t'assurer une rente mensuelle qui te permettra de vivre en toute tranquillité... Tiens, lis ça...

Il lui tendit un document sur lequel elle jeta un rapide coup d'œil.

1/ Monsieur d'Aubreuil, oncle et tuteur de mademoiselle d'Aubreuil, s'engage à lui verser une rente mensuelle de 1 600 francs.

2/ Monsieur d'Aubreuil mettra à la disposition de mademoiselle Amelia d'Aubreuil un appartement dont elle gardera l'usufruit.

3/ Monsieur d'Aubreuil s'engage à pourvoir aux besoins de sa nièce et pupille aussi longtemps que cela sera nécessaire.

4/ Mademoiselle d'Aubreuil renonce à toute autre exigence quant à l'héritage de la famille d'Aubreuil.

5/ Le jour du mariage civil de mademoiselle d'Aubreuil et de monsieur Jonathan Kohnberg, il sera remis aux jeunes mariés, outre une somme de 150 000 francs, un trousseau et un ameublement complet afin d'aménager leur appartement.

D'autre part, mademoiselle d'Aubreuil pourra venir et disposer librement du château de la Valade dont elle possède en indivision le quart de la valeur...

Je précise que ma nièce, Amelia, pourra prendre ce qu'elle voudra comme meubles, tableaux ou bibelots et bijoux. Tout ce qui appartenait à Nina Lieberfreund, épouse d'Aubreuil, sera désormais sa propriété...

Touchée, Amelia ouvrit le coffret contenant les bijoux qui avaient appartenu à Nina.

Il y en avait peu, mais certainement de grande valeur. Un énorme saphir entouré de brillants, des perles, une rivière de diamants, quelques bracelets, des pendentifs... En fait, ne se trouvaient là que les bijoux qu'elle avait, jeune mariée, emportés d'Allemagne. Tous ceux qu'Antoine avaient offerts à la femme qu'il aimait avaient été soigneusement enlevés par François d'Aubreuil. « Ce sont des bijoux de famille », avait-il expliqué à Josette pour justifier son geste.

Plus tard, dans la chambre conjugale, Josette lui glissa à mi-voix :

– Quel effet cela te fait d'avoir en ta possession toute la fortune d'Amelia ?

François se redressa brusquement sur ses oreillers.

– Qu'est-ce que tu veux dire ?

– Tu m'as très bien comprise...

Il hésita un instant, puis :

– Qu'est-ce que tu voulais que je fasse ? Que je laisse ces deux gamins à la tête de la moitié de d'Aubreuil ? un violoniste et une écervelée comme Amelia ? Tu sais très bien que jamais elle ne manquera de rien tant que je vivrai. Sa rente peut la faire vivre très largement...

– Je croyais que tu aimais ta nièce.

– Je l'aime. Je l'aime beaucoup.

Il lui sembla entendre la voix de son père sur son lit de mort. « Tu aimes ta nièce, mais tu aimes encore plus l'argent, mon garçon ! »

– C'est la fille de mon frère, reprit-il avec difficulté. Mais il est impensable de la laisser disposer... Ce serait de la folie...

– C'est surtout la fille de Nina...

– Qu'est-ce que tu veux dire ?

– Ne me prends pas pour une idiote. J'ai toujours su que tu avais été follement amoureux de Nina. Je me demande si c'est pour ça que tu veux spolier Amelia...

– Tais-toi...

– Pourquoi me taire ? Pourquoi se cacher la vérité ?

– Tu ne sais pas ce que tu dis... Je t'ai aimée. Je t'aime encore...

– Oui. Cela aussi c'est la vérité. Tu m'aimes. Moi, j'ai été folle de toi. Comme tu as été fou de Nina... Je l'ai tout de suite deviné dès que je vous ai vus ensemble, le jour de nos fiançailles. Jamais tu ne m'as regardée comme tu la regardais. On n'est pas maître de ses sentiments, voilà tout...

– Pourquoi ne m'avoir jamais parlé de... tout ça, plus tôt ?

– À quoi bon ? Cela ne ressuscitera pas Nina, n'est-ce pas ?

– Alors, pourquoi maintenant ?

– Ne spolie pas Amelia. Je t'en prie. Dès qu'elle sera vraiment majeure, dès que cette enfant aura acquis un peu de maturité, restitue-lui sa fortune, la totalité de sa fortune. Je t'en supplie. Fais-le pour Nina.

François d'Aubreuil ferma les yeux. Il resta un long moment silencieux, le visage clos. Si bien que Josette le crut endormi. Puis, soudain, il dit :

– Amelia ne manquera jamais de rien. Je viens de lui acheter un appartement, elle disposera d'une voiture, tous ses besoins matériels seront largement couverts par la rente... Quant aux autres bijoux, ils doivent en toute légitimité revenir à Marie-Claire. Ce sont des bijoux de famille... En choisissant d'épouser un Jonathan Kohnberg, Amelia s'exclut elle-même de la famille ! Bonne nuit, ma chérie.

Le mariage, célébré le 23 décembre 1952, mit en émoi la société toulousaine. François d'Aubreuil n'avait pas que des amis à Toulouse. *Le Patriote*, organe du parti communiste toulousain, écrivit ironiquement :

... Ainsi, une héritière d'Aubreuil épouse un jeune apatride juif, ancien déporté, qu'elle a rencontré au Conservatoire de musique. Le baron François d'Aubreuil a accepté ce mariage (indispensable ?) sans doute à son corps défendant, car il n'y aura ni mariage religieux ni coûteuse réception... Y aura-t-il seulement un vin d'honneur après la cérémonie ? C'est à voir... Bien que le marié soit ce talentueux jeune violoniste qui, en juin dernier, a obtenu brillamment ses prix à l'unanimité, premier prix de violon, premier prix de musique de chambre, premier prix d'harmonie, contrepoint, histoire de la musique, il n'en reste pas moins que ce jeune prodige, du fait de sa naissance et de son manque de fortune, ne mérite en aucun cas les brillantes réceptions que le baron donne pour célébrer le moindre événement familial. Le baron n'a pas encore compris qu'il y a eu une révolution en 1789 et que la Seconde Guerre mondiale vient de se terminer.

Les Nouvelles du Midi annoncèrent sobrement :

Le baron François d'Aubreuil a l'honneur de vous faire part du mariage de sa nièce, Amelia d'Aubreuil, avec Jonathan Kohnberg, tous deux lauréats du Conservatoire de musique...

La Dépêche du Midi fut encore plus sobre :

Un jeune juif apatride épouse une aristocrate... Mais les deux jeunes gens sont des artistes. Ceci explique cela. Bonne chance aux jeunes époux...

Il y eut un déjeuner réunissant la famille, et seulement la famille d'Aubreuil. Monsieur Keller, le tuteur de Jonathan, n'avait pu venir, pour d'obscures raisons. L'oncle Meïr Kohnberg avait préféré envoyer un chèque et téléphoner en espérant voir le jeune couple très prochainement. Quant aux parents de Jonathan et à l'ensemble de ses oncles, tantes, cousins, cousines, ils n'avaient pu être présents, Hitler ayant définitivement réglé la question pour eux à Auschwitz.

Le soir, Jonathan, Amelia et Christian allèrent dîner ensemble dans un grand restaurant. Puis Christian les accompagna à la gare Matabiau. Ils se jurèrent de se revoir à Paris...

Amelia et Jonathan partaient en voyage de noces aux Baléares, dans le prestigieux Hôtel Formentor... C'était l'oncle François qui offrait le voyage.

Majorque. Île de lumière, ornée de palmiers, de cyprès, de lauriers en fleur même en janvier... Promenades le long de plages désertes, Majorque où Chopin avait rêvé et composé. La découverte enchantée de la vie à deux, du sommeil partagé dans les bras l'un de l'autre... Jonathan et Amelia... Amelia et Jonathan... Seuls au monde sur une île presque déserte.

1953

L'après-midi Simone avait coutume, en fumant cigarette sur cigarette et en buvant du café, de lire les journaux. C'était là son moment de détente, le meilleur moment de la journée. Victoria et Christian étaient encore l'une à l'école, l'autre au Conservatoire. Frédéric, absent pour la journée, se trouvait, comme très souvent depuis quelques semaines, chez le notaire. Toute la famille attendait avec une impatience croissante le résultat des expertises des terrains de Lacq, déclarées positives depuis le début du mois de décembre 1952. L'on était en train d'évaluer la valeur exacte des terrains et de la ferme que les Maury possédaient. Les animaux avaient été vendus, le matériel agricole de même. Un joli pactole s'accumulait sur le compte en banque. Les ingénieurs sondaient, foraient, calculaient... « Il y a du gaz... beaucoup de gaz. Soixante-neuf pour cent de méthane, quinze pour cent d'hydrogène sulfuré. » Des mots dépourvus de signification pour Simone.

Elle regarda autour d'elle, et poussa un soupir de satisfaction. Ils habitaient toujours leur maison de briques roses dans la cité ouvrière d'Empalot. Mais grâce à l'hypothèque prise sur les terrains de Lacq, des travaux d'aménagement – peinture, salle de bains, cuisine moderne – avaient été réalisés. L'achat au salon des Arts Ménagers, à Paris, d'une machine à laver le linge, d'un réfrigérateur, d'une cuisinière à gaz, d'appareils électriques Moulinex variés avait totalement changé son quotidien. Et l'aide de la femme de ménage lui était devenue précieuse.

Simone soupira : « Je suis contente que Raymond ait refusé cet héritage et, dans le même moment, je suis contente que Frédéric l'ait en sa possession ! Qui pourra m'expliquer cette contradiction ? » Elle analysait parfaitement son malaise. Sa tristesse. Ce sentiment de remords. Certes, elle avait remis le produit de la vente des bijoux, des fourrures, de tableaux, de pièces d'or à une organisation juive... Mais cette sensation demeurait. « Est-ce parce que nous, les adultes, nous sommes coupables ? Tous coupables ? Il n'y aurait donc aucun innocent parmi nous ? »

Elle réfléchissait sur la culpabilité. Raymond était-il coupable ? Pacifiste convaincu en 1938, il avait manifesté avec le parti communiste contre la guerre. « Qu'importe la Tchécoslovaquie ! Rien ne justifie une guerre ! » était le mot d'ordre du Parti. « Mais, pensait Simone, nous étions au temps des accords du Pacte germano-soviétique. » Raymond n'avait jamais manifesté contre l'antisémitisme allemand, français, italien. « Si tout le monde déteste les juifs, disait-il, il doit bien y avoir une raison ? Au Parti, on se méfie des juifs. – Quelle raison ? demandait Simone. – Je ne sais pas. Mais tout de même, les juifs sont détestés. »

Il n'y avait pas d'explication plausible. Juste une haine venue du fond des âges et que l'on gardait en soi, comme un précieux héritage, et Raymond, comme tant d'autres camarades, tenait ce langage. Pourtant, c'était un brave homme. Bon et généreux. Profondément honnête. Résistant dès 1941, lorsque Hitler avait attaqué l'Union soviétique et rompu le Pacte qui le liait à Staline... Mais, sur les ordres du Parti, Raymond avait lutté contre le MOI [1].

« Ce sont des anarchistes, des trotskistes, il faut les empêcher de nuire ! » proclamait la thèse officielle du Parti. « Tout a

1. Mouvement ouvrier international. Premier mouvement réel de résistance juive, dirigé par Marcel Langer, à Toulouse.

changé quand il a su la vérité sur les camps, se disait Simone. Mais il reste encore inféodé au Parti. Il lui appartient corps et âme. » Comme chaque fois que Simone pensait à son mari, elle était pleine de doute, de compassion et de chagrin. Elle n'aimait pas le Parti. Elle jugeait les « camarades » dépourvus de tolérance, et plutôt obtus.

Elle se versa une autre tasse de café.

Elle savait que ses questions resteraient éternellement en suspens. « Si j'avais fait des études, soupira-t-elle, peut-être aurais-je compris certaines choses qui me paraissent incompréhensibles ? »

Elle ouvrit *Les Nouvelles du Midi* et se mit à lire les faire-part. Fiançailles, mariages, naissances, morts. Toute la destinée humaine s'y résumait parfois en quelques lignes. Soudain, elle sursauta. « Ça alors, s'exclama-t-elle à voix haute, c'est impossible ! » : « Le baron François d'Aubreuil a l'honneur... »

« On n'aurait rien voulu annoncer qu'on ne s'y serait pas pris autrement ! » pensa Simone, stupéfaite. « Amelia d'Aubreuil ! La nièce de François d'Aubreuil. Jonathan Kohnberg, mais c'est l'ami de Christian ! Oh, Seigneur, ce petit cachottier va devoir tout me dire ! »

Il lui tardait de voir son fils, de lui demander des explications. Mais c'est Frédéric, le visage rayonnant, qui le premier entra dans la cuisine.

– Maman ! Tu sais ce qui arrive ! Ah ! j'avais raison...

– Mais oui, je sais ! s'écria Simone tout excitée. Je viens de l'apprendre par le journal ! Tu te rends compte ?

Ahuri, Frédéric la dévisagea.

– Dans le journal ? Mais de quoi parles-tu ?

– Du mariage d'Amelia d'Aubreuil, répondit Simone un peu surprise.

– Son mariage n'a strictement aucune importance ! Non ! Je reviens de chez maître Ginesty. Les premiers essais sont concluants, très concluants, maman ! Nos terrains sont classés comme relativement productifs. L'expert dit « relativement », mais j'ai vu le regard qu'il échangeait avec notre notaire. Maman, qu'est-ce que tu dis de ça ? Nous serons riches ! Maman ! Tu m'écoutes ?

Il fut interrompu par l'arrivée de Raymond.

– C'est du sérieux, papa, dit Frédéric d'une voix qu'il s'efforçait de rendre calme et sérieuse, mais ses yeux lançaient des éclairs joyeux. C'est du sérieux !

– Attends, mon grand. Laisse-moi m'installer et raconte-moi tout.

Une fois dans son fauteuil, une pipe fumante à la main, Raymond lança un regard interrogateur à son fils, qui se lança :

– Du pétrole et du gaz ont été découverts selon les derniers rapports de la Société nationale des pétroles d'Aquitaine. Leurs ingénieurs pensent que si l'on creuse à une plus grande profondeur, on devrait faire des découvertes, et cela à moins de cent mètres de nos terrains ! L'expert a dit qu'il se faisait fort de trouver des aides financières de l'État... Mais, j'ai mon idée, papa !

– Tu oublies que, tôt ou tard, nous serons obligés de vendre, rétorqua Raymond. Nous n'avons pas d'argent pour faire ces recherches.

– Rien ne nous oblige à vendre... Nous pouvons aussi nous associer.

– Nous associer ? avec qui, grands dieux ?

– Avec François d'Aubreuil.

– Le « baron » d'Aubreuil ? Comme tu y vas, mon grand ! Nous ne sommes pas en mesure de discuter avec ces gens-là !

– Et pourquoi ça ?

– Nous sommes de petites gens, Frédéric. Juste un peu au-dessus de la classe ouvrière. Mon père était un ouvrier, presque illettré ; moi j'ai pu aller jusqu'au certificat d'études. Grâce à l'hypothèque sur les terrains, tu suivras des études de droit. Tu te rends compte de la chance que tu as ? Quant au reste... oublie ça ! Nous n'avons pas l'habitude de discuter avec ces gens ! Tout ce que nous pourrons obtenir, c'est une belle somme d'argent...

Buté, Frédéric insista :

– Les habitudes se prennent, se changent, s'oublient... J'ai décidé d'être avocat d'affaires. Alors, je serai l'égal de n'importe qui ! Jamais je ne me mettrai au-dessous de qui que ce soit ! Jamais !

Partagé entre l'irritation et l'admiration, Raymond réfléchissait. Une jalousie, une humiliation inavouables le blessaient, lui le père, lui l'incapable, l'ouvrier, face à ce fils si brillant et si intelligent.

Soudain Christian apparut, emmitouflé dans son manteau, encombré de son violoncelle et de la petite Victoria qu'il était allé chercher à l'école... Un air glacé pénétra dans la pièce.

Il embrassa sa mère, son père et feignit ne pas voir Frédéric avec qui il était en froid depuis plusieurs jours.

– Vous connaissez la nouvelle ? questionna-t-il.

– Oui, répondit sa mère... Il y a du gaz ou du pétrole à Lacq. Il paraît que nous serons riches... C'est ce que dit ton frère.

Christian haussa les épaules.

– Non, je parlais du mariage de Jonathan et Amelia.

Le visage de Simone s'éclaira.

– Ce sont tes amis, n'est-ce pas ? dit-elle vivement.

Pâle, le visage contracté, Christian articula péniblement :

– Ce sont mes meilleurs amis. Amelia et Jonathan se sont mariés. Ils s'aiment et ils se sont mariés hier.

Son visage était si triste qu'enfin Simone, émue, l'embrassa. Elle devinait ce qui tourmentait son fils. Ce qui le déchirait. Elle comprenait son amour pour Amelia, son amitié pour Jonathan, et elle se sentait impuissante devant ce jeune désespoir.

Soudain intéressé bien qu'il s'en défendît, Frédéric demanda :

– Ce n'est pas la fille que j'ai vue avec toi à la piscine, en septembre dernier ? Tu y étais avec tes amis, une grosse fille et un morveux comme toi !

– D'abord, Amelia n'est pas grosse ! Elle est très bien faite. Amelia est très belle...

– Bon ! Disons qu'elle n'est pas maigre, mais c'est une gamine ! Alors, comme ça, c'est le grand amour de ta vie ? Regarde, maman ! Il est furieux...

En effet, rouge de honte et d'émotion, Christian tentait de dissimuler son visage.

– Mais tu m'embêtes à la fin ! explosa-t-il, fou de rage et de chagrin. Tu ne me fais pas peur, tu sais ! Si tu veux te battre... je suis prêt !

Il lui fallait en découdre avec quelqu'un. L'envie de cogner, cogner, jusqu'à ce que le sang gicle, jusqu'à... Il n'en pouvait plus de devoir toujours se contenir. Il s'était redressé, les yeux étincelants de fureur.

– Allez, viens ! Si tu veux te battre, je suis prêt !

Frédéric se redressa.

– Ah, tu veux te battre, blanc-bec ? Eh bien, allons-y !

– Frédéric ! intervint sévèrement Simone. Pour l'amour du ciel, laisse ton frère tranquille ! Et toi, Christian, arrête de proférer ces mots ridicules ! Te battre ! Et puis quoi encore ?

Elle le dévisageait, inquiète. Cette fureur, si inhabituelle chez Christian... Elle observait du coin de l'œil les deux frères qui se fixaient avec agressivité.

Raymond, qui jusqu'alors n'avait rien dit, plutôt étonné, voire amusé, par la scène qui opposait ses fils, intervint :

– J'étais au courant depuis ce matin. On ne parle que de ça au journal. Après tout, Amelia d'Aubreuil est la nièce du patron.

– Et tu ne m'en as rien dit ! s'indigna Simone. Et alors ? Qu'en pense-t-on au journal ?

– On se demande pourquoi ces deux jeunes fous se sont crus obligés de provoquer ainsi la famille d'Aubreuil, dit Raymond. Ce mariage pouvait attendre ! Ils sont encore si jeunes, l'un et l'autre...

– Bah ! la raison est toute trouvée ! s'exclama Simone en riant.

Ils ont tout simplement fêté Pâques avant les Rameaux ! Je te parie tout ce que tu veux qu'en mai ou juin, François d'Aubreuil sera grand-oncle... Voilà pourquoi ils ont cru nécessaire de bousculer les choses...

– Ça se pourrait ! sourit Raymond Maury.

– Se marier avec un va-nu-pieds ! insista Frédéric, reprenant involontairement son accent du Midi. Ça, je ne le comprendrai jamais !

Christian haussa les épaules.

– Ce n'est pas la seule chose que tu ne comprendras jamais.

– Ah ? Je suis curieux de l'apprendre.

– Je vais faire un tour, déclara Christian qui désirait couper court à la conversation et se calmer.

Dehors, il faisait froid. Un bon froid sec et revigorant. Un froid qui permettait à quelques larmes de perler aux yeux, de glisser le long des joues sans que personne ne s'en étonne. La rue grouillait d'hommes, de femmes portant des cadeaux de Noël...

Des voisins le saluèrent joyeusement : « Alors Christian ? Eh, grand couillon ! Joyeux Noël et bonne année à toi et à ta famille ! »

Une autre voix s'élança, chantante et claironnante, dans l'air glacial : « Eh ! Putain con ! Où tu vas comme ça ! Ça va chez toi ? » « Dis-donc, espèce de bâtard. Tu veux pas t'arrêter un peu, qu'on cause ? »

L'accent toulousain chantait sur les nasales, roulait les *r*... Mais Christian ne s'offusquait pas des gros mots. Ces mots orduriers n'avaient pas leur vrai sens dans le monde où il vivait. C'étaient des mots joyeux qui jaillissaient à chaque phrase, au moment où l'on s'y attendait le moins, et qui ne signifiaient rien par eux-mêmes. Seuls l'expression du visage, le ton sur lequel on les prononçait étaient significatifs. « Eh putain con !

comment va aujourd'hui ? » signifiait exactement : « Bonjour ! je suis content de te voir... »

Christian aimait Toulouse. Il aimait flâner dans les rues mal pavées, étroites et sombres de la vieille ville. Il marchait jusqu'à la basilique Saint-Sernin et, de là, se perdait dans ces ruelles anciennes presque moyenâgeuses.

Cette habitude de déambuler des heures durant devait lui rester tout au long de sa vie. En marchant, il parvenait à calmer la douleur qui lui broyait le cœur depuis le jour où Amelia lui avait dit : « Je suis la maîtresse de Jonathan... »

Sur le moment, Christian n'avait pas réalisé. Puis, lentement, les mots le pénétrèrent et chacun était une flèche empoisonnée, distillant venin et torture. Il en blêmit de jalousie. « Cela devait arriver ! » avait-il pensé en proie à ce désespoir puissant propre aux adolescents.

– Qu'est-ce que tu vas faire ? avait-il demandé à son amie.

– Je pense que nous allons nous marier, avait répondu Amelia, soulagée que Christian paraisse prendre les choses aussi calmement.

Elle s'attendait à de l'indignation, de la colère. Mais la pâleur du jeune garçon la frappa.

– Christian, Jonathan et moi nous ne te quitterons jamais. Il n'y aura rien de changé entre nous.

« Nous ne nous quitterons jamais. » Il savait, lui, qu'ils s'étaient déjà quittés.

À la nuit tombée, un brouillard épais enveloppait la maison. Seul, Christian, dans la cuisine encore tiède, rêvait douloureusement. Demain, après-demain. Jonathan et Amelia s'éveilleraient dans le bleu d'un ciel immense... Ils iraient visiter la chartreuse où avaient vécu Chopin et George Sand, ils se promèneraient, main dans la main, sur les collines ensoleillées. Jonathan oublierait grâce à Amelia le drame de sa vie.

Imaginer Amelia et Jonathan dans les bras l'un de l'autre le crucifiait littéralement. Il monta dans sa chambre et s'effondra sur son lit en sanglotant.

Plus tard, un peu calmé, il commença à se déshabiller, quand il entendit des coups légers sur la porte. Il ouvrit et vit la petite Victoria en chemise de nuit, pieds nus...

– Mon Dieu ! qu'est-ce que tu fais là, debout, à cette heure ?

L'enfant grelottait ; il la prit dans ses bras, l'emmena près du feu, frictionna ses pieds glacés...

– J'ai entendu que tu pleurais, tout à l'heure... Pourquoi tu pleures, Christian ? Tu as du chagrin ?

Il lui sourit :

– Comment pourrais-je avoir du chagrin avec une gentille petite sœur comme toi ? J'ai un gros rhume ! Et toi aussi, tu vas t'enrhumer à courir ainsi pieds nus dans la maison...

Longtemps, il la tint serrée contre lui, la berçant de mots tendres. Si bien que Victoria s'endormit.

Hôtel Formentor, Majorque, janvier 1953

Mon Christian,

Ces dernières semaines ont été un enchantement... Imagine d'immenses plages désertes, des forêts de pins, des petits villages tout blancs et des gens d'une incroyable gentillesse... J'ai découvert avec surprise que Jonathan s'exprimait très bien dans cette langue... « Un déporté espagnol s'occupait de moi au camp... », m'a-t-il expliqué brièvement. J'ai compris qu'il ne voulait pas s'étendre sur cette période de sa vie et je n'ai pas insisté... Maintenant, tout va bien.

Il fait si beau que c'est à peine nécessaire de porter un lainage. Dans la journée, bien sûr, car dès cinq heures de l'après-midi, il fait très froid. Mon Christian, j'ai beaucoup réfléchi. J'en ai long à t'écrire là-dessus... Rien ne t'empêche, dans un proche avenir, de venir t'installer à Paris avec nous, pour préparer les grands concours internationaux... Que dirais-tu d'un trio que nous formerions, Jonathan, toi et moi ?

Ce soir, nous allons assister à un concert Chopin, à la chartreuse. Je penserai à toi, mon Christian. Mon frère de cœur. Jonathan se joint à moi pour t'embrasser de toute notre fraternelle affection,

Amelia

P.-S. Réponds-nous, 5, rue du Sommerard. Car nous rentrons dans trois jours.

Christian à Jonathan et Amelia.

Toulouse, 12 février 1953

Mes très chers amis,

Vous rejoindre à Paris... Mon rêve le plus cher... Créer le « Trio Bagatelle... », que de joie en perspective ! Mais il me faut attendre. Dans un an, peut-être... Deux ans, tout au plus... Je travaille d'arrache-pied et je vais me présenter au concours de violoncelle Georges-Enesco, à Budapest, en septembre... Voilà pour mes projets immédiats...

Comment se porte mon futur filleul (ou filleule) ? Comment organisez-vous votre vie à Paris ? Ici, à Toulouse, nous sommes très émus par l'affaire Finaly. Vous vous souvenez de cette histoire d'enfants juifs cachés dans un couvent, baptisés de force et kidnappés par les curés qui refusaient de les rendre à leur famille légitime ? Eh bien, c'est ton tuteur, monsieur Keller, qui est en charge de cette histoire. Comme d'habitude, les catholiques se sont montrés au-dessous de tout... Quant à la presse ! J'espère que cette histoire se terminera bien. On rend les enfants à leur famille et à leur religion légitimes... Cette mademoiselle Brun est une folle à enfermer au plus vite...

Je vous aime tous les deux, vous me manquez plus que je ne saurais l'écrire,

Christian

L'appartement du 5, rue du Sommerard se composait de quatre petites pièces dont l'une servait de salle de répétition. Le piano, un « crapaud » Pleyel[1], y prenait presque toute la place ; des rayonnages supportaient livres et partitions. Un lutrin ancien, de toute beauté, qui avait appartenu à Nina, une banquette, deux chaises, c'était là tout le mobilier. Les autres pièces se départageaient entre une minuscule cuisine, une chambre à coucher, un living-room encombré de deux gros fauteuils en cuir, d'une table et d'un tourne-disque. La plus petite des chambres avait été aménagée pour le bébé. Tel quel, l'appartement était charmant avec ses murs blancs, ses rideaux fleuris, et quelques gravures anciennes. Dès leur retour des îles Baléares, Jonathan trouva un emploi de répétiteur à l'École normale de musique qui le mobilisait deux heures, chaque jour, en fin d'après-midi. La journée se passait à travailler les partitions. Amelia lui servait d'accompagnatrice.

Jonathan avait accepté, bien qu'à contrecœur, d'occuper cet appartement, mais refusa toute autre « aide » venue de la famille d'Amelia.

– Pas un sou de ces gens-là, dit-il. Des capitalistes collabos et j'en passe !

---

1. Le plus petit des pianos à queue.

– Mais une partie m'appartient, protesta Amelia.
– À toi, peut-être... Pas à moi, et je n'en veux pas. Ce que je gagne et ce tu vas gagner doit nous suffire.
À moitié convaincue par les arguments de Jonathan, Amelia décida de garder la rente assurée par l'oncle François sans en parler à Jonathan...
Ils étaient jeunes, amoureux, et la vie se déroulait devant eux comme la plus belle promesse de bonheur.
Amelia se refusait à toute nostalgie. Elle ne se présenterait pas aux grands concours internationaux. Sa décision était prise, irrévocable. Elle avait compris quelles étaient ses limites. Elle servirait d'accompagnatrice à Jonathan, qui avait signé, pour la Salle Gaveau, six concerts réservés aux Jeunesses musicales de France. Le premier devait avoir lieu fin octobre 1953.

Parfois, dans la petite salle Chopin de l'École normale, Jonathan jouait pour sa jeune femme. Il était si gracieux, si beau, si plein de talent, d'amour de la vie qu'Amelia, tout ouïe, croyait mourir de bonheur. Vers huit heures, le soir, ils descendaient le boulevard Malesherbes, traversaient la place de la Concorde et prenaient le boulevard Saint-Germain. Il faisait beau, cette année-là ; le printemps était chaud et ils s'attardaient dans les rues qui les emmenaient jusqu'à Saint-Germain-des-Prés. Toulouse était loin. Ils découvraient, ravis, un autre mode de vie.
Outre l'École normale de musique, boulevard Malesherbes, l'appartement du 5, rue du Sommerard, le jeune couple passait sa vie au parti communiste, place Maubert. Jonathan était si fier, si heureux d'appartenir au Parti ! Pour rien au monde, il n'aurait manqué d'assister à la réunion hebdomadaire de sa cellule ! Il balayait contre-vérités, désinformation, francs mensonges... d'un « on ne fait pas d'omelette sans casser quelques œufs... ». Même le procès intentés aux médecins juifs russes, pour avoir voulu abréger la vie de Staline, n'ébranla pas ses

convictions... « Propagande capitaliste... » Puis, quand Amelia l'obligea à admettre que les Soviétiques avaient accusé ces médecins uniquement parce qu'ils étaient juifs, Jonathan dit avec cette stupide inconscience de la jeunesse qui veut avoir raison envers et contre tous : « Et s'ils étaient vraiment coupables ! hein ? »

Parfois, lorsque ses oreilles étaient particulièrement échauffées par les élucubrations des « camarades », Amelia glissait d'un air innocent : « Je me suis laissé dire que Karl Marx avait épousé une aristocrate, engrossé sa bonne et refusé de reconnaître l'enfant... Est-ce ainsi qu'agit un communiste ? » Gênés, les « camarades » détournaient la conversation, traitaient Amelia de « petite-bourgeoise mal dégrossie ». Ce à quoi, elle précisait hautaine : « Grande bourgeoise... Mieux vaut dire les choses telles qu'elles sont ! »

Parfois, il lui arrivait d'être agressive. Soutenait les Américains (il était de bon ton d'être anti-américain) : « ... Où seriez-vous, aujourd'hui, s'il n'y avait pas eu des milliers de jeunes Américains de votre âge, venus se faire massacrer pour que vous puissiez cracher sur eux neuf ans plus tard ? » On l'attaquait sur les films américains qu'elle adorait, surtout les comédies musicales comme *Chantons sous la pluie* (1953), *Un Américain à Paris* (1951) ou *Tous en scène* (1953) : « stupidités sans pareilles, sornettes sentimentales, musique indigeste ». Du coup, les soirées étaient à la limite du pugilat. Quand les camarades partaient enfin, laissant l'appartement dans un beau désordre, il fallait encore discuter avec Jonathan, tandis que le bébé s'agitait dans son ventre.

Le 5 mars 1953, la radio annonça la mort de Staline. Convoqué pour veiller au Comité central, Jonathan négligea plusieurs répétitions à la grande fureur d'Amelia qui ne pensait qu'aux concours. « Dans trois mois, celui de Thibault-Long ! Trois mois ! Tu es loin d'être prêt ! On s'en fiche de Staline ! » C'est ainsi que la mort de Staline eut pour conséquence immédiate la première et la plus violente dispute entre Amelia et Jonathan. Durant plus de huit jours, ils ne se parlèrent pas. Aucun des deux ne voulait céder.

Le Comité central, rue Pelletier, exigeait de tous ses militants une présence continue. Staline mort, plus rien ne comptait, ni carrière, ni famille, ni amour, rien, plus rien n'avait d'importance... Ils étaient en larmes, ces imbéciles qui avaient besoin d'un tyran pour se sentir exister. Ils pleuraient... Staline était mort... La fin du monde était pour demain. Une foule gigantesque s'était rassemblée devant le Comité central. Jacques Duclos, Maurice Thorez, Jeannette Vermeersch, Aragon, Elsa Triolet, tous étaient là, désespérés. Staline était mort.

Pour Amelia qui s'en fichait éperdument du fait que Staline, ce Géorgien né un 21 décembre 1879, fût mort, renâclait fermement quand son Jonathan disparaissait des jours entiers au Comité central... Jonathan ne travaillait plus. La date du Concours Marguerite Long-J.J. Thibault approchait... Il ne restait que huit mois pour préparer le concours de Genève, peaufiner les vingt-quatre *Préludes* de Paganini, le *Concerto en* ré *mineur* de Beethoven, le *Concerto en* mi *mineur* de Mendelssohn... et il perdait son temps au Comité central ! Il distribuait des tracts, gardait l'entrée du P. C., toutes les nuits. Son violon, son merveilleux Amalfi, dormait dans son étui. Amelia rageait. Pour un peu, elle eût, elle-même, tué tous ces membres du Parti sans exception, afin que Jonathan puisse travailler sans relâche.

Ce fut une période de tension. L'attente du bébé rendait Amelia nerveuse. Elle craignait surtout que le fait d'être inscrit au parti communiste ne joue contre Jonathan et déplaise aux membres du jury. « C'est toujours mal vu d'appartenir à un parti politique quel qu'il soit... Genève, ça ira... Mais le jury de Marguerite Long et Jean-Jacques Thibault ? » Ce concours, créé en 1943, avec l'assentiment joyeux de tout ce que la France comptait comme collaborateurs... Que se passerait-il si jamais

Jonathan apprenait dans quelles conditions ce concours avait été créé ?

Un soir, au début du mois de mai, le secrétaire de la cellule Maubert vint les voir à l'improviste, comme d'habitude. Il arborait un visage triomphant comme s'il venait de remporter une grande victoire.

– On m'a refusé un visa d'entrée aux États-Unis ! clama-t-il sans autre préambule. Qu'est-ce que vous pensez de ça ?

– Bonsoir, dit froidement Amelia. Nous ne vous attendions pas... Jonathan travaille sur ses partitions. La date de son concours approche ! Cela ne peut pas attendre demain ?

La porte du studio s'ouvrit sur Jonathan. Il était pâle. Ses yeux étaient cernés.

– Que se passe-t-il, Amelia ? Ah ! Victor, qu'est-ce qui t'amène ?

– Les Rosenberg vont être exécutés, dit Victor avec gravité. Il faut préparer les manifestations. Puis, regardant fixement Amelia : Si vous nous faisiez du café ? Beaucoup de café. D'autres camarades vont arriver et cela peut être long...

Sans attendre la réponse d'Amelia, il se tourna vers Jonathan :

– On vient de me refuser un visa pour les États-Unis ! redit-il. Ces salauds de fascistes ne veulent pas de communistes chez eux !

– Je ne pense pas qu'ils aient tort, dit Amelia sèchement.

– Chérie ! s'écria Jonathan alarmé. Qu'est-ce qui te prend ?

– La vérité ! Les Russes refusent de laisser entrer en Union soviétique quiconque le souhaiterait, et, à mon avis, il ne doit pas y avoir beaucoup de demandeurs, mais ils refusent aussi de laisser partir ceux qui le souhaitent. Les États-Unis, si l'on ne s'y plaît pas, on peut toujours aller vivre ailleurs... C'est ça, la liberté. Avoir le droit d'entrer ou de sortir d'un pays...

– Ah ! Voilà la petite-bourgeoise qui refait surface ! ricana Victor.

– Grande bourgeoise, si vous le permettez... Maintenant, vous allez sortir d'ici. Il n'y aura pas de café, pas de réunion ce soir, chez moi ! Je suis fatiguée, Jonathan est fatigué et je ne veux voir personne jusqu'au concours. S'ils sont innocents, les Rosenberg se débrouilleront très bien sans nous. Et s'ils sont coupables, ils n'auront pas volé ce qui leur arrive ! Aider les Soviétiques à posséder la bombe atomique, en voilà une bonne idée !

Comme Amelia le craignait, Jonathan ne se présenta pas au concours Long-Thibault. Il avait déclaré forfait.

– Mais pourquoi ? s'écria-t-elle, désemparée.

– Réfléchis donc, espèce d'idiote, répliqua-t-il brutalement. De quels appuis ont-ils bénéficié, en 1943, pour fonder un concours de piano et de violon, hein ? Je me refuse à participer à ce concours. Si j'avais su plus tôt que ces gens-là avaient été des sales collabos, jamais je ne me serais présenté !

Amelia n'osa protester. Elle se souvenait de la remarque « on les revoit partout, ces juifs... » d'Alfred Cortot. Elle se souvenait aussi que les heures de gloire de Marguerite Long, de Jean-Jacques Thibault et d'Alfred Cortot se situaient entre 1940 et 1944, que leur trio avait joué devant Hitler. Puis elle se rappela que sa mère aussi avait donné des concerts jusqu'en 1942.

– Tu avais trop bu, grinça-t-elle. Voilà la vérité !

Elle se savait injuste, mais les mots étaient sortis sans qu'elle pût s'en empêcher, sa déception était trop forte.

Sans se formaliser, Jonathan haussa les épaules.

– Non, ne crois pas ça. Même avec la certitude d'obtenir un premier prix, je refuse de concourir devant ces gens-là... Peut-être qu'eux aussi pensent qu'aucun juif ne saurait interpréter convenablement Beethoven, Mozart ou Schubert...

– Qui a dit une connerie pareille ?

– Vincent d'Indy, l'illustre compositeur de merdes bien fran çaises.

Le 26 juin 1953, cependant qu'à la radio, un speaker à la voix impersonnelle annonçait l'arrestation de Beria, l'un des membres du triumvirat soviétique, la fille de Jonathan et d'Amelia Kohnberg, qui ne se souciait pas le moins du monde de tout ce remue-ménage, naquit.

Quand la petite nouveau-née, hurlante, vigoureuse, tout humide encore, fut couchée contre sa poitrine, Amelia sentit monter en elle une tendresse folle, presque sauvage. C'était son enfant. Son amour. Sa vie qui s'agitait en hurlant sur sa poitrine. La sage-femme, l'infirmière et le médecin riaient... « Eh bien, en voilà une qui ne se laissera pas faire dans l'existence ! »

Tante Josette était restée jusqu'à la naissance du bébé à l'Hôpital Américain, l'oncle François se chargeait de la facture et offrit un chèque « énorme » qui allait permettre au jeune couple de passer l'été sans souci.

Les d'Aubreuil ne manifestaient aucune animosité contre Jonathan. Juste l'indifférence courtoise, légèrement condescendante, que l'on arbore devant un familier issu d'une classe inférieure. Ils ne s'accoutumaient pas à ce grand jeune homme aux manières brusques, voire brutales, qui les considérait avec un franc mépris. Ainsi ce jour-là, Jonathan attendit patiemment que François et Josette d'Aubreuil soient partis pour prendre amoureusement le nourrisson dans ses bras, tout en lui maintenant précautionneusement la nuque.

– Alors ? Que va-t-on faire de cette petite chose ? Une danseuse étoile ? Une pianiste comme sa mère, une violoniste comme son père ? Une scientifique ? Pouah ! Une emmerdeuse ? Ça, sûrement ! Ah, je crois qu'elle me sourit déjà !

– Jonathan ! s'écria Amelia en riant. Elle n'a pas un jour !

– Peut-être, mais elle me sourit ! Elle sait déjà qui est son papa. N'est-ce pas, ma petite jolie, que tu sais qui est ton papa ? Comment va-t-on t'appeler ? Petite Princesse n'est pas un nom !

– Nina, dit doucement Amelia. J'aimerais que notre enfant porte le nom de ma mère.

Jonathan inclina la tête en signe d'assentiment.

– Bonjour, mademoiselle Nina Kohnberg. Bienvenue dans ce monde pourri.

Doucement, il recoucha sa fille dans son berceau, vint s'asseoir sur le lit de sa femme, lui prit cérémonieusement les mains, qu'il embrassa l'une après l'autre. Surtout, ne pas laisser voir sa peur, son désarroi, mais Amelia lisait en lui comme dans un livre.

– Je ne vous cacherai pas, très chère amie, que le fait de ne pas avoir passé le concours me met dans une position difficile... Et il y a celui de Genève, qui va nous coûter les yeux de la tête, dit-il enfin d'une voix contrainte. Où en sommes-nous financièrement ?

Le silence qui suivit fut peut-être une réponse, car il reprit :

– Je vois... donc il va falloir prendre des mesures.

Cela ne voulait rien dire. Jonathan était incapable de prendre quelque mesure que ce soit concernant leur vie matérielle, mais cette phrase fit rire Amelia. « À part sa musique, pensa-t-elle, mon Jonathan n'en sait pas plus sur les nécessités de la vie qu'un rossignol au mois de mai. »

Elle le regardait sans l'entendre. « Dieu du ciel, pensait-elle, pourquoi est-ce que je l'aime tant ? Ses yeux, peut-être ? » Ou ses mains. Oui, c'est cela, ses mains. Elles sont magiques, ses mains... Toujours en train de caresser soit son violon, soit moi, ou sa fille désormais... Est-ce pour cela que je l'aime tant, ce tzigane, ce juif hongrois, cet homme venu d'ailleurs ? »

Elle l'aimait aussi, mort de trac, avant un examen ou un concours. Blême, les mains tremblantes, perdu... « J'ai tout oublié, criait-il, le front couvert d'une sueur froide, je déclare forfait... » Il bégayait de terreur, puis il entrait en scène...

Jonathan secoua légèrement Amelia.

« Tu ne m'écoutes pas, *mein liebe Kindele*, qu'allons-nous

faire ? Je t'aime à en crever. Que puis-je t'offrir ? Un trio de Schubert, une sonate de Mozart ?

– Je n'ai besoin de rien de plus, protesta Amelia. Dès que je serai majeure, mon oncle sera forcé de me donner la totalité de la dot laissée par mon grand-père. Et puis, il y a ce chèque qu'il vient de nous offrir... Nous serons tranquilles jusqu'au concours de Genève et celui de la Reine-Élisabeth-de-Belgique ! Tu te rends compte ? Deux ans ! Deux ans sans soucis...

– Jamais ! s'écria Jonathan. Jamais, répéta-t-il, le visage contracté.

Puis, plus calmement :

– Pas de charité, s'il te plaît ! Tu as de l'argent et je n'en ai pas. En acceptant de vivre avec moi, tu savais que ce serait difficile ! On s'en sortira, ma chérie ! Fais-moi confiance. Laisse ta dot où elle est... Quant au cadeau de ton oncle, gardons-le pour le bébé... Un jour, si tu en as vraiment besoin, tu l'auras à ta disposition... Sait-on jamais ce qui peut arriver ?

Il respira un grand coup, sourit et continua gaiement :

– En attendant, si Genève est proche, Élisabeth-de-Belgique, c'est dans un an. Si je rate Genève, il faut aussi l'envisager, le directeur de l'École normale me propose un emploi de professeur à plein temps, payé le double de ce que je gagne déjà... Et je pourrai avoir des élèves privés.

– Moi aussi, je pourrais donner des leçons de piano, dit Amelia. Mais je suis sûre que nous gagnerons Genève ! J'en suis sûre !

– Et le bébé ? Qui s'occupera du bébé ?

– Elle écoutera. Cela lui fera le plus grand bien ! dit Amelia en riant.

Peu de jours après son retour rue du Sommerard, tard dans la nuit, tandis que Jonathan dormait profondément, Amelia alignait mentalement une colonne de chiffres. « Si nous gagnons Genève, il faudra préparer le concours Reine-Élisabeth-de-Belgique, puis le concours Enesco, à Bucarest, puis celui de Leipzig... puis Wisnawski, puis Niccolo-Paganini... Comme c'est moi qui accompagne Jonathan, nous n'avons pas besoin de payer une pianiste. Mais il faudra quelqu'un pour garder le bébé. J'ai cet argent ! Après tout, Jonathan n'a pas besoin de savoir si je me sers ou non de mon argent... »

Jonathan travaillait avec ardeur et régularité. Il s'était rendu compte que boire un peu de cognac avant de jouer le détendait et supprimait l'angoisse précédant les concerts, Salle Gaveau, pour les Jeunesses musicales de France. Ni Jonathan ni Amelia ne pouvaient imaginer que la pente de l'alcoolisme était si facile à descendre. Trop facile. Amelia emportait toujours avec elle un petit flacon qu'elle glissait à Jonathan dix minutes avant de jouer. Alors, elle se réjouissait de voir les couleurs revenir sur son visage blême. De le voir sourire, se détendre dans son beau smoking, si cher, en grain de poudre, aux revers de satin noir, son merveilleux Amalfi à la main, et entrer en scène, saluer le public avec grâce. La lumière de la scène le happait, il posait son violon sur son épaule, fermait les yeux, et la magie commençait. Pour Amelia, c'était un instant béni des dieux. Jamais elle n'aimait autant Jonathan qu'à ce moment-là. La date du concours de Genève approchait. Jonathan savait tout son programme. Les vingt-quatre *Caprices* de Paganini, la *Sonate à Kreutzer* de Beethoven, le *Concerto en* ré *mineur* de Tchaïkovski et le *Quatrième Concerto* de Brahms.

Pour y avoir séjourné très souvent avec sa famille, Amelia connaissait bien Genève. Pour Jonathan, tout simplement mort de trac, ce fut une découverte qu'il était bien en peine d'apprécier à sa juste valeur. Il était si indifférent à tout ce qui l'entourait qu'Amelia sut le convaincre que le somptueux Hôtel de la Paix qui se mirait dans les eaux du lac avait des chambres bon marché réservées aux lauréats. Dès leur arrivée, Jonathan, sans se soucier du luxe qui l'entourait, prit son violon et se mit au travail.

Deux jours passèrent ainsi, consacrés aux répétitions, aux

promenades, au bébé à qui il fallait donner le sein toutes les trois heures. La veille des éliminatoires, Amelia eut un malaise. Appelé d'urgence, le médecin l'examina, sourit et dit à Jonathan :

– Eh bien ! Félicitations monsieur, vous serez bientôt papa...

Jetant un coup d'œil sur le berceau où dormait Nina, il ajouta, malicieux :

– Je vois que vous ne perdez pas de temps !

Le médecin était tout joyeux. C'était son travail de mettre les bébés au monde. Il ne s'apercevait pas du désarroi dans lequel le jeune couple était plongé. Jonathan demanda :

– Est-ce que ma femme sera en état de m'accompagner au piano ? Je passe un concours de violon demain, ici à Genève.

– Ah, je vois, fit le médecin avec une totale indifférence. Demain, tout ira bien, vous verrez. Votre femme peut parfaitement vous accompagner. Bonne chance, jeune homme.

Puis, il s'en fut, toujours souriant.

Jonathan se tenait le front. Il dit, brutalement :

– Je crois que j'ai grand besoin d'un verre de cognac. Pas toi ?

Sans attendre la réponse, il se leva, sortit de l'armoire à liqueurs des verres qu'il remplit à ras bord et en tendit un à Amelia. Elle refusa.

– Qu'allons-nous faire ? demanda-t-elle après un petit moment de silence.

Jonathan acheva son verre et commença celui qu'il destinait à sa femme.

– Que veux-tu faire ? Un troisième bébé l'année prochaine ? lança-t-il avec rudesse. Demain, ce sont les éliminatoires. Je ne veux penser à rien d'autre...

C'est alors qu'Amelia décida que ce bébé-là ne verrait jamais le jour. Elle allait avorter. Autant la naissance de Nina avait été pour elle une source de bonheur insouciant, autant celle de ce petit intrus s'annonçait porteuse de trop de soucis pour qu'elle l'accepte. C'était la fin de la carrière de Jonathan avant même qu'elle n'eût commencé. Elle hésitait à faire part de sa décision à Jonathan. Mais celui-ci n'était pas en mesure de prendre une décision, quelle qu'elle soit. Il buvait verre sur verre et s'effondra sur le lit.

Sur la scène du Grand Théâtre de Genève, assise devant son clavier, le cœur battant, Amelia attendait.

Jonathan avait interprété à la perfection trois des *Caprices* imposés… Il était passé en quart de finale, puis en demi-finale, et enfin, en finale. Cette dernière l'opposerait à Leonid Kogan. Leonid Kogan était ce jeune juif russe qui, l'année précédente, avait remporté le concours Reine-Élisabeth-de-Belgique.

« Divin, avait dit Jonathan sans ambages quand il avait été l'entendre. Il joue comme un dieu…

– Toi aussi, s'était insurgée Amelia. Ne te laisse pas impressionner. »

Ils attendaient dans une petite loge, l'un comme l'autre en proie à ce trac paralysant qui parfois donne l'impression que l'on pourrait mourir, là, sur place.

Au pire, il y aurait un deuxième prix. Au mieux… il n'osait rêver, mais il rêvait… Il n'osait espérer, mais il espérait… Il avait oublié la grossesse d'Amelia. Complètement. Soudain, le président du jury appela : « Monsieur Jonathan Kohnberg… C'est à vous. »

Jonathan avait choisi le *Concerto en* ré de Beethoven. Le chef d'orchestre leva sa baguette, Jonathan posa son violon sur son épaule… Dans les coulisses, Amelia ne se rendait pas compte qu'elle se mordait les lèvres jusqu'au sang.

« Second prix, Jonathan Kohnberg, de nationalité hongroise… » Ce qui était très aimable de la part du président du jury, vu que Jonathan était apatride. Suivit un très long discours qu'Amelia n'entendit pas. La défaite n'est qu'une brève cuisson. « Un coup pour rien, pensa-t-elle, il faudra recommencer. » Elle regardait son Jonathan, debout sur la scène, livide sous la lumière blanche qui l'inondait.

Leonid Kogan, brun, souriant, recevait des mains du président du jury le diplôme qui allait lui ouvrir toutes les scènes des plus grandes salles de concerts du monde.

– Être second, ce n'est pas si mal, dit Amelia.

– C'est moins bien que premier ! répliqua sèchement Jonathan.

De retour à Paris, Amelia décida de s'occuper de ce qui encombrait si malencontreusement son ventre... « Pas d'autre enfant avant la fin des concours... » Tout à fait par hasard, c'est tante Josette qui lui donna une adresse sûre lors d'une de ses visites à Amelia.

– Bravo pour ton mari... Un second prix, c'est très bien, tu sais. Tu as l'air bien fatiguée, chérie. Quelque chose ne va pas ?

Josette pensait à l'argent. Amelia s'arracha un sourire.

– Non, non merci. La pension que nous verse l'oncle François est plus que suffisante. N'en parle surtout pas à Jonathan, il croit que je m'en tire avec ce que nous gagnons ! C'est loin d'être le cas. Mais il est si susceptible... si orgueilleux. Je suis juste un peu débordée. Nina, les élèves, la maison à tenir, les réunions politiques. Ça, surtout, ça m'épuise ! Ils se sont mis en tête de se réunir chez moi Et c'est difficile de toujours dire non. Jonathan prépare le concours Reine-Elizabeth-de-Belgique...

– Oui, bien sûr, dit Josette en rougissant. Ce doit être dur pour lui tous ces concours à préparer...

Elle avait honte soudain. Honte de son silence. Honte de la détresse visible dans laquelle sa nièce se débattait. Elle soupira et dit soudain :

– Tu sais, ta cousine...

– Marie-Claire ?

– Non. Cécile de Courcelles.

– Ah, oui, je vois. Je n'arrive pas à la supporter, cette pimbêche d'extrême droite. Que lui arrive-t-il d'extraordinaire ?

– Elle est enceinte.

– Ah, elle aussi ! s'écria Amelia qui regretta aussitôt les mots qui lui avaient échappé.

– Comment ça, elle aussi ?

– Oh ! Rien. Une amie de l'École normale de musique. Alors, Cécile est enceinte ? Quand se marie-t-elle ?

Josette haussa les épaules.

– Elle ne se marie pas. Son amant est marié. Catholique pratiquant. On ne divorce pas dans nos milieux... tu le sais bien.

Amelia ricana.

– « On ne divorce pas dans nos milieux » ! On engrosse une pauvre conne comme Cécile, et on la plante là avec un « débrouille-toi, ma fille... » avec interdiction d'avorter parce qu'« on n'avorte pas dans nos milieux »... C'est beau, la religion !

– Non, ce n'est pas très beau. Mais c'est !

Josette hésitait à continuer.

– Cécile va avorter. Sa mère est d'accord.

Intéressée, Amelia demanda d'un air détaché :

– Ah ? Elle a une adresse ?

– Oui. Une très bonne adresse. Un excellent praticien. Tout se passera très bien. Une clinique en banlieue, un service médical de premier ordre.

– Tu peux me la donner ?

Étonnée par le ton de sa nièce, Josette l'observa attentivement. Dans le regard fixe, éperdu, désespéré d'Amelia, elle saisit l'appel au secours. Sans rien dire, elle ouvrit son sac, inscrivit sur une carte de visite le nom du professeur Lana, célèbre obstétricien, y ajouta un chèque, et tendit le tout à Amelia.

– Il est très cher. Mais très sûr. Ton amie passera une journée en clinique. Elle sera sûrement un peu fatiguée, ensuite. Mais tout sera fait proprement, dans des conditions d'hygiène absolues. Tu sais que c'est surtout cela qui est important...

– Oui. Merci. Merci beaucoup, tatie...

Alors qu'elle s'apprêtait à partir, Josette prit Amelia dans ses bras, dit dans un souffle :

– Tiens-moi au courant, ma chérie... S'il te plaît. Tu sais que tu peux compter sur moi, n'est-ce pas...

Le rendez-vous pris avec le professeur Lana fut concluant. Quelques piqûres et, trente minutes plus tard, le praticien farfouilla entre les jambes d'Amelia.

– Ça y est, c'est fini... Vous allez rester allongée deux ou trois heures. Quelqu'un vient vous chercher ?

– Non ! Je vais appeler un taxi...

– Comme vous voudrez. N'oubliez pas de prendre vos médicaments. D'ici deux ou trois jours, vous expulserez l'embryon. Si vous avez de la fièvre, ou si vous saignez trop, n'hésitez pas à m'appeler... Mais je sais que tout ira bien. Tenez, buvez ça.

Il lui tendit un verre de cognac qu'Amelia avala d'un trait.

Trois jours plus tard, tout était fini. Amelia retourna voir le professeur Lana et lui remit une importante somme d'argent en liquide.

Jonathan ne s'était aperçu de rien. Il travaillait sans relâche.

Elle lui dit qu'elle venait de faire une fausse couche et que tout s'était bien passé. « Voilà. C'est terminé », conclut-elle.

Stupéfait, Jonathan la regarda sans comprendre, puis s'effondra en larmes.

Le jour où Jonathan célébra ses vingt et un ans qui faisaient de lui un homme majeur et responsable de ses actes, il ne dessoûla pas pendant soixante-douze heures. Quand il sortit de cet état, Amelia, l'enferma à clef dans la chambre, où il ne trouverait plus rien à boire. Mais Jonathan eut une crise de désespoir atroce. Tour à tour, il pleurait, suppliait, hurlait.

Les voisins venaient frapper à la porte et disaient à Amelia de faire quelque chose pour le calmer, sinon, ils appelleraient la police. Mais elle serrait les dents, les yeux durs, et les priaient de se mêler de leurs affaires. À la fin de la journée, elle eut la surprise de voir Christian Maury s'encadrer dans la porte qu'elle venait d'ouvrir, prête à lancer un tombereau d'injures à celui qui avait frappé...

– Christian ! s'écria-t-elle. Oh, mon Dieu ! Christian ! Toi à Paris ! Mais... Entre, voyons, entre ! Ne reste pas planté là...

Christian pénétra dans l'appartement. Tout de suite, il entendit les plaintes et les pleurs de Jonathan qu'accompagnaient les cris du bébé.

– Que se passe-t-il ? demanda Christian.

Il l'étudia à la dérobée. Elle était pieds nus, visiblement à bout de nerfs, les paupières gonflées de larmes. Elle portait un vieux kimono taché des multiples renvois de la petite Nina. Christian notait tout cela avec un malaise croissant.

– Que deviens-tu, mon Christian ? dit-elle, se forçant à sourire. Je ne t'ai pas vu depuis des siècles... Que fais-tu à Paris ? Pourquoi ne pas nous avoir avertis de ta venue ?

De la pièce voisine, les gémissements de Jonathan se faisaient entendre. Il suppliait : « Amelia, je t'en prie. Essaie de comprendre... »

Sans répondre, Christian se dirigea vers la porte de la chambre d'où venaient les gémissements.

– Que se passe-t-il ici ? demanda-t-il la main sur la poignée de la porte.

Il appela :

– Jonathan ? Jonathan, c'est moi, Christian !

Amelia haussa les épaules et s'effondra dans un fauteuil.

– Jonathan... Il a été... Il est malade...

– Ivre ?

Elle sursauta, puis d'une voix lasse :

– Oui.

– Laisse-moi le voir... Donne-moi la clef et du cognac.

À contrecœur, Amelia lui tendit un petit flacon de cognac et la clef de la chambre...

Dès que Jonathan aperçut Christian, il faillit s'évanouir.

– Je délire, dit-il presque dégrisé. Je délire... c'est la fin... C'est toi, Christian ? Tu es vraiment là ? Tu es mon ami, n'est-ce pas ? Ou bien est-ce que je rêve ?

– Non ! dit Christian. Tu ne rêves pas. C'est bien moi, Christian. Tiens, bois ça, cela va te remettre.

Jonathan se jeta sur la petite bouteille et engloutit une longue gorgée... Calmé, il rectifia sa tenue, remit en place ses cheveux... Les larmes coulaient encore sur son visage blême.

– Si tu savais comme je suis content de te voir. Pourquoi ne pas avoir annoncé ta visite ?

– Je voulais vous faire une surprise. Que se passe-t-il entre Amelia et toi ? Elle est dans un état à faire peur.

Jonathan avala encore une gorgée.

– Elle ne comprend pas ! Elle ne comprend rien. Elle ne voit en moi qu'un artiste, un musicien, un violoniste. Mais ce que je suis, ce que j'ai vécu, elle n'en a rien à foutre. Voilà la vérité !

– Elle t'aime, Jonathan. Elle t'aime... et elle ne sait pas...

– Aimer ! Elle n'a que ce mot à la bouche ! Elle m'aime... Dieu qu'elle m'aime ! Moi aussi, je l'aime. Mais je ne peux pas oublier, tu comprends ? L'alcool m'aide un peu. Quand je bois, j'oublie. Pour un moment. Pourquoi ne peut-elle deviner, comprendre ?

– Lui as-tu dit ?

– Non. Je n'en ai pas eu le courage. Je vais la dégoûter... Tu as juré, Christian ! Tu as juré de garder le silence !

– Il faut parler. Il faut tout lui dire... Sinon, elle va penser que tu es un lâche qui se réfugie dans l'alcool parce qu'il a peur.

Jonathan soupira :

– Peut-être est-ce la vérité, après tout ? Peut-être que je ne suis qu'un lâche ?

Il vida le reste de cognac. Il était tout à fait bien maintenant. Un peu pâle, mais souriant. Il passa dans la salle de bains, se rafraîchit le visage, se donna un coup de peigne, puis de retour dans la chambre, s'exclama de nouveau :

– Mais pourquoi ne pas avoir averti de ta visite ?

– Je voulais vous faire une surprise...

Ils éclatèrent de rire. Ils riaient à perdre haleine... Ce fou rire n'avait aucune raison précise. Les nerfs lâchaient et ils redevenaient presque des enfants.

Quand ils furent un peu calmés, Christian précisa :

– J'étais venu vous dire au revoir. Je pars au Canada... J'y resterai trois mois.

– Qu'est-ce que tu vas faire là-bas ?

– Un remplacement de professeur de solfège et de violoncelle. Qu'est-ce que tu dis de ça ? Ce voyage me fera le plus grand bien.

Et de nouveau, ils partirent d'un grand éclat de rire. Ils riaient si fort qu'intriguée, Amelia pénétra dans la chambre.

– Que se passe-t-il ? Pourquoi riez-vous ainsi ?

Gagnée par la gaieté des deux garçons, elle souriait aussi.

– Christian a voulu nous faire une surprise ! hoquetait Jonathan.

Christian devait rester huit jours à Paris. Durant son séjour, aucun des trois amis n'évoqua la « grande crise » de Jonathan... Ils allèrent au cinéma, à l'Opéra, au restaurant... Amelia emmenait avec elle le bébé chaque fois qu'elle le pouvait, ou le confiait à la concierge, une jeune Espagnole qui avait fui les geôles de Franco... Le jour du départ, sur le quai transatlantique de la gare Saint-Lazare, au moment des adieux, Christian chuchota à l'oreille de Jonathan : « Parle ! Dis-lui, raconte-lui... Tu ne t'en sortiras pas si tu te tais. »

Cette nuit-là, dans la chambre obscure, tiède et silencieuse, Jonathan allongé contre Amelia parla après l'amour :

– Il y a beaucoup de choses que tu ignores encore à mon sujet... Des choses qui expliquent mes... sautes d'humeur... Attends ! Tais-toi, laisse-moi parler. Voilà. C'est... c'est très dur, tu sais. Après, je t'en prie, ne dis rien ! Pas un mot ! Je ne supporterai ni compassion ni pitié.

Toute la nuit, Amelia écouta ce que Jonathan avait tu, les horreurs subies par un petit garçon de huit ans au camp d'Auschwitz.

– Je suis né à Budapest. Mes parents étaient professeurs au Conservatoire. Jusqu'en 1941, j'ai été un enfant choyé, heureux. J'avais cinq frères et sœurs plus âgés que moi. Mon père était très fier de nous, il voulait constituer un ensemble de musique de chambre. Ça faisait rire ma mère. Je ne me souviens pas vraiment de ma mère. Je me souviens de son rire, de ses mains sur le clavier du piano, de sa voix quand elle grondait une élève. Mais je n'arrive pas à me remémorer son visage. Et je n'ai pas de photos de ma famille. Elle avait beaucoup d'élèves qui venaient tous les jours. Oui, son visage m'échappe, mais pas sa voix. Je n'ai plus de souvenirs de cette époque. Il n'y a que des images fugitives, l'une de ma sœur, Hanna, je crois, oui je crois que c'était Hanna, qui jouait de la flûte. Avait-elle quinze ou seize ans ? Je ne sais plus. L'un de mes frères jouait de la clarinette... Les autres jouaient du violon ou du violoncelle. Tout cela est très vague dans ma tête... Il n'y a plus qu'une succession d'images floues, des silhouettes, des moments de bonheur. Enfin, je pense que c'étaient des moments de bonheur. J'entends des rires, des chants...

« Jusqu'en avril 1941, nous étions heureux. Mes oncles, mes tantes venaient tous les vendredis soir et il y avait soit des répétitions de concert soit des tournois d'échecs. C'est bizarre, la mémoire... Je vois les échiquiers, j'entends les exclamations, les rires. Je sens l'odeur du *Strudel*, des gâteaux au pavot que ma mère sortait du four, mais je n'arrive pas à me rappeler les visages... Je me souviens de mon premier violon. Je devais avoir cinq ans...

– Qui t'avait donné ce violon ? demanda Amelia à voix basse.

– Probablement mon père. Je devais être un élève doué, puisque mes parents étaient fiers de moi... Je les entends encore chuchoter : « Yehudi Menuhin n'est pas plus doué... »

– Étiez-vous religieux ?

– Oui, sans doute... Mais pas plus que ça. Nous respections les fêtes. Toutes les fêtes. Mes parents allaient à la synagogue. Ils m'y emmenaient. Mais comme ils jouaient souvent en public le vendredi ou le samedi soir, et qu'ils n'hésitaient pas à conduire la voiture, même le jour de shabbat, je ne pense pas qu'ils devaient être orthodoxes. Je me souviens de l'auto. C'est drôle, tu vois, de cela aussi je me souviens très bien. Une grosse Panhard-Levassor. Et puis, tout a basculé... Un jour, on nous a déportés... D'abord, nous avons été enfermés dans des wagons à bestiaux, avec d'autres gens. On avait le droit d'emporter avec nous une valise. Mon souvenir se précise dans le camp... le jour de notre arrivée. J'étais agrippé aux jupes de ma mère avec ma petite sœur...

Comme il se taisait, Amelia le relança doucement :

– Oui ? Ta petite sœur ?

– Ma petite sœur... Elle est morte le jour de notre arrivée à Auschwitz. Elle pleurait, elle avait peur. Une Allemande l'a emmenée avec elle. Nous ne l'avons jamais revue. Il y avait des gens qui essayaient de nous avertir d'éviter d'aller dans tel ou tel rang qui menait directement dans les chambre à gaz. Mes sœurs aînées étaient jeunes, ravissantes, elles ont été conduites tout de suite dans le bordel des SS. Elles ont voulu se sauver, on les a abattues. À la mitraillette. Devant nous. Mes parents et mes frères aînés ont hurlé. Ils se sont précipités pour essayer de les sauver et ont été abattus eux aussi... Un SS a pris pitié de moi... je l'ai suivi. Le soir même, j'ai été violé par cet homme que je croyais bon. J'avais huit ans. Autour de moi, je voyais des cadavres entassés dans des charrettes que l'on emportait dans les fours crématoires. Je savais que lorsque le SS qui m'avait pris sous sa protection en aurait fini avec moi, j'irais moi aussi dans les chambres à gaz. Mais je n'avais plus peur. Je n'avais plus peur de rien. Je voulais rejoindre mes parents, mes frères, mes sœurs, je ne voulais plus vivre. Alors, je me rebellais, j'étais insolent avec Hans. Je le narguais, je me sauvais, je le traitais de porc, mais loin de lui déplaire cela l'excitait. Un jour, j'ai découvert dans sa chambre un violon, un merveilleux violon, un Stradivarius, volé probablement. Je n'ai pas pu m'empêcher de le prendre contre moi, de jouer, de jouer quelques mesures sur ce magnifique instrument... Ensuite, je jouai la *Sonate à Kreuzer*. Un son ! Une pureté, une beauté inégalées... Tu vois, c'est de cela que je me souviens le plus précisément, les premiers accords de la *Sonate à Kreutzer* sur le Stradivarius volé. Des SS étaient entrés dans la chambre sans que je m'en aperçoive... J'ai été sauvé. Sauvé de Hans. Sauvé parce que le chef du camp aimait la musique. Il aimait aussi les chiens et les jeunes garçons. Mais pas les enfants. Pour lui, j'étais encore un enfant. « Plus tard, peut-être... », disait-il en me regardant. « Tu es trop maigre. Trop petit. Nous verrons ce que nous ferons de toi plus tard. Quand tu auras treize ou quatorze ans. C'est à ce moment-là que c'est bon. Tu verras, je t'apprendrai et tu aimeras ça... J'espère que Hans ne t'a pas trop abîmé... En attendant, joue-moi quelque chose... et travaille, travaille sérieusement... » Il me procurait des partitions à étudier... « Travaille... et protège tes mains ! » Alors, je jouais. Si je m'y refusais, je savais que je retournerais avec Hans... Et cela, je ne le voulais pas. Et puis, en janvier 1945 les Allemands ont été pris de panique ; l'armée soviétique avançait. Les Allemands tuaient et brûlaient un maximum de gens... Ils brûlaient des livres, des papiers. Et puis, ils ont brûlé le Stradivarius. Un violon qui chantait tout seul, un violon qui avait traversé les siècles, ils ont osé faire ça !

– Mais Jonathan ! Un violon, alors qu'ils massacraient des êtres humains...

Désarçonné, Jonathan resta silencieux un moment.

– Bah, dit-il enfin, qu'est-ce que c'est qu'un être humain ? Un peu de pourriture qui croit vivre... La dernière image que je garde du camp, c'est ce violon qui brûlait. Il y avait des déportés qui essayaient de se chauffer les mains aux flammes de mon violon ! Tu peux comprendre ça ?

Le lendemain, Jonathan disparut toute la journée et rentra chez lui en pleine nuit, complètement ivre... Il pleurait, demandait pardon, réclamait ses parents. Amelia resta assise auprès de lui jusqu'à ce qu'il soit calmé et qu'il s'endorme. Parfois des sanglots secs soulevaient encore sa poitrine. Alors, elle murmurait : « Je suis là, calme-toi, je suis là. » Depuis qu'elle savait ce qu'avait été la vie de Jonathan en camp de concentration, elle lui pardonnait tout.

Enfin, Jonathan s'endormit profondément. Pour ne pas le déranger, Amelia s'installa sur le canapé du living et plongea dans un sommeil réparateur. Au cours de la nuit, Jonathan se leva, s'habilla en silence et sortit. Il disparut trois jours. Trois jours et trois nuits au cours desquels Amelia crut devenir folle de douleur et d'angoisse. À l'aube du quatrième jour, l'oncle François parut accompagné d'un commissaire de police. On avait retrouvé Jonathan dans l'encoignure d'une porte cochère, recroquevillé sur lui-même, grelottant de fièvre, sans aucun papier d'identité. On avait pu l'identifier grâce à la petite étoile de David qu'il portait toujours autour du cou, et sur laquelle était gravé : JONATHAN KOHNBERG, 26 JUILLET 1933, BUDAPEST et au numéro gravé sur son bras d'une manière indélébile.

– Il a été transporté à l'hôpital Cochin, dit François d'Aubreuil brièvement. Je t'accompagne.

Jonathan était en salle de réanimation. « Pneumonie incurable, diagnostiqua le médecin de garde, aucune chance de le sauver. C'est fréquent lorsque l'on arrive au dernier stade de l'alcoolisme... » Son agonie se prolongeait. Amelia demeura là, assise jusqu'au soir sans bouger, à le regarder. Des images de sa vie avec Jonathan défilaient, ininterrompues. C'était l'hiver précédent. Jonathan et elle, à Superbagnères dans la neige, s'embrassant follement... C'était le printemps, et Jonathan lui apportait un énorme bouquet de lilas sauvage cueilli sur les coteaux de Pech David, et de fleurs qu'il avait volées dans un jardin. C'était la fête foraine, et Jonathan l'avait entraînée sur le grand huit... Elle hurlait de terreur et de plaisir... Jonathan et elle... Jonathan... « Là où tu iras, j'irai... »

Il respirait de plus en plus difficilement. Un court instant, il ouvrit les yeux, la regarda fixement, éructa un râle puissant, et tout fut terminé. Elle ne pouvait pas pleurer. Elle aurait aimé le faire car, pensait-elle, elle aurait alors pu respirer. Sa poitrine était prise dans un étau qui l'obligeait à haleter comme si elle avait couru à perdre haleine. Longtemps, elle resta ainsi, immobile, la main de Jonathan dans la sienne...

Quand elle rentra rue du Sommerard, elle prit Nina dans ses bras et la berça longtemps. « Tu n'as plus de papa, psalmodiait-elle doucement. Tu n'as plus de papa... Ils ont fini par l'avoir. »

Pourtant si quelqu'un lui avait demandé, à ce moment précis, ce qu'elle signifiait par là, elle aurait été incapable de donner une réponse cohérente, sauf « ils ont fini par l'avoir ». Il fallut télégraphier à l'oncle de Jonathan, ce Meïr Kohnberg qu'elle ne connaissait que par lettre ou coup de téléphone. Meïr Kohnberg lui demanda de faire enterrer Jonathan à Jérusalem, au mont des Oliviers. « Ici, il ne serait pas mort », dit-il en français avec un fort accent yiddish. « Ici, il aurait vécu comme un prince et non comme un paria. L'Europe a tué ma famille. Il n'a plus rien à faire là-bas. Sa place est ici. »

La semaine suivante, prise par les multiples formalités nécessaires au transfert du corps, Amelia s'activa, s'épuisa en démarches. Elle avait envoyé un télégramme à Christian qui, en retour, lui avait longuement téléphoné de Montréal, en sanglotant... Il s'accusait : « C'est parce qu'il a parlé ! Jamais je n'aurais dû lui conseiller de le faire. » Mais Amelia savait que, tôt ou tard, cela devait se terminer ainsi. Jonathan n'aurait pu vieillir avec ce passé si lourd à porter...

Quelques jours plus tard, Amelia se rendit à la mairie de Montastruc-la-Gaillarde afin de régulariser son livret de famille :

Date du mariage : 23 décembre 1952.

Jonathan Kohnberg, né à Budapest (Hongrie) le 10 février 1933. Fils de Jacob Kohnberg (décédé) et de Hélène Kohnberg (décédée).

D'Aubreuil Amelia, née à Paris le 21 juin 1935. Fille d'Antoine d'Aubreuil (décédé) et de Nina Lieberfreund, épouse d'Aubreuil (décédée).

Naissance du premier enfant : Nina Kohnberg, fille d'Amelia d'Aubreuil, épouse Kohnberg, et de Jonathan Kohnberg, le 26 juin 1953.

Décès de l'époux le 16 février 1954.

Rien ne mentionnait dans ce livret que la famille de Jonathan comme celle d'Amelia du côté maternel avaient disparu dans les camps d'extermination.

Amelia regardait machinalement ces dates. Naissance, mort ; si proches l'une de l'autre. Elle-même n'avait que dix-neuf ans ! Et, déjà, elle était veuve et mère de famille. Elle se promenait dans le parc qui avait été le cadre de leur passion. Demain, le soleil brillerait comme il brillait le jour de sa mort... Il y aurait d'autres jours, d'autres soleils, d'autres nuits amoureuses... Mais jamais plus pour Jonathan Kohnberg qui avait payé le prix d'être né juif. « Pourquoi pas moi ? pensait-elle. Pourquoi ai-je été protégée ?

« Oh ! Jonathan... Jonathan... Dieu aurait pu te reprendre de mille façons... Mais il a fallu que tu meures comme un clochard, sous une porte cochère, trempé de froid. »

Enfin, les larmes jaillirent, libératrices... Elle hoquetait. C'était un réservoir inépuisable de larmes. Amelia reprit le train pour Paris. Elle avait choisi le cercueil le plus beau, doublé de satin blanc. Elle exigea que Jonathan fût habillé de son bel habit noir de concert, bien que la religion juive interdise qu'un mort soit habillé.

Une semaine plus tard, les formalités terminées, Amelia prit l'avion pour Tel-Aviv.

DEUXIÈME PARTIE

1955-1963

Tel-Aviv

1955

Mon Christian,

Un an déjà. Un an que Jonathan est parti. Un an que je ne t'ai pas écrit...

Cette année de deuil, j'ai voulu la passer auprès de son oncle, Meïr. J'ai voulu comprendre qui étaient les membres de la famille de Jonathan. Connaître ses origines. Ce qu'il a raconté, trois jours avant sa mort, était trop court et trop horrible. Sa vie ne pouvait se résumer à cette épouvante. J'ai vécu avec Nina chez l'oncle Meïr. L'oncle Meïr est professeur de philosophie à l'Université de Tel-Aviv. C'est le plus jeune frère du père de Jonathan. Il avait émigré en Israël avant la guerre, en 1936... C'est un homme encore jeune. Il est né en juillet 1915, comme ma mère. Ces dates de naissance nous ont rapprochés... Il avait vingt et un ans quand il a quitté sa famille pour faire son Alya... *avec un mouvement de droite ou d'extrême droite. Cette terminologie le fait rire... « Si le Bund ne s'était pas opposé à nous, nous aurions pu sauver des milliers de juifs ! Voilà la vérité, petite ! Mes parents, mes grands-parents, mes frères, mes sœurs, et même Jonathan, auraient pu être sauvés... Et que dire des milliers d'autres ? Ne me parle jamais de la gauche... Ce sont des assassins ! »*

Lorsque je lui réponds que Jonathan était inscrit au parti communiste, il me lance : « Jonathan est un petit con. Quand il... Ah, il est mort, c'est vrai ! »

L'oncle Meïr n'arrive pas à admettre la mort de Jonathan. Il ne le connaissait que très peu... Il se souvenait qu'à l'âge de trois ans Jonathan passait des heures à écouter son père jouer du violon... « Un enfant très sage, très silencieux quand il écoutait ses parents jouer... Sinon, un vrai démon. À l'époque, la petite Léa n'était pas encore née, et Jonathan était le dernier. La famille l'adorait littéralement. On le comparait à Yehudi Menuhin... »

Tu comprendras, mon Christian, à quoi je passais mes soirées. L'oncle Meïr avait gardé avec lui toutes les photos de sa famille... On les voit tous, posant pour le photographe, si jeunes, si beaux. Sur certaines, on voit la mère de Jonathan portant Léa dans ses bras et Jonathan accroché à ses jupes. Cette petite Léa, née en 1938, morte à Auschwitz en 1942. Qu'avait-elle fait pour mourir à l'âge de quatre ans ? C'est dans ces moments-là que je maudis Dieu... Comme je l'ai maudit le jour de la mort de Jonathan. Jonathan était fait pour vivre. Pour vivre avec un violon sur son épaule, éclairé par les projecteurs, devant un public frémissant... Mais il est mort sous une porte cochère... Que Dieu soit maudit...

Excuse-moi. Il m'arrive encore de pleurer. De me révolter. Heureusement qu'il y a encore l'oncle Meïr, seul survivant de cette famille avec ma petite Nina... Comme c'est bizarre... Je suis la seule survivante du côté maternel, Jonathan était aussi, en quelque sorte, le seul survivant de sa famille. Et nous nous sommes rencontrés. Nous nous sommes aimés. Ô combien aimés, mon Christian ! Toi seul le sais, toi qui étais notre frère de cœur...

C'est fou, je n'arrête pas de pleurer en t'écrivant cette lettre. Pleurer me fait du bien. Me soulage. Ensuite, je peux aller me promener avec ma petite Nina, le long de la Méditerranée. Alors, je respire. Il fait beau. Je regarde les gens assis sous des parasols qui jouent aux cartes, aux échecs ou qui palabrent avec animation. Parfois, je remarque sur leur bras un numéro... Un numéro indélébile, un numéro qui leur rappellera pour l'éternité qu'ils sont revenus d'entre les morts.

Avec l'oncle Meïr et ma petite Nina, nous passons nos soirées dans l'un de ces minuscules restaurants qui foisonnent dans la rue Dizengoff... On y sert des spécialités juives européennes... Il y a là des rescapés polonais, russes, hongrois, autrichiens... Tout le monde parle de table en table, s'interpelle, se dispute, et de quoi parle-t-on avec tant de passion ? Je te le donne en mille ! De politique ! Toutes les tendances se donnent rendez-vous dans ce lieu et l'on a parfois l'impression qu'ils vont en venir aux mains. Tous mettent leur point d'honneur à ne parler qu'hébreu... Mais on parle aussi yiddish... Comme je regrette de ne connaître aucune de ces langues !

J'aime Tel-Aviv, mais je n'y resterai pas. J'y reviendrai, bien sûr. Souvent. Je reviendrai dans ce pays qui est mien par le cœur. J'y reviendrai parce que j'en aime les odeurs, les bruits, les gens, la vitalité, le mystère romanesque qui se dégage des rues de Jérusalem ou de Haïfa... J'y reviendrai souvent, mais je n'y resterai pas...

Le Conservatoire de Tel-Aviv m'a proposé un contrat pour deux ans comme accompagnatrice d'une classe de chant et d'une classe de violon. J'ai accepté. C'est mal payé mais, compte tenu de mes revenus personnels, je pourrai m'en sortir.

Voilà, mon Christian. Je vais donc rester deux ans ici. Si tu le peux, viens me voir. J'aimerais te faire découvrir ce pays que j'aime, t'avoir à mes côtés pour aller sur la tombe de Jonathan, au mont des Oliviers. Ici, cela s'appelle « Beït Holam », la Maison de l'Univers... Cela me plaît de penser que Jonathan vit quelque part dans l'univers...

N'oublie pas ton amie,

Amelia

À la fin du printemps 1956, Frédéric présenta sa thèse de droit et obtint son diplôme d'avocat. Durant toutes ses années d'études, il s'était efforcé d'apprendre et de parler aussi bien l'anglais, l'allemand que l'italien. Et maintenant, il s'était mis à la langue arabe. « S'il y a de l'argent à gagner, c'est vers les pays du Maghreb qu'il faut se tourner. »

Le jour où il reçut son diplôme, toute la famille lui organisa une jolie fête. Raymond lui offrit un superbe stylo Waterman en or ; Simone, une montre en or, également ; Christian, un très beau livre d'art, avec l'espoir secret que son frère s'intéresserait à des choses plus importantes que les « affaires », le « pétrole », les « terrains de Lacq », cet héritage dont il avait toujours honte. De Victoria, petite beauté, il reçut un énorme flacon de lavande de Yardley, accompagné d'une belle cravate de soie.

Il fut très ému de ces témoignages d'affection. Voir les siens l'aimer et l'apprécier l'étonnait, car il se querellait souvent avec Christian, s'opposait tout aussi fréquemment à ses parents et méprisait sans indulgence la frivolité de Victoria.

Le franc chutait en permanence, l'inflation allait grandissant et Frédéric se félicitait d'avoir su préserver ce qui demain serait à l'origine de la fortune des Maury. Toutes les décisions qu'il avait prises, avec beaucoup de discernement au sujet des terrains de Lacq s'avéraient justes et même particulièrement judicieuses.

Il avait de longues discussions avec maître Ginesty et s'intéressait surtout à tous les aspects d'une association. En admiration devant Frédéric, maître Ginesty s'était pris d'affection pour ce jeune ambitieux que n'encombraient pas les scrupules. Dans les entretiens qu'il avait ensuite avec François d'Aubreuil, il ne manquait jamais de préciser : « C'est un jeune homme qui ira loin ! Ne le négligez pas, monsieur le baron... » Alors, François d'Aubreuil réfléchissait. Il se disait qu'il y avait en ce godelureau une double possibilité. Avoir au sein de la société d'Aubreuil et aux *Nouvelles du Midi* un jeune avocat d'affaires de talent, et surtout acquérir, peut-être à bon compte, les terrains de Lacq.

Frédéric était aussi heureux que pouvait l'être un jeune diplômé qui entretenait une relation avec Agnès Goldberg. Agréable et discrète, elle n'exigeait rien de lui. Consciente de leur différence d'âge, elle appréciait leurs rencontres mais, orgueilleuse, ne les sollicitait jamais. Elle était, certes, beaucoup plus attachée à Frédéric qu'elle ne le laissait paraître. Lui réfléchissait, lisait, et discutait avec elle. Il ne s'agissait pas de conversations amoureuses, loin de là, mais plutôt d'échanges semblables à ceux entre un professeur et son élève. Agnès enseignait. Frédéric assimilait. Elle lui choisissait ses costumes, son eau de toilette, lui apprenait à danser sans marcher sur les pieds de sa partenaire, lui conseillait de se mettre au ski à Superbagnères, ou de jouer au tennis, au golf, voire de tenter l'équitation... « Si tu veux rencontrer les gens qui ont le pouvoir, c'est dans ces endroits que tu les rencontreras. Certainement pas au cinéma, au café ou à la piscine publique. Surtout, ne te précipite pas à leur tête. Laisse-les venir à toi. Ils viendront parce qu'ils vont deviner ta force et ces gens-là se rangent toujours du côté du plus fort. Toujours. »

Bref, elle lui transmettait tous les codes du savoir-vivre en société. Il avait conscience que l'élégance, la bonne éducation constituaient des atouts non négligeables. Il ne lui manquait plus que les « relations ». De cela aussi, il avait pleinement conscience. Ces « relations », il ne se les ferait pas à Toulouse. Les grands bourgeois toulousains n'accepteraient jamais, dans leur salon, le fils d'un ouvrier linotypiste. Même propriétaire de cent cinquante hectares remplis de gaz à Lacq.

Il ne se formalisait pas de ce refus d'ouverture, un peu imbécile à son avis. Il attendait son heure. Il savait en outre que rien de décisif ne pourrait se faire avant qu'il n'eût accompli son service militaire... Dès la fin de ses études, il fut incorporé.

Les « événements », pour ne pas dire l'insurrection d'Algérie, étaient passés sous silence. Qu'importaient ces dix-neuf jeunes appelés, massacrés par des barbares à Palestro, en Algérie. Qu'importaient ces manifestations sporadiques contre le départ des rappelés. Pour la presse, tout cela n'avait aucune importance. Seul comptait le mariage d'une actrice de cinéma, immensément riche et d'un prince d'opérette qui s'étalait sur la première page de tous les journaux. Simone et Raymond en faisaient le sujet principal de leur conversation, ce qui irritait Christian.

– Enfin maman ! tu es une personne cultivée, musicienne, intelligente, comment peux-tu t'intéresser au mariage d'une actrice médiocre et d'un prince de pacotille ?

– Comment ? Tu trouves Grace Kelly médiocre ? Elle a eu un Oscar ! s'écria Simone, indignée. Pourquoi aurait-elle eu un Oscar si elle avait été médiocre ?

– Parce qu'elle porte des gants blancs et qu'elle dit vous à son chien ! Voilà pourquoi ! s'exclama Frédéric qui, pour une fois, donnait raison à son frère. Tu la mets sur scène et là, tu n'as plus personne !

– Frédéric a raison ; elle n'a jamais été une bonne comédienne ! Juste une jolie femme, bien photographiée ! C'est la fille d'un Irlandais parvenu, renchérit Christian.

– Ce que nous serons si le dieu Pétrole nous le permet, dit Frédéric en riant.

Mais Christian revenait à la charge :

– Nous sommes en pleine crise. Nasser va peut-être nationaliser le canal de Suez... Il a engagé d'anciens nazis, mais on dirait que cela n'intéresse personne...

– Et des Russes... N'oublie pas les Russes ! l'interrompit Frédéric, moqueur, et qui ne laissait rien passer. Soviétiques et nazis, main dans la main pour emmerder le monde ! Qu'est-ce que tu dis de ça ?

Christian haussa les épaules.

– Peut-être, mais pas pour les mêmes raisons. Pour en revenir à la presse, j'ai l'impression qu'on évite de parler des choses graves... De l'Algérie... et aussi... d'Israël, peut-être en danger.

– Pourquoi te soucier de ce qui se passe en Israël ? Tu vis en France et il y a suffisamment de problèmes ici !

Christian ne répondit pas. Qu'aurait-il pu dire, d'ailleurs ? Qu'Amelia vivait en Israël avec sa fille ? Qu'elle s'était engagée dans l'armée ? Il recevait régulièrement de ses nouvelles. Et ce qui se passait en Israël comptait pour lui. Ô combien ! Dans sa poche, la dernière lettre d'Amelia. Lue et relue... « ... Encore quelques mois, et je rentrerai en France... Après mon service militaire. Oui, tu as bien lu ! Je fais mon service militaire. Cela n'a pas été sans mal... Mais grâce à l'oncle Meïr, me voici israélienne, ambulancière avec le grade de lieutenant ! »

Christian avait raison au sujet des troubles qui commençaient à sévir en France avec le soutien de la majorité de la population française. Violentes manifestations contre le départ des rappelés, qui refusaient de partir. Trains stoppés, bagarres presque quotidiennes. Répression très dure de la part du gouvernement... Quand Simone manifestait inquiétude et indignation, Frédéric lui disait : « On a découvert du pétrole en Algérie ! La France ne va pas renoncer à ce pactole ! »

« Celui qui a envie de faire sauter le monde est l'exacte contrepartie de l'imbécile qui s'imagine pouvoir sauver le monde », songeait Frédéric. Il avait enfin obtenu un rendez-vous avec François d'Aubreuil.

Le quotidien était en passe de devenir mieux que prospère, et d'Aubreuil avait convoqué, ce matin-là, les deux frères Maury dont il avait entendu parler de façon élogieuse voire, concernant Frédéric, avec une grande admiration. C'est pourquoi les jeunes gens attendaient dans le hall sombre et sans air du journal, où s'affairait une kyrielle de gens pressés, bavards, se prenant visiblement très au sérieux.

Une secrétaire, à l'évidence épuisée, vint les chercher. Ils se levèrent sans hâte, ainsi que l'avait expressément recommandé Frédéric à Christian, et suivirent la jeune personne qui trébuchait sur ses talons hauts.

Arrivé devant le bureau directorial, la secrétaire frappa, puis s'effaça pour laisser entrer les visiteurs.

– Entrez messieurs, dit-elle avec componction. Monsieur le Président vous attend...

À son grand déplaisir, Frédéric sentit son cœur battre un peu plus vite et une moiteur partir de ses aisselles et gagner ses mains...

En l'espace de quelques années, François d'Aubreuil était devenu l'un de ces politiciens pourvus de cette vigueur nouvelle, de cette insouciance et de cette avidité qui caractérisaient tous ceux qui envisageaient de devenir des politiques. Il était le prototype de ces personnages pressés, pressants, haletant devant la puissance vertigineuse dont ils savaient qu'elle serait la leur... Sa proche quarantaine conquérante le plaçait au tout premier plan. Il pensait aussi, non sans quelque fondement, que François

Mitterrand, actuel ministre de la Justice, était un homme à double face. Mais il devinait en lui une force tranquille et puissante qui pouvait le propulser au sommet. C'était un homme encore très jeune, de taille moyenne, portant beau avec ses cheveux noirs calamistrés, son regard intelligent et charmeur qui semblait deviner ce qu'il y avait de plus vicieux chez son interlocuteur. Ils possédaient en commun la soif du pouvoir. Et, pour asseoir leurs ambitions, ils luttaient avec vigueur à la réconciliation générale... La IVe République faisait valser les gouvernements, mais François d'Aubreuil se moquait bien d'avoir, pour quelques semaines, un portefeuille ministériel sans intérêt. Il avait d'autres ambitions... De très hautes ambitions... Il surveillait d'un œil inquisiteur son rival, François Mitterrand, lequel, reconnaissait-il en aparté, était plus intelligent que lui. « Plus rusé », disait-il. Mais il savait que le terme ne changeait rien à la vérité.

L'un comme l'autre, d'ailleurs, avaient intérêt à ce que nul n'enquête trop sur leurs passés respectifs... Onze ans s'étaient écoulés depuis la fin de la guerre mais certaines mémoires demeuraient blessées à vif. Il fallait se montrer prudent. Aussi, très doucement, petit pas après petit pas, on faisait entrer dans la cervelle des Français qu'ils avaient été, tous, chacun à sa manière, d'héroïques résistants. Tous « résistants » ! S'il y avait eu quelques brebis galeuses, c'est qu'on les avait trompés. Pétain avait été un brave homme désireux de protéger le pays.

Derrière son grand bureau d'acajou de style anglais, François d'Aubreuil réfléchissait « Acquérir ces terrains de Lacq. Il y a du gaz. Beaucoup de gaz... Ces gens-là ne peuvent se douter de l'importance de cette découverte. Voyons si je propose dix millions... Dix millions, c'est énorme ! Je n'irai pas au-delà de dix millions... » Il fit mine d'être légèrement surpris à la vue des frères Maury. Son regard passa rapidement du fin visage angoissé de Christian à celui, plus ferme, et aussi beau, de Frédéric, sur lequel il s'attarda davantage. « Ainsi c'est lui, Frédéric... » Son regard revint vers Christian.

– Nous nous sommes déjà rencontrés, il me semble ? Il y a quelques années... Le jour où ma nièce a eu son premier prix de piano. Et le jour de son mariage... Vous étiez son témoin. Vous étiez amis, je crois ?

Christian rougit et répondit d'une voix étranglée.

– Oui, monsieur...

– Une bien triste fin pour son mari...

– Oui, monsieur, répéta Christian.

Conscient de torturer le jeune homme, François d'Aubreuil se tourna vers Frédéric... « Un gaillard, celui-là... », pensa-t-il en inclinant la tête sans sourire.

Il laissa le silence s'installer, s'absorbant dans un document apparemment urgent. Il s'agissait là de l'une de ses cruelles petites ruses, destinées à désarçonner son vis-à-vis. Le réduire à sa merci.

Frédéric l'observait avec attention. Il avait percé à jour ce que cachaient l'élégance charmeuse, le sourire rayonnant, la physionomie affectueuse, voire amicale, la gaieté qu'il affichait... « C'est un politicien, pensa-t-il, un vrai politicien. Et probablement, un scélérat. Il faut savoir se servir de ces gens-là pour mieux les dominer. »

François d'Aubreuil se tenait sur ses gardes. La personnalité de Frédéric l'intriguait, et son regard railleur le mettait dans une sorte de rage froide.

– Il y aura bientôt des élections, commença-t-il. Probablement un renversement de la IVe République... Nous sommes nombreux à en rêver. Que vous semble de cela ?

– Vous voulez dire un coup d'État ! s'étrangla Christian.

François d'Aubreuil haussa les épaules.

– Appelez ça comme vous voudrez, mon jeune ami. Les événements d'Algérie sont assez graves pour que la France ait besoin d'un homme à poigne... De Gaulle ? Pourquoi pas ?

– Et Mendès France ? s'écria Christian. Mendès France est un honnête homme ! Un homme supérieurement intelligent...

– Peut-être, peut-être, dit François d'Aubreuil. Mendès France est certainement un démocrate. Mais pourquoi s'opposer à de Gaulle ? Le peuple est pour de Gaulle, et la voix du peuple doit compter. Un jour ou l'autre, il faudra bien que ce grand homme d'État reprenne le gouvernail. Nous y pensons.

Il appuya légèrement sur le mot « nous » qui indiquait que lui-même était quelqu'un d'important, qu'il faisait partie de ceux qui décidaient de l'avenir de la nation.

– Enfin, maintenant, je dois préparer ma campagne électorale à Montastruc-la-Gaillarde...

Il s'interrompit, prenant un air grave, de circonstance, puis :

– Mais n'est-il pas regrettable que l'un des plus mauvais aspects de la politique soit que même un politicien averti soit obligé périodiquement de convaincre ses électeurs de sa valeur ? Ils ont la mémoire bigrement courte, vous ne trouvez pas ?

Frédéric allait répondre sans réfléchir : « Ou peut-être l'ont-ils un peu trop longue ? » mais il s'arrêta à temps et se contenta de sourire, tout en se demandant « qui » se cachait derrière ce « nous » que François d'Aubreuil évoquait dans la plupart de ses phrases... « Qui » étaient ces hommes fomentant dans l'ombre un coup d'État ?

– La voix du peuple, c'est la voix de la sottise, de la méchanceté, voire de la cruauté, déclara Frédéric, ignorant le sursaut indigné de Christian.

– Tu n'as pas le droit de dire cela ! s'écria ce dernier en rougissant.

– Je vois que les deux frères ne sont pas d'accord ! ironisa François d'Aubreuil. Pouvez-vous expliquer votre pensée ? ajouta-t-il, s'adressant à Frédéric.

– Je doute que Mendès France qui, entre nous, a fort bien

fait de démissionner [1], connaisse véritablement le caractère de la classe ouvrière. Les dirigeants communistes, si. Ils ont parfaitement compris que rien n'était plus facile à manipuler que les pauvres et les exploités. Mendès France est un idéaliste. Malgré tout le bien que je pense de lui, je ne peux pas avoir confiance en un grand bourgeois qui prétend défendre la cause du peuple. Comme si l'inégalité n'était pas le fondement même de notre société. Les uns naissent intelligents, travailleurs et ambitieux, les autres ne pensent qu'à se faire entretenir par la société. L'un sera séduisant, l'autre doué pour l'action, le troisième trouvera son bonheur à rêver. Inégaux nous naissons, inégaux nous mourrons !

François d'Aubreuil éclata de rire. Décidément, ce jeune homme lui plaisait.

– Comme vous avez raison, mon jeune ami ! Pour ma part, je sais, pour les fréquenter depuis un certain temps, que les sentiments démocrates de la plupart de nos politiciens sont hypocrites. C'est une attitude nécessaire pour obtenir des voix. Surtout celles des gens ordinaires, incultes, envieux de la richesse des autres et qui réclament l'égalité !

– Mais on peut lutter contre l'inégalité sociale, dit Christian. Ceux qui possèdent la plupart des richesses de la nation pourraient les partager ! Cette richesse est le fruit de l'héritage et non le fruit du travail personnel. Et puis, il faut nationaliser tous les moyens de production, l'énergie, la banque...

– Mon frère, comme à son habitude, dit des sottises ! l'interrompit Frédéric.

« Faut-il que chaque fois qu'il ouvre la bouche, je doive m'attendre à une connerie ? Nationaliser l'énergie ? Et puis, quoi encore ! » pensa-t-il, furieux.

Afin de clore la querelle, François d'Aubreuil dit :

– Voyons, mes chers amis, vous avez sollicité un entretien

1. Pierre Mendès France a démissionné en mai 1956.

avec moi, ce n'est pas pour échanger des observations politiques.

Cela aussi faisait partie de ce jeu imbécile et cruel qui consistait à désarçonner les inférieurs. Ni Frédéric ni Christian n'avaient demandé une audience auprès de François d'Aubreuil. C'était lui qui leur avait fait savoir qu'il les recevrait très volontiers s'ils le désiraient, *« Disons le 26 juillet prochain, à 12 heures précises... »* – telle était la teneur du billet d'invitation. Et Frédéric avait accepté de se rendre à ce rendez-vous parce qu'il avait sa « petite idée ». Cette « petite idée » qu'il peaufinait depuis tant d'années. « Savoir attendre le bon moment. » C'était là sa devise...

– Que puis-je faire pour vous ? reprit François d'Aubreuil après un court silence. Avez-vous fait votre service militaire ?

Question superflue. Il savait parfaitement par maître Ginesty que Frédéric venait tout juste de terminer ses études... *Les Nouvelles du Midi* avaient même évoqué la thèse particulièrement brillante du plus jeune agrégé de droit international.

– Pas encore. Mon sursis est fini, dans trois mois, je pars en Algérie...

– Et vous ? demanda François en s'adressant à Christian.

– Je suppose que je partirai dans deux ans. À moins que je parvienne à faire prolonger mon sursis.

– Nous verrons cela. On peut toujours trouver un arrangement... Vous êtes encore étudiant ?

– Je prépare une maîtrise de français et d'histoire de la musique.

Christian hésitait à demander des nouvelles d'Amelia, mais il se tut. Son instinct, très sûr, lui disait que parler d'Amelia déplairait à François d'Aubreuil.

La voix sèche de ce dernier le fit sursauter :

– Si je comprends bien, notre rencontre est un peu prématurée, grogna-t-il.

– Je ne crois pas, répliqua Frédéric. Voyez-vous, je pensais que pendant mon service, je pourrais écrire une lettre personnelle… du genre « témoignage d'un jeune appelé », ou « la vie quotidienne d'un jeune appelé ». Mon frère, qui a une meilleure plume que moi, rédigerait les articles. Je crois que *Les Nouvelles du Midi* y gagneraient.

François d'Aubreuil réfléchissait. « Pas bête, pensa-t-il, pas bête du tout… En effet, le journal y gagnerait. Surtout en s'orientant à gauche. Nous avons tout à gagner en faisant oublier les années de collaboration avec les Allemands. »

– Écoutez, mon petit Maury. Il insista légèrement sur ces derniers mots en y mettant toute la condescendance du supérieur paternaliste envers un futur employé. Je n'ai pas encore dit oui. Mais je vais y réfléchir. Cela me paraît une très bonne idée. Attention, cependant ! L'information que vous donnerez doit avant tout attirer le public. Il nous faudrait aussi des photos ! Des photos percutantes. Bien entendu, votre frère sera payé à la pige. Vous voyez ce que je veux dire ?

Frédéric, qui avait sursauté en entendant « mon petit Maury », au prix d'un effort surhumain inclina la tête en souriant…

– Je vois, dit-il.

– Parfait. J'attends beaucoup de notre collaboration.

Puis s'adressant à Christian :

– J'ai beaucoup entendu parler de vous. Tout se sait à Toulouse ! Pourquoi ne tiendriez-vous pas une rubrique musicale dans mon journal ?

Un lumineux sourire éclaira le visage du jeune homme.

– Oh ! monsieur d'Aubreuil, ce serait pour moi un vrai bonheur.

– Eh bien, voilà qui est entendu ! Venez demain voir le rédacteur en chef. Il vous mettra au courant. À très bientôt…

Il se leva pour signifier la fin de l'entretien.

– Vous serez satisfait de mon frère et de moi, dit Frédéric

joyeusement. Je suis sûr que nous ferons du bon travail ensemble.

Interloqué, voire choqué par l'inadmissible familiarité avec laquelle Frédéric lui parlait, François d'Aubreuil l'observa longuement avec sévérité, sans répondre. Frédéric lui rendit son regard. Il y eut un long silence.

Étonné, Christian les regardait. Debout, immobiles, face à face, les yeux fixés l'un sur l'autre, ne cédant rien, arborant le même sourire conquérant qui n'admet pas le doute, ils ressemblaient à deux duellistes sur le point de s'affronter.

1957

L'absence de Frédéric était intolérable aux Maury à plus d'un titre. D'abord, parce qu'il risquait quotidiennement sa vie. Ensuite, parce que Raymond était déprimé. « Gravement déprimé, avait dit le docteur Barsony. Il faut faire attention. » Raymond, lui, ne semblait renaître à l'espoir que lorsque les lettres de Frédéric arrivaient...

Ces lettres étaient succinctes, mais Christian, qui suivait avec passion les événements, devinait la vérité cachée entre les mots. La censure militaire ne l'aurait jamais laissée passer. Lorsque son frère écrivait : « Hier, ça a été dur. Dur pour tout le monde », cela signifiait des attentats féroces, des répressions encore plus féroces. Aussi Christian s'arrangeait-il pour que « Les lettres d'un jeune appelé » qui paraissaient régulièrement dans *Les Nouvelles du Midi* ne soient jamais mises à l'index. Mais ce qu'il écrivait sonnait juste. Et les lecteurs en redemandaient.

Parfois, Christian croisait François d'Aubreuil dans les couloirs du journal. « Tout va bien ! disait ce dernier rapidement. Vos billets sont très bons... ! Un peu moins de politique, tout de même... La France est pacifique, ne l'oubliez pas !... »

Christian, titularisé dès la rentrée des classes, gagnait convenablement sa vie, donnait des cours particuliers, et touchait le salaire de ses piges. Pour rien au monde, il n'aurait accepté un centime de l'héritage. « Même pas une paire de chaussettes ! »

Seul point noir, son service militaire prévu dès que Frédéric serait libéré du sien... Mais la guerre en Algérie serait peut-être terminée d'ici là...

Souvent, il était invité à jouer dans quelques réunions mondaines. Mal accompagné par des pianistes qui pensaient savoir jouer, il s'exécutait cependant. Tout lui était bon pour jouer, pour oublier, pour se souvenir aussi.

Un jour, pourtant, il eut la chance de rencontrer une vraie musicienne... C'était dans les premiers jours d'octobre 1957. La journée était belle, le soleil éclatant, autour de Christian tout semblait gai, heureux, plein de promesses. Toute la France marchait le regard levé vers le ciel. Un satellite artificiel tournait autour de la terre. Un satellite russe. Spoutnik 1... On n'entendait que des phrases de ce genre : « Altitude, neuf cents kilomètres... Quatre-vingt-quatre kilos, et ça marche ! » Mais pour Christian, ce 7 octobre fut le jour où il rencontra la frêle, l'intelligente Estelle Desjardins... Il avait imaginé une pianiste comme les autres, mais il s'était trompé. C'était une musicienne. Une vraie. Moins virtuose qu'Amelia, moins vigoureuse, mais aussi sensible. Ce n'est qu'après avoir bavardé avec elle que Christian se rendit compte de son infirmité. Son dos, déformé par une scoliose, la faisait paraître bossue ; son extrême maigreur, souffreteuse, alors qu'elle avait vingt ans... Néanmoins, quand elle jouait du piano, son mince visage triangulaire rayonnait et elle devenait presque belle... Elle s'exprimait d'une voix rauque, mais avec tant de gentillesse et de douceur que cette voix, de prime abord désagréable, devenait l'expression même de la sensibilité... Durant l'automne et tout l'hiver, Christian et Estelle se virent régulièrement. Ils s'enfermaient dans le petit salon de musique d'Estelle et là travaillaient dans leur monde à eux, un monde aux murailles invisibles mais infranchissables... Ils s'entendaient merveilleusement. Échangeaient les livres qu'ils avaient lus, en parlaient des heures durant. Leur parfaite entente intellectuelle suffisait largement à Christian, il en allait différemment pour Estelle, follement éprise du jeune homme.

Madame Desjardins, femme méridionale, d'une élégance un peu voyante, adorait sa fille. Aussi, recevait-elle Christian avec une chaleur particulière, absolument sincère par ailleurs. Estelle rayonnait de bonheur. Elle avait atteint cette félicité extrême que l'on ressent parfois à vingt ans. Au fil de ses rencontres avec Christian, ses sentiments étaient allés grandissant jusqu'à devenir une passion folle. Il venait souvent, très souvent.

Un matin de la fin du mois de décembre, Christian, secouant ses vêtements trempés de pluie, entra dans la pièce qui baignait dans une lumière tamisée. Un grand feu pétillait dans la cheminée. Les Jeunesses musicales de France leur avaient proposé un concert pour une soirée de gala, le 31 décembre, au profit du Secours populaire.

Estelle lui fit un sourire affectueux.

Je craignais que vous ne puissiez venir aujourd'hui. Il pleut si fort...

– C'est de la neige fondue... Dès que mes mains seront réchauffées, nous pourrons travailler, dit Christian en souriant.

Il s'avança près de la cheminée et tendit ses mains glacées vers la chaleur des flammes. Il ne pouvait voir le regard tourmenté, éperdu, que son amie fixait sur lui.

Quelques instants plus tard, madame Desjardins apporta le thé sur un plateau accompagné de rhum et de gâteaux. Elle servit Christian avec dévotion.

– Je vais vous faire un grog brûlant pour vous réchauffer... Comme c'est aimable à vous d'être venu voir mon Estelle, malgré ce temps...

Estelle buvait son thé à petites gorgées. Elle regardait Christian, souriait de bonheur... Elle était très pâle. Si pâle que sa mère, brusquement inquiète, lui demanda :

– Tu vas bien, petite ? Tu es pâle. Que se passe-t-il ?

Impatientée, la jeune fille répondit :

– Ce n'est rien. J'ai peut-être trop lu...

Christian s'enquit :

– Qu'avez-vous lu de si passionnant ?

Estelle marqua une longue pause avant de répondre :

– Une histoire très triste. *La Pitié dangereuse*, de Stefan Zweig. L'avez-vous lu ?

– Non Stefan Zweig, dites-vous ? Non, je n'ai pas lu ce livre...

– Alors, je vous le prêterai. Lisez-le et vous me direz sincèrement ce que vous en pensez... Et toi, maman, l'as-tu lu ?

– Non, mon chat. Tu sais bien que je n'aime pas lire. Mais je le lirai si cela te fait plaisir. Je vais vous laisser travailler, que préparez-vous pour le concert des Jeunesses musicales ?

– Une sonate de Schumann, dit Christian.

Un peu plus tard, les deux jeunes gens riaient... La semaine précédente, ils s'étaient l'un et l'autre trompés dans l'exécution d'une sonate...

– Personne ne s'en est rendu compte ! dit Christian triomphant. Comment nous sommes retombés sur nos pieds, je ne le saurai jamais !

– Que faites-vous pour Noël ? demanda soudain Estelle en rougissant légèrement. Si vous le désirez, pourquoi ne pas vous joindre à nous ?

Christian secoua la tête.

– Non, merci. Ç'aurait été avec joie mais c'est impossible. Mes parents et ma petite sœur ne comprendraient pas mon absence... Vous savez, Frédéric a été très gravement blessé et a failli perdre une jambe. Le chirurgien parlait de l'amputer. Mon frère lui a dit : « Si jamais vous me coupez la jambe, moi je vous coupe la tête, je vous le promets. » Sa jambe a été sauvée. En ce moment, il est en rééducation. Je pense que dès qu'il sera rétabli, il sera réformé. Nous l'attendons avec impatience. Il devrait être à Toulouse en février... Mars au plus tard...

Pensive, Estelle fixait les flammes.

– Cela signifie que vous serez incorporé ?

– J'en ai bien peur.

– C'est dur, en Algérie, n'est-ce pas ?

– Oui… Vous savez, mon frère m'écrit et moi, je transforme ses lettres en billets pour *Les Nouvelles du Midi*.

Pendant un moment, un long moment, Estelle regarda Christian qui s'activait autour du feu, tisonnant, puis elle se leva et s'installa devant son piano.

– Et si nous nous mettions au travail ? dit-elle.

Les notes jaillissaient de ses mains. Une jolie improvisation brisa l'air calme et tranquille… La pièce était déjà obscure, à peine éclairée par la lumière mouvante des flammes.

– À quoi pensez-vous, Christian ? Je vous sens rêveur. Voire mélancolique…

– Votre musique. Elle me fait penser à quelqu'un que j'ai beaucoup aimé.

Il se leva, se dirigea vers la fenêtre, souleva le rideau et regarda le ciel sombre.

– La dernière fois que je l'ai vue, c'était le jour où l'on transportait à Orly le corps de son mari. J'étais revenu à temps de Montréal. Juste à temps ! Jonathan était mon meilleur ami. Il a été enterré en Israël.

– Oh, comme c'est triste ! s'exclama Estelle. Et elle ? L'avez-vous revue ?

– Non. Plus jamais. Elle est restée là-bas. Elle avait une petite fille qui doit aller sur ses quatre ans.

– Qui est-ce ? Est-ce que je la connais ?

– C'est la nièce de François d'Aubreuil. Amelia d'Aubreuil…

– Amelia ? Amelia d'Aubreuil ? C'est elle ? Mais oui ! Je me souviens maintenant ! Son mariage avec un petit violoniste juif. Doué, paraît-il. Cela avait fait un beau scandale ! Toute la société toulousaine était furieuse…

Christian baissa la tête.

– Ah ! dit-il après un silence, j'ignorais que vous la connaissiez.

– Vous savez, ici à Toulouse, tout le monde se connaît. Étiez-vous très proche d'elle ?

– Beaucoup. Beaucoup plus que je ne pouvais même l'imaginer.

– Je ne comprends pas...

– J'aimais Amelia. Oui, je l'aimais. J'ignore si je la reverrai un jour.

Sans s'en rendre compte, Christian avait parlé très bas. Sa voix exprimait un tel désespoir qu'Estelle, alertée, demanda :

– Vous l'aimez encore ?

– Je crois que je n'ai jamais cessé de l'aimer.

Toujours devant la fenêtre, Christian ne pouvait voir le visage d'Estelle.

– Et vous, ma chère Estelle ? Avez-vous déjà été amoureuse ?

– Oui, fut la réponse.

Surpris, Christian se retourna.

Elle souriait à travers ses larmes et regardait Christian avec douceur.

Intrigué, Christian dévisagea Estelle. Il étudiait le petit corps frêle et plat, les jambes maigres, les mains blanches posées, immobiles, sur le clavier. Jamais il n'avait pensé à sa camarade en tant que femme... « Est-il possible qu'elle attende quelque chose de la vie ? Est-il possible que quelqu'un puisse désirer l'embrasser, la toucher ? Et je connais ce quelqu'un ? Qui diable cela peut-il être ? Serait-ce moi ? »

À cette pensée, son visage s'empourpra. Il articula péniblement :

– Estelle... vous m'en avez trop dit ou pas assez, de qui êtes-vous amoureuse ?

– Regardez-moi ! Jamais cet homme ne m'aimera. Aucun homme d'ailleurs.

Elle paraissait très calme et nul ne pouvait s'apercevoir de l'angoisse qui lui serrait la poitrine.

– Mais vous vous trompez, Estelle ! Moi, j'ai beaucoup d'affection pour vous... Avec Amelia, vous êtes pour moi la plus merveilleuse des amies... Je vous aime beaucoup.

Elle souriait tristement.

– Moi aussi, je vous aime beaucoup.

Elle se retourna vers le piano resté ouvert et ses doigts s'agitèrent sur le clavier. Une musique s'éleva. Une musique discordante, mouvementée, pleine de regret et de colère...

Christian s'approcha d'elle et l'embrassa sur le front.

– Je vous aime comme une sœur, Estelle. Vraiment, j'aimerais vous savoir heureuse. Je dois partir, maintenant. Je reviendrai demain. Nous n'aurons pas beaucoup travaillé aujourd'hui...

– Non, mais j'ai appris quelque chose vous concernant.

Elle haletait légèrement comme si elle avait couru. Impulsivement, elle s'empara de la main de Christian et la porta à ses lèvres.

– Embrassez-moi, Christian, avant de partir.

Christian eut un mouvement de surprise et de recul. Il voulut lâcher sa main, mais les doigts d'Estelle s'étaient agrippés convulsivement aux siens.

– Embrassez-moi, implora-t-elle encore.

En proie à une très vive émotion, il s'exécuta. Il eût donné sa vie pour être hors de cette pièce et, dans le même instant, il étreignait Estelle comme un noyé à une bouée de sauvetage. Quelque chose en lui d'inconnu voulait briser, saccager ce corps qui se pressait contre lui. Qui entraîna l'autre sur ce tapis ? Il ne pourrait jamais le dire. D'ailleurs, dès que ce souvenir venait à son esprit, il l'en chassait aussitôt. Cette frénésie physique qui l'avait jeté sur Estelle, cette possession violente, rageuse, dépourvue de toute tendresse, de toute compassion, plus semblable à un viol qu'à un acte d'amour, ce n'était pas lui... Il devait faire un cauchemar. Il se dégagea du corps qu'il étreignait encore, mais Estelle, souriante, le retint contre elle et l'embrassa...

– Merci, dit-elle enfin. Merci. Va-t'en, maintenant. Pars. Ne reviens plus.

Christian se redressa, aida Estelle à se relever, l'installa dans son fauteuil. Il agissait avec elle comme avec une enfant. Honteux, désespéré, il ne trouvait rien à dire pour se justifier. Y avait-il quelque chose à dire, d'ailleurs ? Il était incapable de bouger. Estelle répéta : « Pars, mon Christian, mon ami... Ne reviens plus. Tu m'as donné ce que j'espérais le plus au monde depuis que je te connais. »

Lorsque la porte se referma sur lui, Christian fut étonné d'éprouver un soulagement intense, une sensation de libération d'avec quelque chose d'exigeant qui se collait à lui, et dont il ne voulait à aucun prix. « Ce que j'ai fait est horrible, pensait-il. Comment me faire pardonner ? » Il croyait « devoir » épouser Estelle. Cela lui était pénible mais il ne voyait pas d'alternative.

Cela lui fut épargné. À peine avait-il quitté Estelle qu'elle verrouilla la porte de sa chambre. Longtemps, elle resta immobile. « Christian ! » dit-elle à voix haute. Elle répéta à plusieurs reprises : « Christian. Christian... » Longtemps. Elle réfléchissait sur ce que serait sa vie sans Christian. Lucide, elle se voyait telle qu'elle était. Tout ce qui était normal chez n'importe quelle jeune fille lui était interdit. Lorsqu'elle avait demandé à son médecin si elle pouvait se marier, ce dernier avait eu l'air soucieux.

« Bien sûr, avait-il dit enfin. Mais il faudra être très prudente dans vos rapports conjugaux. Votre mari devra être très doux. Très patient. Votre développement sexuel est celui d'une enfant de dix ans.

– Est-ce que je pourrai avoir des enfants ?

– Non. »

Ce non était un couperet qui avait mis fin à tous ses espoirs.

Cette nuit-là, dans la tourmente qui l'agitait, elle ne voyait aucune lueur d'espoir dans sa vie. Elle refusa de descendre dîner, prétextant la fatigue. Dans l'obscurité, allongée sur son lit, elle pensait : « Pas de carrière. Pas de mariage. Pas d'enfant. Autant en finir tout de suite. » Alors elle décida de mettre fin à ses jours.

À l'indicible soulagement de Raymond et de Simone, on constata qu'Estelle n'avait rien laissé dans la lettre adressée à sa mère, qui aurait pu mettre Christian en cause. Estelle parlait de son refus de vivre une existence qui ne l'intéressait pas et demandait pardon à ceux qui l'aimaient. Abattu, Christian s'accusait, se culpabilisait, mais ne pouvait s'empêcher de se sentir soulagé. Il n'y aurait pas de demande en mariage. Pourtant, dans le tumulte de ses remords se glissait aussi de la reconnaissance. Estelle avait été la première femme avec qui il avait fait l'amour...

Madame Desjardins était pareille à un fauve auquel on aurait enlevé son petit. Comme Raymond le rapporta après l'enterrement d'Estelle, elle hurlait nuit et jour. Rien ne la consolait. Lorsque le prêtre pria pour Estelle, plus heureuse maintenant parce qu'à la droite de Dieu, elle lui cracha au visage. Puis, dans un accès de douleur folle, elle se jeta sur le cercueil, refusant qu'on l'ensevelisse. Il fallut plusieurs personnes pour la maintenir pendant la lente descente dans l'ultime et éternelle demeure de tous les êtres humains.

1958

Dans le train qui le ramenait à Toulouse, Frédéric somnolait. Il n'avait pas encore tout à fait conscience qu'il était libéré. Que sa blessure à la jambe – bienheureuse balle perdue qui avait fracassé l'os et l'avait fait réformer – le renvoyait dans ses foyers. Il n'avait aucun projet, sauf celui d'oublier au plus vite ce qu'il venait de vivre. L'horreur de cette guerre, cette guerre qui n'osait pas dire son nom ; ses camarades de régiment, des jeunes gens qui n'avaient pas vingt-cinq ans, sauvagement massacrés, les parties sexuelles tranchées, mises dans la bouche, pour mieux offenser, humilier les morts. Il avait vu cela et ne l'oublierait jamais. Il avait vu des hommes pleurer de peur et de désespoir comme des enfants perdus, des hommes qui appelaient leur mère avant de mourir, le ventre ouvert, les tripes dégoulinantes. Il avait derrière lui, devant lui, pour toujours, l'armée des morts qui ne le quitterait plus. Il éprouvait, à cet instant, une haine des Arabes qui n'aurait pas de fin…

« Il va falloir protéger Christian, pensa-t-il, jamais il ne pourra survivre à cet enfer là-bas. Il est trop fragile pour ça. Ça risque de le tuer. »

Il avait l'impression que des années s'étaient écoulées. Pourtant, il n'était parti qu'un an et demi, dont trois mois d'hôpital, d'opérations et de convalescence. On avait parlé septicémie, amputation, et puis la fièvre était tombée et il s'était remis.

Alité, il voyait le visage de sa mère dans son délire... Puis, vint la convalescence jointe à une très grande lassitude, une sorte d'abandon de toute volonté. Juste le désir de rentrer chez lui, à la maison, de revoir ses parents, de les embrasser, de s'occuper de Christian et de Victoria...

Frédéric n'avait averti personne de son arrivée. Il voulait leur faire la surprise... Mais une fois sur le quai, il eut un moment de faiblesse, de désarroi. Il aurait aimé voir ses parents, Christian et Victoria, là, tout de suite, sans attendre... Il sauta dans un taxi, vite... Vite, les quartiers riches du Jardin des Plantes, des allées des Demoiselles, les collines d'Empalot.

Une demi-heure plus tard, il était devant sa maison.

La terre sentait le printemps qui s'éveillait. Dans la brume matinale, Frédéric vit sa mère, occupée comme à l'accoutumée. Elle pendait le linge fraîchement lavé.

Dans le jardin, des ombres glissaient entre les arbres dont les bourgeons pleins de sève éclataient joyeusement. Frédéric voulait surprendre sa mère, mais au bruit des pas crissant sur les cailloux Simone redressa la tête. « Frédéric, dit-elle seulement. Oh ! Frédéric ! » Et ce n'est qu'en entendant son nom prononcé par sa mère, ce n'est que lorsqu'il l'étreignit, essuyant ses pleurs de joie sous ses baisers, que Frédéric sut qu'il était rentré chez lui. « Mon petit... mon petit... », bégayait Simone serrant contre elle ce grand gaillard efflanqué d'un mètre quatre-vingt-dix qui, pour elle, serait toujours son « petit ».

Plus tard, dans la nuit, après une journée un peu folle où toute la famille réunie ne savait comment exprimer la fin de son angoisse, son bonheur de le voir libéré du service militaire, de la mort, Frédéric, seul dans sa chambre d'adolescent – cette chambre autrefois détestée parce que petite, modeste, dépourvue des raffinements qu'il aimait –, fut terrassé par une violente émotion. Il s'enfonça, nu, frissonnant, dans ses draps frais, blancs, parfumés de lavande et sanglota : « Je suis chez moi. Je vis... Je suis vivant et je suis chez moi. »

Les jours suivants, il resta allongé sur une chaise longue, les yeux fermés, écoutant la petite Victoria, sur le point de fêter ses treize ans, lui raconter ses histoires de collégienne. Parfois, chose surprenante chez lui, il demandait à Christian de lui jouer l'adaptation pour violoncelle de la *Sérénade en* la *mineur* de Tchaïkovski. Très agréablement surpris, Christian s'exécutait volontiers. Il lui proposait de jouer autre chose, mais Frédéric refusait. Il ne voulait rien entendre d'autre. Juste cette Sérénade...

Lorsque son père rentrait du travail, Frédéric se levait enfin de sa chaise longue. Il partageait avec Raymond une collation de pain, de beurre et de saucisson, accompagnée d'un verre de bordeaux. Avant son service militaire, il trouvait cette pause vulgaire. Les « gens bien » prenaient du thé, des biscuits accompagnés d'une liqueur raffinée. Mais en Algérie, la peur au ventre, il rêvait sur son half-track de cette robuste collation populaire, qui tenait bien à l'estomac.

Maintenant c'était devenu un rituel sacré... Ravi, Raymond riait, coupait la baguette en deux, dans le sens de la longueur, étalait le beurre en abondance et posait délicatement d'épaisses tranches de saucisson, avec quelques cornichons. Si bien que Simone Maury s'inquiétait chaque matin si ces denrées étaient présentes dans son réfrigérateur.

Au cours de cette collation, père et fils parlaient peu. Frédéric posait quelques questions sur la journée de travail, sur la politique. Il écoutait les réponses avec une indifférence affectueuse. Plus soucieux, semblait-il, à la voix de son père qu'aux mots prononcés : « Répète un peu ce que tu viens de dire, papa. Je n'ai pas très bien compris », disait-il. Docilement, Raymond répétait : « Le gouvernement de Félix Gaillard est fini. Je me demande qui sera le nouveau président du Conseil. »

Frédéric ne répondait pas. Il se contentait de hocher la tête, tout en se resservant un verre de bordeaux.

Son attitude finit par inquiéter ses parents qui, un soir, dans l'intimité de la chambre conjugale, se demandèrent si Frédéric n'était pas malade. Ou pire, s'il ne faisait pas une dépression nerveuse.

– Peut-être faudrait-il voir un médecin, suggéra Simone.

Raymond soupira :

– Peut-être... Barsony ne paraît pas inquiet, mais je lui en parlerai demain lorsqu'il viendra voir notre Frédéric. Mais je ne sais pas si Barsony pourra lui rendre ce qu'il a perdu.

– Ce qu'il a perdu ? De quoi parles-tu ? Qu'a-t-il perdu ?

– L'innocence de sa jeunesse. Une partie de son existence vient d'être consacrée à la haine, à la mort. On se remet mal de cette chose-là, nous le savons tous les deux, n'est-ce pas ?

Simone, déjà couchée, répondit :

– Oui. Je pensais que nos petits ne connaîtraient pas cette horreur...

– Moi aussi... Mais tu vois... Et ce n'est pas fini.

– Qu'en sais-tu ?

– Au Parti, on pense que des choses vont se produire en France, des choses graves.

– Quoi donc, grands dieux ?

– La guerre civile... Oui, on parle de guerre civile.

– Vous êtes fous, toi et tes camarades ! Une guerre civile ! Il ne manquerait plus que ça !

Les lettres hebdomadaires, « Mon service en Algérie », avaient eu beaucoup de succès grâce à Christian qui en avait fait des petits chefs-d'œuvre de littérature féroces. Il attaquait sans cesse Robert Lacoste, Bourgès-Maunoury, Guy Mollet ou Jacques Soustelle, se rangeant résolument du côté des partisans de l'indépendance algérienne.

Frédéric avait laissé Christian choisir la tendance à donner aux informations qu'il lui envoyait. Il jugeait cette guerre impopulaire ; mieux valait donc se ranger du côté de l'opposition, fût-elle socialo-communiste.

Mais son expérience récente de la guerre contre les Arabes avait renforcé la répulsion que lui inspirait la religion musulmane, comme toutes les religions d'ailleurs, elle lui paraissait une vaste fumisterie destinée à asservir l'individu et à le manipuler. Il aimait cette phrase, tirée d'il ne savait trop où : « Dieu dans Sa sagesse a assigné à chacun son rang dans la vie, et il est impie d'intervenir dans Sa volonté. » Les Arabes avaient ceci d'agréable, en somme, c'est que leur religion leur interdisait toute revendication. « Cela doit bien arranger leurs gouvernements ! » En tout cas, cela arrangeait particulièrement bien les colons qui les employaient, les sous-payaient et les traitaient moins bien que leurs chiens.

Et puis, un matin d'avril, Frédéric ne fut pas étonné de recevoir une petite lettre de François d'Aubreuil l'invitant à déjeuner, Villa Montmorency. Il se sentit renaître. Il avait attendu ce déjeuner deux longues années. Il allait se rendre à Paris, mettre enfin en œuvre ses plans.

En arrivant dans la capitale, Frédéric s'installa dans un petit hôtel, rue Berthollet. Il économisait farouchement ses deniers. Les terrains de Lacq ne rapportaient encore rien, sinon de mirobolantes propositions qu'il avait rejetées en bloc... Mais il se félicitait de les avoir gardés car ils promettaient beaucoup plus que l'on en avait espéré...

Jamais Paris ne lui avait paru aussi charmant que dans cette lumière de printemps. Une brume légère s'élevait du fleuve qu'il longeait à grandes enjambées élastiques. Il croisait des groupes de jeunes gens de son âge, visiblement encore étudiants, qui riaient fort. Pourtant il lui semblait appartenir à une autre planète. Il avait définitivement perdu cette joyeuse insouciance de la jeunesse. La guerre l'avait endurci et avait effacé ce qui lui restait encore de faiblesse sentimentale.

Cependant, la paix, la douceur, la grâce de cette fin de matinée l'ensorcelaient et le désarmaient. Comme il était en avance, il s'installa à la terrasse d'un café, commanda un demi, grignota des amandes et, un instant, il ne fut plus qu'un jeune homme heureux de vivre, sans autre désir que de savourer au soleil le moment présent... Il n'était pas un godelureau en quête d'un emploi sous-payé pour ses capacités, il était un « propriétaire » en quête d'un associé... Et cela faisait une rude différence.

Une heure plus tard, saisi d'admiration, il se trouvait devant la maison de François d'Aubreuil.

Frédéric avait déjà vu de belles maisons, des propriétés superbes, mais jamais une demeure qui offrait un aspect aussi magnifique. Elle se dressait, blanche, imposante, sous la vigne vierge qui la recouvrait en partie, au milieu d'un petit parc isolé du centre de la ville la plus bruyante du monde. Il se dégageait de cette bâtisse une impression de parfaite harmonie, de sécurité, une élégance typiquement française.

Le petit salon, où le valet l'avait introduit, s'ouvrait sur un salon plus vaste dont l'ameublement un peu hétéroclite signalait le passage de plusieurs générations... Il y avait là tout ce dont il avait rêvé, tout ce à quoi il aspirait. L'étude d'un tableau l'absorbait lorsque François d'Aubreuil, accompagné de sa nièce, Amelia, pénétra dans le salon...

– Mon cher ami, disait François d'Aubreuil, que je suis heureux de vous revoir enfin ! Comment se passe votre convalescence ? Je sais tout ce qui vous est arrivé... Vos articles ont eu un certain retentissement, vous savez...

Puis, se tournant vers Amelia, il ajouta :

– Amelia, permets-moi de te présenter Frédéric Maury. Tu connaissais son frère, je crois ?

Puis, s'adressant à Frédéric :

– Ma nièce revient d'Israël. Elle a enseigné le piano au

Conservatoire de Tel-Aviv... Ma femme et mes enfants sont encore à New York. Aussi c'est ma nièce qui fera office de maîtresse de maison !

Frédéric vit qu'elle était grande, exagérément mince, que ses yeux verts dévoraient son visage... qu'elle était triste, très belle, et qu'elle offrait un aspect plein de fierté. « Une dignité de reine... », pensa-t-il. Est-ce à ce moment que Frédéric « tomba en amour » ? « Il y a un enfant », pensait-il en pleine confusion. Cet amour était de ceux, indestructibles, qui durent l'espace d'une vie, quels que soient les mensonges, les trahisons, les désespoirs. « Je veux cette femme. Elle est veuve, donc libre », pensa encore Frédéric Maury, bouleversé au point de ne pouvoir prononcer un mot. Il n'était pas dans son caractère de se sentir humble, mais, pour la première fois de sa vie, il éprouva une espèce de recul devant quelque chose de trop dur, de trop difficile à affronter. Il avait déjà connu des femmes. Pas une n'avait su le retenir. Il y avait Agnès Goldberg dans sa vie, à laquelle d'une certaine manière il tenait, mais si elle l'avait initié à l'amour physique, elle n'avait su le toucher sur le plan affectif. Aussi l'émotion qu'il éprouvait l'étonnait, le désarçonnait. Il ignorait comment se conduire. Il dut faire un terrible effort sur lui-même. Sans s'en apercevoir, il tenait la main d'Amelia entre les siennes et la serrait avec force.

– Si vous me rendiez ma main ? dit Amelia en souriant.

Sa voix grave et chaude allait avec son physique.

Frédéric se rendit compte qu'elle ne se moquait pas de lui, que jamais elle ne se moquerait de lui, mieux encore, que jamais cette femme ne lui ferait du mal.

Amelia aussi était sous le charme.

« Oncle François m'avait parlé d'un très jeune homme insignifiant et prétentieux, pensait-elle avec surprise. Mais c'est exactement le contraire... Cela ne m'étonne pas d'oncle François ! Il ne juge les gens qu'en fonction de leur classe sociale. Il ressemble à Christian, mais en plus fort. »

Suffisamment aguerrie pour se remettre rapidement de ses émotions, sa vie en Israël depuis la mort de Jonathan ayant été jalonnée d'aventures sentimentales sans lendemain, Amelia demanda :

– Ainsi, vous êtes le frère de Christian. Nous étions les meilleurs amis du monde. Je ne l'ai pas encore averti de mon retour, je ne suis à Paris que depuis huit jours. Votre frère, est-il avec vous ? J'ai hâte de le revoir !

De sa vie, il n'avait perdu son sang-froid... mais ce jour-là, devant Amelia, il abandonna son self-control. Il s'efforça de poursuivre :

– Non, il n'est pas à Paris. Christian nous parlait beaucoup de vous et... de...

– De Jonathan ? C'était mon mari. Jonathan est mort.

Le maître d'hôtel annonça : « Madame est servie » et ils passèrent dans la salle à manger dont les murs laqués de blanc s'ornaient de toiles de maîtres. Mais Frédéric ne voyait plus rien. De toute la beauté, de tout le charme de la maison, de la lumière de cette journée de printemps qui pénétrait dans la pièce, rien ne l'impressionnait, rien d'autre ne le touchait que le rayonnement qui émanait d'Amelia. Brusquement, il décida que cette femme serait à lui. Alors, ses incertitudes, ses doutes, ses frémissements, ses inquiétudes se dissipèrent comme par enchantement. Une ivresse légère lui embrumait le cerveau. Il parlait gaiement, s'imaginait plein d'esprit... Étonnée, Amelia l'observait avec attention. Frédéric n'était absolument pas tel que son oncle l'avait décrit : « Un jeune loup aux dents longues, encore mal dégrossi, mais qui ira loin car il a tout d'un scélérat. »

Amelia pensait que Frédéric était surtout un très bel homme intelligent, plein d'entrain et qu'il lui plaisait plus qu'un peu...

Au cours de ce déjeuner, François d'Aubreuil se dévoila par petites touches précises. Il parla de son engagement politique, de Jacques Soustelle qui lui accordait son amitié, de l'Algérie, du général Salan, un ami de la famille, du général Massu, du général de Gaulle… – « Comme il manque à la France ! » – et des terroristes algériens – « … qu'il faudra bien remettre dans le droit chemin, sinon où irons-nous si nous laissons le terrorisme faire la loi ? ». Petite bouchée de foie gras, petite gorgée de vin ; puis : « Il faut remettre de Gaulle au pouvoir. Lui, c'est un honnête homme… Vous vous souvenez ? Il y a deux ans que "nous" y pensons… Je ne sais pas si je peux tout vous dire… » Petite bouchée de foie gras, petite gorgée de vin, regards en biais, puis :

– Allez jeune homme, je me lance ! Nous avons la situation bien en main. « Nous » avons décidé de remettre de Gaulle en selle !…

– Depuis que je suis libéré, je lis toute la presse, dit Frédéric sans se compromettre. J'aime assez la lettre d'Alain de Sérigny dans *Dimanche Matin*.

– Oui, dit François d'Aubreuil, oui bien sûr. Mais Sérigny est une tête brûlée. De Gaulle ne violera jamais la légalité, et on peut faire beaucoup de choses en toute légalité… Y compris un changement de régime…

– Je pense que vous avez raison. C'est un honnête homme. Peut-on en dire autant de ceux qui l'entourent ? demanda Frédéric avec une apparente naïveté.

Son hôte éclata de rire.

– Certainement pas ! Pourquoi seraient-ils honnêtes dans un monde qui l'est si peu ? La reconstruction est en train de générer des fortunes colossales… Quiconque possède quelque terrain où que ce soit en France peut gagner des sommes considérables…

De nouveau, il s'interrompit pour boire une gorgée de vin, s'essuya la bouche, fit signe au maître d'hôtel de desservir, regarda Frédéric bien dans les yeux et continua d'une voix changée, moins avenante, plus précise :

– Surtout si l'on y découvre du pétrole… ou du gaz… Qu'avez-vous fait des terrains dont votre famille a hérité ?

Alerté, Frédéric dressa l'oreille. Ainsi, on arrivait donc au « pourquoi » de ce déjeuner. L'intérêt que François d'Aubreuil lui manifestait, son affabilité, sa joviale sympathie s'expliquaient par les terrains près de Lacq. Frédéric n'était pas surpris. Sur le qui-vive, mais pas surpris. « Mes terrains t'intéressent, pensa-t-il, eh bien, mon petit père, à nous deux ! » Il fixa son hôte avec une naïveté polie et dit d'un air détaché :

– Il est vrai que posséder un terrain « pétrolifère » serait une source de profit considérable...

Imitant François d'Aubreuil, il s'interrompit, s'essuya les lèvres, but, s'essuya de nouveau la bouche, puis ajouta :

– Comme vous le savez, ces terrains sont riches en gaz. Énormément de gaz... De quoi alimenter tout le Sud-Ouest... Encore faut-il beaucoup d'argent pour faire des recherches.

– Cet argent peut se trouver très facilement, déclara brusquement François d'Aubreuil, et bien plus que vous pouvez l'imaginer. De toute manière, vous ne réussirez pas à éviter l'intervention de l'État.

Tendu à l'extrême, Frédéric avait oublié Amelia. Il concentrait toute son attention sur son vis-à-vis qu'il ne quittait pas des yeux.

– En effet, le gouvernement m'a fait une offre d'achat, une offre ridicule. J'ai préféré attendre d'être démobilisé avant de prendre une décision.

François d'Aubreuil affecta un air surpris.

– Mon Dieu ! Je l'ignorais !

« Quel fieffé menteur tu es ! » pensa Frédéric les yeux baissés sur son assiette.

En silence, les deux hommes s'observaient, s'évaluaient...

Alors, Frédéric mit ses cartes sur la table, son atout maître avec. Ce pour quoi il était là, ce qu'il avait dans la tête depuis dix ans, depuis ce soir de décembre 1948 où son père avait déclaré qu'il venait d'hériter d'un certain oncle... Dix ans ! Sa voix était froide, précise, un peu détachée, mais ses mains étaient moites et sa chemise se trempait de sueur.

– Nos cent cinquante hectares de terrains contiennent des

gisements de gaz… Nous avons reçu tous les certificats des physiciens qui ont fait les recherches… Tous concordent. La Société nationale des pétroles d'Aquitaine veut nous les acheter. Moi, je connais la nature humaine et j'ai longuement réfléchi ! Avec un associé, je pourrais créer une société d'économie mixte avec la SNPA.

Il se tut pour reprendre son souffle, but, le plus lentement possible, puis reprit la parole :

– J'ai d'autres idées. Des idées susceptibles de rapporter des sommes colossales…

– Je vous écoute, dit François d'Aubreuil très intéressé.

– Il faut prendre des options sur les terrains vierges de Mourenx. Acheter les fermes, tout ce qui peut s'acheter dès aujourd'hui ! S'associer à des promoteurs immobiliers, des banques… L'exploitation du gaz va nécessiter l'emploi de centaines d'ouvriers qu'il va falloir loger… Quant aux ouvriers…

Frédéric laissa sa phrase en suspens. Le maître d'hôtel apportait les desserts. Quand ce fut terminé, d'Aubreuil relança la conversation :

– Quant aux ouvriers ?

– Il faut faire venir des Arabes. Ils coûteront moins cher que les Français… Et, là aussi, il y a de l'argent à gagner… Évidemment seul, je ne peux rien faire !

– Ce que vous voulez est à la fois impossible et possible, dit François d'Aubreuil après un petit moment de silence. Tout ce qui est énergie a été nationalisé par de Gaulle en 1946, mais, à condition d'avoir les relations nécessaires, des aménagements avec l'État ne sont pas exclus. Quant à votre idée d'acheter des terrains à Mourenx et dans les environs, excellent ça ! Laissez-moi faire, mon garçon ! Je peux mettre dans cette opération autant d'argent qu'il le faudra, non seulement pour l'exploitation de ces terrains et la construction des logements, mais aussi pour payer les… disons les compensations monétaires que nos ministres en poste exigeraient…

– Vous voulez dire des bakchichs ? interrompit brutalement Frédéric.

François d'Aubreuil sourit.

– Je préfère employer le mot compensation, c'est moins compromettant. Car il s'agit de ce que l'on pourrait appeler...

– De la corruption de fonctionnaires, dit aimablement Amelia qui jusqu'alors s'était contentée d'écouter.

– C'est cela même ! répliqua son oncle, en riant. Cela s'est toujours fait et se fera toujours ! Qu'en pensez-vous, jeune homme ? Reste à savoir sur quelle base nous allons travailler. Y avez-vous pensé ? Bien sûr, vous y avez pensé. Alors ? Je vous écoute ?

– Je pensais à une association.

Et Frédéric exposa ses projets. Il avait gagné la partie, il le savait. François l'écouta, non point avec condescendance, mais avec attention et sérieux. Il avait conscience de la force qui se dégageait de Frédéric, de son intelligence, de son absence totale de scrupules. « C'est avec ce genre d'homme que l'on peut atteindre les sommets, se disait-il, mais une association ?! »

– Fichtre ! dit-il à voix haute. Une association ! Vous n'y allez pas de main morte ! Si vous le voulez bien, nous parlerons de cela plus tard, dans mon bureau... Je vois que ma nièce s'ennuie. (« Une association ? Et puis quoi encore ?! », pensa-t-il, furieux.)

Depuis Jonathan, jamais Amelia n'avait rencontré quelqu'un qui lui plût autant, et jamais elle n'avait éprouvé une si vive irritation, voire une colère latente en écoutant le récit que Frédéric faisait de son service militaire... « Serait-il un sale facho ? se demandait-elle. Ce n'est pas possible ! Ainsi, il est du côté de l'OAS ? » Voir Frédéric tenir le même langage que son oncle l'agaçait.

Une surexcitation agréable s'emparait du jeune Maury. Un peu plus âgé, un peu plus expérimenté, Frédéric ne se fût pas dévoilé comme il le faisait. Mais il était grisé. Grisé par les vins qu'il venait de boire, grisé par le regard qu'Amelia posait sur lui, grisé, enfin, par les perspectives fabuleuses qui s'ouvraient à lui. À l'évidence, Amelia ne l'approuvait pas, mais il sentait également, et c'était là un paradoxe intéressant, qu'elle l'admirait. Il suscitait en elle autant d'intérêt que de colère. Un instant, il perdit le fil de la conversation... les yeux fixés sur Amelia, et elle, tournant la tête, surprit ce regard passionné. Elle comprit que son trouble avait trouvé un écho. Que lui et elle, elle et lui, étaient du même bois, qu'un même feu dévorait. Ce regard était un pacte silencieux, une promesse... « Nous serons l'un à l'autre. Quand ? Comment ? Peu importe. Mais cela sera. »

Le déjeuner s'achevait ; Amelia se leva, se dirigea vers le salon, où cognac et liqueur les attendaient. Tout à ses projets, François d'Aubreuil alluma son cigare, savoura une gorgée de cognac et continua une conversation que, depuis quelques instants, sans s'en apercevoir, il entretenait avec lui-même :

– Il va se passer des événements d'une importance capitale dans les prochaines semaines ! À Alger nos amis vont agir. Les intellectuels progressistes ne parviendront jamais à donner à nos compatriotes d'Algérie le sentiment qu'ils sont coupables d'être nés sur cette terre, et d'avoir fait de ce pays ce qu'il est. Un pays fier de son agriculture, de son industrie. Nos compatriotes d'Algérie ne veulent pas qu'on les chasse de chez eux. Je vous conseille de rester à Paris dans les semaines à venir.

Frédéric avait depuis son arrivée Villa Montmorency décidé de rester à Paris. Mais pas pour les raisons qui agitaient François d'Aubreuil. Pour la première fois de sa vie, « les affaires... » n'étaient plus sa seule préoccupation.

Amelia se leva brusquement et trébucha. Frédéric eut juste le temps de la retenir par les épaules pour la soutenir. Elle sentit une chaleur soudaine l'envahir. Submergée par un flot de désir inhabituel, elle rougit jusqu'à la racine des cheveux. Depuis la mort de Jonathan, jamais le choc électrique, le frémissement qui parcourt le corps, la sensation alternée de froid et de chaleur ne l'avaient envahie.

Son oncle lui demanda si elle s'était fait mal.

– Non, non, dit-elle vivement. Tout va bien !

– Tant mieux ! Je dois vous laisser, dit-il en se tournant vers François, j'ai quelques rendez-vous à honorer. Amelia, veux-tu ramener notre invité chez lui ?

– Mais bien sûr, mon oncle, balbutia Amelia, prise de court.

Durant tout le trajet du retour, ni l'un ni l'autre ne prononcèrent un mot.

Rue Gay-Lussac. Rue Claude-Bernard. Rue Berthollet. Presque arrivés maintenant. Et toujours silencieux. Amelia, la gorge serrée, se demandait : « C'est tout ? J'avais cru. Je pensais que. »

Elle rangea la voiture le long du trottoir, mais laissa tourner le moteur.

– Voilà, dit-elle la voix enrouée. Vous êtes arrivé... »

Frédéric ne répondit pas. Il sortit un paquet de cigarettes, le tendit vers Amelia qui secoua la tête. Il en prit une qu'il alluma. Après quelques bouffées, il s'enquit :

– Quand est-ce que je vous revois ?

Elle se retourna lentement pour le regarder... pour bien se souvenir de cette forme sombre, massive, assise à côté d'elle, de ce profil dur, de cette masse de cheveux noirs, de cette cigarette dont la fumée montait en spirale...

– Quand vous voudrez, répondit-elle.

Dire ce que l'on sent, ce que l'on veut. Sans détour.

Frédéric reprit :

– Vous vivez chez votre oncle ?

– En ce moment, en l'absence de ma tante et de mes cousins, je vis chez mon oncle, dit-elle en souriant... La Maison des Peupliers est lourde à tenir. Mais, en fait, j'ai un appartement pas loin d'ici. Rue du Sommerard.

– Avez-vous... vraiment envie de me revoir ?

– Oui.

– Vous savez, n'est-ce pas, que si nous nous revoyons... il ne s'agira pas d'un simple flirt ? Ou bien est-ce déjà un simple flirt pour vous ?

– J'ai toujours détesté flirter, répliqua-t-elle.

Sa voix était calme. Mais son cœur s'emballait.

Frédéric l'attira contre lui et l'embrassa. Amelia se sentit renaître sous ce baiser... Cette langue qui fouillait sa bouche réveillait chacune des cellules endormies depuis de si longues années. Depuis Jonathan, elle n'avait rien connu de tel... Son corps vibrait de nouveau, mais pourquoi penser maintenant à Jonathan ? Quatre ans déjà. Oh ! mon Dieu, faites qu'il ne cesse jamais de m'embrasser, cet homme, cet inconnu, ce... cet ennemi.

Frédéric lui parlait bas, mordillait son oreille, faisait glisser sa bouche sur son cou, son décolleté. Elle perdait pied...

– Il vaut mieux que j'arrête, murmura-t-il d'une voix oppressée. À moins que...

– À moins que ?

– Venez avec moi...

Elle le regarda, entoura de ses bras le cou de Frédéric.

– Oui, dit-elle à voix basse.

Amelia ouvrit les yeux. Le désordre du lit, sa nudité, sa bouche douloureuse, son corps apaisé, ses vêtements jetés à terre lui rappelèrent le tumulte passionné de ces dernières heures.

Elle s'étira, souriante de bien-être heureux.

À ses côtés, Frédéric dormait. « Le sommeil du juste ou du guerrier ? » se demanda-t-elle. Elle observa les boucles brunes, les joues bleuies par la barbe naissante, la bouche légèrement entrouverte, le menton volontaire, la mâchoire carnassière... « Oui, c'est un guerrier, se dit-elle. Un jeune guerrier fougueux qui écrasera sans pitié tous ceux qui se trouveront en travers de sa route. » Cet homme dont elle connaissait maintenant la plus petite parcelle de peau, l'odeur la plus intime, le goût, la voix, cet étranger dont elle ignorait ce qui se cachait derrière trois ou quatre millimètres d'os, dans cette tête bouclée dont elle ignorait tout le matin même... « Ce que j'éprouve maintenant est physique. Seulement physique. Une autre forme de l'amour en somme. » Elle sourit, puis bizarrement, elle pensa : « À moi de me protéger. »

Frédéric, les yeux fermés, eut une moue amusée. Elle murmura :

– Tu fais semblant de dormir... Tu as de longs cils...

– Oui. Très longs. Il souriait. Je n'ai jamais été aussi heureux de ma vie.

– Dis-le. Dis-le encore une fois...

– Je n'ai jamais été aussi heureux que maintenant, murmura Frédéric.

Tant d'aventures amoureuses l'avaient toujours laissé indemne, libre, maître du jeu... Mais aujourd'hui... il ne l'était plus.

– J'aime ton parfum, chuchota-t-il au creux de son aisselle.

– J'aime ton odeur, répondit-elle en écho.

– J'aime tes yeux. Toi aussi, tu as de longs cils.

– Aussi longs que les tiens ?

– Approche, on va mesurer...

Elle s'allongea sur lui, visage contre visage, bouche contre bouche.

– Tu es légère... si légère, souffla-t-il. Une bulle de champagne.

Il souriait. « ...Toi et moi... moi et toi... », ajouta-t-il à voix si basse qu'elle ne comprit pas ce qu'il venait de dire. Brusquement, il l'allongea sur le dos et pesa sur elle... Étrangers et amants, le désir les possédait. Chacun d'eux connaissait déjà le corps de l'autre. Mais leurs esprits s'ignoraient encore... Et peut-être ne se rencontreraient-ils jamais.

Durant toute cette première semaine de mai, Amelia et Frédéric se virent tous les jours. Après s'être occupée de sa petite fille et du personnel de la Maison des Peupliers, Amelia se précipitait rue Berthollet où Frédéric l'attendait. Par chance, le temps était à l'unisson de leur passion. Jamais il n'avait fait aussi beau. Ils déjeunaient ensemble au Pavillon Dauphine, se promenaient dans le bois de Boulogne, faisaient de vagues projets d'avenir, de voyages, de vie à deux... Puis, ils allaient faire la sieste chez Frédéric. Tout à leur amour, ni Amelia ni Frédéric ne prêtaient attention à ce qui se passait.

Les troubles en Algérie étaient tels que le Comité de vigilance, qui représentait toutes les associations patriotiques d'Alger, envoyait au président de la République, René Coty, par le truchement de Robert Lacoste, un télégramme signé du général Salan où il l'incitait à affirmer son autorité en faisant taire les querelles d'hommes et de partis par la constitution d'un gouvernement de salut public. La faillite de la IVe République allait atteindre son paroxysme le 13 mai. Ce matin-là, François d'Aubreuil téléphona à Frédéric. « Sautez dans un taxi aussi vite que vous le pouvez. De Gaulle va reprendre le pouvoir. Venez me rejoindre immédiatement. Nous avons des dispositions à prendre... » Puis, il raccrocha sans attendre de réponse.

Vingt minutes plus tard, Frédéric le surprit dans son bureau, marchant de long en large, fumant cigarette sur cigarette.

– Vous avez écouté les informations, ce matin ? questionna-t-il sans autre préambule.

– Bonjour monsieur. Non, pas vraiment.

– Les dépêches de l'AFP parlent de manifestations extrêmement importantes à Alger. Une grève générale est prévue pour aujourd'hui, à treize heures... Pfimlin va être nommé président du Conseil...

– Mais de Gaulle ? Vous m'avez dit au téléphone : « De Gaulle va reprendre le pouvoir. »

– Pensez-vous que cela puisse se faire comme ça ? Tout est prêt, vous dis-je !

– Alors, un coup d'État ?

– Certainement la fin de la IVe République. Il y a une réunion chez Jacques Soustelle. Venez avec moi. Il va partir pour Alger pour y créer un Comité de salut public avec le général Salan, le général Massu et Léon Delbecque. Ça va barder à Alger, mais c'est là que tout va commencer. On va organiser une manifestation, cet après-midi, pour le retour de De Gaulle au pouvoir.

Le lendemain, sur cinq colonnes à la une, la presse annonçait : UN COMITÉ DE SALUT PUBLIC PRÉSIDÉ PAR LE GÉNÉRAL MASSU A ÉTÉ CONSTITUÉ...

Pour plus de facilité, Frédéric passait ses journées à la Maison des Peupliers... Mais, contrairement à ce qu'il pensait, il ne pouvait qu'entrapercevoir Amelia. De nombreux hommes politiques venaient déjeuner et ne partaient que très tard dans l'après-midi. À ce moment-là, Amelia se consacrait à sa fille et au dîner, tout aussi encombré et aussi interminable que le déjeuner...

Enfin, le 30 mai, le président Coty invita le général de Gaulle à venir conférer avec lui...

– Nous avons gagné ! triompha François d'Aubreuil. De Gaulle va prendre le pouvoir en toute légalité... Frédéric, mon ami, nous avons « du pain sur la planche ! » Soyez prêt à me seconder et vous monterez aussi haut que vous le souhaitez !

Bizarrement, Amelia remettait sans cesse à plus tard le coup de téléphone ou la lettre qui devait avertir Christian de son retour en France... Quelque chose lui disait que cela déplairait à Frédéric, et elle se sentait vaguement coupable. Elle se souvenait que les deux frères ne s'entendaient pas. Non que Christian lui eût fait part d'un différend quelconque, mais son silence même en disait plus long que s'il avait parlé.

Il y avait déjà trois semaines que les deux jeunes gens vivaient un amour caché et passionné, et rien ne paraissait s'opposer à ce qu'ils se marient le plus rapidement possible. S'ils avaient maintenu leur liaison secrète, c'était davantage pour en savourer les instants que par crainte d'être critiqués ou séparés.

Du moins, c'est ce que Frédéric pensait en ce matin de juin 1958. « Je suis fou amoureux d'elle, se disait-il. Le fait qu'elle ait déjà été mariée et qu'elle ait eu une petite fille ne me gêne pas. De plus, elle est immensément riche... » Jamais il n'avait mis ce fait en doute, voyant en elle la riche héritière des usines d'Aubreuil. Il croyait, il était certain que si Amelia avait décidé de reprendre une activité comme accompagnatrice-répétitrice au Conservatoire de la rue de Madrid, c'était surtout, voire uniquement, pour avoir un passe-temps. Et d'ailleurs, il y avait du vrai dans cela. Les mensualités qu'elle recevait de son oncle auraient suffi à faire vivre très largement une famille de cinq personnes. Mais Amelia n'était pas le genre de femme à se satisfaire d'activités mondaines. Elle était la répétitrice-accompagnatrice préférée des grandes cantatrices qui se produisaient à Paris, soit au Théâtre des Champs-Élysées soit Salle Pleyel, ou à l'Opéra et qui la réclamaient avec insistance. Elle fit ainsi répéter l'illustre Renata Tebaldi avant son inoubliable *Aïda*, à l'Opéra de Paris... De même qu'elle travailla avec Maria Callas, Rita Gorr, Christa Ludwig... Les élèves du Conservatoire avaient besoin de son oreille pour préparer les concours de fin d'année ou, pour les plus avancés d'entre eux, les grands concours internationaux. Souvent, ils venaient travailler chez elle, rue du Sommerard.

Frédéric, plein d'une joie qu'il désirait faire partager, téléphona à Toulouse pour embrasser sa mère, demander des nouvelles de sa sœur et de Christian... « Il doit faire son service, dit la voix de Simone. Il doit partir en septembre 1959. Cela nous laisse plus d'un an pour trouver une solution. Si tu pouvais lui obtenir un sursis... une dispense. Avec les relations que tu as maintenant. » Frédéric promit d'y réfléchir et de faire tout ce qui était en son pouvoir. D'ailleurs, une bizarre inquiétude s'emparait de lui lorsqu'il imaginait son frère subissant ce que lui avait subi... La grossièreté, la vulgarité, les plaisanteries obscènes, la promiscuité répugnante... tout cela, Frédéric avait su le dominer. Parce qu'il avait la force d'âme nécessaire pour faire face à n'importe quel coup du sort. Mais Christian ? Christian et sa sensibilité à fleur de peau. « Il faut que d'Aubreuil me trouve une planque pour lui dans un bureau quelconque, pensa-t-il. Jamais Christian ne pourra supporter cela ! Ils vont me le détruire... »

– Prends ton frère avec toi à Paris, dit Simone. Donne-lui sa chance.

– D'accord, répliqua Frédéric. On va organiser ça !

Mais la venue à Paris de Christian allait poser quelques problèmes. Retenir une chambre à l'Hôtel de Lutèce, ou louer un appartement meublé ? Toujours joyeux, Frédéric s'en fut en sifflotant. « Dès que les contrats d'association avec d'Aubreuil seront signés, je demanderai à Amelia de m'épouser. Nous serons d'égale à égal... » Il imaginait déjà le mariage, son installation Villa Montmorency, son avenir, député ou rédacteur en chef des *Nouvelles du Midi*, président-directeur général des laboratoires d'Aubreuil. Et surtout, président-directeur général d'une société encore inexistante qui allait exploiter les terrains de Lacq. Une société mixte dont les bénéfices seraient équitablement partagés entre François d'Aubreuil et lui, Frédéric Maury, plus quelques ministres soucieux du développement de la région.

Dans son bureau, toutes fenêtres ouvertes sur le jardin inondé de soleil, François d'Aubreuil l'accueillit avec un peu de surprise, et un peu de méfiance. Jamais depuis qu'ils se connaissaient, il n'avait vu à Frédéric cette physionomie heureuse et détendue.

– Ce sont les événements qui vous mettent dans cet état ?

demanda-t-il avec gaieté, gagné par la bonne humeur de Frédéric. Tout va bien pour nous, ajouta-t-il toujours gaiement. L'Union pour la Nouvelle République va gagner très largement les élections... Vous savez que les derniers sondages me donnent gagnant à Montastruc, à près de quatre-vingts pour cent de voix ? Je vous le dis, mon jeune ami, nous remporterons les élections du 28 septembre ! Voulez-vous rester dîner avec nous ?

Frédéric sourit, accepta whisky-soda, cigare, et se sentit très bien dans la peau d'un jeune politique dont l'avenir se dessinait glorieux et sûr.

– Présentez-vous dans l'opposition... Si je suis élu, cela ne me gênera pas pour vous prendre comme chef de cabinet, dit François d'Aubreuil... Maintenant, je suis gaulliste. Prenez votre carte de radical-socialiste. Cela ne veut rien dire, et ne vous compromettra pas.

Frédéric sursauta :

– Je peux aussi bien être gaulliste ! Les gaullistes ont le vent en poupe.

– Il est bon d'avoir des pions dans chaque camp. Je me présente et je serai élu avec les gaullistes ; présentez-vous du côté des radicaux-socialistes. N'hésitez pas à m'attaquer, je ferai en sorte que vous soyez élu à Toulouse. Votre famille est honorablement connue. Votre père est communiste... Vous vous présenterez comme un enfant du pays soucieux de l'avenir de sa ville...

– En êtes-vous sûr ?

– Certain. Quel effet cela vous fait-il de sentir la chance se présenter à vous avec cette facilité ?

Frédéric haussa les épaules.

– Ce n'est qu'un début.

D'Aubreuil le dévisagea en silence. « Jusqu'où veut-il aller ? » pensa-t-il.

Le crépuscule avait envahi le jardin. Une odeur de terre chaude et de pelouse fraîchement tondue montait du sol. De l'intérieur de la maison, des rires et des cris se faisaient entendre, des voix inconnues de Frédéric qui se surprit, intrigué, à tendre l'oreille.

– Venez, dit François d'Aubreuil, mes enfants seront ravis de vous rencontrer enfin. Ils n'arrêtent pas de me poser des questions sur vous.

Dans le petit salon, seule une lampe avait été allumée. Assise par terre devant la cheminée, Amelia, en jean et pull trop grands pour elle, coiffait sa fille, Nina, qui regimbait. Marie-Claire d'Aubreuil, à laquelle on aurait facilement donné dix-huit ans, malgré ses seize printemps, trop élégamment vêtue pour son âge, soigneusement coiffée et maquillée, bavardait avec sa mère. Frédéric trouva cette dernière fort belle, bien qu'un peu pâle.

Paul-Henri, adolescent de treize ans, se tenait en dehors du groupe et se rongeait les ongles, l'air mauvais. De temps à autre, il s'approchait de la petite Nina et la taquinait en faisant semblant de lui tirer les cheveux.

Frédéric s'inclina devant Josette.

– Je suis ravie de vous connaître enfin ! dit-elle aimablement. J'ai le souvenir de votre frère, Christian. J'espère le revoir bientôt... Comment va-t-il ? Joue-t-il toujours de son instrument ? Du violoncelle, si mes souvenirs sont exacts...

– Mon frère va venir me rejoindre à Paris dès le mois de septembre prochain..., commença Frédéric.

– Alors, c'est vous le fameux Frédéric Maury ! s'écria Marie-Claire en l'interrompant. Mon père ne prononce pas trois phrases sans parler de vous !

Elle avait une jolie voix claire et musicale, une voix enfantine et gaie qui, à seulement l'entendre, donnait envie de rire et de danser. Étonné, Frédéric la dévisagea avec un soupçon d'ironie et d'amour-propre satisfait. Il constatait qu'il plaisait à la jeune fille. À vrai dire, elle était vraiment appétissante : mince, vive, juchée sur des talons vertigineux, mais plus petite qu'Amelia. Une cascade de boucles blondes encadrait son visage, et elle virevoltait sur elle-même, faisant tournoyer ses jupons... Elle connaissait le pouvoir de l'argent et de sa situation sociale. Et surtout, elle connaissait le pouvoir de sa propre séduction, dont elle savait jouer avec un instinct très sûr de petite femelle avide.

Après avoir échangé quelques mots de politesse, Frédéric se tourna vers Amelia. Il lui sourit, elle le regarda. Dans cet échange de regards, Marie-Claire comprit que ces deux-là s'aimaient. Piquée au vif, Marie-Claire l'observa longuement et sentit son cœur battre d'une manière inaccoutumée. Il fallait qu'il la voie, exactement avec le même regard, mi-tendre, mi-amusé, dont il enveloppait Amelia. Elle s'empara du bras du jeune homme.

– Savez-vous que j'ai lu tous vos articles dans *Les Nouvelles du Midi*. C'était passionnant !

Elle avait surtout lu dans les magazines féminins que la meilleure façon de gagner le cœur d'un homme était de le flatter sans vergogne et même, sans hésiter, d'aller jusqu'à la démesure. « On ne prend pas des mouches avec du vinaigre, mais avec du miel, des tonnes de miel... » Ce cliché gardait encore et toujours toute sa véracité. Malgré tout, le mensonge était si gros, si flagrant, que Frédéric éclata de rire et dit en se moquant, plutôt gentiment d'ailleurs :

– Vous savez, je n'en suis pas l'auteur. C'est mon frère qui les écrivait.

Marie-Claire leva sur lui des yeux pleins d'adoration et pour ne pas s'étendre davantage sur ces articles dont elle n'avait pas lu une seule ligne, elle changea rapidement de sujet :

– Vous a-t-on dit que j'ai fait un voyage aux États-Unis. C'est un pays fantastique. Nous autres, petits Français ne sommes rien à côté de ces gens-là !

Marie-Claire avait un esprit vif, incisif, parfois cinglant qui faisait rire... Délibérément, elle monopolisa la conversation et décida qu'elle serait le centre de la soirée. Son père la regardait tendrement et, sans connaître, sans même soupçonner les motifs de l'excitation de sa fille, il se mit à son diapason...

On passa à table. Comme toujours, Josette veillait au bon déroulement du dîner. Elle parlait peu. Souriait, parfois, d'un air vague et répondait brièvement lorsque François d'Aubreuil s'adressait à elle. Quant à Amelia, amusée par le comportement de sa cousine, elle se laissait aller de temps à autre au fou rire. Marie-Claire était, en effet, très drôle... Le seul qu'elle n'amusait pas était Paul-Henri qui lançait des regards furieux, exaspérés, à sa sœur ou grinçait entre ses dents : « Si elle pouvait enfin se taire, celle-là ! »

Cependant, malgré tous ses efforts, Marie-Claire se rendit compte que Frédéric ne s'intéressait pas à elle. Dépitée, elle dut admettre que Frédéric était amoureux d'Amelia, que ce n'était pas un petit flirt sans importance, que sans doute ils étaient amants depuis un certain temps.

À la voir, nul n'aurait soupçonné sa colère jalouse. À peine le repas terminé, alors que Josette d'Aubreuil donnait le signal de se lever de table, elle prit une décision : elle ne voulait pas d'autre homme que lui dans sa vie et elle l'épouserait.

« Frédéric a besoin d'une femme belle, intelligente et riche », pensa-t-elle. Et elle, Marie-Claire, lui apporterait cette fortune. Savait-il qu'Amelia n'avait pas un sou ? S'il l'ignorait, il convenait de l'en informer au plus tôt. Cet instinct puissant et réaliste, qui la conduisait depuis toujours, lui servait aussi d'intuition. D'emblée elle avait décelé en Frédéric une ambition féroce qui ne saurait se satisfaire d'une vie médiocre, une ambition qui nécessitait une solide fortune... Elle continua de rêver un long moment. La voix de Frédéric la fit sursauter. Il prenait congé.

– Au revoir, jolie Marie-Claire, vous rencontrer a été un enchantement.

Lentement, elle revint à la réalité.

– Au revoir... Frédéric.

Mais à son grand désespoir, elle vit Amelia se lever, prendre sa petite Nina par la main et s'apprêter à partir.

– Je vais raccompagner Frédéric, dit-elle d'une voix paisible.

Le regard qu'ils échangèrent était si explicite qu'il fallait être idiot ou aveugle pour ne pas comprendre. Josette esquissa un sourire de connivence. Qu'Amelia puisse avoir rencontré quelqu'un susceptible de lui faire oublier Jonathan lui plaisait.

Le lendemain, Frédéric fut accueilli par Marie-Claire qui l'embrassa avec une spontanéité enfantine, rit avec gaieté et l'entraîna par la main jusque chez son père. Durant toute la semaine suivante, ce manège se répéta souvent. Frédéric n'y attachait pas d'importance, il en souriait et voyait en Marie-Claire une très jeune fille audacieuse, fort jolie et trop gâtée par son père. Il ne se rendait pas compte qu'elle attendait sa visite avec une impatience folle, qu'elle s'attardait sur le perron pour échanger avec lui de longs apartés lorsqu'il en avait terminé avec François d'Aubreuil...

Vers la fin du mois de juin, Marie-Claire apprit que Frédéric allait repartir à Toulouse s'occuper des constructions de la ville nouvelle de Mourenx. Il fallait provoquer quelque chose. Et vite.

Peu de jours avant ce départ, elle demanda à ses parents de lui accorder un moment de leur soirée.

– Rien que pour moi ! J'ai quelque chose d'important à vous dire...

En riant, Josette lança avec malice :

– Ne me dis pas que tu vas nous annoncer tes fiançailles ?

Marie-Claire pâlit.

– Peut-être, maman. Oh, j'aimerais tant que cela soit ! Mais je vous raconterai tout ce soir ! Quand vous rentrerez du théâtre...

Vers onze heures, François et Josette, assis dans le petit salon jouxtant leur chambre à coucher, accueillirent Marie-Claire avec un grand sourire affectueux. François sortit des verres d'un petit bar et ouvrit un bouteille de champagne. Josette souriait. Ils rêvaient d'un brillant parti, le fils d'un ambassadeur connu, titré, riche qui, déjà, tournait autour de Marie-Claire...

– Eh bien ?... Qu'as-tu donc de si important à me dire ? demanda François.

Marie-Claire hésita. Ce qu'elle avait à dire, il fallait que son père comprenne que, pour elle, c'était sérieux. Il ne devait pas lui jeter son âge au visage, ni la traiter comme une petite fille. Il fallait qu'il la croie.

– Non, il ne s'agit pas de mes fiançailles... Enfin, pas encore. Il s'agit... de... de... d'Amelia.

Stupéfaits, ses parents la dévisagèrent.

– Amelia ? Pourquoi Amelia ? questionna Josette. Que vient faire Amelia dans tes amours ?

– Si amour il y a ? questionna François subitement inquiet. Pourquoi Amelia ? répéta-t-il.

– Papa ! Ne voyez-vous pas que Frédéric et Amelia sont amoureux l'un de l'autre ? Peut-être même sont-ils amants !

En disant ces derniers mots, la voix de la jeune fille s'étranglait d'indignation.

– En quoi cela te concerne-t-il, ma petite ? dit Josette sèchement. Ne te mêle pas de ça !

François haussa les épaules.

– Je m'en doutais un peu... Et quand cela serait ? Pourquoi Amelia n'épouserait-elle pas ce jeune homme ? Certes, il n'a pas encore de véritable fortune personnelle, mais cela viendra... Cela viendra même plus vite qu'on ne le pense ! Et il peut monter très haut, s'il le veut... Il est de la trempe de ces scélérats féroces capables d'aller jusqu'à la présidence de la République, pour peu qu'ils le veuillent ! À mon sens, c'est un excellent parti ! Amelia doit penser à refaire sa vie avec quelqu'un qui lui assurera une existence agréable, Frédéric me semble tout indiqué...

– Papa ! s'écria Marie-Claire au bord de la crise de nerfs. Papa, je ne veux pas qu'elle l'épouse ! Je ne le veux pas !

François d'Aubreuil comprit alors ce qui agitait sa fille, ce qui la tourmentait...

– C'est donc ça ! dit-il. Tu es amoureuse de ce garçon ! Mais enfin, ma chérie ! Ce n'est pas un homme pour toi ! Tu peux exiger beaucoup mieux ! Maury est un fils d'ouvrier ! Quelle idée ! Il y a un mois, tu ignorais encore son existence !

– Papa ! Maman ! Je vous en prie ! ne vous moquez pas. Je n'ai jamais éprouvé quelque chose de ce genre ! Jamais ! Pour la première fois de ma vie, j'ai peur de ne pas réussir...

– De ne pas obtenir ce que tu as décidé d'avoir, précisa Josette d'une voix sèche. Si ce garçon est amoureux d'Amelia, laisse-le tranquille ! Que dites-vous de ça, François ?

Pensif, François d'Aubreuil observait sa fille. « C'est une femme, maintenant. Une tigresse à la recherche de son mâle. Elle l'a flairé et ne le lâchera plus. Ma petite fille a grandi. Elle veut Frédéric Maury, ce petit provincial prétentieux qui possède une propriété de cent cinquante hectares de terre, bourrée de gaz ou de pétrole... Je l'aurai sous la main. Sa famille est modeste, provinciale, mais honorable... J'ai peut-être un moyen de forcer Frédéric à épouser ma fille ! Pourquoi pas ?

Il articula posément :

– Ce n'est pas exactement le genre de parti dont je rêvais pour toi, ma chérie... Mais si c'est lui que tu veux, je t'aiderai à l'avoir. Laisse-moi quelques jours.

Josette, très pâle, le visage durci, prit enfin la parole :

– François, ne croyez-vous pas que c'est un peu trop ?

Ahuri, François demanda :

– Trop ? Qu'est-ce qui est trop ?

– Après avoir dépouillé Amelia, vous voulez lui retirer la seule chance de bonheur qu'elle ait ?

Furieux, François d'Aubreuil s'écria :

– Taisez-vous ! Vous ne savez pas ce que vous dites !

Il jeta un coup d'œil inquiet sur sa fille et répéta à l'intention de sa femme :

– Je ne sais quelles horreurs vous avez entendues mais il n'est pas nécessaire de les répéter.

Très surprise par cet éclat inaccoutumé, Marie-Claire dévisageait ses parents.

– Pouvez-vous m'expliquer ce qui se passe ? Qui a dépouillé Amelia ? Maman... je vous en prie, dites-moi. J'ai le droit de savoir.

Mais François intervint brutalement :

– Rien, ma chérie. Rien d'autre que des sottises.

Mais Josette fit front et se tourna vers sa fille.

– C'est vrai. Tu as le droit de savoir... Il s'agit de quelque chose de fort peu honorable qui concerne ta famille... Oui, tu as le droit de savoir ! répéta-t-elle avec force.

Josette reprit sa respiration et continua avec des accents métalliques dans la voix :

– Quand les lois de Vichy ont été proclamées, il fallait absolument protéger la fortune de la mère d'Amelia...

Marie-Claire dévisageait sa mère avec stupeur.

– Les lois de Vichy ? Quelles lois de Vichy ? Je ne comprends pas...

– La mère d'Amelia était née juive... La moitié de la fortune de la société d'Aubreuil lui appartenait et aurait été confisquée par les nazis. Je pense que tu commences à comprendre... Ni ton grand-père ni ton père n'auraient pu le supporter. Il fallait faire vite. Faire signer des actes de ventes fictives, de renonciation, que sais-je ? Mais après la guerre, ton père n'a jamais restitué à Amelia ce qui lui revenait de plein droit puisque sa mère était morte.

Irrité, François explosa :

– Qu'aurait fait Amelia avec son héritage ? Hein ? Pouvez-vous me le dire ? Qu'a-t-elle fait avec la dot que lui avait réservée mon père lorsqu'elle s'est mariée avec Jonathan Kohnberg, ce violoniste trotskiste qui voulait organiser des concerts gratuits pour les ouvriers ? Heureusement que Jonathan est mort. Je dis bien heureusement ! Cela a permis à Amelia de se rendre compte qu'elle avait une fille à élever ! Qu'il lui fallait revenir au sein de la famille. Maintenant, répondez-moi franchement, que croyez-vous qu'Amelia aurait fait si elle avait récupéré la moitié de la société d'Aubreuil ? Vous savez comme moi qu'elle en aurait fait don aux employés ! Mais nom de Dieu ! hurla-t-il soudain, vous connaissez ses idées sur le capitalisme ? Vous savez bien que je n'invente rien... Vous voulez nous ruiner ? C'est cela que vous voulez ?

Hésitante, ébranlée, Josette balbutia :

– Je... évidemment, peut-être... Mais pourquoi lui prendre Frédéric ?

Marie-Claire intervint :

– Frédéric décidera, plaida-t-elle. Lui tout seul. Mais il est juste qu'il décide en connaissance de cause. Il est juste qu'il sache Amelia sans le sou... Et moi je sais, je sens qu'il ne l'épousera pas sans argent.

Les deux époux se consultèrent du regard.

– Bien, dit François, je vais trouver un prétexte et parler à Frédéric. D'ailleurs, j'ai quelques raisons de penser l'union Frédéric-Amelia peu viable. Quand Amelia connaîtra l'origine de la fortune de Frédéric, elle exigera qu'il la restitue à ceux qui en ont été spoliés.

– Je ne comprends pas bien..., dit Marie-Claire. Frédéric a hérité d'un oncle, n'est-ce pas ? Vous même me l'avez dit.

– C'est exact. Ce que je ne t'ai pas dit, c'est que cet oncle était un collaborateur de la pire espèce... de ceux qui dénoncèrent les juifs pour de l'argent. À la Libération ce Maury a été condamné à trente ans de prison. Il y est mort d'ailleurs.

– De quoi est-il mort ?

– Assassiné. On ne sait par qui. On a très vite étouffé l'affaire...

– François, demanda Josette d'une voix blanche, vous n'allez pas raconter de telles ignominies à Amelia ? Vous trouvez qu'elle n'a pas assez souffert ?

– Ma chérie, répondit François d'Aubreuil, si Amelia épousait Frédéric sans savoir exactement ce qu'il en est, jamais elle ne lui pardonnerait son silence et jamais elle ne nous le pardonnerait... Mais vous avez raison, seul Frédéric doit lui dire ce qu'il en est. S'il veut l'épouser, bien sûr.

– Et toi ? Que penses-tu de tout cela ? demanda Josette à sa fille.

Marie-Claire haussa les épaules.

– Frédéric n'est pas coupable, n'est-ce pas ? Frédéric a hérité par hasard de son oncle... Alors que m'importe... Moi, je veux Frédéric. Et s'il est riche, tant mieux !

Durement, sa mère rétorqua :

– Le hasard n'existe pas dans ce cas. L'on ne choisit pas ce qui vous déshonore. Frédéric aurait pu, aurait dû refuser cet héritage... Je vous approuve, François, de dire à Frédéric qu'il est de son devoir d'avertir Amelia, s'il veut l'épouser. Mais la motivation de votre décision me déplaît...

François d'Aubreuil haussa les épaules.

– Si jamais Marie-Claire épousait Frédéric Maury, les terrains de Lacq entreraient dans la communauté. Savez-vous ce que cela signifie ? La fortune que cela représente ? Frédéric ferait partie de la famille d'Aubreuil. Marie-Claire, ma chérie, tu épouseras ton Frédéric. Qu'en pensez-vous, Josette ?

– Je n'aime pas ce qui se passe, ce soir. Je n'aime pas ce que vous et Marie-Claire êtes en train de manigancer... En un mot comme en cent, je vous trouve tous les deux... eh... bien... eh... bien...

Elle hésita un instant, puis lâcha :

– Dégueulasses ! Voilà, je l'ai dit. Vous êtes dégueulasses ! C'est très exactement ce que je pense de vous deux... Mais je ne vous trahirai pas !

Une semaine plus tard, François d'Aubreuil et Frédéric Maury signaient les contrats qui les liaient. Quelques coupes de champagne célébrèrent l'événement. Après avoir échangé un regard de connivence avec sa fille, François prit Frédéric amicalement par les épaules et dit joyeusement :

– Pouvez-vous m'accorder quelques instants en tête à tête ?

Un peu étonné, Frédéric le suivit dans son bureau.

Il y eut un silence assez long que Frédéric interrompit poliment :

– Votre fille, Marie-Claire, est charmante. J'ai cru comprendre qu'elle voulait arrêter ses études et travailler avec vous ?

– Je l'espère.

François d'Aubreuil hésita, puis lança avec une désinvolture un peu forcée :

– En ce moment j'espère surtout qu'Amelia retrouvera un mari. Et cette fois-ci, dans son milieu !

Il tourna le dos à Frédéric et continua rapidement :

– Vous savez... il lui sera très difficile de se remarier avec quelqu'un de convenable. Certes, sa naissance est irréprochable et elle porte un nom capable de lui ouvrir toutes les portes, mais vous comprenez, elle n'a plus le sou ! Toute sa dot, fort importante, a fondu comme neige au soleil. Son mari, ce malheureux Jonathan Kohnberg, n'était pas en mesure de la gérer. Notre époque est très difficile et, dans nos milieux, cela mon jeune ami, vous le savez mieux que personne, il est nécessaire de débuter dans la vie avec des sommes considérables.

Il se tut. Il ne savait pas ce qu'il souhaitait. Il espérait, contre toute attente, entendre Frédéric dire : « Ça ne fait rien. Je prends Amelia et Nina, et je gagnerai de l'argent pour toutes les deux. » Mais, assommé, Frédéric restait silencieux.

– Bien entendu, je veillerai sur elle, reprit François d'Aubreuil. Mais dans l'état actuel des choses, il me serait impossible de lui donner l'équivalent de la dot qu'elle a reçue il y a six ans. D'autre part, il faut que je pense à mes enfants ! Marie-Claire et Paul-Henri... Ma fille recevra comme dot la totalité de ce que je comptais mettre dans notre association. Je sais pouvoir vous faire confiance. Il est normal que je privilégie ma fille, n'est-ce pas ?

Il répéta à plusieurs reprises « n'est-ce pas ? » comme s'il attendait de Frédéric une approbation sans équivoque.

– Oui, bien sûr, dit Frédéric, sans se compromettre.

François d'Aubreuil reprit :

– Avant toute chose, j'ai une question à vous poser. Extrêmement indiscrète, mais nous devons, vous et moi, être en mesure de répondre quelque chose de cohérent si jamais les journalistes devenaient trop curieux.

Malgré son abattement, son intuition réveillée, en alerte, Frédéric dressa l'oreille.

– Je vous écoute.

– Est-ce que quelqu'un d'autre que votre notaire connaît l'origine de votre héritage ?

Frédéric devint blanc comme un linge.

– Que se passe-t-il ? s'exclama François d'Aubreuil. Vous êtes malade ?

– Non… Non. Un peu de fatigue, peut-être… Continuez…

– Je ne pense pas qu'il soit nécessaire de confier à qui que ce soit l'origine de vos biens. Si jamais cela s'ébruitait, votre carrière serait ruinée, vos biens confisqués… Il faut vraiment se montrer extrêmement prudent.

– Je le sais, éructa péniblement Frédéric qui pensait : « Salaud ! tu crois me tenir, hein ? Mais pas encore… pas encore ! »

Il restait sur ses gardes. François d'Aubreuil prit une expression joviale.

– Tenez, je vais vous faire une proposition, une proposition qui vous mettra à l'abri de toute indiscrétion. Si vous êtes libre, bien sûr, si aucun lien ne vous attache à une femme.

Il attendit une réponse qui ne vint pas.

– Épousez ma fille. Elle est très amoureuse de vous. Vous vous en doutiez, n'est-ce pas ? Pour ma part, rien ne s'opposerait à une telle union. Vous serez à l'abri de toutes les calomnies. Et à la tête d'une fortune considérable. Réfléchissez et donnez-moi une réponse plus tard. Rien ne presse.

Pourtant, sous-jacente, la menace était là, précise : « Épousez ma fille ou les journaux feront leurs choux gras de l'origine de votre fortune, et vous pourrez dire adieu à toutes vos ambitions. »

– Si vous épousez ma fille, continua François d'Aubreuil, il y aura dans la corbeille de noces un capital dont elle touchera les revenus jusqu'à la naissance de son premier enfant. Si c'est un garçon, le capital lui reviendra à sa majorité, et vous le gérerez en attendant. En contrepartie, l'exploitation des terrains de Mourenx rentrera dans la corbeille. « Nous » l'exploiterons ensemble, en associés.

Dans sa chambre, rue Berthollet, Frédéric réfléchissait. Il était hors de lui, envahi par un curieux sentiment d'anéantissement.

Sa première sensation, spontanée, irréfléchie, quand François d'Aubreuil lui avait annoncé qu'Amelia était sans véritable fortune personnelle avait été de se précipiter chez Amelia et lui demander de l'épouser... Mais, en proie à une jalousie coléreuse, il avait découvert que ce qu'elle avait reçu en dot s'était volatilisé dans des achats invraisemblables pour ce Jonathan Kohnberg, ce bon à rien de violoniste. « Un Amalfi d'une valeur inestimable... Aurait-elle fait ça pour moi ? pensait-il. Ce juif ! Ce va-nu-pieds ! Cet apatride... » Tout l'insupportait ! La vision d'Amelia et de Jonathan, unis dans un lit, faisant l'amour... Il avait sur la bouche le goût des baisers d'Amelia. Il avait été agréablement surpris par ses audaces amoureuses, par sa sensualité. « C'est lui qui lui a appris tout ça ! » s'écria-t-il. Les mots vulgaires, les méchancetés odieuses, dont s'alimente la jalousie, lui montaient à la tête, l'emplissaient de colère.

Incapable de dormir, il déambulait dans sa chambre. Il ne s'était jamais fait la moindre illusion. Quelle que soit l'ampleur de son mérite personnel, de ses dons, si ceux-ci n'étaient pas soutenus par un solide réseau d'amis importants et influents – nécessitant une fortune conséquente – et par une épouse lui ouvrant des portes qui, sinon, resteraient obstinément closes devant lui, il n'avait absolument aucune chance d'accéder au sommet. « La société est ainsi faite. Sans argent, on n'est rien, on n'existe pas. Nous vivons dans une société dure, cruelle. Et il faut faire avec. Mais il y a Amelia... »

Il se heurtait à cette évidence : il aimait Amelia. Il la voulait à lui, il n'imaginait pas la vie sans cette femme à ses côtés. Dans un tourbillon effréné, les dernières semaines ressuscitèrent dans son esprit. La perspective de la perdre le bouleversait et amenait des larmes amères dans ses yeux... Mais l'idée était là, insistante. Il allait perdre Amelia. Il le savait au plus profond de lui-même, là où les décisions se prennent, sans en avoir conscience. L'aube blanchissait le ciel ; il s'installa devant la table qui faisait office de bureau, et écrivit : « Amelia, ma chérie. Je veux t'épouser... »

Alors, il se souvint de la phrase de François d'Aubreuil : « Je ne pense pas qu'il soit nécessaire de confier à qui que ce soit l'origine de vos biens... » « Le salaud ! c'est qu'il raconterait tout ! Tout mais pas ça ! » Il déchira la lettre, téléphona chez lui à Toulouse. « ...Je prends le train, ce soir. Je suis à la maison demain matin. » Partir. Sans explications. Disparaître quelques semaines. C'était la solution. Il savait qu'Amelia était une orgueilleuse qui ne s'accrocherait pas et ne demanderait aucune explication... François d'Aubreuil usait du chantage pour l'amener à ses fins, et cela, Frédéric ne lui pardonnerait jamais. « Un jour, je serai le maître absolu de toute la fortune d'Aubreuil. Tout m'appartiendra », se jura-t-il.

Amelia marchait lentement dans l'allée des Tilleuls. Il y avait déjà plus de quinze jours que Frédéric était parti sans un mot, sans un adieu... Amelia avait compris. C'était fini. Quelles explications valables excuseraient ce silence ? Aussi graves que puissent être les raisons de ce départ, un simple coup de téléphone aurait suffi. Juste un : « Allô, chérie ? un imprévu... Je t'embrasse, à bientôt ! » Oui. Cela aurait suffi. Mais ce silence à lui seul signifiait : « C'est fini. N'insiste pas. » Orgueil et désespoir... Ce fut son lot quotidien dès ce jour et les jours suivants. Attendre devant un téléphone qui ne sonne pas, une lettre qui ne vient pas, et penser... penser sans pouvoir hurler son désespoir, son humiliation : « Fini !... Fini ! Est-ce que tu comprends ça ? C'est fini ! cela n'a pas de sens ! »

Un matin, dans sa salle de bains, après une nuit blanche, elle regarda son visage gris, ses yeux cernés de bleu et, sans qu'elle puisse se contrôler, elle explosa en cris et en pleurs. Longtemps, elle pleura... Puis, quand elle fut plus calme, elle se regarda dans le miroir qui surplombait le lavabo et dit à voix haute : « Je m'en sortirai... Toute seule. Je sais que je m'en sortirai... J'en viendrai à bout. Personne ne saura ce qui s'est passé... personne... »

Soudain, elle sursauta. La porte de la salle de bains grinça puis s'ouvrit tout à fait sur la petite Nina qui regardait sa mère d'un air de reproche.

– Tu pleures maman ? Pourquoi tu pleures ?

Entre deux hoquets secs, ce genre de hoquets qui suivent les sanglots prolongés, Amelia parvint à dire :

– Je ne pleure... pas, ma... chérie...

– C'est pas beau de mentir...

Cette phrase eut le don d'arracher un sourire à Amelia.

– Tu as raison, ma chérie... C'est pas beau de mentir... C'est vrai. Il m'arrive de pleurer... parfois.

– Tu pleures comme lorsque tu penses à papa ?

Elle embrassa la petite fille.

– Chérie, tu sais, il arrive parfois aux grandes personnes de se conduire comme des enfants... Maintenant, écoute-moi, ma chérie... Nous allons partir en vacances... Que dirais-tu d'une semaine à Arcachon ? Tu étais trop petite pour t'en souvenir, mais avec ton papa, nous y étions allés tous les trois. Ton papa adorait sauter dans les vagues en te portant sur les épaules.

L'image de Jonathan flottait devant elle, si distincte, si tangible qu'elle eût presque pu la toucher... Ses yeux bleus, en amande au-dessus de ses pommettes accusées, de lourdes paupières, des cils épais... Grand, maigre, toujours agité. Ils riaient tous les deux, et la petite Nina riait aussi... Jonathan ! Arrogant avec les supérieurs, excessivement courtois avec les inférieurs, passionné, tendu, loyal... « Je suis un inadapté ! disait-il en riant. Un inadapté... C'est ainsi que Dieu nous a faits, nous autres musiciens... Des inadaptés ! »

Jonathan était mort. Il fallait qu'elle se mette bien ça dans la tête. Personne, jamais, ne lui apporterait le même amour, le même don de lui-même. Personne. Et Frédéric, moins que tout autre. Cela, elle le savait aussi.

1959

Cependant, Frédéric, durant son séjour à Toulouse, s'activait sérieusement. Fort des cautions obtenues par François d'Aubreuil, cautions des plus satisfaisantes pour n'importe quelle banque, il acheta à proximité de Mourenx une centaine d'hectares, constitués en grande partie de marécages insalubres. Les paysans, trop heureux de se débarrasser de terrains dont ils ne savaient que faire, les cédèrent pour trois fois rien. Un premier lotissement de cent quarante logements allait être achevé en deux temps, trois mouvements. Frédéric passait ses journées avec le préfet, avec le maire qui avait donné son accord, discutait des projets. « Une ville complète avec école, centre commercial, immeubles collectifs... » Cliniques privées, hôpital. Logements pour les ingénieurs, « beaux, spacieux, bien situés ». HLM pour les ouvriers, « un peu moins beaux, évidemment ! ». Et puis, prévoir également des dortoirs pour les immigrés. Il y avait des problèmes énormes d'assainissement, d'adduction d'eau... Grisé, Frédéric arpentait les terrains boueux, à discuter avec les chefs de chantier, avec les financiers. Le soir, il rentrait sur Pau où il avait loué une suite dans le meilleur hôtel et téléphonait longuement à François d'Aubreuil. « C'est vraiment des marécages, perpétuellement inondés, c'est là que l'on va construire les logements HLM. »

Le week-end, il rentrait à Toulouse et travaillait encore sur ses dossiers...

Mais il détestait voir le visage heureux de Christian, qui, quotidiennement, recevait une lettre d'Amelia. Il pensait, non sans quelque raison, que ces lettres lui étaient destinées et il les aurait volontiers arrachées des mains de son frère.

Aussi préférait-il, et de loin, voir la ville naître, voir les immeubles se dresser lentement dans le ciel d'hiver, voir les grues transporter leurs blocs de béton, les bulldozers écraser les sols, les aplanir, respirer le goudron des nouvelles routes... Frédéric fit venir d'Algérie des ouvriers. Dix équipes d'ouvriers immigrés construisaient dix logements par jour, au total deux cent soixante-dix à trois cents par mois. Entre janvier et avril 1959, s'élevèrent les mille deux cents logements prévus qui appartenaient en toute propriété à la société d'Aubreuil... et à Frédéric Maury. L'endettement allait être épongé par les subventions et par l'inflation...

À plusieurs reprises, François d'Aubreuil se rendit à Toulouse. Toujours accompagné de Marie-Claire, qui avait décidé de servir d'« attachée de presse » à son père. Mais Marie-Claire se souciait fort peu de son travail. Chacune de ses rencontres avec Frédéric était pour elle une source de joie mêlée de douleur. Elle déployait toute son énergie pour le faire rire, l'amuser, le taquiner. Il se laissait faire, l'observait avec attention et se demandait : « Que sait-elle au juste ? » Il ignorait que cette si jolie tête, apparemment sans cervelle, était aussi solide et organisée que du roc... Il se rendait compte qu'elle l'aimait mais ne parvenait pas encore à demander sa main.

De retour à Paris, Marie-Claire lui écrivait de longues lettres très drôles. Et puis, un jour, vers la fin du mois de mars 1959, elle se lança et le demanda carrément en mariage.

... Je sais que je risque de vous choquer, mais j'estime qu'une jeune fille, qui n'est pas une putain ni une femme légère, a parfaitement le droit de dire à un homme qu'elle l'aime et qu'elle désire l'épouser. Je pourrais vous faire valoir que je suis un très bon parti, que je suis riche, que mes parents ont une situation en vue, mais j'espère que, si vous m'épousez un jour, ce sera pour d'autres raisons... J'espère, que dis-je ? je souhaite de tout mon cœur que vous m'aimiez comme je vous aime... Ne vous méprenez pas sur moi. Je n'ai aucune expérience amoureuse ; je n'ai jamais embrassé un garçon... En un mot, je suis vierge. Cela a-t-il de l'importance pour vous ? Cela en a pour moi. Je me suis juré que je n'appartiendrais qu'à l'homme que j'aimerais et que j'épouserais. Ne me répondez pas tout de suite. Réfléchissez. Mais sachez que je vous ai aimé dès la première minute où je vous ai vu.

Lorsqu'il lut et relut cette lettre, Frédéric fut touché plus qu'il ne l'aurait cru... « Elle sera à moi. À moi seul. Nul fantôme ne me la disputera... Oui. Je vais l'épouser... »

Mais le « reste » s'imposait à lui et le remplissait de satisfaction. Marie-Claire était une authentique d'Aubreuil, une héritière. Elle serait mieux que richement dotée et son père était ministrable sous peu... Il avait l'oreille du nouveau Premier ministre, Michel Debré...

Insensible à la vague de froid de cette fin de mars 1959, Frédéric arpentait ce qui allait être le centre-ville de Mourenx. Un millier d'ouvriers, de maçons, de terrassiers allaient et venaient, éventraient les collines, arrachaient les arbres, asséchaient les marais. Parmi les ouvriers, de nombreux Arabes, marocains ou tunisiens, et beaucoup d'Italiens qui, pour la plupart, se mêlaient fraternellement aux Français. « La classe ouvrière a ceci de bon, pensa naïvement Frédéric, c'est qu'elle n'est pas raciste... »

Les ouvriers blancs, noirs, ou arabes ne pensaient qu'à une chose : une douche chaude, manger et dormir. N'importe où, n'importe comment, mais dormir. En fait, c'était surtout n'importe comment. Les dortoirs étaient des lieux innommables, dépourvus des plus élémentaires commodités, et les douches se trouvaient à plus d'un kilomètre de là... Les promoteurs s'en moquaient. Les immeubles s'élevaient avec régularité, le groupe scolaire, le centre administratif, le commissariat de police s'achevaient.

Tous les vendredis, architectes, entrepreneurs et promoteurs se retrouvaient pour leur réunion de chantier. Ils allaient ensuite faire ripaille dans les bons restaurants de Pau, aux frais de la Société civile immobilière de l'Aquitaine et se congratulaient mutuellement pour les bénéfices qu'ils empochaient.

Ce vendredi-là, Frédéric entendit parler d'un lot important de bois à vendre pour une bouchée de pain. C'étaient des bois de pins dévastés par un incendie de forêt dans les Landes.

– On va utiliser ça pour les villas des ingénieurs..., décréta-t-il.

Les architectes firent la fine bouche, les entrepreneurs prirent un air réfléchi... Le bois brûlé ne valait rien... mais ne coûtait pas davantage. Juste le prix du transport... Quand on fit les additions et les soustractions, le sort en était jeté... On se servirait du bois mort pour les villas.

– Qu'a donc Frédéric ? demanda un jour Victoria à Christian. Depuis son retour d'Algérie, il paraît drôle... On dirait qu'il a changé... Il est très gentil avec les parents, il s'occupe de moi, il te cherche moins querelle... As-tu une idée ?

Christian haussa les épaules.

– Aucune idée ! Peut-être la guerre qu'il a faite en Algérie y est-elle pour quelque chose... Qu'en penses-tu, maman ?

– Bah... ce que j'en pense ? dit Simone en souriant, c'est que notre Frédéric est tout simplement amoureux. Vous êtes trop jeunes pour comprendre ces choses-là ; moi, je le sais... J'aimerais savoir « qui » il va nous présenter...

– Je suis sûr que c'est une petite snob parisienne qui ne nous regardera même pas ! lança Christian avec dédain.

Il aurait aimé que son frère rencontre une femme « bien ». Dans l'esprit de Christian, une femme « bien » ne saurait être autre chose qu'une femme intelligente, musicienne, cultivée. Quelqu'un qui aurait ressemblé à Amelia... Loin de se douter de quoi que ce soit, Christian ne se rendait pas compte que chaque fois qu'il abordait le sujet « Amelia », Frédéric trouvait un prétexte pour quitter la pièce, quand ce n'était pas la maison, et pour plusieurs jours.

Quant à Simone, en fait elle s'inquiétait. Elle connaissait son fils, ses colères et son enthousiasme. Jamais elle ne l'avait vu triste. Jamais elle ne lui avait connu cet abattement soudain qui le laissait immobile, les yeux vagues. Inerte.

Avril s'annonçait radieux. Rien n'aurait pu plaire davantage aux frères Maury lorsqu'ils arrivèrent Villa Montmorency, invités par François d'Aubreuil pour fêter sa médaille de « chevalier de la Légion d'honneur ».

Les marronniers en fleur s'élançaient vers le ciel d'un bleu profond. La maison et le jardin étaient remplis d'invités qui bavardaient et riaient. « Je vais revoir Amelia. Je vais revoir Amelia », se répétait Christian. Il ne pensait qu'à cela. Les chiens bondirent joyeusement vers les nouveaux arrivants. Pour se donner une contenance, Christian s'attarda avec eux.

Frédéric savait qu'il rencontrerait là des politiques importants, quelques journalistes ambitieux et sans scrupules excessifs. « Il faut que je m'arrange pour que l'on me voie avec un Mitterrand quelconque ou un Soustelle », pensa-t-il.

Avec appréhension, il observa son frère. Il craignait que ce dernier ne fasse quelque bourde et ne commence un discours du genre : « Il est indigne des politiciens de soutenir une guerre de colonisation... »

Mais pour cela, Frédéric pouvait se rassurer. Blême, tendu, Christian avait honte de la crainte qu'il éprouvait en s'avançant vers la maison. La gorge sèche, en proie à la plus folle timidité, il se tenait raide, le regard braqué sur un groupe de personnes qui, debout, paraissaient attendre les invités. Sa beauté, réellement surprenante, intrigua quelques jeunes filles qui le suivirent des yeux, chacune se demandant « mais qui est ce jeune homme ? ». Soulagé, Frédéric, très fier finalement de son frère, pensa : « C'est un imbécile – et, pour une fois, ce terme se teintait d'affection –, mais il n'y a pas à dire, il a une allure de prince... » En effet, Christian pouvait être fier de sa taille élancée, de ses cheveux blonds abondants, de ses yeux très clairs et de ses traits d'une régularité parfaite. En fait, il ressemblait, en plus évanescent, à Alain Delon, un jeune acteur qui commençait à faire parler de lui. Mais Christian, impatient de revoir Amelia, ne prêtait aucune attention à ce succès. Tant de choses s'étaient passées depuis leur dernière rencontre, entre novembre 1953 et ce mois d'avril 1959... Tant de choses irrémédiables.

Puis il vit Amelia de loin, dans une sorte de brouillard. Si loin. Si proche. Il entendait sa voix, mais ne distinguait pas les paroles. Amelia. Amelia Kohnberg, son Amelia à lui. Qui n'appartenait pas à ce monde, qui appartenait à son adolescence, au Conservatoire de Toulouse, à ses rêves... Amelia, amoureuse d'un Jonathan perdu. Amelia si intransigeante, si intègre.

– Comment trouves-tu la maison ? demanda soudain Frédéric à son frère sur un ton de futur propriétaire.

– Belle. Très belle, soupira Christian.

On avait installé des tables sur les pelouses et les serveurs allaient et venaient, portant des plateaux surchargés de petits-fours, de coupes dont s'emparaient gloutonnement les invités.

Dès qu'ils aperçurent les deux frères, François et Josette d'Aubreuil s'avancèrent vers eux avec un sourire plein de sympathie...

– Ah ! s'écria la tante d'Amelia, vous nous avez enfin amené votre frère ! Je suis ravie de vous revoir ! Vous vous souvenez... À Toulouse... C'était... Oui, c'était en juin 1952. Sept ans déjà, comme le temps passe !

Bien qu'elle eût dépassé les trente-six ans, Josette était fort avenante dans une robe fleurie et juponnée comme on les portait cette année-là, où les femmes ressemblaient à des fleurs mouvantes et gaies.

Avec cette aisance décontractée que Christian lui enviait férocement, Frédéric s'inclina sur la main de la maîtresse de maison. « Chère madame. »

Tant bien que mal, Christian imita son frère.

Amelia et Marie-Claire s'avançaient vers eux.

Chancelant, Christian dévorait Amelia des yeux. Mais elle ne le regardait pas, les yeux rivés sur Frédéric. Sa bouche tremblait légèrement. Elle lui tendit la main, esquissa un sourire.

Pourquoi les cœurs se mettent-ils à palpiter sans retenue alors que l'on paraît parfaitement calme, ironique et sûre de soi ? Pourquoi les mains tremblent-elles, les jambes fléchissent-elles ? Pourquoi le corps n'obéit-il plus à la tête qui le dirige ?

– Monsieur, ravie de vous revoir, dit-elle, glaciale.

– Madame, murmura Frédéric en s'inclinant avec raideur.

Elle sut apprécier la pâleur et la légère moiteur qui perlait au front de Frédéric. « De quoi cet imbécile, ce lâche, a-t-il peur ? Que je fasse un scandale ? » pensa-t-elle.

Alors qu'elle allait se détourner, Christian s'avança vers elle. Amelia se ressaisit et le regarda sans paraître le reconnaître.

– Mon Dieu ! Christian !

Elle se sentit brusquement légère, soulagée. Sa jeunesse lui était rendue. Elle était à Toulouse... Dans un moment, Jonathan allait revenir la prendre dans ses bras. Et puis, tous les trois, Christian, Jonathan et elle, iraient prendre un chocolat chaud...

– Christian, Christian, enfin te voilà ! répéta-t-elle en l'enlaçant, sous le regard glacé de Frédéric.

Juste à cet instant, Marie-Claire s'interposa et, posant une main possessive sur le bras de Frédéric, dit avec une gaieté forcée :

– Frédéric... Je vous attendais ! M'auriez-vous déjà oubliée ?

Surpris, Frédéric la regarda et revint à lui... « La lettre ! » pensa-t-il. La lettre et la décision qui s'imposait... « Épouser Marie-Claire. Et vite ! Nom de Dieu ! Très vite ! »

Dans les yeux de Marie-Claire, il y avait quelque chose de tendre, d'implorant ; son sourire était joyeux. Il sourit aussi et lui offrit son bras.

– Vous oublier ? Comment l'aurais-je pu ?

Ce marivaudage un peu sot n'était pas tout à fait dans ses cordes, mais il détendit l'atmosphère devenue pesante.

François d'Aubreuil reprit les rênes d'une situation qui lui échappait. S'adressant à Frédéric, il dit entre ses dents :

– Alors, qu'avez-vous décidé ? Vous n'avez pas répondu à la lettre que ma fille vous a écrite, mais je suppose que votre présence ici a une signification précise ?

– Sans doute, monsieur... Puis-je vous parler en tête à tête ? Je ne saurais faire une demande en mariage dans cette cohue !

– Suivez-moi, cher... futur gendre. Je suis à vous.

La soirée s'annonçait particulièrement réussie. Bientôt, tous s'installeraient autour des tables dressées pour recevoir chacune une dizaine de personnes. L'essentiel des conversations tournait autour de la nouvelle République, cette cinquième porteuse de si grands espoirs.

L'excitation des convives alla crescendo au cours du dîner.

Les bons vins généreusement versés avaient mis les convives en gaieté ; les jeunes filles à marier tournaient sans vergogne autour de Christian, rouge et confus, qu'Amelia avait momentanément abandonné pour aider Josette et Marie-Claire. Très vite, les donzelles avaient flairé en lui un parti de choix. « Il possède des terrains à Lacq... Des millions de dollars en perspective ! » Les rumeurs allaient bon train. En moins de deux heures, Christian, timide professeur au Conservatoire de Toulouse, était devenu, sans s'en douter le moins du monde, un milliardaire célibataire et « si merveilleusement beau, ma chère ! Alain Delon en blond ! ».

Quand on en fut au dessert et que le maître d'hôtel servit le champagne, François d'Aubreuil se leva et dit avec sa grandiloquence coutumière :

– Mes amis, au seuil d'une nouvelle ère pour la France, au seuil d'un formidable espoir pour nous tous, nous allons porter un toast, non seulement pour cet espoir qui s'annonce mais aussi, et je ne pouvais imaginer période plus heureuse, pour vous annoncer les fiançailles de ma petite Marie-Claire avec ce jeune homme plein d'avenir qu'est notre Frédéric Maury...

Amelia souriait. Un marteau-pilon lui broyait les os, lui massacrait le cœur. Frédéric et Marie-Claire... Frédéric et Marie-Claire... Marie-Claire et Frédéric. Dans sa bouche, un goût de fiel... Elle souriait. Aimable, bien élevée, elle, la parente « pauvre », enfin celle qui n'était pas riche.

On la regardait, si belle dans sa somptueuse robe de Christian Dior, si conforme à ce qu'elle devait être, une d'Aubreuil, qui avait fait une mésalliance, certes, mais qui, heureusement veuve, était retournée vivre dans la maison familiale.

Gaie, rieuse, Amelia leva son verre.

– Je bois au bonheur des fiancés...

La douleur qu'elle ressentait irradiait dans toute sa poitrine, lui coupait le souffle « Frédéric et Marie-Claire... » Elle les voyait sourire et s'embrasser, elle les voyait la regarder, un peu gênés, elle qui leur rendait leur regard sans baisser les yeux. Elle les félicita sans faiblir. Personne n'aurait pu se douter qu'elle avait envie de hurler.

Frédéric, un peu crispé, pensa en la voyant si calme et si détendue : « En somme, je n'ai été pour elle qu'un jouet, une sorte de passe-temps. Ce qu'elle voulait, c'était surtout oublier son violoniste dans mes bras. Eh bien, regarde-moi bien, je suis heureux. Amoureux de ta cousine qui sera bientôt ma femme. Qui n'appartiendra qu'à moi ! Elle ne se ruinera pas à acheter des Amalfi, des Stradivarius ou des Guarnierus à un métèque. Oui, regarde-moi, regarde-moi bien. Je ne sais pas si tu joues la comédie du je-m'en-foutisme – et dans ce cas, chapeau ! – ou si tu t'en fous réellement... »

– Frédéric...

La voix de Marie-Claire l'arracha à ses pensées. Sa fiancée l'observait avec une anxiété bouleversée. Brusquement, il se rendit compte que durant plusieurs interminables secondes, il n'avait pas quitté Amelia des yeux.

Au début du mois d'octobre 1959, en l'église de la Madeleine, Frédéric Maury épousa Marie-Claire d'Aubreuil. Mariage extrêmement mondain. De nombreux hommes politiques de tout bord s'y côtoyaient avec aménité...

La réception, brillante, eut lieu au Pré-Catelan, dans le Bois de Boulogne. Il faisait encore chaud, et tout était superbe. Marie-Claire, délicieusement fraîche et si visiblement heureuse que tous souriaient avec attendrissement en la regardant. Tout le monde vantait sa gentillesse, sa vivacité, son allure de petite fée blonde. Oui, en vérité, son bonheur, sa joie ne faisaient aucun doute. Visiblement, elle adorait son mari... Frédéric, ému, touché, se promettait de réussir son mariage, de rendre sa femme heureuse.

Il avait gagné son premier combat. Un combat farouche

contre lui-même, contre sa passion pour Amelia, un combat livré heure après heure, minute après minute. Il avait tué, des milliers de fois, Jonathan et son violon. Il en avait gardé une sourde rancune contre les juifs en général et les artistes juifs en particulier. « Encore un métèque ! grinçait-il entre ses dents. Lorsqu'on vantait devant lui le talent d'un Yehudi Menuhin, d'un Vladimir Horowitz, d'un Vladimir Ashkenazy, d'un Arthur Rubinstein, d'un Jascha Heifetz, d'un Isaac Stern qui, comme la plupart des grands musiciens, étaient d'origine juive. Sa rancœur antisémite avait de quoi se nourrir. Il avait gagné son combat, et Marie-Claire d'Aubreuil, jolie héritière des parfums et produits de beauté d'Aubreuil, était, en ce jour d'octobre 1959, devenue Marie-Claire Maury. Mariage célébré sous le régime de la communauté universelle. François d'Aubreuil avait cédé de mauvaise grâce. Il eût, certes, préféré une séparation de biens, nette et franche, pour garder la main sur la fortune qu'il octroyait à sa fille comme dot : trente pour cent des parts de la société d'Aubreuil.

En tout point, le mariage de Frédéric fut une réussite. Ses parents, Raymond et Simone, bien qu'intimidés par tant de munificence, offraient un spectacle sympathique de couple harmonieux. Christian, en habit gris pâle, ne quittait pas d'une semelle Amelia... Avec elle, il pouvait rire et plaisanter et pour lui elle était la plus belle des femmes. D'ailleurs, bien qu'elle arborât un visage un peu triste, Amelia était vraiment très belle. Ses yeux verts étincelaient dans son visage mat. Ses cheveux noirs, tirés en un énorme chignon, comme on les portait cette année-là, ajoutaient encore à son allure gracile et fière...

Les demoiselles d'honneur étaient Victoria et Nina. À quatorze ans, Victoria affichait une gaieté, un dynamisme qui lui assuraient malgré sa jeunesse une pléiade de jeunes soupirants dont le jeune Paul-Henri d'Aubreuil qui la regardait avec passion. Nina, âgée de six ans, faisait aussi l'unanimité. Longue, mince, brune comme sa mère, elle était un ravissement pour les yeux. Elle confiait à qui voulait l'entendre, et même à qui ne voulait pas, que « quand je serai grande, je serai danseuse étoile ».

Frédéric habitait maintenant la maison dont il était tombé amoureux. Cette belle et vaste demeure qu'il avait contemplée deux ans auparavant. Sa vie avait basculé dans le sens qu'il avait voulu...

Le jour, il passait le plus clair de son temps dans les bureaux de son beau-père, sur les Champs-Élysées. Le travail était devenu une drogue, une drogue nécessaire pour oublier le poison qui lui rongeait les tripes. Absorbé par les nouveaux et nombreux aspects de sa vie et d'excitation, Frédéric s'efforçait d'oublier Amelia.

Cette dernière avait regagné son appartement de la rue du Sommerard, dans lequel elle avait fait faire de charmants aménagements, et paraissait très heureuse de sa vie de jeune femme libre. Son activité au Conservatoire était à la fois satisfaisante et intellectuellement enrichissante...

Bien qu'elle eût une vie amoureuse un peu agitée – deux amants à ce moment-là se partageaient ses faveurs, un journaliste aux dents longues qui faisait semblant de l'aimer, et un jeune cinéaste, persuadé qu'il était un génie –, elle n'accordait d'importance réelle qu'à son travail. Elle adorait assister à l'épanouissement de nouveaux talents dont quelques-uns promettaient. Elle s'occupait de sa fille, qu'elle accompagnait régulièrement à son cours de danse, Salle Pleyel. Nina, qui affichait un talent réel, préparait avec passion le concours d'entrée de petit rat à l'Opéra... Amelia ne s'y opposait pas. Elle savait que sa fille allait s'engager dans le plus dur des métiers, le plus exigeant, dont la discipline rigoureuse pouvait l'abattre. « Si à sept ans, elle veut vivre cela, pourquoi pas ? »

Au cours de l'année suivante, elle vit souvent Christian qui, en attendant son départ en Algérie, servait de chauffeur au ministre des Affaires étrangères. Ils allaient au cinéma, au concert, au théâtre. Ils parlaient de Jonathan, du passé. Et cela lui était très doux. Elle reconnaissait en Christian quelqu'un qui lui ressemblait. Et, d'une certaine manière, elle l'aimait... beaucoup. Frédéric c'était le tumulte, la violence, la peur, la passion tourmentée. Tout comme autrefois, avec Jonathan. Christian c'était la paix, la bonté, la clarté. Christian, c'était tout ce qu'elle aimait vraiment. Mais si Frédéric se présentait brusquement devant elle et lui enjoignait de partir avec lui... elle savait qu'elle obéirait sur-le-champ. Aussi mettait-elle une certaine distance entre elle et Christian. Elle avait parfaitement deviné les sentiments qu'elle lui inspirait... « Mais lui ne saurait être un amant. Il est de la trempe dont on fait les maris... et je ne veux pas me remarier. Jamais. Avec personne ! »

Les fêtes de fin d'année 1960 furent pour elle une torture. Elle ne trouva aucun prétexte pour refuser d'assister aux festivités familiales. Les réunions de famille l'avaient toujours ennuyée. Du temps de Jonathan, elle y avait échappé sans peine : personne ne souhaitait avoir un juif émigré à table, cela aurait troublé la digestion des Courcelles de Bossey, des d'Aubreuil ou des Desgroult. Mais ce réveillon de 1960-1961, elle ne voulait pas l'éviter. L'année précédente, Frédéric et Marie-Claire, jeunes mariés, étaient partis pour New York sur *l'Île-de-France*. Ils n'étaient rentrés que six mois plus tard, juste au moment où Amelia partait pour Bucarest assurer le concours de musique Georges-Enesco. Plus d'un an s'était écoulé et elle pensait que la plaie commençait à cicatriser. Amelia aimait les défis et les affrontait sans crainte. Un instant, elle pensa à ce qui en résulterait si elle se laissait aller à son envie : cracher à la face de tous la vérité. Imaginer la stupeur, le dégoût, l'indignation de toute la tribu l'amusa. « Je vais y aller, on verra bien... »

Elle aurait aimé assister à la fête avec Christian. Mais ce dernier, en voyage à Toulouse, ne reviendrait que le mois suivant.

La soirée du réveillon fut une réussite. Comme les autres années. La tenue de soirée était de rigueur chez les d'Aubreuil. Les femmes avaient sorti leurs diamants, leur nouvelle robe, la fameuse « petite robe noire » moulante... Les hommes étaient en smoking, et l'arbre de Noël étincelait de toutes ses lumières. Les retrouvailles entre Amelia et Frédéric furent froides et de bon ton.

À minuit, Frédéric et Marie-Claire annoncèrent qu'ils attendaient un enfant... « Ce sera pour le mois d'août 1961... » Acclamations, cris de joies, embrassades. Tous les d'Aubreuil, les Courcelles de Bossey, les Desgroult se congratulèrent comme si le fait d'attendre un enfant était non pas le sort de quatre-vingt-dix pour cent des jeunes femmes de l'univers, mais une action d'éclat unique, merveilleuse, réalisée par la seule Marie-Claire Maury née d'Aubreuil. Debout, à côté de Frédéric, si jeune encore, elle rougissait des félicitations qui pleuvaient sur elle.

Amelia vida une coupe de champagne, puis une autre, suivie d'un verre de vodka plein à ras bord. Elle dansa un charleston, puis un hula-hoop, but encore une sorte de cocktail appelé champagne-cocktail, un délicieux mélange de Cointreau, de champagne avec un zeste d'orange. Elle trouva cette boisson tout à fait à son goût et en prit quelques rasades... ensuite, ce fut le trou noir.

Quand elle reprit ses esprits, elle était dans une voiture très confortable. Une grosse berline anglaise qui n'était pas la sienne. À ses côtés, Frédéric conduisait, calmement, prudemment. À travers les vapeurs de l'alcool, elle distinguait son profil régulier, ses cheveux noirs, elle respirait son odeur. « Lavande de Yardley... depuis toujours. » Elle tremblait.

– J'ai soif, éructa-t-elle péniblement, j'ai très soif.

– Tu crois que tu n'as pas assez bu comme ça ?

« Tiens, pensa-t-elle sans s'émouvoir, il me tutoie de nouveau ? Il n'a pas le droit de me tutoyer ! »

Elle était profondément indignée. Puis, un peu de conscience refit surface :

– Où est... ma fille... Nina ?

– Elle dort chez moi, dans ton ancienne chambre.

– Pour... Pourquoi... vous... tu... me... tuto... tutoies ? bégaya-t-elle.

Elle était désolée de bégayer. Et puis, elle avait soif. N'importe quoi pour un verre d'eau... Non, pour du champagne... non... pour une vodka... Ça c'était une boisson !

Brusquement, Frédéric étreignit Amelia avec une force qui lui coupa la respiration et, s'emparant de sa bouche, l'embrassa à l'étouffer.

Autour d'eux, les voitures klaxonnaient à n'en plus finir... Des fêtards dansaient dans les rues illuminées... « Alors les amoureux ! On commence bien l'année », cria l'un d'eux à travers la vitre.

Jamais Amelia ne se souviendrait comment elle parvint à monter les étages qui menaient à son appartement, comment elle se retrouva dans son lit, Frédéric pesant sur elle, la possédant avec rage, avec passion, avec désespoir et, elle, gémissant de plaisir sous l'étreinte. « Encore... Encore... oui... oui, Frédéric. Frédéric... »

Il la quitta alors que le ciel blanchissait déjà...

– Sept heures ! siffla-t-il entre ses dents. Il y a eu tant d'embouteillages... Une panne. Voilà ! Une panne. C'est ce que je vais dire à Marie-Claire. Je t'appelle tout à l'heure, ma chérie...

La gorge serrée, elle feignait de dormir. « Pars, va-t'en... traître, monstre abominable, monstre... ne me téléphone plus jamais... Ne plus te revoir, jamais... jamais... Un embouteillage ! Menteur. Sale menteur ! »

C'est à ce moment-là qu'elle prit la décision d'épouser Christian.

De retour Villa Montmorency, Frédéric se heurta à sa belle-mère qui, visiblement, l'attendait. Elle observa un long moment le visage défait, les vêtements en désordre, les lèvres gonflées... Puis, elle dit calmement, presque paisiblement :

– Ne faites pas souffrir ma fille, Frédéric. Sinon, je vous tuerai sans l'ombre d'une hésitation. Si vous aimiez Amelia, pourquoi avoir épousé Marie-Claire ? Allez rejoindre votre femme. Je lui ai dit que votre voiture était en panne, que vous aviez téléphoné. Et elle m'a cru... Ou elle a fait semblant.

Après un petit moment de silence, elle demanda :

– Êtes-vous encore amoureux d'Amelia ? Je veux la vérité.

– Oui.

– Alors pourquoi ?

Dégrisé, Frédéric la regarda fixement.

– C'est une chose qu'il conviendrait de demander à votre mari, ne croyez-vous pas ?

Josette baissa la tête en rougissant.

– J'étais contre ce mariage et vous le savez ! Maintenant, qu'avez-vous l'intention de faire ?

– Rien. Marie-Claire ne doit rien savoir. Ne doit pas souffrir. J'ai beaucoup d'affection pour elle. Que vous le croyiez ou non, peu m'importe.

– Vous ne m'avez pas comprise. Avez-vous l'intention de revoir Amelia ?

Tête basse, Frédéric ne répondit pas tout de suite, puis il lâcha :

– Ceci est mon affaire, madame. Vous le savez, n'est-ce pas ?

– Non. Pas vraiment ! Ceci est aussi « mon » affaire ! Alors ?

– Je reverrai Amelia, aussi souvent que je le désire... Bonne nuit, madame...

Frédéric monta l'escalier, ouvrit la porte de la chambre plongée dans l'obscurité. Marie-Claire dormait ou feignait de dormir. Elle ouvrit les yeux lorsqu'il s'allongea sur le lit sans prendre la peine de se déshabiller.

– Frédéric

– Oui.

– La voiture ? Maman m'a dit... Une panne ?

– Ce n'était rien. Mais le dépanneur a mis beaucoup de temps pour arriver. Tu sais, la nuit du réveillon... c'est difficile.

– Je comprends, tout est difficile... Je t'aime.

– Moi aussi. Je t'aime.

De retour à Paris, au début de janvier 1961, et à peine descendu dans le seul hôtel qu'il connaissait, rue Berthollet, Christian invita Amelia à déjeuner. Il lui parla longuement, lui raconta son histoire avec Estelle Desjardins, lui fit part de ses remords, et lui avoua qu'elle, Amelia, était la seule femme qu'il aimait en ce monde. Que pensait-elle de tout cela ? L'attendrait-elle ? Après son service, accepterait-elle de le revoir, de l'épouser peut-être ?

– Non, dit Amelia. Je n'attendrai pas la fin de ton service...

– Que... que veux-tu dire ?...

– Si nous devons nous marier, marions-nous maintenant. Tout de suite.

– Je... je file demander ta main à ton oncle ! hurla Christian.

– Christian ! Je suis une femme, veuve, libre de ses actes ! Je n'ai de permission à demander à personne ! C'est moi qui décide. Je vais annoncer notre mariage à mon oncle.

Elle était très fière de sa décision. Elle allait épouser Christian, sa petite Nina aurait un père affectueux et sensible, et Frédéric pouvait aussi bien aller au diable. Machinalement, elle ouvrit la radio. « Référendum sur l'autodétermination en Algérie. La politique du général de Gaulle massivement approuvée au référendum. En métropole, 75,26 pour cent de la population a répondu oui. »

Le soir même, alors qu'elle ramenait Nina de la Salle Pleyel, Amelia dit gaiement :

– Chérie... Jolie.. chérie... J'ai une nouvelle à t'annoncer...

La fillette observa sa mère attentivement.

– Que dirais-tu si je me remariais ?

– Avec l'oncle Christian ? Je voyais bien qu'il était amoureux de toi.

Amelia éclata de rire :

– Petit démon, va ! Tu as deviné !

– Alors, tu vas l'épouser ?

– Seulement si tu es d'accord...

L'enfant réfléchit et observa sa mère avec attention.

– Moi j'aimerais bien. J'aime beaucoup oncle Christian... Mais est-ce que oncle Frédéric sera d'accord ?

Le visage empourpré de colère, Amelia s'exclama :

– J'aimerais bien voir s'il m'en empêchera ! Mais quelle drôle d'idée te fais-tu là ? Tout le monde sera heureux de ce mariage. Allez, viens prendre ton dîner ! Je vais annoncer la nouvelle à l'oncle François !

Tandis que l'enfant s'installait, Amelia admira une fois de plus la grâce féline de ses mouvements. « On dirait un petit chaton gracieux, souple et maladroit. Elle a raison de vouloir se destiner à la danse. Dieu qu'elle est jolie ! »

Tandis que Nina, dans la salle de bains, faisait sa toilette du soir, Amelia composa le numéro de la Maison des Peupliers... Sa main tremblait légèrement. Si c'était Frédéric qui répondait ?

Villa Montmorency, quelqu'un décrocha.

– Allô ? j'écoute...

– Ah ! oncle François... Bonjour, c'est moi, Amelia.

– Content de t'entendre ! Alors tu nous as fait une fameuse scène d'ivresse ! C'était très drôle. Remise de ta gueule de bois ?

– Mais oui. Désolée de...

– Mais ne t'excuse pas ! Je viens de te le dire... Tu étais très drôle... Que puis-je pour toi ?

– Oncle François, pouvez-vous nous inviter à dîner, Christian Maury et moi ? Christian est à Paris pour quelques jours.

– Bien sûr ! Tu es toujours la bienvenue chez toi. N'oublie jamais ça ! Une partie de cette maison t'appartient... Ainsi, Christian est à Paris ? Frédéric est-il au courant ?

– Non. Oncle François, promettez-moi de ne rien dire... Je veux vous faire une surprise. Nous voulons vous annoncer quelque chose.

– Je crois que je devine... Christian et toi, vous allez vous marier ?

– Oui, mais s'il vous plaît...

– Je me tairai, ma chérie. Je te le promets. Es-tu bien sûre de ton choix ?

– On ne peut plus sûre. Christian est parfait.

– Et son service ? Malheureusement, Soustelle n'a plus besoin de lui. De Gaulle ne s'entend pas avec notre ami Jacques... Je crois que nous ne pouvons plus rien faire pour Christian.

– Il partira juste après notre mariage.

– Je ferai en sorte d'obtenir quelque chose. Les événements sont très sérieux.

– J'ai entendu de Gaulle, oncle François... Comme tout le monde.

– Je te souhaite tout le bonheur du monde, mon petit, tu le sais, n'est-ce pas ?

– Oui, je le sais.

– Comment Nina prend-elle la chose ?

– Très bien. Elle aime beaucoup Christian. Je suis sûre de lui. Ce sera un bon père.

– Alors, c'est parfait. Je vous attends demain soir. Ça ira ?

– Parfait ! À demain... oncle François.

Frédéric, malgré la passion dévorante qu'il éprouvait pour Amelia, était ravi de son union avec Marie-Claire. Elle l'amusait, l'intéressait même. Toujours pleine de gaieté, de jeunesse, elle savait faire naître le rire par ses saillies pleines de vivacité. « Amelia est toujours si grave, si totalement dépourvue d'humour. » Mais il évitait de penser à elle, la vie à la Maison des Peupliers lui plaisait. Il adorait voir le maître d'hôtel s'avancer vers lui quand il rentrait tard le soir, lui demander avec componction : « Monsieur a-t-il passé une bonne journée ? Monsieur désire-t-il boire quelque chose ? »

Il répondait :

« Merci Victor. Un whisky, s'il vous plaît. Vous me servirez dans la bibliothèque. Avertissez Madame que je suis là. »

Marie-Claire arrivait, rieuse, ses boucles blondes bien coiffées, en robe d'intérieur de velours, la bouche pleine d'anecdotes toutes plus drôles les unes que les autres... Elle l'entraînait vers le feu qui pétillait dans la cheminée, s'asseyait sur un coussin, à ses pieds, et lui racontait pêle-mêle une foultitude de petits riens qu'elle savait rendre encore plus comiques. Elle possédait d'instinct l'art de la comédie et, parfois, elle arrachait à son mari des éclats de rire tonitruants.

Le soir du 10 janvier, Marie-Claire annonça gaiement à Frédéric :

– Sais-tu que ton frère est à Paris ?

Les sourcils de Frédéric se haussèrent d'étonnement.

– Je l'ignorais. Il a téléphoné ?

– Amelia a téléphoné. Ils viennent dîner ici demain soir.

Si Frédéric blêmit, s'il éprouva le moindre trouble, Marie-Claire ne s'en douta pas.

– Ennuyeux, cela... J'aurais aimé passer la soirée en tête à tête avec toi, j'envisageais de t'emmener au restaurant. Tant que tu peux sortir sans te fatiguer, profitons-en ! J'avais justement retenu au Grand-Véfour.

– Eh bien, allons-y ! Nous ne sommes pas obligés de rester ! Papa et maman s'occuperont très bien d'Amelia et de Christian.

Je pense qu'il vient demander à papa de lui obtenir un sursis définitif. Qu'en penses-tu ?

– Tu as raison... J'en parlerai à ton père. Christian ne peut pas partir en Algérie... Il ne survivrait pas à ça.

Il eut une bouffée de tendresse méprisante pour ce frère si fragile, si vulnérable... « Pourquoi diable ne m'a-t-il pas averti de son retour ? Ça ne lui ressemble pas ! »

Le lendemain, en franchissant le seuil de la maison, Amelia sentit son cœur battre à cent à l'heure et ses jambes flancher. Mais elle n'en laissa rien paraître. François et Josette les accueillirent avec chaleur...

– Nous ne serons que tous les quatre... Frédéric et Marie-Claire avaient déjà un engagement. Des clients, je crois, au Grand-Véfour, dit François d'Aubreuil. Ils vous transmettent leur affection.

Josette embrassa la jeune femme avec tendresse.

– Je suis contente de te voir... Alors, cette cuite ? finie ?... Tu nous as fait rire, tu sais !

Elle la dévisageait avec attention, mais Amelia se contenta de sourire. Soulagée ? Sans doute... Déçue ? Également. L'ambiance de ce dîner fut chaleureuse. Le déroulement du repas, mieux que satisfaisant.

Amelia aimait cette demeure, « dont la moitié t'appartient, ma chérie », avait dit l'oncle François. « Que se passerait-il si je le prenais au mot ? » se demanda-t-elle. « Christian et moi, installés ici, face à Frédéric et à Marie-Claire avec au milieu oncle François et tante Josette qui compteraient les points ? »

– Au fait, chérie, lança François d'Aubreuil à sa femme, Amelia et Christian ont quelque chose à t'annoncer.

– Nous allons nous marier, Christian et moi, dit Amelia tranquillement.

De surprise, Josette s'étrangla dans son verre de vin. Puis ravie, soulagée d'un remords qu'elle portait en elle, sans le savoir, elle but à la santé des fiancés.

– Nous annoncerons la nouvelle demain matin, dit-elle enfin. Quand désirez-vous vous marier ?

– D'ici un mois, dit Christian. Le temps de faire publier les bans. Ensuite, je pars faire mon service et cela risque de durer trois ans.

– Mais non, mon garçon ! protesta François d'Aubreuil. Je vais vous dégoter une planque ! Alors, ce mariage ? Le 14 février ?

– Parfait pour le 14 février ! Juste le jour de la Saint-Valentin. C'est Marie-Claire qui va être contente ! s'exclama Josette.

Il tombait une sorte de sirop mi-pluie mi-neige qui incitait à rester sous les couvertures, à se faire apporter un confortable petit déjeuner, à rêvasser en écoutant la radio diffuser ses informations truquées... Mais Frédéric, fidèle à cette discipline qu'il s'était imposée dès l'adolescence, descendit dans la salle à manger.

– De Gaulle va lâcher l'Algérie, dit-il. Je suis sûr qu'il y pense depuis 1958. Je voulais vous en parler plus tard, mais je crois qu'il vaut mieux prendre les devants. Il y a beaucoup d'argent à gagner. Et quand je dis beaucoup... C'est... beaucoup.

Intéressé, François d'Aubreuil dressa l'oreille.

– Je vous écoute ?

– Je vous parie que, dès que les négociations seront entamées avec le FLN, de Gaulle reprendra les relations diplomatiques avec les pays arabes, Syrie, Jordanie, Arabie Saoudite, Égypte, etc. Qui dit relations diplomatiques dit, avant tout, relations commerciales... Les Arabes ne demandent qu'à dépenser leurs pétrodollars. Et ils en ont... Ils vont avoir besoin d'un armement sophistiqué moderne.

François d'Aubreuil eut un large sourire.

– Je crois que je devine votre petite idée.

– Vous ne pouvez pas parler d'autre chose que d'affaires, le matin ? se plaignit Josette. Victor, servez-moi un autre café, s'il vous plaît, et toi Marie-Claire, tu devrais te forcer à manger quelque chose...

– Ça ne passe pas, maman... Je ne peux rien avaler.

– Alors, va te recoucher, ma chérie. Je te trouve un peu pâlotte, ces jours-ci.

– Mais non, maman. Ça ira. Je suppose que les premières semaines sont toujours un peu pénibles.

Josette lança un coup d'œil acerbe à Frédéric qui, confus, baissa le nez dans ses toasts...

– D'ailleurs, j'ai une nouvelle à vous annoncer ! Vous ne devinerez jamais... Vous m'entendez, Frédéric ?

– Bien sûr, belle-maman !

Frédéric savait que Josette détestait qu'il l'appelle « belle-maman », mais il ne se privait pas ce petit plaisir. Il se demandait comment téléphoner à Amelia. Il brûlait de l'envie de la revoir. C'est alors que Josette, le regard fixé sur lui, lança gaiement :

– Hier soir, Amelia et Christian nous ont fait part de leur projet de mariage. Il est regrettable que vous n'ayez pas été présents. Ils étaient charmants tous les deux. Je suis sûre qu'Amelia sera heureuse. Le mariage est prévu pour le 14 février. Ensuite, Christian partira en Algérie...

Bizarrement, personne ne regardait Frédéric... Personne ne pouvait voir son visage se transformer en pierre, personne ne pouvait voir ses poings se serrer... Tous occupés, qui à beurrer un toast, l'autre à déguster ses œufs mollets ou son jambon, évitaient son regard.

– Encore un peu de café, Frédéric ? Victor, veuillez servir mon gendre...

Frédéric refusa. L'odeur de café lui donnait envie de vomir. Voilà, il allait vomir là, sur la table étincelante d'argenterie, de porcelaine fine, vomir sur ces mets abondants. Puis il se ressaisit et déclara d'une voix neutre :

– Eh bien, en voilà une nouvelle ! Auriez-vous tous comploté pour me faire la surprise ? Mais j'en reviens à ce que je vous disais. Matra cherche des actionnaires, qu'en pensez-vous mon cher beau-père ?

Très occupé à finir sa tasse de café, François d'Aubreuil ne répondit pas.

Depuis la nuit du réveillon, Amelia n'avait ni revu Frédéric ni répondu à ses coups de fil. Dès qu'elle entendait sa voix, elle raccrochait... Cependant, elle ne fut pas surprise de voir sa Bentley l'attendre à la sortie du Conservatoire de la rue de Madrid. Il faisait froid et sombre. Une neige fondue, glaciale, cinglait le visage. Dès qu'il l'aperçut, Frédéric ouvrit la porte de la voiture et hurla : « Monte, j'ai à te parler !... Monte ! Monte immédiatement ! »

Elle haussa les épaules et continua son chemin jusque vers sa voiture stationnée à quelques mètres... La Bentley la suivait au pas, elle entendait Frédéric vociférer : « Monte ! Je t'ordonne de venir, espèce de salope ! »

Les passants commençaient à se retourner, à la dévisager. Hors d'elle, elle céda, monta dans la voiture, reçut une paire de gifles qui, un bref instant, l'étourdit, et se retrouva prisonnière de Frédéric qui l'embrassait, la giflait tour à tour. Cette violence la désarçonnait. Bizarrement, loin de lui en vouloir, elle éprouvait de la pitié, de la compassion pour Frédéric, dont le visage blême, décomposé par la rage exprimait une violente douleur.

– Alors, comme ça, tu vas te marier avec Christian ? Épouser mon frère ? Tu n'as peur de rien, n'est-ce pas ? Et ne me dis pas que tu l'aimes ! Je sais, moi, que tu ne l'aimes pas ! Alors pourquoi, hein, pourquoi ? Mais vas-tu me répondre, putain ? Tu es une putain !

Il étouffait d'un désespoir qui ne pouvait s'exprimer que par les insultes les plus basses, les plus violentes... Il insultait sans attendre de réponse. Sa jalousie démentielle s'attaquait à Jonathan aussi bien qu'à son frère Christian. Il les haïssait : « Ces jean-foutre... ces illuminés, ces bons à rien... »

Amelia ne bronchait pas. Elle voyait un homme qui pleurait, qui souffrait. Et, au fond d'elle-même, chantait sa victoire. « Il n'aime pas Marie-Claire, c'est moi qu'il aime... Moi ! »

Elle le regarda.

– Démarrez, je vous prie, dit-elle d'une voix douce. Je vais être en retard.

Devant ce « vous » tranquille, il se calma instantanément.

– Où dois-je vous conduire ?

– Je vais chercher Nina à l'école de danse, Salle Pleyel. Déposez-moi là, je vous prie... Et ne m'attendez pas. Je ne veux pas que ma fille vous voie dans cet état... Vous savez combien elle vous aime... Je reprendrai ma voiture demain matin.

Sans un mot, il la conduisit devant l'entrée des artistes du théâtre. Au moment où elle allait descendre de la voiture, il demanda d'une voix sans timbre :

– Alors... quand... quand est-ce que je te... vous revois ?...

– Le jour de mon mariage avec Christian. Vous tenez à y assister ?

– Non. Jamais. Adieu.

Il referma violemment la portière.

Le soir même, les informations annonçaient que des barricades s'élevaient à Alger et que l'on dénombrait déjà des morts et des blessés.

Marie-Claire observait Frédéric en silence. Elle savait qu'il souffrait, même s'il s'efforçait de donner le change. Parfois, elle lui disait : « Mets ta main sur mon ventre... » Elle se servait de ce subterfuge pour apaiser son mari et y réussissait d'ailleurs fort bien. Alors, Frédéric souriait. Cela seul, cette vie qui commençait dans le ventre de sa femme, ce minuscule embryon d'être humain, avait le don de l'émouvoir... Durant quelques heures, il paraissait délivré de son mal. Puis, il retombait dans sa léthargie, suivie d'une frénésie de travail capable de l'engloutir dix-huit heures par jour...

Non ! Il n'assisterait pas à ce mariage. Dût-il rompre avec ses parents, avec sa famille... Il ne supporterait pas de voir Amelia souriante, dans une robe spécialement choisie, dont il connaissait tous les détails car elle trônait dans la chambre de Marie-Claire. Il avait résisté à l'envie irrésistible de la taillader à grands coups de ciseaux...

Marie-Claire, qu'il n'avait pas entendue pénétrer dans la pièce, l'observait en silence. Il était blême, avec une expression haineuse dans les yeux...

– Frédéric !...

La voix douce de Marie-Claire le fit sursauter.

– C'est... maman et papa qui ont tenu à offrir sa robe de mariée à Amelia... Comment la trouves-tu ?

– Très jolie, répondit-il.

Il s'éloigna et se dirigea vers la fenêtre où il resta planté, à regarder dehors. Il était visiblement à bout. Visiblement au bord de l'esclandre, de la crise... Marie-Claire eut un moment de crainte.

– Frédéric !

Lentement, il se retourna et s'avança vers elle, toujours pâle, les traits tirés. Il la prit dans ses bras.

– Tout ira bien, ma chérie. Tout ira bien, tu verras !

C'est sous un soleil radieux de la fin du mois de février que le mariage d'Amelia et de Christian eut lieu à Montastruc-la-Gaillarde, dans le château de la Valade. La cérémonie fut simple et charmante. Pour ne pas y assister, Frédéric prétexta des grèves à Mourenx qui rendaient sa présence indispensable... Seuls, François et Josette, témoins de Christian, et Raymond et Simone, témoins d'Amelia, de même que Marie-Claire et Paul-

Henri, étaient présents. Peu de monde, donc, juste la famille et quelques rares amis de Christian. Puis, il y eut la nuit de noces... Christian, lorsqu'il lui avait raconté l'épisode d'Estelle, sa violence, son désarroi, avait avoué :

« À part Estelle, je n'ai aucune autre expérience dans ce domaine...

– Après tout, avait répliqué en riant Amelia, il est bon que l'un de nous deux soit quelque peu expérimenté dans une situation comme celle-ci... »

Cela les fit rire tous les deux. L'austère innocence de Christian céda le pas à sa passion et la nuit de noces fut, en somme, très satisfaisante pour les deux époux.

L'aube les surprit enlacés, épuisés. Christian dormait profondément. « Je suis heureuse... », se dit Amelia en se levant doucement pour ne pas le réveiller. « Je suis heureuse... », se répéta-t-elle, le front appuyé contre la fenêtre de la vaste et jolie chambre préparée à l'intention du jeune couple. Le beau temps de la veille avait fait place à une cohorte de nuages gris qui encombraient le ciel. Une pluie mêlée de neige fondue tombait sur la campagne toulousaine. La fin du mois s'annonçait humide et glaciale. « Quel dommage ! Hier, il faisait si beau. Mais je suis très heureuse », marmonna Amelia, le visage soudain inondé de larmes, « et je ferai tout pour que Christian ignore ce qui s'est passé entre Frédéric et moi. J'aime Christian ! Je l'aime beaucoup ! Il mérite d'être aimé ! Beaucoup plus que Frédéric ! D'ailleurs, personne ne le sait. Il n'y a que lui et moi. Si jamais Christian apprend quoi que ce soit, alors je tuerai Frédéric... Je le tuerai... Christian lui, mérite d'être aimé. » Personne n'avait jamais dit à Amelia que si, seuls, ceux qui le méritaient, hommes ou femmes, parce qu'ils étaient bons, gentils, doux, devaient être aimés, il n'y aurait guère d'amour sur cette planète...

Dès le début de leur mariage, Christian mit les choses au point. Son ménage ne devait vivre que sur leurs salaires. « Tu gagnes bien ta vie au Conservatoire. On m'a proposé un poste de professeur de violoncelle, et j'ai l'intention d'accepter. Nous vivrons où tu le voudras. Nous n'avons besoin de rien d'autre. Je ne veux pas un centime des d'Aubreuil ! »

Mais Amelia pensait avec une sorte de révolte : « Qu'est-ce que j'ai fait au bon Dieu pour qu'aucun de mes maris ne veuille de mon argent ? Cela nous faciliterait pourtant la vie ! » Et Amelia aimait la vie facile. Parce qu'elle avait les travaux ménagers en horreur, parce qu'elle détestait cuisiner, et que même préparer le petit déjeuner était pour elle une corvée, parce que les études de Nina, bien que gratuites, coûtaient cher en cours particuliers, en chaussons de danse, Amelia dotée, malgré tout, d'un esprit pratique, décida comme autrefois avec Jonathan de passer sous silence la mensualité versée par François d'Aubreuil. Mensualité qui lui permettait d'avoir une femme de ménage à plein temps, de continuer à fréquenter les instituts de beauté et de s'habiller en prêt-à-porter de luxe. Yves Saint Laurent et Courrèges l'aidaient allègrement à vider son porte-monnaie. Lorsque Christian s'étonnait de l'élégance de sa femme, elle répondait « solde ou occasion à peine portée, j'ai pu l'avoir pour une bouchée de pain », et l'employée de maison dûment chapitrée annonçait deux heures par jour lorsqu'elle en faisait huit. Christian lui payait ses deux heures avec satisfaction, et Amelia lui donnait le reste en cachette. « Comme cela, tout le monde est content », pensait-elle...

Christian reprit sa carte du Parti. Amelia détestait se disputer avec lui. Elle avait l'impression de le torturer quand, seulement, elle élevait la voix. Alors, il la regardait avec une telle détresse qu'elle cédait sur-le-champ. Mais s'inscrire au Parti communiste, non ! Ça, elle ne pouvait l'admettre !...

Depuis la mort de Jonathan, elle avait réfléchi sur ceux qu'elle avait côtoyés. Elle avait vu de vrais petits dictateurs en herbe dont le cerveau parfaitement lavé, vidé de toute substance personnelle, ne fonctionnait qu'en liaison quasi permanente avec Moscou... L'affaire des médecins juifs, l'attitude de Khrouchtchev, successeur de Beria, avaient révélé l'antisémitisme viscéral des Soviétiques. Leur refus de laisser partir les ressortissants juifs la mettait dans une fureur noire. « Ils n'aiment pas les juifs et veulent les garder malgré eux ! C'est de la démence ! » Aussi en voulait-elle à Christian de s'être laissé piéger par le soi-disant idéalisme du Parti. « Frédéric, lui, au moins, avait les pieds sur terre », pensait-elle dans ces moments-là.

Christian, désolé de ne pas mettre sa femme de son côté, se sentait abandonné, nié dans ce qui lui importait le plus, après Amelia : le Parti. Autrefois, avec Jonathan, Amelia se trouvait de leur côté et, maintenant, elle était étrangère à son idéal de jeunesse. Lui demeurait fidèle à ce passé... Fidèle aux souvenirs, Amelia, Jonathan et lui admirant Maurice Thorez, pleurant sur les chants merveilleux de l'Armée rouge, d'accord sur tous les points. « Les capitalistes américains sont des salauds, mais les communistes les vaincront... » C'était là le leitmotiv de leur jeunesse qui refusait de voir la réalité en face.

Et puis, de guerre lasse, Amelia céda brusquement, se demandant comment, en avril 1961, il pouvait exister quelqu'un d'aussi innocent, d'aussi peu doué de discernement que Christian. Et, comme autrefois avec Jonathan, elle assista aux réunions de cellule qui, de toute manière la plupart du temps, se tenaient chez elle, 5, rue du Sommerard.

Un beau matin de juillet 1961, François d'Aubreuil téléphona. Il avait obtenu l'affectation de Christian dans un bureau à Paris, pour quelques mois. « Venez donc dîner, un soir. »

Soulagée, Amelia accepta. Refuser eût été grossier. D'ailleurs, de temps à autre, parce que c'était inévitable, ils allaient dîner chez les d'Aubreuil. Parfois, Marie-Claire et Frédéric avaient un empêchement, parfois ils étaient présents... Les rapports entre Frédéric et Amelia relevaient de la plus stricte politesse. Ils évitaient soigneusement de s'adresser la parole, se serraient froidement la main quand ils ne pouvaient l'éviter... Et cette attitude, dépourvue d'ambiguïté, affolait Marie-Claire. Elle aurait préféré, ô combien, autre chose, qu'ils se disputent, par exemple, cela aurait été plus franc, plus net.

Quant à Frédéric... Il avait du mal, parfois, à ne pas fixer Amelia jusqu'à ce qu'elle rougisse de colère. Alors, elle disait à Christian :

– Viens, mon chéri, allons-nous-en. Il se fait tard...

Ce « mon chéri » faisait blêmir Frédéric, qui partait se réfugier dans son bureau. Cependant, au fil des semaines, absorbé par les aspects multiples de sa vie, faite de surexcitation et d'ambition politique de plus en plus grande, Frédéric oubliait son tourment... Et puis, dans le ventre de Marie-Claire, il y avait ce petit bout d'homme ou de femme, cette chose unique et précieuse, un bébé... Le bébé qu'il avait fabriqué...

Paris, déserté par la majorité de sa population, n'avait rien de particulièrement excitant en ce dimanche d'août. Dans la maison dont la moitié du personnel était en congé, tout était calme et silencieux... Marie-Claire était montée se coucher. Elle n'avait touché à aucun des repas qu'on lui avait servis... Toute la journée, il avait fait très chaud et, maintenant, les grondements sourds du tonnerre et le ciel sombre, zébré d'éclairs, annonçaient l'orage. Frédéric sortit dans le parc et regarda le ciel. Quelques gouttes tièdes tombèrent sur sa main tendue... « Enfin la pluie, pensa-t-il, enfin, un peu de pluie. » Il fit demi-tour, rentra dans la maison et monta rejoindre sa femme. Il fut surpris de la voir dans un fauteuil, assise dans l'obscurité, face à la fenêtre ouverte. Il pleuvait maintenant, en rafales, éclairs et tonnerre se succédaient à un rythme rapide. Marie-Claire, les mains posées sur son ventre énorme, respirait à grandes goulées.

– Dieu qu'il a fait chaud, dit-elle, cet orage est le bienvenu...

Ému, Frédéric l'observa. Elle était si jeune, à peine dix-neuf ans, et elle allait être mère. Elle souriait dans le vague.

– Fred... j'ai l'impression que c'est pour cette nuit.

Aussitôt, il s'affola.

– Tu as des douleurs ? Faut-il que j'appelle une ambulance ? Je téléphone tout de suite à l'Hôpital Américain.

Lui, toujours si maître de lui, perdait complètement la tête... Il tournait en rond, en proie à une angoisse comique. Marie-Claire lui tendit les mains.

– Viens près de moi, mon chéri. Non. Je n'ai pas encore de douleurs, mais je sens que ce sera pour cette nuit... Il ne faut pas s'affoler. Tout est prêt. Dès que j'aurai les premières contractions, nous partirons. Ma chambre est réservée ; le docteur Meyer est à Paris. Tout ira bien.

Elle répéta plusieurs fois : « Tu verras, tout ira bien. » Et Frédéric comprit que c'était surtout pour se rassurer... Elle aussi, elle avait peur. Elle n'était, en somme, qu'une petite fille...

– Veux-tu que je téléphone à tes parents ?

– Oui. Oh, oui ! Bien sûr ! Deauville n'est qu'à deux heures de Paris, ils pourraient être là pour la naissance du bébé. Mais téléphone d'abord à l'hôpital ! Dis-leur... Aïe...

C'était juste un petit gémissement, rien d'autre... Elle adressa un sourire à Frédéric et annonça :

– Tu vois... j'avais raison ! Ça commence...

Alors, Frédéric perdit la tête. Il téléphona à l'Hôpital Américain en hurlant :

– Ma femme est en train d'accoucher !

Une voix impersonnelle lui répondit :

– Qui êtes-vous monsieur ? Avez-vous réservé une chambre ?

Après avoir copieusement insulté la réceptionniste qui avait le toupet de ne pas reconnaître sur-le-champ sa voix, Frédéric téléphona à ses beaux-parents à l'Hôtel Normandy, les réveilla en hurlant : « Marie-Claire est en train d'accoucher ! » Puis, il raccrocha, laissant Josette et François aux prises avec la nécessité, sur le coup de vingt-deux heures, de foncer à Paris « à n'importe quel prix ! ».

À l'hôpital, Frédéric tenait la main de Marie-Claire. Le docteur Meyer se trouvait déjà sur place. « Inutile de rentrer chez moi ! Vous serez ma troisième parturiente de la journée, petite madame... Mais là, nous en avons pour toute la nuit... »

Un peu plus tard, dans la salle d'attente, Frédéric marchait de long en large... À minuit, il vit ses beaux-parents franchir le seuil. Josette était pâle, échevelée.

– Enfin, vous voilà ! s'écria-t-il, accusateur.

– Le bébé est en avance, se défendit Josette. N'était-ce pas prévu pour la fin du mois ? Si j'avais su ! Est-ce que tout va bien ? Comment est-elle ?

– Très courageuse, répondit Frédéric.

– Je vais la rejoindre.

Le temps s'avançait à pas lents. La nuit moite n'en finissait pas... Marie-Claire, en sueur, gémissait, criait, s'agrippait à la main de Frédéric, de la sage-femme, de sa mère. Puis, la douleur cessait, elle respirait vite, Josette lui épongeait le front... On transporta ensuite Marie-Claire dans une autre salle... Frédéric entendit un long hurlement de bête, puis des petits gémissements, une sorte de miaulement.

Il y eut des bruits de pas... Le docteur Meyer, en blouse bleue, son masque pendant sur le côté, apparut...

– Tout va très bien. C'est un beau petit garçon. Trois kilos cinq cents... Dans un instant, vous pourrez aller voir votre femme et votre fils.

L'aube se levait quand Frédéric téléphona à ses parents.

– Votre premier petit-fils est né cette nuit. Trois kilos et demi... Le baptême aura lieu dans huit jours. À Saint-François-Xavier... Victoria sera la marraine. Paul-Henri, le parrain. Il s'appellera Charles. Dans trois jours, je serai à Toulouse. Je passerai vous voir. Ensuite, vendredi, je serai comme chaque semaine à Mourenx... J'aimerais que vous téléphoniez la nouvelle à Christian et à... sa femme. Je pense qu'ils doivent être rentrés de vacances.

Il prononçait en haletant des phrases très courtes, assez peu dans sa manière.

– Mais pourquoi ne pas téléphoner toi-même à ton frère ? s'insurgea Raymond.

– Nous sommes en froid.

– Le contraire m'eût étonnée, grommela Simone en s'emparant du combiné. Maintenant, tu as un fils ! Tu ne crois pas que les enfantillages, c'est fini ?

Mais Frédéric avait raccroché. Elle haussa les épaules et composa le numéro de Christian. Ce fut Amelia qui décrocha, encore endormie, elle remercia Simone à demi-mot et se rendit à la cuisine pour faire du café.

– Nous avons un neveu, dit-elle en tendant une tasse à Christian.

Elle se rendit compte que sa main tremblait.

Amelia et Christian de retour à Paris après un séjour d'un mois à Montastruc-la-Gaillarde, avaient été voir une comédie musicale dont tout le monde parlait : *West Side Story*. Après avoir bien consciencieusement pleuré sur ce film, sur eux, sur la bêtise des hommes, ils discutèrent comme ils le faisaient, chaque fois, en sortant du cinéma. C'était une belle soirée de la fin août. La chaleur du jour était tombée. Ils s'attablèrent à la terrasse du Balzar, célèbre brasserie du Quartier latin, et continuèrent leur conversation.

– La musique de Leonard Bernstein... Magnifique ! dit Christian. De belles mélodies qui auraient mérité une plus solide orchestration...

– Comme tu y vas ! Moi, j'ai aimé... Il n'y a que les Américains pour savoir faire des films comme ceux-là. Les comédiens savent chanter, danser, jouer la comédie comme personne ! La France a des décennies de retard...

– Et ce n'est pas avec la Nouvelle Vague qu'elle va progresser... Le naturel, s'il ne repose pas sur une solide technique, fait amateur... Je déteste ce qu'ils sont en train de faire.

– Moi aussi.

Ils se sourirent, ravis d'être sur la même longueur d'onde. Ravis de vibrer ensemble aux mêmes musiques, aux mêmes films, aux mêmes pièces de théâtre. Ils trouvaient là le ciment qui les unissait. Il ne s'agissait ni de passion, ni même d'amour, mais d'une très grande tendresse qui reposait sur leur commune adolescence.

De nombreux passants allaient et venaient. C'était l'heure de la sortie des cinémas, l'heure tardive du plein été où l'on n'a guère envie de rentrer chez soi, où l'on s'attarde dans les cafés, les restaurants, où le sommeil fuit... L'heure où les mains se cherchent et s'agrippent l'une à l'autre, où les regards s'accrochent pour ne plus se quitter, où les mots ne veulent plus rien dire... L'heure du désir, de l'envie de l'autre.

Christian ne quittait pas Amelia des yeux... À peine l'entendait-il. Le son de sa voix lui parvenait comme une musique inconnue, insolite, incompréhensible...

– Répète ce que tu viens de dire ? Je n'ai pas compris. Il y a un tel bruit dans ce restaurant...

– Je vais avoir un enfant... Tu entends ? Je suis enceinte. Nous allons avoir un bébé.

Stupéfait, Christian resta la bouche ouverte, la fourchette en l'air. Il était très drôle ainsi. Hagard, incapable de parler... Puis, il se laissa aller à un formidable éclat de rire. Leurs voisins de table interrompirent leur conversation et leurs regards convergèrent vers ce couple bruyant et visiblement heureux...

– Magnifique ! s'écria enfin Christian. Magnifique ! C'est pour quand ?

– Avril 62... En principe, dit Amelia. J'espère que d'ici là la guerre sera finie. J'aimerais que cet enfant naisse dans un monde en paix.

Le visage de Christian s'assombrit.

– Je l'espère aussi...

– Je désire aussi garder cet enfant, pour que tu fasses attention à toi. Que tu sois prudent. Très prudent. Dans toutes tes activités. Est-ce que je me fais bien comprendre ?

– Très bien, chérie...

– Alors ? Que comptes-tu faire ?

– Je ne peux me soustraire à mes engagements politiques...

– Ce n'est pas de cela dont il s'agit. Les valises que tu transportes Dieu sait où... qui contiennent de l'argent, des armes... Ne fais pas l'étonné ! J'ai tout découvert ! Tu le sais bien.

Navré, il la dévisagea.

– Oui. Je le sais...

Ils rentrèrent chez eux, main dans la main... Dans sa chambre, Nina dormait paisiblement. La femme de ménage dit à voix basse :

– Elle a été très sage... Vous rentrez bien tard ! Je ne vais pas avoir de métro.

– Ça ne fait rien. Prenez un taxi, je vous rembourserai...

– Bien. Merci, madame. À demain.

– À demain, Maria.

Puis, ce fut la nuit amoureuse, la tendresse des corps qui se prennent, qui se séparent, se reprennent jusqu'aux cris finals, jusqu'à l'épuisement... L'amour fou que lui portait Christian transcendait Amelia... Elle parvenait à en oublier Frédéric.

Un dimanche de la fin du mois de janvier 1962, à leur retour de vacances d'hiver, passées comme chaque année à Saint-Moritz, Frédéric dit à sa femme :

– Ma chérie, je suis désolé, je ne pourrai pas t'accompagner à ce déjeuner chez les Lazareff, à Louveciennes, mais je viendrai te chercher. J'attends Christian. Nous avons des choses à régler...

Marie-Claire fut déçue. Elle avait retrouvé sa ligne de jeune fille et entendait en profiter avant que la nouvelle grossesse, qui s'annonçait déjà, ne se voie trop. Elle aurait aimé que Frédéric soit auprès d'elle dans cette superbe propriété, La Grille Royale, où Pierre Lazareff recevait le Tout-Paris.

Devant le visage grave de Frédéric, Marie-Claire fit taire ses grincements de dents et s'habilla avec toute l'élégance requise pour ce déjeuner dominical. Elle se doutait que son mari avait de gros problèmes à résoudre avec son frère. Une lettre arrivée la veille avait mis Frédéric dans une fureur qui ne s'était pas encore dissipée. « L'imbécile, avait-il fulminé, dommage qu'il ne soit pas en Algérie ! Ça lui aurait fait les pieds ! »

– Bien, dit Marie-Claire. Ne rentre pas trop tard. Revenir un dimanche d'hiver de Louveciennes peut prendre des heures ! Si tu le désires, je peux renoncer à ce déjeuner ?

– Non ! Non, surtout pas ! Tu sais bien que nous avons besoin de ces relations ! Lazareff serait furieux à juste titre. On ne snobe pas ses invitations...

Elle sourit.

– Oui, je sais.

Marie-Claire avait trop l'habitude de ces « dîners ou déjeuners en ville » où l'on retrouvait les mêmes femmes chanellisées, les mêmes hommes en costume noir, les mêmes avis sur les mêmes conversations si parfaitement semblables à celles de la veille ou du mois dernier, qu'il suffisait de dire un mot pour que tous puissent enchaîner sans se tromper... Le dernier film, la dernière pièce de théâtre. La guerre d'Algérie... Les attentats terroristes, l'OAS, le SAC, le FLN, de Gaulle... Le dernier livre... Les magazines d'information. Un autre dernier film... *L'Année dernière à Marienbad* ou *Hiroshima mon amour...*

Les maîtresses de maison, en général, faisaient très attention à ce qu'il n'y ait aucun dérapage entre partisans de l'OAS ou opposants. « Nous sommes tous français !... », disaient-elles lorsque la conversation menaçait de s'envenimer.

Lorsqu'elle fut enfin prête à partir, Marie-Claire se présenta devant son mari. Elle portait un ensemble de fin lainage noir qui mettait en valeur sa peau blanche, ses cheveux blonds, coiffés de l'inévitable, du monumental chignon que toutes les Parisiennes arboraient.

– Comment me trouves-tu ?...

– Ravissante...

Et il était sincère...

– ...Chanel te va très bien.

– Ce n'est pas Chanel. C'est Christian Dior...

– Ah... N'est-ce pas la même chose ?

Il riait.

Elle lui lança un baiser du bout des doigts.

– Attends ! dit Frédéric.

Il s'approcha d'elle et l'embrassa.

– Bientôt mère de deux enfants ! Fais attention ! Dis au chauffeur de ne pas rouler trop vite...

Elle désigna son ventre en riant.

– Il est bien à l'abri jusqu'en septembre ! Tout ira très bien !

Vers midi, le maître d'hôtel annonça Christian Maury. Frédéric se leva du bureau où il était en train de travailler et les deux frères s'observèrent longuement en silence.

– Assieds-toi, ordonna Frédéric d'une voix calme.

Docile, Christian s'assit.

– Je vois que tu es au courant. C'est pour cela que tu m'as convoqué ? Où sont Farid et Samir ? Qu'en as-tu fait ?

– Nous verrons cela plus tard... Heureusement que j'ai pu intervenir à temps.

Il s'interrompit pour allumer une cigarette et ajouta froidement :

– Depuis quand trahis-tu ton pays ? Parce que c'est de cela dont il s'agit. De rien d'autre ! Tu livres des armes, tu soutiens les ennemis de la France... Porteur de valises, c'est de la traîtrise pure et simple !

Christian haussa les épaules :

– Il ne s'agit pas de trahir, et tu le sais très bien ! Il s'agit d'un peuple opprimé, réduit en esclavage...

Frédéric eut un petit rire ironique.

– Comme tu y vas avec tes grands mots et ta grandiloquence !

Sans les Français, que seraient l'Algérie, la Tunisie ou le Maroc aujourd'hui ? Un vaste désert sous l'emprise des Arabes... Un peuple barbare et arriéré qui n'a pas évolué depuis le Moyen Âge ! Mais restons-en là ! Ce n'est pas pour discuter de ce problème que je t'ai demandé de venir. Veux-tu boire ou manger quelque chose ?

– Un verre de jus d'orange. Ça ira.

– Ne pas partager le pain avec l'ennemi, n'est-ce pas, c'est ça ? ricana Frédéric.

Christian bafouilla :

– Tu te trompes ! Je n'ai pas faim, c'est tout.

Frédéric appuya sur un bouton. Aussitôt, Victor parut.

– Monsieur désire ?

– Apportez-moi une collation. Vodka, jus d'orange, caviar et blinis...

– Bien monsieur.

Les yeux exorbités, Christian observait son frère. Quinze ans avaient passé sur l'adolescent, maigre et coléreux, qui hurlait dans la cuisine de la modeste demeure ouvrière de la banlieue toulousaine. Quinze ans. Et là, devant lui, un « monsieur » de tout juste trente ans donnait paisiblement ses ordres à un valet de chambre en gilet rayé... Les mots étaient dits à la perfection. L'ordre avait le ton qu'il fallait, poli, ferme, sans hauteur... Le regard amusé de Frédéric se reporta sur son frère.

– Tu t'étonnes d'un rien. Je me souviens combien cela vous amusait, tous, dans la famille, de me voir plongé dans des livres de savoir-vivre... Moi, je savais pourquoi il était nécessaire d'apprendre ces idioties... N'importe quel crétin peut acquérir une certaine classe... Les cours de diction et d'art dramatique sont parfaits pour ça. De nos jours avec la télévision, même les hommes politiques sont obligés d'apprendre à se tenir.

– Parce que c'est ce que tu as fait ?

– Pendant des années... En cachette, bien sûr ! Ne jamais

permettre à l'adversaire de te prendre en défaut pour une question de fourchette à poisson. Tout est là...

Le valet réapparut, portant un plateau, dressa le couvert sur une table basse. Porcelaine fine, cristaux, tranches de pain grillé...

Après le départ de Victor, Frédéric servit un verre de jus d'orange à son frère, remplit à ras bord un verre de vodka qu'il vida d'un trait, et croqua une tartine de caviar, avant de lancer :

– Alors, comme ça, tu veux ruiner la famille ?

– Que veux-tu dire ? dit Christian. Je ne comprends pas...

– Tu m'as parfaitement compris !

Il ne criait pas, il manifestait plutôt une sorte d'hostilité ironique, amusée. Il croqua avec élégance un autre toast, s'essuya les lèvres.

– Tu ne seras jamais adulte, Christian ! Tu n'es qu'un enfant de chœur... Tous les hommes sont frères ! Tous ces grands mots dont se gargarisent nos hommes politiques de tous bords ne recouvrent qu'hypocrisie, mensonge et cynisme. La charité, l'équité, la justice ! Tu prends tout pour argent comptant !

– Il existe d'autres réalités que la tienne, murmura Christian.

– Des mots qui ne veulent rien dire. Sauf pour les imbéciles et les naïfs de ton espèce. Laisse donc aux hommes politiques en place le soin de régler la question algérienne.

Il regarda son frère avec hargne et lança :

– Sais-tu que tu risques la prison pour haute trahison ?

Christian haussa les épaules.

– Je le sais, dit-il d'une voix sourde. Mais je fais ce que je dois faire ! Pour moi, c'est une question d'honneur...

Frédéric laissa le silence s'installer avant de lancer d'une voix cinglante :

– Une question d'honneur ? Voyez-vous ça ! Comme de raconter dans ce torchon de *Libération* que l'origine de ma fortune est on ne peut plus douteuse et que tu en souffres...

Cela aussi tu dois le faire ? Ça aussi, c'est une question d'honneur ?

Christian blêmit.

– Comment le sais-tu ? Qui t'a raconté ?

– Que t'importe ? Je le sais, voilà tout. Et j'ai pu tout stopper à temps. Ton journaliste, vois-tu, a aussi des principes : vendre ses informations au plus offrant. J'ai été le plus offrant... Et je peux aussi avoir sa peau et celle de ses amis. Sans parler de la tienne. Je lui ai fait aussi un peu de chantage. Sa mère a été tondue à la Libération, son père a été milicien ! L'honneur de sa mère contre celui de la mienne... C'est équitable, n'est-ce pas ?

– C'est ignoble.

– Ignoble ? Et toi, tu n'es pas ignoble, peut-être ?! As-tu pensé à ta famille ? Au scandale qui aurait pu rejaillir sur mon fils, sur tout ce que j'ai entrepris ? As-tu pensé à papa, à maman, à Victoria ? As-tu pensé que papa aurait pu mourir de honte ? As-tu pensé aux conséquences de tes actes ?! Non, bien sûr !

Frédéric alluma une autre cigarette, but un autre verre de vodka, croqua un blini garni de caviar, puis dévisagea son frère avec une rage grandissante.

– Tu as pensé à ta grandeur morale ? Mais ce que ta grandeur morale avait pour conséquence immédiate, c'était la prison pour haute trahison, et la destruction de papa et de maman qui n'auraient jamais survécu à ce scandale.

– Je ne voulais pas cela...

– Mais cela aurait été, bougre d'imbécile ! Et en plus, tu fais confiance à un extrémiste trotskiste ! Un journaliste véreux qui mange à tous les râteliers. Si tu avais vu avec quelle avidité il s'est emparé de ses dix mille francs pour prix de son silence !

Christian dévisageait son frère... Non, il n'avait pensé à rien. Il lui semblait que son geste était juste. Mais maintenant que Frédéric lui démontrait les conséquences de ses actes, il en mesurait toute l'horreur. Il tenta maladroitement de plaider sa cause.

– Il s'agit d'hommes libres que l'on dépossède de leur pays, que l'on torture, que l'on tue, dit-il. Souviens-toi de ce que toi-même tu m'as raconté lorsque tu es rentré d'Algérie... Si tu veux, je peux te rafraîchir la mémoire.

Frédéric ne répondit pas. Le visage contracté, il tirait sur sa cigarette sans quitter son frère des yeux. Christian reprit d'une voix douce :

– Farid et Samir ont été sauvagement torturés, reprit-il. Et tu le sais ! Tu sais comment les sbires de Massu traitent les résistants arabes qui ont le malheur de tomber dans leurs mains ! Ils se sont sauvés grâce à moi. Ils ont cru être en sécurité chez moi... Et maintenant... où sont-ils ?

– Imbécile ! murmura Frédéric. Que crois-tu que les Arabes fassent subir aux soldats français ? C'est torture contre torture, meurtre contre meurtre. Non, je n'ai rien oublié de ce que j'ai vu et subi, et c'est pour cela que j'ai tout fait pour t'éviter d'avoir à supporter cela ! Tu oublies un peu trop vite que c'est grâce à moi que tu as évité d'aller voir sur place ce qui se passe... Grâce à mes relations de droite, comme tu dis... Mais tu n'as pas craché dessus, que je sache ? En ce moment même, il y a des tractations entre le gouvernement français et le FLN. Toi et tes amis, vous allez tout gâcher... Comme des imbéciles...

– Des tractations ? Quel genre de tractations ?

– De Gaulle négocie en secret avec le FLN. L'autodétermination est à l'ordre du jour.

Stupéfait, Christian éructa péniblement :

– Tu en es sûr ?

– Absolument sûr. Alors toi et tes amis, tenez-vous tranquilles !

– Que vas-tu faire de Farid et Samir ? Tu vas les livrer à la police ?

– Bien entendu ! répliqua Frédéric. Si tu ne marches pas droit, je les livre dès ce soir. Et toi avec !

Frédéric s'enflammait :

– Tu mériterais que je vous fasse arrêter tous... D'ailleurs, c'est ce que je vais faire. Le gouvernement n'est pas tendre pour les crétins de ton espèce...

– Tu essaies de me faire chanter pour que je renonce à mes activités, dit Christian, mais je n'y renoncerai pas ! Un homme doit vivre pour ses idéaux.

De nouveau, malgré lui, la grandiloquence, l'exagération. Il s'en voulait terriblement... Il aurait tant voulu être calme, maître de lui. Tout comme son frère qui savait si bien dominer sa rage et dont la voix ne fléchissait pas. Au contraire, sa voix tremblait, il rougissait et pâlissait tour à tour, ses mains devenaient moites de sueur, manifestant ainsi ce qu'il détestait en lui, son émotivité, sa sensibilité. Il aurait voulu convaincre Frédéric avec des arguments bien nets, irréfutables, objectifs. Au lieu de cela, il s'enfonçait dans des phrases passionnées et dépourvues de logique. Et au fond de lui-même, mais cela il ne l'aurait reconnu pour rien au monde, il était reconnaissant à Frédéric d'avoir pu arrêter à temps les révélations qu'il s'apprêtait à faire. Cette contradiction l'affolait. « Comment vouloir une chose, et souhaiter de toutes ses forces que cette chose ne se réalise pas ? »

– Tu vas envoyer deux hommes en prison, acheva-t-il à bout de souffle... Tu ne peux pas faire ça !

– Trois, murmura Frédéric. Je crains que si tu insistes de cette façon, tu ne m'obliges à vous livrer tous les trois. Puisque tu es leur ami, il ne serait pas juste qu'ils subissent seuls une peine pour un acte dont tu es l'instigateur... Qu'en penses-tu ? Objectivement je veux dire, puisqu'il paraît que tu es un être objectif ?

Stupéfait, Christian observa un long moment de silence, puis :

– Ainsi, tu m'enverrais en prison ?

– Sans hésiter. Tu as toujours le mot justice à la bouche. Et pourtant, tu voudrais me voir faire quelque chose de très injuste ! Envoyer deux hommes en prison et laisser leur complice en liberté sous prétexte qu'il est mon frère ! Je ne peux pas me permettre ça !

Christian eut un pâle sourire.

– Je ne crois pas que tu m'enverras en prison. Non parce que je suis ton frère, ni même pour éviter de peiner papa et maman... Mais tout simplement parce que ton beau-père n'acceptera jamais que le mari de sa nièce soit envoyé en prison. Ça aussi, ça peut faire tache sur ta réputation ! Bien entendu, je ne parle même pas d'Amelia...

– Tais-toi ! grinça Frédéric.

Il était devenu blanc... Il faillit hurler : « Ne prononce pas ce nom devant moi ! » mais il se retint. Dans sa rage contre Christian, dans son désir de le voir plier l'échine, il avait oublié que la plus atteinte serait Amelia... Il ne voulait pas faire de mal à Amelia. Il ne voulait pas s'attirer définitivement sa haine et son mépris... Il savait que s'il envoyait Christian en prison, jamais elle ne lui pardonnerait. Il espérait qu'un jour, peut-être... Il fallait absolument protéger ce jour hypothétique où Amelia lui reviendrait... Car elle lui reviendrait. Il le sentait dans toutes ses fibres. Dans un an, dans dix ans, peu importait. Il avait toute la vie devant lui.

Étonné, Christian observa son frère. Il ne savait ni pourquoi ni comment, mais quelque chose avait changé. Il sentait qu'il avait gagné. Personne n'irait en prison. Ni lui, ni les autres... Et puis, un doute s'infiltra dans son esprit. Souvent, il avait été surpris, lors des sacro-saintes réunions familiales, de la froideur qu'Amelia manifestait à Frédéric... Il avait pensé que cette attitude venait du fait qu'Amelia et Frédéric étaient diamétralement opposés. Et soudain, il se rendit compte qu'au contraire, ils étaient semblables... Il y avait en eux une force vitale, un égoïsme, et même... oui, il devait le reconnaître, une sorte de cynisme joyeux qui en faisait des êtres profondément indépendants. « Ils sont de la même trempe. Amelia ne me ressemble pas comme je l'avais cru. Elle m'aime... oui, sans doute. Moins qu'elle n'a aimé Jonathan... Elle tient à moi. Mais... »

Il n'osait aller jusqu'au bout de ce « mais » qui le torturait. « A-t-elle connu Frédéric avant moi ? » Il aurait voulu avoir le courage de poser la question, mais il se contenta de gronder :

– Ne touche pas à Amelia. Je t'interdis de toucher à Amelia...

Frédéric, d'abord incrédule, vit sur le visage de son frère une expression de haine féroce.

Il haussa les épaules.

– Tu dis des âneries... Que veux-tu que je fasse de ton Amelia ?

Christian se mit à trembler de tous ses membres. Il était si pâle que Frédéric, inquiet, lui demanda :

– Ça va ? Que se passe-t-il ? Tu n'iras pas en prison, si c'est ça qui te fait peur... Je disais ça pour que tu comprennes le danger...

Un peu calmé, Christian secoua la tête, se leva et déclara froidement :

– Puisque, en effet, je suis définitivement dispensé du service militaire, grâce à toi ou à tes amis, peu importe, je vais reprendre mon poste de professeur de violoncelle au Conservatoire de Toulouse. Amelia y sera engagée comme accompagnatrice. Et je continuerai à aider le FLN. Jusqu'à la victoire finale... Quelque chose me dit que tu ne m'en empêcheras pas. Quelque chose me dit que tu me laisseras tranquille.

Frédéric restait silencieux, immobile, puis il asséna :

– J'ai toujours su que tu étais un imbécile. Mais tu n'emmèneras ni Farid ni Samir. Je m'assurerai que tes amis soient libérés cette nuit même et renvoyés en Algérie. Et je veux ta parole que plus jamais tu ne chercheras à révéler à quiconque l'origine de notre fortune. Sinon, il n'y a rien de fait. Me suis-je bien fait comprendre ?

– Tu as ma parole.

– Bien ! Alors bon vent. Je ne te raccompagne pas.

Mais les projets de Christian n'allaient jamais se réaliser. Les événements se précipitèrent. « L'OAS frappe quand elle veut, où elle veut » ; le slogan des réalités algéroises s'appliquait aussi à la France. On ne parlait que de ça dans les « dîners en ville », dans les cocktails, les vernissages. Tant que les attentats, les menaces, les meurtres avaient lieu ailleurs, loin des quartiers élégants, loin des endroits à la mode, on parvenait même à admettre leur sauvagerie. Mais, depuis quelques semaines, cela touchait « les gens bien ».

Il était presque minuit quand Christian et Amelia au retour d'une soirée passée chez des amis militants du FLN rentrèrent chez eux.

« Je vais garer la voiture, monte te coucher et attends-moi, chérie », dit Christian. Amelia, dont le ventre s'arrondissait déjà, obempéra et s'engageait sous le porche quand deux hommes, qui attendaient dans l'ombre armés d'un pistolet-mitrailleur, ouvrirent le feu. Affolés, les rares passants se mirent à courir, à hurler. Des fenêtres s'ouvrirent. Une voix cria : « Appelez la police... » Terrifiée, immobile, Amelia ne bougeait pas.

La voiture démarra en trombe.

Enfin, Amelia se précipita. Elle vit Christian qui tentait de se relever. Elle hurla :

– Christian ! Christian ! Non ! Non !

Dans l'ambulance qui l'emmenait, toutes sirènes hurlantes, Christian savait qu'il allait mourir. Il souffrait physiquement, mais la douleur était supportable...

– Trop tard, soupira-t-il.

– Chut ! dit Amelia qui lui serrait la main. Tais-toi. Ne parle pas... On arrive bientôt à l'hôpital.

Christian ferma les yeux pour ne plus voir le visage ravagé d'Amelia. Il acceptait l'idée de la mort. À vrai dire, il se sentait soulagé. Il n'avait plus envie de vivre depuis si longtemps !

Depuis le jour où Amelia était partie avec Jonathan... Oui, c'est ce jour-là que sa vie avait pris fin. Et puis, maintenant, il le savait, il y avait eu Frédéric. Tout s'était éclairé pour lui après la scène qui l'avait opposé à son frère... Sur le moment, il avait rejeté la monstrueuse pensée qui tentait de s'infiltrer dans son esprit. Mais l'idée était là, insistante, « Frédéric et Amelia... Amelia et Frédéric... ». Il fallait qu'il sache. Depuis le jour où il avait deviné ce qui existait entre Frédéric et Amelia, jour après jour, heure après heure, il avait vécu l'enfer. Avant de mourir, il « devait » savoir. Il ouvrit les yeux et tourna la tête vers elle.

– Amelia, murmura-t-il.

Elle lui serra la main, incapable de parler. Ils se regardèrent longuement.

– Je veux savoir. Y a-t-il eu quelque chose entre Frédéric et toi ? J'ai le droit de savoir.

En larmes, Amelia posa sa tête près de Christian.

– Ne me mens pas, chérie... ne me mens pas, je t'en supplie...

– Je vais te dire la vérité, mon chéri, souffla Amelia. Je ne t'ai jamais trompé. Ni avec Frédéric, ni avec personne d'autre. Du jour où j'ai décidé d'être ta femme ! Je te le jure sur ce que j'ai de plus cher au monde...

Elle sentit la main de Christian sur sa tête, la caressant doucement.

– Regarde-moi, dit-il. Il souriait, soulagé : Je te crois.

« Du jour où elle a décidé d'être ma femme... Mais avant ? que s'est-il passé avant ?... » La douleur était de plus en plus forte, douleur physique, féroce, qui ne permettait pas de penser, douleur si puissante qu'elle ne permettait rien d'autre que de serrer les dents. Il s'évanouit.

L'ambulance arrivait aux urgences de l'hôpital Cochin. Il y avait de nombreux blessés en attente. Les infirmiers installèrent Christian sur une civière.

– On va l'opérer, dit brièvement l'interne de service. Ce n'est jamais que le cinquième cette nuit...

– Attendez ! souffla Christian. Laissez-moi dire adieu à ma femme... Amelia... Écoute-moi... Va voir ton oncle.. Oublie toutes mes théories sur l'argent. Prends ce qui t'appartient pour tes enfants ! Je veux que tu sois heureuse et sans souci...

Annihilé par la douleur, il ferma les yeux.

– Christian..., commença Amelia.

Mais elle ne put rien ajouter. Des larmes coulaient sur ses joues.

Péniblement, Christian leva la main et s'efforçant de sourire, il essuya ses larmes.

– Ma chérie. Ne pleure pas. J'ai connu le bonheur avec toi... Je veux que tu ne penses qu'à cela. Qu'au bonheur que tu m'as donné...

Christian mourut sur la table d'opération, tandis que cette nuit-là dix-huit bombes explosaient aux quatre coins de Paris.

La tuerie du 8 février 1962 à la station de métro Charonne fut le point d'orgue de cette période où la foule, manipulée par un Parti communiste irresponsable, fut piétinée, bastonnée, gravement blessée, et où l'on dénombra huit morts.

La presse relatait l'enterrement des victimes au Père-Lachaise. Une foule énorme suivait les corbillards... L'étonnant était que tout ce peuple qui accompagnait les cercueils dans un silence impressionnant n'avait aucune conscience qu'il avait été piégé depuis plus de sept ans. Des milliers de morts inutiles, de part et d'autre, jonchaient le sol de l'Algérie, pourrissaient dans la Seine ou dans les égouts d'Alger...

Depuis la mort de Christian, Amelia vivait dans une sorte de léthargie confuse d'où elle refusait de sortir. Elle ne voulait voir personne.

Un matin d'avril 1962, lorsque la banque lui téléphona pour lui signaler que son compte était dans le rouge et lui demander quelles étaient ses intentions pour y remédier, Amelia se secoua.

– Je vais réfléchir, répondit-elle à la jeune femme sèche, à peine polie, qu'elle avait au bout du fil.

– Ah, oui ?! Eh bien, je vous conseille de réfléchir rapidement avant que nous soyons obligés... de... de...

– De quoi ? l'interrompit brutalement Amelia. Me faire pendre ? me guillotiner ? pour deux mille francs ?

Puis elle raccrocha. Elle était de nouveau elle-même. Amelia d'Aubreuil, veuve Maury... Sa douleur fit place à la colère. La bonne, la sainte colère. « "On" me tue mon mari, et "on" ose m'emmerder avec des histoires ridicules de fric !... » Dans sa rancune, elle insultait ce « on » indistinct qui englobait aussi bien le général de Gaulle, l'OAS, le SAC que son oncle François d'Aubreuil... Mais, encore une fois, ce coup de téléphone lui fut salutaire. Elle pénétra dans la chambre de Nina. Elle dormait encore, si petite, si fragile : « C'est à moi de faire face désormais. »

Elle s'approcha de la fenêtre. La rue du Sommerard était étroite et le soleil n'y pénétrait que rarement. De plus, une odeur nauséabonde d'antisémitisme se propageait dans ce quartier, dans certaines conversations surprises dans les cafés où pullulaient les étudiants. On mettait en doute la Shoah, on disait au sujet du procès des médecins juifs : « Il n'y a pas de fumée sans feu. » Et surtout, on était férocement anti-israélien... Elle ne se sentait pas vraiment juive, plus du tout catholique... Son séjour en Israël lui avait ouvert des portes qu'elle n'avait pas encore franchies. Elle regardait autour d'elle. Le living charmant, les tableaux, la bibliothèque, la petite salle de musique... Là, elle avait aimé deux hommes qui n'étaient pas vraiment faits pour elle, là elle s'était consumée de passion pour un troisième homme que, maintenant, elle haïssait... Frédéric...

Elle revoyait devant elle Christian et Jonathan. « Ce serait bien de rester toujours ensemble, tous les trois... » Oui, ç'avait été une merveilleuse période que ces quatre années toulousaines où ils n'étaient que projets, que musique !

Autrefois, cet appartement avait été son antre de liberté. Maintenant, elle avait dix ans de plus et elle aspirait à autre chose. Elle regrettait la Villa Montmorency, le calme des jardins, l'odeur des tilleuls en été. Les vastes pièces silencieuses... elle regrettait aussi autre chose de plus précis qu'elle refusait de nommer.

Non, Amelia n'aimait plus ni cet appartement ni ce quartier, ni Paris d'ailleurs. Mais elle garderait cet appartement pour Nina. C'était là que l'enfant était née. Là qu'elle avait été si heureuse avec Jonathan, puis avec Christian. Finalement, d'une manière ou d'une autre, leur trio avait été reconstitué. Elle avait eu un enfant de Jonathan, et celui de Christian allait bientôt naître... « Quoi qu'il advienne, pensa-t-elle, nous sommes ensemble. Pour l'éternité. » Elle rêvait de Montastruc-la-Gaillarde, de la belle bâtisse de briques roses, des odeurs multiples qui s'élevaient des champs, à l'aube, quand le foin venait d'être coupé et du silence alentour, à peine ponctué par le chant des oiseaux saluant le soleil levant... « Ici, on sent les poubelles dans la rue, et on entend les cris des ivrognes qui se battent. »

Secouant la tête, pour en chasser d'inutiles regrets, elle réveilla Nina, l'aida à prendre sa douche, lui prépara un solide petit déjeuner. Puis elle appela un taxi chargé de conduire la fillette à l'Opéra pour ses cours de danse, se fit un café et réfléchit sur la conduite à tenir. Sans bien se rendre compte de ce qu'elle disait, elle murmura : « Oh ! Christian ! Christian, toi et tes principes moraux ! Toi et ta conscience !... » Elle se tenait immobile, les yeux brouillés de larmes... Et puis, tout à coup, une sensation de chaleur et de bien-être l'envahit. Christian venait à son secours... Elle le savait, le sentait. Il était près d'elle et la soutenait de toute la force de son amour. « Il faut te battre... » Avait-elle entendu cette phrase ? Ou bien avait-elle dû surgir du fin fond de sa conscience ?

« Mais je ne suis pas sans le sou ! » s'insurgea-t-elle soudain. « Des sommes importantes me reviennent ! Je dois les réclamer... Il n'y a plus aucune raison pour priver mes enfants de ce qui leur revient de droit. »

Téléphoner à l'oncle François, exiger de lui ce qui lui appartenait, et c'était la fin de ses soucis. Voilà exactement ce qu'elle devait faire et sans tergiverser.

« Je vais exiger ma part d'héritage. Ce qui vient de mes parents et de Christian. Même s'il avait refusé la part d'héritage de ses parents, moi je la veux... Je la veux pour son enfant. Quelle qu'en soit l'origine ! J'achèterai un appartement dans un quartier plus aéré, pas trop loin de l'École normale de musique et du Conservatoire, près d'un parc... »

Dans la journée, elle lut quelques annonces dans *Le Figaro* et arrêta son choix sur un « superbe six pièces, boulevard Malesherbes, à proximité immédiate du Parc Monceau ». « C'est ce qu'il me faut », décida-t-elle. Depuis quelques années, on commençait à vendre les grands appartements bourgeois en copropriété. Seul moyen efficace de lutter contre la crise du logement.

Elle téléphona à l'agence, réprima un haut-le-cœur en entendant le prix demandé, mais obtint un rendez-vous pour visiter les lieux dès le lendemain... À peine la porte franchie sur le vaste espace vide, tout ensoleillé, qui donnait en partie sur le boulevard Malesherbes et en partie sur une cour intérieure, Amelia décida que cet appartement serait le sien.

– Je le prends, dit-elle sans réfléchir davantage.

– Avez-vous prévu un financement ? Un crédit bancaire ?

– Inutile. Je vais téléphoner à mon oncle.

L'expression chafouine de l'agent immobilier éclaira Amelia sur les pensées qui s'agitaient dans sa tête. Elle retint un rire et précisa :

– Mon oncle est François d'Aubreuil, le président de la société d'Aubreuil. Ça vous dit quelque chose ?

Aussitôt, le comportement de l'agent immobilier changea. Il devint carrément obséquieux.

« L'argent, pensa Amelia dégoûtée, l'argent est capable de réduire un homme à l'état de larve, de déchet... On crache sur les pauvres et on se couche devant les riches... Moi, je suis riche... Je ne me coucherai devant personne... »

François d'Aubreuil, un peu surpris, lui accorda ce rendez-vous urgent qu'elle demandait.

Il avait réservé une table au Fouquet's et le regretta quand il vit sa nièce, précédée du maître d'hôtel, se diriger vers lui. Non seulement Amelia avait très mauvaise mine, mais avec sa tenue négligée, ses cheveux mal peignés, son ventre énorme, elle faisait tache dans ce lieu où pullulaient starlettes, call-girls, mannequins, l'une n'empêchant pas l'autre, suprêmement élégantes.

– Tu as mauvaise mine, dit-il en guise de bonjour. Que se passe-t-il ? Tu es malade ?

– Non. Je suis enceinte, répliqua-t-elle en esquissant un sourire.

– Ah ! Tu m'aurais dit le contraire, je ne l'aurais pas cru ! Ça se voit ! plaisanta-t-il, soulagé. Passons la commande et tu me diras pourquoi tu voulais me voir.

François d'Aubreuil avait un solide appétit, c'était aussi un gourmet pour qui chaque repas était un moment de réflexions profondes. Il discuta longuement avec le maître d'hôtel sur le choix des plats, puis avec le sommelier sur celui des vins... Amelia se contenta d'une grillade-salade et d'eau de Vichy. Puis, ce fut le silence. François se sentit vaguement inquiet.

– Je t'écoute, dit-il lentement.

– Oncle François, je vais en venir au fait. J'aimerais recevoir dans sa totalité la part d'héritage qui me revient de mes parents. Moins la dot que vous m'avez octroyée le jour de mon mariage avec Jonathan, et celle que j'ai touchée lorsque j'ai épousé Christian... D'après mes calculs, cela ne représente pas cinq pour cent de ce qui doit me revenir légalement. Je veux la totalité. Oncle François. Je vais avoir deux enfants à élever.

Stupéfait, François d'Aubreuil resta un long moment incapable de répondre. Enfin, il parvint à dire :

– Mais... tu as signé toi-même une renonciation en bonne et due forme à tout ce qui t'appartenait...

L'idée de se séparer de plus du tiers de la fortune d'Aubreuil l'anéantissait.

– Je le sais, j'étais très jeune... Rassurez-vous, je ne veux que ce qui est raisonnable... pour le moment...

– Ce qui veut dire ?

– Oncle François, mes parents possédaient la moitié de la société d'Aubreuil et je vous rassure tout de suite : je n'ai aucune envie de ruiner cette affaire. Je veux simplement suffisamment de revenus sur un capital qui m'appartient pour me permettre de vivre comme je l'entends.

François d'Aubreuil retint un soupir de soulagement. Tout serait donc négociable.

– Alors, que veux-tu ?

– Je veux ce qui appartenait à Christian. Je veux acheter un appartement. J'ai besoin de cet argent tout de suite... Je veux un train de vie correct.

– Écoute, je vais voir avec Frédéric ce que l'on peut faire. Tu sais que c'est lui qui gère nos sociétés.

Amelia fit la grimace.

– Je préférerais m'arranger avec vous.

– Impossible. Tout est beaucoup plus compliqué que tu ne crois...

Les douleurs la surprirent au milieu de la nuit du 30 avril 1962. Elle réveilla Nina et lui demanda de lui préparer une tasse de thé.

– C'est maintenant que tu vas avoir le bébé ? questionna la fillette tout ensommeillée.

– Non. Il s'en faut de quelques heures. Chérie... Écoute-moi attentivement.

Elle s'interrompit et fit la grimace. Elle venait de sentir un mouvement violent dans son ventre et elle y posa la main comme pour l'apaiser. Le mouvement devint de plus en plus insistant, mais elle ne souffrait pas encore... Son front était couvert de sueur...

– Tu as mal ? s'affola Nina.

– Un peu.

– Et si le bébé venait comme ça... d'un coup ?

Amelia sourit.

– Je n'aurai pas cette chance... Téléphone à l'oncle François. Tout de suite...

Nina se précipita dans l'entrée où se trouvait le téléphone et composa le numéro de la Maison des Peupliers.

– C'est moi... Nina Kohnberg. Je voudrais parler à mon oncle François...

– Que se passe-t-il, dit Frédéric. Ta mère est malade ?

– Non, oncle Frédéric. Maman va accoucher d'une minute à l'autre. Elle veut aller à l'Hôpital Américain...

– Ne bouge pas ! J'arrive. J'arrive de suite...

Marie-Claire descendait l'escalier en robe de chambre.

– Que se passe-t-il ? demanda-t-elle d'une voix altérée.

– Amelia va accoucher. Elle veut être transportée à l'Hôpital Américain. Je vais la chercher, dit Frédéric.

Stupéfaite, Marie-Claire laissa échapper un petit cri :

– Frédéric, non !

Il la regarda avec pitié.

– Ne crains rien, chérie. Remonte te coucher. Tu ne voudrais tout de même pas que ta cousine, ma belle-sœur, accouche toute seule dans son taudis, avec juste sa petite Nina comme aide ?

– Non... bien sûr, balbutia Marie-Claire, qui avait apprécié à nouveau le confort de l'Hôpital Américain en mettant au monde sa petite Géraldine.

Il ne fallut pas dix minutes à Frédéric pour s'habiller sommairement, faire sortir la voiture. La nuit était fraîche, les rues désertes, silencieuses. « Amelia, pensait-il... Amelia, je reviens vers toi... »

La dernière fois que Frédéric avait vu Amelia, c'était trois mois plus tôt, lors de l'enterrement de Christian. Et il avait été effaré par sa mine défaite, son visage émacié. Il s'était approché d'elle mais elle avait eu un mouvement de recul. « Ne me touche pas ! » avait-elle grondé entre ses dents.

Et maintenant, il allait l'emmener à l'hôpital. Il lui choisirait sa chambre, une « suite » le plus luxueuse possible. Il attendrait que l'enfant de Christian vienne au monde... Ensuite, il lui restituerait sa fortune. La lutte contre François d'Aubreuil avait été serrée.

– Ma belle-sœur doit vivre selon son rang et sa fortune. Je vais lui proposer de tout laisser dans la société et elle en touchera de substantiels revenus...

Cette profession de foi laissa François d'Aubreuil de glace.

– Allez-vous déposséder vos propres enfants d'une partie des richesses qu'ils sont en droit d'espérer ?

– Ne dites pas de bêtises ! Mes enfants ne manqueront de rien. Nul besoin de s'emparer des biens de leur cousine...

– Mais Amelia a signé une renonciation pleine et entière sur toutes ses parts. Elle a reçu une dot assez confortable qu'elle a dilapidée.

– Peu importe. Cette signature est nulle et non avenue... Christian, malgré toutes ses conneries, était en possession d'une somme considérable, à laquelle il refusait de toucher et qui, maintenant, appartient à sa femme. J'aiderai Amelia à gérer cet héritage. Croyez-moi, il ne sera pas dilapidé.

– Si Amelia connaît l'origine de cette fortune, elle la refusera.

Frédéric eut un sourire contraint.

– Je pense qu'elle la connaît. Christian n'aura pas tenu sa langue. Mais Amelia n'est pas une imbécile. Elle va avoir deux enfants à élever, et ses émoluments au Conservatoire suffiront à peine à payer les couches du bébé...

– Si Christian n'a rien dit, lui direz-vous d'où vient l'argent ? insista François d'Aubreuil.

– Oui. Je le ferai. Dès que l'enfant sera né.

Puis il pensa : « De même, je ferai en sorte qu'Amelia récupère ce qui lui vient de sa mère... Plus tard... Chaque chose en son temps. »

Nina ouvrit la porte et cria :

– Maman ! c'est oncle Frédéric qui est venu te chercher !

Amelia, étendue sur son lit, s'efforçait de respirer comme la sage-femme lui avait appris. Son visage était moite.

– Quel mensonge, ce soi-disant accouchement sans douleur, dit-elle en guise de bonjour.

Frédéric s'approcha du lit. Il vit le visage pâle et crispé, enlaidi par la souffrance, encadré par les cheveux noirs trempés de sueur, répandus sur l'oreiller... Il sut qu'il ne cesserait jamais de l'aimer.

– Bonjour Amelia, balbutia-t-il, et il lui tendit les mains.

Dans le même instant, elle sentit son cœur s'emballer, une nouvelle douleur pointait dans ses reins, mais elle ne retint que le flot de joie qui l'inondait ; elle prit les mains tendues, s'y accrocha et ne put retenir un gémissement.

– Je t'emmène à l'Hôpital Américain. Laisse-moi t'habiller.

Il l'aida à se soulever, à mettre un manteau... Elle s'accrochait toujours à ses mains.

– Et Nina ? chuchota-t-elle soudain. Je ne veux pas la laisser seule !

– Tout va bien, ne t'inquiète pas. Je reviendrai la chercher et elle s'installera Villa Montmorency. C'est sa place.

La petite Emmanuelle naquit deux heures plus tard. Amelia se rétablit relativement vite. Confortablement installée, elle se laissait dorloter... Un matin, alors qu'elle donnait le sein au bébé, Frédéric parut, accompagné de maître Ginesty...

– C'est peut-être un peu prématuré, mais je sais par ton oncle que tu souhaitais acheter un appartement boulevard Malesherbes. Si tu n'as pas changé d'avis, maître Ginesty va faire le nécessaire. Tu dois savoir, je suppose, qu'il te revient une très forte somme de l'héritage de Christian. D'autre part, chose étonnante vu son absence de sens pratique, il avait souscrit une confortable assurance-vie. Donc tu peux t'offrir cet appartement et le rénover, comme tu le désires... Voici les papiers à parapher...

Il lui parlait comme l'on parle à une sœur. Plus de douceur inquiète dans le regard, plus de mains si fortes, si sûres, qui tenaient les siennes. Amelia signa. Le notaire signa à son tour.

– Où désirez-vous que l'argent soit déposé, madame ?

– Laissez-le où il est. Mon beau-frère sera le tuteur de ma petite Emmanuelle. C'est à lui de décider.

Frémissant d'une joie contenue, Frédéric comprit alors que rien ne lui échapperait. Il ne dit rien de la lutte homérique qu'il avait dû soutenir contre son beau-père. Il avait gagné sur tous les plans. Non seulement, les parts de Christian restaient entre ses mains, mais il avait également tous les pouvoirs sur celles d'Amelia. « Et celles-ci sont loin d'être négligeables si, un jour, elle se décide à faire un procès à son oncle afin qu'il restitue dans son intégralité ce qui appartenait à Nina Lieberfreund... » Encore quelques années, et il serait à la tête du groupe d'Aubreuil, sans que personne ne vienne lui mettre des bâtons dans les roues.

Quelques jours après la proclamation de l'Algérie indépendante, Frédéric reçut un coup de téléphone affolé de son père.

– Il faut que tu viennes à Toulouse ! Tout de suite !

– Que se passe-t-il, papa, je suis très occupé en ce moment ! La date du référendum est très proche.

– Ça n'aura lieu qu'en octobre ! protesta Raymond à l'autre bout du fil. Et tu pourras dire adieu à tes ambitions si tu ne viens pas.

Le visage de Frédéric se durcit.

– Que se passe-t-il ?

– Rien que je puisse te dire au téléphone ! Saute dans le train, je viendrai te chercher à la gare. Je ne veux pas que ta mère soit au courant.

Sans attendre de réponse, Raymond raccrocha.

Durant tout le trajet, Frédéric se demanda pourquoi son père l'avait fait venir. « Maman et Victoria vont bien, sinon papa me l'aurait dit immédiatement. Alors, qu'est-ce que cela peut être ? »

Enfin, le Capitole s'arrêta en gare de Matabiau. Immédiatement, Frédéric reconnut son père qui faisait les cent pas sur le quai. Raymond était pâle, agité de tics nerveux. Il se précipita sur son fils comme sur une bouée de sauvetage.

– Ah, te voilà, te voilà ! Six heures que j'attends comme un fou ! C'est grave... Très grave !

– Papa ! Veux-tu me dire enfin...

– Pas ici ! Pas ici, on pourrait nous entendre. Viens ! Viens dans la voiture, nous serons tranquilles...

Les deux hommes sortirent de la gare et se dirigèrent vers la superbe DS que Frédéric avait offerte à ses parents. Une fois installés, Raymond regarda son fils et lança d'une voix hachée :

– Ils savent ! Ils savent tout !

Frédéric fronça les sourcils.

– Voyons papa, ne parle pas par énigmes ! Qui sait quoi ? De quoi s'agit-il ?

– Le Parti. Le Parti... Il sait pour l'héritage...

– Répète-moi ça. Plus lentement...

– Un camarade est venu me voir, ce matin. Il m'a demandé

de renoncer à mon siège de député, sinon il se verrait dans l'obligation de dévoiler dans *Le Patriote* d'où vient notre aisance. Il a des papiers.

Longtemps, Frédéric resta silencieux. Il conduisait lentement, attentivement. Ses parents habitaient maintenant une fort jolie villa sur la Côte Pavée... Il y avait une chambre qui lui était toujours réservée... Une petite bonne à tout faire aidait Simone aux soins du ménage. Plus exactement, regardait Simone faire le ménage.

– Maman est-elle au courant ?

– Non ! Non ! Elle est à Montauban avec une de ses amies. Une exposition Ingres je crois, jusqu'à demain. Je ne l'ai pas vue de la journée... Je n'aurais pas pu tenir ma langue...

– Le nom de ton... du « camarade » ?

Raymond hésita. Frédéric insista :

– Le nom, papa ! Je veux le nom et l'adresse ! Tout de suite... C'est une affaire grave qui doit être réglée sans attendre. Le nom et l'adresse !

– Il s'appelle Ernest... Ernest Regan... Il habite rue du Faubourg-Saint-Étienne.

– J'y vais... Toi, tu restes ici.

– Mais il est plus de minuit ! objecta son père.

– Aucune importance. Je veux ces papiers... Dis-moi papa. Tu es sûr qu'il en a déjà parlé à ses camarades ou il garde ça pour lui ?

– À vrai dire, je n'en sais rien...

– Nous n'allons pas tarder à le savoir... J'y vais tout de suite. Reste ici. Je t'en prie, laisse-moi régler ça tout seul.

– Mais que vas-tu faire ?

– Rien. Cet homme veut de l'argent et je vais lui en proposer. Ne dis rien à maman quand elle rentrera. Ne lui dis surtout pas que tu m'as vu. Je reprendrai le train de minuit cinquante et je serai à Paris à huit heures. Je ne suis jamais venu à Toulouse, c'est clair pour toi, papa ? Je ne suis pas venu à Toulouse, cette nuit.

Raymond, anéanti, inclina la tête. Pour la première fois, Frédéric remarqua combien son père avait vieilli. Ses cheveux étaient blancs, son visage ravagé. « Il ne s'est pas remis de la mort de Christian », pensa Frédéric.

– Va, papa. Va te reposer. Laisse-moi arranger ça. Tu peux me faire confiance, n'est-ce pas ?

Il s'adressait à son père comme à un enfant.

– Surtout ne t'inquiète plus. Je te téléphonerai demain soir. Je laisserai la voiture à la gare.

Docile, Raymond sortit de la voiture et rentra dans la maison. Frédéric mit le moteur en marche et la voiture disparut.

Arrivé rue du Faubourg-Saint-Étienne, Frédéric monta quatre à quatre les marches crasseuses et frappa discrètement à la porte.

– Qui est-ce ? demanda une voix méfiante, avinée.

– Je suis le fils de Raymond Maury. Ouvrez s'il vous plaît. Nous avons à parler...

La porte s'entrouvrit, un visage mal rasé, gonflé par l'alcool, parut dans l'entrebâillement.

– À cette heure-ci ? Pourquoi à cette heure-ci ?

– Je vous apporte de quoi vous satisfaire, dit Frédéric à voix basse.

La porte s'ouvrit davantage.

– Que voulez-vous dire ?

– Cinq millions cash. Un chèque au porteur.

La porte s'ouvrit tout à fait.

D'un coup d'œil, Frédéric jugea l'homme et le lieu. Le premier était l'un de ces ouvriers perpétuellement en chômage. Toujours entre deux vins, très fier d'adhérer au parti communiste où l'on se servait de lui pour distribuer des tracts, coller des affiches ou faire le coup de main contre la droite. C'était un homme d'une quarantaine d'années, pas très grand, au pyjama taché. Quant à la chambre qu'il occupait, elle lui ressemblait.

Des bouteilles de vin vides traînaient dans l'évier... Le lit, défait, dont les draps n'avaient pas été changés depuis plusieurs semaines, occupait l'essentiel de la pièce. Cela sentait la misère et, pire encore, la crasse.

Sans perdre de temps, Frédéric sortit son carnet de chèques et commença à écrire. Les yeux d'Ernest Regan étincelèrent. Il tendit la main.

– Tut ! tut ! fit Frédéric. Nous avons d'abord quelques explications à recevoir. Les papiers dont tu as parlé à mon père. Où sont-ils ? Qui te les a donnés ? À moins que tu les aies volés ? Allez, raconte-moi toute l'histoire.

Il épiait le visage de l'individu avec la concentration rapace d'un aigle dévorant sa proie. L'autre sentit la sueur perler le long de son échine. Il avait peur, mais n'en laissa rien paraître. Il haussa les épaules et se versa un verre de vin...

– Mon fils est clerc de notaire dans l'étude de maître Jugnot, à Pau... En recherchant des papiers pour la Compagnie Aquitaine, il est tombé sur le testament de Jean Maury. J'ai tout de suite fait le rapprochement avec Raymond Maury et sa subite richesse.

– Où sont ces documents ?

Le visage chafouin d'Ernest Regan se détourna.

– Le Parti n'a pas besoin de brebis galeuse. Les documents sont restés sur place. Mon fils n'est pas un voleur... Accepter cet héritage est une honte...

– Et c'est pour ça que tu veux ta part ?

– L'argent est pour la caisse du Parti, protesta l'autre. Votre père a failli à l'honneur.

– Je t'en ficherai de l'honneur ! dit doucement Frédéric.

Il avait prononcé ces dernières paroles d'un ton si calme que l'autre ne se méfia pas. Aussi, lorsque le poing de Frédéric l'atteignit au plexus, eut-il une expression étonnée, puis une grimace de douleur. Il perdit l'équilibre et tomba à la renverse.

Malencontreusement, sa tête cogna le coin de l'évier. Il mourut sur le coup.

Frédéric le regarda un long moment, avant de se décider à se pencher sur le cadavre et à fouiller dans les poches de sa veste suspendue sur le dos d'une chaise.

– Le salopard, murmura Frédéric en retirant un paquet de photocopies du testament de Jean Maury.

Longtemps, Frédéric lut ce testament dont il connaissait les termes par cœur. Face au cadavre, il n'éprouvait rien de particulier. Un cafard marchait sur le carrelage de la chambre. Lentement, Frédéric l'écrasa du pied.

Avant de partir, il vida la bouteille dans l'évier, laissa le verre encore plein sur la table, et se retira... Il regarda sa montre. Tout s'était passé en moins de deux heures. « L'accident » n'avait duré que quelques secondes... Un homme et un cafard étaient morts en quelques secondes... Il eut juste le temps d'attraper le train pour Paris...

Le lendemain matin, après sa douche et un confortable petit déjeuner, il téléphona à son père et lui dit de ne plus se faire de souci. Tout était arrangé. À Marie-Claire qui lui demanda, aigre-douce, où il avait passé la nuit, il expliqua qu'il avait passé la nuit à travailler avec son staff : « Les élections, ma chérie ! Tu dois bien te douter que cela n'ira pas tout seul... »

Ce n'est que très tard dans la journée qu'il réfléchit à ce qui s'était passé...

« J'ai tué un homme ! pensa-t-il. Ce n'est pas le premier... J'ai tué je ne sais combien d'innocents, en Algérie, qui eux ne m'avaient rien fait ! Celui-là nous menaçait, ma famille et moi, et je l'ai tué... Et c'est bizarre, je n'éprouve rien. Rien. Rien qu'une parfaite indifférence... »

La mort d'Ernest Ragan ne surprit personne. Sa réputation d'alcoolique n'était pas à faire. La police conclut rapidement à un accident, et *Le Patriote* titra sur la page des « Faits divers » : NOTRE CAMARADE MEURT DANS UN ACCIDENT.

1963

Le week-end de la Pentecôte s'annonçait superbe. Frédéric, debout dès cinq heures trente, descendit dans la cuisine se faire un café. Il aimait cette heure de solitude silencieuse...

Depuis la veille, Marie-Claire et les enfants étaient à Deauville. Il irait peut-être les rejoindre dans la journée.

C'était une belle matinée de mai... Frédéric alluma la radio pour écouter le premier bulletin d'informations « le temps sera beau, avec cependant quelques averses dans la soirée... » La voix devint soudain sérieuse : « ... la nationale 20 est coupée à la hauteur de Saint-Gaudens. Un dépassement dangereux a été la cause d'un terrible accident... Au moins huit morts et une dizaine de blessés graves... »

Lentement, Frédéric but son café... Il savait que ses parents et Victoria devaient passer la journée à Superbagnères... Il savait que pour éviter la circulation très dense sur la nationale 20, Raymond et Simone partaient toujours très tôt le matin. La sonnerie du téléphone le fit sursauter. Qui pouvait l'appeler à six heures du matin ? Il décrocha le combiné.

– Monsieur Maury... Un accident... Un terrible accident... Vos parents et votre sœur sont très gravement blessés... Pouvez-vous venir immédiatement ?

– Oui. Bien sûr. Que s'est-il passé ?

– Un jeune fou. Au volant d'une Porsche. Il venait d'avoir

son permis... presque deux cents à l'heure... trois voitures percutées...

– Et le conducteur ?

– Rien. C'est un miracle. Il n'a pas une égratignure...

– Je viens. Je viens immédiatement...

Le temps de téléphoner la nouvelle à Marie-Claire. À Amelia... De louer un avion-taxi...

Raymond et Simone étaient morts sur le coup... Victoria, les jambes brisées, était dans le coma... La petite clinique de Saint-Gaudens ne désemplissait pas.

Victoria fut transportée à Toulouse, à l'hôpital Purpan. Les semaines suivantes, les formalités, les enterrements, les faire-part permirent à Frédéric de dominer sa douleur. Il y avait tant de choses à régler ! Raymond et Simone avaient contracté une très importante assurance-vie. Christian décédé, cet héritage vint compléter l'escarcelle de la petite Emmanuelle... Et Frédéric, tuteur de Victoria devenue riche héritière, gérerait également la fortune de sa sœur... « Avec la part de Victoria et d'Emmanuelle, je peux acheter un bon gros paquet d'actions d'Aubreuil, de quoi obtenir la majorité du groupe quand je le déciderai... » Avoir la présidence de d'Aubreuil... Voir le visage de François d'Aubreuil pâlir de rage lorsque cela se produirait... Le rêve de Frédéric ! Le rêve qu'il caressait depuis le jour où François d'Aubreuil lui avait mis le marché en main : « Vous épousez ma fille, ou la presse est au courant sur-le-champ de l'origine de votre héritage... »

Frédéric n'avait jamais oublié. Jamais pardonné... Il avait perdu Amelia. Peut-être... Mais tôt ou tard il abattrait François d'Aubreuil et le chasserait de la Maison des Peupliers.

Huit jours plus tard, Victoria sortit du coma, ses jambes brisées se ressoudèrent. Elle resta plus de cinq mois dans un centre de rééducation à Bagnères-de-Bigorre. Durant ces longues semaines, les médecins évoquèrent d'un ton soucieux la possibilité d'une grave dépression, « tout a fait naturelle après ce que cette jeune fille vient de subir ».

Pourtant, Victoria paraissait se remettre. Elle avait dix-huit ans ! Petit à petit, son chagrin s'estompa. Son changement d'existence facilita également sa convalescence. En effet, il avait été convenu que, pupille de Frédéric, elle irait vivre avec lui et Marie-Claire, Villa Montmorency. Une fort jolie chambre fut aménagée pour elle. Il y avait cinq mois que Simone et Raymond étaient morts, un an que Christian avait été assassiné par l'OAS. C'était comme s'ils n'avaient jamais existé.

22 novembre 1963. Amelia, emmitouflée dans sa pelisse, sortait de l'École normale de musique. Il faisait déjà nuit. Elle eut un sursaut de surprise. La voiture de Frédéric attendait sous la pluie. Marie-Claire était avec lui. Inquiète, Amelia s'approcha, ouvrit la portière et, vivement, demanda :

– Que se passe-t-il ? Un accident ?

– Si l'on veut, dit Frédéric en démarrant. On vous emmène Villa Montmorency. Nina et Emmanuelle y sont déjà.

Stupéfaite, Amelia s'écria :

– Mais pourquoi ?

– Le président Kennedy vient d'être assassiné, dit Marie-Claire. Papa et Frédéric partent demain pour Washington avec la délégation française. Ils vont assister à l'enterrement. Papa pense que toi et tes filles serez plus en sécurité à la maison. Des troubles peuvent avoir lieu...

Amelia monta dans la voiture. Puis, demanda :

– Qui est l'assassin ?

– Personne ne sait rien, dit Frédéric.

Le lendemain, la famille, stupéfaite, regarda en direct à la télévision l'assassinat du présumé coupable par un mafioso, un trafiquant de stupéfiants de Dallas, bien connu des services de police. Les reportages se succédaient. Jacky Kennedy, son tailleur Chanel rose taché de sang, la voiture présidentielle... Kennedy abattu par deux coups de feu... Les funérailles du Président. Le cercueil, exposé sur un catafalque à la Maison-Blanche, porté en la cathédrale St. Matthews puis jusqu'au cimetière d'Arlington où une foule silencieuse rendait un dernier hommage à son président assassiné. Dans la délégation française, Amelia reconnut François d'Aubreuil et Frédéric. Tout près de Frédéric, trop près, se tenait une ravissante jeune femme blonde.

– Tiens, Frédéric n'a pu s'empêcher d'emmener avec lui sa dernière conquête, dit Marie-Claire.

– Qui est-ce ?

– Une comédienne. D'Aubreuil finance son film. Tu sais, ce genre de comédienne Nouvelle Vague qui se vante de n'avoir jamais mis les pieds dans un cours d'art dramatique « pour ne pas perdre sa spontanéité »... Elle n'a, certes, pas perdu sa spontanéité, mais n'a pas gagné une once de talent. Elle joue comme un cochon. Mais elle est jolie. Très jolie. Grâce à Frédéric, elle a obtenu la couverture de *Elle*, de *Match* et j'en passe !

Amelia ne répondit pas. La caméra s'attardait sur la jeune femme. Très mince, très jolie, un peu maniérée. Elle tenait le bras de Frédéric comme s'il lui appartenait. « Je comprends que l'on puisse avoir envie de tuer ! » pensait Amelia. Du coin de l'œil, elle observait sa cousine, mais Marie-Claire ne manifestait pas de jalousie véritable. Plutôt un agacement amusé.

– Tu sais, Frédéric tombe en amour tous les mois ! Actrice, romancière, journaliste, tout lui est bon ! En ce moment, il a trois aventures simultanées. Chacune dans une spécialité différente. La journaliste lui est très utile. La romancière écrit ses discours, et l'actrice est bonne pour son standing.

Elle riait. Les conquêtes de Frédéric la rassuraient. Ce qu'elle craignait par-dessus tout, c'était cette femme assise à côté d'elle. Cette femme au visage impassible.

– Ne t'en fais pas, dit Amelia. Ce genre d'aventure n'a aucune importance...

– Mais je ne m'en fais pas !

Marie-Claire, la tête penchée, le catogan de velours bien posé sur sa nuque, souriait. Qu'aurait-elle pu dire ? Qu'elle était rassurée parce qu'Amelia était là, assise à ses côtés ?

Amelia soupira. Christian lui manquait. Et Jonathan. Et Frédéric. Des trois hommes qu'elle avait aimés, un seul était encore vivant et elle le détestait, le méprisait de toutes ses forces... Mais plus elle pensait à lui, avec sa vieille soif de savoir, de comprendre pourquoi il l'avait quittée sans explication, plus elle se rendait compte qu'elle n'avait jamais connu Frédéric. Jamais il n'avait été à elle comme Jonathan ou Christian. Jamais elle ne l'avait possédé même une heure, comme elle avait possédé les deux autres. Il avait été un rêve de quelques mois. Et pourtant, il l'aimait... Alors pourquoi ?

Elle aussi avait eu des aventures, croyant trouver l'oubli dans les bras d'un journaliste, écrivain, animateur de télévision, producteur de cinéma. Mais après avoir couché quelques semaines avec ces amants, elle se retrouvait seule avec elle-même... « Vous ne savez pas aimer, lui dit un jour Jean-Pierre, le journaliste. Vous ne donnez rien de vous-même. »

Cela l'avait surprise. Que voulait-il dire ?

Leur histoire se termina comme elle avait commencé par une incompréhension réciproque. Pourtant, elle l'invita pour le réveillon du 31 décembre 1963. Mieux valait encore cette liaison improbable que ce sentiment de solitude et d'isolement au milieu de la fête. De plus, l'idée de choquer une fois de plus l'ensemble de la famille réunie, soucieuse de réconciliation avec la brebis galeuse, lui était extrêmement agréable.

Ce soir-là, Amelia arborait comme seul bijou une étoile de David en diamants et saphirs, composée pour elle par Cartier. Le bijou était superbe, mais attirait les regards suspicieux. Se serait-elle convertie au judaïsme ?

Alors qu'un peu éméchée par deux coupes de champagne, elle dansait un charleston endiablé avec son neveu Paul-Henri, qui se révélait à dix-huit ans un cavalier émérite, elle surprit sur elle le regard de Frédéric. C'était un regard si passionné, si fou, qu'elle s'arrêta sur-le-champ.

– Je suis une vieille chose fatiguée ! prétexta-t-elle, essoufflée, le cœur battant furieusement. Fais donc danser Victoria ! Je suis sûre qu'elle ne demande que ça...

Les mains moites et tremblantes, elle se réfugia près de Marie-Claire qui, heureusement, ne s'était aperçue de rien...

– Tiens, bois une coupe de champagne. Tu es en nage. Bientôt minuit ! Je me demande ce que 1964 va nous apporter. Victoria est ravissante, tu ne trouves pas ?

– Si. Délicieuse. Et quel joli couple elle forme avec Paul-Henri !

Les deux jeunes gens avaient le même âge, partageaient les mêmes passions, écoutaient *Salut les copains* sur Europe 1, passaient leurs soirées au Golf-Drouot, étaient fous de Claude François, Johnny Hallyday, Sylvie Vartan, et connaissait toutes leurs chansons par cœur.

Marie-Claire et Amelia trinquèrent et burent d'un trait. Avec un rien de jalousie, Marie-Claire soupira :

– Deux grossesses, un mari et une maison à diriger, et l'on finit matrone à vingt-deux ans ! J'ai pris cinq kilos que je n'arrive pas à perdre. Regarde cette petite garce de Victoria ! Elle est divinement mince et je n'ai que quatre ans de plus qu'elle ! C'est injuste !

De son côté Frédéric aussi observait les deux adolescents. Une idée germa dans son esprit. « Si on les mariait plus tard ? C'est moi qui gère ce qui revient à Victoria de l'héritage de papa et de maman. Elle me fait une confiance totale. Paul-Henri est un petit sot qui ne pense qu'aux belles voitures, aux belles toilettes, au golf, au ski et aux boîtes de nuit. Mais il aura une situation toute faite aux côtés de son père ou aux miens. Si je le prends avec moi, si je le forme, s'il épouse Victoria sous le régime de la communauté universelle... »

Une fine moiteur couvrait son front, il regardait tour à tour François d'Aubreuil et Josette. « François n'est pas encore vieux, mais il mange beaucoup... Il a énormément grossi, il va avoir cinquante ans... Comme le temps passe... »

– À quoi pensez-vous, Frédéric ?

Il sursauta et dévisagea sa belle-mère.

– À rien de particulier... En fait, j'admirais Victoria. Je trouve ma petite sœur fort jolie.

– Elle l'est, incontestablement. Et Paul-Henri est de votre avis.

Frédéric regarda sa belle-mère avec une attention accrue. Il avait appris à la connaître et il savait qu'elle ne parlait que lorsqu'elle avait quelque chose à dire. Ceux qui ne la jugeaient que sur les apparences et ne voyaient en elle qu'une jolie femme, déjà mûre, superficielle, élégante et un peu snob, se trompaient lourdement. Josette avait un jugement sûr. Elle avait confiance en Frédéric qu'elle n'aimait pas, mais estimait.

– Quand j'observe mon fils en ce moment, je me demande s'il n'est pas follement amoureux de Victoria...

– Ah ! vous aussi.

Ils échangèrent un regard plein de compréhension et de connivence. Josette reprit doucement :

– Ce serait bien si vous preniez Paul-Henri sous votre aile... Ce serait bien s'il voyait Victoria... s'il sortait avec elle.

– Victoria a été sévèrement élevée. Elle est encore un peu naïve. J'aimerais qu'elle se marie.

– Je n'ai rien contre un mariage. Même prématuré...

De nouveau ils se regardèrent. Ils s'étaient compris. Frédéric sourit. Sa bonne humeur s'effaça quand il vit Amelia danser avec ce journaliste qu'elle avait invité et dont il n'avait pas retenu le nom. Visiblement, le personnage avait des droits sur elle. Il l'embrassait dans le cou, riait en lui chuchotant des mots au creux de l'oreille. Le couple passa si près de lui qu'une bouffée du parfum d'Amelia parvint jusqu'à lui et l'enveloppa comme une caresse. Il serra les poings et décida d'aller prendre l'air sur le balcon. Juste à ce moment, les douze coups de minuit se firent entendre, accompagnés d'un concert de klaxons...

Frédéric chercha des yeux Amelia. Elle était dans les bras de son journaliste et se laissait embrasser goulûment. À cet instant, il sentit une main qui se posait sur la sienne.

– Bonne année, Fred, mon chéri...

La voix de Marie-Claire était embrumée, comme si elle était enrhumée. Frédéric se secoua.

– Bonne année, ma chérie... Bonne et heureuse année.

Un matin d'avril 1964, le directeur du Conservatoire demanda à Amelia de remplacer l'accompagnatrice qui devait emmener deux élèves à Leipzig, en RDA. Ces deux jeunes chanteurs avaient franchi le barrage des éliminatoires et obtenu une bourse pour tenter le prestigieux concours... Et comme un bonheur ne vient jamais seul, deux jours plus tard, elle reçut une proposition alléchante de la part de l'Académie Juilliard de New York. Un contrat de trois ans fort bien payé, pour septembre 1964.

Ravie de ce voyage imprévu et de cette perspective américaine qui s'ouvrait à elle, Amelia se consacra au travail avec les deux chanteurs, une basse, Marc V... et une mezzo-soprano, Myriam L. Belles voix, bonne musicalité.

Leipzig ! Sa mère était née à Leipzig ! Cette coïncidence allait lui permettre de connaître la ville de Nina Lieberfreund. Peut-être découvrirait-elle quelque chose de cette famille déportée dont il ne restait plus rien. Lorsqu'elle fit part de son prochain départ à François d'Aubreuil, il s'inquiéta :

– Est-ce bien nécessaire, ma petite fille ?

– Oui. Je crois que oui...

– Et tes enfants ? Tu les laisses ici ?

Amelia hésita un instant. Pouvait-elle avouer que disparaître un mois sans les enfants l'enchantait ? Elle les adorait, suivait les progrès de Nina avec attention, baignait, nourrissait, berçait Emmanuelle avec beaucoup d'amour, mais il y avait une foule de choses qu'elle ne pouvait partager avec ses filles. Les voyages. Surtout les voyages.

– Si cela ne vous ennuie pas...

– Pas du tout, répondit François d'Aubreuil. Tu sais très bien que Josette les adore. Et ils sont chez eux...

– Je sais, oncle François.

– Tu vas peut-être au-devant de grandes douleurs. Est-ce nécessaire de t'infliger cela ? Vingt-deux ans ont passé. À quoi bon remuer toutes ces choses ?

Il paraissait sincèrement préoccupé.

– J'ai toujours voulu savoir, répliqua Amelia. Je veux comprendre ce qui s'est passé. Peut-être aurai-je une information, qui m'indiquerait qui a envoyé la lettre anonyme...

Ils étaient assis sous une tonnelle déjà fleurie. Avril était beau, cette année-là. Josette et Marie-Claire n'allaient pas tarder à prendre le thé avec eux et, un instant, l'ombre de Nina d'Aubreuil, née Lieberfreund, passa entre eux.

Alors, François d'Aubreuil lui parla de la maison qu'occupait autrefois le professeur Lieberfreund.

– J'y suis allé moi aussi. En 1938, ta mère m'avait supplié d'aller chercher ton grand-père. Je m'en souviendrai toute ma vie... Une très belle maison, entourée d'un grand jardin au bord d'un lac. Antoine m'avait parlé d'une superbe bibliothèque, pleine de livres rares, de meubles anciens magnifiques. Des Rembrandt sur les murs. Une dizaine, je crois. Mais lorsque je suis arrivé, de ces valeurs il ne restait plus rien... Je me demande ce que tout cela est devenu. Normalement, c'est à toi...

– À moi ?

– Oui. La maison, les livres, les tableaux, c'est toi qui en es l'héritière... Je me demande pourquoi nous n'avons pas fait les démarches nécessaires. Il est vrai que, contrairement à l'Allemagne de l'Ouest, la RDA n'a pas reconnu les dommages de guerre... Mais il n'est jamais trop tard...

L'instinct de possession de François se réveillait. Il n'acceptait pas l'idée que sa nièce fût dépossédée de ce qui lui appartenait... « Les papiers que Nina et Antoine ont signés incluent forcément la maison de Leipzig... »

Très loin des cogitations de son oncle, Amelia dit à mi-voix :

– Si la maison est intacte, il y a peut-être des photos ? des lettres ? des gens qui ont connu mes grands-parents ?

– Je vais me renseigner. Si la maison est encore debout, il faut que tu fasses valoir tes droits. Je vais téléphoner au ministère des Affaires étrangères pour savoir exactement ce qu'il en est. Le ministre ne peut rien me refuser.

François d'Aubreuil s'enfonça dans son fauteuil. Puis, d'une voix presque inaudible, il murmura :

– Moi aussi, j'ai rencontré ton grand-père, j'avais vingt-trois ans et j'étais au Quai d'Orsay. C'est pour cela que ta mère m'a supplié de m'y rendre...

Il n'en avait jamais parlé, mais il n'avait rien oublié. Ni le voyage, ni cette impression de fin du monde lorsqu'il avait débarqué à Leipzig, en ce jour d'automne 1938.

François d'Aubreuil sursauta. Un bruit de voix, des éclats de rire... C'était Paul-Henri et Victoria qui revenaient de leur partie de tennis... Josette servait déjà le thé, aidée par Amelia... Tout était paisible autour de lui...

La voix de Josette retentit :

– Un peu de thé, François ? Que se passe-t-il ? Vous avez l'air soucieux ? C'est le voyage d'Amelia qui vous ennuie ?

– Non. Pas exactement. Cela a réveillé des souvenirs pénibles...

Puis, s'adressant à sa nièce :

– Ma chérie, je vais chercher dans mes documents ce qui pourrait t'être utile. Je pense avoir gardé l'adresse exacte de la maison de ton grand-père.

Quelques instants plus tard, il revint avec un papier.

– Tiens. Voici l'adresse : « Robert Schumannstrasse ». Je me souviens qu'il y avait un grand parc près de la maison. Elle n'était pas très éloignée du centre-ville. Une demi-heure à pied...

À cet instant, Frédéric et Marie-Claire se joignirent à eux.

– Amelia part à Leipzig..., dit Josette.

– Leipzig ? releva Frédéric avec ironie. Que diable allez-vous faire en RDA ?

– Concours Jean-Sébastien-Bach, répondit-elle, laconique. C'est l'un des plus grands concours de musique qui soit. Nous avons deux élèves sélectionnés.

– Il faut bien que la RDA ait une petite satisfaction. Méfiez-vous quand même.

– De quoi ?

– Vous êtes la fille d'une musicienne juive. Et les Allemands de l'Est n'aiment pas particulièrement les juifs. Surtout ceux qui risquent de leur demander des comptes ! Est-ce pour cela que vous vous rendez à Leipzig, Amelia ? Pour qu'ils vous rendent des comptes ?

Amelia ne répondit pas.

« Que de passion, de haine, de lassitude et de désespoir, dans cette maison, pensa-t-elle. Frédéric et ses maîtresses, Marie-Claire qui cherche un oubli passager dans les instituts de beauté, les maisons de couture, le golf, l'équitation... qui ne vit que pour le regard de cet homme qu'elle a épousé et qui ne l'aime pas.... Heureusement, je me suis sortie de cette impasse ! »

Bientôt, elle serait dans l'avion qui la déposerait à Berlin... C'était la première fois de sa vie qu'elle allait partir sans amant, sans mari, sans oncle, sans ses enfants. Seule, elle allait connaître, enfin, la terre natale de sa mère...

Elle s'occupa d'abord des billets d'avion pour Berlin et de train entre Berlin et Leipzig. C'est alors qu'elle se rendit compte qu'elle n'avait pas encore son visa pour la RDA.

Elle se précipita à l'ambassade où, sur présentation de son invitation au Concours et de ses billets aller et retour, on lui promit qu'un visa l'attendrait à la frontière. Elle prit l'avion pour Berlin, mais à Checkpoint Charlie, pas de visa. Toujours sur la présentation de son sésame Jean-Sébastien-Bach, on lui accorda un laissez-passer, et Amelia d'Aubreuil, veuve Maury, fut sans doute la seule personne au monde à franchir la frontière de la RDA sans visa. Lequel l'attendait à la réception de l'Hôtel Astoria, mis à la disposition des musiciens et de leurs accompagnateurs. Elle atteignit Leipzig aux dernières lueurs du jour. Le ciel avait des reflets bleus, et l'air était doux et sucré. « Ça sent le tilleul... », pensa-t-elle. Deux étudiantes interprètes l'attendaient, très jeunes et fort jolies.

« Mais pourquoi deux ? pensa Amelia étonnée. Une seule eût été parfaitement suffisante. »

Le niveau musical des concurrents des pays de l'Est était vraiment exceptionnel. Les deux Français passèrent les éliminatoires, puis les quarts de finale, mais échouèrent en demi-finale et refusèrent de rester plus longtemps en RDA. Juive, Myriam L. se sentait très mal à son aise en terre allemande, elle se déclara satisfaite d'être parvenue jusqu'en demi-finale, mais refusa de rester jusqu'à la fin du concours.

Amelia décida de rester. Elle voulait mettre à profit ce voyage inespéré pour retrouver les traces de sa famille maternelle, retrouver l'enfance de Nina... Et, qui sait, pourquoi pas quelques cousins, un au moins, un survivant... Oncle François lui avait parlé d'une grande lignée allemande. « Le père de ta grand-mère née Guinzburg, était le fondateur du *Leipziger Volkszeitung* en 1894... Ton grand-père, Lieberfreund, était le descendant de chimistes et de physiciens, et il avait été plusieurs fois mentionné pour obtenir le prix Nobel... » Lieberfreund, Guinzburg, c'était sur ces noms qu'elle devait faire des recherches. Avec rancune, elle pensait que sa famille n'évoquait jamais cette branche Lieberfreund dont elle était issue, cependant. Et de plus, à la fin de la guerre, personne n'avait fait de recherches pour savoir s'il y avait au moins un survivant. Mais elle dut reconnaître qu'elle-même n'avait pas recherché grand-chose... Elle avait quinze jours devant elle pour faire des recherches. Quinze jours, une aubaine !

En attendant ses soirées étaient toutes consacrées aux concerts, à l'Opéra. Ou bien elle se rendait au café Zimmerman où il y avait, chaque soir, des concerts improvisés. Très dévouées, ses deux interprètes l'accompagnaient partout... Parfois, la soirée se prolongeait fort tard et, cependant, elles raccompagnaient Amelia jusqu'à l'Hôtel Astoria, et ne la quittaient que lorsqu'elles étaient sûres qu'Amelia était bien dans sa chambre. Le lendemain matin, dès huit heures, elles l'attendaient dans le hall et s'enquéraient du programme du jour.

Comme elle n'arrivait pas à se débarrasser de ses deux « interprètes » et qu'elle sentait qu'on ne la laisserait jamais seule, Amelia évoquait l'éducation musicale dans les différents pays, ne tarissant pas d'éloges sur celle pratiquée par la R.D.A, obligatoire dès le plus jeune âge, sur la sélection des talents, sur ses excellents professeurs... Elle fit tant et si bien que ses deux « interprètes » persuadées qu'Amelia avait sa carte du Parti, se montrèrent plus ouvertes, plus chaleureuses.

Deux ou trois jours après la finale Amelia, au cours d'une promenade, demanda à brûle-pourpoint :

– Y a-t-il une synagogue à Leipzig... et un cimetière juif ?

La plus jeune des guides, qui répondait au prénom d'Eva, eut une expression bizarre qui la mit en alerte. Eva échangea un regard soupçonneux avec Isolde.

– Je ne crois pas qu'il y ait encore des juifs à Leipzig, dit Isolde, arborant un sourire triste et doux. Ils ont tous été déportés et sont morts en déportation, les survivants sont partis en Palestine...

– Vous voulez dire en Israël ? rectifia doucement Amelia.

Cette fois, les jeunes filles échangèrent un regard affolé.

– Si vous voulez, dit Isolde.

– Ce n'est pas si je veux ! répliqua Amelia un peu vivement. C'est ce qui est ! Alors, plus de juifs à Leipzig ? Il y avait là une famille Lieberfreund. Mon oncle d'Aubreuil, qui les a connus, m'a parlé d'une trentaine de personnes, au moins. Avant Hitler, il y avait, ici, une très importante communauté juive. Il doit bien en rester quelques-uns. Au moins un !

Hésitante, quelque peu suspicieuse, Isolde répondit :

– Mais pourquoi vous intéresser à ça, Amelia ? Vous n'êtes pas juive, n'est-ce pas ?

Isolde paraissait implorer une réponse négative. Amelia l'observa en silence. Était-elle coupable, elle aussi ? Elle était si jeune ! Une petite étudiante de vingt-deux ans, si fière de parler français, si musicienne. Les enfants sont-ils coupables des crimes de leurs pères ?

Amelia, la gorge serrée, observa ses deux « traductrices » qui affichaient maintenant un certain affolement.

Elle les avait trouvées très sympathiques. Elles avaient beaucoup de points communs. L'amour de la musique, des poésies de Heine, une passion pour Schubert et le *Voyage d'hiver*... Mais elles étaient très certainement les filles de ceux qui avaient décimé sa famille allemande... Pour se venger de quelque chose qu'elle ignorait encore, mais qu'elle soupçonnait, elle différait sa réponse.

– Non, dit-elle enfin, se demandant qui elle trahissait avec cette négation. J'ai été baptisée catholique à ma naissance, ajouta-t-elle brièvement.

Mais, devant le soulagement heureux qu'affichaient Isolde et Eva, elle ajouta :

– ...Cependant, ma mère était juive. Elle est née ici, à Leipzig... Elle a été déportée à Auschwitz. Toute sa famille vivait ici.

Les mots étaient sortis tout seuls. Elle avait complètement oublié sa promesse. Se taire ! Ne rien exiger ! Elle mourait d'envie de voir cette maison où sa mère était née... Une moitié d'elle-même revendiquait cette terre allemande, exigeait la maison de ses ancêtres. Il lui semblait que la plus petite de ses cellules reconnaissait l'air qu'elle respirait... Ces lacs, ces arbres, les rues pavées...

– Mais pourquoi êtes-vous venue à Leipzig ? demanda Eva. C'est bien comme pianiste-accompagnatrice du Concours ? Ou bien ceci était-il un prétexte ?

Amelia eut un instant de crainte. Elle répliqua vivement :

– C'est exact. Et c'est uniquement pour cela que je suis ici. Mais j'aurais aimé voir la maison de mes grands-parents et aller au cimetière sur la tombe de ma famille. Auschwitz a été délivré par les Russes, en 1945. Qu'ont-ils fait des survivants ? Des juifs allemands, originaires de Leipzig ?

Ni l'une ni l'autre des petites Allemandes ne répondit. Elles l'ignoraient, sans doute. Alors quelque chose se passa. Eva dit d'une voix affectueuse :

– Nous allons vous aider, Amelia. Nous comprenons, vous savez. Moi aussi, je suis une orpheline. Mon père est mort en Russie, deux mois avant ma naissance ; mon grand-père est mort en 1917. Pensez-vous que je puisse être insensible au malheur des autres ?

Isolde renchérit :

– Je suis un peu dans le même cas qu'Eva. Ne craignez rien.

Durant toute la promenade, plus un mot ne fut échangé. Mais les deux jeunes filles tenaient Amelia par la main. Elle ne se trompa pas sur ce geste. Il était sincère, chaleureux, spontané.

Soudain, devant la statue de Jean-Sébastien Bach, Amelia se remémora une phrase que sa mère répétait assez souvent, semblait-il, pour que tant d'années plus tard, elle s'en souvienne encore :

« Quand j'étais une petite fille, ma gouvernante me montrait la statue de Bach et me disait : "Quand tu seras grande, tu joueras du Bach, et tu iras au Conservatoire Robert-Schumann... C'est Mendelssohn qui a fondé le Conservatoire. Mendelssohn était un grand compositeur juif... Mais il était converti comme presque tous les juifs allemands qui espéraient faire une carrière." »

– Pourquoi le Conservatoire a-t-il changé de nom ? demanda-t-elle à brûle-pourpoint. Autrefois, il s'appelait Mendelssohn...

Il n'y eut pas de réponse. Juste un regard surpris, interrogatif.

– Ma mère a été élève dans ce conservatoire avant d'épouser mon père... Ma mère était une très grande musicienne. Elle a été l'élève d'Alfred Cortot... Tout le monde lui prédisait un grand avenir...

Alors, Isolde et Eva, fort gentiment, lui proposèrent de lire les registres d'inscription des années 1925 à 1933, miraculeusement sauvés des bombardements. Dans la salle des archives du Conservatoire, Amelia, bouleversée, lut : « *Nina Lieberfreund, née le 14 juillet 1915. Nom du père : Leopold Lieberfreund. Nom de la mère : Myriam Guinzburg. Reçue au concours d'entrée le 8 septembre 1925. Prima.* » Une petite note ajoutée à la suite : « *Grand Premier Prix à l'unanimité. Mai 1933...* » Mais la note avait été barrée d'un : *JUDE*. Amelia sentit des larmes perler à ses yeux. Ce mot, *JUDE* qui éliminait sa mère d'un trait rageur, bien avant Auschwitz, l'atteignit, plus profondément qu'elle ne l'aurait imaginé. *JUDE*, et la carrière de Nina Lieberfreund était finie avant même d'avoir commencé.

C'est à ce moment précis qu'Amelia se sentit juive. Jusqu'alors, sa judéité n'avait été qu'une vague abstraction, quelque chose d'imprécis qui ne reposait, en fait, sur rien. « Maman est née juive. Point. Moi aussi, je suis juive puisque ma mère l'était. Mon sang est le sien. Mon sang est juif. Sur mes prix, mes diplômes, les nazis auraient écrit *Jude*. »

Eva s'éloigna discrètement pour parler à une jeune secrétaire de l'établissement.

– Il y a encore beaucoup d'antisémitisme chez les communistes, dit alors Isolde d'une voix altérée tout en surveillant sa compagne.

– La France, de ce côté-là, n'a rien à envier aux pays de l'Est...

Eva revenait vers elles. Isolde dit précipitamment :

– Chut ! Nous parlerons demain. Je vous emmènerai au cimetière juif... Et à la synagogue. Enfin, ce qu'il en reste.

Amelia ne répondit pas. Eva dit :

– J'ai demandé à la secrétaire du Conservatoire si vous pouviez faire photocopier ce qui vous intéresse... Elle va solliciter l'autorisation du directeur. Nous reviendrons demain...

Elles sortirent du bâtiment. Il faisait chaud. Des éclairs de chaleur zébraient le ciel clair. « C'est cet air-là que ma mère respirait quand elle vivait ici... C'est ce trajet-là qu'elle devait faire avec sa gouvernante... Quand j'étais petite, elle me parlait allemand... C'est bizarre, c'est maintenant que je m'en souviens... Si elle avait vécu, en juillet, elle aurait fêté son quarante-neuvième anniversaire... C'est terrible... » Elle essayait d'imaginer Nina, proche de la cinquantaine... « Elle aurait été célèbre, aussi célèbre que Nadia Boulanger... Elle aurait eu d'autres enfants... Il paraît que mes parents s'adoraient... J'aurais pu avoir des frères, des grands-parents, des oncles, des tantes, des cousins, des cousines qui m'auraient aimée... Ceux de France ne m'aimaient pas. Je faisais tache sur leur blason. J'étais la fille de la juive allemande... maladie honteuse qu'il faut dissimuler... »

Elle pensa à sa famille juive allemande qui n'était jamais venue en France, ni pour sa naissance, ni pour son baptême, et dont elle n'avait jamais entendu parler... « Ma famille française les avait déjà enterrés dans le silence avant même qu'ils ne soient gazés par Hitler... Au fond, je n'ai jamais su qui a dénoncé ma mère. Peut-être est-ce un membre de la famille de mon père ? Pourquoi pas ? »

Les trois jeunes femmes marchèrent jusqu'à la Robert Schumannstrasse et s'arrêtèrent devant la grille d'une grande maison de pierres blanches...

– C'est là, dit Amelia. J'en suis sûre. J'ai vu des photos. Mais je pensais que la maison avait été détruite...

– Elle a été reconstruite. L'actuel directeur du Conservatoire y habite.

– Quel âge a-t-il ?

Eva eut un sursaut de surprise.

– Qui ? Le directeur du Conservatoire ?...

– Oui. Quel âge a-t-il ?

– Oh... Je pense qu'il doit avoir une soixantaine d'années. C'est un certain monsieur Schreiber... Karl Schreiber... C'est le fils d'un homme qui a été important.

– C'était un jeune homme pendant la guerre, calcula Amelia. Peut-être était-il un SS... Et il occupe la maison de mon grand-père...

– Je pense que nous devons nous retirer, dit Eva avec crainte. Nous ne pouvons pas rester là.

– En effet, reprit Amelia, nous ne pouvons pas rester là. C'est révoltant, injuste, mais nous ne pouvons pas rester là.

Le lendemain, Isolde vint la chercher à l'hôtel...

– Allons-nous à la synagogue ?

La jeune femme l'interrompit.

– J'ai hésité à vous le dire devant Eva. Maintenant que nous sommes seules, je dois vous avouer quelque chose. Ma mère est juive. Elle avait épousé mon père malgré les lois allemandes. Personne n'en a jamais rien su... Les juifs sont toujours détestés en RDA. Méfiez-vous. Eva est gentille, mais c'est une communiste. Une vraie de vrai. Nous avons rendez-vous à Weimar avec mon oncle. Le frère de ma mère. Je lui ai parlé de vous, de vos origines, de vos recherches... Il nous attend... Il pense qu'il pourra vous aider...

– Comment cela ?

– Il dirige le sanatorium où d'anciens déportés aliénés viennent finir leurs jours. Personne ne sait qu'il est juif. On le croit protestant. Le nom de Weber est très courant en Allemagne. Et, à mon sens, il a fini par croire lui-même qu'il est un vrai protestant. De toute manière, protestants, catholiques ou juifs, nous sommes tous des pestiférés pour les communistes. Nous ne voyons pas trop de différence entre le fascisme et le communisme...

– Vous oubliez les camps d'extermination, protesta Amelia.

Isolde arborait un drôle de petit sourire, mi-ironique, mi-amusé...

– Vous avez entendu parler des goulags ?

– Bien sûr.

– Je crois que les déportés, dans les goulags, n'ont rien à envier aux déportés dans les camps nazis...

– Ils ne sont pas exterminés ! Ils sont vivants !

– Parce que vous appelez ça vivre ?

Tout en parlant, elles étaient arrivées à la gare... Durant tout le trajet, elles restèrent silencieuses. Trop de monde dans leur compartiment de première classe. Des gens aux visages fermés, aux regards méfiants... Une femme, un peu plus avenante, leur souriait. Elle était relativement élégante, bien coiffée, plutôt agréable. Elle leur parla dans un français irréprochable :

– Permettez-moi de me présenter. Stella Weissler. Vous êtes touriste ?

– Euh... non. Pas exactement, répondit Isolde.

– Ah ? dit la jeune femme. Que voulez-vous dire ?

Elle souriait franchement, chaleureusement...

– Mon amie est venue pour le concours Jean-Sébastien-Bach !

– Ah oui, je vois ! Le concours est fini, il me semble ? Qui a gagné ?

– Une Bulgare et un Russe, dit Amelia.

– Ça ne m'étonne pas, il y a une excellente école de musique en Bulgarie ! Et maintenant, vous faites du tourisme ?

– Nous allons à Weimar voir, entre autres, la maison où Goethe a vécu...

– Écoutez... si ma compagnie ne vous déplaît pas...

Soudain, Amelia se remémora l'histoire qu'oncle François lui avait racontée. Conrad von Statten ! Surgi de nulle part, un « ami » de son grand-père qui ne le quittait pas... Elle évitait soigneusement le regard d'Isolde, mais elle sentait... sa peur... Alors, elle dit avec un beau sourire engageant :

– Oh ! nous serions ravies, mon amie et moi, que vous puissiez vous joindre à nous ! Si vous le désirez, donnons-nous rendez-vous dans un bon restaurant à Weimar, ce soir. Dans la journée, mon amie a... comment dirais-je ?... une affaire de famille délicate à régler. Je l'accompagne pour la soutenir... Connaissez-vous un bon restaurant à Weimar ? Un endroit un peu gai avec de la musique ?

Si Stella Weissler fut déçue, elle n'en laissa rien paraître. Elle donna l'adresse d'un restaurant-dancing en s'excusant de ne pouvoir y aller, elle devait rentrer à Leipzig l'après-midi même...

Dans le taxi qui les emmenait au sanatorium, Amelia regarda Isolde et dit entre ses dents :

– Comment a-t-elle deviné que j'étais française ? Je n'avais pas prononcé une parole ! Qu'en pensez-vous ?

– La même chose que vous. Elle doit appartenir à la Stasi...

Le docteur Weber habitait un petit pavillon, un peu à l'extérieur de Weimar. Il les reçut avec beaucoup de chaleur et se fit expliquer ce que cherchait Amelia. Tandis qu'il offrait des rafraîchissements, il ne cessait de la fixer.

– Vous ressemblez étrangement à une malade amnésique, morte il y a une quinzaine d'années, déclara enfin le docteur Weber. Mêmes yeux, même structure du visage... Elle ne se souvenait que du prénom de sa petite fille. Amelia.

– Il y a quinze ans, dites-vous ? Comment se fait-il..., bredouilla Amelia, sous le choc de cette révélation effarante.

Le docteur Weber s'efforça de calmer la jeune femme.

– Nous avons ici beaucoup de malades, d'amnésiques dont les parents sont morts dans les camps... Qui voulez-vous qui vienne les chercher ? Se renseigner ? Personne ! Pour nous elle faisait partie de ces malheureux dont nul ne se souciait.

– Mais ma famille... en France...

– Si j'ai bien compris la situation, votre famille n'est pas juive. Cette femme est morte sous le nom de Nina Lieberfreund.

Alors Isolde se leva discrètement et dit :

– Je vais aller faire un tour jusqu'à la maison de Goethe, je reviendrai vous chercher plus tard.

Lorsque la jeune fille eut disparu, Amelia, qui n'avait plus aucun doute, demanda livide :

– Comment est-elle morte ?

– Paisiblement. Sans souffrir. Enfin délivrée de la vie. Vous avez entendu parler du camp d'Auschwitz ?

– Oui, bien sûr !

– J'ai parmi mes malades quelqu'un qui se dit sa cousine. Bertha Guinzburg. Mais vous savez, nous ne pouvons pas tenir compte des affabulations de nos malades...

– Guinzbourg était le nom de jeune fille de ma grand-mère maternelle...

– Ah ? Alors, peut-être que ma malade n'affabule pas. Elle a des crises de démence aiguë. Tous les Guinzburg de Leipzig ont été déportés et aucun n'est revenu. Sauf Bertha. Peut-être se souviendra-t-elle de quelque chose ? Mais avant de vous laisser la voir, il faut que je vous mette en garde...

– En garde ?

– Contre vous-même. Vous allez recevoir un choc. Un choc terrible.

Amelia le regarda fixement.

– Je suis prête à affronter n'importe quoi. Si cette dame était la cousine de ma mère...

– En déportation, elles ont subi des choses horribles...

– Que voulez-vous dire ?

– Votre mère et sa cousine étaient des jeunes et très jolies femmes. Dois-je continuer ?

La gorge serrée, Amelia secoua la tête.

– Non, parvint-elle à chuchoter.

Compatissant, le docteur Weber laissa passer quelques instants, puis il murmura :

– Notre malade amnésique était bien votre mère, semble-t-il. On devinait qu'elle avait été une femme ravissante. Elle ne parlait pas. Sauf de sa petite fille, je vous l'ai dit, mais aussi de son petit garçon...

– Son petit garçon ? Mais je suis fille unique !

– Les SS avaient des dossiers parfaitement tenus. Les dates d'entrée dans le camp, le nombre de bébés qui y sont nés, le nombre de morts quotidien... Bertha Guinzbourg, dans ses rares moments de lucidité m'a dit que, lorsqu'elle a été déportée, votre mère était enceinte de trois mois. Le bébé est né à l'intérieur du camp.

Les yeux d'Amelia étaient fixés sur ceux du médecin. Insoutenable, le silence s'éternisait. Enfin, elle murmura :

– Mon frère ?

– Les SS se sont chargés de lui. D'après Bertha Guinzburg qui a été témoin de ces scènes, malheureusement fréquentes. Les SS massacraient les bébés devant leurs mères. Ne m'obligez pas à vous donner des détails. Imaginez le pire. Ce sera encore au-dessous de la vérité.

Une violente nausée s'empara d'Amelia. Elle vomit son repas sur le beau parquet ciré du docteur Weber. Il ne se formalisa point, appuya sur un bouton et une infirmière parut.

– Dites à la femme de ménage de venir nettoyer et emmenez

madame Maury dans la salle de bains. Elle a besoin de se rafraîchir...

Quelques instants plus tard Amelia, les yeux gonflés et rouges, revint dans le bureau du médecin.

– Ça va mieux ?

Elle opina du chef, encore incapable de prononcer un mot. Le médecin lui tendit un cachet.

– Prenez ça. Isolde va vous ramener à Leipzig. Mais je viendrai vous chercher demain en voiture. Cela évitera d'indésirables rencontres fortuites...

Sur le pas de la porte, Amelia, d'une voix encore enrouée par les larmes, demanda :

– Pourquoi tout cela ? Pourquoi tant de haine et de désespoir ?

Pensif, le médecin l'observa longuement.

– Je ne connais pas la réponse, mon enfant... Je suis protestant d'origine juive... Pratiquant. La seule réponse que je pourrais vous donner est une prière : « Agneau de Dieu qui enlèves les péchés du monde, aie pitié de nous... »

Brisée par la souffrance, Amelia hocha la tête.

– Dieu ne s'attaque qu'aux innocents ! Ce que les hommes font en son nom... il s'en fiche ! Dieu est un monstre !

Le lendemain, le docteur Weber vint chercher Amelia à l'Hôtel Astoria. Moins d'une heure plus tard, ils arrivèrent dans un hôpital préfabriqué. Tout y était sinistre, mais d'une propreté méticuleuse. Un parc l'entourait dans lequel de nombreux malades se promenaient. La plupart étaient accompagnés d'infirmières. D'autres, curieusement agités, gesticulaient. Le docteur Weber entraîna Amelia dans une chambre dont les fenêtres s'ouvraient sur de solides barreaux.

– Parfois, nos malades tentent de se suicider. Ils ne se souviennent pas de tout mais ce dont ils se souviennent leur est intolérable.

Il s'approcha d'un lit occupé par une femme qui les regardait avec méfiance.

– C'est elle, Bertha Guinzburg, chuchota-t-il. Puis élevant le ton, il dit gaiement : Bonjour, madame Guinzburg, vous avez de la visite aujourd'hui. La fille de votre cousine...

– C'est pas vrai, croassa la malade, Nina avait une petite fille. Amelia n'avait que sept ans ! Allez-vous-en !

Tatoué sur la poitrine de Bertha Guinzburg, le mot KURVA. Amelia savait que le mot signifiait *Putain* et que les femmes choisies étaient réservées au bordel des SS. Elle s'approcha du lit.

– Je suis Amelia.

Bertha Guinzbourg secouait la tête. Puis elle se calma et dévisagea la visiteuse.

– Vous lui ressemblez... Au camp, Nina ne parlait que de sa petite fille. Son regard allait et venait sur Amelia. Elle ne parlait que de sa petite fille, Amelia. Elle me disait : « C'est moi qui lui ai appris ses premières notes et ses premières gammes. Je vais les apprendre à mon fils... »

La gorge serrée par l'émotion, Amelia se taisait. La malade gesticulait en parlant, découvrait ses seins qui pendaient telles des outres vides sur son torse décharné. Amelia ne pouvait détacher son regard de cette maigre et indécente nudité. KURVA. Sans doute Nina, sa mère, portait-elle aussi inscrit sur son torse ce mot affreux.

– Je vais vous laisser quelques instant, dit le docteur Weber. D'autres malades à voir.

Mais dès qu'il eut refermé la porte derrière lui, Bertha Guinzburg s'immobilisa et regarda Amelia avec crainte. Une peur atroce se lisait sur son visage.

– Je sais pourquoi vous êtes venue, cria-t-elle. Ils sont avec vous ? Oui ! Ils sont avec vous ! Je le sais.

– Qui donc ? demanda Amelia affolée. De qui parlez-vous ?

– Si vous saviez comme ils sont méchants... Renvoyez-les madame ! S'il vous plaît ! Renvoyez-les...

Elle pleurait et hoquetait à gros sanglots qu'elle ne cherchait pas à réprimer.

– Regardez ce qu'ils m'ont fait.

Elle souleva sa chemise sur son corps décharné avec une impudeur d'enfant, et elle poursuivit avec une voix de petite fille qui a peur, une voix pleine d'angoisse :

– Là, c'est là ! Comme des bêtes. Toute la journée. Comme des bêtes ! ne les laissez pas faire, madame ! Ils m'ont fait tellement mal... tellement mal. Si vous saviez !

Et comme une plainte, elle reprenait sa litanie :

– Renvoyez-les ! S'il vous plaît, madame, renvoyez-les... Ils sont là ! Vous ne les voyez donc pas ? Juste derrière vous !

Amelia se retourna. Il n'y avait personne. Et, pourtant, dans le regard terrorisé de la malade, elle savait qu'elle voyait, entendait des choses que nul autre qu'elle ne pouvait voir ni entendre.

Alors, comme une bête qu'on égorge, Bertha Guinzbourg se mit à hurler. Amelia appuya sur une sonnette pour appeler l'infirmière qui parut aussitôt. « Ah, dit-elle seulement, ça la reprend ! Depuis quelque temps, elle voit des SS. La pauvre femme délire. Mais parfois, elle est lucide. Ne la fatiguez pas trop. Vous savez, elle n'en a plus pour longtemps. Tuberculose avancée. Je vais lui faire une piqûre. Ça va la calmer. Revenez dans quelques minutes. »

Lorsque Amelia revint dans la chambre, la malade paraissait apaisée.

– Comme c'est gentil à vous d'être venue me voir, dit-elle.

Elle manifestait une certaine surprise.

– Qui êtes-vous ?

– Je suis la fille de Nina... Vous vous souvenez ?

– Ah ? Et comment va-t-elle ? Vous avez des nouvelles de la petite fille ?

Déconcertée, Amelia demanda :

– Quelle petite fille ? De qui parlez-vous ?

– Voyons, la fille de Nina ! Vous avez eu de ses nouvelles ?

– C'est moi la petite fille, balbutia Amelia. Pouvez-vous me parler de ma mère ?

– C'est ma cousine. Elle est partie pour faire une grande carrière de pianiste... Elle est partie avec un Français... Je me souviens du jour où elle est partie avec le Français... Elle pleurait.

Elle parlait de Nina comme si elles s'étaient quittées la veille.

– Pourquoi pleurait-elle ?

Bertha Guinzburg hésita de nouveau. Elle dévisagea Amelia avec méfiance. Un instant, la jeune femme craignit une autre crise. Mais Bertha Guinzburg paraissait en pleine possession de ses moyens intellectuels.

– Je suis un peu fatiguée. J'aimerais dormir.

– Je vais vous laisser, dit Amelia. Puis-je revenir vous voir ?

– Bien sûr, bien sûr. Bonne nuit, à demain.

Chaque jour, Amelia prenait le train pour Weimar et se rendait au sanatorium. Lorsque Bertha Guinzburg était lucide, elle lui parlait de Nina. Mais en période de crise, elle se taisait, affolée, prisonnière de ses fantômes. Amelia restait assise à ses côtés, s'efforçant de la calmer.

– Vous les voyez, gémissait Bertha, ils sont là...

– Chut. Il n'y a personne... Je vous le jure...

Bertha la dévisageait, méfiante, rusée.

– Qui êtes-vous madame ?

Et le même dialogue reprenait, jour après jour :

– Je suis Amelia. La fille de Nina.

Alors, Bertha éclatait d'un rire bref, sec, méchant.

– Vous mentez ! La fille de Nina avait sept ans !

– Il y a si longtemps...

Et puis, l'heure des fantômes passait. Bertha redevenait lucide, reconnaissait Amelia et, de nouveau, lui racontait Nina. Les tortures de Nina, ses souffrances. La veille de son départ, elle retourna une dernière fois voir Bertha. Le médecin, le docteur Weber, l'accueillit.

– Elle vous attend, mais je crains que votre pauvre amie n'en ait plus pour longtemps. Ses moments de lucidité sont de plus en plus rares. Et, depuis hier, la fièvre augmente. Je m'attends à une septicémie. Il nous faudrait des médicaments que nous n'avons pas. Manque d'argent... Les sanatoriums réservés aux déportés sont propres, mais dépourvus de moyens financiers. Notez que les hôpitaux sont à peine mieux lotis. Enfin, la médecine est gratuite ici. Alors, on n'a pas le droit de se plaindre...

– Pourrais-je la voir encore une fois ? Je ne resterai pas longtemps. Je retourne demain à Paris.

– Allez-y. Elle est lucide aujourd'hui. Beaucoup plus lucide que ces derniers jours. Ses souvenirs reviennent en foule. Elle est intarissable.

Le médecin fit introduire Amelia dans la chambre de Bertha.

Elle était aussi blanche que ses oreillers et si maigre qu'on avait l'impression de voir ses os à travers la peau diaphane.

– Ah ! c'est vous ! dit-elle en voyant Amelia. Je ne mourrai donc pas seule ! Je suis contente de vous voir, vous savez !

– Moi aussi... Y a-t-il quelque chose que je puisse faire pour vous ?

La malade secoua la tête négativement.

– Je vais mourir, dit-elle paisiblement. Elle souriait. Je suis contente... Pourquoi êtes-vous venue à Leipzig ? demanda-t-elle soudain. Ah oui ! je me souviens... Nina. Nous parlions de Nina... Elle était si malheureuse d'avoir renié sa famille !

– Que voulez-vous dire ?

– Ils sont tous morts.

Bertha hésita puis :

– Nina répétait sans cesse : « Je ne sais pas s'ils m'ont pardonné. Moi, je ne me pardonne rien. Chaque fois que l'un de ces porcs me fait subir ce que tu sais, je pense que je le mérite. » C'est ça qu'elle me disait, Nina. Vous comprenez ?

– Parlait-elle de ceux qui l'avaient dénoncée ? demanda Amelia. Est-ce un membre de sa famille de son mari ? Est-ce François d'Aubreuil, son beau-frère ?

– Mais non, ce n'est pas lui ! s'écria la malade. Nina m'a tout raconté ! Non, François n'y était pour rien ! D'après Nina, il était amoureux d'elle... ! Qui a dénoncé Nina ? Je crois qu'elle ne l'a jamais su.

La malade ferma les yeux.

– Je ne sais pas, dit-elle. Laissez-moi, s'il vous plaît. Je peux m'en aller maintenant.

Le lendemain, lorsque Amelia vint lui dire adieu, on lui annonça que Bertha Guinzburg était morte dans la nuit. À ce moment précis, Amelia décida de quitter la France. Elle irait vivre à New York. Elle allait accepter ce contrat proposé par l'Académie Juilliard... Elle allait fuir. Fuir l'Europe. « Je vais vivre pour mes filles. Pour moi. Mais pas en Europe. L'Europe est gangrenée, elle mourra tôt ou tard, pourrie par sa propre perversion. »

New York

– Je suis déjà venue dans cette ville ! s'écria Amelia.

– Voyons maman, dit Nina de sa voix raisonnable. Quand aurais-tu pu venir ici ?

– Quand j'étais petite. Avec mes parents...

Elles marchaient dans la Cinquième Avenue, en direction de Central Park. Emmanuelle, dans sa poussette, souriait à tout le monde, montrant ses dents de lait...

– Tu as fini de faire du charme à tous les passants ?

Amelia riait, flattée que les passants s'arrêtent en disant : « Oh ! quel beau bébé ! »

Soudain, Amelia stoppa net devant le Plaza...

– On habitait ici.

Elle revit son père, jeune et rieur, qui la portait dans ses bras pour franchir les interminables couloirs de l'Hôtel Plaza. *Sa mère marchait à côté et disait : « Pas si vite, Antoine ! pas si vite ! tu vas finir par tomber. »* La voix de Nina la fit sursauter.

– C'était quand, maman ? Je te parle ! C'était quand ? Tu étais à New York quand tu étais petite ?

– Juste avant la guerre. J'avais trois ou quatre ans ! On avait fait le voyage sur le *Normandie*. Maman allait donner un concert au Carnegie Hall. Elle passait ses journées à travailler et, mon père et moi, on allait se promener. Papa voulait rester à New York. Mais je crois que maman n'a pas voulu. Elle ne voulait pas s'éloigner de la famille. « Si la guerre éclate... » Si on était restés à New York, ils seraient encore vivants !

– Alors, je ne serais pas née. Parce que tu n'aurais pas rencontré mon papa qui est mort, ni Christian, et la petite Emmanuelle ne serait pas née, non plus...

Amelia dévisagea sa fille aînée. « Une telle gravité à onze ans... Est-ce normal ? » pensa-t-elle.

– C'est vrai, dit-elle à voix haute. Tout aurait été différent. Regarde Central Park, comme c'est beau... On va traverser le parc jusqu'à la 79e Rue, ça te va ? Ce n'est pas trop loin ?

Central Park offrait ses arbres déjà touchés par l'automne et ses ombrages d'une trompeuse fraîcheur. Il faisait chaud, très chaud.

Amelia adorait cette ville frénétique, merveilleuse, laide et survoltée le jour, magnifique et fascinante la nuit. Elle adorait cette vibration, cette surexcitation, ce bourdonnement incessant d'une ville qui ne dormait jamais. Elle était fascinée par les milliers de gratte-ciel qui resplendissaient au soleil, par les parcs, par les théâtres qui ne désemplissaient pas... Elle aimait les week-ends passés avec ses filles à Long Island, l'eau fraîche de l'Atlantique... Elle allait découvrir les hivers new-yorkais, pleins de vent, de froidure et de neige... « Oh, je resterais volontiers dans cette ville ! » se disait-elle. Elle soupira et regarda Nina qui, pour s'amuser, esquissait une pirouette, suivie d'un battement qu'elle termina en arabesque. Une superbe arabesque qui arracha des applaudissements aux quelques rares promeneurs que ce crépuscule de septembre retenait dans le parc. Gracieuse, Nina fit un petit salut et retourna vers sa mère, un peu essoufflée...

Soudain, Nina demanda :

– Maman, qu'est-ce que c'est que d'être juif ? Mon papa était juif, toi tu l'es un peu, et moi ? Est-ce que je suis juive ?

– Oui, ma chérie. Toi, tu es juive.

– Ça veut dire quoi ?

Amelia ne répondit pas tout de suite. Elle pensa à Jonathan, à sa mère, à Bertha Guinzburg.

– Ça veut dire beaucoup de malheur, d'insultes, de tristesse, dit-elle enfin. Ça demande du courage et de la fierté.

Elle hésita un instant, puis :

– Nous ne pratiquons aucune religion, continua-t-elle. Mais que nous pratiquions ou non, être juif peut être une menace.

Devait-elle tout dire à Nina ?

– Six millions de juifs sont morts parce que nés juifs.

Nina la regardait fixement. Amelia reprit :

– Parmi ces juifs il y avait toute la famille de ma mère, celle de ton père.

Que pouvait-elle dire d'autre devant le regard de sa fille ? Lentement, elles marchaient dans les allées jonchées de feuilles mortes de Central Park.

Situé au vingt-cinquième étage, dans un immeuble moderne, à l'angle de la 79ᵉ Rue et de Park Avenue, l'appartement était charmant, fonctionnel, et la vue qu'il offrait, absolument divine.

Lorsque Amelia avait un peu de liberté, Nina à son cours de danse, Emmanuelle au jardin d'enfants, elle allait se promener dans le quartier de Brooklyn. Elle croisait des vieux juifs barbus, grisonnants, vêtu du long caftan de soie noire, de chaussures plates et du *Strümel*. Elle regardait les matrones, portant perruque, jupes longues et, malgré la chaleur, bras couverts, hurlant en yiddish contre une tripotée d'enfants.

« Elles ont mon âge ! pensait Amelia horrifiée. Nous sommes au vingtième siècle ! » Elles dévisageaient Amelia avec méfiance et circonspection.

– Une goy parmi nous ? entendit-elle, un jour, en anglais.

Brusquement, elle eut envie de leur dire : « Non, je ne suis pas goy, je suis juive, moi aussi. » Mais elle se troubla. Était-elle juive ?

« Qu'ai-je de commun avec ces femmes ? Rien. Même pas la langue, ni même la religion... Mais même si j'adhère à cette religion qui est celle de ma mère, je ne saurais accepter ce mode de vie. Jamais ! Et pourtant, je me sens juive. Je ne saurais en donner la raison, mais cela est. Pourquoi est-ce que je me sens si proche de ces femmes, comme si j'étais de leur famille ? Si seulement je savais le yiddish ! Dès demain, je vais apprendre cette langue ! »

Elle regardait les petits garçons, en papillotes bouclées et *Keppelé*. Ils couraient et frappaient un ballon comme n'importe quels enfants, qu'ils soient goyim ou juifs. Trois petites filles vinrent se joindre à eux et une bataille rangée éclata. Amelia n'avait pas saisi le sens de la querelle, mais il était clair que filles et garçons ne faisaient, entre eux, aucune différence. Les nez saignaient, les vêtements étaient déchirés, les insultes et les cris pleuvaient comme averses en avril... Ils criaient en anglais et Amelia saisissait au vol : « Fils de pute, salaud, putain... », le même répertoire d'insultes qui a cours dans toutes les écoles du monde.

Fine et naturellement souple, Nina avait sans peine habitué son corps à des positions antinaturelles et elle avait acquis une musculature que l'on ne pouvait soupçonner devant son extrême minceur. Elle était ravie de la décision de sa mère de s'installer aux États-Unis. Ravie de sa vie à New York. Elle détestait sa famille française. Détestait la manière sournoise dont son oncle Frédéric dévisageait sa mère, haïssait tout le « clan d'Aubreuil, etc. », comme elle disait lorsqu'elle parlait d'eux.

À l'école de danse, parmi les élèves douées, il y avait une jeune Américaine d'origine russe, Katia Dolgoroukova. Les adolescentes avaient le même âge, la même ambition et s'attachèrent immédiatement l'une à l'autre...

Très vite, Nina invita Katia à dormir chez elle. Et, elle-même obtint d'Amelia l'autorisation de passer un week-end, puis deux, puis les vacances de Noël et de Pâques chez la grand-mère de Katia, la prestigieuse Olga Dolgoroukova qui avait fui la révolution de 1917.

Sa passion pour la danse l'occupait tout entière. Son univers se bornait à sa mère, sa petite sœur Emmanuelle, son amie Katia. Rien d'autre n'existait pour elle.

Parfois les adolescentes obtenaient des petits rôles dans *Le Lac des cygnes* ou bien dans *La Belle au bois dormant.* Alors on oubliait tout ce qui n'était pas la danse. Il y eut des affrontements avec Amelia.

– À quoi peuvent me servir physique, chimie ou mathématiques pour travailler mes pirouettes ou entrechats ? protestait Nina quand sa mère se fâchait.

Amelia tergiversait.

– Physique, chimie ou mathématiques, je ne dis pas, mais le français ? L'anglais, l'histoire ? Tout le monde a besoin de culture générale...

– Je n'ai pas besoin de culture générale, du moment que je sais ce dont j'ai besoin pour ma danse !

– Continue comme ça et tu donneras raison à tous ceux qui prétendent que les danseurs sont des imbéciles...

– Ah oui ? Eh bien, j'aimerais les voir sur scène, ceux qui prétendent ça !

La fin du contrat d'Amelia approchait et Nina n'avait pas envie de rentrer à Paris.

– Il y a trop de cousins, trop de cousines, de d'Aubreuil, de Desgroult, de Bossey... Ça parle avec des voix perchées, et pour ne rien dire, ça ne fait pas de différence entre *Le Lac des cygnes* et le rock and roll, c'est stupide, c'est snob... Je les déteste !

– Eh bien, les voilà tous habillés pour des années... Je ne peux pas te donner tort, ma chérie. Moi non plus, je ne les aime pas. Mais en avril 1968, mon contrat prendra fin. Je ne pense pas qu'il soit renouvelable.

– Maman, je t'en prie. Laisse-moi ici ! On m'a promis un engagement à l'American Ballet avec Katia...

– Toute seule à New York, c'est impossible, voyons ! Tu le sais bien.

– Et si tu me confiais à grand-mère Olga ? Elle est très sévère, tu sais. Katia ne fait pas ce qu'elle veut.

Un instant, la tentation du chantage sentimental effleura Amelia, mais elle repoussa bien vite cette pensée. « Dois-je l'obliger à me suivre dans une ville qu'elle déteste, à fréquenter une famille dont elle a horreur, alors qu'ici, à New York, elle est parfaitement heureuse, équilibrée ? » Au milieu de l'année 1965, Amelia reçut un faire-part. François et Josette d'Aubreuil annonçait les fiançailles de Paul-Henri et de Victoria. Le mariage était prévu pour décembre.

TROISIÈME PARTIE

1965-1976

Parce que Paul-Henri d'Aubreuil et Victoria Maury allaient avoir vingt ans la même année, il fut décidé de faire une grande fête Villa Montmorency.

Ce fut un grand branle-bas de traiteurs réputés, d'orchestre de danse, de toilettes ébouriffantes. Victoria étant née en mai et Paul-Henri en novembre, la date choisie, le 21 juin, coupait la poire en deux. Ils avaient décidé d'en profiter pour annoncer leurs fiançailles. C'était un secret cousu de fil blanc. Les pique-niques, les surprises-parties, les rallyes les voyaient toujours ensemble. Fêtes où d'ailleurs ils récoltaient un fort joli succès en chantant et en dansant... Ils avaient monté un numéro de claquettes et de chansons à la manière des comédies musicales américaines et tous leurs amis leur prédisaient un fort bel avenir.

Victoria avait deviné que Frédéric verrait d'un bon œil une union entre elle et Paul-Henri. Elle était amoureuse du jeune homme... Toute petite, elle avait adoré Christian et craint Frédéric. La mort de son frère favori, puis celle de ses parents l'avaient profondément blessée et l'anorexie avait menacé ses jours. Tout en Paul-Henri pouvait justifier un amour d'adolescente. Paul-Henri était un très beau garçon qui dépassait le mètre quatre-vingts, portait avec élégance les vêtements modernes de couleur claire dont raffolaient les jeunes gens ces années-là. Sa physionomie agréable, comme son caractère conciliant et cette bonne humeur qu'il savait communiquer parvenaient à lui faire oublier le drame de son enfance.

Elle connaissait très bien le désir secret de Paul-Henri qui ne lui cachait rien, il voulait faire une carrière de rocker. Ce qui irritait considérablement François d'Aubreuil qui, cependant, avait la sagesse de laisser faire. Lui aussi souhaitait une union entre Paul-Henri et Victoria... Après tout, Victoria était une héritière et, depuis la mort de Christian, sa part d'héritage s'était considérablement amplifiée.

Pour Victoria, dotée du pragmatisme maternel, Paul-Henri ferait un très bon mari, ni plus ni moins fidèle que la moyenne. Là-dessus, elle en savait beaucoup plus qu'on ne pouvait le supposer. Elle connaissait le nombre des maîtresses de Frédéric et de François d'Aubreuil. Elle plaignait de tout son cœur et Josette et Marie-Claire, sans se douter que la mère et la fille étaient, l'une et l'autre, parfaitement au courant des débordement de leurs époux respectifs. Josette et Marie-Claire fermaient les yeux. L'une parce qu'à partir d'un certain âge, la jalousie tournait au ridicule, l'autre parce que les brèves aventures de Frédéric éloignaient celui-ci de sa passion véritable.

Victoria épouserait donc Paul-Henri. Elle imaginait son mariage, leur carrière. Déjà, ils avaient un projet en tête : sortir un disque où ils chanteraient tous les deux..

Octobre et novembre ne furent qu'une succession de traiteurs, d'imprimeurs, de listes de mariage, de menaces de rupture, de réconciliations, de cadeaux qui commençaient à s'amonceler. De New York, Amelia avait fait envoyer une superbe lithographie de Chagall, représentant des jeunes mariés. Ce qui avait fait pousser des cris d'horreur à l'arrière-grand-mère de Bossey, qui bientôt allait fêter son centième anniversaire...

Vint le grand jour. L'église de la Madeleine débordait de fleurs, de tapis rouges, d'enfants de chœur, de musique d'orgue, de bougies... Charles et Géraldine, ainsi qu'une flopée de cousins et de cousines, les enfants d'honneur. Toute la future génération de d'Aubreuil, de Courcelles de Bossey, de Desgroult s'avançait vers les jeunes mariés et se disputait sournoisement la première place comme le font tous les enfants.

La télévision, la presse écrite, la radio, les journalistes, les photographes, tous se pressaient au milieu des invités. Les femmes endiamantées, diorisées, chanellisées, rivalisaient d'élégance.

Plus tard, au cours de la réception, tout en buvant une coupe de champagne, François et Frédéric bavardaient à propos des prochaines élections présidentielles. Ils n'avaient, en ce 12 décembre 1965, aucune inquiétude là-dessus. On pouvait toujours espérer que de Gaulle garderait le pouvoir « bien qu'il n'eût pas été mauvais que François Mitterrand lui donnât du fil à retordre ! » plaisantait François d'Aubreuil.

– Je n'ai plus aucun contact avec lui, mais si, un jour, il gagne la partie, je me rappellerai à son bon souvenir. Pour le moment. Savez-vous que de Gaulle a renoué des relations diplomatiques avec l'Égypte ? Visiblement, il veut se faire bien voir de Nasser. Vous verrez, l'avenir me donnera raison. De Gaulle veut jouer un grand rôle au Moyen-Orient. Regardez donc sa progression... En 1962, il renoue des relations diplomatiques avec la Syrie, la Jordanie et l'Arabie Saoudite ; en 1963, c'est avec l'Irak ; maintenant, c'est Nasser, celui qui a juré d'éliminer Israël de la carte. Et avec ça, de Gaulle se prétend un ami d'Israël.

Frédéric éclata de rire.

– Avec un ami pareil, je crois qu'Israël n'a plus besoin d'ennemis...

– Je le crois aussi ! Notez bien qu'en cinq ans de Gaulle a reçu tous les chefs arabes possibles... et n'a accordé qu'une vague entrevue au Premier ministre israélien.

– Ce qui veut dire ?

– Que de Gaulle jouera la carte arabe. Il y a beaucoup d'argent à gagner de ce côté-là. Pensez-vous que mon fils Paul-Henri pourrait vous être utile dans une ambassade quelconque ? Vous pourriez lui en parler ! Moi, il ne m'écoute pas...

Frédéric réfléchissait. Il regardait sa sœur, ravissante dans sa robe blanche de mariée, et Paul-Henri qui dansaient un rock-and-roll endiablé. Le couple était si jeune, si gracieux qu'un instant, il fut tenté de dire : « Et si on les laissait tranquillement vivre leur vie ? » Mais, très vite, le mirage d'un mirobolant marché se dressa devant lui. C'était tout le Moyen-Orient, de Damas à Bagdad, en passant par l'Iran... Des millions de jeunes femmes arabes s'arrachant les produits de beauté d'Aubreuil. Il ne fallait pas laisser échapper un tel pactole... Et puis, il y avait ces paquets d'actions que François d'Aubreuil et lui avaient achetés. Des actions Dassault, Thomson, Matra... Lentement, mais sûrement, elles montaient ; elles doubleraient, voire tripleraient de valeur si jamais une guerre éclatait... Si Paul-Henri était nommé attaché d'ambassade, il serait aux premières loges pour les représenter !

– Paul-Henri ferait un excellent attaché culturel et commercial. L'ambassade de France au Liban me paraît tout à fait indiquée pour commencer... Il se plaira là-bas. La vie y est douce et gaie. Je vais lui dire très exactement ce que nous attendons de lui. Il est encore trop jeune et il a la tête farcie de variétés... Mais ça marchera. Il n'est pas bête...

– Vous avez raison. Mais rien ne presse. Nous lui parlerons lorsqu'ils reviendront de leur lune de miel.

Dès le lendemain, les jeunes mariés partirent en voyage de noces en Italie. Ils visitèrent des musées, des plages, des discothèques... Surtout des discothèques. Pour Victoria, les journées étaient fort agréables. Mais ensuite, il y avait les nuits. De plus en plus éprouvantes. Quelque chose n'allait pas chez la jeune femme. Parfois, Paul-Henri avait la vague impression qu'une lumière s'était éteinte en elle. Il savait qu'elle avait fait une très grave dépression et craignait une rechute...

Et puis, il fallut penser à rentrer. Même s'il aimait Venise, Paul-Henri ne cachait pas sa satisfaction...

– Nous allons enregistrer notre disque ! dit-il alors qu'ils faisaient leurs valises, et nous aurons du succès !

Paul-Henri tournait le dos et regardait par la fenêtre du Danieli. Le Grand Canal étincelait sous le soleil levant.

– Tu crois ? dit Victoria. J'en serais tellement contente !

Son visage s'éclaira.

– Mais c'était dans nos projets ! Souviens-toi... Nous allons enregistrer notre quarante-cinq tours. Je nous donne un an pour réussir !

– Je croyais que tu avais oublié... tu n'en parlais plus jamais. Dieu que je suis contente !

Elle rayonnait de bonheur. Chanter était, pour elle, le comble de la félicité.

– Jamais de la vie ! s'écria Paul-Henri. Je me moque de leurs affaires de produits de beauté, de vente et d'achat de brevets. Je laisse volontiers ma part à ton frère ! Nous, nous allons faire comme Sylvie Vartan et Johnny Hallyday, nous nous produirons sur scène, nous partirons en tournée... Nous serons célèbres... Tu verras !

Victoria eut un vrai sourire joyeux. Elle se sentit délivrée du poids qui lui broyait l'estomac. Cette nuit-là, elle fut un peu moins crispée. Sa docilité renouvela l'ardeur de son mari qui fut plus doux, plus attentif. Et pour la première fois, Victoria fut à l'unisson de Paul-Henri... Elle laissa échapper un long gémissement de plaisir.

Deux mois plus tard, Victoria annonça à son mari qu'elle était enceinte « mais que cela ne la gênerait pas pour enregistrer leur quarante-cinq tours ». Il leur fallu trois mois pour travailler leur répertoire et être prêts à enregistrer.

Ils avaient mis toutes les chances de leur côté. Ils avaient rencontré les gens qu'il « fallait », payé ce qu'il « fallait » aux gens qu'il « fallait », invité d'autres gens tout aussi nécessaires à dîner chez Castel, en week-end à Deauville au Normandy. Mais en mai 1966, la sortie de leur quarante-cinq tours fut un désastre... Aucun média ni télévisuel, ni radiophonique, ni écrit ne les invita. Pis. Ils furent la cible des chansonniers, des animateurs qui se révélèrent d'une cruauté sans pareille. D'ignobles calomnies colportées de « dîners en ville » et en discothèques circulèrent.

Aussi est-ce avec reconnaissance que Paul-Henri accepta un poste d'attaché culturel auprès de l'ambassade de France au Liban. Fuir Paris au plus vite. Fuir la honte de cet échec, ne plus lire la commisération ironique dans le regard de leurs chers amis...

C'est à Beyrouth que naquit Joël d'Aubreuil, le 18 août 1966.

Victoria et Paul-Henri s'appliquèrent à être heureux. Ils aimaient leur bébé, ils aimaient le Liban, Beyrouth. Ils s'aimaient. Mais ils n'aimaient pas la vie qu'ils menaient. Cette vie qu'ils n'avaient pas choisie... Cependant, pris dans le tourbillon de la politique internationale, ils n'avaient guère le temps de s'interroger...

Nasser, en Egypte, claironnait dans toutes les radios arabes la fin d'Israël, la mort des juifs et ce, avec l'accord implicite du général de Gaulle qui déclarait : « Il est clair que les choses ont changé. La France, après une période difficile avec le monde arabe, entretient maintenant d'excellents rapports avec ces pays... » L'ambassade de France au Liban suivait aveuglément la voix de son maître.

Dans les lettres que Paul-Henri recevait de Frédéric ou de son père, lettres qu'on lui recommandait de brûler aussitôt lues, on lui ordonnait :

... Aucune relation avec des Israéliens quel que soit leur rang. Au contraire, il faut inviter le plus souvent possible toutes les personnalités arabes, chrétiennes ou musulmanes qui peuvent avoir de l'influence sur leur gouvernement.

Dans une autre lettre, Frédéric précisait :

Il faut s'attendre à une guerre israélo-égyptienne imminente. Cette guerre est un espoir pour la France de revenir sur la scène internationale. Nous comptons donc sur toi pour faire avancer nos projets. Tu sais comme moi que le projet arabe, soutenu par l'Union soviétique, est de rayer ce petit pays de la carte... Nous ne pouvons pas laisser les Soviétiques seuls maîtres du jeu et du marché. N'oublie pas que tu représentes le gouvernement français !

Mais Paul-Henri, en cette année 1967, ne se souciait plus des lettres qu'il recevait. Victoria allait mal. Elle s'occupait pourtant bien de son fils, paraissait l'adorer, s'était révélée une maîtresse de maison parfaite... Une épouse sinon satisfaite, du moins docile, voire complaisante. La maison que le jeune couple occupait au bord de la mer était devenue le centre d'attraction de toute une coterie franco-libanaise qui roulait littéralement sur l'or. Chez les d'Aubreuil, c'était table ouverte tous les soirs. Ensuite, l'on dansait jusqu'à l'aube... Cependant, Victoria ne riait plus.. Elle était souvent immobile, les mains posées sur ses genoux, le regard vague, perdu au loin, de l'autre côté de la Méditerranée. Parfois Paul-Henri lui demandait : « Que se passe-t-il chérie ? » Elle ne répondait pas, se contentait de le regarder avec une sorte d'étonnement, secouait la tête, puis disait enfin : « Tout va bien, ne t'inquiète pas. »

Un jour cependant elle demanda :

– Allons-nous toujours vivre ici ?

– Mon père et Frédéric pensent que nous devons rester ici encore trois ou quatre ans, ensuite je serai nommé dans un autre pays. Probablement la Syrie ou l'Arabie Saoudite. Telle est la vie d'un diplomate, ma chérie.

– Je sais, mais cette vie-là... cette vie-là, je ne crois pas que je pourrai la supporter...

Très inquiet, Paul-Henri se demanda si Victoria n'était pas en train de rechuter. Il aurait voulu rentrer en France la faire soigner, mais il était pris par les événements entre la Syrie, Israël et l'Égypte, les menaces de guerre, le retrait des forces de l'ONU du Sinaï demandé par Nasser.

Rien, non, absolument rien n'aurait pu laisser prévoir qu'à l'aube du 8 mai 1967, le jour même de ses vingt-deux ans, Victoria allait chercher la mort en nageant, comme une désespérée, dans les vagues glacées de la Méditerranée... On conclut à un accident. Mais Paul-Henri, qui avait lu le petit billet laissé à son intention par la jeune femme, savait que c'était un suicide.

Je pars. Définitivement. Ne m'en veux pas... Je n'aime pas la vie que je suis obligée de vivre. Occupe-toi bien de Joël. Protège-le. Protège-le de tout et de tous. Surtout de la famille. Adieu...

Assis dans son bureau, pièce où nul n'avait le droit d'entrer sans y être expressément invité, Frédéric consultait son portefeuille boursier. Si la guerre éclatait au Proche-Orient, comme tout le laissait supposer, les contrats en cours avec les pays arabes allaient décupler le chiffre d'affaires de la société. Comme prévu, les actions Thomson, Matra, Dassault avaient triplé de valeur en moins de six ans. Les menaces de Nasser, menaces qui s'alourdissaient de jour en jour, ne faisaient qu'amplifier les choses.

Il alluma un cigare et tira une bouffée avec volupté. « J'ai gagné la bataille, ma bataille... contre tous. »

Ses pensées orgueilleuses furent interrompues. La porte s'ouvrit brutalement.

Marie-Claire, blanche comme un linge, tenait un télégramme à la main.

– Frédéric, balbutia-t-elle. Frédéric...

Fou d'inquiétude, il articula :

– Les enfants ? Un accident ?

– Non ! non... Victoria...

– Quoi, Victoria ?

– Elle s'est... noyée hier... matin. Elle a laissé une lettre... C'est un suicide, Frédéric... Victoria s'est suicidée.

Stupéfaite, Marie-Claire se rendit compte que Frédéric tremblait de tous ses membres. Sa pâleur spectrale lui fit craindre qu'il ne se trouvât mal...

– Frédéric ! cria-t-elle. Frédéric, je t'en supplie, reprends-toi !

Il la fixait sans la voir. Il voyait Victoria. Victoria, toute blonde, si jolie, si dansante, si gaie ! Victoria, à douze ans, rêvant d'amour devant *Cendrillon*, Victoria, en robe de communiante... Victoria ! Pourquoi ? Mais pourquoi ? Un suicide à vingt-deux ans ! Que lui manquait-il ? Du fond de ses tripes, il sentit monter un flot de sanglots.

– Laisse-moi, ma chérie. Laisse-moi seul un moment. S'il te plaît...

Marie-Claire, bouleversée, sortit du bureau. Alors seulement, Frédéric s'effondra.

Un mois plus tard, la guerre israélo-égyptienne commençait...

Juin finissait sous les tilleuls. Le thé avait été servi, la conversation s'attardait sur la guerre israélo-arabe qui venait de s'achever par la victoire éclatante d'Israël.

« Cette guerre des Six Jours va nous rapporter une fortune, dit François d'Aubreuil. Dommage que l'ONU ait demandé le cessez-le-feu un peu trop tôt.

– Oui, vous avez remarqué ? L'ONU demande toujours un cessez-le-feu lorsque Israël est en passe de gagner la guerre... jamais avant.

– Et ça y est, c'est reparti ! Chaque fois qu'Amelia se retrouve parmi nous, même dans des circonstances aussi tragiques que la mort de Victoria, elle nous ramène son sionisme sur le tapis ! glapit Eloïse Desgroult de sa voix haut perchée.

Ainsi interpellée, Amelia fixa sa tante d'un air méchant.

– Qu'allait donc faire Victoria au Liban ? Pourquoi cette pauvre petite, qui avait d'autres aspirations, est-elle partie là-bas ? Qui l'y a envoyée ? Vous, oncle François ?

Ainsi pris à partie, François d'Aubreuil répliqua :

– Voyons, tu le sais bien ! Paul-Henri y était en tant qu'attaché commercial à l'ambassade de France...

– Pour vendre quoi ? Et à qui ?

Le silence fut la seule réponse qu'obtint la jeune femme. Elle était venue en France pour l'enterrement de Victoria dans le caveau familial des d'Aubreuil. En raison des hostilités du Moyen-Orient, le transfert du corps avait été retardé de presque un mois. Paul-Henri était reparti au Liban, immédiatement après. Il avait refusé de voir quiconque. Sauf sa mère. Ni son père ni Frédéric ne purent lui arracher un mot durant les vingt-quatre heures qu'il passa à Paris... Il avait laissé le petit Joël, après un « je reviendrai le chercher en octobre... ».

Assis un peu à l'écart, Frédéric passa son bras autour des épaules de Marie-Claire.

– Frédéric ! À quoi pensez-vous ?

La voix de François d'Aubreuil le fit sursauter.

– Je réfléchissais à ce que disait Amelia...

Ainsi interpellée, Amelia tourna la tête vers lui.

– Et vous admettez que j'ai raison ?

– En partie, oui. Mais seulement en partie... Vous oubliez que c'est l'intérêt qui conduit le monde. Pour le moment, l'opinion publique est en faveur d'Israël et il n'y a rien de plus facile à manipuler.

Il hésita un instant puis reprit d'une voix douce :

– Demander à Israël, nation civilisée, démocratique, de se défendre contre ceux qui veulent la détruire au moyen de paroles amicales et de gestes de conciliation, c'est demander à un homme de se protéger contre un chien enragé, au moyen d'un sourire et de la main tendue... C'est tout simplement ridicule... De Gaulle n'a pas perdu l'esprit. Juste l'honneur.

– Et il est évident qu'un marché de plus de cent millions d'Arabes, débordant de pétrodollars, est infiniment plus lucratif qu'un marché de quatre millions de juifs... Aucune nation au monde n'hésiterait une seconde... Les Russes, les Américains, l'Europe, tous ont besoin d'argent et de pétrole, et personne n'a besoin des juifs et encore moins d'Israël, rétorqua sèchement Amelia.

Elle sentait que le clan familial la regardait avec une hostilité à peine déguisée. Elle ne s'en formalisa pas. L'antisémitisme des siens ne la surprenait plus...

« C'est une petite sotte, pensait Frédéric avec indulgence. Si elle connaissait les millions de dollars que cette guerre nous a rapportés et les bénéfices qu'elle va encaisser sans même s'en rendre compte ! Et si elle s'en rend compte, elle ne crachera pas dessus. »

Il reprit la parole. Il ne regardait pas Amelia et, cependant, elle savait que c'était à elle qu'il s'adressait :

– Pourquoi les nations arabes qui groupent près de cent millions d'hommes, de Damas à Bagdad, du Yémen à Khartoum, du Caire à Rabat, n'ont-elles pu recueillir et faire vivre les quelque cinq cent mille Palestiniens réfugiés, qui parlent la même langue et vivent la même religion ?... Éternelle question qui restera toujours sans réponse.

Ils se contemplèrent mutuellement, un peu trop longtemps au goût de Marie-Claire, toujours sur le qui-vive, qui intervint avec vivacité :

– Je crois qu'il est temps de cesser de ne parler que de ça ! N'y a-t-il pas d'autres sujets de conversation ? Voyons, Amelia ! Il n'y a pas dix jours que tu es revenue de New York après trois ans d'absence, et c'est tout ce que tu as à nous dire ?... La guerre, Israël, les juifs ! Il y a d'autres sujets tout de même !

Amelia haussa les épaules.

– C'est un sujet qui m'intéresse, tu dois bien t'en douter...

– Et pour cause ! siffla entre ses dents la tante Desgroult.

Amelia la dévisagea froidement.

– Toujours aussi antisémite, tante Éloïse... Vous ne changerez donc jamais ?

– Tu m'ennuies, ma petite ! répliqua sèchement la vieille dame. D'ailleurs, je ne suis pas antisémite, je suis antisioniste ! Comme le général de Gaulle.

– Ma foi, je ne vois pas où est la différence, grinça Amelia, les yeux durs.

– Ah ! ça ne va pas recommencer ! s'écria Julia Courcelles de Bossey, irritée. Ne recommence pas !

– Si, je recommence. Et je ne cesserai jamais. Si je suis partie, c'est à cause de vous. Ne plus vous voir était mon plus cher désir ! J'ai compris une chose en vous écoutant tous. Oui, cela je l'ai compris. Les juifs seraient tous exterminés depuis longtemps s'ils ne s'étaient protégés par la puissance. La réponse à la haine et au mépris, c'est la puissance. Ni la bonté, ni la soumission, ni la compréhension, ni l'apaisement. Juste la puissance. C'est la seule réponse que comprennent les chiens enragés. Et puis, rassurez-vous, vous n'aurez pas à me supporter longtemps. Je repars à New York au début de la semaine prochaine.

– Pourquoi ? demanda Josette.

– Je dois installer Nina. Nina a une magnifique carrière de danseuse devant elle. Mais elle doit encore travailler...

– Allons, elle n'a que quinze ans ! s'écria Frédéric.

– Et alors ? Si elle veut être danseuse étoile au Manhattan Ballet, il n'est pas trop tôt pour elle de s'y mettre sérieusement. Elle a six mois pour faire ses preuves. Dans six mois, si tout va bien, elle fera partie du corps de ballet.

Frédéric s'approcha du berceau où dormait le petit Joël. L'image de Paul-Henri s'imposa à son esprit. Il avait fait très exactement ce que son père et son beau-frère lui disaient de faire, voire de dire, exigences qui permettaient à ces derniers d'acheter avant tout le monde des actions de Matra, de Dassault qui, depuis quelques mois, montaient en flèche à la suite de ventes d'armements dans les pays arabes... Ventes décuplées depuis la fin de la guerre des Six Jours.

Le suicide de Victoria l'avait transformé. Le jeune homme élégant, toujours si gai, si joyeux, était devenu un homme réservé, froid, distant, qui parlait peu... « Et cela vaut mieux pour tout le monde ! disait son père. Quand je pense que ce petit crétin voulait marcher sur les brisées de Johnny Hallyday ! Heureusement qu'on y a mis le holà ! » Cela n'avait pas été très difficile de payer grassement quelques critiques de variétés pour assassiner littéralement le quarante-cinq tours que Paul-Henri et Victoria avaient enregistré. C'était d'ailleurs très injuste, se disait Frédéric, ils n'étaient ni plus mauvais ni meilleurs que les jeunes chanteurs de leur génération... Mais un d'Aubreuil chanteur de variétés ?

« Occupez-vous de ça ! » avait dit François à Frédéric... Il s'en était occupé... Maintenant, Victoria était morte. Plus jamais elle ne chanterait ses chansons idiotes « yé.. ! yé !! yé ! ». Plus jamais elle ne danserait le twist en riant comme elle le faisait si joliment d'ailleurs, plus jamais il ne verrait sa petite sœur, ses longs cheveux blonds et raides, sa frange épaisse, ses yeux bleus rieurs...

vingt-deux ans... « Occupez-vous de ça ! » Victoria.. Victoria !... si gaie, si pleine de vie. Lui seul savait combien il était coupable.

L'interminable crépuscule du solstice d'été n'en finissait pas. L'odeur des tilleuls allait s'accentuant. La guerre, la victoire et la défaite, la mort, la bêtise. Tout cela devint flou, sans importance.

Mai 1968

Frédéric marchait à grandes enjambées sur l'avenue Kléber, en direction de l'Étoile... Il n'avait pas d'itinéraire précis. Rien ne l'attendait en ce jour de mai 1968. Pas de métro. Pas de bus. Pas de train. Pas d'essence... Des millions de grévistes. La France paralysée... C'est à qui prendra la parole au nom de la classe ouvrière qui les regarde, goguenarde et silencieuse. Les étudiants, qui en ont assez de leur vie ouatée et sans soucis, n'ont plus envie d'apprendre. « Ça les fatigue, ces pauvres petits cons trop gâtés », pensait Frédéric. Il se souvenait, lui, de sa soif d'apprendre, de son désir de continuer des études... « De la confiture aux cochons ! Oui ! voilà où nous en sommes ! vitupérait-il mentalement. Le Mouvement du 22 mars ? Qu'est-ce que cela signifie ? Une poussée d'acné printanière chez des jeunes gens en proie à l'ébullition de la jeunesse ? »

Cependant, s'il n'adhérait pas à ce mouvement qu'il jugeait imbécile, il profitait de ces vacances forcées. Il avait laissé la voiture au garage, se promenait à pied, et retrouvait le plaisir d'être seul... Marie-Claire et les enfants, envoyés dare-dare à Montastruc-la-Gaillarde (« Sait-on jamais ce que l'on pouvait craindre de la part de ces morveux... »), ne lui manquaient pas.

En cette période troublée François d'Aubreuil assistait à toutes les réunions, qui se tenaient à Matignon, chez le Premier ministre. Pompidou allait faire semblant de céder. Augmenter des salaires.

Juste ce qu'il fallait pour calmer Georges Marchais. Heureusement, la folie des femmes pour les soins de beauté était telle que jamais d'Aubreuil n'avait été aussi florissant. De plus, les marchés arabes fonctionnaient à plein rendement. Les contrats s'amoncelaient, les actions montaient et l'inflation galopante enrichissait les riches à la vitesse grand V...

Frédéric se moquait des hordes d'étudiants énervés qui gesticulaient en hurlant, sur le boulevard Saint-Michel, « Mais quoi, se demandait-il avec étonnement, au fond, que veulent-ils ? Une autre vie ? Cela se mérite, cela se gagne une autre vie ! Personne ne peut vous l'offrir sur un plateau ! » « Égalité des chances... Voilà ce qu'ils veulent. Mais c'est stupide ! On ne fera pas d'un imbécile un scientifique ou un homme d'affaires. »

Parfois, il assistait aux assemblées générales à la Sorbonne pour comprendre. Mais très vite, il se rendit compte que derrière le salmigondis de propos décousus, interrompus par des vociférations, il n'y avait rien de concret, de solide... « Ils se veulent katangais, maoïstes. Ils portent aux nues Che Guevara, Pol Pot. Grands dieux ! sont-ils devenus fous ? "Imposer" la Révolution permanente qu'est-ce que ça signifie ? Réaliser ses désirs sans en payer le prix ? Ils veulent acheter bon marché, mais exigent des augmentations de salaire, ils veulent des vacances, des retraites, la Sécurité sociale, sans se soucier que tout cela a un coût ! Si une entreprise ne peut leur donner ce qu'ils exigent, ils font grève... L'entreprise se met en faillite. Tout le monde y perd, ça n'a pas d'importance !

« Réformer l'université ?... Pourquoi ? Ouvrir l'université à tous ? Bêtise ! Pourquoi obliger ceux qui détestent l'école à y rester jusqu'à leur majorité ? "Université bourgeoise contre université ouvrière... Stupidité !" » Lui avait aimé l'université, jusqu'à plus soif...

Arrivé sur les Champs-Élysées, il décida de marcher dans les rues désertes et de gagner le Cours-la-Reine. Il avait l'impression que la ville entière lui appartenait. « Je travaille dix-huit heures par jour... ...J'ai amassé une fortune assez solide pour que ma famille ne manque de rien... Ma famille ?... »

L'image de Christian s'imposa à lui avec une telle force qu'un instant, Frédéric fut si convaincu que Christian était là, près de lui, qu'il s'immobilisa et se retourna presque sans surprise. Cette sensation, il l'avait eue aussi lorsqu'il avait appris la mort de Victoria.

Mais il n'y avait personne. Juste le vent, le soleil de mai et quelques rares passants qui le dévisageaient en souriant.

Christian aurait su lui expliquer ce qui se passait. Brusquement, le manque de son frère se fit intense, douloureux. Il n'avait jamais pensé à Christian avec une telle force. Christian qui voulait changer le monde ! Avant tous, il avait employé le slogan qui faisait fureur aujourd'hui : « L'imagination au pouvoir... » Que lui disait-il, déjà ? Frédéric fit un effort pour se souvenir de la phrase avec exactitude : *« Mon vieux, tu manques d'imagination ; fais un effort ! Invente-toi une autre vie ! invente "ta" vie ! Ne fais pas comme les autres ! Fais ce que dit Socrate : "Connais-toi toi-même." »*

L'image de Christian et celle d'Amelia s'imposèrent à son esprit. Il eut une bouffée de tendresse envers eux... Il se demanda s'il était encore amoureux d'Amelia et, tout naturellement, il décida de lui rendre visite. Il y avait déjà quinze jours qu'elle était revenue de New York avec ses filles. Quand il eut admis l'idée qu'il allait la revoir, il se sentit bouleversé de joie. Un sentiment de bonheur intense, perdu depuis longtemps. Son cœur battait précipitamment... Dès son retour, Villa Montmorency, il lui téléphona... C'est Nina qui répondit. Sa mère était absente. Elle était au Conservatoire, rue de Madrid, avec les piquets de grève. Cette précision fit rire Frédéric. « Cela ne m'étonne pas d'elle », pensa-t-il avec une joyeuse allégresse. « Il faut à tout prix qu'elle participe... À peine de retour en France et la voilà en mouvement ! En plein dans cette politique de bazar ! Elle n'a pas changé... » Avec un secret espoir, il se demanda si ses sentiments pour lui étaient restés les mêmes.

– Dis à ta mère que je passerai la voir, ce soir. Il y a des papiers à signer pour la banque. C'est très important... votre voyage s'est bien passé ?

– Très bien... En septembre, je retournerai au Manhattan Ballet avec un contrat de trois ans, renouvelable, comme première danseuse.

– Première danseuse à seize ans, fichtre ! Je crois que c'est très bien, n'est-ce pas ?

– C'est très rare ! Maman va rester à Paris. Moi, je serai sous la garde de madame Dolgoroukova. C'était la plus grande Prima Ballerina des années trente.

Frédéric imaginait sa nièce, les cheveux noirs répandus sur les épaules, les yeux vert sombre, la même intransigeance, les mêmes révoltes qu'Amelia.

– Ainsi, tu vas rester définitivement aux Etats-Unis ?

– Maman viendra m'y rejoindre avec Emmanuelle. Elle va peut-être signer un contrat avec le Carnegie Hall. Elle devrait faire travailler et accompagner tous les solistes qui vont s'y produire, chanteurs, violonistes, flûtistes, violoncellistes... Si ça marche, le contrat est valable pour trois ans. Maman aime beaucoup New York...

– Est-ce que ta mère va suffire à tout ça ?

– Mais oncle Frédéric, il n'y a qu'un seul artiste par discipline ! Pas plus de six musiciens pour l'année 1969 ! C'est un beau contrat, très très bien payé ! Moi, je ne vais pas encore gagner beaucoup d'argent, mais comme je n'ai besoin de rien, alors...

Frédéric laissa échapper un petit rire. Puis, malgré lui, ces mots s'imprimèrent dans son esprit : « Encore trois ans d'absence ? Je ne le supporterai pas ! »

– Oncle Frédéric ? tu es là ?

Il sursauta.

– Oui... oui, ma chérie. Je suis là. N'oublie pas de dire à ta mère que je passerai la voir ce soir...

Un instant, il eût aimé que sa propre fille, Géraldine, ressemblât à sa cousine, tout en sachant que jamais il ne l'eût toléré. Il adorait sa petite Géraldine qui allait fêter son sixième anniversaire et pour qui la famille projetait une fête superbe, avec clown, feux d'artifice, buffet de gâteaux. « D'ici là, espérons que ces imbéciles en auront fini avec leur grève. »

Le soir même, lorsqu'il arriva place Malesherbes, l'employée de maison qui, heureusement, ne faisait pas grève, le reçut et lui annonça que « Madame allait recevoir Monsieur dans un instant ». Cette phrase fit sourire Frédéric. Amelia pouvait aller faire le piquet de grève au Conservatoire, elle entendait que chez elle, les règles qui sévissaient entre maîtres et domestiques fussent respectées. « Sinon, où irait-on ? » sourit Frédéric intérieurement.

Amelia se tenait debout devant la fenêtre. Elle évitait son regard, mais ses yeux revenaient vers lui. Ce qu'il lisait dans ce regard, si vite détourné, l'excitait comme jamais. Toutes ses défenses s'évanouirent. Elle l'aimait encore, il en était certain. Lui, il aimait plus que jamais... Qu'avait-il redouté ? Certes, Amelia avait changé. Vieilli ? Peut-être. Les années qu'elle venait de passer à New York lui avaient donné encore plus d'assurance qu'elle n'en avait auparavant. C'était une superbe jeune femme qui ne paraissait pas, loin de là, ses trente-quatre ans. Elle était charmante, les cheveux soigneusement tirés en arrière, portant jean et chemise blanche, nouée sur l'estomac, sans maquillage ni bijoux. Dix années s'étaient écoulées depuis le jour où ils s'étaient vus pour la première fois. Dix années remplies de deuils, de douleurs, mais aussi de joies. Jamais ils ne s'étaient retrouvés seuls, tous les deux, face à face. Ils se regardaient, éperdus, ne sachant comment rompre ce silence.

Dans ses mains moites, Frédéric tenait l'inutile dossier justifiant sa visite.

« Il a vieilli, pensa Amelia. Moi aussi, j'ai vieilli... » Elle l'accueillit cependant avec un sourire joyeux, bien qu'un peu crispé, et lui tendit les mains. Il s'approcha d'elle et la serra contre lui, submergé par une vague de tendresse, de remords et de reconnaissance. Il lui embrassa les cheveux, les joues, le front, et la tint ainsi serrée contre lui, n'osant aller au-delà de ces baisers qui bien que fraternels étaient éloquents.

– Je suis contente que tu sois venu ! dit-elle, rompant le silence qui s'éternisait.

Instinctivement, elle avait repris le tutoiement du temps de leurs amours, elle poursuivit :

– Ce matin, justement, je pensais à toi... Je me demandais comment tu vivais tout ça.

– Moi aussi, je pensais à toi... À Christian qui aurait aimé Paris en ce moment. C'est si beau une ville sans voitures...

– Oui. Je suis sûre que Christian aurait aimé ce qui se passe en ce moment.

Silence. Douceur du souvenir. Regret de ce qui fut et qui n'était plus.

– Je n'ai jamais autant pensé à Christian qu'en ce moment, continua-t-elle. Tout ce dont il rêvait est en train de se réaliser... « Une société fondée sur la justice, l'amitié et la paix entre les hommes... »

« Croit-elle vraiment à ce qu'elle dit ? pensa Frédéric amusé, attendri. Tout ceci ne mène à rien... »

Amelia se dégagea et Frédéric eut l'impression qu'on lui arrachait une partie de lui-même.

– Veux-tu boire quelque chose ? Attends, je vais te préparer un Cuba libre.

– Qu'est-ce que c'est que ça ?

– Un mélange de rhum et de Coca-Cola. C'est délicieux.

Elle s'affaira autour du petit bar. Ses gestes étaient vifs, peut-être un peu nerveux. Elle tendit un verre à Frédéric qui le vida d'un trait.

– C'est bon, dit-il en souriant.

Il ne la quittait pas des yeux, savourant son émotion, sa rougeur, ses mains tremblantes. Il savait qu'elle n'était pas libérée de lui, qu'elle était à sa merci.

« Maintenant, je vais enfin savoir ce qu'elle éprouve pour moi. » Il l'observait attentivement. « Elle a beaucoup maigri, se dit-il avec un peu de regret. C'est ça sans doute qui lui donne cette allure d'adolescente. »

– Je ne sais pas si tu as bien fait de venir me voir, dit enfin Amelia. Peut-être est-ce inutile ?

– Amelia...

– Chut ! ne dis rien... S'il te plaît. Tout ce que tu pourras dire, ce sera des mensonges... je ne veux pas connaître la vérité.

Maintenant, elle le regardait avec colère...

– Pourquoi es-tu venu ? demanda-t-elle sèchement.

– J'ai des papiers à te faire signer. En quatre ans, tes biens ont considérablement augmenté.

– Lesquels ? interrompit Amelia brusquement méfiante.

– Rassure-toi. Uniquement ceux que ta mère a laissés dans la société.

Frédéric s'appliquait à garder un ton neutre et de courtoise attention. Ne rien brusquer. Ne rien précipiter. Il attendait son heure. Elle était à lui, elle ne lui échapperait pas.

– Qu'as-tu fait de tes filles ?

– Emmanuelle dort... Nina et son inséparable Katia sont à l'Opéra...

– Katia ?... Qui est Katia ?

– Katia est une amie de Nina chez qui elle ira vivre à New York, j'irai sans doute la rejoindre...

– Nina m'a parlé du Carnegie Hall.

– Ah ! C'est en effet un projet qui me tient à cœur.

– Amelia ?

– Oui ?

– Ma chérie, laissons cela. J'ai quelque chose de particulier à te demander.

Le terme « ma chérie » avait fait tressaillir Amelia. Son visage s'était brusquement fermé.

– Écoute-moi. Je n'ai jamais demandé de l'aide à qui que ce soit... Jamais de ma vie, je n'ai appelé au secours. Peut-être peut-on appeler cela de l'orgueil. Mais, depuis le début des événements, je me sens un peu perdu... Je pense souvent à Christian, à mes parents, à ce dont ils rêvaient. Avaient-ils tort ou raison ? Je pense que tout cela est un mirage. J'ai besoin de réfléchir, de faire le point, quoi !

– Réfléchir sur le sens que tu as donné à ta vie ?

– Peut-être est-ce le mot juste.

– Pourquoi ne pas rejoindre ta femme à Montastruc-la-Gaillarde ? répliqua sèchement Amelia. Elle a peut-être la réponse à tes questions ?

L'ancienne et toujours vivace rancune reprenait toute sa place. Plus doucement, elle demanda :

– Qu'attends-tu de moi ?

Il l'observa, si dure, si tendue, si embarrassée...

– J'ai besoin de toi, Amelia, dit-il. J'ai toujours eu besoin de toi... Je veux que tu m'accordes quinze jours, quelque part, n'importe où, au hasard... J'ai assez d'essence pour gagner Trouville ou n'importe quelle plage de la Manche. Je n'ai jamais cessé de t'aimer ! ajouta-t-il passionnément.

C'est dans le regard stupéfait d'Amelia qu'il se rendit compte de l'énormité de ce qu'il venait de dire. Si elle le mettait à la porte, il ne l'aurait pas volé. Mais elle se contenta de le regarder en silence.

– Que s'est-il passé pour que tu renonces à notre histoire ? demanda-t-elle enfin. Pourquoi avoir épousé Marie-Claire ?

– Ton oncle ne t'a rien dit ?

– Non. Qu'avait-il à me dire ? Il ignorait tout de nous. Qu'aurait-il pu me dire ?

Frédéric poussa un soupir de soulagement. Ainsi, François d'Aubreuil ne s'était pas vanté et, par la même occasion, avait évité de le salir.

– Et Christian ? Christian ne t'a jamais parlé ?

– De quoi ?

– De l'origine de notre fortune.

Amelia hésita, s'efforçant de se souvenir.

– Un jour, il m'a dit que c'était une sale histoire. Qu'il m'en parlerait plus tard. Mais il est mort avant. Il avait refusé d'y toucher et j'ai suivi sa volonté, tu le sais. De même que tu sais que c'est Emmanuelle qui percevra la totalité de l'héritage de son père et de ses grands-parents Maury. Elle décidera si elle le garde ou si elle y renonce. Alors, de quoi s'agit-il ? C'est de l'argent volé ? Du trafic d'armes, de drogue ? Et toi ? Pourquoi m'avoir rejetée ?

Un instant, Frédéric hésita. Puis il se lança dans la vérité comme on se lance à l'eau, par défi, par vanité, par orgueil...

– Il y a eu, de la part de ton oncle, une sorte de chantage, avec à l'appui une offre que je n'ai pas voulu refuser...

Il lui raconta tout. Sa crainte de voir dévoiler dans la presse l'origine de l'héritage. Sa volonté farouche de protéger la réputation de son père qui n'aurait pas survécu à l'opprobre, à la honte d'une condamnation publique. Et aussi, et peut-être surtout, à la crainte de voir ses rêves s'évanouir alors qu'ils commençaient à peine à se réaliser.

– J'ai accepté le marché que me proposait ton oncle. Et je n'avais pas vraiment le choix. Épouser Marie-Claire ou me ruiner...

– Avoir renoncé à moi pour de l'argent ! dit Amelia.

Toutes les souffrances accumulées depuis des années, les humiliations, les révoltes éclatèrent enfin en reproches véhéments...

– Pourquoi m'avoir fait tant de mal ? dit-elle enfin... Rien n'a de valeur pour toi, sauf l'argent et la puissance... À présent, tu as peur ! Tu te dis que les choses vont peut-être changer, que l'argent ne sera plus le seul maître du monde... C'est cela, n'est-ce pas, qui te tourmente ? Maintenant, sachant ce que je représente pour toi... recommencerais-tu ?

Frédéric hocha la tête. Il ne mentirait pas. S'il voulait que tout recommence avec Amelia, il lui devait la vérité. Toute la vérité...

– Tu as toujours été pour moi l'essentiel même de ma vie. Pourquoi te mentirais-je ? Il y a en moi des choses que tu ne peux pas comprendre. Que je comprends difficilement moi-même. Mais avec toi, je veux être sincère. Le plus sincère possible. Tu peux m'accuser des pires choses et, pour l'essentiel, tu auras sans doute raison. Il faut m'accepter tel que suis ou me rejeter.

Avant même qu'Amelia ait pu se défendre, il l'avait prise dans ses bras et l'étreignait avec passion. Alors tout fut aboli. Les rancunes, les haines, les regrets. Plus rien ne comptait que ces bras qui l'écrasaient, cette bouche qui l'empêchait de respirer. Il continuait de l'embrasser, lui parlait bas, lui faisait perdre pied. L'allongeait sur le canapé. Elle ne se laissait pas encore aller, mais elle acceptait ce corps qui pesait sur elle. Malgré elle, elle se donnait. Soudain, elle se cramponna à lui. Elle était possédée par une force terrible, une force aveugle, sourde, jusqu'à la rencontre du plaisir, de la jouissance qui délivre, qui apaise...

Plus de quatre millions de grévistes !... La France était en ébullition. Le textile, la chimie, les assurances, la presse, les chemins de fer, tout s'était arrêté. « La Réforme oui ! la chienlit, non ! » déclara de Gaulle. Mais la chienlit était là, maîtresse en titre du pays qu'elle souillait... « Grève ! » C'était le maître mot des étudiants, des ouvriers, des employés... Demain serait le grand soir. Demain, la Révolution ! Frédéric et Amelia n'eurent aucune difficulté à prendre une quinzaine de jours de vacances. Les obstacles se dissipaient avec une complicité, une docilité étonnantes. Nina et la petite Emmanuelle allaient s'installer Villa Montmorency. Il y avait sur place assez de femmes de chambre, de cuisiniers et de maîtres d'hôtel pour s'occuper des fillettes durant l'absence d'Amelia qui avait trouvé une excellente excuse : « J'accompagne une cantatrice à Londres, pour un enregistrement. »

Ils décidèrent de se rendre à Deauville. « Deux cents kilomètres, ce n'est rien ! prétendait Frédéric. Nous roulerons le matin, et l'après-midi, nous serons sur la plage ! »

Ils s'en allèrent vers l'ouest, profitant au maximum des routes vides, riant à perdre haleine, oublieux de leurs chaînes respectives...

Ils atteignirent Deauville. La Petite Auberge Fleurie était le seul établissement ouvert dont les propriétaires ne faisaient pas la grève.

Située au bord de la plage, l'auberge, ancienne demeure bourgeoise, offrait quatre grandes chambres donnant toutes sur la mer. Ils eurent la plus grande qui s'ouvrait sur un balcon et qui venait d'être remise à neuf. À peine installée devant la plage déserte, la mer qui scintillait sous le soleil, Amelia voulut se baigner. Elle tendait son visage vers le vent qui venait du large. En deux temps trois mouvements, elle fut en maillot et peignoir, et se précipita dans les vagues...

Les jours filaient et personne ne se préoccupait du calendrier. Peu importait que ce fût lundi ou samedi. Ils prirent des bains, firent des promenades, des pique-niques, des parties de pêche. Au bout de quelques jours, ils étaient bronzés, et avaient un formidable appétit... Ils étaient comme des enfants en liberté...

Le soir, le patron, d'origine hongroise, chantait des chansons tziganes. Surtout, *Les Deux Guitares* qu'à force, Amelia et Frédéric reprenaient en chœur :

Qui sommes-nous ?
Pourquoi vivons-nous ?
Quelle est la raison d'être ?
Tu es vivant aujourd'hui
Tu seras mort demain...
Et plus encore après-demain...

C'était devenu leur chanson fétiche.

La deuxième semaine n'était pas achevée que Frédéric, désespérément amoureux, fou de passion, était prêt à renoncer à tout pour vivre avec Amelia. Lorsqu'il la regardait courir, pieds nus sur la plage, plonger dans les vagues fraîches et salées en poussant des petits cris de plaisir, nager vers lui, les cheveux collés sur son front, ses yeux, il se sentait bouleversé de tendresse... Ils faisaient de grandes promenades ou bien, après le bain, restaient immobiles au soleil, la main dans la main. La nuit, quand le vent et la tempête faisaient rage, ils se serraient l'un contre l'autre dans le lit et faisaient l'amour. Une nuit, Amelia murmura :

– J'ai peur... si peur de te perdre encore une fois...

– Tu ne me perdras plus... jamais...

Il était sincère. Dans ces moments-là, tout lui paraissait réalisable. Son divorce. Le départ de Marie-Claire, la garde des enfants. Pension alimentaire, pension compensatoire. Les chiffres s'alignaient dans sa tête. Une farandole de chiffres qui l'effrayaient.

L'argent. Un instant, Frédéric sentit son cœur plonger. Il serait forcé de rendre à Marie-Claire toute sa fortune et une grande partie de la sienne pour les enfants. Brusquement, il se rendit compte que tout ce qu'il aimait, la Villa Montmorency, le domaine de Montastruc-la-Gaillarde, ne lui appartenait pas, ne lui appartiendrait jamais. Mais Amelia était dans ses bras. Et, pensait-il avec sincérité, cela valait tout l'or du monde...

Et puis, il y eut les Accords de Grenelle, la disparition du général de Gaulle, son retour et une immense manifestation place de la Concorde. UN MILLION DE PERSONNES POUR REFUSER UNE DICTATURE COMMUNISTE, titraient sur cinq colonnes les journaux qui pouvaient enfin reparaître. « La manifestation qui s'est déroulée a surpris et impressionné par son ampleur... Une mer humaine, des vagues de drapeaux tricolores recouvraient les Champs-Élysées, de la place de la Concorde à l'Étoile... » Les propriétaires de la Petite Auberge Fleurie annoncèrent, tout joyeux, que la vie allait de nouveau être normale, que tout rentrait dans l'ordre... Discrets, ils ne posèrent aucune question, un peu étonnés par la mine déconfite qu'affichaient leurs clients.

Le lendemain, Frédéric et Amelia décidèrent de rentrer. Frédéric avait pris sa décision. Il allait divorcer, épouser Amelia et changer de vie.

– Mai 1968 aura eu au moins cela de positif, disait-il, je vais divorcer et nous nous marierons...

– Tu as deux enfants qui ont besoin de toi, dit-elle. Crois-tu que ce soit vraiment la bonne solution ?

– Ils sont déjà grands... sept ans et six ans, dit Frédéric.

– Pas assez pour ne pas souffrir. Nous pouvons attendre encore trois ou quatre ans... Peut-être cinq ?

Frédéric s'efforça de ne pas laisser voir l'intensité de son soulagement.

– Auras-tu la patience d'attendre ?

– Je ne sais pas. Peut-être. Je crois que cela dépendra de toi.

– De moi ?

Il la regarda attentivement. Cette dernière phrase signifiait tant de choses ! Elle l'avait aimé, certes. Mais cela ne l'avait pas empêchée de se remarier, d'avoir des amants de passage. « Comme dit la chanson, il faut bien que le corps exulte ! » disait-elle en riant... Elle l'avait aimé, elle l'aimait, mais il savait que s'ils devaient se séparer, il y avait en elle une telle force vitale qu'elle mettrait sa douleur dans sa poche, irait à New York accompagner tel ou tel artiste, s'occuperait de ses filles, de sa maison, de ses chats, de son chien, des fleurs de son balcon, de politique, de féminisme. Elle vivrait. Sans lui.

Ils appelaient ça l'amour. Et peut-être était-ce vraiment cela ? Ce délire des sens, cette passion qui ne se nourrit que d'elle-même, brave les obstacles, renforce le désir... Ils se retrouvaient tous les après-midi au Royal-Monceau où Frédéric avait loué une suite. Avec la fin de l'été vint le retour, Villa Montmorency, de la famille au grand complet. Alors commença pour Frédéric une période de torture. Il n'avait aucune excuse pour passer la nuit hors de la maison. Et pire que tout cela, pire que la présence de Marie-Claire qui aurait été étonnée de l'absence de rapports conjugaux si Frédéric l'avait ignorée, pire que les regards surpris et soupçonneux de François et de Josette, pire, cent fois pire que tout cela, Amelia allait repartir pour New York avec Emmanuelle et Nina. Le Carnegie Hall l'avait finalement engagée, le temps de signer son contrat et elle commencerait les répétitions avec Elisabeth Schwarzkopf qui allait donner une série de concerts à la fin de l'année.

Vint la période de l'absence et Frédéric trouva cette absence intolérable, le manque d'Amelia insupportable.

– Viens ! exigeait-il au cours de leurs interminables conversations téléphoniques. Viens.

Mais elle ne cédait pas. Elle avait des contrats et elle entendait les respecter...

– Nous avons une tournée à préparer ! Viens me rejoindre à

New York, lui disait-elle au téléphone. Viens me rejoindre... Tu verras, Noël à New York, c'est génial.

– Mais, mon petit chéri, écoute-moi ! se plaignait Frédéric. Je ne peux pas venir. De Gaulle va jouer son va-tout. Il prépare un référendum. Il va l'annoncer dès le début du mois de janvier !

Chacun avait ses raisons. Ils ne se comprenaient plus. En novembre et en décembre, Amelia, partit en tournée avec Elizabeth Schwartzkopf : Philadelphie, Boston, Chicago et pour finir New York, au Carnegie Hall... Les coups de téléphone longue distance étaient quotidiens.

– Et pourquoi ne pas te faire remplacer pour tes sacrés concerts ? Élisabeth Schwartzkopf peut chanter sans toi. Trouve-toi une remplaçante.

C'était un ordre, auquel elle n'obéirait pas.

Alors, ils se disputaient. Furieux que l'autre ne cède pas, que l'autre résiste ! Parfois, les scènes atteignaient des sommets. Amelia glapissait :

– J'en ai marre de toi ! Assez ! ne m'appelle plus !

– Je ne veux plus entendre parler de toi ! répliquait Frédéric ulcéré.

À minuit, il se jetait sur le téléphone.

– Je te réveille ?

– Il n'est jamais que dix-huit heures. Tu ne me réveilles pas...

– J'ai besoin de toi. Je ne peux pas vivre sans toi. Viens passer quelques jours à Paris, je t'en supplie...

– Mais j'ai des répétitions toutes les semaines.

– Alors, c'est moi qui vais venir. Je viens te rejoindre...

– Quand ?

– Demain. Arrange-toi pour m'accorder au moins quatre jours. J'ai retenu une suite à l'Hôtel Pierre.

Et c'est ainsi qu'oubliant la difficile campagne qui s'annonçait, Frédéric prétexta la nécessité d'un voyage éclair à Berlin (il ne voulait pas parler de New York, de crainte de faire naître des soupçons) pour prendre le premier avion en partance pour les États-Unis.

Fin décembre, juste avant Noël, Schwarzkopf donna un ultime concert au Carnegie Hall qui n'obtint qu'un succès mitigé. Amelia était épuisée, mais elle accueillit Frédéric avec passion.

– Tu es une drogue. Je suis droguée de toi ! Qu'allons-nous faire ?

– Partons une semaine. Juste une semaine, tous les deux, proposa Frédéric.

– Où cela ?

– Que dirais-tu du Mexique ?

– Quand ?

– Maintenant... Tout de suite.

– Je vais demander à la nounou d'Emmanuelle de s'installer chez moi. J'ai confiance en elle. Nina me téléphonera tous les jours... Le temps de préparer ma valise.

– Non ! ne prépare rien. Partons pour l'aéroport. Nous achèterons tout sur place...

Le soir même, ils prirent l'avion pour Mexico et un autre appareil les débarqua à Cancún.

Ils firent des promenades sur des embarcations qui sentaient le poisson. Amelia eut le mal de mer, ce qui fit rire Frédéric. Vêtus d'un jean et d'une chemise, ils marchaient en espadrilles, se baignaient nus sur des plages désertes... Le sable était blanc et tiède sous leurs pieds. Les nuits, ils ne se lassaient pas de faire l'amour... Ils s'endormaient l'un contre l'autre, se réveillaient, déjeunaient et allaient nager... Ils vivaient selon leurs rythmes, oubliant l'heure... C'était cela vivre. Juste cela. Loin de la fièvre ambitieuse qui les séparait... Loin des disputes.

Plus tard, lorsque Amelia pensa à cette semaine de vacances de janvier 1969, elle eut envie de remercier le dieu inconnu qui lui avait permis de la vivre.

– Combien de temps pourrions-nous vivre ainsi ?..., demanda

un matin Frédéric. Sans montres, sans rendez-vous, sans horaires ?

– Je ne sais pas. Pour le moment, je vis l'instant présent. Le soleil, la mer, le sable, toi... Combien de temps pourrais-je vivre sans la fièvre des répétitions, le travail avec « mes » solistes, cette fièvre de veille de concert... Le trac, les cris de Schwartzkopf, de la Callas, de Price... les imprécations d'Isaac Stern, les supplications de Nathan Milstein. « Pourquoi si vite, *mein Gott !* Amelia, vous avez un train à prendre ?... »

Elle imitait l'accent yiddish du célèbre violoniste.

– Pour le moment, j'oublie tout cela... Je suis bien... Et toi ?

– J'ai besoin...

Il s'arrêta.

– En fait, j'ignore de quoi j'ai besoin. De toi, certainement... Mais encore ? La politique ? Cela m'amuse avant de me dégoûter... Si tu les voyais ! Leurs petits calculs, leurs magouillages, leur soif de pouvoir. C'est rigolo de les voir venir manger dans ma main parce que j'ai cet argent qui peut leur être si utile... !

– Alors, pourquoi continuer à les voir ?

– Je ne sais pas. C'est la réponse la plus honnête que je puisse te faire. Je pourrais te dire que j'aime cette fièvre, cette passion, qui se dégage dans un meeting... Ces acclamations qui saluent un orateur, quelles que soient les conneries qu'il vient de débiter... Cela m'est arrivé, tu sais ! J'ai improvisé un discours parce que j'avais oublié mes notes, et j'ai dit ce qui me passait par la tête... J'ai été acclamé comme jamais... C'était en août dernier. Tu venais de repartir pour New York... et je ne pensais qu'à toi.

Amelia éclata de rire.

– Tu te souviens de ce que tu as dit ?

– En gros, oui... Ce discours improvisé avait été enregistré et je l'ai appris par cœur. Je m'en sers chaque fois que je dois en faire un ! Je fais semblant d'improviser... et, passez muscade, je suis acclamé ! Je l'ai dit en octobre dernier, au moins trois fois !

– Allez, je t'écoute !

Frédéric se mit à déclamer comme s'il était sur une scène politique :

– Il y a bien des consciences élevées, cultivées, véritablement humanistes, qui veulent améliorer le sort des pauvres, de la classe ouvrière et cette pensée est louable. Mais elles se trompent... Elles mettent la charrue avant les bœufs. Donnez le pouvoir à des ignorants et vous aurez une Constitution faite de tyrannie. Vous aurez le fascisme, une dictature d'une férocité sans égale, et le communisme qui n'a rien à lui envier. Nous sommes en train de brader l'école laïque et républicaine, parce que le savoir est un danger pour qui veut gouverner sans opposition. Les Romains l'avaient parfaitement compris. Les jeux du cirque remplaçaient avantageusement l'instruction. Nous faisons de même... Le foot, le tennis, la natation, le ski font la une des médias.

Frédéric s'arrêta pour reprendre sa respiration.

– Comme tu le vois, il y a à boire et à manger pour la gauche comme pour la droite !...

– Mais il n'est pas idiot, ton discours ! s'exclama Amelia en riant...

Frédéric sourit.

– Il est excellent ! Il ne veut strictement rien dire. C'est la quintessence de la langue de bois qui peut soulever les foules... Mais laissons cela... Viens te promener...

Ils marchèrent le long de la plage déserte. Le soleil allait bientôt disparaître... Le lendemain un avion les attendait... Mexico-New York. Amelia l'embrasserait, lui dirait : « À bientôt, mon amour... » Un autre avion l'emporterait vers Paris... Une curieuse sensation l'envahit.

– Crois-tu que nous ayons déjà vécu dans une autre époque ?

Amelia le dévisagea.

– Peut-être. En réalité, je n'y ai jamais songé...

Frédéric reprit :

– Christian en était convaincu. Il était persuadé que notre vie est éternelle comme l'univers, qu'elle pouvait prendre diverses formes...

– Christian était très attiré par le bouddhisme...

– Je sais.

Il ne comprenait pas cette défaillance de son esprit, cette émotion sans cause qui s'emparait de lui, cette envie de pleurer. « Cela ressemble à mon retour du service militaire... Pourquoi ? »

« De la réponse que fera le pays, va dépendre évidemment, soit la continuation de mon mandat, soit aussitôt mon départ... »

La dernière allocution télévisée, suprême espoir des gaullistes qui clôturait une campagne passionnée au cours de laquelle de nombreux leaders politiques s'étaient sauvagement empoignés, fut décevante. Tous étaient contre. En fait, tous étaient contre de Gaulle. Frédéric ne s'y était pas trompé... Lorsque, en février 1969, de Gaulle avait annoncé un référendum pour le 27 avril 1969 il avait déjà ses batteries en place. Il ne fallait pas être grand devin pour savoir que le « non » l'emporterait.

– Il est foutu, dit Frédéric après un agréable petit dîner, en tête à tête avec Amelia chez Dominique. Pompidou sera président de la République...

– Mais comment cela ? De Gaulle n'a pas encore perdu ! Et même s'il perd, rien ne dit qu'il démissionnera.

– Il démissionnera...

– Pourquoi ?

– Parce que c'est un homme d'honneur. Je ne l'ai jamais aimé, j'ai toujours lutté contre lui. Mais de tous ces politiques avides – dont je fais partie, inutile de me le rappeler, ma chérie ! –, c'est le seul qui mérite le nom d'honnête homme. Pompidou prendra sa place. Les affairistes vont s'engraisser comme jamais. Tu vois, je devine tes pensées avant même que tu puisses les proférer à haute voix... À ce propos, j'ai acheté un bon millier d'hectares de terrain entre Argelès-les-Bains et Collioure. Tu n'imagines pas ce que cela va générer comme emplois... des milliers de vacanciers et de touristes à loger, nourrir, distraire...

Amelia eut un petit rire ironique...

– Est-ce la seule raison ?

– Non, bien sûr. C'est la raison officielle. Cela va surtout générer des fortunes colossales. Si tu savais ce que Mourenx est en train de rapporter ! Seulement sous l'angle immobilier ! Allez, bois encore un verre de vodka... À quelle heure, ton avion pour New York ?

– Je dois être a Orly à midi.

– Bien, je t'emmène à l'aéroport.

En ce mois de juin 1969, la France élisait son nouveau président. À Toulouse, Frédéric était du matin au soir aux *Nouvelles du Midi*. Il houspillait les journalistes, exigeait un droit de regard sur le moindre article, même ceux concernant les faits divers. Il passait ses jours et ses nuits à l'imprimerie, discutait avec les linotypistes. Ces derniers étaient très étonnés d'entendre un grand patron parler de leur métier comme s'il le connaissait à la perfection.

– À l'entendre, on dirait qu'il a été linotypiste ! grommela, un jour, un contremaître.

– Son père l'était, dit un ouvrier. Je l'ai connu.

– Tu rigoles ? Monsieur Maury est le patron !

– Peut-être, répliqua l'autre, mais son père était un simple linotypiste comme toi et comme moi !

Frédéric avait souvent des altercations violentes avec la rédaction. Un jour, une semaine environ avant le deuxième tour, il tint une conférence dans la salle de rédaction...

– Nous marchons pour Pompidou, point à la ligne.

– Mais monsieur le président... La déontologie...

Un silence s'abattit sur la pièce. Tous les regards s'étaient portés vers l'imprudent qui s'était levé pour prendre la parole, rougissant. Il était de taille moyenne, mince, blond, fragile. « Il ressemble à Christian, se dit Frédéric avec un serrement de cœur, un autre imbécile ! Un autre naïf ! »

– Déon... quoi ? hurla-t-il, feignant une colère qu'il n'éprouvait plus.

– Déontologie, balbutia le pauvre type. Cela signifie...

– Je sais ce que signifie ce mot ! continua Frédéric sur le même ton. Et vous pouvez vous en torcher le cul ! Vous êtes payé pour écrire ce que l'on vous dit d'écrire, mot pour mot... Et si cela ne vous plaît pas, la porte c'est tout droit... Compris ?... Votre nom ?

– Joseph... Joseph Edelstein...

– Vous êtes ici depuis combien de temps ?

– Six mois, monsieur.

Le malheureux transpirait abondamment. Il était rouge, tremblant, mais vaillamment, se tenait debout.

– Écoutez-moi bien, Edelstein... Vous allez peut-être faire une grande carrière de journaliste. Mais je vais vous donner un bon conseil : ne vous levez jamais au cours d'une conférence de rédaction pour interrompre votre président. Est-ce clair ?

– Oui, Monsieur le Président.

– Bien. Vous irez interwiever les commerçants de la rue Saint-Rome et vous leur demanderez ce qu'ils attendent des prochaines élections. Je veux votre texte ce soir, vingt heures... Soyez sûr que ce texte-là, vous en aurez l'entière responsabilité. Me suis-je bien fait comprendre ?

– Oui, monsieur.

– Eh bien, qu'attendez-vous ? Vous devriez être déjà dehors.

« Nous devons apprendre à mieux respecter la dignité de chacun, admettre les différences et les particularités, rendre la vie aux com-

munautés de base de notre société, en un mot transformer la vie quotidienne de chacun... »

Chaban-Delmas, qui venait d'être désigné comme Premier ministre par le président Pompidou achevait son discours.

– Joli discours ! Mais en voilà un qui ne fera pas long feu ! dit Frédéric. Il éteignit la radio. Chaban-Delmas sera viré en deux temps trois mouvements !

La famille d'Aubreuil terminait de déjeuner sur la terrasse.

– Pourquoi ? demanda Marie-Claire. Je le trouve très bien, Chaban !

– C'est Pompidou qui ne le trouve pas très bien ! s'exclama François d'Aubreuil, guoguenard. Je parie à dix contre un qu'il ne fera pas deux ans ! Leur rivalité ne date pas d'hier !

– La rivalité entre Chaban et Pompidou ? demanda Marie-Claire. Qu'entends-tu par là, papa ? ?

– Demande à ton mari, ma chérie. Allez-y Frédéric ! À vous l'honneur.

Frédéric eut un petit rire indulgent. Jamais il n'avait été aussi tendre, aussi affectueux avec Marie-Claire. Il était gai, détendu, facétieux, jouait avec les enfants, presque tous les soirs il l'emmenait au restaurant, au théâtre, bien qu'il s'y ennuyât prodigieusement.

– La rivalité entre Chaban et Pompidou ? répéta-t-il gaiement. L'un est gros, petit, intelligent, matois, n'a jamais fait acte de résistance, n'a jamais montré de passion pour quoi que ce soit et, surtout, n'est même pas un élu du peuple. L'autre est beau, attirant. Compagnon de la Libération, fougueux, passionné, imaginatif. Il offre une image romanesque, pleine d'héroïsme... Comment veux-tu que ces deux hommes, si diamétralement opposés, ne se haïssent pas ?

– Il vient pourtant de le nommer Premier ministre...

– C'est pour mieux le manger, mon enfant.

– Il veut ouvrir vers le centre-gauche, dit François d'Aubreuil. Il appelle ça la « nouvelle société ». Frédéric, est-ce que je peux vous voir une seconde ? J'ai des informations qui peuvent vous intéresser...

– Et qui ne peuvent pas intéresser les pauvres têtes de linotte que nous sommes, n'est-ce pas ? dit Josette d'une voix acide.

Stupéfait, car c'était la première fois qu'il entendait sa femme employer ce ton avec lui, François d'Aubreuil resta un instant la bouche ouverte, incapable de proférer un son. Puis, lança brusquement :

– Eh bien !... qu'est-ce qu'il vous prend ?

– Rien de particulier. Nous sommes là, à discuter posément tous les quatre et puis, soudain, vous avez des choses sérieuses à dire à Frédéric. Des choses si sérieuses que nos pauvres cervelles féminines, à Marie-Claire et à moi, ne pourraient les comprendre. Il est vrai que nos préoccupations sont d'une telle futilité !

Josette parlait sur un ton tranquille, totalement dépourvu d'agressivité... Elle but paisiblement une gorgée de café, croqua un biscuit.

– Je pense que j'en ai assez, continua-t-elle.

– Mais, ce n'est pas la première fois que je désire m'isoler avec Frédéric pour parler de choses sérieuses ! protesta François.

– Je sais. Mais c'est peut-être une fois de trop, répondit-elle sur le même ton tranquille.

Furieux parce qu'humilié, François d'Aubreuil s'apprêtait à laisser exploser sa colère. Josette ne lui en laissa pas le temps.

– D'ailleurs je sais exactement de quoi tu veux parler. Je le sais parce que je lis *Le Monde*, *Le Figaro*, *L'Express* et même ton sacré journal. Et ce que je lis, ce ne sont ni les faits divers ni les pages de mode. Je sais ce que tu t'apprêtais à dire à Frédéric. Tu vas lui parler de la vente des cinquante Mirage à la Libye. Je me trompe ?

– Non, tu ne te trompes pas. Nous sommes partie prenante dans cette opération, répliqua François d'Aubreuil avec humeur. Mais sois gentille et tiens ta langue !

– Je croyais qu'il y avait un embargo sur les ventes d'armes au Moyen-Orient ?

– Il existe uniquement sur les pays belligérants. Israël et l'Égypte. La Libye n'est pas un pays belligérant, que je sache.

– Dites-moi, François... vous vous foutez de qui quand vous me sortez des conneries pareilles ?

François d'Aubreuil resta sans voix. Il regardait sa femme comme s'il la voyait pour la première fois... Frédéric vint à son secours :

– Il y a eu un renversement des alliances, chère belle-maman. Depuis la guerre des Six Jours, la France n'est plus l'alliée ni l'amie d'Israël. Alors, une fois la rupture consommée, la logique de l'action, cynique, je vous l'accorde, exige que nous allions jusqu'au bout. Le contrat que nous allons signer dans quelques mois avec la Libye n'est que le premier d'une longue série avec l'Irak, l'Iran, la Syrie, le Liban... Ils ne font pas, officiellement bien sûr, partie des belligérants. Nous n'allons tout de même pas laisser ce marché aux Soviétiques ! Maintenant que la France s'est débarrassée du fardeau algérien, vive les pays arabes, et à nous les pétrodollars !

– C'est ignoble, dit Josette. Ce n'est pas vraiment à l'honneur de la France !

– Votre réaction prouve que j'avais parfaitement raison de vous tenir à l'écart de nos discussions, éclata François, vous vous conduisez comme une sentimentale dépourvue de réalisme. Nous sommes en France. Il y a des chômeurs, ici ! Des gens qui ont besoin de travailler.

À la grande stupeur de François et de Frédéric, Josette éclata de rire. Un rire cynique, grinçant, qui n'avait rien de communicatif, mais au contraire mettait mal à l'aise...

– Voyez-vous ça ! Mon époux, grand humaniste devant l'éternel, qui pense aux pauvres chômeurs français... Et c'est pour ça, uniquement pour ça, qu'il va vendre des armes à des barbares, des fous, tout prêts à mettre la planète à feu et à sang.

– Josette, je vous prie, calmez-vous ! Il faut maintenir un équilibre dans cette région... Les Israéliens possèdent la bombe, répliqua François avec humeur.

– De quel équilibre parlez-vous ? s'écria Josette. Trois millions de juifs contre cent millions d'Arabes ? Vous plaisantez ? Seriez-vous antisémite ?

– Moi ? quelle idée ! Je ne suis pas antisémite... Je suis antisioniste ! Non pas par choix politique. Par nécessité de marché. Et demain, je déjeune avec Sauvagnargues pour mettre tout cela au point. Paul-Henri va revenir d'Israël et nous donner de plus amples détails. Les Allemands et les Américains sont dans le coup... Pourquoi pas la France ?

– Vendre des armes à ces gens-là !

– Mais oui ! Et pourquoi pas ? Le fait d'être député me donne accès au ministère de la Défense, et à celui des Affaires étrangères. Allons, ma chérie ! calmez-vous et réfléchissez. Ils sont tous sur les rangs, prêts à foncer : Dassault, Matra, Technicatome... Pourquoi resterions-nous à l'écart ?

Frédéric ne répondit pas. Brusquement, alors que rien n'aurait dû lui remémorer cette scène, elle se rappela à lui. C'était peu de temps avant la mort de Christian. Une autre dispute, une de plus, les avait opposés. Il avait déjà été question de vendre des armes à la Syrie et à l'Égypte, et Frédéric avait servi d'intermédiaire.

– Armer le Moyen-Orient... Vendre des armes ? Mais les Égyptiens en livreront aux Algériens qui, jusqu'à plus ample informé, sont nos ennemis. Cela va se retourner contre nos soldats... Même si je suis pour l'Algérie algérienne, je ne peux pas accepter l'idée que des Français puissent mourir sous le feu d'armes fabriquées en France. Et vous voulez participer à ça ?

– La guerre contre l'Algérie va cesser d'ici quelques semaines. Dès que la paix sera établie avec l'Algérie, de Gaulle se tournera vers les pays arabes. La Syrie, le Liban, la Tunisie, le Maroc, l'Égypte. Je ne sais pas si tu te rends compte de l'énormité des marchés.

Il entendait encore, la voix détimbrée par la colère de Christian :

– Armer ses pires ennemis, c'est monstrueux.

– Écoute-moi, avait-il répondu avec un petit sourire. L'important, c'est de faire tourner la machine à dollars. Et puisque tu penses « social », songe que cela va donner du travail à des milliers de Français ! Les ouvriers de Matra, de Dassault, de Framatome se fichent comme de l'an quarante que le produit de leur travail et que leur salaire viennent directement de la mort qu'ils fabriquent. Essaie un peu de t'opposer à ces ventes et tu verras comme tu seras reçu ! Les ouvriers ne pensent qu'à une chose. Leur salaire. Et qu'il tombe bien régulièrement le 30 ou le 31 de chaque mois. Et ne va pas leur dire que la mort est le fruit immédiat de leur travail !

Horrifié, Christian l'avait fixé.

– Pour moi c'est le salaire de la mort, avait-il répliqué.

Il était parti en claquant la porte.

La voix de François d'Aubreuil le fit sortir de sa rêverie.

– Eh bien, Frédéric ? Où êtes-vous ?...

– Excusez-moi, je réfléchissais... Bien sûr, je vous suis, mon cher beau-père... J'ai même quelques idées qui vont vous plaire... Allons dans votre bureau. Nous y serons plus tranquilles !

« Je me demande ce qu'Amelia va dire ? » songea Frédéric. Déjà, il l'imaginait fulminante, prête à mordre, à rompre, à repartir Dieu sait où. Elle l'avait déjà menacé de retourner en Israël. « Si tu m'aimes, tu n'auras qu'à venir me rejoindre là-bas ! » Il soupira. Pouvoir l'attacher, la maintenir prisonnière dans leur petite maison de la vallée de la Bièvre qu'ils avaient louée pour y passer des jours ou des week-ends tranquilles, à l'abri des regards. Il imaginait leurs disputes, anticipant les mots dits et redits, les menaces, les cris. Mais elle cédait. Elle cédait toujours. Lui aussi. Parfois.

Depuis qu'ils s'étaient retrouvés, Frédéric et Amelia se voyaient d'autant plus librement que rien ne s'y opposait. Ils s'aimaient dans une sécurité absolue. La décision de reporter le divorce de Frédéric éloignait d'eux toutes sortes de tracas, de douleurs, de crises qui auraient pu mettre fin à leur histoire. Personne ne se souciait d'eux.

Ils échappaient aux corvées quotidiennes qui laminent les passions les plus intenses. De plus, leurs vies étaient séparées par l'Atlantique. Mais qu'était-ce, huit heures d'avion pour deux êtres désireux de s'aimer ? Parfois, Amelia venait secrètement à Paris, souvent Frédéric allait la rejoindre à New York et, lorsqu'ils étaient ensemble, ils redevenaient très exactement comme des adolescents irresponsables découvrant l'amour. L'un comme l'autre avaient assez de liberté pour s'octroyer des vacances impromptues. Ils allèrent à Venise, à Rome, à Florence, parce qu'ils adoraient l'Italie. Amelia sut convaincre Frédéric de la rejoindre aux festivals de musique d'Aix-en-Provence, de Salzbourg, etc. Elle était pour lui un sujet éternel et fascinant de découverte. Elle avait, assurait-il, mille visages.

– Tu es un millier de femmes différentes... Je n'arrive pas à me lasser de toi, lui dit-il un jour.

– N'essaie surtout pas ! s'écria-t-elle.

Il rit.

– Non, je n'essaierai pas.

En ce 20 juillet 1969, dans une suite du Pierre, Frédéric et Amelia, en peignoir de bain, prenaient un souper léger devant le poste de télévision. Les fenêtres largement ouvertes laissaient entrer le vent de la nuit. Un vent d'été chaud, chargé d'effluves, mélange de poussière, d'essence, propre à toutes les grandes villes de la planète, mais avec quelque chose de plus qui venait de la mer. Le vent spécifique de New York... Ce vent excitant, juvénile, grisant sans lequel New York ne serait pas New York.

– Je n'en peux plus ! s'écria Amelia en se levant d'un bond. Alors, ils l'ouvrent ce Lem !

Au moment précis où elle achevait sa phrase, une porte de l'engin s'ouvrit sur Neil Armstrong, pour la première fois de l'histoire de l'univers un homme allait marcher sur la lune. Il sortit... suivi un quart d'heure plus tard par Edwin Aldrin.

En proie à une émotion incontrôlable, Amelia saisit la main de Frédéric :

– Est-ce que tu te rends compte ? Deux hommes marchent sur la lune...

Frédéric attira Amelia contre lui.

– Oui. Bien sûr... Plus rien ne sera comme avant... Les répercussions technologiques que cela va apporter à l'humanité sont incalculables...

– Regarde, écoute ce que dit Armstrong.

« Je tâte le sol, Le sol est très ferme... La consistance, semblable à la poussière du charbon. »

Amelia murmura :

– On dirait qu'ils dansent... Oh ! ils posent quelque chose... Qu'est-ce que ça peut être ?

– Un drapeau américain... et une plaque en acier inaltérable sur laquelle est inscrit : C'EST ICI QUE LES HOMMES DE LA PLANÈTE TERRE POSÈRENT POUR LA PREMIÈRE FOIS LE PIED SUR LA LUNE EN JUILLET 1969 APRÈS J.-C. NOUS SOMMES VENUS EN PAIX POUR TOUTE L'HUMANITÉ... SIGNÉ : NEIL A. ARMSTRONG, ASTRONAUTE, EDWIN E. « BUZZ » ALDRIN, ASTRONAUTE, MICHAEL COLLINS, ASTRONAUTE RICHARD NIXON, PRÉSIDENT DES ÉTATS-UNIS D'AMÉRIQUE.

– Comment as-tu appris ça ?

– Je sais tout, ma chérie ! Mais c'est vrai que les répercussions technologiques seront fabuleuses...

Elle lui jeta un regard en coin, un peu ironique.

– Une fabuleuse perspective d'enrichissement, hein ? Pourquoi cette soif de pouvoir et d'argent ? Tu en as plus qu'assez !

– On ne peut rien te cacher !

Brusquement, il changea de visage.

– Tu ne peux pas comprendre. Tu as toujours été élevée dans le luxe, l'insouciance. Il y a un univers entre ton enfance et la mienne ! Mon père avait peur du chômage, de la maladie, de ne pouvoir payer les traites de la maison... Tout de même. Quel dommage que mes parents n'aient pas vu ça !

Un matin de février 1970, Frédéric reçut un coup de téléphone de New York.

– Fred... c'est moi !

– Qu'y a-t-il ? Tu es malade ?

– Non. Je vais avoir un bébé...

Silence au bout du fil.

– Tu m'as entendue ?

– Oui. J'ai parfaitement entendu.

Frédéric contrôlait sa voix :

– Que comptes-tu faire ?

– Je ne sais pas...

– Si c'est un fils, tu le gardes... À la réflexion, si c'est une fille, tu la gardes aussi... Je prends n'importe lequel.

– Frédéric...

– Oui, ma chérie ?

– Je t'aime.

– Moi aussi, je t'aime. Je serai à New York dans deux jours...

Jamais il n'avait été aussi heureux. La journée passa comme dans un rêve. Il se souvenait du jour où il avait vu Amelia pour la première fois et se maudissait d'avoir cédé aux pressions de

François d'Aubreuil... « J'étais un jeune con alors ! Maintenant, il va falloir décider de l'avenir... » Il éprouva le besoin de marcher sur les Champs-Élysées. Il neigeait et le crépuscule d'hiver obscurcissait déjà l'avenue. « Je vais avoir un enfant d'Amelia... » Cette pensée ne le quittait pas... Il entra dans le bureau d'Air France...

– Ah ! monsieur Maury ! dit l'une des hôtesses qui le connaissait bien. Un billet pour New York ?

– Vous avez tout compris...

– Pour quand ?

– Immédiatement...

Elle le regarda un peu surprise. Consulta ses horaires, puis :

– J'ai un vol à dix-huit heures, arrivée à vingt heures trente. Ça vous va ?

– C'est parfait !

Il allait surprendre Amelia... Dans moins de dix heures, il serait avec elle. C'était tout ce qui lui importait... Ah ! Téléphoner à Marie-Claire.

– Allô ?

La voix enfantine de Géraldine le fit sourire.

– Passe-moi ta mère, mon poussin.

– Allô ? Frédéric ? fit la voix de Marie-Claire.

– Chérie, un emmerdement majeur ! Je dois me rendre à Munich sur l'heure. Je t'appelle dès que je suis arrivé...

– Que se passe-t-il ?

– Des problèmes... Je t'expliquerai... Je serai de retour dans deux ou trois jours.

Puis, revenant au comptoir où l'hôtesse achevait de lui préparer son billet, il dit :

– Il faut que vous m'arrangiez un billet pour Munich. Je ne resterai à New York que vingt-quatre heures...

– Bien, monsieur Maury...

À vingt et une heures, heure locale, Frédéric était dans les bras d'Amelia... Il ne voulait rien perdre d'elle, rien de ce moment qui les unissait... Il l'avait surprise alors qu'elle s'apprêtait à passer une soirée chez elle. Ses filles étaient au lit ; il neigeait sur New York, et cette visite inattendue l'effrayait presque :

– Pourquoi être venu si vite ? Il se passe quelque chose ?

– Non. Si... tu es sûre ?

Elle sourit.

– Oui. Depuis six semaines environ. J'en ai eu confirmation médicale, ce matin.

Elle enfonça ses doigts dans les cheveux de Frédéric.

– Dieu que je suis contente de te voir ! Mais tu ne peux pas rester ici. Les petites.

– Oublie tes filles. Nous ne les dérangerons pas... Je reprends l'avion demain matin... Viens... Viens, je te veux là... Maintenant...

1973

Depuis que Pompidou était en place, l'ère des promoteurs-constructeurs transformait inéluctablement les côtes languedociennes. Frédéric avait acquis d'immenses terrains que le gouvernement allait « démoustiquer », et pour cela dépenser des sommes faramineuses. La construction de villes nouvelles sur les côtes détruirait à jamais la beauté sauvage du Languedoc... Constructions d'une laideur ahurissante au nom de la modernité, hôtels bon marché, campings, se succédaient du cap d'Agde à Port-Vendre. Toute la beauté de la région allait s'engloutir dans les milliards de francs récoltés. Une autoroute allait bientôt drainer vers le Sud tous les barbares venus du Nord, à la recherche du soleil et de la douceur de vivre cathare. « Cela crée des milliers d'emplois », répétait volontiers Frédéric lorsqu'il était interviewé à la télévision. Personne n'allait lui dire le contraire.

Le journaliste, qui connaissait son métier, sinon l'histoire régionale, affichait un enthousiasme si délirant que, parfois, Frédéric était obligé de le calmer en admettant que, sans doute, la beauté des paysages risquait d'être « légèrement » atteinte.

« Mais nous ne pouvons arrêter les progrès des civilisations, n'est-ce pas ? » Il faisait mine d'être soucieux, voire désolé. « Nous faisons très attention. Nos constructions sont ravissantes... Elles se fondent dans le paysage et nous respectons les normes d'architecture du pays. »

Ensuite, venaient les critiques familiales sur sa prestation télévisée.

– Vous avez été parfait ! disait François.

– Oui, soulignait Josette avec aigreur. Dans l'hypocrisie et l'ignominie, on ne fait pas mieux... Vous avez été parfait, Frédéric ! Mais si vous le permettez, je ne vous en fais pas vraiment compliment ! On devrait obliger les architectes et les promoteurs à vivre dans leurs constructions, ajouta-elle avec force.

Frédéric riait.

– Vous avez raison. Une maison à Argelès-les-Bains revient à cent mille francs, on la vend deux cent cinquante. Vous n'allez tout de même pas vous plaindre de l'augmentation de votre fortune ? Que dites-vous de ça ?

– Que c'est un crime, répliqua paisiblement Marie-Claire. Mais puisque tout le monde est content, moi je m'en moque, du moment que je ne suis pas obligée de vivre dans ces clapiers à lapins !

– Mais c'est le progrès, ma chérie ! On ne peut pas vivre toujours dans le passé... Il faut construire, innover, changer la vie... Et puis, politiquement, c'est important de créer des emplois. Cela va remonter jusqu'à Toulouse. Aux prochaines élections, je suis sûr de conserver mon siège, ainsi que ton père.

– Vous me faites une belle paire de gredins, tous les deux, dit Marie-Claire en riant. Puis elle poursuivit :

– À propos, pour changer de conversation, j'ai reçu un coup de téléphone de New York... Amelia annonce son retour à Paris vers la fin du mois de septembre. Nous allons enfin connaître son fils dont on ignore toujours qui est le père. Tout de même ! je suis de mon époque, mais nous annoncer la naissance d'un enfant sans père ! Elle exagère. Quelle vie ! Quel âge a-t-il maintenant, ce petit David ?

Elle ne pouvait voir le visage de Frédéric qui lui tournait le dos. Il regardait avec beaucoup d'intérêt les tilleuls dont les feuilles s'ouvraient à la lumière du printemps. « Mon fils, pensait-il, c'est mon fils ! »

– Il est né en septembre 1970, dit Josette froidement. Il aura trois ans dans six mois... C'est un très beau bébé !

Elle regardait fixement Frédéric.

Et comme personne ne répondait, Marie-Claire insista :

– As-tu une idée du père ?

Frédéric se retourna avec un large sourire :

– Aucune idée, dit-il. Ta cousine mène une vie très libre à New York. Je sais qu'elle a eu une liaison avec un pianiste, comment s'appelait-il déjà ? Fischer ?

Il s'en souvenait comme si cela s'était passé la veille. Il avait voulu faire une surprise à Amelia. Il s'était rendu à New York et s'était précipité au Carnegie Hall où elle avait une répétition. En fait la surprise, c'était lui qui l'avait eue. Il avait surpris Amelia et ce Fischer s'embrassant avec ardeur dans les coulisses et aucune personne sensée n'aurait pu prendre ce baiser pour un baiser amical. Pour la première fois de sa vie, Frédéric s'était sauvagement battu avec un rival. Amelia avait mis six mois à lui pardonner. Mais enfin, elle lui était revenue. « La prochaine fois, je te tuerai », lui avait-il dit très calmement.

La voix de Marie-Claire le ramena à la réalité :

– Tu crois que son fils est le fils de ce Fischer ?

– Peut-être... C'est un musicien célèbre.

Le ton de Frédéric était si indifférent, si calme, que Marie-Claire s'y laissa prendre. Une bouffée de joie l'envahit malgré le retour définitif d'Amélia à Paris. « Il ne l'aime plus ! » pensa-t-elle.

– En tout cas, je ne comprends pas pourquoi elle nous aime si peu. D'ailleurs, c'est elle qui s'est éloignée de nous. Pourtant on ne lui a rien fait !

« Sauf lui voler une partie de sa fortune, pensa Frédéric. Mais je vais y remettre bon ordre. Mon fils David doit hériter de tout ce qui devait normalement revenir à sa mère ! »

– Est-ce vrai que Nina a une liaison avec son amie Katia ? demanda-t-elle encore. Comment la famille va-t-elle accepter cela ! Qui aurait pensé que Nina tournerait ainsi ! Tu me diras que les danseuses ont des mœurs un peu spéciales ! Mais tout de même ! Nina... lesbienne, puisqu'il faut appeler les choses par leur nom !

– Mais ma chérie, dit doucement Frédéric, cela ne vous regarde pas ! Nina vient d'avoir vingt et un ans, elle est danseuse étoile. Elle vit dans un autre univers... Que vous importe sa vie ?

Brusquement, sans raison apparente, Marie-Claire sentit monter en elle une poussée de haine féroce contre Amelia. Elle aurait aimé que Frédéric fût de son avis à elle, sa femme, qu'il fasse partie intégrante du clan d'Aubreuil. Mais ce n'était pas le cas. Bien mieux, elle avait l'impression qu'il s'éloignait du clan, qu'il le jugeait avec mépris. Elle n'aimait pas l'expression de son visage, cette ironie froide, indifférente, souriante...

Soudain, ce retour d'Amelia lui fit peur. Cette Amelia libre, indépendante, qui faisait de sa vie ce qu'elle voulait, pouvait vivre avec un pianiste, cette Amelia enfin qui n'avait de comptes à rendre à personne, qui pouvait décider d'aller demain à Tombouctou si cela lui chantait...

– Et si moi aussi, je partais à Tombouctou ?

Sans s'en rendre compte, elle venait de parler à voix haute.

– Qu'est-ce que tu racontes ? s'écria François d'Aubreuil, stupéfait. Qui est parti à Tombouctou ? Ma fille est devenue folle ! Mais enfin, Frédéric, dites quelque chose ! Qu'est-ce que tu veux aller faire à Tombouctou ?

– Rien... rien, dit Marie-Claire, gênée. Quelquefois, je me demande simplement si je suis encore libre de faire ce dont j'ai envie...

– Cesse de dire des sottises, ma chérie, dit François d'Aubreuil. Tu as une famille unie, des enfants adorables, bien élevés. Charles et Géraldine sont parfaitement réussis ; je ne vois pas ce que tu peux demander de plus ! Et ton mari est en passe d'obtenir un fauteuil ministériel dès que Pompidou aura passé l'arme à gauche.

Intéressé, soudain attentif, Frédéric dressa l'oreille.

– Alors c'est certain ? Pompidou est malade ?

– Absolument. Il en a pour un ou deux ans au plus. Nous sommes à la veille de grands bouleversements. Giscard d'Estaing est prêt à prendre la relève et c'est cette carte qu'il faut jouer. À fond !

Marie-Claire surprit le regard plein de compréhension de sa mère. Josette se leva, s'étira et lança joyeusement :

– Mai 1968 nous aura tout de même apporté quelque chose.

– Et quoi donc, si ce n'est des emmerdements sans nombre ? éructa François, furieux.

– Une prise de conscience, peut-être. Moi aussi, j'ai envie de partir pour Tombouctou !

– Ces femmes sont folles ! dit François avec colère. Venez avec moi, Frédéric ! Nous avons des choses sérieuses à mettre au point. Demain, je déjeune avec le Premier ministre. La campagne électorale pour la présidentielle a déjà commencé. Déjà, Giscard d'Estaing est sur les rangs. Chaban-Delmas aussi... Et bien sûr, Mitterrand. Tout est entre les mains de Jacques Chirac. Pour qui va-t-il demander de voter ? Giscard ou Chaban ? Nous avons six ou sept mois au pire, une année au mieux. Je parie que Chirac va lâcher Giscard...

Mais Josette ne lâchait pas prise. Elle lança :

– Vous faites ce que vous voulez, moi, je voterai Mitterrand.

– Vous êtes devenue folle ? Pourquoi pas Georges Marchais, tant que vous y êtes ?

Amelia était de retour boulevard Malesherbes, elle redécouvrait peu à peu Paris en automne. Les matins frais, enveloppés de brume, le soleil pâle de midi, les après-midi de promenade dans la lumière dorée d'octobre... David était inscrit à l'école privée bilingue du Parc Monceau et Emmanuelle au lycée Carnot... Nina était restée à New York. Elle avait sa vie dans cette ville, consacrée à la danse et à Katia. Distraitement, Amelia écoutait la radio, qui déversait sont lot quotidien d'inepties... Elle soupira. « Et Frédéric ? que penser de Frédéric ?... Nous n'avons rien en commun, rien ! Nina et Katia ont un langage commun, la danse ! Une ambition commune... Quand l'une danse, l'autre sait ce qu'elle ressent... Elles n'ont parfois même pas besoin de se parler pour se comprendre... Frédéric est jaloux, possessif, ambitieux. Je ne le comprends pas plus qu'il ne me comprend... Et pourtant, nous ne pouvons nous passer l'un de l'autre. » Elle hésitait, s'attardant devant le piano à queue. Elle l'ouvrit. Ses doigts glissèrent sur les touches, *la sol la mi sol fa mi...* C'était la première mesure de *Die Krähe*, un lied de Schubert.

Eine Krähe war mit mir
Aus der Stadt gezogen...

Amelia rêva un instant... « *Treue bis zum Grabe.* » « *Jusqu'à la tombe. Cet amour me poursuivra jusqu'à la tombe.* » Soudain, elle s'arrêta de jouer et augmenta le son de la radio.

« Des terroristes palestiniens attaquent un train et viennent de prendre en otage des émigrés juifs en route vers le camp de réfugiés de Schönau... Le gouvernement du chancelier Bruno Kreisky a décidé de négocier... Un avion a emmené les terroristes de Libye. Israël qualifie cette attitude de capitulation devant la terreur... Les facilités que l'Autriche accordait aux réfugiés ont été supprimées. »

– Les salopards ! commenta sobrement Amelia. Que faut-il

donc pour que ces lâches comprennent qu'on n'en finira jamais avec les voyous terroristes ?

Huit jours plus tard, la guerre de Kippour éclatait.

Marie-Claire ne découvrit la liaison de Frédéric et d'Amelia qu'en octobre 1973, soit cinq ans après qu'elle eut commencé...

Elle était allée au cinéma voir, en avant-première, *Les Aventures de Rabbi Jacob* avec une amie. En sortant du Paramount de l'avenue des Champs-Élysées, les deux femmes déambulaient joyeusement, tout en riant du film qu'elles venaient de voir...

Au carrefour de la rue de Berri, la circulation était telle qu'un taxi s'immobilisa à leur hauteur. À l'intérieur, un couple s'embrassait passionnément. Amusée, Marie-Claire s'arrêta pour l'observer. Et elle se figea. Amelia et Frédéric... Dans un taxi. Incrédule, elle regarda encore. Amelia s'était dégagée des bras qui l'enserraient et riait. Frédéric la regardait. Jamais il n'avait regardé Marie-Claire de cette façon... Hagarde, titubante, Marie-Claire avança vers le taxi qui, soudain, démarra, la laissant sur place, les poings serrés, prête à hurler. Ainsi, c'était arrivé ! Amelia et Frédéric. Ne rien dire, ne pas montrer son désespoir.

– Eh bien, qu'as-tu donc ? demanda son amie. Tu fais une drôle de tête.

Malgré son atroce souffrance, Marie-Claire sut trouver en elle suffisamment de force pour faire face.

– Rien, dit-elle. Je pense que j'ai mangé quelque chose qui ne passe pas.

Intriguée, son amie la dévisagea.

– J'ai mangé la même chose que toi !... Ça ne peut pas être ça.

Puis, passant du coq à l'âne, elle dit :

– Quel dommage pour ce film. Cette guerre israélo-arabe risque de nuire à son succès, tu ne crois pas ?

S'efforcer d'être naturelle. Répondre.

– Non... Je ne sais pas... Je ne crois pas...

– Voyons Marie-Claire. Qu'est-ce qui ne va pas ? Tu as une mine atroce... Dieu que tu es pâle ! Ce n'est pas cette guerre, tout de même ?

– Non. Bien sûr que non. Je ne me soucie pas de ce qui se passe là-bas. Ce n'est pas mon affaire. C'est plutôt l'affaire de Frédéric... Une guerre lui rapporte toujours de l'argent... Beaucoup d'argent...

Elle prenait plaisir à salir l'homme dont elle portait le nom. Le salaud... l'ignoble salaud. Dans un taxi ! Amelia dans ses bras. Ainsi, les petites starlettes, les mannequins en vogue, les chanteuses de variétés ne suffisaient plus. Il lui fallait aussi (surtout) Amelia. Aucune des infidélités de Frédéric ne l'avait fait souffrir. Aucune. Amelia seule représentait un danger.

– Il trafique avec les pays arabes, continua-t-elle, venimeuse.

– Oh ! dit son amie. Ne parle pas ainsi. Cela pourrait te nuire.

– Je m'en moque. C'est la vérité... Tu sais, rien ne peut atteindre Frédéric !

Le voir mort, là, à ses pieds. Piétiner son cadavre...

Elle décida de ne rien dire. Elle savait que si jamais elle faisait la moindre allusion à Amelia, Frédéric la quitterait sur-le-champ...

– Viens, on va s'installer à la Maison du Danemark. J'ai besoin d'un aquavit... de deux aquavits !

Non. Elle ne dirait rien. Pas un mot. Elle ferait comme si ce qu'elle venait de surprendre n'avait jamais eu lieu.

Comment vivre après cela ? Comment faire semblant que tout va bien ? Les deux femmes s'arrêtèrent devant un kiosque à journaux.

... ISRAËL RECULE DEVANT LES FORCES CONJUGUÉES DE L'ÉGYPTE, DE LA SYRIE ET DE LA JORDANIE... ISRAËL PERD LA GUERRE... EST-CE LA FIN DE L'ÉTAT D'ISRAËL ?

Un léger sourire éclaira un instant le visage de Marie-Claire. « Bien fait ! pensa-t-elle. Elle rabaissera enfin son caquet de sioniste triomphante... » Un instant, elle oublia son mal. Elle savoura le plaisir du désespoir qu'allait éprouver Amelia. Elle se réjouissait de ce malheur qui allait l'atteindre. La destruction d'Israël... « Bien fait pour elle », se redit-elle avec un plaisir pervers, avant de se rendre compte combien cette pensée était sotte.

1976

En quelques années, François d'Aubreuil s'était considérablement alourdi. « Pourtant, il n'a que soixante et un ans, pensa Frédéric. Trop de banquets, trop d'alcool, pas assez de sport... Ça vous détruit un homme en un rien de temps ! » Lui-même était assez fier d'avoir su préserver une silhouette de jeune homme mince et musclé, qu'il entretenait soigneusement au Racing Club.

En attendant que son beau-père veuille bien prendre la parole, Frédéric rêvassait. On était en juin 1976, cela faisait dix-huit ans qu'il était entré dans cette maison ! Et maintenant, cet homme important qui appartenait au cabinet du Premier ministre, Jacques Chirac, était son beau-père et s'apprêtait à lui faire des confidences qu'il ne ferait ni à sa femme ni à son propre fils... Lui, Frédéric Maury, était le seul homme en qui François pouvait avoir une confiance absolue. Leur entente était fondée sur une estime réciproque peut-être, sur un semblant d'affection sûrement (après tout, ils étaient membres d'une même famille), mais surtout sur les secrets qui les liaient.

– Eh bien, mon cher, quelles nouvelles de Paul-Henri ?

– Il sera de retour à Paris demain. Il prend l'avion d'Air France de huit heures cinquante. Son séjour en Israël a été fort satisfaisant. Les contacts avec Yitzhak Rabin ont été courtois...

– Autrement dit, il ne s'est pas fait jeter dehors comme un

malpropre ? dit Frédéric en riant. Il est clair que les Israéliens ne nous aiment pas !

– Pourquoi nous aimeraient-ils ? La déclaration du ministre des Affaires étrangères, Jean Sauvagnargues : « Je salue en Yasser Arafat, un homme que j'admire. Il m'a paru modéré, ouvert, intelligent... » peut être considérée comme une déclaration d'hostilité vis-à-vis d'Israël.

– On ne peut être l'ami d'un pays et celui de son pire ennemi. Matignon et le Quai d'Orsay ont fait un choix. J'ajouterai, un choix profitable pour notre pays.

– Bigre ! siffla doucement Frédéric entre ses dents. Yasser Arafat, rien que ça ! En voilà un qui affiche clairement la couleur de son âme... Il est si laid qu'il doit maudire sa mère chaque fois qu'il se regarde dans un miroir. Bien, puisque nous avons choisi le camp arabe, autant en profiter, n'est-ce pas ?

– C'est, en effet, ce que nous avons de mieux à faire. Nos clients arabes sont... très rentables.

Il tira plusieurs bouffées de son cigare, un superbe Davidoff hors de prix, et continua :

– Nous allons travailler avec eux. Vous savez que le Premier ministre a d'excellentes relations avec Saddam Hussein. Eh bien, nous avons l'occasion de servir d'intermédiaires. Une affaire véritablement mirobolante, mon cher. Sans aucun risque.

Frédéric se pencha vers son beau-père. Celui-ci arborait une expression avide et réjouie et cela signifiait beaucoup de choses.

– Il est question d'aider l'Irak à obtenir une centrale nucléaire, qui serait assez rapidement opérationnelle... Et pas seulement l'Irak... Mais aussi le Pakistan... voyons quels étaient les mots du Premier ministre lorsqu'il a rencontré Saddam Hussein ? Ah j'y suis : « Vous êtes mon ami personnel. Vous êtes assuré de mon estime, de ma considération et de mon affection. Cet accord avec la France est le premier pas vers la production de l'arme atomique arabe. »

– La bombe atomique dans les mains de Saddam Hussein ? dit Frédéric abasourdi. Vous y pensez sincèrement ?

– Pas la bombe atomique ! Une centrale nucléaire pour produire de l'électricité bon marché. Voilà.

– Vous savez bien que c'est faux ! Pourquoi faites-vous ça ?

– Dix pour cent sur la somme globale à titre d'intermédiaire. Soit quelques centaines de millions de dollars. D'autres questions ?

Le lendemain Frédéric et Marie-Claire prenaient tranquillement leur petit déjeuner sur le balcon de leur chambre, jouissant de la fraîcheur matinale, et écoutaient paresseusement la radio...

« ...Un appareil d'Air France en provenance de Lod, en Israël, et à destination de Paris, vient d'être détourné... »

À cet instant précis, la porte de la chambre s'ouvrit brutalement, laissant apparaître François d'Aubreuil, hagard...

– Papa ! que se passe-t-il ? s'écria Marie-Claire affolée.

– L'avion détourné... Paul-Henri est parmi les passagers...

Hébété, François regardait son gendre et sa fille.

Le journaliste continuait : « ...L'avion a été détourné par quatre terroristes juste après son décollage d'Athènes où il avait fait escale. Deux des terroristes sont palestiniens, les deux autres appartiennent à la bande à Baader-Meinhoff, groupe d'extrême gauche de l'Allemagne fédérale... Ces terroristes sont de dangereux criminels qui n'ont aucun souci de la vie d'autrui... »

– Calme-toi, papa, dit Marie-Claire. Calme-toi ! Frédéric va téléphoner à Sauvagnargues pour se renseigner... Je suis sûre qu'il pourra faire quelque chose... Paul-Henri n'est pas tout seul ! Il y a environ au moins trois cents passagers !

– Ce chien ne fera rien contre les terroristes palestiniens. Rien... Il mange dans leur gamelle, ils sont liés au Hezbollah... Mon fils est entre les mains des terroristes... Mon fils !

– Est-ce que maman est au courant ?

– Non ! Elle dort encore... Elle n'était pas très bien hier soir, elle a pris des somnifères... Mieux vaut la laisser dormir.

– Écoutez ! ils donnent d'autres informations, dit Frédéric.

« ...Avec la complicité d'Idi Amin Dada, les terroristes viennent de faire poser l'appareil sur l'aéroport d'Entebbe, près de Kampala en Ouganda... Trois hommes les attendaient. Idi Amin que l'on peut considérer désormais comme étant leur complice a fait garder l'aéroport par son armée... »

Malgré les coups de fil de Frédéric, la famille ne put obtenir aucun renseignement du Quai d'Orsay. La radio et la télévision diffusaient leurs informations toutes les heures, et ne faisaient que répéter ce qu'ils savaient déjà. *« ...Quatre terroristes d'extrême gauche, deux Palestiniens et deux Allemands appartenant à la bande à Baader-Meinhoff sont à l'origine du détournement, avec la complicité du chef de l'État ougandais, Idi Amin Dada. Les terroristes ont fait poser l'appareil détourné sur l'aéroport d'Entebbe. Trois autres terroristes les ont rejoints. Les criminels retiennent en otage trois cents passagers et l'équipage d'Air France. »*

François et Frédéric se relayaient au téléphone. Josette ne prononçait pas un mot. Elle avait dit à son mari : « S'il arrive quelque chose à mon fils, je vous en tiendrai pour directement responsable ! C'est vous qui avez vendu des armes aux terroristes !... » Depuis, elle n'avait plus rien dit... Elle avait refusé toute nourriture et passait la journée devant son poste de radio.

Le lendemain, il y eut un rayon d'espoir. Les terroristes séparèrent les otages en deux groupes. Les Israéliens et ceux qui portaient des noms à consonance juive d'un côté, les non-juifs de l'autre.

– Paul-Henri n'est pas juif ! s'écria François avec soulagement. Il ne risque rien !

Il ne vit pas le regard plein de mépris que lui lança Josette, ni la grimace de dégoût d'Amelia, venue apporter son soutien. Elle avait toujours eut beaucoup d'affection pour Paul-Henri.

Après bien des tractations financières, parce qu'au fond tout cela n'était qu'une question d'argent, les terroristes, pour montrer leur disponibilité et leur humanisme, décidèrent de libérer sans condition les otages non-juifs. Paul-Henri serait donc libéré.

Restait sur place l'équipage qui n'avait pas voulu abandonner les passagers. Les Allemands et les Palestiniens firent alors connaître leurs exigences. Le paiement immédiat d'une rançon de quatre millions de dollars à remettre immédiatement. L'ultimatum était fixé à vingt-quatre heures au-delà desquelles tous les otages juifs seraient exécutés s'ils n'obtenaient pas satisfaction...

– Quelle immonde bande de lâches ! s'écria Amelia. Pourquoi n'être pas restés avec les juifs en signe de solidarité ?

– On voit bien qu'il ne s'agit pas de ton enfant ! dit François d'Aubreuil.

Il était très pâle et ne se souciait plus de ses affaires. Seul son fils le préoccupait.

– Et continuons à vendre autant d'armes que le demandent les assassins, fit la voix glaciale de Josette d'Aubreuil. Même si Paul-Henri s'en sort, je ne vous pardonnerai jamais ce qui vient d'arriver !

François allait parler quand le téléphone sonna.

– C'est mon fils !...

Un sourire rayonnant éclairait son visage tandis qu'il décrochait.

– C'est le Quai d'Orsay, on me passe Sauvagnargues. Il a des nouvelles de mon fils ! dit-il, l'appareil collé contre son oreille.

Puis, il se tut. Écouta attentivement. Pâlit. Et s'écroula.

– Papa ! s'écria Marie-Claire. Papa, que se passe-t-il ?

Josette et Frédéric se précipitèrent sur l'appareil, tandis que Marie-Claire et Amelia s'efforçaient de ranimer François d'Aubreuil. Lentement, Frédéric raccrocha l'appareil.

– Paul-Henri a été abattu par les terroristes... Il semblerait qu'il ait voulu se porter au secours d'une vieille dame que ces salauds malmenaient.

François d'Aubreuil mourut dans la nuit sans avoir repris connaissance. Hébétée, Josette, à travers l'enveloppe de plomb qui enserrait sa tête, faisait face à toutes les corvées qu'imposent la mort simultanée d'un époux et d'un fils.

Il fallait recevoir les journalistes. Leur répondre. Recevoir les condoléances du Quai d'Orsay. Et répondre. Donner des ordres pour les enterrements. Attendre le rapatriement du corps de Paul-Henri, son fils... « Si Paul-Henri avait mené la vie dont il rêvait avec Victoria, ils seraient encore vivants l'un et l'autre... Saltimbanques, peut-être, mais vivants... » C'est François qui avait exigé de son fils qu'il mène cette vie. Mais François qu'elle avait tant aimé était mort aussi...

Alors elle se jeta sur son lit, versant des larmes sur François, sur Paul-Henri. Son fils, si jeune, si beau, si héroïque aussi... « Une véritable boucherie... Ces gens-là sont des barbares, d'ignobles barbares. » Elle avait entendu le steward d'Air France raconter la scène.

« Pourvu qu'il soit mort sur le coup... Pourvu qu'il n'ait pas souffert !... » Mort. Inconscient. Anéanti. Hors d'atteinte pour toujours.

Trois jours plus tard, l'« Opération Entebbe » menée par les Israéliens, violant l'espace aérien, le territoire ainsi que la souveraineté nationale de l'Ouganda, libérait les otages. Le commando israélien réussit à les sauver tous, de nuit, après avoir réglé leur compte aux sept terroristes allemands et palestiniens.

La mort de Paul-Henri d'Aubreuil, laissa son fils unique, Joël, héritier de tous ses biens, et tout naturellement, Frédéric fut nommé tuteur.

À l'âge de quarante-six ans, Frédéric devenait président-directeur général du Groupe d'Aubreuil-Maury qui englobait outre les produits de beauté d'Aubreuil, la Société immobilière Languedoc-Aquitaine et la Société de développement atomique du Moyen-Orient – cette dernière, plus secrète, avait ses bureaux à Zurich où pouvaient être reçus, en toute tranquillité, les nababs obèses des pays arabes.

Toute sa vie, Josette d'Aubreuil, née Dieudonné, avait été matérialiste. Les spéculations métaphysiques ne l'avaient jamais effleurée. S'il lui arrivait parfois de penser à Dieu, à l'éternité, à l'au-delà, elle se disait « qu'elle verrait bien le moment venu ». Elle ne pleurait pas. La voix du prêtre l'importunait.

Trois jours. Trois jours incompréhensibles où les médecins, la famille, l'organisation de l'enterrement de François, celle du transfert du corps de Paul-Henri l'occupèrent tout entière. Trois jours suffocants de chaleur, de douleur, trois jours où seule la présence de Frédéric lui était réconfortante. Ni sa fille Marie-Claire, ni ses petits-enfants, Charles et Géraldine, ne pouvaient l'apaiser... Et maintenant, elle était là, dans ce cimetière plein de monde, où se pressaient vrais amis (rares), faux amis (nombreux), journalistes, photographes, hommes politiques... Où les discours, plus assommants les uns que les autres, se succédaient... Toute sa vie, Josette d'Aubreuil avait subi la volonté des autres. Enfant, c'était son père, qui commandait, exigeait... Lorsqu'elle s'était mariée à dix-huit ans, en juin 1940, son mari François d'Aubreuil avait pris le relais. À la mort héroïque de Raoul Dieudonné, *Les Nouvelles du Midi* étaient passées dans les mains de François. Les pensées, disparates, sans lien entre elles, s'agitaient dans son esprit enfiévré...

« ... Perdre en si peu de temps un époux aimé et un fils adoré... » Les mots, la voix parvenaient à ses oreilles, ne la touchaient pas... Ils s'adressaient à quelqu'un d'autre... Elle se souvenait du jour de son mariage, de Gaulle venait de faire un discours retentissant qui avait rendu Raoul Dieudonné plus heureux que le brillant mariage de sa fille...

« Quand donc vont-ils finir leurs bavardages ? » pensa-t-elle. « Je sens que je vais m'évanouir. Je veux rentrer chez moi. » Chez elle. Dans cette maison où François l'avait emmenée, où elle avait enfin rencontré cette famille qui serait désormais la sienne. Son beau-père, Paul, son beau-frère Antoine. Et Nina. Nina dont François ne cessait de parler. « Nina, vous verrez... est une grande pianiste... » Nina... Comme elle avait été jalouse de sa belle-sœur ! Jalouse à en mourir. Nina ne s'occupait de rien dans la maison. À peine mariée, c'était Josette qui avait pris les rênes de l'intendance. Josette qui se chargeait du ravitaillement, du chauffage, des cartes d'alimentation, du budget, des domestiques. Il ne fallait pas déranger Nina. Nina préparait un concert, Nina recevait des journalistes. Nina était en passe de devenir une grande vedette internationale. À côté de Nina, si éthérée, on était une petite chose vertueuse, une petite chose à qui l'on s'adressait lorsque quelque chose n'allait pas. « Les W-C sont bouchés, Madame, si Madame veut bien téléphoner au plombier ? » « Que dois-je préparer pour le dîner ? Dix personnes ! Est-ce que Madame se rend compte, avec les restrictions et tout ça... » « Madame » allait à la cuisine, regardait ce qui restait comme provisions. Dans le salon, une étude de Chopin se faisait entendre. Nina travaillait ses partitions sans se préoccuper du reste. Josette avait été élevée pour ça : diriger une maison, organiser des dîners, recevoir les amis de son mari. Ce François qu'elle adorait et qui n'avait de regards que pour Nina. Nina préparait son prochain concert à Berlin, devant Hitler, avec Alfred Cortot et Marguerite Long... Trois semaines plus tard, Nina avait été déportée... Elle n'avait pas eu le temps d'aller jouer devant le Führer.

Oui. C'est vrai. Elle avait été soulagée quand Nina avait été déportée. Si soulagée, grands dieux ! La culpabilité n'était venue que bien après ! Quand elle avait su ce qui s'était passé à Auschwitz.

– Toutes mes condoléances, madame...

Josette sursauta. La cérémonie funèbre et les discours étaient finis. Maintenant, il y avait les « condoléances » et les mains qui serraient les siennes. Marie-Claire sanglotait, le nez dans son mouchoir. Amelia se tenait à ses côtés. Frédéric soutenait sa femme... Charles et Géraldine pleuraient. Ils pleuraient comme on pleure lorsqu'on est encore adolescent, quand le malheur frappe.

« Je crois que François n'a jamais oublié Nina. Il y a les êtres de lumière et il y a ceux qui réparent l'électricité, pensa Josette. C'était toute la différence entre Nina et moi. Pourquoi est-ce que je pense à elle ? Pourquoi est-ce elle qui occupe mon esprit alors que François est mort, que Paul-Henri est mort ? Pourquoi maintenant ? Tout cela, c'est du passé. Une chose morte depuis longtemps. Une chose qui n'existe plus... » Malgré tous les efforts pour la chasser de son esprit, elle ne voyait que Nina, radieuse, prise dans le halo de lumière bleue de la Salle Pleyel, s'inclinant devant les applaudissements... Elle toucha sa poitrine, sentit son cœur battre à coups redoublés.

Quarante-huit heures plus tard, dans la maison enfin désertée par les visiteurs, Josette, allongée sur son lit, réfléchissait. « Je n'arrête pas d'y penser..., songeait-elle. Est-ce parce que François a rejoint dans la mort cette femme qu'il a tellement aimée ? »

On frappa à la porte. Sans attendre de réponse, Marie-Claire se matérialisa.

– Maman ! Les valises sont faites. Demain, dès l'aube, nous prendrons la voiture et finirons l'été à Montastruc.

– Il m'arrive quelque chose de bizarre.

– Quoi donc ?

– Je viens de perdre mon mari, mon fils... et je n'arrête pas de penser à Nina.

– Nina, dit Marie-Claire stupéfaite. Ma cousine ?

– Non ! Ta tante Nina. Celle qui a été déportée en 1942.

– Pourquoi ?

– Je ne sais pas. C'est arrivé au cimetière. On enterrait ton père et ton frère... Et seule Nina occupait mon esprit. Je pleurais à cause de cette Nina que j'ai si peu connue, finalement. Qui me regardait toujours avec étonnement, l'air de dire : « Comment une si petite femme, si insignifiante peut-elle exister ? » Je m'imaginais cela naturellement. Je crois qu'elle ne pensait rien de particulier à mon sujet. Je ne représentais rien pour elle. Juste une petite provinciale que son beau-frère avait épousée. Je la détestais ! Dieu sait combien je la détestais...

Stupéfaite, Marie-Claire dévisagea sa mère avant de s'exclamer :

– Mais... Maman ! Pourquoi ?

– Ton père a toujours été amoureux d'elle. Je l'ai toujours su ! D'ailleurs, il me l'avait dit...

– Qu'est-ce que tu racontes ?

– Le jour où il m'a rencontrée. Tu sais quels sont les mots que ton père m'a dits ?

– Comment veux-tu que je le sache ?!

– « Vous me rappelez une femme que j'ai beaucoup aimée. » Je suis devenue très rouge, j'étais très flattée, quelle idiote ! Un monsieur aussi important que le lieutenant François d'Aubreuil s'intéressait à une petite bourgeoise provinciale... Trois mois plus tard, nous étions fiancés. C'est seulement après mon mariage que j'ai compris qui était la femme en question. Nina. Je l'ai tout de suite haïe...

– Est-ce qu'elle s'en est rendu compte ?

– Non. Je ne crois pas. Nina ne s'intéressait qu'à sa carrière, à son piano. Je ne la supportais pas. Tu sais, le pire, c'était les soirées. Quand je voyais mon mari dire aux invités : « Connaissez-vous ma belle-sœur ? La célèbre pianiste Nina d'Aubreuil ? » Et puis, se tournant vers moi, ajouter : « Et voici ma femme... » Voilà. Je venais en second, toujours en second.

« Tous m'ignoraient consciencieusement. Tout le monde entourait Nina, admirait Nina, applaudissait Nina... Et j'étais là, avec ma haine grandissante, ma jalousie... Elle s'interrompit, puis reprit : Elle a été arrêtée le jour de ta naissance. Ton père courait partout, frappait à toutes les portes pour la faire libérer... Il ne se souciait pas de toi, ni de moi. À peine me rendait-il visite... Et quand Nina a été déportée à Auschwitz, il pleurait ! Il pleurait comme un gosse ! Lui, toujours si sûr de lui, parfois si dur... S'il l'aimait tellement, pourquoi m'avoir épousée ?...

Josette se souvenait de son allégresse, le jour où elle avait appris que Nina avait été déportée à Auschwitz. Jusque-là, elle avait vécu dans la crainte de la voir revenir de Drancy.

Très pâle, Marie-Claire écoutait sa mère. Elle n'osait formuler la question qui lui brûlait les lèvres.

– Maman, commença-t-elle d'une voix enrouée. Maman. Nina a été dénoncée. C'est... c'est Amelia qui me l'a dit... Maman... par qui a-t-elle été dénoncée ?

Josette regarda sa fille. Un léger sourire se dessina sur son visage fatigué, défiguré par les larmes et le chagrin.

– Je vais te rassurer, ma chérie... Je n'ai pas dénoncé Nina. Je n'y ai aucun mérite, j'ignorais qu'elle était juive... Je ne l'ai appris que le jour où elle a été emmenée à Drancy.

Mensonge... Elle avait tout de suite deviné que Nina n'était pas catholique. Elle n'allait jamais à la messe, se souciait comme d'une guigne des fêtes religieuses dont elle ignorait manifestement les significations essentielles.

– Si je l'avais su ? C'est ça que tu veux savoir ? Franchement, je n'en sais rien. La haine que l'on éprouve nous pousse parfois à des actes insensés. J'étais très jeune. Follement amoureuse de ton père... Je préfère ne pas réfléchir à ça...

« Je voulais François. Je le voulais à moi. À moi seule ! Que pouvais-je faire d'autre ? » pensa-t-elle.

Marie-Claire, soulagée, murmura :

– Je te comprends...

Combien de fois n'avait-elle pas souhaité la mort d'Amelia ? Vider un revolver dans le corps de la rivale, haïe ? Voir le sursaut de la mort et, enfin, le voir s'effondrer sans vie... Marie-Claire y pensait jour et nuit... Supprimer Amelia. Détruire ce qui la faisait tellement souffrir... Amelia.

Elle reprit :

– J'aimerais savoir, est-ce que Nina a aimé l'oncle Antoine ?

Josette haussa les épaules.

– Peut-être. Lui était fou amoureux. Elle ? je ne sais pas. J'ai toujours pensé qu'elle s'était servie de lui, qu'elle s'était arrangée pour l'épouser et venir vivre à Paris. Il ne faisait pas bon vivre en Allemagne en 1933 lorsque l'on était juif... En réalité, j'ignore si elle l'a aimé. Mais ils avaient l'air heureux ensemble...

Josette se souvenait des soirées où Nina et Antoine, main dans la main, se regardaient avec passion. Elle se souvenait des baisers interminables qu'ils échangeaient. Comme elle les enviait alors ! Elle aurait tout donné pour que François et elle... François qui, maintenant, reposait pour l'éternité dans le caveau familial, au côté de Paul-Henri... Ce caveau où sa place, à elle, était réservée... « Nous ne sommes rien... rien qu'un peu de poussière emportée par le vent... Un moucheron que l'on écrase... Antoine et Nina, François, Paul-Henri et Victoria... Tous disparus sans laisser de traces. » Elle seule restait. Josette, la bonne épouse. La tendre épouse, la mère aimante. Excellente femme d'intérieur. Caractère doux, facile, fidèle, ô combien fidèle, adorant son époux, ses enfants, les animaux, la campagne, les fleurs... Veuve depuis peu. « Veuve. Est-ce cela que l'on mettra sur sa tombe ? »

– Il faut me laisser, ma petite fille. Je voudrais rester seule...

Elle se redressa.

– ... Va. Embrasse-moi... Tout ira bien désormais...

Un peu étonnée, Marie-Claire l'embrassa sur le front. Elle devait faire face à un tel amoncellement de corvées avant leur départ qu'elle était soulagée de se retirer.

Allongée sur son lit, Josette se souvenait...

Le jour de la naissance de Marie-Claire, Antoine hurlait : « Non ! Non !! ma femme est catholique. » Et cette réponse, cette voix nette et péremptoire : « Nous avons la lettre... Une lettre anonyme... Nina d'Aubreuil est née juive... Elle aurait dû se déclarer... »

Nina, entraînée de force. Nina, si arrogante, si célèbre et dédaigneuse, entraînée comme une vulgaire prostituée entre deux policiers français... Elle entendait François : « Je vais téléphoner à mon ami, le préfet de police René Bousquet... Ça ne va pas se passer comme ça !

– C'est lui qui a signé l'ordre », avait répliqué quelqu'un.

Puis, ce fut un grand silence, suivi d'un grand cri. Marie-Claire était née... Le bébé accroché à son sein donnait à Josette une sensation magnifique de plaisir physique, mais la joie qu'elle éprouvait alors n'était en rien comparable à celle ressentie lorsqu'on avait arrêté Nina.

Josette soupira... Cette lettre envoyée dans un moment de rage jalouse, cette lettre... Personne ne devait savoir que c'était elle qui l'avait écrite. Ses enfants, ses petits-enfants devaient toujours ignorer cette ignominie. D'ailleurs, il ne restait plus rien de Nina. Juste des cendres éparpillées au vent. « Je ne savais pas ce qui se passait... pas vraiment... juste que l'on parquait des juifs à Drancy. J'étais si jeune alors ! J'étais enceinte, sur le point d'accoucher. Je n'ai jamais voulu la mort de personne. Jamais ! » Insistant, le visage de Nina s'imposait à sa mémoire. Nina s'inclinant sur la scène de la Salle Pleyel. Le public debout, applaudissant… « Si j'avais su ? » Si elle avait su ? « Eh bien… oui ! Oui ! Je l'aurais fait. J'aurais écrit cette lettre. Je ne voulais pas la mort de Nina. Je l'ai haïe, c'est vrai. J'ai voulu l'écarter de mon chemin. Je ne pouvais plus supporter la manière dont François la regardait, l'entourait, l'admirait. Je ne désirais pas sa mort… Je voulais juste qu'elle disparaisse de ma vie, me laisse François pour moi toute seule. Mais elle est morte par ma faute. Telle est la vérité. Mon Dieu ! Pardonnez-moi ! Pardonnez-moi tous ! Je ne savais pas ce que je faisais ! Je me repens, vous entendez, mon Dieu ? J'ai payé ! J'ai payé cher ! J'ai perdu les deux êtres que j'aimais le plus au monde. Que vous faut-il de plus ? Pardonnez-moi Nina ! Je vous demande pardon… » Elle sanglotait, la tête cachée dans son oreiller. À travers ses sanglots, elle marmonnait des mots sans suite, s'adressant tantôt à cette Nina morte, tantôt à François, suppliant Dieu de lui pardonner…

Alors elle se leva, et commença à arpenter sa chambre. Cette chambre qu'elle occupait depuis juin 1940… Cette chambre où ses enfants étaient nés. Elle pleurait sans parvenir à arrêter ce déluge de larmes, envahie par un désespoir brûlant et un besoin impérieux d'agir. Sa détresse, son amertume atteignirent un degré intenable. Il fallait que cela cesse. Elle se leva péniblement, se dirigea vers la salle de bains, prit dans un placard un tube de gardénal qu'elle vida dans un verre d'eau, but d'un trait… C'était atrocement amer… « Je vais dormir. Je vais enfin pouvoir dormir. »

QUATRIÈME PARTIE

1981-2001

Frédéric regardait la retransmission télévisée, Amelia, assise à ses pieds, la tête sur ses genoux. Il pouvait ainsi suivre le déroulement de la cérémonie tout en lui caressant les cheveux.

« François Mitterrand est le vingt et unième président de la République. Il a obtenu environ 51 pour cent des suffrages exprimés… » La mine déconfite, d'une voix froide et détimbrée, le célèbre journaliste qui avait misé toute sa carrière sur l'opportunisme et soutenu sans défaillance la politique de Giscard d'Estaing donnait les résultats de l'élection présidentielle.

– Tu vas voir, ricana Frédéric, celui-ci va faire un virage à gauche de cent quatre-vingts degrés dans les plus brefs délais.

– Bah ! Ils le feront tous ! Leur carrière est en jeu, répliqua Amelia.

Le petit écran montrait le visage souriant du nouveau président que la France venait d'élire. Les commentaires des journalistes de gauche comme de droite pleuvaient comme averses en avril. Au second tour, la discipline de la gauche avait parfaitement fonctionné. En tacticien aguerri, François Mitterrand avait su dire à chacun de ses alliés ce que ceux-ci attendaient de lui. Pour les écologistes : « La nature, c'est nous, les socialistes ! » Aux gaullistes, il soulignait « la grandeur de la France, résistante à l'occupation nazie ». Au tiers-monde, il disait : « Je vous ai compris et je vous soutiendrai... » « J'entends surtout défendre la liberté ! » clamait-il à la chaque apparition à la télévision.

Après la cérémonie d'investiture pleine de componction et de solennité, il y eut la marche lente jusqu'au Panthéon, aux accents de la *Neuvième Symphonie* de Beethoven. Mitterrand, impassible, un demi-sourire aux lèvres, déposait une rose rouge sur les tombeaux des morts pour la Patrie.

– Le ridicule n'a jamais tué personne ! s'exclama Frédéric. Cette parade est grotesque !

La fenêtre grande ouverte sur le boulevard Malesherbes laissait entrer la fraîcheur de la soirée, les chuchotements du vent, le murmure des arbres... tout était paisible alentour.

– Tu te rends compte que ce type est un menteur, un manipulateur... Ton oncle et lui faisaient partie du cabinet de René Bousquet et le voilà président de la République... Ton oncle en rêvait, de cette présidence ! S'il avait vécu, peut-être serait-ce lui qu'on célébrerait aujourd'hui.

– Il traînait une trop grande batterie de casseroles à ses trousses, dit paisiblement Amelia, ça n'aurait pas pu marcher. François Mitterrand, lui, a su retourner sa veste au bon moment... Bon. Nous avons un président de gauche... Et avec ça, qu'est-ce qu'on fait ce soir ? Tu veux aller à la réception de l'Élysée ?

– Pas très envie. Restons ici. D'ailleurs, Marie-Claire y va. Elle est ravie de rencontrer le nouveau président. Elle avait décidé de voter pour lui, et militait avec les socialistes.

Finalement, ils décidèrent de sortir et ils passèrent la soirée sur un bateau-mouche. Là, ils étaient sûrs de ne rencontrer aucune connaissance.

Cependant, l'effondrement de son parti obligeait Frédéric à recevoir, à s'agiter, à rencontrer de nouvelles personnes. Il envisageait de créer un nouveau parti de centre-gauche, mais dans l'opposition. Malgré les conseils de son entourage, il n'avait pas été question pour lui de se présenter à l'élection présidentielle. Il préférait, et de loin, être l'homme de l'ombre, celui qui fait et défait les gouvernements, celui sans lequel aucune décision importante ne se prend... Même quand François Mitterrand fit appel à lui, il eut la sagesse de refuser. « Trop dangereux », se borna-t-il à dire pour expliquer son attitude.

Durant toute l'année 1981 et une grande partie de l'année 1982, les deux amants ne purent se voir qu'épisodiquement. Le travail de chacun les séparait, et lorsqu'enfin ils se retrouvaient pour une semaine ou un week-end, ils oubliaient tout ce qui les séparait. Toujours convaincue que Marie-Claire ignorait leur liaison, Amelia venait Villa Montmorency, sous différents prétextes. Après tout, Frédéric s'occupait de ses affaires, et de plus était le tuteur d'Emmanuelle.

En août 1982, Amélia revenait du festival de Salzbourg. Elle roulait tranquillement sur l'autoroute. C'est en allumant la radio qu'elle apprit ce qui venait de se passer dans le quartier juif de Paris, rue des Rosiers. Affolée elle appuya sur l'accélérateur, et arrivée à Paris, se précipita dans le quartier juif encombré de voitures de police et de caméras de télévision... La rue des Rosiers était barrée. Amelia chercha longtemps une place de stationnement, gara enfin sa voiture tant bien que mal. Une multitude de gens hurlaient de rage contre les journalistes qui filmaient et promenaient leurs micros... Une reporter reçut une paire de gifles accompagnée d'insultes... Ce geste fit plaisir à Amelia. Mois après mois elle avait assisté, impuissante et furieuse, à la recrudescence de l'antisémitisme. Elle savait par Frédéric que l'argent généreusement versé par les princes arabes jouait un rôle prépondérant dans cette mise en pièces de l'État d'Israël. « Ils vont tous à la pompe à dollars, ricanait Frédéric, la gauche comme la droite, du plus haut au plus bas. Tous vont chercher leurs petits bakchichs. »

Dix morts et vingt-deux blessés. Les terroristes, sûrs de leur impunité, avaient massacré tranquillement, sans se presser, tirant au hasard, dans la rue...

Une semaine plus tard François Mitterrand, Pierre Maurois, Gaston Defferre assistèrent à la cérémonie organisée à la synagogue de la rue Pavée. Les juifs n'étaient pas dupes des larmes de crocodile que feignaient d'essuyer ceux qui étaient censés les protéger... Des cris jaillirent de la foule : « Assassins ! Mitterrand assassin ! »

Les jours suivants, Amelia n'arrêta pas de déverser un flot de haine et de colère. Elle s'en prenait surtout à Frédéric. Elle le considérait comme responsable de ce qui venait de se passer. Responsable indirect peut-être, mais responsable ! « Ne plus le voir ! Ne plus en entendre parler ! Seul compte pour lui d'augmenter sa fortune, quel qu'en soit le prix ! Surtout ne pas s'aliéner les dieux du pétrole. Ces dieux qui n'ont que trois mots à la bouche : "Mort aux juifs". »

Au cours de leur rencontres pour le moins orageuses, elle alignait ses griefs, ses certitudes :

– Cet attentat a été exécuté par des terroristes syriens et palestiniens. Mais le gouvernement, qui attend des banques arabes un crédit de vingt-huit milliards de francs, ne fera aucune enquête sérieuse susceptible de compromettre ses tractations... et surtout ne me dis pas le contraire ! Je t'ai assez entendu te vanter de ces marchés ! Mitterrand a repris en compte ceux que tu avais conclus avec Chirac. C'est lui qui a sauvé Arafat, ce fou furieux, c'est lui qui fournit les armes, c'est lui qui veut du pétrole à n'importe quel prix... !! D'ailleurs, il ne fait que dévoiler au grand jour ses anciennes convictions ! Quand on sait que les Arabes ont été les alliés inconditionnels d'Hitler, on comprend mieux la politique de la plupart des politiques français ! Peu importent les crimes de Pol Pot, de Saddam Hussein ou de Fidel Castro. Seul Israël est coupable de tous les crimes de l'humanité !

Elle dévisageait Frédéric avec haine. « Toi aussi, tu ne penses qu'à ton argent, à ce que tout ça va te rapporter. Vendre des armes sophistiquées aux Arabes, les aider à une guerre continuelle contre les juifs. C'est ça le but ? Hein ? »

Furieux d'être pris ainsi à partie Frédéric se laissait aussi aller à des mots regrettables.

– Et si tu arrêtais de nous casser les pieds avec ton sionisme de pacotille ? Dis-toi bien que c'est fini tout ça ! fini ! Tu ne l'as pas encore compris ? C'est la fin d'Israël parce que ce petit pays emmerde tout le monde !

Ils se dressaient l'un contre l'autre, s'invectivant mutuellement.

Les semaines qui suivirent n'apportèrent aucun répit à leur mésentente. Les querelles qui les opposaient étaient de plus en plus fréquentes, si bien qu'Amelia décida de rompre avec Frédéric et de passer l'hiver à New York. Le Carnegie Hall venait de lui proposer un beau contrat. Elle n'aspirait plus qu'à une chose : quitter Paris, quitter la France et, surtout, s'éloigner de Frédéric assez longtemps pour l'oublier. Préparer quelques valises, inscrire Emmanuelle et David dans une école privée à New York ne lui prit que quelques jours.

New York se préparait à fêter Noël bien qu'on ne fût qu'au début du mois de novembre, et le Manhattan Ballet donnait un nouveau spectacle. Mais la première semaine, elle n'eut guère le temps de profiter de sa ville bien-aimée... Dietrich Fischer-Dieskau préparait son enregistrement du *Voyage d'hiver* avec Alfred Brendel, et Amelia avait été engagée pour tout le travail préparatoire, avant les répétitions et les enregistrements avec l'illustre pianiste. Elle adorait son métier et ne regrettait rien. Vivre au contact des plus grands artistes de son temps suffisait à son bonheur... Répéter encore et toujours la même phrase musicale, répéter jusqu'à l'épuisement pour atteindre la perfection... Elle savait que lorsqu'il commencerait les répétitions avec Brendel, Dietrich Fischer-Dieskau serait prêt. Enfin, presque... Jamais un grand artiste n'est satisfait de sa performance. Toujours, il pense que l'on peut faire mieux. Mieux encore. « Jonathan avait le même souci de cette perfection jamais atteinte, comme ma mère... », pensait Amelia lorsqu'elle entendait Dietrich jurer, s'énerver, s'emporter sur une note, une seule note jugée imparfaite... Pas assez, trop, insuffisante... Il voulait obtenir le son juste, l'expression dramatique, mais sans excès... Se soumettre aveuglément à Schubert...

Après une matinée de travail épuisante, elle décida d'aller aux répétitions du Manhattan Ballet. Discrètement, elle s'installa dans un coin pour ne déranger personne. Elle adorait assister à la création d'un ballet, voir ces corps, que n'alourdissait pas un gramme de graisse, se mettre en mouvement, matérialiser la musique...

Une dizaine de danseurs, visiblement éreintés, étaient assis ou allongés à même le sol. Profitant d'un court répit, ils bavardaient, essuyaient à l'aide de serviettes douteuses leur corps en sueur... Des yeux, Amelia chercha sa fille.

Nina avait la tête sur les genoux comme le font souvent les danseuses épuisées... Dans la salle, un vieux piano résonnait sous les doigts de l'accompagnateur... Katia parut en justaucorps, un chandail défraîchi noué sur les hanches, les cheveux tirés en arrière. Elle s'approcha de Nina et lui massa les épaules. De sa place, Amelia ne pouvait entendre les deux jeunes femmes. Mais elle fut frappée par l'attitude de Nina qui paraissait agacée par le geste de tendresse de son amie. À cet instant, le chorégraphe lança :

– Allez, au travail ! On reprend tout depuis le début... ça ne va pas du tout !

Un concert de protestations virulentes s'éleva :

– On répète depuis huit heures ce matin ! Il est midi !

– Vous vous reposerez plus tard. Au travail... Musique, s'il vous plaît...

Les danseuses se redressèrent et se mirent en position.

– Et... un !

Le piano joua un *Prélude* de Bach très lent, très mélancolique... Les yeux fermés, Amelia se reporta trente ans en arrière. Sa mère jouait ce même *Prélude*.

Nina et Katia dansaient, s'efforçaient de suivre le rythme, très lent, de ce prélude. Un petit groupe de danseurs les regardait. Elie Cohen, le chorégraphe, avait décidé de créer un nouveau ballet de danse contemporaine sur la musique de Bach... Il avait été formé par Maurice Béjart et avait hérité de toutes les exigences de son maître, et peut-être de son talent... C'était, de l'avis d'Amelia, très bien, très abstrait, intemporel... Mais ce n'était jamais assez bien. Jamais. Amelia trouvait le jeune homme injuste... il hurlait :

– Passé, chassé, saut de chat, double pirouette et arabesque. Lentement ! Ce n'est pas difficile, pourtant... Qu'est-ce qui se passe, Nina ?

– Je suis épuisée, voilà ce qui se passe ! Et puis, ça nous aiderait vraiment si tu nous disais ce qu'on doit interpréter... Quelle est l'histoire de ton ballet ?

– Il n'y a pas d'histoire. Juste Bach ! Seulement Bach ! Bach ! Katia, tu dors ?

L'amie de Nina sursauta.

– Euh, non ! C'est à mon tour ?

– C'est toujours à ton tour ! Tu reprends exactement les mêmes mouvements de Nina, mais une mesure après ! J'ai dit une mesure ! Pas une mesure et demie, encore moins une demi-mesure... Je veux la perfection ! Sinon, il n'y aura pas de ballet... Allez, en place ! Toutes les deux ! Et un !

Nina dansait. Son esprit cessa de gouverner son corps. Ses pieds ne la faisaient plus souffrir, elle s'élança dans la musique avec un grand développé, très lent, très dépouillé, et elle ressentit une bouffée de bonheur intense. Elle l'avait... Elle l'avait enfin ce moment où un artiste arrive, parfois, à atteindre ce qu'il cherche vraiment, au prix d'un labeur incessant.

Quand, haletante, en sueur, elle retrouva sa mère dans les coulisses, elle baignait dans la joie. Elie Cohen s'approcha d'elle, posa avec rudesse un peignoir sur ses épaules, fit de même avec Katia...

– Ce n'est pas mal. Vous avez enfin compris ce que je veux. Répétition, ce soir à dix-huit heures, en costume... Il y a encore beaucoup de choses à revoir... Nina ? Je peux te parler une minute ? J'aimerais revoir avec toi ton enchaînement sur la *Fugue en* do *mineur*. Il faut laisser à Katia le temps de te suivre...

L'instinct maternel d'Amelia se rebella. Elle l'interrompit :

– Mais vous ne voyez pas que ces deux petites sont épuisées ? Donnez-leur au moins une heure de repos...

Elie Cohen la dévisagea sans aménité.

– Je peux savoir qui vous êtes ?

– C'est ma mère, dit Nina. Elie, je te présente ma mère, qui veut assister à la Première.

Cela laissa le chorégraphe de marbre.

– Ah, dit-il, eh bien, pour avoir une première, il faut des danseurs qui sachent danser et qui entendent la musique ! Katia, Nina... dans deux heures sur scène. Et à six heures, tout le corps de ballet, en costumes...

Et il disparut sans prendre la peine de saluer Amelia. Elle rit.

– Ils sont tous comme ça ! qu'ils chantent, qu'ils dansent, qu'ils créent un film ou une pièce de théâtre, dit-elle en essuyant le visage en sueur de sa fille... Ce n'est jamais assez bien ! Allez mes petites, allez prendre une douche, je vous emmène déjeuner au Russian Tea Room.

Un concert de protestations salua cette proposition :

– Nous n'avons pas le droit ! Pas un gramme avant la première. Elie nous force à nous peser tous les matins, si nous prenons cent grammes, c'est une heure de barre en plus.

Elles étaient comme des enfants, riant, criant. « Pourtant, elles ont presque trente ans ! On dirait des adolescentes ! » pensa Amelia avec amusement.

– Viens avec nous, maman ! On va déjeuner dans Central Park. On a tout ce qu'il faut !

– Quoi donc ? demanda Amelia, méfiante.

– Des œufs durs, des tomates et un thermos de thé...

Tandis que les deux jeunes femmes se douchaient, Amelia s'approcha du piano, légèrement désaccordé. Ne pas penser à Frédéric. Ne plus jamais penser à Frédéric... Le jeune pianiste qui servait d'accompagnateur travaillait le *Nocturne en* ut *mineur* de Chopin. Remarquablement bien... Quand il vit Amelia, il s'interrompit et lui sourit. Il devait avoir vingt ans...

– Ça vous plaît ? demanda-t-il. Je prépare ça pour le concours Reine-Élisabeth-de-Belgique...

Amelia ferma les yeux. Jonathan ! Elle entendait la voix de Jonathan : « Le plus grand concours du monde. »

– Alors, ça vous plaît ? répéta le jeune pianiste.

Il l'observait avec une petite lueur ironique dans les yeux.

– Beaucoup. Ma mère jouait ce nocturne à la perfection... Bien que j'aie été très jeune à l'époque, je devais avoir trois ou quatre ans, je m'en souviens très bien.

– Vous êtes musicienne. Je le sais, dit le jeune homme, Nina me l'a dit... Nina n'arrête pas de parler de vous. Votre mère aussi était musicienne.

– Oui. C'était une très grande pianiste. Vous êtes trop jeune pour en avoir entendu parler. Nina d'Aubreuil.

– Nina d'Aubreuil ? Bien sûr que si, j'en ai entendu parler ! Je suis élève à la Juilliard School et notre professeur était l'un de ses fans... Il l'avait entendue jouer au Carnegie Hall... en 1938 ? C'est ça, en 1938 ! Malheureusement, il n'y a pas eu beaucoup d'enregistrements de disques. Mais ceux qu'elle a enregistrés sous la direction de Bruno Walter sont absolument remarquables.

Amelia secoua la tête. À quoi bon se souvenir ? Ses parents n'existaient plus que dans son souvenir...

– Si vous voulez, je peux vous faire entendre un disque enregistré par votre mère... En direct, s'il vous plaît ! Au Carnegie Hall, en juin 1938... C'est le *Concerto en* si *mineur*, l'un des premiers concerts enregistrés en direct à ma connaissance.

– Mon Dieu, vous avez ça ?

– Oui ! Alors ?

– Quand pouvez-vous ?

– Après la répétition générale. Ce soir à dix heures, ça vous va ?

– Oh oui, bien sûr ! Quelle est votre adresse ?

– Vous n'assisterez pas à la répétition, ce soir ?

Il paraissait brusquement gêné.

– Ce n'était pas dans mes projets. Mais si cela vous arrange, je viendrai.

Un large sourire fendit le visage du jeune homme.

– C'est bien ! À propos, je m'appelle Joseph... Joseph Frankel. Je vous inviterai à boire une bonne bière, et nous monterons chez moi... Je dors ici.

Amelia comprit. Le manque d'argent, la nécessité de dormir quelque part, de se nourrir et de payer ses études... Joseph Frankel gagnait sa vie comme répétiteur... Quelques dollars et un logement dans l'un des nombreux studios de répétition que recelait le Lincoln Center... Il devait se nourrir de hot-dogs ou de McDonalds. Il avait quelque chose de Jonathan. Elle l'observa attentivement. « Le nez ! C'est ça ! » Un grand nez busqué qui lui dévorait le visage. « Mon sale nez juif ! » disait Jonathan en riant...

– Est-ce que vous êtes juif ? demanda brusquement Amelia.

– Oui.

– Et vos parents ?

Il se mit à rire.

– Mes parents aussi !

Amelia rougit comme une écolière.

– Je voulais dire... Vos parents ne vivent pas à New York ?

– Non, mes parents vivent à Milwaukee où ils tiennent un *delicatessen* strictement cachère. Ils n'ont pas les moyens de m'offrir la Juilliard School. Alors, à moi les petits boulots ! Répétiteur au Lincoln Center, quelques élèves, fils et filles de *Jewish Princesses* aussi stupides et dépourvus de talents que leurs mères qui s'imaginent qu'elles ont donné le jour à des futurs Arthur Rubinstein ou même des Nina d'Aubreuil. Vous riez... ? Ça vous va très bien de rire.

En effet Amelia riait. Cela faisait longtemps qu'elle n'avait pas ri ainsi.

– Et c'est tout ? demanda-t-elle.

– Non. Parfois je tiens le piano-bar de huit heures à minuit au Plaza... D'autres questions ?

De nouveau, Amelia rougit. Son trouble la contraria et elle dit plus sèchement qu'elle ne l'aurait souhaité :

– Alors, à ce soir. Après la répétition.

À l'instant où Joseph Frankel prit sa main, Amelia sentit une chaleur soudaine l'envahir. Un flot de désir confus la submergeait... Être dans les bras de ce jeune homme... Sentir ses mains sur son corps... L'embrasser... Passer ses doigts dans cette chevelure noire indisciplinée. « Amelia ! Tu as perdu l'esprit ? Un gamin ! Il pourrait être ton fils ! »

C'est l'esprit ailleurs qu'elle partagea le frugal déjeuner de Nina et de Katia. Elle répondait par monosyllabes, ne remarquait pas la tension qui existait entre sa fille et Katia, puis prétexta des rendez-vous pour partir. Chez elle, Amelia se rendit compte qu'elle n'avait pas cessé de penser à Joseph Frankel. Elle passa l'après-midi à des soins de beauté attentifs, à choisir une tenue qui la mettrait en valeur, mais qui ne la vieillirait pas trop. Eut le temps de se trouver ridicule. De changer encore une fois de tenue… pour finalement opter pour celle qu'elle portait le matin même.

Elle assista à la répétition en costumes. Son cœur battait chaque fois que son regard croisait celui du pianiste.

Après la répétition, toute la troupe s'égailla dans les loges. Après la douche, épuisées, Nina et Amelia embrassèrent Amelia pour lui dire bonsoir.

– On va se coucher, maman ! On n'en peut plus… Demain matin, répétition à huit heures…

– Filez, mes petites. À demain. Je viendrai déjeuner avec vous. Si l'on peut appeler ça un déjeuner…

Elle sentait dans son dos le regard de Joseph Frankel. Ne pas se retourner. Pas maintenant. Attendre d'être seule avec lui…

– Alors, on va la boire, cette bière ? Venez. J'ai le disque de votre mère. Vous l'écouterez plus tard…

Il aurait aussi bien pu le lui donner et s'en aller ! Mais Amelia voulait qu'il reste encore un peu avec elle.

– Et si vous veniez chez moi la boire, cette bière ? Accompagnée de quelques sandwichs ? Je meurs de faim.

– OK. Moi aussi, je meurs de faim. Je vous suis.

Il avait une petite voiture anglaise décapotable qui affichait un nombre incalculable de kilomètres au compteur… Elle s'installa et frissonna. Pourtant il ne fait pas froid en novembre à New York. Frais peut-être, humide toujours, mais le vent qui vient du large y est doux, chargé d'effluves odorants.

– Vous avez froid ? demanda Joseph.

– Non. C'est… Non, je n'ai pas froid.

La lune était pleine. Une lune de novembre, entourée d'un halo bleuâtre… La voiture se faufilait à travers la circulation new-yorkaise. Puis, soudain, elle se trouva bloquée.

– Embouteillage ? demanda Amelia.

– Non. Accident. Visiblement sans gravité. Regardez…

Deux individus s'engueulaient avec véhémence…

– Quels idiots ! dit Amelia, pressée de se retrouver seule avec Joseph. Ils nous font perdre un temps précieux !

– Vous croyez ?

Il se pencha sur le visage d'Amelia, l'embrassa, l'étreignit étroitement et prolongea son baiser.

Deux agents de police mirent fin au pugilat des deux conducteurs, et Joseph remit la voiture en route. Pas un mot ne fut échangé jusque dans l'ascenseur, où il fut impossible de s'embrasser sous le regard goguenard du doorman. Comment elle ouvrit la porte de son appartement, comment elle se retrouva dans les bras de Joseph, jamais Amelia ne put s'en souvenir... Une étreinte qui ne voulait pas finir. Soudés l'un à l'autre, il s'endormirent enfin.

Dans son lit, Amelia éveillée sentait la fraîcheur de l'aube pénétrer dans la pièce par la fenêtre ouverte sur la rue. Sur elle, le poids de Joseph, sur son corps...

– Tu dors ?

La voix de son jeune amant chuchotait dans ses cheveux. Elle ne répondit pas...

– Je sais que tu ne dors pas ! dit-il... Je vois tes yeux bouger sous tes paupières...

Elle eut un petit rire. Sa première aventure depuis... Depuis quand, au fait ? Depuis Frédéric. Mais Frédéric, c'était fini, terminé. Elle écoutait le flot de paroles ininterrompues que Joseph lui chuchotait en yiddish, des mots doux auxquels elle ne comprenait rien, mais dont elle savait que c'étaient des paroles d'amant...

– Dis-moi, chuchota Amelia... Tu m'as l'air très expérimenté... À quel âge as-tu commencé à faire l'amour ?

– Treize ans ! Et toi ?

– Dix-sept.

Souvenirs, souvenirs... Etés de Montastruc-la-Gaillarde, promenades au crépuscule qui se terminaient dans l'herbe haute de juillet... Jonathan.

– Un premier amour ne s'oublie jamais, dit-elle à mi-voix. Et toi, as-tu aimé cette femme ? Qui était-ce ?

– Une pute, dit Joseph en riant. Je venais de faire ma bar-mitsva et puisque j'étais majeur religieusement, j'avais décidé de devenir un homme... Une jolie pute, d'ailleurs... Vingt ans, juive bien sûr. Elle avait décidé de se prostituer pour se faire un petit pactole...

– Qu'est-elle devenue ?

– Oh... Elle a épousé un brave boulanger-pâtissier. Ils ont ouvert un *delicatessen* à Brooklyn et je crois bien qu'elle attend son cinquième enfant. Elle va à la synagogue tous les samedis matin. Il n'y a pas plus religieux qu'elle. On se rencontre parfois, les jours des grandes fêtes, on se regarde et on rit. Et toi, ton premier, qu'est-il devenu ?

– Il... Jonathan... Il est mort. Une pneumonie... Nous étions mariés...

– Je suis désolé, murmura Joseph.

– Ne sois pas désolé. Cela s'est passé il y a longtemps !

– Nina est sa fille ?

– Oui... Ne parlons plus de cela s'il te plaît.

Il l'attira contre lui.

– Oublie pour un moment. Juste pour un petit moment.

Huit mois que leur séparation durait. Ni l'un ni l'autre ne voulaient céder. Frédéric ne se sentait pas coupable de ce qui s'était passé rue des Rosiers. Amelia savait qu'elle avait été injuste, mais ce que représentait Frédéric lui faisait désormais horreur... Et pourtant, Dieu sait qu'il lui manquait. Joseph Frankel n'était qu'un palliatif, dont, d'ailleurs, elle profitait sans vergogne.

Alors, de guerre lasse, rompant avec toute fierté, Frédéric prit un avion, un taxi et débarqua à New York un soir d'avril 1983. Amelia fêtait son quarante-huitième anniversaire, avec ses filles, des amis... Une vingtaine de personnes, un peu ahuries par cette présence inusitée se trouvaient dans l'appartement de la 79e Rue... Il y eut des cris de joie de la part des enfants... Des exclamations de bienvenue... Frédéric se laissait embrasser par Nina, Emmanuelle et David... Il évitait le regard d'Amelia qui le fixait avec un petit sourire railleur...

– Des affaires m'appellent à New York... Je me suis souvenu que c'était ton anniversaire, dit-il.

– C'est bien d'être venu, dit-elle. Combien de temps comptes-tu rester ici ?

– Une petite semaine...

Elle sourit plus largement et remplit un verre de vodka à ras bord.

– Bienvenue à New York...

Puis à mi-voix :

– Tu es descendu au Pierre ?

– Oui.

– Alors, à tout à l'heure...

– Ne tarde pas...

– Non, je ne tarderai pas...

Joseph Frankel ne quittait pas des yeux le couple qui bavardait a voix basse. Amelia revint vers lui. Elle souriait, un peu gênée.

– C'est lui ? demanda-t-il.

– Oui.

– Alors je suppose que pour nous c'est fini ?

Amelia eut un petit sourire crispé.

– Il ne faut jurer de rien, mon chéri, dit-elle enfin. Mais j'ai quarante-huit ans et tu en as vingt et un... Il y a là comme une erreur de dates... Le contraire eût été plus acceptable. Nous pouvons rester bons amis.

– Bon, ça va, j'ai compris. Je ne serai jamais un « bon ami ». Jamais ! Alors adieu !

Deux heures plus tard, Amelia était dans les bras de Frédéric.

C'était tout ce qu'il était venu chercher. La certitude qu'Amelia était à lui et ne lui résisterait jamais.

– Jamais plus un coup pareil, grondait-il entre ses dents, entre deux étreintes. Ne me refais jamais un coup pareil ! J'aurais pu te tuer !

Mais, rassasiée, Amelia ne répondit pas.

Quand Frédéric s'éveilla, Amelia dormait encore. Il observa chaque ligne de ce visage clos sur l'oreiller froissé. « Elle est à moi, pensa-t-il, à moi ! Finalement j'obtiens toujours ce que je veux... »

L'enchantement de la nuit faisait place à un calme triomphe.

« Maintenant je ne te laisserai plus jamais partir, maintenant je ne serai plus jamais séparé de toi... »

Son regard sembla pénétrer les rêves d'Amelia, car elle ouvrit les yeux, le regarda, esquissa un sourire, mais avant même qu'elle prononçât le moindre mot, il était déjà sur elle et l'embrassait passionnément.

1984

À l'ombre du tilleul Géraldine d'Aubreuil lisait à haute voix le texte d'une chansonnette dont l'auteur présent se trémoussait de plaisir.

– On va pouvoir en faire une chanson ? Qu'en penses-tu ?

Eric était un jeune homme mince, imberbe, plutôt joli garçon, dont le charme ambigu pouvait attirer aussi bien l'un ou l'autre sexe.

– Ce sera un tube ! un vrai tube ! s'écria Charles d'Aubreuil. Mon vieux, je pense que tu as du génie ! C'est super ! Et toi, Emmanuelle, qu'en dis-tu ?

Ainsi interpellée, sa cousine s'arracha à la lecture du *Monde* et sourit sans répondre.

Charles répéta : « Qu'est-ce que tu en penses ? » Il la regardait avec intensité. Le fils aîné de Frédéric et Marie-Claire était un jeune homme d'une singulière séduction. Vingt ans, blond aux yeux bleus, un mètre quatre-vingts, on lui faisait souvent des propositions… de cinéma. Mais Charles n'avait aucun désir de faire du cinéma. Il ne rêvait que d'une chose. S'associer avec sa cousine Emmanuelle avec laquelle il s'entendait particulièrement bien et travailler avec son père.

En l'espace de quelques années, Charles, Géraldine, Emmanuelle et David, devenus de jeunes adultes, avaient désormais leur propre vision de la vie. Vision qui, forcément, était à l'opposé de celle de leurs parents. Encore que Frédéric voyait d'un très bon œil l'entente parfaite qui existait entre Charles et Emmanuelle. « Dans ce couple, c'est Emmanuelle l'homme et Charles la femme ! » disait-il en riant. Il savait son fils opiniâtre, intelligent et ambitieux et il ne lui déplaisait pas de voir que la fille de Christian était une véritable femme de tête, réaliste et volontaire. « S'ils n'avaient été cousins germains, ç'aurait été un couple parfait », pensait-il.

Géraldine, quant à elle, était une ravissante jeune fille, nourrie de feuilletons et d'émissions télé. Elle ne rêvait que de ça, ne s'intéressant qu'aux stars, aux rengaines à la mode. Elle avait décidé qu'elle serait top model. Si Frédéric était flatté par la beauté de sa fille, il était heurté par son indigence intellectuelle. Mais elle était si charmante, si gentille, si douce que l'on ne pouvait lui en vouloir. Pour l'instant, elle était follement amoureuse du jeune chanteur qui crachait sur la société de consommation et dont les moyens d'existence étaient des plus flous, elle s'était laissé éblouir par son insolence, sa haine ostentatoire des « bourgeois ».

– La jeunesse n'a qu'un temps ! Il faut en profiter, clamait-il en ce moment.

– Qu'est-ce que tu entends par « en profiter » ? demanda Emmanuelle, faussement innocente. Passer tes nuits en boîte, et t'envoyer en l'air avec tout ce qui passe ?

Eric ne répondait jamais à Emmanuelle quand il pouvait l'éviter. Il se méfiait d'elle.

– Alors, tu n'aimes pas ma chanson ? demanda-t-il.

Il regardait Emmanuelle, narquois, provoquant.

– Eh bien, réponds ! lança Charles.

Emmanuelle regarda son cousin avec une expression mi-affectueuse, mi-ironique.

– Elle est stupide, dit-elle calmement. Je n'ai rien entendu de plus indigent de ma vie. Mais tu as raison, je suis sûre que ce sera un très grand succès. Toutes mes félicitations, Eric ! Dans le genre, c'est ta meilleure chanson.

– Toujours aussi aimable, grinça Eric. Eh bien, dis-toi bien que ce texte « indigent », comme tu dis, a été retenu par Eddy Barclay en personne. Il veut le soumettre à la chanteuse...

Cette fois, Emmanuelle l'interrompit brutalement :

– Inutile de me dire que c'est la chanteuse... qui monte... Elle n'a pas de voix, pas de talent, ignore le solfège... Quand elle chante, on croit entendre grincer une porte ! Mais elle est « ravissante », son « fiancé » actuel est bien placé dans les médias. Il y aura une promotion fantastique, on va l'entendre sur les ondes, la voir sur tous les écrans et la médiocrité humaine grandira encore d'un cran, tout cela grâce à Eric Nabo, grand génie devant l'éternel... Donc tout va le mieux du monde... tu vas pouvoir enfin gagner plein d'argent et t'offrir cette Ferrari dont tu rêves tellement...

– Arrêtez de vous disputer, s'écria Géraldine, irritée. C'est quand même agaçant de ne pas pouvoir discuter tranquillement entre nous, sans qu'aussitôt vous vous querelliez...

– Tu as raison, ma chérie. Je suis désolée, dit affectueusement Emmanuelle. Et puis, tout cela ne m'intéresse pas ! Alors, ne me demandez pas mon avis !

Ostensiblement, elle tourna le dos à celui qu'elle avait baptisé en secret « la petite frappe » et donna une tape sur le derrière de Géraldine qui sursauta en riant.

– Arrête ! Tu sais bien que je déteste ça !

Du même âge, à quelques mois près, les deux cousines s'aimaient beaucoup. Mais Emmanuelle, grande, forte, bien charpentée, paraissait plus mûre que la fragile Géraldine, que la nature avait dotée, outre de la beauté, d'une vraie générosité, d'une bonté sans limites et d'un aveuglement constant sur la véritable nature des gens.

Elle croyait en l'amour unique qui la jetterait pour l'éternité dans les bras d'un Prince charmant qu'elle épouserait en grande pompe en l'église de la Madeleine. Ce Prince charmant, elle était persuadée de l'avoir trouvé en cet Eric, rencontré dans une discothèque où son frère l'avait entraînée. Eric s'était présenté comme cinéaste, scénariste, écrivain, auteur dramatique, bref, toute la panoplie des futurs génies. Au grand déplaisir d'Emmanuelle, qui avait tout de suite perçu dans le jeune homme quelque chose de malsain, de pervers, voire de dangereux pour sa cousine. « Mais d'où sort-il cet argent qui lui brûle les doigts ? » Elle n'aimait pas davantage les raisonnements antibourgeois qu'il tenait en permanence.

Emmanuelle l'observait attentivement. « Peut-être est-il doué ? » pensa-t-elle en s'efforçant à l'objectivité. Elle ne le quittait pas des yeux. Il pérorait, sûr de lui, ses cheveux noirs ondulaient autour de son visage régulier, ses yeux étincelaient et, avec ostentation, il sortit un minuscule sachet de poudre blanche de sa poche.

– C'est quoi, cette saloperie ? demanda Emmanuelle avec rudesse.

– Cocaïne ! ricana le garçon. Tu veux goûter ?

Ce disant, il lui tendit le sachet ouvert. Emmanuelle le balaya d'un revers de la main.

Les yeux d'Eric brillèrent de colère.

– Tu sais combien ça coûte, espèce de crétine ?

– Pas de ça ici, grinça Emmanuelle. Vu ? Je te signale que je suis ceinture noire de judo et que je ne ferai qu'une bouchée de toi, petit con !

Eric haussa les épaules.

– Un peu de coke n'a jamais fait de mal à personne !

Emmanuelle lança avec aigreur :

– Où te procures-tu de l'argent pour t'acheter cette saloperie ? Tu ne travailles pas et tes parents sont sans fortune, si j'ai bien compris ? À moins que tu nous racontes des histoires ? Allez, fiche le camp d'ici, on t'a assez vu !

Il la dévisagea avec une froide hostilité.

– Tu n'es qu'une sale petite bourge, répliqua-t-il. Je suis venu voir Géraldine. Je ne partirai que si elle me le demande. Tu veux que je parte, Géraldine ?

Quelque chose dans l'expression du jeune homme inquiétait Emmanuelle. C'était une expression triomphante, cynique et joyeuse. « Il a l'air d'un chat qui vient de croquer la souris... » Songeuse, elle dévisagea sa cousine. Son trouble, sa rougeur, son agitation l'éclairèrent. « Ils ont couché ensemble ! pensa-t-elle soudain. Seigneur ! Avec cet attardé mental ! »

– Alors reste, puisque Géraldine y tient. Mais que je ne t'y reprenne pas à proposer des saloperies, ou je te casserai la gueule sans l'ombre d'une hésitation, compris ?

– Où en sont tes projets de voyage en Inde ? demanda Charles, espérant faire diversion.

– Je ne pars plus ! fit l'interpellé. Je vais écrire un livre.

Incapable de résister à l'envie d'agresser verbalement celui qu'elle détestait, Emmanuelle lança, ironique :

– Tu vas écrire un livre ? J'ignorais que tu savais écrire. Sur quel sujet ?

Eric la dévisagea. De nouveau, il arborait cette expression sournoise, cynique qui avait mis son ennemie en alerte.

– Le sujet ? Cette nouvelle maladie mortelle qui nous vient des États-Unis...

– Ah, oui ! Je vois ce que tu veux dire, dit Charles. Celle dont sont victimes les homosexuels ? On ne sait pas grand-chose là-dessus... Mais il semble que ce soit une maladie mortelle transmise par des relations sexuelles, heu...

Il rougit et n'acheva pas. Il n'osait employer devant sa sœur et sa cousine les mots crus qui qualifiaient les rapports homosexuels.

Eric eut une expression dure, il ne répondit pas tout de suite. Son regard s'attardait sur Géraldine... Puis il dit :

– Exact. Le sujet m'intéresse beaucoup...

– Ah, pourquoi ? insista Emmanuelle avec méchanceté. Tu es

concerné ? Peut-être es-tu atteint ? Qui sait... Puisqu'il paraît que tu te définis comme bisexuel...

– Ne soit pas empoisonnante, Emma ! s'écria Géraldine. Nous sommes dans un pays libre et chacun a le droit de choisir sa sexualité ! D'ailleurs, tout le monde a le droit d'avoir des expériences variées avant de choisir définitivement ce qu'il veut faire de sa vie ! Regarde Nina, ta propre sœur ! Elle n'a rien fait d'autre que ça ! Elle vit avec une danseuse comme elle et personne n'y trouve rien à redire !

Emmanuelle ne répondit pas. Elle était aux antipodes de sa sœur Nina qui, tout comme sa mère, n'obéissait qu'à ses désirs. Nina était une anarchiste convaincue mais qui mettait en pratique le concept : « Ne fais pas aux autres ce que tu ne voudrais pas que l'on te fasse. » C'était là sa seule règle de vie, à laquelle on pouvait ajouter : « Ce que je fais, ce que je suis ne regarde que moi. »

Jamais Emmanuelle ne l'avait entendue juger ou condamner quelqu'un. Nina ne vivait que pour la danse, ne parlait que de la danse. Son univers était circonscrit entre le Manhattan Ballet et les spectacles donnés autour du monde. D'ailleurs, Nina était célèbre, adulée même. On la considérait comme une nouvelle Ekaterina Maximova.

– Les danseurs ne sont pas des gens normaux, tout le monde le sait..., grommela Eric.

– Et là aussi, tu es bien placé pour le savoir ! dit Emmanuelle en ricanant. Tu as été danseur, si mes souvenirs sont exacts ?

– Ta gueule, dit-il calmement.

– Emmanuelle, je t'en prie ! Arrête de t'en prendre à Eric ! plaida Géraldine. Eric aurait pu être un grand danseur si seulement ses parents ne s'y étaient pas opposés. Elle se tut, songeuse soudain, puis reprit à voix basse : Pourquoi est-on obligés de faire ce que l'on attend de nous ? demanda-t-elle, pensive. Pourquoi ne pas nous laisser vivre comme nous l'entendons ? Nous n'avons qu'une vie, une seule !

Surprise, Emmanuelle dévisagea sa cousine d'un air bizarre. « C'est de la bouche de Géraldine, cette enfant, cette poupée écervelée que sortent les questions essentielles... », pensa-t-elle. Puis à voix haute :

– Mais ma chérie, personne n'a de réponses à ces questions. Si tu les trouves, tu seras plus avancée en sagesse que quiconque en ce monde...

Soudain, la silhouette élégante de Marie-Claire, à peine alourdie par la quarantaine, s'imposa entre ombre et soleil.

– Alors, les enfants ? Toujours en discussions animées, je vois... Comment allez-vous, Éric ?

– Bien, madame, merci...

Marie-Claire ne se souciait pas de la réponse d'Eric. Elle observait Emmanuelle et David, lequel n'avait pas levé le nez du livre qu'il lisait avec passion. Elle aurait aimé détester les enfants d'Amelia, mais ne le pouvait pas. Malgré elle, elle les aimait. Elle les avait vus grandir. Elle les avait emmenés en vacances, elle les gardait souvent lorsque Amelia s'absentait. Et d'ailleurs, en quoi étaient-ils responsables du drame vécu par leurs parents ?

« J'aurais pu en aimer un autre... mais c'est Frédéric que j'ai voulu, pensa-t-elle. J'ai choisi mon malheur. Et maintenant, l'avenir est clos, la voie tracée... Quoi qu'il advienne. »

– C'est bientôt l'heure du thé, lança-t-elle en s'efforçant à la gaieté, voulez-vous le prendre ici ou dans le salon ?

– Je préfère le salon, tatie, dit David. Je m'ennuie ici ! Personne ne veut jouer aux échecs avec moi... Ils se disputent tout le temps...

– Tiens, tu m'étonnes ! plaisanta Marie-Claire. Géraldine, ma chérie, je pense que nous serons mieux à l'intérieur ? Il y fait un peu plus frais qu'ici. Tu es en nage...

Géraldine se leva prestement. Le soleil de septembre brillait sur elle, l'éclairant d'une lumière dorée...

– Comme tu es jolie ! dit passionnément Marie-Claire. Je

crois que j'ai la plus jolie fille du monde. Allons, venez, le thé est servi.

Marie-Claire, suivie par les jeunes gens, se dirigea en bavardant vers la maison blanche, rassurante, avec ses volets clos, préservant l'ombre et la fraîcheur. Comme toujours, elle éprouvait une sensation de paix, de bonheur, oui, de bonheur, lorsqu'elle la regardait ainsi. Alors, la douleur qui lui serrait le cœur en permanence depuis tant d'années desserrait enfin son étreinte... Elle respirait mieux.

– Crois-tu que je puisse inviter Eric à dîner, ce soir ? demanda Géraldine.

– Non, dit Marie-Claire. Tu sais que ton père n'aime pas ce garçon. Lui imposer sa présence ne serait guère diplomate de ta part... Mais je crois que tu pourras l'inviter pour ton anniversaire. Il y aura tant de monde qu'il passera inaperçu. Du moins, je l'espère... De toute façon, évite de parler d'Eric à ton père, si tu ne veux pas l'irriter.

Géraldine allait répliquer, mais elle s'arrêta à temps. Elle sentait qu'il y avait entre ses parents une tension permanente qu'elle ne s'expliquait pas... Ils ne se disputaient pas, étaient très aimables l'un envers l'autre, courtois, gentils, exactement comme pouvaient l'être d'excellents amis de longue date. « Plus rien n'est comme avant », songeait la jeune fille tristement. Mais elle était incapable de situer cet « avant » ni à quelle date exactement les rapports entre ses parents avaient changé... Elle se souvenait d'une époque où ils paraissaient s'entendre merveilleusement. Sa mère, visiblement follement amoureuse de son père, cédait sur tout, organisait des fêtes, des réceptions, des voyages... « Tout a changé depuis le retour de tante Amelia. Elle n'aime pas la recevoir, elle n'aime pas sa présence... »

– Tout va bien entre papa et toi ? Je veux dire... Il n'y a pas de problèmes ?

– Quelle drôle de question ! Tout va bien, ma chérie. Ton

père travaille beaucoup... Le voilà, le problème. Ne te fais pas de souci !

Marie-Claire se disait souvent qu'elle avait servi de mère à deux êtres totalement différents d'elle. Elle se disait aussi qu'Amelia aurait pu en dire autant et qu'en somme, toutes les mères devaient, un jour ou l'autre, se retrouver face aux enfants devenus grands, jeunes adultes autonomes qui recelaient plein de surprises. Parfois bonnes. Parfois mauvaises... Géraldine et Charles la surprenaient. Elle les aimait mais ne les comprenait pas. Ainsi, comment Géraldine avait-elle pu s'amouracher de cet Eric, venu d'on ne sait où, cet Eric si représentatif de sa génération, de ce que la société avait donné de pire dans ce genre, qu'il en était presque caricatural ? En proie à une vague mélancolie elle soupira. « J'en ai parfois assez d'être la femme de quelqu'un, la mère de ses enfants, de passer à mes journées à m'occuper de leur bien-être, de leur bonheur, de leurs désirs... Où suis-je, moi, là-dedans ? Qui suis-je pour Frédéric ? Pour Géraldine ? Pour Charles ? Celle qui s'occupe de la maison, des repas, du bon fonctionnement domestique. *Ein Reich, ein Führer, zwei Kinder*. Et ? »

– Eh bien, maman, à quoi penses-tu ? Tu as un drôle d'air... Tu sais, je crois que j'irai passer quelques mois à New York avec Emmanuelle. Nous allons nous initier aux méthode de travail américaines.

Qui donc parlait ? Ce grand jeune homme, son fils. Qui lui faisait part de ses intentions. Que cela lui plaise ou non... « Papa est d'accord... » Oui, Frédéric était d'accord. L'avait-on consultée, elle ? au préalable ? Non, elle serait d'accord, d'office... Silencieuse, elle reprit sa marche en direction de la maison.

Le petit groupe passa devant Amelia, affalée dans une chaise longue. Elle s'étira en soupirant :

– Alors, mon David ? Tu ne t'es pas trop embêté ?

Puis, sans attendre la réponse :

– Génial, ce temps... J'espère avoir le même la semaine prochaine à New York et à Chicago.

Marie-Claire s'obligea à demander d'une voie gaie :

– Et en quel honneur, ce départ ?

– Frederica von Stade va chanter les *Kindertotenlieder* de Mahler. C'est moi qui l'accompagne.

– C'est quoi, ça ? l'interrompit Eric, dédaigneux.

Amelia le dévisagea avec un mépris amusé.

– Parfois, je me demande si vous le faites exprès...

– Si je fais exprès... quoi ?

– D'être aussi stupide et ignare. Je me demande si, avec une cervelle d'oiseau comme la vôtre, on peut vraiment se dire... comment dites-vous, « créateur », c'est ça ? Vous êtes un « créateur ». De quoi, au juste ?

Blême, Eric Nabo allait répliquer, mais Géraldine se précipita :

– Tante Amelia, s'il te plaît !

Amelia haussa les épaules.

– Ma pauvre petite ! Je pense que tu fais fausse route ! dit-elle à mi-voix. Bon, je me tais !

Puis elle lança gaiement :

– Les enfants ! Je pense qu'il est temps pour nous de rentrer à la maison !

Emmanuelle dit, avec un brin de nonchalance étudiée :

– Est-ce que je peux rester ici, ce soir ? J'ai promis à Charles de l'aider à préparer sa thèse...

– Non ! dit Amelia. Demain, je prends l'avion et j'aimerais bien passer la soirée avec toi. Tu sais que Nina est très déçue que tu ne viennes pas à l'ouverture de la saison du Manhattan Ballet.

Elle eut une brève pensée pour Joseph Frankel, soupira légèrement et reprit :

– Et puis, ma pauvre chérie, je dois te donner la liste des corvées que tu vas devoir assumer. Mon absence va durer quelques semaines... Il faut veiller sur David... À ses cours de religion.

– Ne te tracasse pas pour lui. David sera comme toujours le premier de sa classe et, ensuite, je l'emmènerai rue Copernic...

Elle riait en ébouriffant les cheveux de son frère qui se débattait.

– Bon alors, Charles va m'accompagner à pied.

– À pied ? D'ici au boulevard Malesherbes ? C'est absurde ! Cela va vous prendre deux heures !

– Nous avons des projets à mettre au point.

Intriguée par la fermeté de sa fille, Amelia demanda :

– Mon Dieu quelle gravité ! Puis-je être informée ?

– Mais oui maman, et d'ailleurs tante Marie-Claire aussi. Charles et moi avons décidé de nous installer à New York. Nous allons travailler avec oncle Frédéric qui veut développer la firme aux États-Unis.

Stupéfaites, Amelia et Marie-Claire échangèrent un regard.

– Pourquoi New York ? demanda Marie-Claire d'une voix blanche.

Charles hésita.

– J'ai une petite amie qui vit là-bas, dit-il enfin, et j'aimerais bien la revoir.

– Est-ce que je la connais ?

– Non... non ! répéta-t-il précipitamment. Mais si cela devient sérieux je te la présenterai bien sûr !

Il riait. Visiblement heureux, insouciant. De nouveau, Amelia et Marie-Claire échangèrent un regard, mais qui ne concernait plus Charles. Les yeux de Marie-Claire s'étaient fait durs.

« Elle sait ! pensa Amelia. Elle sait et elle me hait ! »

Sur le moment, elle eut envie de tout nier, nier la vérité sur elle et Frédéric, retrouver l'affection de Marie-Claire... Elle se souvenait de l'enfant de dix ans qui l'avait prise par la main lors du conseil de famille et qui lui avait dit : « Je suis avec toi, tu sais ! » « C'est si loin ! » pensa-t-elle en se redressant.

– Tu n'attends pas Frédéric ? Je croyais qu'il avait des comptes à te soumettre, des papiers à signer.

La voix de Marie-Claire était neutre, froide.

– Tant pis, répliqua gaiement Amelia. Je le verrai plus tard, tu m'excuseras auprès de lui...

Elle regarda sa montre et s'écria :

– Merde ! Je file ! Emmanuelle, je t'en supplie, ne rentre pas trop tard !

À peine Amelia eut-elle filé avec David, et qu'Emmanuelle et Charles eurent disparu en riant, que Géraldine dit de sa voix douce :

– Maman, je vais accompagner Eric jusqu'à sa voiture...

– Où est-elle garée ?

– Boulevard Exelmans. À deux pas d'ici.

Marie-Claire émit un petit rire sans joie.

– Deux très grands pas ! Soit. Mais ne rentre pas trop tard. Ton père ne va pas tarder et tu sais qu'il n'aime pas te savoir hors de la maison...

Elle pensait « hors d'atteinte » mais se refusa le plaisir de prononcer ces mots... Son fils allait s'installer à New York. Et il venait de lui annoncer cela tranquillement, comme si c'était la chose la plus naturelle du monde. Et il avait une petite amie dont jusqu'à cet instant elle n'avait jamais entendu parler. « Sans doute quelqu'un d'inavouable pour la famille. Est-ce ainsi que les jeunes vivent de nos jours ?... » Et Géraldine, que Frédéric idolâtrait littéralement, allait partir aussi, un jour ou l'autre, vivre avec cet oiseau de malheur, cet Eric... Avait-elle déjà couché avec lui ? Probablement.

Encombrée de voitures en stationnement la rue Poussin était presque déserte. Les deux jeunes gens marchaient, enlacés, si beaux que les rares passants se retournaient sur eux en souriant.

– Je ne savais pas que ta tante Amelia était juive, dit Eric. Rue Copernic, il y a bien une synagogue ?

– À demi juive. Par sa mère. Mais elle a décidé de se convertir au judaïsme... Elle a vécu quelques années en Israël.

– Ça ne m'étonne pas...

– Que veux-tu dire ?

– Elle en a tous les stigmates. Arrogante, sûre d'elle. Je déteste ce genre de femme ! D'ailleurs, je n'aime pas les juifs... Et je n'aime pas ce quartier, continua-t-il dédaigneusement. C'est un quartier mort, plein de bourgeois.

Géraldine, qui adorait la maison où elle était née, le fixa avec étonnement. Comment pouvait-on détester la Villa Montmorency ?

– Oh ! dit-elle simplement. Où aimerais-tu vivre ?

– J'ai quelque chose en vue. Une ancienne imprimerie que je ferai transformer en un lieu sensationnel... Quand tu accepteras de venir vivre avec moi...

Géraldine dit tristement :

– Papa n'acceptera jamais...

– « Papa n'acceptera jamais », ricana Eric. Crois-moi, j'ai les moyens de le convaincre.

– Mais comment vas-tu faire ? dit Géraldine avec passion.

Il rit.

– J'ai mes petits secrets. Ton père aussi a ses petits secrets... Tout le monde a ses petits secrets... L'important, c'est de savoir s'en servir...

Il la prit dans ses bras, la plaqua contre le mur et l'embrassa. Leurs corps se soudaient dans cette étreinte. Il la fit chavirer...

– Tu aimes quand je t'embrasse ?

– Oui, soupira-t-elle.

– Et quand je te prends ? Quand je rentre en toi, que j'y reste aussi longtemps que tu veux ? Tu aimes ça aussi, hein ?

– Oui...

– Dis : « J'aime ça... »

– J'aime ça...

Il l'embrassa de nouveau. Un baiser profond, ardent, qui lui fit perdre la tête. Il aurait pu la prendre là, dans la rue, mais il l'entraîna dans l'obscurité d'un de ces couloirs sombres, fréquents dans ces immeubles bourgeois du XVIe arrondissement, souleva sa minijupe et la prit debout...

– Alors, tu as aimé ? demanda Eric.

– C'était un peu trop bref, dit-elle.

– Viens chez moi. Ce sera plus long.

– Impossible ! Papa...

– Papa ! Papa ! Tu ne fais dire que ça ! Mais enfin, tu es majeure ! Allons, viens chez moi ! Tu diras que tu étais avec une amie. Tiens ! Tu diras que tu étais avec ta poison d'Emmanuelle. Elle ne te vendra pas !

Docile, Géraldine monta dans la voiture d'Eric... « Je ne resterai pas longtemps », pensa-t-elle.

Entre-temps, Charles et Emmanuelle marchaient à grandes enjambées.

– Je suis contente qu'oncle Frédéric accepte de nous faire confiance à toi et à moi. Je suis sûre que nous y arriverons. J'ai des tas d'idées...

– Oh, tu sais ce que souhaite mon père : racheter Helena Rubinstein.

– Un gros morceau, apprécia Emmanuelle. Pourquoi as-tu tout déballé, comme ça, au moment de partir ?

– Voir la tête de nos mères respectives... ça valait le coup !

Emmanuelle riait comme une gamine.

– Ma mère surtout. Elle sait pourtant que je n'aime pas vivre à Paris et que je souhaite avoir mon appart à New York... Tu lui présenteras vraiment Eliza ?

– Non. Pas question. Je ne tiens pas à avoir des histoires. Eliza c'est ma vie, ça ne regarde personne. Quelquefois mieux vaut un mensonge par omission qu'une vérité qui démolira tout le monde ! Et toi ? ton petit ami, qui est-ce ?

– Je n'en ai pas ! Pas encore.

Elle se tut un instant puis reprit :

– Ta mère ne m'aime pas beaucoup, n'est-ce pas ?

Charles hésita entre mensonge, demi-mensonge et vérité...

– Je ne dirais pas qu'elle ne t'aime pas, mais...

– Mais ?

– Si je pouvais comprendre ce qu'elle te reproche...

Emmanuelle dévisagea son cousin d'un regard pénétrant. « Il ne sait rien. Rien de ce qui se passe entre ma mère et son père. Moi, je sais. Je crois que je l'ai toujours su. Comment peut-on être aussi naïf ? »

– Je crois qu'elle ne comprend pas que le monde des affaires me passionne, dit-elle enfin. Ni que l'on puisse avoir cette ambition, faire de d'Aubreuil la plus grande société de produits de beauté du monde. On va faire de grandes choses ensemble ! Le groupe Média-Presse... les radios, trois journaux, deux magazines, et bientôt une chaîne de télévision ! Il va falloir développer tout ça...

– Et que fais-tu de la Société immobilière du Languedoc et de Technicatome Associés ?

– Celle-là ne m'intéresse pas. Pas du tout ! C'est de la mort que l'on fabrique et que l'on vend ! Non... Quant à la Société immobilière... Il faut bien laisser quelque chose à nos frères et sœurs...

Ils rirent, d'un rire léger, assuré. Toute leur vie future se déroulait devant eux. Ils habiteraient New York. Voyageraient... rencontreraient l'élite financière mondiale... Oui, l'avenir s'annonçait parfaitement serein. Heureux...

Depuis ce jour d'octobre 1973 où elle les avait surpris dans un taxi, Marie-Claire avait opté pour le silence. Faire semblant que tout allait pour le mieux dans le meilleur des mondes. Elle « assumait », comme il devenait courant de dire. Elle assumait la présence, assez rare il fallait le reconnaître, d'Amelia et de ses enfants, Emmanuelle et David. Elle « assumait » même ce David de quatorze ans qui ressemblait d'une manière troublante, indiscutable à Frédéric... Elle assumait tout. Mais elle ne pouvait pas assumer le départ définitif de Charles à New York ! Ça non, elle ne pouvait le supporter... Malgré elle, elle laissait échapper des paroles désagréables, pleines d'acrimonie, qui ne reposaient sur rien de réel, puisque la raison de sa mauvaise humeur devait être ignorée. Malgré elle, elle affichait une attitude hostile vis-à-vis d'Amelia. Attitude qui pouvait signifier qu'elle « savait », alors qu'elle devait tout faire pour montrer qu'elle ne « savait » pas. « Savoir » serait précipiter les choses, précipiter un divorce dont elle ne voulait à aucun prix.

L'hiver 1984 fut en ce sens épouvantable. Charles était aux États-Unis, Amelia en tournée ne faisait que de rares apparitions, et Marie-Claire dut supporter la mauvaise humeur de Frédéric qui allait grandissant. Elle avait parfaitement deviné les raisons de cette mauvaise humeur. Son mari ne pouvait pas voir sa maîtresse aussi souvent qu'il le désirait. Amelia était à Tokyo, ensuite à Montréal, ensuite à São Paulo... Quelle justification Frédéric aurait-il pu inventer pour s'absenter alors que sa présence était indispensable à Paris ? Ce fut un hiver de cocktails, de réceptions où, faute de mieux, Frédéric emmenait Marie-Claire. Prisonnière de sa bulle de passion et de douleur, elle serrait les dents et souriait devant le Tout-Paris. Elle était sa femme. Juste cela, sa femme.

Une réception au Quai d'Orsay l'éclaira sur ce qui préoccupait Frédéric. On ne parlait évidemment que du terrorisme au Liban... Marie-Claire écoutait avec attention le ministre des Relations extérieures, Claude Cheysson, qui d'une voix monocorde disait « notre préoccupation devant la reprise des violences et notre sympathie pour les familles des victimes... ».

– Lesquelles ? questionna Frédéric d'une voix dure.

– Comment cela, lesquelles ? balbutia le ministre, interloqué.

– Oui. Quelles victimes ? Quand des terroristes se transforment en bombes humaines dans des cafés, qui sont les victimes ?

– Tout cela n'est pas si simple, monsieur Maury... Les Israéliens...

– C'est ça, n'est-ce pas ? Les Israéliens ! Si on les massacre à coups de bombes humaines, ils sont coupables... de se défendre. Mais s'il se passait la même chose en France, que feriez-vous, monsieur le ministre ? Je veux dire si l'on attaquait des Français catholiques, que feriez vous ? Depuis l'attentat de la rue des Rosiers, je n'ai pas entendu grand-chose concernant une volonté de représailles contre le terrorisme... et je suppose qu'on ne fera rien. Je ne me trompe pas, n'est-ce pas ?

– Ce n'est guère l'endroit pour parler de cela, fulmina le ministre. Et je n'ai rien à vous dire.

Et il s'en fut vers le buffet, entouré par ses gardes du corps.

Sidérée, Marie-Claire demanda à voix basse :

– Mais tu es fou ? Qu'est-ce qui t'a pris ? Un tel esclandre dans une réception au Quai d'Orsay ?

– Je m'en moque. Si tu savais ce qui se passe ! Ces gens-là

m'emmerdent... Du président au dernier secrétaire d'État de la sous-commission des affaires intérieures...

– Ça existe ?

– Non, je viens de l'inventer ! Mais ça existera, tu peux en être sûre... Viens, allons-nous-en... Cette vieille carpe de Cheysson me donne la nausée. Il ment comme il respire ! Amelia avait raison, finalement. Travailler avec ces gens-là, c'est avoir de la merde jusqu'aux coudes. Mais moi, la merde ne me fait pas peur !

– Amelia est à Tokyo avec Placido Domingo, hasarda-t-elle, je crois qu'en ce moment, elle se fout de ce qui se passe en France...

Frédéric la regarda d'un drôle d'air.

– Ne parlons pas d'Amelia ! C'est une...

Il s'interrompit devant le mot « pute » qu'il allait jeter à la face de sa femme.

– Tu le savais, toi, qu'elle avait une aventure avec ce ténor ? Domingo ?

– Je m'en doutais, dit Marie-Claire. Amelia est libre et elle est incapable de résister à un bel homme, musicien de surcroît...

Elle en rajoutait, ravie de voir Frédéric blanchir de rage, sa bouche se serrer, ses yeux lancer des éclairs.

– Ça suffit comme ça, dit-il rudement. Viens, on s'en va !

Pourtant, la scène redoutée, la grande scène sans cesse remise à plus tard, « quand les enfants seraient grands », était maintenant inévitable.

Elle débuta peu de temps après la réception au Quai d'Orsay, sans que rien la laissât prévoir. C'était une matinée exceptionnellement belle. Un soleil de fin d'automne jouait à travers les brumes matinales, caressait les dernières feuilles jaunies du jardin, emportées par le vent...

Triste, abattu, Frédéric buvait sa énième tasse de café.

– Je vais voir Charles à New York, dit-il soudain. Je serai absent quelques semaines.

– Non ! dit-elle soudain. Non et non ! Jamais je ne l'accepterai ! Jamais, tu m'entends, Frédéric ? Jamais ! À New York ? Tu parles ! Tu veux aller à Tokyo !

Elle hurlait, perdant toute mesure.

– Je n'en peux plus ! Tu comprends ça ? Je n'en peux plus ! Tu n'iras pas rejoindre ta maîtresse à Tokyo...

Frédéric et Marie-Claire se fixaient.

– Ainsi tu savais ? hasarda Frédéric d'une voix altérée par l'émotion. Tu savais ? Depuis quand ?

– Depuis le début.

– Que veux-tu dire ?

– Je savais qu'Amelia et toi vous vous aimiez... Bien avant notre mariage. Je savais que vous aviez une liaison.

Frédéric la scruta.

– Oui ! hurla Marie-Claire, soudain déchaînée. Je le savais ! Je l'ai toujours su ! Je savais que tu l'aimais. Et alors ? Moi aussi, je t'aimais. Ne me regarde pas comme ça ! Oui, je sais ce que mon père a fait pour moi. C'est vrai, j'ai tout fait pour t'épouser ! J'espérais que tu finirais par m'aimer ! Mais elle ! Si tu l'avais vraiment aimée, tu aurais renoncé à tout pour la garder !

– Comme tu as dû souffrir durant toutes ces années, balbutia Frédéric après de longues minutes de silence avant d'ajouter : J'aurais voulu t'éviter cela ! ma pauvre chérie !

– Ah, non !! S'il te plaît ! Pas de pitié, n'est-ce pas !

Partagé entre la pitié et la haine, Frédéric resta un instant silencieux. Puis d'une voix rauque, il dit :

– Je t'ai aimée, ma chérie. Je t'ai aimée à ma façon... Et que tu le croies ou non, je t'aime encore. Peut-être aurions-nous dû parler ensemble. Je ne souhaite pas le divorce, continua-t-il.

– Alors, que proposes-tu ?

La voix de Marie-Claire était plus calme.

– Vivre ensemble. Comme avant... Je tiens à toi... à nous, à ce que nous sommes ensemble...

– Et l'idée de partager, de diviser ta fortune te fait horreur, n'est-ce pas ?

Il eut un petit rire.

– Il y a de ça aussi... Nous séparer serait une catastrophe financière. Surtout en ce moment.

– Mais alors je ne comprends pas... Tu ne souhaite pas vivre avec Amelia ?

– Pas...

Il s'interrompit. Il avait failli dire « pas maintenant ». Puis il se reprit :

– Amelia ne vit pas seule.

– Ça ne m'étonne pas. Je la connais, tu sais, ça fait des années que je la connais. Elle est sans scrupules, quand elle a envie de quelque chose rien n'existe pour elle jusqu'à ce qu'elle l'obtienne.

– Et maintenant que crois-tu qu'elle veuille ?

– Toi. Elle voudrait t'avoir à sa disposition. Comme l'étaient Jonathan et Christian... Elle te tient en lisière, sachant très bien que lorsqu'elle est en voyage avec l'un ou l'autre de ses amants, tu n'as plus de repos avant de l'avoir rejointe.

Frédéric inclina la tête.

« Ce n'est pas faux... », pensa-t-il. Une expression de souffrance passa sur son visage. Elle s'approcha de lui et l'entoura de ses bras.

– Chéri, je t'aime, dit-elle, n'oublie jamais ça : je t'aime.

Ils restèrent silencieux à respirer l'un contre l'autre.

Doucement Marie-Claire l'entraîna vers le lit. Il se laissa tomber contre elle et, l'instant d'après, ils s'étreignaient presque désespérément, chacun cherchant dans le corps de l'autre un réconfort.

Un peu plus tard, ils préférèrent garder le silence. Mieux valait oublier ce moment, cette fornication bestiale qui ne résoudrait rien. Des larmes roulaient sur les joues de Marie-Claire.

« Même dans mon ventre, c'est à elle qu'il pensait, à elle qu'il faisait l'amour », songea-t-elle, la gorge nouée de sanglots retenus.

Pourtant, ils allaient devoir assumer la séparation. Frédéric voulait Amelia toute à lui. Il ne pouvait plus supporter son indépendance, ses voyages, sa liberté d'action. Elle avait, au fil des années, acquis une petite célébrité dans le milieu des interprètes. Plus aucun chanteur classique, plus aucun musicien ne voulait se produire si elle ne l'accompagnait pas au piano... Parfois, les concerts étaient radiodiffusés ou télévisés. Frédéric trouvait cela insupportable. Il était très fier d'Amelia, mais en même temps d'une jalousie féroce. Il n'ignorait pas qu'Amelia s'octroyait en tournée une aventure de temps à autre !

Comme en ce moment avec Placido Domingo. Lorsqu'il la questionnait, elle ne se donnait même pas la peine de nier. Elle disait simplement : « On ne pose pas ce genre de question. C'est indiscret. Toi-même, tu n'es pas d'une fidélité exemplaire n'est-ce pas ? Je t'aime, je suis avec toi aussi souvent que possible... » Lorsqu'il insistait, elle avait une manière de ne pas répondre qui était plus claire, plus évidente qu'une réponse nette et précise. Contrôler ses allées et venues, l'enfermer dans un filet invisible d'obligations familiales et mondaines. L'accompagner dans ses multiples déplacements, surveiller ses fréquentations. S'ils se mariaient, elle serait à lui. À lui seul.

Charles allait faire sa vie à New York ou à Los Angeles, Géraldine quitterait bientôt la maison pour aller s'installer avec le salopard, aux cris de : « Je suis majeure ! je fais ce que je veux ! » C'était de jeunes adultes indépendants, bien élevés et qui ne souffriraient pas trop de la séparation de leurs parents. Ils avaient leurs espoirs, leurs soucis. Du moins, Frédéric en était convaincu. Avant même de demander à Amelia ce qu'elle pensait de tout cela, il décida d'informer sa femme de sa décision. Il obligerait Marie-Claire à divorcer... Si elle s'y refusait, il lui rappellerait le marché passé avec d'Aubreuil qui avait cimenté leur mariage. Il réfléchit plusieurs jours. Vaincre la résistance supposée de Marie-Claire lui parut facile. Un matin de novembre, il alla se promener dans la forêt de Saint-Germain. Déjeuna chez Cazaudehore où il venait souvent aux beaux jours avec Amelia...

Marcher longuement dans la forêt, embellie par l'automne, lui fit du bien. Toutes les tensions qui le tenaillaient s'apaisaient. Il respirait profondément l'air frais, pur, infiniment plus agréable qu'à Paris. Tout en marchant à grandes enjambées, il pensait au passé, à ses parents, à Christian... « En réalité, il n'y a pas de passé. Le passé s'imbrique dans le présent avec toutes ses douleurs, ses émotions, ses regrets, et lui seul conditionne nos décisions présentes... Je voulais Amelia, il y a vingt-cinq ans. Je la veux toujours. Je la veux à moi. Comme autrefois... » Il eut le temps d'être jaloux, de souffrir de son absence. « Dans quels bras est-elle en ce moment ? » Il se souvenait de cette phrase qu'elle aimait à dire en le regardant fixement : « La fidélité est un leurre, la pire des choses que les hommes ont inventées pour se torturer mutuellement. Choisir un plat de frites ne signifie pas que l'on soit condamné aux frites, et seulement aux frites toute sa vie. » Ce souvenir le précipita vers le téléphone le plus proche. « Mettre fin à cette intolérable situation ! Divorcer ! Au plus vite ! »

– Allô, dit la voix de Marie-Claire. C'est toi Frédéric ? Où es-tu ? J'ai essayé de te téléphoner au bureau, mais tu n'étais pas là. Personne ne sait où te joindre... Où étais-tu ? Nous avons des invités ce soir. L'as-tu oublié ? Est-ce que tu m'entends ?

– Oui. Je... Écoute, chérie, je ne rentrerai pas ce soir. Invente une excuse plausible. Je vais dîner ici.

– Où ça, ici ? Où es-tu ?

La voix de Marie-Claire s'affolait. Elle répéta :

– Mais où es-tu ?

– Je suis à Saint-Germain. Je me suis promené toute la journée dans la forêt. C'était magnifique. J'avais besoin de réfléchir.

– Réfléchir ? Réfléchir à quoi ?

Silence. Puis :

– Ça ne va pas très bien entre nous, n'est-ce pas ? lâcha Frédéric brutalement.

Mieux valait faire vite, sans fioritures. Quand on veut la mort de son chien, on ne lui explique pas pourquoi on le pique.

– À qui la faute ? demanda la voix angoissée de Marie-Claire.

– À moi. Je le sais. Mais cela ne peut plus durer... Tu te rends compte, n'est-ce pas ?

Silence. Silence prolongé à l'autre bout du fil.

– Que proposes-tu ? dit enfin Marie-Claire.

– Divorcer. À mon avis, c'est la seule solution raisonnable.

Marie-Claire raccrocha. Elle était incapable de prononcer un mot de plus. Elle bouillait. Des torrents d'insultes et d'invectives étaient prêts à déborder. Mais il n'y avait personne devant elle. Personne qu'elle aurait pu massacrer, couvrir d'injures, de grossièretés... Son cœur battait, battait à grands coups. « Je vais le ruiner... Je vais ruiner sa réputation... Il ne sera rien. Rien d'autre qu'un paria... Je vais dire sur quoi il a construit sa fortune... Peu importe ce qu'il en adviendra... Je vais... »

Puis soudain, sa fureur tomba. Restaient seulement le désespoir, le refus. Elle était fendue en deux par une douleur insensée. « Voilà, c'est arrivé. » C'était tout ce qu'elle parvenait à se dire... Alors monta en elle la haine rageuse, primaire, la haine qui met dans la bouche les paroles honteuses, irrémédiables, venues du fond des siècles : « Cette sale juive ! »

Elle regardait par la fenêtre de sa chambre ouverte sur les tilleuls dont les dernières feuilles s'accrochaient encore désespérément aux branches dénudées. « Moi aussi, je me suis accrochée à un amour mort depuis longtemps... » Pleurer. Puisqu'il n'y avait rien de mieux à faire. Pleurer sur les ruines de sa vie...

Elle se leva, alla dans la salle de bains, se baigna le visage à l'eau fraîche. Ses larmes l'avaient détendue, calmée. Elle avait suffisamment d'honnêteté vis-à-vis d'elle-même pour savoir que si elle n'avait pas tout fait pour que Frédéric renonce à se marier avec Amelia, jamais celui-ci ne l'aurait regardée. « On doit assumer ses actes, se disait-elle. J'ai peut-être fait une sottise. Mais je ne regrette rien. Et si c'était à refaire, je le referais... » Elle avait eu Frédéric dans ses bras, dans son ventre, dans ses tripes... Elle avait eu Frédéric... « Qu'il le veuille ou non, nous sommes liés pour l'éternité. »

Elle se souvenait d'une conversation qu'elle avait eue avec Frédéric. Récente ? Pas vraiment. Elle datait de plusieurs mois.

« Il y a des jours où je pense que l'Homme et la Femme sont des ennemis-nés et que subsiste un élément de conflit même dans les plus grandes satisfactions de l'amour. L'un doit céder à l'autre... L'un doit posséder l'autre. Et il n'y a rien à faire à cela... »

C'était elle qui avait dit cela. Pourquoi ? Qu'est-ce qui avait provoqué cette réflexion ? elle ne s'en souvenait plus. Mais elle se souvenait du regard que Frédéric lui avait lancé. Un regard perçant, insoutenable, un regard qui interrogeait et qui condamnait. Il avait lancé méchamment :

– Et que se passe-t-il si aucun des deux ne veut céder ?

– Alors il y a rupture. Forcément rupture.

Oui, elle avait répondu ça : « Il y a rupture. Forcément rupture. » Maintenant, les dés étaient jetés. Il y avait rupture. Forcément rupture...

Le lendemain, tard dans la soirée, Frédéric rentra Villa Montmorency. Il allait quitter cette maison qu'il aimait tant... Mais, à sa grande surprise, quand il pénétra dans la chambre conjugale, il vit Marie-Claire qui remplissait hâtivement sa valise. Elle sursauta lorsqu'elle l'aperçut.

– Ah ! dit-elle seulement. Tu m'as fait peur... Je vais partir.

– Mais qu'est-ce que tu racontes ? C'est moi qui dois partir...

– Non ! Je pars... Si je reste ici, dans cette maison, je deviendrai folle. Tu ne peux pas comprendre ce qu'a été ma vie ! Cette peur constante de te perdre... À cause d'Amelia... Chaque fois que tu me trompais, j'étais soulagée... Cela signifiait que peut-être... Et puis non ! Je devinais à la manière dont tu la regardais... à la manière dont tu ne la regardais pas... C'était une torture permanente... Quand elle est partie à New York, j'ai pensé, cette fois... Et il y a eu David... David, c'est ton fils, je le sais, je l'ai toujours su. Ne mens pas, s'il te plaît ! Quand as-tu renoué avec Amelia ? J'ai le droit de savoir... Quand ?

– En 68, murmura Frédéric.

– En 68 ? Oui, bien sûr... Toute cette débauche, le sexe libre, on n'appartient à personne, il est interdit d'interdire... Je n'ai jamais marché dans ces fadaises, tu le sais.

Elle hoquetait de souffrance.

– ... Pourquoi maintenant ? Pourquoi divorcer maintenant ? Que s'est-il passé ?

Frédéric ne répondit pas. Qu'aurait-il pu dire d'ailleurs ? La raison essentielle de sa volonté ne pouvait être dite. Du moins, pas à Marie-Claire. Il éprouvait un sentiment de compassion pour sa femme. Il la comprenait mieux, maintenant qu'ils allaient se séparer, que durant toutes ces années de vie commune. Il savait que ce qu'elle ressentait, l'énormité de sa souffrance, lui-même pouvait l'éprouver, à cause d'Amelia... Il avait envie de faire quelque chose pour cette femme qui avait été sienne, qui l'était encore... Mais que faire ?

– Je t'ai aimée ma chérie, dit-il enfin. Si cela peut avoir une signification pour toi, je t'ai aimée à ma manière. Je n'ai pas vécu vingt-quatre ans avec toi sans tenir à toi...

Il la prit dans ses bras, la serra contre lui, l'embrassa, puis la lâcha. Marie-Claire sanglotait, le frappait, l'agonissait d'injures, de reproches, s'accrochait à son cou.

– Je te demande pardon, murmura-t-il.

– Pardon ?

Elle le fixa, incrédule.

Frédéric haussa les épaules. Impossible de dire : « Je veux épouser Amelia. Je veux l'enchaîner, l'obliger à vivre à ma manière. » Non. Cela, il ne pouvait le dire.

– Je serai toujours avec toi, tu le sais. Mais il faut me laisser vivre avec Amelia... Peut-être que si je l'avais épousée, en 1958, j'aurais divorcé depuis longtemps et c'est toi...

– Tais-toi ! Ne dis pas un mot de plus... Laisse-moi finir mes valises... Tu t'expliqueras avec les enfants. Mais il faut me laisser maintenant ! Je t'en supplie, laisse-moi seule.

À la fin, complètement épuisés, ils décidèrent d'un commun accord qu'il fallait tâcher de dormir... Frédéric s'enferma dans la chambre d'amis. « C'est fait. Voilà, c'est fait. » Il était ivre de fatigue, de dégoût de lui-même et, en même temps, soulagé... Qu'il le veuille ou non, c'était cela qu'il éprouvait. Du soulagement.

Marie-Claire ne se plaignait pas. Elle gardait sur elle un contrôle étonnant et, durant toute la procédure du divorce, il n'y eut pas un mot plus haut que l'autre entre elle et Frédéric. Elle garda l'intégralité de son immense fortune toujours gérée par Frédéric, et la vice-présidence des parfums d'Aubreuil, moins les revenus des brevets qui appartenaient à Amelia. Six mois plus tard, elle était une femme libre... C'est elle qui avait décidé de quitter la Villa Montmorency... Les rares fois ou elle rencontrait Frédéric, c'était pour discuter de la folle décision de Géraldine qui dès le départ de sa mère s'était empressée d'aller rejoindre Eric Nabo. « Pas un sou, avait décrété Frédéric, furieux. Tu n'auras pas un centime jusqu'à ce que tu reviennes à la maison... » Décision que Marie-Claire approuvait sans réserve.

Elle vivait à l'Hôtel Meurice, et trouvait cela tout à fait agréable. Si elle n'avait jamais eu aucun souci d'argent, elle avait eu cependant une lourde maison à tenir. Tout cela était désormais fini. Au tour d'Amelia de supporter les corvées qu'entraînait forcément la vie politique de Frédéric.

Elle souffrait encore. Mais cette souffrance était maintenant acceptée. Elle n'était plus virulente. « C'est comme si j'étais enfin délivrée de la prison de cet amour mort. D'un amour qui n'aurait jamais dû vivre, puisque né d'un mensonge. » Elle s'était affranchie enfin de sa faiblesse, de sa futile obsession d'amour éternel, fidèle... Son bonheur d'exister ne dépendait plus de personne. Elle était, enfin, seule responsable de son avenir. Un être humain, dont le passé tout entier était englouti dans la nuit des temps. L'avenir était dégagé, libre de toute présence envahissante, libre de tout sentiment...

Les mois s'écoulaient et sa blessure commençait à se cicatriser. Elle pouvait s'endormir sans pleurer, se réveiller sans crainte de ce poids sur l'estomac qui l'empêchait d'avaler quoi que ce soit... « J'ai maigri ! Et cela me va bien ! Rien ne vaut un bon chagrin d'amour pour retrouver une ligne de jeune fille... » Elle était partie. Elle rencontrait très souvent sa fille, l'invitant à dîner, au théâtre, au cinéma... En somme, d'excellents rapports se créaient entre elles. Des rapport d'affection, certes, mais aussi d'amitié. Mais elle refusait systématiquement de rencontrer Eric.

– Ton père a raison, ce garçon ne vaut rien.

– Mais il va publier un livre. On parle de lui pour un Goncourt.

– Possible. Mais c'est plus fort que moi, ce n'est pas quelqu'un de bien pour toi.

Géraldine ne répondait pas et c'est ce silence qui tourmentait sa mère.

Petit à petit, Marie-Claire recommença à se faire une vie selon ses goûts. Elle fréquenta les galeries d'art moderne qu'elle adorait, retrouva des amies perdues de vue et, finalement, cette liberté lui plut. « Frédéric imposait ses goûts et n'en faisait qu'à sa tête sans tenir compte de ce que j'éprouvais ou souhaitais... Maintenant, je suis libre... » La première fois qu'elle osa penser cela : « je suis libre ». Ce mot l'étonna et la fit sourire... Elle se répétait à n'en plus finir : « Pour la première fois de ma vie, je suis libre d'agir à ma guise... Plus d'obligations mondaines, de soirées où je m'emmerdais à mourir ! (Elle pensait "emmerdais" avec plaisir, elle qui n'avait jamais dit "merde" de sa vie...) Avant mon mariage, c'était papa et maman qui décidaient pour moi ; après, c'était Frédéric... Et puis les enfants. Seigneur, ce que les enfants peuvent empiéter sur une vie... Et maintenant, me voici, moi... à quarante-deux ans et des poussières, libre... Pas libérée. Pas encore. Mais libre ! » Elle était parfaitement capable d'apprécier la valeur de sa liberté. Elle était dominée par un étrange désir de reconquérir ce qui lui avait échappé pour toujours : cette première jeunesse insouciante, ivre de sa force, de son invulnérabilité, et qui avait disparu sans qu'elle s'en aperçût.

Elle avait élevé ses enfants et, déjà, ils s'éloignaient d'elle. Se marieraient bien ou mal « vu l'état des lieux plutôt mal que bien. Pourquoi Charles ne veut-il pas nous présenter sa petite amie ?... » Elle avait adoré Frédéric et il l'avait quittée : « On ne possède jamais ceux que l'on aime. On ne peut non plus se protéger contre eux... » Parfois, de plus en plus rarement elle pensait à Amelia et à Frédéric. « Mais ils ne seront jamais heureux ensemble... Ils s'aiment donc ils essaieront... Mais ça ne marchera pas ! Amelia est trop indépendante, Frédéric trop possessif ! Ils ne céderont sur rien, ni l'un, ni l'autre... »

Elle apprit le mariage de Frédéric et d'Amelia et, à sa grande surprise, cela lui fut indifférent. Elle se demanda, un instant, si elle devait leur envoyer un télégramme de félicitations... Puis renonça à ce projet qui aurait pu être mal interprété.

Amelia et Frédéric se marièrent à New York au cours d'une cérémonie intime. Nina, Emmanuelle et David vinrent sans problème. Charles et Géraldine hésitèrent à participer aux festivités, ni l'un ni l'autre ne voulait faire de peine à leur mère. C'est Marie-Claire qui trancha la question. Elle téléphona longuement à son fils.

– Ton père est ton père, et il le sera éternellement, que tu le veuilles ou non. Va à ce mariage. Géraldine ira te rejoindre à New York. Quitter Paris lui fera le plus grand bien. J'aimerais qu'elle s'éloigne de cet Eric Nabo. De plus, elle adore son père. Je ne peux pas lui infliger de choisir entre lui et moi. Je serai toujours là pour vous deux, vous le savez bien ! Où en es-tu de tes projets ? Cette jeune femme dont tu nous as vaguement parlé, c'est sérieux ?

– Eliza est une brillante avocate d'affaires, nous allons nous marier. Maman, elle ne plaira pas à la famille Courcelles-de Bossey, car elle est métisse. Papa est d'accord et j'aimerais que tu assistes à notre mariage.

La main crispée sur le téléphone, Marie-Claire ferma les yeux. « Rien ne me sera donc épargné ? » pensa-t-elle. Puis à voix haute :

– Non. Je ne pense pas pouvoir venir. Je ne tiens pas à me trouver en présence de ton père et...

Impossible de prononcer le nom d'Amelia.

– Et tes projets de travail ? Où en es-tu ?

– Emmanuelle, Eliza et moi, nous voulons faire de d'Aubreuil la plus grande société de produits de beauté du monde. Il est possible qui nous achetions « Helena Rubinstein ». Plus tard, lorsque Joël aura fini ses études à Harvard, il dirigera le groupe de Presse... Papa pourra enfin se consacrer à sa carrière politique...

« Et à Amelia », pensa Marie-Claire.

– On va faire le tour du monde pendant un an, reprit Charles à l'autre bout du fil, à l'autre bout du monde. C'est papa qui nous l'offre. Nous irons jusqu'à Pékin. La Chine est l'avenir de l'homme. Papa dit qu'il est bon de voyager, de connaître des lieux, de rencontrer des gens. C'est comme cela que l'intelligence se forme !

Il riait. L'esprit de Marie Claire s'évadait.

« Ainsi, Frédéric organisait déjà la vie de son fils, de sa belle-fille, de sa nièce et de Joël, son neveu. C'est alors qu'elle décida de partir. Elle aussi voulait voyager, seule, au gré de ses désirs. Rien ne s'y s'opposait désormais. Pas même l'obligation de gagner sa vie. Sa fortune personnelle était largement suffisante pour lui permettre de vivre dans le luxe absolu, avec en prime ce luxe suprême : la liberté. Amelia disait avec dédain : « L'argent alourdit. Il met du plomb aux semelles, il faut le traiter avec mépris si on ne veut pas qu'il vous domine... Il y a autre choses dans la vie que ça ! » Elle, qui n'avait jamais manqué de rien et dont la fortune personnelle avait été gérée avec soin, avait beau jeu de proférer de telles énormités.

De nombreux mois s'écoulèrent avant que Marie-Claire se décide à regagner Paris. Elle n'eut qu'à choisir dans le parc immobilier appartenant à la Société civile immobilière un vaste appartement dont les fenêtres prenaient jour sur le Luxembourg, et qu'elle fit meubler à son goût, c'est-à-dire de manière résolument moderne. « Au fond, j'en avais assez de ces vieilleries de famille accumulées de génération en génération. Si jamais on bougeait un meuble, ou changeait de place un tableau, c'était un crime de lèse-majesté ! »

Tous les jours, elle allait faire un tour au bois de Boulogne avec ses petits chiens, déjeunait au Pavillon Dauphine, retournait se promener, oisive, riche, sans avenir, sans espoir.

Les élections, qui avaient de nouveau conforté le pouvoir de François Mitterrand, et celui de Frédéric Maury, la laissèrent totalement indifférente. Elle était trop au fait des mœurs politiques de la France pour s'en émouvoir si peu que ce soit. Un soir, peu de temps après, alors qu'elle se reposait devant la télévision, elle vit Frédéric interviewé par un journaliste. Il était question d'un remaniement ministériel, le troisième. Frédéric... Avant même de comprendre ce que disait cette voix, son cœur se mit à battre.

– Que pensez-vous du nouveau ministre ? demanda le journaliste. Le gouvernement se trouve confronté à une situation économique désastreuse...

Frédéric laissa un instant sa réponse en suspens, puis commença lentement, distinctement :

– Il y a bien des consciences élevées chez des gens cultivés, intelligents, et qui sont véritablement humanistes, dit-il, paraissant improviser sa réponse. Ils veulent améliorer le sort des pauvres, de la classe ouvrière, et cette pensée est louable... Mais ils se trompent... Plus exactement, ils mettent la charrue avant les bœufs. Donnez le pouvoir à des ignorants, à des brutes épaisses, et vous aurez une constitution faite de tyrannie, de méchanceté et de stupidité... vous aurez le fascisme. Le savoir est un danger pour qui veut gouverner sans opposition...

Il s'arrêta, parut réfléchir un moment et reprit :

– ...Les Romains avaient parfaitement compris cela... Les jeux du cirque remplaçaient avantageusement l'instruction... Non ! Non ! Ne protestez pas, laissez-moi finir... Le foot, le tennis, la natation, le ski font la une des médias. Les journalistes emboîtent le pas. Qu'une grève éclate dans le nord de la France, et le journal télévisé lui accordera une demi-minute, contre dix pour un match de football...

Ce discours qui paraissait spontané, improvisé, une réponse hésitante aux questions du journaliste, Marie-Claire l'avait entendu répéter, corriger, répéter encore jusqu'à la moindre intonation durant des jours et des jours, lors des élections de 1978... Alors, elle éclata de rire. Elle riait aux larmes, hoquetant, presque sanglotante, elle riait, pleurait en même temps... « Tant d'hypocrisie ! Et ça marche ! » Elle riait sans attendre la réponse du journaliste qui arborait un air grave de circonstance.

Un soir de février, elle apprit par Charles qui lui téléphonait de New York le mariage à Las Vegas de Géraldine avec Eric Nabo.

Stupéfaite, Marie-Claire éructa :

– Ce n'est pas possible... Frédéric n'a pas permis ça ? Il n'a pas laissé Géraldine vivre avec... avec ça ?

– Papa a donné son accord. Il a refusé de me dire pourquoi.

– Ton père ? Ton père a accepté ce mariage ? Il est devenu fou ? Et à Las Vegas ! Sait-il au moins ce que cela signifie, un mariage en Amérique ? En cas de décès, c'est le conjoint qui hérite de toute la fortune de son épouse ou de son époux !

– Je sais maman, je sais...

Là-bas, aux antipodes, la voix de Charles était triste.

– C'est une petite ordure qui n'en veut qu'à sa dot... Frédéric est-il devenu fou ? Il a les moyens, le pouvoir, il peut l'écraser, ce petit voyou. Il faut faire annuler ce mariage !

– Je crains que tu ne puisses rien faire. Géraldine a vingt-trois ans, elle a l'accord de son père qui doit lui remettre une dot confortable. Elle l'a exigé. Enfin, je suppose que c'est Eric qui l'a exigé... il est venu voir papa. Il y a eu une scène terrible. Elle a pris ses affaires et elle est partie. Avec l'accord de papa qui lui a fait un chèque de cinq cent mille dollars.

– Comment a-t-il pu faire une chose pareille ? Où est ton père ?

– Ici, à New York.

– Alors que s'est-il passé ? Dis-moi tout. La vérité, s'il te plaît.

– J'ai bien une petite idée...

– Oui ?

– Quand Eric est parti, je suis allé voir papa. Il était furieux comme je ne l'avais jamais vu... Il a dit : « Géraldine épousera qui bon lui semble, quand elle le voudra. Elle est majeure ! Qu'elle ne m'adresse plus la parole ! » Voilà...

– Qu'est-ce que tu penses de ça ?

– Chantage. Voilà très exactement ce que je pense. Eric fait chanter papa. Mais toi, maman, tu n'as pas une idée ? Si je savais par quoi ce salopard tient papa, je pourrais peut-être faire quelque chose ?

Marie-Claire dit à voix basse :

– Tu n'en as aucune idée ?

– Pas vraiment. Des ventes d'armes ? Du blanchiment d'argent sale ? Rien de très significatif. Enfin, rien de particulier. Tous les hommes politiques de droite ou de gauche ont trempé dans ce genre d'affaires.

– Je crois que c'est plus grave que ça...

– Quoi donc, maman ? De quoi s'agit-il ? Tu en as trop dit ou pas assez... Va jusqu'au bout...

– La vraie origine de la fortune des Maury. Ton père ne t'en a jamais parlé ?

– Si, bien sûr, papa a toute confiance en moi. Il sait que non seulement je me fiche de l'origine de sa fortune, mais que je serai muet comme une tombe... Tu crois que c'est ça la raison ?

– J'en suis persuadée. C'est la seule raison qui aurait pu faire changer ton père d'avis au sujet de ce mariage... Et cette petite sotte qui est allée vivre avec lui !

Haletante, Marie-Claire s'arrêta pour reprendre sa respiration.

– Elle est amoureuse... J'ai connu ça... Toi aussi je suppose, avec ta métisse. Non, ne dis rien, je m'en moque maintenant. Que peut-on faire ? Hein ? Peux-tu me le dire ?

Charles soupira.

– Rien. Il n'y a rien à faire... Géraldine est majeure. Libre d'agir à sa guise... Juste attendre qu'elle se lasse...

– Ton père, je dois lui parler. Quand rentre-t-il en France ?

– Mardi prochain, je crois.

– Est-il... je veux dire...

– Tante Amelia est à New York, l'interrompit Charles. Pas d'inquiétude à avoir.

Trois mois plus tard, Marie-Claire se décidait à reprendre le chemin de la Villa Montmorency. Elle devait faire signer des papiers, régler différentes choses avec Frédéric. Lorsqu'elle s'engagea avenue des Peupliers où, de chaque côté, s'alignaient les belles demeures qui avaient été le décor de son enfance, de son adolescence, de sa vie de femme, un décor qui s'était refermé sur elle durant tant d'années, son cœur battit un peu plus vite. Deux ans ! Deux ans qu'elle n'avait revu ni Frédéric ni Amelia. Elle allait revoir Frédéric. Frédéric qui habitait toujours Villa Montmorency, Frédéric qui devait l'attendre avec sa courtoisie moqueuse coutumière. Frédéric. « C'est un homme d'habitudes, pensa-t-elle avec une ironie un peu douloureuse. Enfin, presque. Il n'a changé que de femme. Pas de décor. Juste les femmes... »

Elle se demanda, devant la porte close, si elle devait sonner ou entrer comme elle le faisait autrefois. Après tout, la moitié de cette demeure lui appartenait ! Elle allait céder à la tentation quand la porte s'ouvrit sur... Amelia. Amelia un peu pâle. Amelia plus mince que jamais, qui la dévisageait avec inquiétude... Amelia qui, à la cinquantaine, affichait un physique d'adolescente...

– Marie-Claire !

Un instant, elles se dévisagèrent...

– Mais entre donc ! dit Amelia. Veux-tu boire quelque chose ?

– Non. Non... merci. Je suis venue parce que...

Maintenant, il lui fallait une excuse pour venir chez elle.

– Où est Frédéric ? demanda-t-elle, surprise. Nous avions rendez-vous...

– Frédéric ? Il est parti.

– Comment cela, parti ? Nous avions rendez-vous, répéta Marie-Claire. Sais-tu où il est ?

Elle observait sa cousine du coin de l'œil. Amelia paraissait excédée, fatiguée. Des cernes bleuâtres, très prononcés, alourdissaient ses yeux... « On dirait qu'elle a renoncé... », pensa Marie-Claire. « Ou alors, est-elle malade ? »

– Parti ? Frédéric ? Où est-il parti ? Pourquoi ? Il savait que nous devions nous rencontrer, signer ces fichus papiers... Pourquoi est-il parti ?

– Je ne sais pas... J'ai accepté un contrat pour Salzbourg. Il ne l'a pas supporté. « Il faut que tu choisisses entre moi et ta satanée musique ! » Il déteste ce que je fais... Il a l'impression que je lui vole quelque chose... Et moi, je veux travailler. Faire ce que j'aime. C'est ma liberté que je défends !

– J'ai été mariée à Frédéric pendant vingt-quatre ans... Je crois que je le connais bien... Tu lui voles quelque chose, en effet.

– Qu'est-ce que tu racontes...

Marie-Claire hésita un instant avant de répondre.

– Tu lui voles une part du pouvoir qu'il a sur toi. Quand tu es avec des musiciens, quand tu fais ce travail que tu aimes, où il n'a pas sa place, tu le prives de ce pouvoir. Tu ne lui appartiens plus. Et ça... il ne peut pas le supporter... Pourtant, il t'aime. Moi, il ne m'a jamais aimée, mais toi, il t'aime depuis longtemps. Je le sais.

Stupéfaite, Amelia la dévisagea.

– Mais comment le sais-tu ?

– Trop long à t'expliquer. J'ai tellement espéré qu'il se lasserait de toi, qu'il te reléguerait au royaume des souvenirs de jeunesse. Quand est-il parti ?

– Ce matin, par le premier avion...

– Où est-il allé ?

– Il n'a pas daigné m'en informer...

Marie-Claire enfonça le clou :

– Avec qui ? As-tu une idée ? Frédéric part rarement seul quand il est furieux. Et je pense qu'il devait être furieux contre toi...

– Il l'était... Je suis sortie... J'ai été courir au bois de Boulogne... Courir jusqu'à épuisement total. Quand je suis revenue, prête à me réconcilier, il était déjà parti...

– Alors ? demanda Marie-Claire. Où en es-tu maintenant ?

– Si tu savais comme j'en ai marre, parfois... Marre !

– De quoi ?

– De l'amour... du bonheur... du soi-disant bonheur de vivre avec celui que l'on aime. Ça c'est faux ! Jamais un moment de quiétude ou de tranquillité. Toujours l'inquisition permanente de l'amour-passion. « ...Où étais-tu ? Avec qui ? Pourquoi ne m'as-tu pas téléphoné ? J'aurais pu te rejoindre ! » Cet amour dévorant qui empêche de vivre.

– Je ne comprends pas, murmura Marie-Claire qui aurait tout donné au monde pour qu'une fois, une fois seulement, Frédéric s'intéressât à elle...

– J'ai été heureuse, très heureuse jusqu'à ce que je vive avec Frédéric... Frédéric, c'est le coup de grâce donné au condamné. Cette jalousie permanente, morbide... Comment as-tu pu vivre avec lui pendant tant d'années ?

– Je l'ai aimé.

– Je sais. Moi aussi. Et alors ? Ça change quoi ? Rien... Regarde mes mains... En deux ans de vie commune, j'ai perdu six kilos...

Marie-Claire se sentit gagnée par un sentiment de colère et de répulsion. « Moi ! Moi ! Je ! Je ! Est-ce que pour une fois elle pourrait penser à quelqu'un d'autre ? »

Comme si elle avait deviné ce qui agitait sa cousine, Amelia demanda à voix basse :

– As-tu souffert ?

Marie-Claire ferma les yeux. La vérité, juste la vérité. Ne rien dire d'autre.

– Oui, au début... J'avais envie de vous tuer, tous les deux... Et ensuite...

– Ensuite ?

– J'ai découvert que j'étais un être vivant, une femme libre... ça m'a aidée... J'ai découvert la paix ! Oh, la paix ! Vivre pour soi est certainement égoïste, mais Dieu que c'est agréable...

Amelia soupira.

– J'ai connu cela... autrefois...

L'ombre envahissait le salon. Du coin de l'œil, les deux femmes s'observaient, se taisaient... Il n'y avait plus de haine, plus de rancune. Juste une compassion réciproque. Le passé, le présent, l'avenir s'annihilaient dans un tourbillon sans fin. Les souvenirs passaient comme une brume fluide de matin d'hiver. Bientôt, tout se terminerait... Qui donc se souviendrait des douleurs passées ?

Amelia rompit le silence :

– On n'a pas le droit de fuir. La vie n'est pas un songe, c'est un jeu d'une cruauté et d'une absurdité sans bornes. Un jeu inutile, douloureux... On prend ses rêves pour des réalités et on est toujours déçu... Il n'y a que le travail que l'on aime qui ne déçoit jamais...

Elle fit une pause, puis reprit d'une voix presque inaudible :

– La nuit obscure des sens... Sais-tu ce que cela signifie ?... Une prison ! Juste une prison.

Elle secoua la tête.

– C'est bien que tu sois venue aujourd'hui. Veux-tu un peu de thé ?

– Je te remercie. Il faut que je parte... Géraldine est à Paris et je dois la voir.

– Mais tu as le temps ! Qu'est-ce qui te presse ? Que vas-tu faire pour Géraldine ?

On aurait dit qu'Amelia craignait de rester seule dans la grande maison déserte.

– Je vais essayer de la raisonner. Je veux qu'elle divorce. Je compte lui dire le chantage qu'Eric exerce sur Frédéric.

– Et s'il passe aux actes ? Je veux dire, s'il dénonce Frédéric à la presse ?

– Je m'en moque. Frédéric a fait un choix... qu'il assume jusqu'au bout. Moi, je veux défendre mon enfant !

Elle eut un pauvre sourire.

– Tu sais, Amelia, il ne me reste qu'eux. Je ne pourrais pas supporter que l'un ou l'autre soit malheureux.

Dans le taxi qui l'emmenait chez sa fille, Marie-Claire échafaudait mille et un plans pour la convaincre de divorcer. Il y avait un attroupement devant la maison. Une voiture de police... Le cœur glacé, Marie-Claire paya le taxi, sortit précipitamment et se rua dans l'escalier.

Marie-Claire monta tout droit, sans tenir compte des gens qui gesticulaient... La porte de l'appartement d'Eric était ouverte. Son cœur battait à se rompre. « Ma petite fille. » Elle savait, elle sentait dans toutes ses fibres qu'un malheur était arrivé. « Une overdose », balbutia Eric.

La sirène de l'ambulance vrillait. La police était là, transportant le corps inanimé de Géraldine.

« Géraldine, ma petite fille... » Marie-Claire ne parvenait pas a détacher ses yeux de sa fille, de son visage gonflé... Quelle autre douleur pouvait se comparer à celle qui la fendait en deux ? Elle tomba à genoux en sanglotant, front contre terre, incapable de se relever. « On va la transporter à l'hôpital. Laissez-nous faire, madame. Nous parviendrons à la sauver... Veuillez nous suivre, monsieur. » Les policiers entraînaient Eric qui gémissait. « Assassin ! » gronda Marie-Claire. « Assassin ! » Elle se jeta sur Eric, prête à lui arracher les yeux.

Les policiers la retinrent.

– Madame, ressaisissez-vous ! Voyons madame, c'est vraiment une tentative de suicide. Votre fille a laissé une lettre.

– Un suicide ? bégaya Marie-Claire. Un suicide ?

Quelqu'un entraîna Marie-Claire dans une voiture... Une jeune femme policier l'entoura de ses bras.

– Pleurez, madame, disait-elle. Pleurez, si vous le pouvez...

– Vous avez lu la lettre ? éructa péniblement Marie-Claire.

– Oui.

– Pourquoi ? Pourquoi ma fille a-t-elle tenté de se suicider ? À vingt-trois ans. Pourquoi ?

La jeune policière la regarda avec surprise.

– Vous ne le saviez pas ? Elle pensait être atteinte du sida. Elle a laissé une lettre...

– Sida, murmura Marie-Claire. Le sida... et c'est ce salaud qui l'a infectée...

Elle était maintenant au-delà de la douleur... Sa haine contre Eric était telle qu'il lui semblait qu'elle ne pourrait vivre que si cet individu disparaissait définitivement. « Frédéric, pensa-t-elle, qu'as-tu fait à notre petite fille pour la protéger ? Quoi que tu fasses, tu es aussi coupable... Aussi coupable que cette petite ordure d'Eric... »

Cependant, le soir même, elle téléphona à New York. Charles était au bout de fil. Brièvement Marie-Claire raconta ce qui venait de se passer.

– Il faut avertir ton père. Personne ne sait ou le joindre.

– J'avertirai papa dès qu'il donnera signe de vie. J'arrive par le prochain avion. Que disent les médecins ?

– Géraldine est sauvée. Elle n'a pas encore repris conscience. Mais le neurologue ne cache pas son pessimisme.

La gorge nouée, incapable de prononcer un mot de plus, Marie-Claire s'interrompit.

– Eh bien, maman ? Continue...

– Le cerveau a été atteint. Elle n'a pas le sida. Elle n'est même pas séropositive. Sa tentative de suicide était sans fondement. C'est Eric, cette ordure... Il lui avait fait croire qu'il était atteint et il voulait voir jusqu'où elle irait par amour pour lui. Il lui imposait des rapports non protégés.

Marie-Claire éclata en sanglots.

– Le salaud, s'écria Charles. Le salaud, répéta-t-il plusieurs fois. Ou est-il maintenant ?

– La police l'a relâché. Il n'y a aucune charge contre lui. C'était un jeu... Voilà ce qu'il dit pour sa défense. Avertis ton père.

– Bien sûr. J'arrive demain matin, je prends le vol de ce soir.

Marie-Claire restait au chevet de sa fille vingt-quatre heures sur vingt-quatre. Une semaine plus tard, Frédéric et Amelia se présentèrent à l'accueil de l'Hôpital Américain. Frédéric paraissait hébété. Une barbe de huit jours salissait ses joues. Il était échevelé, visiblement désespéré.

Marie-Claire le contemplait avec haine, avec douleur. Frédéric s'approcha d'elle et la secoua rudement.

– Où est-elle ? Je veux la voir. Je veux la voir tout de suite.

Amelia s'interposa :

– Calme-toi, voyons, Frédéric. Géraldine est vivante. Du courage.

Il la repoussa avec violence et se rua comme un fou dans la chambre de Géraldine.

Elle était adossée contre ses oreillers. Elle souriait. Immobile, les yeux dans le vague, soigneusement coiffée, les cheveux ramenés sur la nuque dans un catogan de velours noir, une jolie liseuse de soie rose couvrant ses épaules, elle souriait. Son visage, son regard étaient vide de toute expression.

– Il est rare que nous rencontrions un tel retour à l'enfance, expliqua le neurologue. Le cerveau de Géraldine a été gravement endommagé. Tout ce que l'on peut espérer avec beaucoup de patience, et de rééducation, c'est qu'elle puisse retrouver une certaine autonomie, et atteindre mentalement l'âge de trois ou quatre ans.

Au cours des semaines suivantes Géraldine fit quelques progrès. Elle pouvait marcher, manger seule assez proprement, se baigner et s'habiller, avec l'aide de son infirmière. Frédéric essayait de s'habituer à l'idée que sa fille adorée allait demeurer définitivement une enfant en bas âge... Il venait tous les jours chez Marie-Claire, rue Guynemer, la voir, l'embrasser, être avec elle. Il n'y avait plus de tension entre Marie-Claire et lui, juste de la compassion l'un pour l'autre, chacun d'eux sachant ce que l'autre éprouvait, cette sensation douloureuse faite de culpabilité, de remords, et de désespoir.

Une nuit d'avril 1988 Frédéric rentra un peu avant l'aube. Aux questions d'Amelia il répondit presque joyeusement.

– Ne t'inquiète pas, ma chérie, tout ira bien désormais. Que dirais-tu d'un petit voyage, tous les deux ?

Étonnée, Amelia le dévisagea.

– Un voyage ? Mais enfin, tu sais bien que je dois partir à New York. Nina a téléphoné, elle veut me voir d'urgence... Viens avec moi.

– Je t'y rejoindrai dès la semaine prochaine et de là nous partirons au Mexique, à Cancún. Tu te souviens de Cancún ?

Amelia ferma les yeux. Si elle se souvenait ! Retrouver l'insouciance, la gaîté, la douceur de vivre de ces années perdues...

– Frédéric, demanda-t-elle. Que se passe-t-il ? Où étais-tu cette nuit ?

– Un travail à faire qui ne pouvait plus attendre. C'est fait maintenant. J'ai passé une partie de la soirée avec Marie-Claire à régler différentes choses. Une montagne de papiers à signer.

Elle le fixait, dubitative.

– Ne t'inquiète pas chérie. J'ai exécuté un... travail... qui devait être fini. Tout ira bien maintenant.

Le lendemain, après une nuit d'amour comme ils n'en avaient pas connu depuis des mois, Frédéric et Amelia prenaient leur petit déjeuner en écoutant distraitement la radio. Une phrase les fit sursauter : « On annonce la mort d'Eric Nabo, écrivain bien connu pour ses livres désespérés... Eric Nabo a été assassiné de plusieurs coups de revolver, chez lui, dans la soirée.

Un large sourire éclaira le visage de Frédéric. Il quitta la table vivement et se mit à marcher de long en large. Il éructait des phrases décousues, jubilatoires.

– Alors, quelqu'un lui a mis le grappin dessus à ce pourri ! Il voulait tout ! L'argent, ma fille, la reconnaissance sociale... Il se prétendait ennemi de la société, antibourgeois, alors qu'il crevait d'envie d'en faire partie. Ce petit salaud ! Ah ! Il pouvait se prétendre d'extrême gauche... voter Arlette Laguiller ou Krivine, cracher sur les nantis, tout ce qu'il voulait, c'était l'argent de ma Géraldine... Et quelqu'un l'a tué ! Ah, que je suis content ! Dieu que je suis content ! Une ordure de moins sur terre ! Voilà son oraison funèbre !

Le regard d'Amelia restait fixé sur lui.

– Frédéric, chuchota-t-elle, Frédéric... ce n'est pas toi... qui... qui ?... Où étais-tu cette nuit ?

– Moi ?... quoi donc ? ma chérie... ? J'ai passé presque toute la nuit chez Marie-Claire. Je te l'ai dit. Les domestique pourront en témoigner... Allons ! ne te fais pas de souci... Moi, je suis enfin soulagé, ce salaud a eu ce qu'il méritait !

1987

Juste avant de sortir de l'aéroport John F. Kennedy, Amelia aperçut Nina qui l'attendait, le visage souriant bien qu'un peu crispé.

« Dieu qu'elle a grossi, pensa-t-elle stupéfaite, que s'est-il passé ? »

En effet, Nina avait pris six kilos en l'espace de quelques mois, ce qui pour une danseuse étoile est absolument rédhibitoire. Le ventre proéminent de sa fille l'éclaira sur-le-champ. « Elle attend un bébé ! » Bousculée par les voyageurs, elle avançait. L'été new-yorkais tomba comme une chape de plomb sur ses épaules.

Nina se précipita dans les bras de sa mère comme une petite fille, lui prit sa valise, l'étourdissant de mots sans suite.

– As-tu fait bon voyage ? Pas trop fatiguée ? Comme je suis contente que tu sois revenue ! J'ai tant de choses à te raconter...

– Je m'en doute..., dit Amelia en regardant fixement le ventre arrondi de sa fille.

Ne rien dire. Attendre que les explications viennent d'elles-mêmes. C'était difficile mais ce n'était qu'à ce prix que sa fille se confierait.

Dans la voiture, Nina qui conduisait avec un excès de prudence qui étonna sa mère, dit :

– Comme tu as pu t'en rendre compte, je vais avoir un bébé. Je ne danserai plus, maman, j'ai démissionné.

– Mais... mais, bégaya Amelia. Et Katia, ton amie ?

– Nous avons rompu. Écoute maman, je vais tout t'expliquer à la maison...

Jusqu'au moment où elles pénétrèrent dans cet appartement qu'Amelia aimait tant, elle ne posa aucune question.

Un grand désordre régnait dans les pièces ensoleillées. Des cartons, des valises, des piles de livres et de disques, tout indiquait un futur déménagement ou un récent emménagement.

– Nous allons nous installer à Long Island pour l'été, dit Nina. Mais ta chambre est impeccable.

– Je me moque bien de ma chambre, dit Amelia. Je voudrais que tu m'expliques enfin ! Qui est le père du bébé ? Qu'as-tu fait de Katia ? Pourquoi renoncer à la danse ?

– Commençons par le plus important. Le père de mon bébé s'appelle Elie. Elie Cohen. Tu l'as rencontré lorsque j'ai dansé sa première chorégraphie...

– Je me souviens, dit Amelia. Bach...

Un autre souvenir surgit dans sa mémoire... « Joseph... Joseph Frankel. »

– Il est juif, danseur et chorégraphe. Il est un peu plus jeune que moi. Il a trente ans. Nous sommes ensemble depuis cinq mois. J'arrête la danse, dit Nina.

– Mais pourquoi ? Que t'est-il arrivé ?

– C'est venu comme ça... Je veux dire... Tu te souviens, quand tu es venue à New York pour les fêtes de fin d'année, il y a six mois ? Je dansais dans *Le Lac des cygnes* au Lincoln Center ?

– Oui, je me souviens. Tu as eu un triomphe... Une *standing ovation* qui a duré presque vingt minutes... Jamais tu n'avais été aussi bonne, aussi inspirée...

– Oui, dit rêveusement Nina, tu as raison. Je n'ai jamais été aussi bonne que ce soir-là. Tu sais, au cours du deuxième acte, pendant le pas de deux avec Youri... Je sentais que j'avais atteint la perfection. Le public le sentait, lui aussi... et le violon, le violoncelle le sentaient également... Je dansais, je me disais, quelle musique merveilleuse, quel public merveilleux. Un moment extraordinaire... Une sensation ! Tu ne peux pas imaginer... Et je savais que plus jamais je ne danserais aussi bien. Dans un an, dans deux ans, dans cinq ans, je tricherai. Mes arabesques seront moins hautes, je ferai des demi-tours piqués au lieu d'un tour complet. Mes pirouettes seront simples au lieu d'être doubles, et mes grands jetés, mes développés seconde... tout sera amoindri, esquissé. L'âge, maman... L'âge viendra tout abîmer...

– L'âge ! s'écria Amelia. Tu as peur de vieillir à trente-cinq ans ! Ma fille, tu es folle !

– Non, maman... réaliste. Tu oublies la petite horloge biologique. Et puis, j'aime trop la danse pour accepter la médiocrité.

– Mais enfin, qu'est-ce que tu me racontes ?

– Maman, écoute-moi. Je sais ce que je dis ! Il y a cinq mois, exactement, alors que je ne savais pas encore si j'allais garder l'enfant que je porte, j'ai assisté à la plus grande humiliation qu'une danseuse étoile puisse éprouver. Elle avait quarante-cinq ans et ne pouvait plus exécuter ce que le chorégraphe, un sale petit con, exigeait d'elle. C'était affreux à voir. Et c'est à ce moment-là que je me suis dit, voici exactement ce qui t'attend, dans huit ans, dans dix ans. Le même petit con, ou un autre qui lui ressemblera, te fera comprendre devant tout le corps de ballet que tu as dépassé l'âge de danser Juliette, Gisèle ou Dulcinée. Quarante ans. Quarante-cinq ans... c'est encore jeune, mais à ce moment-là, rien ne dit que je pourrai encore faire un enfant, rien ne dit que je pourrai « encore » faire de ma vie ce dont j'ai envie. Maintenant, je peux choisir. Nous avons beaucoup parlé, Elie et moi. Lui est d'abord chorégraphe, avant d'être danseur... Nous avons une multitude de projets... Fonder une école de danse pour enfants déshérités...

– Une école de danse pour les déshérités ? Financée par qui ?

– Emmanuelle... Elle est tout à fait d'accord. Elle va en parler à Frédéric.

– Attends, ne me dis pas qu'Emmanuelle...

– Maman ! Tu n'écoutes jamais ce qu'on te dit. Emmanuelle a parfaitement compris qu'en finançant notre école de danse, cela lui ferait une double publicité pour d'Aubreuil. Les télévision vont l'interviewer à tout-va, voilà des centaine de milliers de dollars d'économisés en publicité. De plus, la plus grosse partie de l'argent investi est dégrevée des impôts sur la société. Tu sais bien que c'est ainsi que ça fonctionne aux États-Unis. Mieux même. Les mécènes vont se battre pour nous donner de l'argent. Alors qu'est ce que tu dis de ça ?

– Si j'avais pu prévoir que ma danseuse étoile se révélait être une femme d'affaires.

Étonnée, peut-être légèrement déçue, Amelia dévisageait sa fille.

– Et Katia ? Que fais-tu de Katia ? Comment a-t-elle accepté votre rupture ?

– Très mal, je te l'ai déjà dit. Mais ça va bien, maintenant. Nous sommes amies. Elle a une liaison avec une petite du corps de ballet... C'est une histoire boiteuse qui finira mal, j'en suis sûre... La petite se sert de la notoriété de Katia.

Amelia ne fut pas sans déceler une pointe de jalousie coléreuse dans la voix de sa fille...

– Moi, il y a longtemps que je voulais me sortir de cette histoire... En fait, si je réfléchis bien, mon histoire avec Katia était une manière de me protéger des hommes, de la possibilité d'être enceinte, de renoncer trop tôt à ma carrière.

Essoufflée, Nina se tut. Elle prit quelques respirations profondes et dit d'une voix plus calme :

– J'ai eu une vie merveilleuse, maman ! J'ai été une grande étoile, je le sais. Et maintenant, je vais avoir des enfants, je vais me marier... Elie est un type épatant. Il est clean ! Moi aussi, je suis clean ! C'est pour ça qu'on a pu faire un bébé. Nous serons fidèles l'un à l'autre...

– On dit ça...

– À ton époque, c'était sans importance. À notre époque, la fidélité est une question de vie ou de mort.

– Quand vais-je rencontrer ton compagnon ? demanda enfin Amelia.

– Ce soir. On a retenu une table au restaurant de l'ex d'Elie... On y retrouve tout le Manhattan Ballet.

Interdite, Amelia n'osait rien dire. « L'ex d'Elie. Un homosexuel. C'est leur vie. Ils sont tantôt homosexuels, tantôt hétérosexuels ; ils restent amis même lorsqu'ils se séparent. Ils sont libres. Totalement dépourvus de préjugés, de quant-à-soi, de ce qui se fait et de ce qui ne se fait pas. Ils ont réussi. Ils sont brillants, et pourtant ils vont lâcher tout ça pour faire autre chose. Et ils ont l'air heureux. Si heureux. Epanouis, tranquilles..., n'emmerdant personne et ne laissant personne les emmerder... »

Elle vivait comme cela. Autrefois, il y a des siècles, avant que Frédéric ne mette le poids de son amour sur elle... Frédéric et sa jalousie, son instinct de possession, Frédéric.

Nina continuait à parler.

– Je ne veux plus voyager sans cesse, ou plutôt, je veux, lors de mes voyages, avoir le temps de visiter, de savourer le lieu où je suis. Tandis que lorsque l'on est en tournée, je ne connais que l'hôtel, le théâtre et les coulisses, les loges et de nouveau l'hôtel, les avions, les trains... J'ai dansé à Tokyo, à Leningrad, à Moscou, à Venise, à Pékin et je n'ai rien vu de ces villes ! Est-ce que tu te rends compte que je travaille depuis l'âge de douze ans ? Je ne connais de la vie que les cours, le matin, les répétitions l'après-midi, les représentations le soir ? Et les concours, les concours à chaque échelon ?

En écoutant sa fille, Amelia entendait Jonathan. « Ma carrière... Ma vie... Mes désirs... Ma volonté... » Qu'importait la souffrance de Katia ou de n'importe qui. Ce qui comptait avant tout, c'était sa volonté. Tout comme Jonathan... Jonathan et son violon. Comme son père et probablement comme sa grand-mère l'illustre pianiste et certainement comme elle, Amelia, sa mère, Nina ne vivait qu'en fonction d'elle-même, de ses propres désirs...

Elle dit :

– Tu ne m'as pas demandé de nouvelles de Géraldine ?

– Ah, c'est vrai. Ne m'en veux pas. Je l'ai très peu connue, tu sais ? Et j'ai toujours pensé que c'était une petite cruche. Elle n'avait rien dans la tête. Comment va-t-elle ?

– Physiquement, bien. Mais elle ne recouvrera jamais la raison.

– Eh bien, ça ne changera pas grand-chose pour elle !

– Nina !

– Maman, ne sois pas hypocrite ! Tu sais très bien que j'ai raison. Géraldine était une petite sotte ! Tu me l'as dit cent fois ! En s'amourachant d'un Eric Nabo, elle n'a pas volé ce qui lui arrive.

– C'est... oui c'est vrai ! Mais là, vois-tu, c'est tout de même terrible...

– Il y a un moment dans la vie, aussi bête que l'on soit, et Dieu sait que de ce côté-là Géraldine était bien pourvue, où l'on se rend compte des sottises que l'on va commettre. Si on n'y met pas fin tout de suite, alors il faut savoir en supporter les conséquences... moi, j'ai vu Charles et Emmanuelle se mettre à genoux devant Géraldine, la supplier de ne pas épouser ce petit con... Je regrette, je n'éprouve pas de pitié pour elle. De la compassion peut-être, et encore ! Mais si tu veux voir qui mérite aide et pitié je vais t'emmener à Brooklyn ou à Bakery Street. Là, tu verras ce que c'est que la misère, le drame, la souffrance. Des mômes de dix ans, déjà drogués, des prostitués adolescents, pourris par le sida... Aucun d'eux n'a eu les chances dont Géraldine a largement bénéficié.

Interdite par le raisonnement réaliste de Nina, Amelia murmura :

– Je crains que tu n'aies raison ma chérie, mais Géraldine, c'est ta cousine.

– Oui. Et alors ?...

Quelques instants plus tard, allongée sur son lit, Amelia réfléchissait. Elle était trop excitée et trop fatiguée pour s'endormir. Trop d'événements en l'espace de quelques jours...

Elle réfléchissait à ses enfants si différents... Nina, Emmanuelle, David. Et pourtant... non. Pas si différents que ça, après tout... Tous trois étaient pétris de cette pâte invisible, indestructible, qui s'appelle caractère, de cette volonté opiniâtre qui caractérise ceux qui veulent n'en faire qu'à leur tête, sans jamais se laisser fléchir, et qui ne se laisseront pas abattre. Elle se félicitait qu'une histoire semblable à celle qui avait brisé Géraldine ne leur arriverait jamais... Elle se leva et alla se planter devant la fenêtre. Les lumières de New York s'allumaient, une à une. Elle ouvrit la fenêtre et respira profondément l'air lavé par une pluie récente. Brusquement, elle se sentit heureuse, apaisée. En harmonie avec cette ville qui bruissait à ses pieds.

« Oui, au fond ils me ressemblent... Moi non plus, je n'ai jamais accepté qu'une autre volonté s'oppose à la mienne... Même pas celle de Frédéric. Oui, même Frédéric ne pourra jamais m'imposer sa volonté. »

1988

Vent, neige fondue, froid sévissaient sans discontinuer. Frédéric, sa journée terminée un peu plus tôt que de coutume, aspirait à revenir chez lui, Villa Montmorency. Dans la voiture immobilisée par les embouteillages, il fumait son cigare, les yeux mi-clos. Le chauffeur avait allumé la radio. C'était Radio Classique. La voix de l'animatrice annonça « Nous allons vous faire entendre l'un des rares disques enregistrés par l'une des plus grandes pianistes des années trente, Nina d'Aubreuil. Il s'agit du *Nocturne en* ut *mineur* de Chopin... Nina d'Aubreuil a été déportée alors que sa carrière débutait sous de brillants auspices... »

Immobilisée place de l'Étoile, la voiture était comme un cocon, tiède, dans lequel résonnaient les accents du Nocturne de Chopin. Frédéric fumait tranquillement... Mars s'achevait. Bientôt, ce serait officiellement le printemps et la prochaine campagne présidentielle. Il allait être submergé de travail.

« Pourtant, il faudrait nous offrir quelques jours de vacances. Amelia n'a pas l'air bien... Elle me cache quelque chose. David aussi me donne des soucis... dix-huit ans déjà ! Et ce petit crétin veut être juif parce que sa mère l'est ! Mais, je suis son père ! Et moi, je ne suis pas juif... il veut devenir astronome ! Physicien-astronome ! Ça ne rapporte rien, un métier pareil ! Mais je vais mettre le holà ! Il me faut quelqu'un pour me succéder ! Sinon, je laisse tout à Emmanuelle ! Dire que c'est la fille de Christian, ce rêveur, ce bon à rien, qui va être à la tête de mes affaires... Charles aussi est vraiment de mon bord... c'est une tête ! Une tête qui se cache derrière des airs de séducteur. Emmanuelle est aussi dure que lui et ne prend même pas la peine de faire semblant. Quant à Joël, dire que c'est le fils de ma sœur qui sera le seul à porter le nom des d'Aubreuil dans ce trio, et ce n'est pas le plus tendre des trois... ! Il finira président !

La voix du chauffeur le réveilla en sursaut.

– Nous sommes arrivés, Monsieur.

Frédéric s'était si profondément endormi qu'il ne s'était même pas rendu compte que la voiture avait redémarré.

Dans un fauteuil du petit salon, au coin du feu, Amelia écoutait un disque. Un de ces soixante-dix-huit tours d'avant la Seconde Guerre mondiale, dont le son laissait beaucoup à désirer, le même Nocturne entendu plus tôt par Frédéric. Cette musique d'un autre siècle qui ressuscitait sous les doigts d'une morte. Toute la mélancolie, toute la détresse des choses envolées à jamais.

Bouleversé, Frédéric observait Amelia. Elle était pâle, de larges cercles bleuâtres cernaient ses yeux clos. Sa bouche frémissait et, machinalement, sa main battait la mesure. Soudain, elle ouvrit les yeux et sourit.

– Tu sais, je t'ai entendu entrer ! Je faisais semblant. Alors ? L'inspection est finie ?

– Tu ne vieillis pas, ma chérie, dit-il.

Amelia se leva et lui tendit les bras. Elle paraissait avoir une certaine difficulté à se mouvoir.

– Eh bien, dit-elle après l'avoir embrassé, je crois que je m'en tire très bien pour mes cinquante-trois ans !

– Cinquante-trois ! Dieu, tant que ça !

– Eh oui ! Alors ? Tu m'avertiras quand tu décideras de changer pour deux donzelles de vingt ans.

– Un préavis de trois ans, renouvelable, ça ira ?

Elle fit mine de réfléchir.

– Je m'en contenterai, dit-elle enfin en riant.

Il la prit dans ses bras et la serra contre lui.

– Seigneur, plaisanta-t-il, tu as encore maigri ! Les femmes sont folles. Tu vas me faire le plaisir de te remplumer un peu et de manger !

Elle sourit.

– Si je veux rentrer dans cette somptueuse robe du soir que tu m'as offerte pour mon anniversaire, je dois faire un trente-six !

Elle se rassit, plus exactement, elle se laissa tomber dans le fauteuil et réprima une grimace de douleur.

Frédéric l'observait toujours attentivement.

– Tu es très pâle. Tu as très mauvaise mine...

– Tu connais quelqu'un qui a bonne mine à la fin de l'hiver, à Paris ? Cette ville est pourrie... Elle enleva le disque qui s'était achevé et le garda un instant dans ses mains. C'est l'enregistrement que maman a fait en 1938. Elle devait en enregistrer un autre en 1939, sous la direction de Klemperer. Mais il s'est récusé à la dernière minute. Maman était juive. Lui le savait.

Elle resta ainsi immobile, le regard perdu dans sa rêverie.

– Je pense beaucoup à ma mère, depuis quelque temps. Pour moi, elle aura éternellement vingt-sept ans. C'est drôle... j'ai dépassé ma mère. Aujourd'hui, elle a l'âge d'Emmanuelle.

– Arrête de dire des sottises, dit Frédéric, mal à l'aise.

Une angoisse mortelle lui serrait la gorge, lui desséchait la bouche. Il n'aimait pas la lassitude d'Amelia. Sa maigreur, sa pâleur n'auguraient rien de bon. Le spectre du sida se dressait devant lui. Amelia avait eu, avant lui, une existence très libre. Lui-même ne menait pas une vie de moine austère, et ses maîtresses étaient aussi libres que lui...

– J'en suis à mon troisième rhume ! dit-elle. Je défie quiconque d'avoir bonne mine dans ces conditions... Partons quelques jours en vacances ! J'ai envie de montagne, de neige, de l'odeur de la neige...

Il s'efforça de plaisanter.

– La neige n'a pas d'odeur.

– Bien sûr que si ! Il n'y a que ceux qui ont le nez bouché qui ne peuvent en percevoir l'odeur... tu viens avec moi ?

– Impossible, chérie. Plus tard, peut-être. Tu sais bien que la nouvelle campagne électorale a modifié toute la stratégie du groupe. J'ai du travail par-dessus la tête ! Si je n'avais pas Charles, Joël et Emmanuelle pour me seconder, je ne vois pas ce que je ferais... Ta fille est un vrai mec ! Charles est un ambitieux. Quant à Joël, as-tu remarqué comme il ressemble à Victoria, tout en délicatesse, évanescence, mais son ambition est égale sinon supérieure à celle des deux autres !

Amelia espérait donner le change, mais son esprit était ailleurs. La semaine passée, elle était allée consulter un spécialiste des poumons, et cet après-midi même, elle avait eu les résultats des examens.

« La vérité, s'il vous plaît », avait-elle demandé en voyant l'embarras du médecin.

Il l'avait regardée bien en face. Puis il avait lâché :

« Cancer. On peut toujours tenter l'opération, la chimiothérapie. Mais...

– Mais ? avait-elle insisté.

– Mais, honnêtement, vous avez peu de chances de survivre au-delà d'une ou deux années.

– Dans quel état ? »

Le médecin avait haussé les épaules sans répondre. « Avec les malades, on ne sait jamais sur quel pied danser ! pensa-t-il avec colère. Que répondre ? Qu'à sa place, je ne supporterais pas que l'on me touche et que l'on me laisse mourir en paix ? Je n'en ai pas le droit ni même le désir... » Il l'observa avec pitié.

« Quel âge avez-vous, madame ?

– Cinquante-trois. Oui, bien sûr... Mourir à cinquante-trois ans...

– Il ne faut pas être aussi pessimiste. De nos jours, on fait des miracles ! Pourquoi ne pas tenter la chirurgie ? »

Amelia haussa les épaules à son tour.

« Je ne crois pas aux miracles... Et je refuse de me transformer en terrain d'expériences... Bien. Combien vous dois-je ?

– Hein ? » dit le médecin, choqué par la brutalité de la question. « Euh ! Voyez avec ma secrétaire... Si vous changez d'avis, je suis à votre disposition... »

Depuis, Amelia hésitait à parler à Frédéric. Elle n'avertirait pas ses enfants. Elle ne voulait pas les faire souffrir, ni de sa mort, ni de son absence... C'étaient les raisons réelles et premières de son silence. Mais l'autre raison, la plus profonde et, peut-être, la plus vraie, était qu'elle n'acceptait pas l'idée de l'horrible dépendance de la maladie, de l'hypocrisie de ceux qui l'aimaient. Elle téléphonait tous les jours à Nina, si heureuse, si épanouie depuis qu'elle avait son bébé, à Emmanuelle, rayonnante depuis qu'elle avait été nommée vice-Présidente de d'Aubreuil, et à David, brillant élève, qui vivait la tête dans les étoiles, l'œil braqué sur son télescope.

Les semaines, puis les mois s'écoulèrent avant qu'Amelia se décidât à parler. La date des élections approchait à grands pas. Le président Mitterrand, cédant à la pression des socialistes en place, s'était maintenu. Il était à peu près certain, maintenant, que le parti de Frédéric n'avait aucune chance.

Parfois, Amelia se demandait avec un peu de colère et de rancune comment Frédéric faisait pour ne se rendre compte de rien. Elle était si pâle, si maigre, avec cette extrême lassitude qui la condamnait au fauteuil... Lorsque des spasmes de douleur la pliaient en deux, elle faisait un effort héroïque pour que cela passât inaperçu... Elle plaisantait, disant qu'elle venait de trébucher, de se cogner contre un meuble... Frédéric l'écoutait en l'observant avec une attention paisible... Il lui parlait de sa campagne électorale qui s'annonçait si mal pour lui, mais « on » lui avait promis un fauteuil ministériel. Quel que soit le président élu. « Cela sert d'être au centre ! » disait-il en riant.

Ce jour-là, il parlait, parlait, rien ne semblait devoir l'arrêter.

– Entre mensonge et vérité, je préfère le mensonge ! Un bon mensonge protège, ne fait jamais souffrir... Tandis que la vérité peut être si cruelle... Voire mortelle. Si tu veux mon avis, la vérité ne satisfait que ceux qui croient de leur devoir de vous infliger mille tortures au nom de la sacro-sainte vérité. Toute ma vie, je me suis méfié de ceux qui se présentent en disant : « Je suis quelqu'un de très franc. Je ne sais pas mentir. » Pour moi, ce type-là est dangereux.

Amelia l'observa avec attention. Parlait-il pour elle ? Avait-il deviné quelque chose ? Soudain, elle comprit dans le regard que Frédéric posait sur elle qu'il savait... Comment, par qui avait-il appris ?

« Si c'est Portal qui l'a averti, je l'attaque pour divulgation du secret médical, fulmina-t-elle intérieurement. Je le tuerai, je le réduirai... » Mais elle était soulagée. Frédéric savait. Elle n'aurait rien à dire. Il savait et il respectait son silence.

Frédéric continuait :

– C'est bizarre, une vie. On naît, on grandit, on rit, on pleure, on mange, on aime ! Dieu que l'on peut aimer, « jusqu'à en mourir », comme dit la chanson... Et puis, on disparaît pour toujours. Ce monde qui n'existe que parce que l'on est témoin de son existence va continuer sans nous. Que devient notre esprit après la mort ? Que devenons-nous ?

Il la regardait avec anxiété. Comprenait-elle ce qu'il essayait de lui dire ? Mais Amelia restait silencieuse, les yeux baissés. Il reprit d'une voix plus basse, presque un murmure :

– Je suis persuadé que quelque chose existe après. Que l'âme délivrée de la souffrance est là, tout près de ceux qu'elle a aimés.

Ils se regardaient maintenant. Tant de fois, ils s'étaient compris, simplement par l'échange de ces regards ! Longtemps, ils restèrent ainsi silencieux. Puis, Frédéric se leva avec un léger effort, son rhumatisme à la hanche droite lui faisait mal ; il tisonna le feu qui n'avait nul besoin d'être tisonné. Éclairé par les flammes, son visage exprimait une douleur qu'il avait du mal à contenir.

– Je suis bien avec toi, dit Amelia en rompant le silence. J'aimerais que ce moment s'éternise, que rien ne change jamais...

Frédéric, s'efforçant d'ironiser, déclama en forçant sa voix :

– « Ô temps... suspend ton vol... et vous, heures propices, suspendez votre cours... »

– Ce vieux Lamartine avait déjà tout compris... N'est-ce pas ? dit Amelia en souriant.

– C'est vrai... on pourrait aussi penser à Schubert... Tu sais, ce lied du *Voyage d'hiver* que tu aimes tant.

– « Le poteau », répondit Amelia : « Il m'indique un chemin dont nul n'est jamais revenu... » C'est la route que je dois... que nous devons prendre un jour ou l'autre.

Pour la première fois depuis qu'elle se savait condamnée, Amelia cessa d'avoir peur. Elle savait qu'elle pouvait compter sur Frédéric. Il ne la livrerait pas à la souffrance, il l'aiderait à mourir dans la dignité et sans douleur...

De nouveau, leurs regards s'accrochèrent l'un à l'autre. Tant d'années d'amour, de haine, de passion les liaient. La pièce s'emplit d'un tiède silence. Ils se regardaient. Ce que ce regard disait n'avait rien à voir avec les mots qu'ils échangeaient.

– Amelia, murmura-t-il enfin, cela va comme tu veux ?

– Oui. Tout va bien, mon chéri. Tout va aller de mieux en mieux...

– Que dirais-tu d'un petit voyage, tous les deux ?

– Mais... Frédéric, et la campagne électorale ?

– Je peux prendre quelques jours de vacances... Et puis... si tu savais comme je m'en fiche, de cette putain de campagne ! Alors ? Il fait froid et triste en ce moment à Paris. Jamais vu un mois de juin aussi pluvieux. Une petite semaine tous les deux... Personne ne saura où nous joindre. Alors ?

– Porquerolles ! Dieu que j'aimerais revoir Porquerolles !

Ils avaient découvert Porquerolles au printemps 1970. Amelia était enceinte de David et ils avaient passé une semaine au Mas du Langoustier. Une semaine de liberté et de bonheur total. Divin.

– Nous partirons demain matin. Je vais commander un avion-taxi. Une heure et demie de vol et nous serons au Mas du Langoustier.

Le port de Porquerolles était rempli de bateaux à voiles et à moteur, de canots à rames. Les cafés arboraient des parasols aux couleurs violentes... Peu de touristes ou de vacanciers ; ce n'était pas encore la pleine saison. Hommes et femmes bronzés, détendus, buvaient sec, riaient... Comme on y revenait facilement à la vie simple, sans soucis... à jouir de l'heure présente. Le soleil sur la peau, la mer, fraîche encore en ce mois de juin, la marche dans le sable humide, l'odeur des pins parasols, le soir au soleil couchant, la chambre lumineuse, et Amelia qui paraissait plus jeune, plus reposée, qui l'attendait sur une chaise longue, un livre sur les genoux. La semaine s'écoula, Frédéric prétendit une extrême fatigue et une autre semaine succéda à la première. Une autre encore. Il fallait arracher au temps quelques jours de bonheur. Il savait que ce seraient les derniers.

Puis soudain, tout alla très vite. La chair fondit sur le visage d'Amelia. Les os saillirent, les tempes se creusèrent. En une nuit ses cheveux avaient perdu leur éclat. Ils étaient devenus ternes comme s'ils étaient déjà morts. Elle était si maigre qu'on aurait dit une enfant anorexique de quinze ans... Frédéric vit tout ces indices sans les accepter. Pour lui, elle était encore, était toujours la plus belle femme du monde. Elle serait pour toujours cette jeune femme rayonnante de beauté, de force et de jeunesse rencontrée un matin d'avril 1958. Un matin après une nuit de souffrances, incapable de se lever, elle demanda un miroir. Frédéric hésita, puis lui tendit une petite glace de poche. Elle observa longuement ses yeux profondément enfoncés dans les orbites, cerclés de noir, sa bouche déchirée par la fièvre.

– Quel souvenir vas-tu garder de moi ? Dieu que je suis devenue laide !...

– Tais-toi. Je t'en supplie... Tais-toi. Pour moi tu seras toujours la plus belle.

Elle eut un pauvre petit sourire :

– Et la plus infidèle ?

– Oui. La plus infidèle. La plus belle et la plus infidèle. Mais la plus aimée.

– Nous avons été heureux ensemble, n'est-ce pas ?

– Oui, si heureux ! Nous nous sommes tant aimés.

– Et détestés aussi. Mais ça aussi cela fait partie de l'amour.

Il fallut rentrer Villa Montmorency, avertir les enfants... Une infirmière s'installa à demeure et fit des piqûres de morphine. Beaucoup de morphine.

Les ordres de Frédéric avaient été stricts et formels :

« Je ne veux pas qu'elle souffre. S'il y a le moindre problème, je prends tout sur moi. Je vais vous signer un papier... Mieux encore. Apprenez-moi à faire les piqûres. Comme ça, vous ne risquez plus rien... »

Pour la première fois depuis des années, toute la famille était rassemblée. Nina, son mari, son enfant, Emmanuelle, David, les yeux rougis de pleurs, Charles, immense, perdu dans cet univers de tristesse...

Frédéric ne s'occupait plus que d'Amelia. À la fin du mois de novembre 1988, il y eut un léger mieux.

Un après-midi, allongée sur une méridienne auprès du feu, elle écoutait inlassablement le Nocturne enregistré par sa mère… Soudain, les yeux fermés, elle vit des cercles noirs concentriques et d'autres cercles d'une couleur indéfinissable. Ennuyée par ce fait nouveau, elle ouvrit les yeux au prix d'un effort considérable.

– Frédéric, murmura-t-elle.

– Oui ? Je suis là, mon cœur…

– Reste ainsi. Ne bouge pas… S'il te plaît… Ne bouge pas.

Surpris parce qu'il était immobile, il dit :

– Je ne bouge pas, chérie, je ne bouge absolument pas… Regarde-moi.

Elle ouvrit les yeux… Ces yeux, cernés de noir, qui maintenant lui dévoraient le visage. Elle le contempla avec une expression qui le remplit de peur. Elle semblait voir à travers lui. Il ne pouvait supporter ce regard qui venait de loin, qui paraissait voir quelque chose approcher lentement, quelque chose d'inéluctable, d'irrévocable…

– Ne bouge pas, implora-t-elle.

Il lui saisit les mains et les embrassa.

– Mon petit, mon tout-petit, que se passe-t-il ?

Elle soupira…

– Chut… Rien…

Un instant sa respiration s'arrêta… reprit doucement avec peine. Ses yeux étaient grands ouverts, les pupilles dilatées.

Elle ferma les yeux et sourit.

– L'amour, dit-elle, l'amour. C'est toujours si difficile à vivre. Il ne faut pas en parler. Jamais.

– Non, il ne faut pas en parler. Quoi qu'on en dise, on sera toujours à côté du sujet.

– Je t'ai tellement aimé, Frédéric. Tellement. Crois-tu que cela puisse se terminer un jour ?

– Jamais. Tu le sais bien. Jamais. Regarde-moi ! Ne t'endors pas !

Elle ouvrit les yeux. Cette voix autoritaire. Ce commandement... C'était Frédéric, tout Frédéric. Il fallait qu'elle dorme, juste un peu. Ensuite...

– Ouvre les yeux, cria Frédéric.

« Mais de quoi a-t-il peur ? pensait Amelia. Qu'est-ce qui peut bien l'effrayer à ce point ? »

– Je veux dormir, soupira-t-elle avec effort.

– Chérie ! Qu'y a-t-il ? Regarde-moi. Qu'est-ce que tu as ?

Elle tourna la tête vers lui, ouvrit les yeux, mais déjà elle ne voyait plus rien. Rien que des grandes ombres noires...

– Ne me quitte pas. Embrasse-moi.

Frédéric se pencha vers elle et la serra contre lui. Amelia le regardait fixement. Trop fixement.

Noyé sous la pluie, le cimetière de Passy était noir de monde. Des gens curieux, insoucieux d'être trempés, se pressaient derrière les caméras, les photographes, les journalistes... Les arbres dépouillés, semblables à des spectres, se tordaient sous la tempête d'eau glacée... Immobile devant le caveau ouvert, Frédéric regardait les tombes qui s'alignaient côte à côte... Son esprit allait à celles de Toulouse, où reposaient ses parents, Christian, Victoria... Puis, de nouveau, il regarda le caveau de la famille d'Aubreuil, désormais associé aux Maury...

Un instant, son regard s'attarda sur une plaque de marbre noir. Le nom de « NINA D'AUBREUIL LIEBERFREUND NÉE À LEIPZIG EN 1915 – DÉCÉDÉE EN 1945 À AUSCHWITZ » ; une étoile de David y était déposée. Amelia l'avait exigé en souvenir de sa mère, juive allemande, morte en tant que juive. La plaque de marbre noir, ruisselante sous la pluie, avait la forme des tables de la Loi. C'était juste un monument, posé là. Nul, jamais ne saurait où reposaient les cendres de Nina Lieberfreund épouse d'Aubreuil « la plus grande pianiste du monde »...

L'annonce de la mort d'Amelia atteignit Marie-Claire en Suisse où elle accompagnait Géraldine dans l'espoir vain d'un nouveau traitement.

Elle resta un moment immobile. Elle était dans l'un des endroits les plus beaux au monde. Un parc magnifique entourait l'hôtel, son regard errait des cimes enneigées au lac Léman.

« Ainsi, Amelia est morte... Elle est morte. J'ai si souvent souhaité ce jour et il est arrivé... Et... et... je ne ressens rien. Ni joie ni chagrin ni pitié. Un cancer. Ç'aurait pu être moi ? » Elle frissonna à cette évocation. « J'aurais pu aussi bien mourir puisque je n'ai plus de raison de vivre. »

Pourquoi chercher des raisons de vivre ? On vit tout simplement. Le lac est là, le soleil chaud, l'air légèrement parfumé... On vit. Douloureusement parfois, mais on est là.

« Que fait Frédéric maintenant qu'elle est morte ? Quatre ans déjà ! Quatre ans que nous nous sommes quittés. Comme le temps passe vite... » Une envie folle de retrouver la Villa Montmorency monta en elle. Une envie si déraisonnable qu'elle en eut les larmes aux yeux. « Je veux retourner chez moi ! Je veux rentrer chez moi. » Elle savait qu'elle ne pourrait plus jamais connaître de bonheur véritable. Que son âge, les pertes qu'elle avait subies avaient rendu impossible le bonheur. Elle n'éprouvait plus aucune haine ni pour Frédéric, ni pour Amelia... Juste de la compassion... Beaucoup de compassion. « Ils se sont aimés, vraiment aimés... Moi, j'ai été l'écueil de leur amour... »

Dans l'avion qui les ramenait à Paris, Géraldine et elle, Marie-Claire échafaudait mille plans... Qu'allait-elle dire à Frédéric ? « Je rentre à la maison ? Je veux vivre chez moi dans ma maison ? C'est là que je suis née, que mes parents, mes grands-parents, mes enfants sont nés... »

Ce fut Victor, le vieux maître d'hôtel, qui ouvrit la porte.

« Madame Maury ! s'exclama-t-il. Quel plaisir de vous voir. Comment va mademoiselle Géraldine ?

– Aussi bien que possible, mon cher Victor. Voulez-vous dire à Monsieur que sa femme est revenue ?

Au début de l'année 1991, Frédéric et Marie-Claire se remarièrent discrètement. Les seules personnes présentes à la mairie du seizième arrondissement étaient Emmanuelle et Joël, qui leur servaient respectivement de témoins, Charles, Géraldine et David venu spécialement d'Haïfa où il vivait heureux. – Il allait bientôt se marier – à l'Université où il faisait des recherches en astrophysique. Un déjeuner les attendait au Pavillon Dauphine. Il n'y aurait pas de voyage de noces. Les événements internationaux étaient beaucoup trop graves pour que Frédéric puisse s'absenter ne serait-ce qu'une petite semaine... Marie-Claire pensait qu'ils auraient pu aller à Montastruc-la-Gaillarde, mais Frédéric resta intraitable...

Au cours des années suivantes Marie-Claire allait supporter et pardonner des choses qu'elle n'aurait jamais tolérées autrefois. Le cynisme, la méchanceté de Frédéric le rendaient parfois invivable. Il n'acceptait auprès de lui que Géraldine, et parfois Charles et David, lorsque ces derniers venaient le voir. Elle s'efforçait de calmer les rares personnes qui venaient encore chez eux et que Frédéric offensait sans préavis... Les politiques étaient traités sans ménagement de prévaricateurs avec de gros rires entendus et de grandes tapes amicales sur l'épaule. « Si le peuple savait combien leur coûtent les rentes qu'Arafat offre à sa femme pour qu'elle reste à Paris et pour qu'elle planque dans une banque suisse tout ce qu'il a mis de côté, je ne sais pas s'il serait toujours aussi propalestinien. Cela va chiffrer en milliards de dollars. Ah, bah !! Nous en avons eu notre belle part, qu'en pensez-vous cher ami ? »

Le cher ami blêmissait, saluait la maîtresse de maison qui se confondait en excuses et disparaissait à jamais.

Oui, Frédéric déclinait. Plus rien ne l'intéressait vraiment. Il ne s'occupait plus de politique, à peine de ses affaires, et se déchargeait de plus en plus volontiers sur les épaules de Charles, d'Emmanuelle, et de Joël.

Il écrivait souvent à David de longues lettres où il développait ses pensées.

Nous vivons une époque pleine de cruauté, d'exubérance et de vulgarité... Et pourtant, si je devais mourir, je regretterais ma vie... Mais je pense cela parce que je vieillis. Pourtant je crois qu'il y a quelque chose de pourri dans le monde où nous vivons, ce monde que nous avons construit. Il y a de la pourriture partout. Dans les beaux quartiers comme dans les banlieues. Mais d'où vient cette pourriture ?

David vint plusieurs étés voir Frédéric en compagnie de sa femme et de ses trois enfants, inquiet de son état d'esprit qui le portait à tout voir en noir.

– Papa décline, il ne s'intéresse plus à rien, dit-il à Marie-Claire.

– Tu sais, ton père va sur ses soixante-dix ans. Qu'il soit fatigué après la vie qu'il a menée, quoi de plus normal ?

– Peut-être as-tu raison... Mais j'aimerais qu'il voie un médecin...

– Je te promets de m'en occuper. Nous viendrons te voir en Israël. Voyager va faire beaucoup de bien à ton père.

Par une paisible soirée de l'été 2001, Marie-Claire et Frédéric étaient assis dans le jardin devant une partie d'échecs.

– Échec et mat, ma belle, dit Frédéric.

– Tut, tut, rectifia Marie-Claire. Tu es mat ! regarde ton jeu ! Mais tu me parais bien distrait. À quoi pensais-tu ?

– Rien de particulier... Si, tout de même. Est-ce que tu te rends compte, ma chérie que nous avons des petits-enfants, juifs, et mulâtres, dit Frédéric. Les membres de ta famille doivent se retourner dans leurs tombes.

Marie-Claire ne releva pas que les petits-enfants juifs n'étaient pas les siens. C'étaient ceux d'Amelia et de Frédéric. Pourquoi avait-il lâché cette phrase, somme toute anodine ? À qui parlait-il ? À ELLE ?...

D'une voix un peu oppressée, elle demanda :

– As-tu été heureux avec Amelia ? Vraiment heureux ? Tu l'as tellement aimée. Tu en étais fou.

Frédéric ne répondit pas tout de suite. Il regarda autour de lui avec étonnement, comme si la question que venait de lui poser Marie-Claire l'avait brusquement réveillé d'une longue léthargie.

– Heureux, dit-il enfin, où as-tu été chercher que la passion pouvait rendre heureux ? Exalté ? Oui, sans doute, fou dangereux, certainement, surtout quand la jalousie s'empare de toi. Si j'ai été heureux avec Amelia ? Je ne sais pas. C'est ça, la vérité. Je ne sais pas... Je suis heureux, ici, avec toi. Je t'aime, tu sais. Et pourtant...

– Pourtant ? Continue, je t'en prie. Si demain Amelia se trouvait là, devant toi, que ferais-tu ? La vérité ?

De nouveau Frédéric laissa le silence s'installer.

Marie-Claire insista :

– Tu ne réponds pas ?

– Qu'y a-t-il à répondre ? soupira Frédéric. Je repartirais avec elle. Comment t'expliquer pour que tu comprennes ? Moi-même, je ne me comprends pas. Pourquoi choisir son malheur quand le bonheur est là, à portée de main ?

– Je comprends, dit Marie-Claire, tu ne peux pas imaginer combien je te comprends... Moi, j'aurais donné ma vie pour toi, tout comme tu aurais donné la tienne pour Amelia, je suppose. Mais Amelia... Amelia n'aurait donné la sienne pour personne. Est-ce que tu le sais ?

– Je l'ai toujours su... Elle aurait tout donné à son premier mari ou à Christian parce qu'ils étaient faibles et avaient besoin d'elle. Tout ce qu'elle leur a donné, elle me l'a refusé... Si tu savais combien j'ai été jaloux. Viens, rentrons, il se fait tard...

S'appuyant sur l'épaule de Marie-Claire, Frédéric se leva et retint un petit gémissement :

– Cette douleur à la hanche s'accentue, il va falloir opérer, je suppose. Tu vois, ma chérie, tu auras un infirme à soigner pour tes vieux jours. Tu méritais mieux. Beaucoup mieux.

« Peut-être, pensa Marie-Claire, mais c'est toi que j'ai toujours voulu et maintenant, tu es à moi jusqu'à la fin. »

Elle avait gagné. Mais elle ne savait pas trop si cette victoire la rendait vraiment heureuse.

DU MÊME AUTEUR

Aux Éditions Albin Michel

LA SAGA DES MÉDICIS
I. *Contessina*
II. *Le Lys de Florence*
III. *Lorenzo ou la fin des Médicis*
LES MOISSONS MORTES
LA MARCHE DES VIVANTS
TU T'APPELLERAS SOPHIE

Chez d'autres éditeurs

LA SYMPHONIE DU DESTIN, éd. Sylvie Messinger
I. *Élisabeth*
II. *Antonia*
III. *Marie d'Agoult*
IV. *Cosima Wagner*
MIEUX GUIDER VOS ENFANTS GRÂCE À L'ASTROLOGIE, éd. Ramsay
LES FILS DE LA LIBERTÉ, éd. du Rocher
I. *La Belle de Philadelphie*
II. *Le vent du nouveau monde*
LES DEUX PILIERS D'ISRAËL, éd. du Rocher

Composition IGS-CP
Impression Firmin-Didot en avril 2005
Éditions Albin Michel
22, rue Huyghens, 75014 Paris
www.albin-michel.fr
ISBN : 2-226-15973-8
N° d'édition : 23371 – N° d'impression : 73516
Dépôt légal : mai 2005
Imprimé en France.